曲海總目提要

（附補編）

董康 編著

北嬰 補編

中

人民文学出版社

曲海總目提要卷十七

四美記

明初舊本。不知誰作。以蔡襄母子夫婦忠孝節烈爲四美也。本爲蔡錫作。而託其事於蔡襄。按忠惠別紀云。襄母盧氏。而劇中云王氏。非是。第十齣封遼。十七齣議親。俱係點綴。蔡襄萬安橋記云。泉州萬安渡石橋。始造於皇祐五年庚寅。以嘉祐四年辛未訖工。絫趾於淵釃水。爲四十七道梁空以行。其長三千六百尺。廣丈有五尺。翼以扶欄。如其長之數而兩之。靡金錢一千四百萬。求諸施者。渡實支海。去舟而徒。易危而安。民莫不利。執其事盧實、王錫、許忠、浮圖義波、宋善等十有五人。太守莆陽蔡襄爲之合樂讌飲而落成之。明年秋。蒙召還京。道由是出。因紀所作勒於岸左。跋云。萬安橋未建。舊設海渡渡人。每歲遇颶風大作。或水怪爲祟。沉舟被溺者無算。宋大中間。某年月日。濟渡者滿載至中流。風作。舟將覆。忽聞空中有聲云。蔡學士在。急拯之。已而風浪少息。舟人皆免於溺。既渡。舟人細詢同渡者之姓。一舟皆無。止有一婦之夫。乃蔡姓也。時婦方娠已數月矣。舟人心異之。往而白其母。其母感衆人之言。亦以爲異。即發願禱于天曰。吾今懷娠。若生子。官果至學士。必造輿梁以免病渡之苦也。後生子襄。以狀元及第。後出守泉州。追憶前日得免覆舟之難。促公創造此橋者。至于再三。公私計海之深極千丈。若欲築趾纍石。將從何處著力。違命者累年。夫人復督責不已。一日。忽命工房吏寫文牒申報海神。公亦勉承母命。自以爲迂誕而不可必。乃命皂隸投文海濱。隸畏溺死。衆皆受責。無敢從命者。有一風皂隸出而倡言曰。吾願齎文以往。既至。即就酒肆痛飲。飲畢。酣睡于海涯。半日始醒。起視之。則文牒已易封矣。封上無他書。止一封字。乃返而呈於蔡公。拆而閱之。內一醋字在焉。翰墨如新。公夜臥轉展思之。方悟其意曰。醋字以酉配昔。神其許我以廿一日酉時興工乎。
至期。潮果退舍。沙泥壅積者丈餘。潮之不至者八日。遂創建此橋。薛氏筆
語云。閩中洛陽橋圮。發石。有刻文云。石頭若開。蔡公再來。鄞人蔡錫者。
永樂癸卯舉人。入太學。仁廟以學行授兵科給事中。陞泉州知府。錫至。欲修
橋。橋跨海。工難施。錫無可爲計。欲以文檄海神。忽一醉卒趨路而前曰。我
能齎檄往復。乞酒飲。大醉。自沒于海。若有神擎捧之者。俄而以醋字出。錫
意必八月二十一酉時也。遂於是日舉工。潮旬餘不至。工遂成。語載錫本傳中。
此實事也。人不知而以事附蔡端明。且以爲傳奇中戲妄之語。非也。後錫官至
都御史。以才廉聞。八閩通志云。蔡公守泉郡。甃石爲橋。在府城東三十八
都。名萬安橋。亦名洛陽。泊宅篇云。泉州萬安渡。水闊五里。上流接大溪。
下即海也。每風潮交作。數日不可渡。蔡襄守泉州。因故基修石橋。兩岸依託
山中巨石。橋岸造屋數百楹爲民居。以其僦直入公帑。三歲度一僧掌橋事。春

夏大潮。水及欄際。往來者不絕。如行水上。又按瑯琊代醉篇云。蔡興宗。五代宋人。傳奇作蔡襄父。傳奇雖屬戲事。然使初學小生習見稔聞。誤亦不淺。襄封遼被留。襄妻在京。爲豪惡所逼。矢節自守。與香囊張九成妻事相似。兩人皆狀元。作者不知何意。夏得海即風皂隸也。姓氏造出。萬曆間泉州知府鍾化民重修萬安橋。亦得石刻。略同蔡錫事。時以鍾爲蔡襄後身云。

霄光劍

明時舊本。不知誰作。（*按，此劇爲明徐復祚撰，或作王奕清，誤。）霄光劍上刻衞青名。鄭質以此殺人。遺禍于青。故曰霄光劍。史云。民母之子。不以爲兄弟數。未嘗欲殺青也。（劇云，鄭質令翻水牛殺青于甘泉居室，誤殺衞明，青因被擒，問辟，鐵勒奴求救于公孫敖，敖令往求平陽主，向主家掃雪，懇主婢傾城勸主力救，會子夫有姙，而武帝幸主家，遂得請，大赦，青因獲釋，于關目有情，卻非事實。）劇作此波折。令氣勢激盪耳。大長公主執囚青。公孫敖與壯士篡取之。出獄、鬧莊諸折所本也。谷蠡休屠。本非青事。李廣、公孫弘、竇嬰、韓安國。皆不過點綴生情。青娶傾城。與從前埋伏相照應。漢書云。衞青、字仲卿。其父鄭季。河東平陽人也。以縣吏給事侯家。平陽侯曹壽。尙武帝姊陽信長公主。季與主家僮衞媼通。生青。青有同母兄衞長君及姊子夫。子夫自平陽公主家得幸武帝。故青冒姓爲衞氏。青爲侯家人。少時歸其父。父使牧羊。民母之子。皆奴畜之。不以爲兄弟數。青嘗從人至甘泉居室。有一鉗徒相青曰。貴人也。官至封侯。青笑曰。人奴之生。得無笞駡即足矣。安得封侯事乎。青壯爲侯家騎。從平陽主。建元元年春。青姊子夫得入宮幸上。皇后。大長公主女也。無子。妒。大長公主聞衞子夫幸。有身。妬之。廼使人捕青。青時給事建章。未知名。大長公主執囚青。欲殺之。其友騎郎公孫敖與壯士往篡之。故得不死。上聞。廼召青爲建章監侍中。及母昆弟貴。公孫敖由此益顯。子夫爲夫人。青爲大中大夫。元光六年。拜爲車騎將軍。擊匈奴。出上谷。太中大夫公孫敖爲騎將軍。出代郡。青賜爵關內侯。元朔元年春。衞夫人有男。

立爲皇后。明年。青取河南地爲朔方郡。封長平侯。五年春。青將三萬騎出高闕。逐右賢王。得裨王十餘人。衆萬五千餘人。畜數十百萬。引兵至塞。天子使使者持大將軍印。即軍中拜青爲大將軍。封三子皆爲侯。公孫敖亦封合騎侯。公孫戎奴封從平侯。按戎奴當即指爲鐵力奴者。青既尊貴。而平陽侯曹壽有惡疾。就國。長公主問列侯誰賢者。左右皆言大將軍。主笑曰。此出吾家。常騎從我。奈何。左右曰。於今尊貴無比。長公主風白皇后。皇后言之上。迺召青尙平陽主。

虎符記

明時舊本。不知誰作。按。此劇爲明張鳳翼撰。花雲守太平。本與王鼎　許瑗同時殉節。作者爲後來團圓。故云被擒囚禁。增出勸降、失明、送藥、及花煒立功、張定邊自刎等大半情節。以爲雲守城時。取所佩虎符付其妻郜。後令子煒持此見父爲信。故曰虎符也。桅竿射死。本是實事。今在定邊口中作恐嚇語。郜氏本已赴水。今謂圍城時雲遣妻妾出城。倉卒衝散。郜弟適來訪雲。獲與郜遇。往投常遇春鎮所。迻至金陵。孫氏渡江。潰軍奪舟。今增陳友諒兵欲汚孫。孫投江自盡。雷老用桅木救溺一段。太祖鄱陽大戰。射殺陳友諒。常遇春攻破陳理。理就擒。皆是實事。今增花煒將兵與定邊交戰。定邊戰敗。走告雲。美其有子。且具述漢兵敗滅。雲大笑眼明。轉勸定邊降。定邊不從。取佩刀自殺。煒入獄迎雲歸朝。父子受爵。凡數段。按定邊實隨理俱降。未嘗盡節也。太平之戰。友諒見雲勇鋭。曰。此黑將軍猛不可當。雲若不死。功名當在常遇春、鄧愈間。作者蓋深致惋惜。然謂先遣妻子出圍。恐失其意。考明史。花雲。懷遠人。貌偉而黑。驍勇絶倫。至正十三年。從明太祖起臨濠。數戰有功。授前部先鋒。擢行樞密院判。階安遠大將軍。克常熟州。獲卒萬餘。命趨寧國道。殺羣盜數百。還守太平。二十年閏五月。陳友諒以舟師來寇。雲與知府許瑗、院判王鼎、元帥朱文遜率三千人禦之。文遜戰死。友諒攻三日不克。乃以巨舟乘漲。令士卒緣舟尾攀堞登城。城遂陷。縛雲急。雲怒大呼。縛盡裂。起奪守者刀。殺五六人。大罵。賊怒碎其首。縛於舟檣。叢射之而死。瑷、鼎亦抗罵死。太祖即吳王位。追封雲東丘郡侯。瑷高陽郡侯。鼎太原郡侯。立忠臣祠並祀之。方戰急。雲妻郜祭家廟。挈三歲兒泣語家人曰。城破吾夫必死。吾義不獨存。然不可使花氏無後。若輩善撫育之。雲被執。郜赴水死。侍兒孫瘞畢。抱兒行。被掠至九江。軍中惡兒啼。孫氏夜投漁家。脱簪珥屬養之。及漢兵敗。孫往漁家竊兒走。夜宿陶穴中。天明渡江。潰軍奪舟去。棄江中。浮斷木入葦洲。採蓮實哺兒。七日不死。夜半。有老父號雷老。挈之行。踰年。達太祖所。孫氏抱兒拜泣。太祖亦泣。寘兒膝上曰。將種也。賜雷老衣。忽不見。兒尋賜名煒。累官水軍左衛指揮僉事。世宗即位之歲。其五世孫爲遼復州衛指揮。請於朝。贈郜貞烈夫人。孫安人。立祠致祭。張定邊。陳友諒驍將也。至正二十一年。友諒之大義二年。秋八月。明太祖伐漢。友諒自龍江敗還。定邊復陷安慶。至正十八年。友諒破安慶。太祖令諸將乘風溯流而上。復安慶。癸卯秋七月。友諒圍洪都。太祖往救。友諒東出鄱陽湖。遇於康郎山。定邊奮前欲戰。常遇春射卻之。廖永忠即以飛舸追定邊。定邊走。身被百餘矢。士卒多死傷。後累戰敵兵大敗。友諒奪氣。定邊欲挾之退保鞋山。爲明師所扼。不得出。友諒計窮。冒矢突出。遂中流矢死。定邊乘夜以小舟載友諒屍及其子理還武昌。立理爲帝。甲辰春。太祖圍武昌。遣羅復仁諭理降。遂率其太尉定邊詣軍門降。

雙珠記

明初舊本。未知誰作。按。此劇爲明沈鯨撰。王楫夫妻悲歡離合事。以雙珠爲關目。陶宗儀輟耕錄所載。是其實蹟。宗儀但稱郭氏。未載其夫姓名。劇未知有的據否。劇云。王楫、字濟川。祖籍鄖陽人。楫奉母居涿州。妻郭氏。子九齡。友陳獻夫、字時策。孫綱、字天儀。三人同詣袁天罡。天罡相之。言後皆貴顯。而楫即當有難。後與獻夫同立武功。綱與楫子同榜。俄而楫奉勾軍之令。夫妻皆勾往鄖陽。母出一珠與爲記。迨往。營長李克成紿令出外書册。百計誘其妻。楫忿。持刀欲殺克成。克成與訟師張有德定計。控官擬辟。獄吏葉淸恒左右之。郭鬻子于陝西王商。繫衣以珠。知夫必死。無策可救。乃至武當山下自投于淵。眞武憐而拯之。送至楫母處。時楫妹慧娘采選入宮。母亦以一珠爲記。范陽兵亂。母投長安。依姑韓酒媼以居。媼素識天罡。爲楫求救。罡令伺七人共飮。以情訴之。七人者。北斗七星也。是夜北斗不見。罡乃勸帝大赦天下。楫獲免死。改戍劍南。陳獻夫亦避亂至蜀。投節度使爲裨將。朝廷賜纊衣。衣領中得一詩。不敢匿。聞之節使。奏于朝。問知出慧娘手。即以賜獻夫。楫初至。得獻夫保。任節使令。兩人同討賊。並以軍功授武爵。且以至戚相挈還朝。九齡由陝籍擢大魁。與孫綱果同榜。其繼父嘗告以本非己出。衣中有珠。乃生身父母所繫也。時時持玩。且歎且泣。有侍卒窺而色變。九齡詰問。則嘗送宮女赴陝中。道拾其所墜珠。與此珠相似。換酒韓嫗家。九齡命取視。兩珠果如一。乃訪祖母及母于祖姑酒肆中。因悉父尙存。會遇葉清。知改戍于蜀。遂易裝訪親。抵驛中。與父及獻夫遇。出雙珠呈父。隨入京師。一家並完聚。按輟耕錄無後段情蹟。乃多方布置。又撮本事詩賜纊衣。及太平廣記北斗七星事。以相點染。輟耕錄。郭氏。天台人。嫁爲某卒妻。殊有姿色。千夫長李某心慕焉。李名克成。係添出。會卒遠戍。按此言卒遠戍。而李調其妻。劇云楫遠戍至李所轄。不相合。李日至卒家百計調之。汲水本此。郭氏毅然不可犯。夫歸。具以白之。訴情本此。一日。李過卒家。卒憶前事。怒形于色。亟持刀出。而李已脫走。訴于縣。案議持刃殺本部官。罪當死。寘之獄中。郭氏躬往餽食。閉戶業績紡以資衣食。久之。有葉押獄者。尤有意于郭氏。乃顧視其卒。日飲食之。情若手足。卒感激入骨髓。忽傳有五府官來。蓋斬決罪囚者。葉報卒知。卒謂郭氏曰。我死有日。此葉押獄未有妻。汝可嫁之。郭氏曰。汝以我色致死。我又能再適以求生乎。劇與此合。而獄卒之名。則係添出。後又載葉棄家偕行。晤九齡告以其父改戍。亦係添出。既歸。持二幼兒痛泣而言曰。汝父行且死。汝母亦在旦夕。我兒無所倚。今將賣汝以活性命。其子女抱母而號。引裾不肯釋手。遂攜二兒出。召人與之。富室有憐之者。納其子女。贈錢三十緡。劇止一兒。與商人恰同姓。亦是點綴。郭氏以二之一具酒饌。攜至獄門。願與夫一訣見。葉聽入。哽咽不能語。既而曰。君擾葉押獄多矣。可用此少答之。又有錢若干。可收取自給。我去一富家執作。恐旬日不及見君也。歔泣而別。走至仙人渡溪水中。危坐而死。是水極險惡。竟不爲衝激倒仆。人有見者。報之縣。往驗得實。皆驚異失色。爲具棺斂葬之。表其墓曰貞烈。宣撫使廉得其事。原卒之情釋之。富室遂還其子女。卒亦終身誓不再娶。劇以千夫長未嘗得罪。故作天雷擊殺李克成張有德一折。按宗儀所載。乃元時事。而劇以爲唐事。然勾軍僉補。則是明朝事。蓋緣建置衞所。因有軍籍。謂之子孫軍。其人無子孫。則于原籍親族中勾補。僉妻解送。每年有清軍御史。清軍道員。清軍同知。專理此事。王楫勾補軍伍。乃明朝事。作者別有所觸。借此事以作記云。本事詩。開元中頒賜邊軍纊衣。製于宮中。有兵士于短袍中得詩曰。沙場征戍客。寒苦若爲眠。戰袍經手作。知落阿誰邊。畜意多添線。含情更著綿。今生已過也。重結後生緣。兵士以詩白于帥。帥進之玄宗。命以詩遍示六宮曰。有作者勿隱。吾不罪汝。有一宮人自言萬死。玄宗深憫之。遂以嫁得詩人。仍謂之曰。我與汝結今生緣。邊人皆感泣。（劇引此爲王慧娘事）太平廣記。僧一行姓張氏。幼時家貧。鄰有王姥。前後濟之。約數十萬。一行常思報之。至開元中。一行承玄宗敬遇。言無不可。會王姥兒犯殺人。獄未具。姥詣一行求救。一行曰。上執法。難以情求也。心計渾天寺中工役數百。乃命空其室內。徙一大甕于中央。密選常住奴二人。授以布囊。謂曰。某方某角有廢園。汝向中潛伺。從午至昏。當有物入來。其數七者。可盡掩之。失一則杖汝。至酉後。果有羣豕至。悉獲而歸。一行大喜。令寘甕中。覆以木蓋。封以六一泥。朱題梵字數十。詰朝。中使叩門急。召至便殿。玄宗迎問曰。太史奏昨夜北斗不見。

是何祥也。師有以禳之乎。一行曰。莫若大赦天下。玄宗從之。其夕太史奏北斗一星見。凡七日而復。劇引此爲袁天罡事。

鸞釵記

未知何人所撰。按·此本爲依據白蛇記改作·姓氏關目全同·白蛇記見本書卷五·流傳已久。中引李斯丞相築長城。謂是秦始皇時事。似太寥廓。內有四書題目。及所作破題。的是明代人手筆。市易用銀。不用錢幣。亦起明時。明初欲專用鈔。曾禁用銀。正統時。尙書胡濙覆江西巡撫疏。以銀折漕。自後通行。而鈔漸壅。故稗官小說中。論及富民。每云有錢鈔。及家私萬貫云云。皆正統以前事也。然此劇所稱劉翰卿帶銀百兩。恰好十定。乃宋時風氣。以十兩爲一定。王欽若之妻。納賄四十定。載于宋史。但舉定數。不言兩數。尋親記中。亦止言定數。不言兩數。言定則兩可知也。劉翰卿。一作漢卿四川成都府華陽縣生員。父有忠。夫婦早逝。繼母張氏。生弟翰貴。而翰卿妻嚴氏。生一子廷珍。一女玉容。有忠弟有義。離間翰卿于張。不令應試。俾往南莊收債。時值大祲。洪山谷民朱義者。將烹子以供父啖。翰卿以所收債與之。而全其子。張謂翰卿匿銀誑己。怒甚。有義爲畫策。以錫灌銀百兩。令翰卿貿易于徐州。臨別。妻嚴以鸞釵一對。與夫各分其半。比至徐州。假銀事發。幾獲重罪。徐州守周孝悌察其非罪。薄責遣還。其母復欲控官。必致于死。翰卿呼廷珍至江口。以鸞釵與之。而自投于江。適孝悌舟過。拯救入京。薦于李斯。奏往臨洮督工。授職總管。張聞翰卿沉江。則立逐嚴氏母子居南莊。而翰貴性特友愛。不直其母。持財物往貽嫂姪。嫂令子女殺鷄食之。翰貴止令毋殺。紛拏之頃。鷄血縷濡。汚翰貴衫袖。嫂令留衣待浣。而翰貴獨身歸。時奉檄。三丁抽一戍邊。翰貴方行。被捉爲役夫。押赴臨洮。家人莫知也。張謂嚴母子殺翰貴。訟于官。母子三人爭死。官坐嚴重辟。令其女入獄扶侍。而免廷珍之罪。張又賄朱義。令殺廷珍。義感翰卿活子之恩。

以情告廷珍。勸入京鳴寃。而偕廷珍抵獄。令別其母。母乃以鸞釵與廷珍爲永訣。時翰貴爲役長。築城臨洮。而兄翰卿監工。適相值。乃奏其功。授郎官之職。翰卿以功擢御史。轄四川軍民。兄弟同行至驛館。朱義扶廷珍遮道訴寃。翰卿呼詰之。則其子也。挈至成都。出嚴氏母女于獄。而繼母年老失明。悔過自怨。匍匐控官。請釋其媳罪。適遇翰卿。于是一家團聚。歡好如初。翰卿禱于天。母目復明。備言爲叔有義唆使。翰卿亦不與叔較也。此劇雖形容母叔之惡。而兄弟妻子。孝友慈愛。有裨世教。可示勸懲。非妄作也。築城齣內。有晏公廟。晏公佐禹治水。後爲水神。江南州縣。往往廟祀。說白中有二句。投水屈原終是屈。殺人曾子又何曾。此宋人對句也。屈屈曾曾。皆有兩音。時以爲警聯云。

箜篌記

乩仙之筆。*按·此劇爲明韋爻撰·又呂天成曲品稱或乃越人鄭聖戉生作·演唐盧李二生事。出唐逸史。載廣記中。盧二舅召箜篌女子佐酒。爲李生作姻緣。後得陸長源女。即席間所見。故曰箜篌記。蘇軾詩夢回尙記歸舟字。蓋指此也。釋名云。箜篌。師延所作。樂府雜錄云。箜篌。鄭衞音之權輿也。亦曰坎侯。古樂府有公無渡河之曲。有白首翁溺于河。妻麗氏善箜篌。撰此曲以記哀情。史記云。祠太乙后土。始用樂。作箜篌。桓譚新論云。鄙人謂狐爲狸。以瑟爲箜篌。文獻通考。箜篌唐制。似瑟而小。其絃有小木撥彈之。以合二變。故燕樂有大箜篌小箜篌。其音若鶴鳴之嘹唳。玉聲之淸越者也。續文獻通考云。箜篌制以木。闊腹。腹下施橫木而加軫二十四。柱頭及首並加鳳喙。風俗通云。箜篌一名坎侯。言其坎坎應節也。侯以姓冠。或曰箜篌。取其空中。太平廣記。昔有盧李二生。隱居太白山讀書。兼習吐納道引之術。一日李生告歸曰。某不能甘此寒苦。且浪跡江湖。訣別而去。後李生知橘子園。人吏隱欺。欠折官錢數萬貫。羈縻不得東歸。貧甚。偶過揚州問使橋。逢一人。草蹻布衫。視之乃盧生。生昔號二舅。李生與語。哀其襤褸。盧生大罵曰。我貧賤何畏。公不作好。棄身凡弊之所。又有欠負。且被囚拘。尙有面目以相見乎。李生厚謝。二舅笑曰。居處不遠。明日即將奉迎。至旦。果有一僕者馳駿足來。云二舅遣迎郎君。旣去。馬疾如風。過城南數十里。路側朱門斜開。二舅出迎。星冠霞佩。容貌光澤。侍婢數十人。與橋下儀狀全別。邀李生中堂宴饌。名花異木。若在雲霄。旣夜。引李生入北亭命酌。曰。兼與公求得佐酒者。頗善箜篌。須臾。紅燭引一女子至。容色極艷。新聲甚嘉。李生視箜篌上有朱字一行云。天際識歸舟。雲間辨江樹。罷酒。二舅曰。莫願作婚姻否。李生曰。某安敢。二舅許爲成之。又曰。公所欠官錢多少。曰。二萬貫。乃與一柱杖曰。將去于波斯店取錢。可從此學道。無自穢身陷鹽鐵也。纔曉。前馬至。二舅令李生去。送出門。波斯見柱杖驚曰。此盧二舅柱杖。何以得之。依言付錢。遂得無事。其年往汴州。行軍陸長源以女嫁之。既婚。頗類盧二舅北亭子所覩者。復解箜篌。果有朱書字。視之。天際之詩兩句也。李生具說揚州城南盧二舅亭中筵宴之事。妻曰。少年兄弟戲書此。昨夢見使者云。仙官遣迎。一如公所言也。李生歎訝。卻尋二舅之居。惟見荒草。不復覩亭臺也。又按類說云。趙文韶住青溪。月夜唱烏飛曲。忽有青衣至曰。王家娘子傳語。聞君歌聲。頗感悽惻。故遣相問。須臾。女子至。容色可憐。謂文韶曰。聞君善歌能爲作一曲否。文韶爲歌草生磐石。音韻清揚。深契女心。女曰。但令有瓶。何患無水。顧青衣還取箜篌鼓之。令婢歌繁霜。自解裙帶縛箜篌以倚歌。歌曰。日暮風吹。月落依依。丹心寸意。愁君不知。窮夕別去。明日文韶至青溪廟中。女姑神像。即夜所見者。

題門記

一名桃花莊。明初舊本。載崔護題人面桃花之句於門。故曰題門。以其所居爲桃花莊。故又曰桃花莊云。所載崔護事實。出本事詩。已詳桃花人面劇中矣。其與登樓記頗相異。與本事亦微不同。又撰出王維、楚蓮香一段情蹟。本事崔護無字。亦未言其爲官。此劇云護。字長卿。現任中書舍人。與翰林王維。高士孟浩然至契。妓楚蓮香。維所厚也。三人同訪之。相挈偕遊紫陌坡。蓮香出扇索詩。維題句云。輕風細雨濕梅花。驟馬先過碧玉家。正值楚王宮裏至。門前初下七香車。按此維集中佳句。作者因此幻出楚蓮香。亦設想之巧。遂以詩扇爲媒。與蓮香訂婚姻之約。護聞謝家莊桃花盛放。與二人別。單騎往觀。莊園主人謝確、字磐石。妻秦氏。女嬌英。婢春紅。本事原無姓名。登樓記曰莊慕瓊。桃花人面曰葉蓁兒。此曰謝嬌英。皆係造出。春紅在門首看花。嬌英在門內。護得窺見。託以酒渴求漿。此又借裴航事。語言相閧。護頗留意。而嬌英已情鍾于護矣。執戟花汝石者。强劫蓮香。蓮香母女遁入謝宅。各詢姓字。蓮香爲言。崔舍人嘗與王摩詰。語女相遇事。語未畢而花僕劫蓮香去。蓮香令母以維扇還維。甫入花門。西臺御史金紫章。先已奏花罪惡。花金兩人。亦係撰出。承旨籍沒。蓮香遂入宮侍楊貴妃。皆係撰出。崔護逾年復至謝莊。父女皆掃墓。不獲見女。遂題門而去。即去年今日此門中，人面桃花相映紅，人面不知何處去，桃花依舊笑春風。詳見桃花人面。女歸見詩。感疾危篤。延巫降神。婢告巫以故。巫託神語。爲其父母言之。父怒責婢。乃道崔護姓名。及上年謁漿。前月題門事。未久。女氣絕。而護復來訪。父方出治棺具。母聽婢言。令護入哭。女乃復甦。本事只云有父，未聞有母，此與小異。又云冥司喚女問狀，查簿當與崔婚，即令土地送還。按牡丹亭冥判一折，本此。父還遂訂婚約。而郭子儀方討吐蕃。奏爲參軍。遂未及娶而別去。維、浩置酒餞別。維已將題門前後情景。繪成長卷。錄護詩于上。浩即書春遊奇遇四字于卷首。以贈其行。是日方飲。魚朝恩遣人乞護爲母作誌。護峻卻之。元載遣人乞維爲父八十壽文。維又卻之。兩人大怒。協謀欲害王崔。會崔監軍得勝。而手卷偶遺戰場中。軍士拾得。聞好書畫中貴惟朝恩。以鬻于魚。魚因與元載奏聞于朝。言護廢職閒遊。引誘民間婦女。維恣情圖畫。玷辱名門閨壼。明皇留手卷不發。俟細訪定奪。會因吐蕃掃蕩。海宇昇平。觀荷太液池。楚蓮香忽墜詩扇于地。蓋即王維所題。維嘗奉命爲宮人寫眞。按維并無寫眞事．以扇復歸蓮香也。明皇覽而問其故。蓮香奏云。本與維有婚姻之約。又問旣與王維訂婚。魚朝恩所進手卷。有王維復有崔護。知其事否。蓮香復細奏題門始末。明皇欲成全兩人。聞維入直翰林。夜至院中排筵奏樂。適維拉浩在院。避伏床下。呼出令誦所作詩。授以翰院待詔。按浩在維所．帝適至．伏床下．已而呼出令誦詩．乃誦云．北闕休上書．南山歸敝廬．不才明主棄．多病故人疎云云．帝曰．卿不求朕．朕未嘗棄卿．何不曰氣蒸雲夢澤．波撼岳陽城．遂聽其還山．未嘗授職也．排筵奏樂．借用宋時王珪事．授翰林待詔．似借李白供奉翰林事．問維與浩。以崔護題門及維題扇事。維、浩具以實對。明皇乃令孟浩然爲媒。以楚蓮香勅賜王維。配爲夫婦。即令王維同孟浩然爲媒。賷春遊手卷。並金帛花紅爲聘。送崔護至謝家莊成婚。崔護方奏捷抵京。遂諧配偶。按逐段關目．皆係增飾．

江天雪

明代人所作。不知誰手。樂府江天暮雪之曲。流傳誦習。其來已久。演崔君瑞事。蓋本元人雜劇。改頭換面也。元楊顯之臨江驛瀟湘秋夜雨。*瀟湘雨，見本書卷二。其略云。張商英女翠鸞。渡淮沉舟。父女散失。崔文遠收作義女。與姪通爲婦。後通貴顯。重婚趙氏。不認翠鸞。押鸞遠徙。值秋雨淋漓。鸞不勝楚。宿臨江驛外。適商英避雨驛中。見而悉之。拘通責其罪。通亦自責。貶趙爲婢。與鸞復諧伉儷。此劇事相類。其節目。元人以秋雨。此以冬雪。完聚于江天驛。故名江天雪也。越州諸生鄭廷玉。少失怙恃。有妹月娘。適同里崔君瑞。君瑞得第。選金華令。崔行取入京。至虎撲嶺遇盜。行李一空。寓孀婦王媪飯舖。工部尚書蘇琇。吳人。崔父執也。崔別月娘。謁蘇假貲。蘇乏嗣。有一愛女。欲以妻崔。崔利其貲。紿以妻亡。願爲壻。蘇僕王卞諫云。崔狀非端人。性必狡猾。恐其中有詐。蘇不聽。崔知卞議己。甚啣之。適蘇奉命起官採訪使。崔覓釁責卞。卞走姑家。姑即月娘居亭孀媪也。月娘見夫久不至。嘗問卜。卜者云。明月明月。雲遮霧滅。若要相逢。江天暮雪。及卞至。告其姑云。主贅崔君瑞。曾勸阻。故痛懲我以洩恨。月娘竊聽。知夫別就婚。浼卞挈往。卞慮禍堅拒。月娘云。或有意外。當爲解紛。乃與乳媼俱詣吳門。崔觀梅鄧尉。卞引月娘先見蘇氏。蘇女知係前妻。甚相愛敬。無何崔歸。瞷月娘衣服儆垢。謂其辱己。詆蘇女云。此係黠婢。盜金出亡者。遂大詬。批其頰。加以鎖械。令卞押歸越州。行三步與一棍。示必殺之。嚴冬大雪。月娘體弱。且不勝楚。卞憐其寃。釋杻械曲相保護。至平望江天驛。暮雪不能行。與乳媼坐驛廊。相向啼哭。初、廷玉應試。訪崔覓資斧。値崔行取在道。索晤于逆旅。崔見廷玉襤褸。秋毫不相恤。鄭與妹別。固心恨崔。及登第。尙主爲駙馬。給假省墓。適駐驛中。月娘見其旌節儀從。知爲顯官。欲聲寃。懼不敢前。乳媼代呼叫。廷玉試鞫問之。乃即其妹也。會蘇琇方採訪歸。謁廷玉。廷玉使月娘面叱。且令速歸送崔赴驛。三步一棍。視崔所加于月娘者。琇不敢拒。歸大詬崔。崔登途。亦値風雪。廷玉使卞束崔。卞故作凌虐狀。崔至驛中。匍匐請罪。廷玉据高座。

責其薄倖。月娘亦詬詈不止。廷玉至欲以崔齒上方之劍。琇不得已。擕女詣驛懇求。廷玉不從。琇復浼卞代懇。月娘念卞恩。乃語兄止不治。崔愧悔謝罪。月娘以蘇女本善相待。以妹稱之。復與崔偕老云。

鳳鸞鳴

明末人作。所演雲鳳岐、竇鸞仙。乃唐人事。而官名中軍都督。乃明時始有。生旦名字中有鳳鸞字。故曰鳳鸞鳴。所引唐相裴延齡。諫議大夫陽城。及回紇犯邊。皆係假託。唐書列傳。亦無雲鳳岐、竇嵩年、楊大春名。略云。雲鳳岐。西魯雲中人。御史大夫雲九如之子。幼失怙恃。與表叔司空竇嵩年女鸞仙。曾指腹爲婚。鸞仙母黄氏早亡。乳母文媪撫養之。聰慧工翰墨。鳳岐往謁嵩年。留寓梅花書屋。課舉業以待試期。鸞仙獨步在園中遊覽。遇鳳岐。詭云侍婢紈香採花。以扇頭落梅詞調寄浣溪紗者。屬鳳岐和。鳳岐即次其韻。鸞仙詞云。幾點遺鈿入曉窗。小堦夢冷怯淸霜。鏡奩低照壽陽粧。和月飄來簾影靜。因風飛去草痕香。玉簫吹徹夜昏黃。鳳岐和云。約略西風逗瑣窗。飛鈿猶帶紛痕霜。玉臺春曉不成粧。雨線霏微添砌冷。烟絲淡蕩拂泥香。江妃腸斷蝶衣黃。有諫議大夫楊大春。裴延齡之黨也。求婚於竇。嵩年毀其名帖。呵叱之。遂啣恨。與幫閑刁惠懷謀。刁係竇尚書之僕。以罪遣者。爲之畫策。時韓愈上佛骨表。謫貶潮州。楊乃寄書延齡云。鳳岐與韓一黨。延齡果遣人緝鳳岐。發配隴西。初鳳岐寓梅花屋時。爲竇督課甚嚴。命僕霜鍔。代往年伯陽城處祝五旬壽誕。以霜鍔貌與己相似也。歸値試期。辭竇行。至永安界。暮宿九天玄女廟。護法伽藍奉玄女敕。變化道人。指示鳳岐避神櫃中。免捕獲之難。霜鍔乃僞作鳳岐。自首投到。鳳岐感其意。結爲兄弟而別。霜鍔隨解人往隴西。嵩年寄書陽城。欲參延齡。誤投大春處。大春告于延齡。延齡大怒。是時回紇犯邊。遂薦陽城征討以陷之。鳳岐至陽城家。詭云霜鍔。因寄跡焉。而嵩年被延齡參。下獄。緹騎取鸞仙入宮。其婢紈香。與鸞仙貌相似。慨然代往。霜鍔之發配隴西也。夜宿九天玄女神廚。夢授九轉槍法。且與揮邪寶劍。適陽城爲回紇戰敗。霜鍔救之。幷擒回紇。班師歸第。鳳岐晤霜鍔。始向陽城述代主之事。奏聞于朝。授霜鍔中軍都督之職。初文嫗偕鸞仙避難南安。與陽城私第相近。忽遇鳳岐。不敢相認。楊大春命刁惠懷入獄殺竇嵩年。爲竇所擒。其劍有楊大春名。事聞於朝。交刑部問罪。紈香亦於宮中奏明枉罪之由。帝命陽城霜鍔廷鞫。曲直洞然。嵩年以原官起用。女鸞仙送歸私第。延齡革職。大春脊杖充軍。惠懷處斬。帝復召雲鳳岐。面試落梅浣溪紗詞。因紈香在宮中。曾代宓妃作此。鳳岐即寫前和鸞仙詞呈覽。帝大悅。擢授狀元及第。鳳岐憶在陽城居側。曾遇鸞仙。亟往迎歸。上聞于朝。鸞仙紈香並封一品夫人。配鳳岐。命有司建雙義坊。表揚其事云。按裴延齡傳。河中河東人。德宗用參輔政。陸贄極論其譎妄不可任。帝以爲排娼。愈益厚延齡。延齡恃得君。謂必輔政。少所降下。至嫚罵邇臣。時人側目。屬疾臥第。載度支官物輸之家。無敢言。帝念之。使者日三輩往。死年六十九。人語以相安。唯帝悼不已。贈太子太傅上柱國。元和中。有司謚曰繆。（劇云革職歸農，非是。）陽城傳。城字亢宗。定州北平人。陝虢觀察使李泌薦諸朝。詔以著作佐郎召。使參軍事。韓傑奉詔至其家。城封還詔。自稱老德。泌不敢彊。及爲宰相。又言之德宗。召拜右諫議大夫。裴延齡誣逐陸贄、張滂、李充等。帝怒甚。無敢言。城聞曰。吾諫官。不可令天子殺無罪大臣。乃約拾遺王仲舒。守延英閤上疏。極論延齡罪。慷慨引誼。申直贄等。累日不止。聞者寒懼。城愈勵。帝大怒。召宰相抵城罪。順宗爲開救。良久得免。敕宰相諭遣。然帝意不已。欲遂相延齡。城顯語曰。延齡爲相。吾當取白麻壞之。哭於廷。帝不相延齡。城力也。（劇言工部尚書竇嵩年參裴延齡，不准所奏，乞骸而歸。唐書無此一段。諫議楊大春，係延齡之黨。御史大夫雲九如子鳳岐，與竇嵩年中表聯姻。列傳中無此人。嵩年與陽城書，囑參延齡。延齡大怒，薦陽城討回紇，暗害之。雲鳳岐之僕霜鍔，假充鳳岐，及救陽城，擒回紇，亦無此事。）回紇傳。俗多乘高輪車。元魏時亦號高車部。或曰敕勒。訛爲鐵勒。

其部落曰袁紇、薛延陀、契苾、羽都播、骨利幹、多覽葛、僕骨、拔野古、同羅、渾思結、斛薛、奚結、阿跌、白霫。凡十五種。皆散處磧北。袁紇者。亦曰烏護。曰烏紇。至隋曰韋紇。大業中。幷僕骨、同羅、拔野古。自稱回紇。貞觀三年始來朝。天寶初。裴羅與葛邏祿。自稱左右葉護。助拔悉密。擊走烏蘇可汗。後三年。襲破拔悉密。斬頡跌伊施可汗。遣使上狀。天子以爲奉義王。南居突厥故地。徙牙烏德鞬山昆河之間。南距西城千七百里。西城。漢高闕塞也。北盡磧口三百里。悉有九姓地。九姓者。曰藥羅葛、曰胡咄葛、曰啒羅勿、曰貊歌息訖、曰阿勿嘀、曰葛薩、曰斛嗢素、曰藥勿葛、曰奚邪勿。藥羅葛。回紇姓也。肅宗即位。使者來請助討祿山。乾元元年。請昏。許之。帝以幼女寧國公主下嫁。德宗時。因李泌奏。詔咸安公主下嫁。可汗請易回紇曰回鶻。言捷鷙猶鶻然。按。此德宗時無侵犯中國事。劇不過借爲關目耳。

桃花㗉

明末人作。演衞石霍鬟雲事。悲歡離合。皆以桃花㗉爲關目。其事正史無所考。中間引入王越。則是成化間故實。借威寧海事以生色耳。略云。衞石、字無言。本貫北平人。父太虛。爲延平太守。愛閩地山川。卜家將樂邑。早赴玉樓。母亦棄世。家業凋零。訓蒙餬口。父存日。曾與霍觀察聯姻。以桃花㗉爲聘物。岳翁已亡。岳母時氏壽誕。石預支束脩三錢。製壽詩一幅往祝。時氏嫌石貧。有悔親意。其弟大宜。考職縣佐。亦來祝壽。時氏因以桃花㗉與弟。女鬟雲探知母意。乃僞作青衣愛雲。潛出見生。私贈釵環首飾衣服。以固其心。石歸館舍。一日大雪中。望見一人踰山而來。步履健捷。知非常人。留敘荒齋。詢其姓名。則高密侯禹之後裔。曰鄧玉。字伯扶。于天台山括蒼洞。皈依妙手空空兒。精通劍術。年甫十八。衞石年十七。遂結金石之誼焉。按劇中白云。空空兒即唐時劍客·見聶隱娘傳中者·隱居天台千載·女弟子二人·一曰玄霜·一曰絳雪·男弟子二人·一曰鄧玉·一曰張處道·大宜選延平二尹。置酒召親鄰。石與飲。甫就席揖遜。而席上桃花斝。爲劍客張處道用隱身法竊去。處道者。亦空空兒弟子。與鄧玉同學。其性狡猾。師固心識其必墮落也。大宜疑石竊此斝。告於縣令監禁之。大宜旋攜姊及甥女雙雲赴任去。囹圄稍寬。石得讀書不廢。延平府理刑卞志和。奉巡按之命。至將樂縣中查監。嘉石身居縲紲。志存詩書。釋放寧家。志和事畢赴省。石往叩謁。細詢始末。知是同年之子。因己乏嗣。即認爲子。改名卞志石。應試聯捷。授職行人。是時威寧伯王越。字世昌。大名濬縣人。鎭守兩廣。官太子太保兵部尚書兼都察院左都御史。鄧玉往獻平蠻策。大喜。命假扮磨刀漢。至金剛洞。探土蠻金剛洞主山川形勢。士馬强弱。而處道亦往見洞主。以桃花斝進之。自稱妙手空空兒命來輔佐。鄧玉自蠻中歸報。値越雪中夜宴。解貂裘衣之。賜侍兒碧綃爲妻室。金剛洞主千花。遣處道與其子掀天太歲。侵掠兩廣。抵羅平關。時大宜被擒。獻雙雲與土蠻子。戣雲拒不從。而鄧玉大兵驟入關。掀天被擒。知戣雲良家女子。寄之竹林庵。處道復隱身入玉營行刺。被擒正法。碧綃路過竹林庵。遇戣雲。詳述前後事。允爲尋訪衛石。而玉縱掀天歸。偕千花洞主來降。獻桃花斝。玉以獻于王越。適衛石齎詔。賜越金書鐵劵。越款石。見桃花斝。傷感泣下。越詢始末。即以此斝送之。碧綃與玉。已備述衛石戣雲之事。石來謁。始知改姓之由。玉又言霍夫人已從竹林庵迎歸。即爲成就良緣。花燭之夜。石疑妻爲侍婢。戣雲云。戣字分開。即是愛雲二字。昔日恥於自獻耳。衛石入京復命。鄧玉辭榮入道。設酒於長亭。別石夫婦。舞劍化去。　按錢謙益列朝詩序云。王越、字世昌。濬縣人。景泰二年進士。廷試日。旋風掣其卷颺去。逾年高麗貢使攜以上進。占者曰。此封侯萬里之徵也。天順中。以御史超拜右副都御史。巡撫大同。進太子太保。兵部尙書。成化十六年。偕汪直朱永出塞。大破北寇於威寧海。封威寧伯。十七年。佩征西前將軍印。鎭大同延綏。直敗奪封。編管安陸。弘治七年。年七十二。起總制寧夏甘涼。經略哈密。復大破敵于賀蘭山。加少保兼太子太傅。卒贈太傅。謚襄敏。（按越未嘗爲兩廣總督．劇妄引也．）越姿表英邁。歷西北諸鎮。身經百十餘戰。出意制勝。動有成算。在延鎮時。夜雪張燈。豪飲氈帳中。小校偵敵事者刺報甚悉。越喜。以金甌酌酒。坐而飲之。已即以金甌與之。校得賞。益暢其所欲言。越大喜。指女伎尤麗者謂曰。若無妻乎。以此予汝。紅鹽池之役。半夜襲敵。以逆風往返。敵不爲備。以其得嚮導之力也。（按此卒未言姓名．劇實之以鄧玉云．）

一笑緣

一名醒世圖。明末時人所撰。以孔慕麟與羞花。一笑而成姻。故名。以孔方得長眉仙所授醒世圖。故名醒世圖。其意痛言賭博之害人以示戒。孔慕麟者。父曰孔方。（以喻錢財之錢也．）母曰嚴氏。父之乳母曰全嫗。老僕曰周儀。孔方家道頗裕。而性好嫖賭。其妻嚴氏嘗禁制之。苦勸其立關誦讀。遂得入泮。及將赴秋闈。

嚴氏恐其蕩費。復與偕行。而所攜五百金。令方自收取。方乘間持至博肆繆無窮之家。（言其謬無窮也。）與馬扁、（合爲騙字也。）貝戎、（合爲賊字也。）及妓錢樹兒。（妓家名美妓爲錢樹子也。）豪飲縱博。一夕盡輸其資。意欲復博。而衆以其貲盡。不肯與籌。方乃書券。以妻抵于馬扁。復取籌以博。又悉輸去。馬扁旣勒其劵。又令方作一札云。已暴疾垂危。呼妻亟趨視。妻不知其詐。令仝媪抱幼子。偕乘轎以往。馬扁令輿夫棄仝媪於荒郊。而誑嚴氏至己寓。謂其夫以妻鬻于己。嚴大怒。辱罵求死。馬扁不得已。誑云送回方寓。竟鬻于娼家。妻持刀欲殺老娼。有尼了凡。聞其閧。爲和解之。妻乃出金鐲等物。贖契而出。投尼爲師。方自省回。盡賣其產。周儀勸不聽。方復至省。不數日輸盡。同賭者共拳毆之。儀適見不平。出語詬局騙者。且抵觸方。方怒。擊儀立斃。縣令以爲必同賭者擊殺其僕。坐繆無窮、貝戎等之罪。充發邊遠爲軍。而革去孔方生員之籍。方益落魄。至爲乞丐。饑寒不堪。憤欲自盡。其前身本長眉大仙道童。名曰性圓。大仙憫其墮落。呼與一畫幅。曰醒世圖。拔圖拜禱。所求立應。時秦皇聞世有聚寶盆。下令得以獻者。予厚賞。按聚寶盆乃沈萬三家物。聞明太祖時。萬三持以獻。不驗。劇所引本此。方焚香禱圖。竟得聚寶盆。因趙高以獻。授爲函谷關總兵官。按函谷去陝甚近。劇以爲極邊。與西番接。可哂。與李斯交代。初、全嫗棄郊外。念所抱兒必餓死。觀音大士憐之。俾嫗復下乳以哺兒。得無恙。李斯爲趙高所傾。出爲關總兵。道遇嫗。號哭抱子。問其故。收以爲子。令嫗與俱。關外寶象國王有女羞花。美而且勇。慕麟年長出關。與羞花遇。兩軍交鋒。彼此相見。各一笑。皆鍾情。羞花于陣禽慕麟。告于父。贅以爲壻。趙高聞於朝。言李斯令子贅外裔。欲爲叛。孔方接斯任。密詔令方誅斯。方見全嫗。知慕麟乃己子。遂令嫗出關。誑慕麟歸。羞花見其夫入關。不得已來降。會有詔召方入朝。挈全嫗及子。道經尼庵。得與嚴氏遇。乃復迎歸團聚。而長眉仙指點方以出世因緣。方始知前身即性圓云。

曲江記

明初舊本。未知作者何人。*按，此劇爲明沈采撰，此即四節記中之第一段，下類推， 共作春夏秋冬四景。凡四卷。名爲四節。以杜甫、謝安、蘇軾、陶穀。各占一景。第一卷曰杜子美曲江記。因少陵曲江詩。有典衣盡醉之句。故標其事而增飾成之也。詩云，朝回日日典春衣，苑外江頭盡醉歸，酒債尋常行處有，人生七十古來稀，桃花細逐楊花落，黃鳥時兼白鳥飛，傳語風光共流轉，暫時相賞莫相違， 劇云。天寶十三載。杜甫奏賦三篇。授集賢院待制。遷左拾遺。按甫以獻三大禮賦得官，未嘗官待制，杜詩云，集賢學士如堵牆，觀我落筆中書堂，蓋召試于集賢殿，非授職集賢院也，擢左拾遺，亦係後來，非獻賦時事， 與禮部賀知章。按賀知章爲禮部侍郎時，甫尚未授官，迨甫授官，李白亦已去官矣，作者以此二人最知名，故點綴爲時事也，知章有金龜換酒事，白又有宮錦袍事，一并敘出，以爲合錦， 翰林李白。共詣曲江遊樂。甫與黃四娘舊好。四娘居曲江頭萬花村。三人因就飲花下。按黃四娘乃蜀人，杜甫在蜀時，有詩云，黃四娘家花滿蹊，千朵萬朵壓枝低，流連戲蝶時時舞，自在嬌鶯恰恰啼，蓋子美寓蜀而作，今以爲出自教坊，寓居曲江，亦是翻換， 尋避安祿山之亂。甫依節度使嚴武於蜀。此是實事，杜詩，得歸茅屋赴成都，眞爲文翁再剖符，以文翁比嚴武也， 四娘亦他徙。依杜韋娘以居。此是增飾，賓白中引春風一曲杜韋娘句，又引杜鴻漸韋應物·以相點綴·甫在蜀時。知章白亦同流寓。相與造甫。登臺覽古。嚴武亦來訪。報李猪兒已刺祿山。按甫在蜀中·李白相隔甚遠·甫時時有詩憶之·知章則已逝矣·吹臺懷古·則因杜詩有此·遂有馮夷來擊鼓·始知嬴女善吹簫·是也·嚴武訪杜·則杜詩中元戎小隊出郊坰·問柳尋花到野亭·正敍此事·劇又借祿山作孽降天誅·及朝廷問府主二作·據以爲嚴武報平賊信耳·於是甫與賀、李。同歸京師。四娘亦偕杜韋娘。返曲江舊宅。甫尋夙好。復與賀、李詣飲。用相歡慶云。按此並係增飾·按新唐書。天寶十三載。玄宗朝獻太淸宮。饗廟及郊。杜甫奏賦三篇。帝奇之。使待制集賢院。命宰相試文章。擢河西尉。不拜。改右衛率府胄曹參軍。所謂待制集賢院者。不過候旨於集賢院耳。非官名也。其官所授。如尉與參軍之職。皆甚微。若宋與明初之待制。則爲淸貴近臣矣。至德二年。甫走鳳翔上謁。始拜右拾遺。蓋麻鞋見天子。辛苦賊中來。以忠誠受知。故加超擢也。曲江之詩。是爲拾遺時所作。移在祿山叛逆以前。其後流落劍南。結廬成都西郭。嚴武再帥劍南。表爲參謀。檢校工部員外郎。武以世舊。待甫甚善。親至其家。記中武命駕訪甫。即此事也。記中所引杜韋娘詩云。高髻雲鬟宮樣妝。春風一曲杜韋娘。司空見慣渾閑事。惱亂蘇州刺史腸。唐人詩話等所載或以爲韋應物作。司空謂杜鴻漸。或以爲劉禹錫作。司空謂杜佑。二說未知孰是。此記引作應物詩。蓋以鴻漸應物。與甫同時耳。

東山記

此四景中第二卷。曰謝安石東山記。言安與王羲之暑月圍棋。此是增飾。聞其姪玄破苻堅信。不覺屐齒之折。此是實事。謝安本以東山著名。故曰東山記也。謝安欲約白雲、明月二妓遊東山。攜妓遊山是實、增出白雲明月。姪玄以爲不至。安與賭紫香囊。二人果至。玄輸香囊與安。安遂取燒之。安燒玄香囊是實、關目是增出。是時桓溫平蜀破燕。威名甚著。而苻堅率苻融。將兵六十萬南伐。溫乃薦安與玄。召至京師。用安爲司馬。玄爲中郎將。命玄伐堅。大段本之正史、節其略耳。白雲、明月隨安至京。此是增飾。玄將出兵。詣安作別。安與圍碁。玄碁素高。是日安勝。與二妓言之。以資懽笑。

玄與苻堅戰。大敗堅兵。堅陣中受傷。融戰沒。其將士聽風聲鶴唳。皆以爲晉兵。皆是實事。王羲之造安。安與圍碁。互有勝負。奏捷者至。安若爲不知。羲之問之。乃云玄已破賊。羲之既去。安屐齒折而不知。此皆實事。但史不指羲之也。温敍安叔姪之勳。並加顯爵。按安玄破苻堅時。温已沒。其弟桓冲爲政。非温也。此與史不合。晉書。謝安、字安石。少有重名。寓居會稽。與王羲之、及高陽許詢、桑門支遁遊處。出則漁弋山水。入則言詠屬文。無處世意。揚州刺史庾冰以安有重名。必欲致之。累下郡縣敦逼。不得已赴召。又云。安雖放情丘壑。然每遊賞。必以妓女從。劇中有白雲明月二妓。因此。又云。征西大將軍桓温。請爲司馬。將發新亭。朝士咸送。中丞高崧戲之曰。卿累違朝旨。高臥東山。諸人每相與言。安石不肯出。將如蒼生何。蒼生今亦將如卿何。既到。温甚喜。言生平。歡笑竟日。東山標目本此。即會稽東山也。蒼生二句。劇移作使臣口中語。苻堅率衆號百萬。次於肥水。京師震恐。加安征討大都督。玄入問計。安無懼色。答曰。已別有旨。既而寂然。玄不敢復言。乃命張玄重請。安遂命駕出山墅。

親朋畢集。方與玄圍棊賭別墅。安嘗棊劣于玄。是日玄懼。便爲敵手。而又不勝。安顧謂其甥羊曇曰。以墅乞汝。玄等既破堅。有驛書至。安方對客圍棊。看書既竟。便攝放牀上。了無喜色。棊如故。客問之。徐答云。小兒輩遂已破賊。既罷還內。過戶限。心喜甚。不覺屐齒之折。以總統功。進拜太保。劇中所引皆實。但圍棊者。晉書云是張玄。世說則云謝玄。此據世說也。其後對客客問。晉書未言何人。劇則竟以爲王右軍矣。玄字幼度。少好佩紫羅香囊。安患之而不欲傷其意。因戲賭取。即焚之。長有經國才略。桓溫辟爲掾。轉征西將軍桓豁司馬。苻堅彊盛。朝廷求文武良將。可以鎭禦北方者。安乃以玄應舉。拜建武將軍兗州刺史。領廣陵相。監江北諸軍事。苻堅率兵次于項城。衆號百萬。先遣苻融等至潁口。玄都督徐兗青三州。揚州之晉陵。幽州之燕國諸軍事。衆凡八萬。堅列陣臨肥水。玄使謂苻融。君臨水爲陣。是不欲速戰。諸君稍卻。令將士得周旋。融麾使卻陣。玄等渡肥水決戰。臨陣斬融。堅衆奔潰。沒水者不可勝計。肥水爲之不流。餘衆棄甲宵遁。聞風聲鶴唳。皆以爲王師已至。詔遣殿中將軍慰勞。以勳封康樂縣公。

赤壁記

此卷曰蘇子瞻赤壁記。點綴軾事。以赤壁之遊爲主。作四時中秋景。虛實相參。互見赤壁遊雜劇及金蓮記（*按，赤壁遊見本書卷七，金蓮記見卷十二。）內。言蘇軾居內翰。以詩託諷。爲中丞李定御史舒亶等所劾。貶黃州團練副使。生日。妾朝雲置酒祝壽。杭妓琴操亦特至稱賀。佛印禪師居州中妙覺寺。黃庭堅魯直訪軾未値。往謁禪師。軾遣人邀兩人共遊赤壁。命酒聯吟。有旨召軾翰林。復爲學士承旨。佛印庭堅餞行。軾歸朝。進講經筵。反覆開導。皇太后與哲宗俱在便殿。召入咨訪朝政。天色昏黑。命撤御前金蓮寶炬。送歸禁苑。後復爲御史趙挺等所劾。言其規切時政。貶知杭州。挈朝雲遊西湖。邀琴操同往。相與參禪。操言下大悟。削髮爲尼。佛印自黃徙杭州天竺。訪琴操不値。會軾蒙恩復召。佛印與琴操俱詣軾賀喜。印、操始獲相識。軾遂奉命還朝。按軾嘗直史館。又判官告院。又權開封府推官。又通判杭州。徙知密州。又徙徐州。又徙湖州。時王安石方行新法。事不便民者。軾以詩託諷。御史李定、舒亶。媒孽所爲詩。逮赴臺獄。貶黃州團練副使。築室於東坡。自號東坡居士。記云由內翰貶黃州。誤也。宋時翰林與館閣有分。軾嘗直史館。可稱館閣。不可稱內翰也。記中鷓鴣天詞云。思眼赤。望腰黃。宋時學士入禁中。朱衣雙引。謂之眼前赤。服金帶則腰黃。故館閣中每相語云。眼前何日赤。腰下幾時黃也。赤壁賦中有二客從遊語。並非了元、庭堅。不過借以點綴耳。軾生日在臘月之十九。其設宴時。有客爲賦鶴南飛一曲以侑觴。今點綴朝雲、琴操。亦借意也。召還學士。非在黃州時。蓋已移汝州。知登州矣。作者不得不徑省也。黜居思咎。閱歲滋深。人才實難。不忍終棄。記中所引。乃神宗移軾汝州手札。金蓮歸院。琴操參禪。俱詳載金蓮記內。軾知杭州。在元祐四年。蓋因積以論事。爲當軸者所恨。恐不見容。

自奏請外。拜龍圖閣學士。知杭州。可稱改外。未可云貶官也。軾通判杭州。在熙寧時。知杭州在元祐時。相去廿年矣。記中述朝雲、琴操、佛印之往來。似止三四年間事。蓋亦作者不得不從徑省也。軾在杭州。召爲吏部尙書。未至。以弟轍除右丞。改翰林承旨。記中天恩重召。本此。

郵亭記

此卷日陶秀實郵亭記。記陶穀使南唐。遇秦弱蘭於館驛。作風光好詞。有祗得郵亭一夜眠句。又合雪水煎茶事。以爲冬景故實。用備四景之一。陶穀奉使南唐。南唐中書侍郎韓熙載。聞其所經歷之地。詞色毅然。人莫可犯。熙載設計。令妓女秦弱蘭。僞爲驛卒之女。暮夜掃亭。穀留與狎。弱蘭求得風光好詞。熙載置酒宴穀。命弱蘭歌此詞以侑酒。穀頗靦覥。不別熙載。冒雪徑回。時党太尉進。令党姬侍酒賞雪。爲姬所嘲。心默銜之。會穀歸詣進。留飲。談及郵亭一事。進知穀有風情。即命党姬出拜勸酒。酒罷。以姬贈穀。穀回家。命琴童以雪水烹茶。與姬同啜。而秦弱蘭以鸞膠續斷之句。買舟冒雪特造陶齋。穀遂並納爲姬侍。啜雪水之茶。飲羊羔之酒。爲風流韻事云。按秦弱蘭事蹟。已詳元人風光好雜劇內。但穀使南唐。尙是周時。元劇與此。皆曰宋太祖時。此小異也。宋史云。穀、邠州人。元劇云。李主託疾不見。留穀於館驛。僞相齊丘命韓熙載至驛。察穀動靜。穀題川中狗。百姓眼。馬撲兒。公廚飯十二字於壁。（按摭遺所載。乃廣州押衙崔慶成。轄香藥綱詣內庫。於皇華驛見美婦人。擲書云云。詳得獨眠孤館四字。元劇牽作陶穀韓熙載耳。）熙載解出獨眠孤館四字。遂使弱蘭誘之。此記不取此說。蓋直據本事而作也。弱蘭僞爲驛卒女。此記從其實。元劇以爲驛卒之孀妻。於陶更欠周旋矣。宋齊丘亦應在前。與陶穀不相值。此記不及齊丘爲是。弱蘭姊秦夭桃。是此記添出。非實事。元劇云。陶穀因秦弱蘭事。不可留南唐。又無顏歸宋。遂往依吳越王錢俶。曹彬下江南收李煜。弱蘭逸出。吳越得之。貯於別室。大會賓客於湖山堂。令弱蘭于衆中自認。遂得重合。吳越王朝京。奏復穀官。與弱蘭爲夫婦。此記無此轉折。而云弱蘭自來覓陶。亦是添出。非事實。又宋人雜說中。有言陶穀出使遇妓。本是使吳越時事。故元劇兩相牽引。此記無此轉折。而白中乃云錢塘驛。則又是暗指吳越也。党進醉飽摩腹。曰。吾不負汝。其姬曰。將軍不負腹。恨腹負將軍。不能出少智慧也。此是一事。陶穀得党進之姬。嚴冬雪水烹茶。謂曰。太尉當此時若何。曰。但于銷金帳中。淺斟低唱。飲羊羔美酒耳。又是一事。此記合兩事爲一。又以爲進贈穀以姬。蓋亦巧于綴合也。又党進嘗使畫工寫眞。閲之而怒曰。畫虎尚須一雙金眼睛。我獨無有耶。令添畫眶金于上。記中云。人皆謂我目光如電。望之若神。蓋本此耳。陶穀、字秀實。邠州新平人。本姓唐。避晉祖諱改焉。周世宗時爲翰林學士。宋初轉禮部尙書。翰林承旨。强記嗜學。博通經史。諸子佛老。咸所總覽。多蓄法書名畫。善隸書。爲人儁辨宏博。見後學有文采者。必極言以譽之。党進。朔州馬邑人。開寶二年。太祖師臨晉陽。太原驍將楊業。領突騎數百來犯。進奮身從數人逐業。業急入隍中。會援兵至。緣絙入城獲免。上激賞之。九年。命將河東行營兵。征太原。入其境。敗太原軍于城北。太平興國二年。爲忠武軍節度。在鎭歲餘卒。贈侍中。進出戎行。容貌魁岸。居常恂恂。每擐甲冑。毛髮皆豎。

完璧記

不知作者姓名。＊按．此劇一名箱環記．明翁子忠撰．日本有傳本．題完璧藺相如箱環記．所演以相如完璧歸趙爲主。而附以秦王鼓缶、廉頗負荊二事。其添飾關目。有模倣琵琶、及香囊、四喜＊琵琶記．香囊記見本書卷五．四喜記見卷十三．等情節者。大約出諸本之後。史記廉頗藺相如傳。二人本係合傳．然非舊交．劇云微時已結盟如兄弟．不相合．廉頗者。趙之良將也。拜爲上卿。以勇氣聞於諸侯。劇云字萬敵．趙城人．平原君高築黄金臺．以招天下文武之士．頗與相如同往，各獻拒秦之策．拜相如中大夫．頗下將軍．此係添飾．趙有兎臺在河北．檀臺在洛州．野臺一名義臺．在定州．然無金臺也．金臺有三．一在今大興縣．一在今固安縣．一在今易州．皆燕時故跡．藺相如者。趙人也。爲宦者令繆賢舍人。趙惠文王時。得楚和氏璧。秦昭王聞之。使人遺趙王書。願以十五城易璧。趙王與大將軍廉頗諸大臣謀。計未定。求報秦者。繆賢薦相如勇士有智謀。可使。王召問之。曰。臣願奉璧往使。城入趙而璧留秦。城不入。臣請完璧歸趙。相如奉璧入秦。秦王無意償城。相如復取璧欲以擊柱。秦王召有司。按圖。以十五都入趙。相如度秦王特佯爲予趙。決負約不償城。乃使其從者懷璧。從徑道亡。歸璧於趙。趙王拜相如爲上大夫。劇中使秦完璧。大段相合。然增飾甚多。云相如名庚。山東藺邑人。父母年老。妻張九娘。父母迫庚求取功名。與廉頗同往。金臺對策。拜官中大夫。平原君贅以爲壻。解官終養。趙王不從。父歿母喪。九娘歷艱苦。有鄒正卿之公子。欲強娶之。九娘毀容全節。姑媳同入趙郡。訪相如。寄居尼菴。遇平原君女。乃相攜完聚。前段彷彿蔡邕、趙五娘事。後段又彷彿張九成、蔡襄妻事。皆係空中樓閣。秦王使使者告趙王。欲與王爲好會於西河外澠池。趙王行。相如從。廉頗送至境。秦王飲酒酣。曰。寡人聞趙王好音。請奏瑟。趙王鼓瑟。秦御史書曰。某年月日。秦王與趙王會飲。令趙王鼓瑟。相如前曰。趙王聞秦王善爲秦聲。請奉盆瓶。秦王怒不許。相如進瓶曰。五步之內。請得以頸血濺大王矣。秦王不懌。爲一擊瓶。相如召趙御史書曰。

某年月日。秦王爲趙王擊瓶。秦王竟酒。終不能加勝於趙。趙亦盛設兵以待秦。秦不敢動。劇中西河會獵·澠池會宴·廉頗護駕數折·情節皆合·添出扯碎玉帶·似曹沫盟柯事·擅殺女樂·似定公會夾谷事·不別而行·似漢王鴻門宴事·又劇云·封相如爲文成公·廉頗爲武安王·文成·漢張良明劉基謚·武安王·後世封關羽者也·旣罷歸國。以相如功大。拜爲上卿。位在廉頗之右。廉頗曰。我有攻城野戰之功。而相如徒以口舌之勞。位居我上。吾羞爲之下。宣言曰。我見相如必辱之。相如出。望見廉頗。引車避匿。舍人相與諫。請辭去。相如曰。公視廉將軍孰與秦王。曰。不若也。相如曰。夫以秦王之威。而相如廷叱之。辱其羣臣。相如雖駑。獨畏廉將軍哉。顧彊秦之不敢加兵于趙者。徒以吾兩人在也。今兩虎共鬥。其勢不俱生。吾所以爲此者。以先國家之急而後私讎也。廉頗聞之。肉袒負荆。因賓客至相如門謝罪。曰。鄙賤之人。不知將軍寬之至也。相與驩。爲刎頸之交。劇中大段相彷彿·傳云。秦昭王使人遺趙王書。劇以涇陽君齎詔實之。白起、王翦、王齕、婁緩、李牧皆添出。秦昭襄王十年·婁緩爲丞相·十二年免·其後秦趙戰于長平·婁昌勸趙王發重使爲媾·或曰昌即緩也·又趙郝請割城爲媾·婁緩從秦來·請趙王予之·劇云婁丞相·不誤·王齕伐趙，在長平戰後，未嘗敗于頗，王翦李牧，皆在廉頗後，無交鬭，秦惠王時。韓魏太子來朝。武王時。韓魏齊楚越皆賓從。劇中諸國世子進貢。本此

曲海總目提要卷十八

蘆花記

係明初舊本。不知作者何人。（按、此本當即是明張鳳翼之蘆衣記。）葉盛水東日記。彼時已有繼母大賢等劇。盛係正統景泰間人。其傳久矣。閔子騫事在二十四孝中。婦孺皆悉。因有蘆花背上寒之句。故取爲名。據舊說。閔損、字子騫。魯人。孔子弟子。性至孝。父娶繼母生二子。子騫上事父母。下順兄弟。人無間言。值嚴冬。繼母以木棉絮襖衣己二子。而以蘆花爲絮衣子騫。紿其父云皆用棉。父不知也。一日父命子騫御車。寒不能前。怒而笞之。子騫受責。終不明言。父謂爾衣甚厚。何故云冷。繼母亦含糊應之。父後疑有他故。拆衣視之。悲憤欲出繼母。子騫懇父留之。父猶不允。子騫哭云。母在一子寒。母去三子單。（一說云四子單。不知孰是。）

父遂留母。母亦感悟。篤愛子騫。羣盜過其邑。重子騫孝行。不敢擾。子騫勸以歸正。盜皆擲戈返耕。季氏召爲費宰。子騫屬使者善辭。去之汶水上。欲北如齊。居家曲盡孝友。故夫子稱其德行。列于顏淵之次。此劇據實事敷演。稍加增飾。勉人盡倫。有裨世道。非無益之詞比。　韓愈詩。父兮兒寒。母兮兒飢。兒罪當笞。逐兒何爲。又曰。母生衆兒。有母憐之。獨無母者。其能不悲。蓋指此也。　白帖。閔子騫兄弟二人。母喪。父更娶。復有二人。後母以蘆花爲絮衣子騫。子騫爲父御車失轡。父持其手。衣甚單。歸持後妻兒手。衣甚温。謂其婦欺己。去之。子騫曰。母在一子單。母去四子寒。父默然。　劇因增出子騫弟名。曰閔權、閔華。言子騫父往南莊。以子騫囑繼母。子騫性喜讀書。而母使子騫南園種麥。備極艱苦。又使其妻擔水績麻。晝夜不息。弟權輒私代騫耕鋤。權妻又極力保護子騫之妻。而母怒不已。使子騫于雪中衣蘆絮之衣。推車迎父還家。密遣傭工趙彪于路要殺。權妻告其夫。趣令往救。權方力扼趙彪。而其車在山中。爲盜柳展雄所知。擒二人至山。欲加殺害。兄弟爭死。雄感其義。大悟己非。釋去二人。率衆降魯。顔路與子騫父爲異姓兄弟。察其繼妻之虐長子。以告子騫之父。而幼弟華亦以兄苦況述于父知之。父即作休書逐妻。於是子騫夫婦及權夫婦。皆痛哭流涕。乞留其母。母乃得留。爲子孝所感。愛如己出。而展雄奏聞魯君。賜子騫爵祿云。按母無謀殺子騫事。蓋欲揚子騫之美而甚言之也。莊子載柳跖遇孔子事。因點綴作遇子騫。其弟欲代騫命。又影借衛伋壽及趙孝、趙禮兄弟事。

青袍記

係明時舊本。不知誰作。凡演梁灝事者有數種。此劇空中飄女於望仙樓上。與題塔記（＊題塔記見本書卷二十六。）相同。而關目又各別。取名青袍者。言灝以青袍覆女也。略言。梁灝少年奉母。本係文曲星謫降。一日雷神奉符擊衆仙。四蓬頭等皆覓地躲避。鐵拐。劉海。寒山。拾得。皆不施巾幘。謂之四蓬頭。而純陽呂洞賓。化爲粒粟。避于灝之指甲中。獲免雷擊。劇以三醉岳陽樓爲酒。戲白牡丹爲色。點石成金爲財。飛劍斬黃龍爲氣。四戒未除。難免五百年小劫也。感激相庇。攝一美女爲妻以報之。此事有數條。皆錄題搭記後。女名玉梅。其父薛瓊。四川成都人。除授東平刺史。舟泊州之界口。灝遵母命。讀書望仙樓上。月夜將半。洞賓遣柳樹精起大風。吹女至樓。女之上體無衣。灝以青袍蓋覆。負歸送母室。明早。使其二友白於刺史。薛與妻陳氏大喜。遂以女嫁灝。越三年。瓊遷廣東兵憲。灝是科發解。生子名固。旋因五季危亂。隱居不出。其後宋室太平。固亦年長。灝中會元。與固同登甲第。而固擢狀元。灝爲探花。其受業韓琦爲榜眼。按灝與固父子狀元。魏野詩云。封禪汾陰連歲榜。狀元都是狀元兒。指固與張師德也。但固登科在眞宗景德時。而灝乃太宗雍熙。相去甚遠。至韓琦以第二人登第。乃仁宗天聖中。不得爲灝弟子。後又云。呂蒙正參知政事。主試。中灝第一名。蒙正太平興國二年狀元起家。十年遂至宰相。典試中灝。蓋或有之。又云。灝中狀元。韓琦爲禮部尙書。雍熙中琦尙未生。太荒唐矣。灝不願居子與門人之後。抗辭不與傳臚。旨令每科殿試。其後與孫棟同中。灝榜眼。棟探花。又辭不與傳臚。直至八十二歲。與曾孫同售。始中狀元。灝母高年。因洞賓感灝之庇。贈仙丹一粒服之。故臉百歲無恙。四代子孫。幷登高第。晝錦歸里。各奉誥命。以祝壽筵。備人間之樂事云。劇中所用官名。皆是明時制度居多。白云。孫名梁棟。曾孫名梁材。梁材正德間進士。官至戶部尙書。世宗時名臣也。或借此寓意。又云。灝兩次自求不與名第。遂一次拔二甲一名爲探花。一次拔二甲一名爲榜眼。按宋仁宗時。王安石爲第一。以策中孺子其朋四字不佳。被駁。韓絳第二。又以現任官不宜居首。王珪第三。亦與絳同。乃拔二甲一名楊寘爲狀元。而安石翻作第四。此宋朝故事。劇與暗合者也。釋氏稽古略。國淸寺記碑刻云。豐干託跡天台山國淸寺。庵于藏殿西北隅。乘一虎。遊松徑。見一子可年十歲。扣之無家無姓。師引之歸寺。養於廚所。號曰拾得。有一貧士從寒巖來。曰寒山子。三人相得歡甚。閭丘太守問豐干所從來。曰。天台國淸。曰。彼有賢達否。干曰。寒山文殊。拾得普賢。宜就見之。閭丘到寺訪豐干。謁二大士拜之。二士走曰。豐干饒舌。彌陀不識。禮我何爲。

遁入巖穴。其穴自合。寒拾有詩。散題山林間。寺僧集之成卷。版行于世。

鐵拐劉海別見。

十義記

明時舊本。不知何人所作。憑空結撰。無可證據。男女共十人。皆仗義救韓朋夫婦。故以爲名。蓋因古有八義。擴爲十義也。略云。關中諸生韓朋、韓福。與同里鄭田、李昌國爲友。黄巢寇關中。掠美女。聞朋妻李翠雲。容貌豔麗。令黠媼説朋。朋詬之。巢怒。遣裨將張義逮朋一家。義乃朋舊僕。不忍擒。遂自刭。縱朋遠遁。巢復追及之。韓福紿爲兄。令朋遠走。巢殺福。欲汚翠雲。拒以懷娠。巢猶强之。雲遂截髮毁容。巢怒繫於獄。巢妻憫其節。囑獄卒善待之。及將分娩。獄卒妻憐其苦。留於家。生一子。名曰困英。欲匿無所。李昌國、鄭田。心慕程嬰、杵臼事。李爲匿其子。挈家遁走湖州德清。依同姓李國仁以居。國仁夫婦耆年乏嗣。遂撫困英。名之曰泰。巢憤雲不從。以賞其部卒馮獻。獻重雲節。贈以資斧。令逃出關。投白雲菴母姨處爲尼。改名志貞。獻恥事巢。遂赴水斃。朋之亡走也。抵姑蘇。投長者柳子安爲塾師。久之鬢髮斑白。欲覓妻子音耗。辭柳。易道粧往函谷。而泰已長成。試文武皆第一。授函關節度使。迎昌國之任。贈以封典。辭不受。而容戚然。方欲問其故。適朋詣轅門唱道情。泰令歌之以解父悶。昌國視其貌類朋。詢之果是。抱持痛哭。各敘始末。俾泰認其父。雲在尼菴。爲無賴子所侮。訟于泰。細鞫之。乃其母也。迎入署。與朋訴離別。泰復奏請誅巢。詔命李存孝同討。遂擒巢。磔于市。以父冤奏。旌獎授職。按古有韓朋。又名韓憑。世所傳青陵臺事。夫婦化爲蛺蝶者。即其人也。劇以韓李夫婦篤於義烈。寧死不忍離析。故借用其名耳。黃巢、李存孝。亦不過隨意點入。非必其時其事也。

香山記

明萬曆間作。有羅懋登序。在二十六年戊戌。疑即是其所撰也。按、此劇即羅懋登撰、懋登字登之、號二南里人、里居待考、作有香山記並註釋傳奇多種、序云。二南里人。蓋陝西人。所演觀世音菩薩修道因緣。與海潮音稍有同異。內云大士成道。爲衆宣說妙法蓮華經、觀世音菩薩普門品。點出應以女人身得度者。即現女人身而爲說法也。藏經有妙莊王之號。並不聞菩薩爲王女。經又有云。觀世音菩薩。與南閻浮提女身有緣。是故諸女身。於觀世音菩薩尤加敬信。劇以菩薩在香山竹林寺成道。故曰香山記。按摩竭提國瓶沙王、爲釋迦建竹林精舍、于觀世音無與、普陀山志、香山紫竹林、其應化之處、非修道所也、略云。妙莊王有三女。曰妙音、妙圓、妙善。善即大士也。妙音已嫁。王爲圓、善結彩樓招壻。有儒士張瓊。京兆人。樓下吟詩。圓抛彩毬。贅爲駙馬。善不願字人。欲焚修學道。王大恚。發御苑草茵。曝風日中。復令灌花。能使春放菊。秋放桃。乃許薙髮。釋迦佛以善本過去正法明如來。特勅花神放花。如王之意。又夢中贈以木魚素珠。諭以勤修。後當在香山紫竹林證道。（此節與海潮音不同·）遂辭王入淸秀庵爲尼。王使羣尼勸歸。善堅拒。王復令灑掃佛刹。暮鼓晨鐘。勿令人代。佛以神力使鐘鼓自鳴。梵宇淸淨。王又使辦合院齋。不具即正以法。佛現神通。俱得充滿。（此本佛經法喜充滿意·）佛又化作秀士誘之。道念益堅。復詔焚其庵。善上鐘樓。嚙指血爲香禮拜。甘雨大注。（此本普門品·澍甘露法雨·滅除煩惱燄·）王益怒。謂其妖幻。械赴市曹。手械忽脫。刀盡折。（此本普門品·念彼觀音力·刀尋段段壞·手足被杻械·釋然得解脫·）王復以弓絃縊殺之。韋馱遣虎護往尸陀林。善遍遊地獄。度諸苦惱。（此本普門品·種種諸惡趣·以漸悉令滅·海潮音無此節·）復返陽世。詣香山紫竹林。感善財五十三參、（此與海潮音彷彿·）爲衆講說妙法蓮華經、觀世音菩薩普門品經。時妙莊王體不安。藥不能瘳。善化醫人。告王當療以親人手眼。令詣香山取之仙姑。王使勇士取之。即時脫體。王率眷屬詣香山謝。大士忽現千手眼。爲父母說法。王知己女。因大悔悟。佛旨以妙莊王爲伽藍。母爲天仙聖母。妙善爲大慈大悲救苦救難靈感觀世音菩薩。而二姊爲文殊、普賢。按以文殊普賢爲觀音之姊·荒唐太甚· 按楞嚴圓覺二經。皆以圓通爲第一。他菩薩各有八手。不得圓通。惟觀世音得圓通也。考諸傳記。觀世音菩薩感應事蹟。不可勝數。頗具香山寶卷中。 普門品經。觀世音菩薩有三十二應。又云無刹不現。殆不止三十二應也。 觀無量壽佛經。又載觀世音菩薩於西方極樂世界。現八萬四千淸淨妙手。手中復現八萬四千淸淨寶目。蓋又不止千手眼也。 蘇軾大悲閣偈。菩薩千手眼。與一手眼同。 五燈會元。唐李翺問藥山禪師。觀世音菩薩普門品云。假使黑風吹其船舫。飄墮羅刹鬼國。其意旨如何。師云。李翺客漢。問此何爲。翺勃然變色。師云。遮便是黑風吹其船舫飄墮羅刹鬼國矣。劇中妙善遊地獄·度一切苦惱衆生·以見飄墮者甚多也· 羅懋登香山記。敍觀世音大士緣起。始于無始劫觀音佛。而現于現在釋迦佛位。佐阿彌陀。在西方極樂國。而慈憫遍于娑婆界。搜神善本。稱其父爲妙莊王。有三女。長妙音、次妙緣、次妙善。善則大士也。按內典無觀音女身之說·有搜神記者·載仙佛神祇姓名出處·始稱妙莊王女·不知本于何書·王令贅壻不從。逐之御花園。居之白雀寺。（劇云清秀庵。）苦以搬運。極所不堪。旁役鬼力代之。王怒。命焚寺。寺僧俱燬于焰。獨大士無恙如初。命斬之。刀三折。命縊以白練。忽黑霧遮天。一白虎背之去。去尸多林。青衣童侍立。遂歷地府。過奈河橋救諸苦難。還魂再至尸多林。遇一耆碩。指香山修行。後妙莊病急。剜目斷臂救之。爾時道成。空中現千眼千手。故曰南無大慈悲救苦難靈感觀世音菩薩。考之釋藏。並不聞有所謂妙莊王及王女妙善。其好事者傅會耶。豈千劫中一劫內事耶。大士現女身說法。此事容或有之。且使閨闥之內。人人能去貪癡。持般若。抑足以風。蓋亦大士之所不棄也。傳奇事與搜神合者。十之七。文辭與他傳記合者。不知十之幾。釋氏稽古錄。東魏定州民孫敬德者。事觀世音菩薩甚虔。後爲賊橫引。妄服成罪。夜夢僧教誦救苦觀音經。敬德誦之。有司行刑。刀三斫而刀三折。監司具狀聞。丞相高歡審扣其故。爲表請免其死。孫還家。所奉觀音像項三刀痕。因之稱高王經也。（劇內本此。）

金鎖記

元人關漢卿有竇娥冤（竇娥冤，本書未收入。）劇云。楚州竇天章有女端雲。幼與蔡婆爲養媳婦。改名竇娥。及成婚二載。蔡子病死。娥守節奉姑。有草澤醫人號賽盧醫者。負蔡婆金。蔡婆往索。盧醫誑至郊外。繩勒蔡婆。遇張驢兒父子救蔡婆命。盧醫遁走。驢兒問知蔡婆家事。父子俱入蔡宅。張老欲妻蔡婆。驢兒欲妻竇娥。蔡婆感其拯救。又畏其劫制。將委曲從之。而竇娥抗節。詬罵驢兒。驢兒念蔡婆死。則竇娥益孤弱。惟其所爲。遂向盧醫市毒藥。乘蔡婆病。索羹湯。以藥攙入。令竇娥奉之。洎娥進羊羹。姑忽嘔泄。不能飫。張老取食之。流血而死。驢兒逼竇娥爲妻。不從。遂控於官。言娥用藥殺翁。吏讞不審。竟抵娥罪。行刑時。血逆流似白練。六月飛霜。死後。楚州大旱。赤地三年。會竇天章爲兩淮提刑廉訪使。娥魂訴冤。覆讞前案。具得情實。置驢兒極刑。并定賽盧醫之罪。而建道場薦度竇娥。今作金鎖者。不知何人。（按：此爲明葉憲祖撰。）通劇全本此事。竇娥不死。以便團圓也。蔡昌宗名添出。項掛金鎖。乳名鎖兒。此記名金鎖之故。母魯氏。姓亦添出。父本端。故端雲改竇娥。張老改作張母。蔡婆以昌宗金鎖付竇娥。娥拜禱祠堂墜地。爲張驢兒拾去。遂與賽盧醫買砒霜。後竟以金鎖爲證。據此關目。與元劇異者。昌宗覆舟入龍宮。與海龍王第三女少娥成親。是因昌宗無處出頭。作此波折也。驢兒越獄。不曾典刑。雷震而死。亦與元劇異。

和戎記

係明人舊曲。作者無可考。劇中云。漢帝欲以王嬙爲后。使毛延壽圖其貌。嬙乃自爲圖。延壽以不得金。故毀損之以進。帝疎之。久不見御。會帝閑行後宮。聞有彈琴者。問之乃王嬙也。因召見之。至則光輝動人。即册爲后。使人誅毛延壽。延壽聞之。乃藏其原圖。潛走匈奴。獻于單于。教其指圖索取。漢以宮人蕭善音者。代昭君出降。延壽復言於單于。單于復出師侵伐。漢帝不得已許之。嬙至塞外。請先誅毛延壽乃入。單于即殺延壽。嬙自投烏江以死。因夢見漢帝。復取其妹王秀眞云。按劇中所演多憑空撮撰。考之漢書云。竟寧元年。單于自言願壻漢氏以自親。元帝以後宮良家子王嬙。字昭君。賜單于。後漢書又云。昭君、字嬙。南郡人。元帝時以良家子選入掖庭。時呼韓邪來朝。帝敕以宮女五人賜之。昭君入宮數歲。不得見御。積悲怨。乃請掖庭令求行。呼韓邪臨辭大會。帝召五女示之。昭君豐容靚飾。光明漢宮。顧景裴回。竦動左右。帝見大驚。意欲留之。而重失信。遂與匈奴。西京雜記又云。元帝使畫工圖宮人。皆賂畫工。而昭君獨不賂。乃惡圖之。既行。遂誅毛延壽。琴操又云。本齊國王穰女。端正閑麗。未嘗窺看門戶。穰以其異。人求之不與。年十七。進之。帝以地遠不幸。欲賜單于美人。嬙對使者越席請往。後不妻其子。

吞藥而卒。雖其事雜出。無所攷正。要之嬙不過一宮人。未嘗爲后。果爲后。焉得復以與敵。元帝時匈奴已不競。故願壻漢氏。烏有按圖索取之事。至被圍而出蕭善音以求退兵。此尤悖謬者。毛延壽遁走塞外。及復取王嬙之妹。皆無所據。嬙自投烏江以死。則作者欲加之美名。故曲爲之說也。

石榴花

係明時人所作。未知誰筆。（此劇爲明王元壽撰。元壽字伯彭。里居待考。）演張幼謙、羅惜惜事。本據情史。而加以點綴。以石榴花下相約。故名石榴花。其姻緣巧合。故又名巧聯緣也。劇中幼謙、惜惜。同學相訂。（情史云。張羅私合。劇則未嘗遽偶。存爲後面婚娶地步。）張父忠父。館于湖北帥趙葵之幕。（情史但言湖北帥。未言趙葵。）賴趙之力。得成婚配。與情史相合。其稍異者。謂辛無文于天妃宮。窺見惜惜之美。特懇縣令爲媒。羅父悔幼謙親。以女許辛。（據情史本末許定幼謙。）惜惜聞之。改男粧遁走。道遇趙葵。收以爲子。幼謙入闈已畢。未及待榜。來探羅女。適至其宅。而羅女方遁。辛遂控張于縣。圄之獄中。及張獲雋。被釋赴京。擢魁。惜惜聞其得第。特往訪之。誤造其同姓同年張友堅之寓。忽友堅他出。而寓有內眷。惜惜疑幼謙別娶。投張前所寄長相思詞。（見後情史內。）幷作書詬怨。友堅驚駭。爲幼謙言之。會趙葵見惜惜言動恍惚。詰問始得其情。遣人詣張訪實。而惜惜之婢。初隨惜惜同行。在路失散。後遇幼謙。挈置邸寓。幼謙乃遣婢往探。果是惜惜。遂白其情于趙。與惜惜成婚。情史。浙東張忠父。與羅仁卿隣居。張宦族而貧。羅崛興而富。宋端平間。兩家同日生產。張生子名幼謙。羅生女名惜惜。稍長。羅女寄學於張。人常戲曰。同日生者合爲夫婦。張子羅女私以爲然。密立劵約。誓必偕老。兩家父母罔知也。年十數歲。嘗私合於齋東石榴樹下。自後無間。明年。羅女不復來學。張子雖屢至羅門。閨院深邃。終不見女。至夕。張子書詞名一翦梅云。同年同日又同窗。不似鸞凰。誰似鸞凰。石榴樹下事忽忙。驚散鴛鴦。拆散鴛鴦。一年不到讀書堂。教不思量。怎不思量。朝朝暮暮只燒香。有分成雙。願早成雙。伺其婢連日不至。又成詩云。昔人一別恨悠悠。猶託梅花寄隴頭。咫尺花開君不見。有人獨自對花愁。一日。婢至。與之云。齋前梅花已開。可託折梅花遞回信來。去無報音。明年。隨父忠父。館寓越州太守齋。兩年方歸。羅女遣婢餽箋。篋中有金錢十枚。相思子一粒。張大喜。語婢欲得一會期。且復書一詩云。一朝不見似三秋。眞箇三秋愁不愁。金錢難買尊前笑。一粒相思死不休。嘗擲金錢爲戲。母見詰之。云得之羅女。母覺其意。遣里嫗問婚。羅父母以其貧。不許。曰。若會及第做官。則可。明年。張又隨父。同越州太守候差於京。又兩年方歸。而羅氏受里富室辛氏聘矣。張大恨。作詞名長相思云。天有神。地有神。海誓山盟字字眞。如今墨尙新。過一春。又一春。不解金錢變作銀。如何忘卻人。遣里嫗密送與女。女云受聘乃父母意。但得君來會面。寧與君俱死。永不願與他人俱生也。羅屋後牆內有山茶數株。可以攀緣及牆。約張候於牆外。中夜令婢登牆。用竹梯置牆外以度。凡伺候三夕而失期。賦詩云。山茶花樹隔東風。何啻雲山萬萬重。銷金帳暖貪春夢。人在月明風露中。復遣里嫗遞去。女云。三夕不寐。無間可乘。約以今夕燈燭後爲期。至期。果有竹梯在牆外。遂登牆而下。女延入室。登閣。極其繾綣。遂訂後期。以樓西明三燈爲約。如至。牆外止一燈。不可候也。自後無夕不至。或一二夕。或三四夕。明三燈則牆外亦有竹梯矣。月餘。又隨父館寓湖北帥廳。先數夕。相與泣別。女遺金帛甚厚。曰。幸未即嫁。則君北歸尚有會期。否則君其索我於井中。結來世姻矣。其年。張赴湖北留寓。試畢歸里。則女亦擬是冬出。適聞張歸。即遣婢訂約今夕。且書卜算子詞一闋云。幸得那人歸。怎便教來也。一日相思十二辰。直是情難捨。本是好姻緣。又怕姻緣假。若是教隨別箇人。相見黃泉下。張如約至。女喜且怨曰。幸有斯會。奈何又向湖北。又不務早歸。從今若無夜不會。亦祇兩月餘矣。當與君極歡。雖死無恨。君少年才俊。前程未可量。妾不敢以世俗兒女態。邀君俱死也。相對泣下久之。張索筆和其卜算子云。去時不繇人。歸怎繇人也。羅帶同心結到成。底事教拚捨。心是十分眞。情沒些兒假。若道歸遲打棹篦。甘受三千下。自是遂無夜不至。半月餘。爲羅父母所覺。執送有司。女投井不果。令人日夕隨之。張到官。歷歷具實供答。宰憐其才。欲貸其罪。而辛氏有巨貲。必欲究竟。張母遣信報其父。父懇湖北帥關節本郡太守。未幾。湖北帥寓試揭曉。張作周易魁。旗鈴就圄中報捷。宰大喜。延至公廳賀之。送歸拜母。中州請旨。邑方逮女出官。中途而返。太守得湖帥使書。而本縣申文亦至。辛氏以本縣擅釋張子。赴州陳訴。太守曉辛曰。羅氏。不廉女也。天下多美婦人。汝焉用此爲。當令羅氏還爾聘財。辛辭塞。太守令吏取辛情願休親狀。行移本縣。追理聘財。密書與宰。令爲張羅了此一段因緣。宰具札招羅仁卿公廳相見。即賀其得佳壻。盛禮特筵。具道守意。羅歸。招張來贅。張明年登科。仕至倅。夫婦偕老焉。

羅帕記

係明時舊本。*按：此劇爲明席正吾撰。秦淮墨客重校。憑空結撰。始以羅帕搆禍。後因以團圓。故用爲名。略云。王可居。湖廣漢陽人。父伸。禮部郎中。早背。母焦氏。娶侍郎康柱璞女淑貞爲室。王已中解元。值母誕。康遣差官姜雄餽賀儀。王見雄無禮。夫婦面叱之。雄故傲狠。不屑居人下。恚甚。淑貞偶遺羅帕。雄袖之去。欲乘機陷之。遂投賊沈良。與立文約。許爲內應。詣武昌知府陳崇首効力。陳覩雄偉貌。授以先鋒。令討良。雄乃背良約。紿良劫營。擊敗之。良遁水洞中。雄得官漢陽守備。乃謬寫情書。裹羅帕中。屬妓李三爲情人遺淑貞者。故令可居見。不得已而投之。可居怒甚。立休淑貞歸。父邀可居詢其故。亦以爲眞。逼女自盡。母度女有寃。遣僕送避外戚家。而令乳嫗醉李三。欲鉤其實情。李初意得姜賄。俾二人夫妻反目而已。見女被逼殺。亦悔。醉後眞情盡吐。父母聞之。方欲追女還。而女方懷妊。中夜躑躅于途中。趙元壇遣黑虎攝至山東王佛兒家。王異之。留爲義女。父母追女不得。皆大悔恨。可居亦愧甚。願事岳母如母。康夫人遂接可居母同居。而姜雄聞之。恐及禍。復誣柱璞與可居通沈良。奏于朝。詔下有司逮捕。知府崇首知其寃。潛縱二人去。變易姓名。匿翰林邢繼恩家。夫人與可居母遠投尼庵。暫寄棲息。淑貞在王宅產一子。王夫婦高年甚珍愛。稍長就塾。取名邦濟。淑貞嚴課之。才學甚富。遣試京師。可居潛邢氏垂二十年。嘗有神紿主人女試之。正色堅拒。久之見事已息。辭璞入京就試。與邦濟俱雋。邦濟擢大魁。授河南參政。可居授河南副使。會宴時。可居遺帕于地。邦濟之僕拾之。以呈淑貞。淑貞大驚異。爲子述其始末。邦濟慰母。緩訪踪跡。當自得也。可居偕璞赴任。爲良所掠。言已乃命官。且告當日姜雄誣陷之情。良遂釋可居。還其符信。俟到任之日即納款降。邦濟之官。途中進香。淑貞已于尼庵會母姑。遂並迎之任。時奉上臺令。使姜雄拒良。

可居與雄賭能招良納款。比往。良果卸甲。可居乃奏雄失機及誣陷事。詔治雄罪。邦濟置酒賀可居。詢其向日蹤跡。淑貞簾內覘之。果其夫也。出羅帕示之。邦濟始獲拜其父及其外祖云。

全忠孝

又名龍泉劍。明時舊本。未知誰作。（按·此本當即是明沈受先之龍泉記·）所演楊鵬、楊鳳事。憑空結撰。以楊鵬兄弟報國爲忠。兩人妻事親爲孝也。其父以龍泉寶劍與二子鵬、鳳。故名龍泉劍。略云。楊夔、字虞臣。唐楊綰後。原籍靑陽郡。永平間。夔在襁褓。隨父吏部侍郎毅。徙家平江路嘉定州。夔官諫議大夫。年七旬歸林下。夫人早逝。子二人。長鵬、字九萬。娶趙氏。次鳳、字九苞。娶錢氏。鵬習文。鳳習武。從師日孫弘任。文武兼通。同窗畢魁、胡說。皆赤貧。鵬、鳳告於父。以姑女妻魁。又時時濟說之乏。州舉鵬、鳳赴公車。鵬試文場第一。

鳳試武場第一。皆擢大魁。契丹降臣辣都謨爲宋右丞相。與鵬、鳳會飲。演院本李林甫劇。都謨疑訕己。遂與之有隙。鵬、鳳歸省親。適契丹廣道王擾邊。都謨薦鵬爲交州刺史。鳳爲韓州刺史。欲陷之。二人以其謀告父。父言處邊地正可揚名立節。報國厚恩。宜速攜家抵任。乃以龍泉劍二口與之。使各佩其一。二人遂之任。鵬遇契丹兵。使妻匿草中避之。挺身述官爵。遂被擒。鳳力退番兵。其妻亦失散。妯娌遇於途。偕至青陽鎭。宿土神廟。神化白猿。引投楊中員外。中妻汲水。見二女告遇難之故。挈歸家見中。中問其夫家之姓。檢視家譜。則夔係其堂兄。二人係其姪婦也。遂留居焉。契丹說鵬降。鵬守節不屈。且說契丹。令早納款。夔知子被拘。度其不辱。胡說謁夔。因許入契丹探鵬。索夔家書。詣契丹帳。與鵬相會。亦被拘。夔復修書遣僕詣韓州令鳳救其兄。鳳引兵與契丹遇。契丹自揣不敵。願束手降。鵬說並歸。詔納契丹降。陞鵬禮部尙書。鳳爲兵部侍郎。兄弟皆給假省親。初鵬、鳳妻居楊中家。乏薪水費。

出龍泉劍使老媼鬻之。黠徒秦紀。留劍指爲囘聘之物。欲占二女爲妻。二人與爭。控於青陽衞指揮。其揮使即畢魁也。魁本軍籍襲父職。故得此任。研問之次。得二女口供。知即妻之表嫂。乃痛治秦紀。令妻送二女歸嘉定。親詣京師。奏夔一門忠孝。即令魁賫詔至夔所。封夔爲吳興郡公。妻贈夫人。鵬弘農郡公。鳳祁川郡公。二妻皆郡夫人。按宋時無永平年號。亦無青陽郡。亦無韓州。亦無契丹降將爲宋相者。惟郭藥師嘗降宋。亦未嘗爲宋相也。交州即交阯。地與契丹相去遼絕。平江路則又元時之名。中間所居地名。言在沈周鄰近。蓋正德以後人所作。

千里舟

明萬歷間人作。*按·此劇爲清李玉撰· 小說有雙漸趕茶船會蘇卿一段。元人劇中亦用此事。作者不見古本。乃據此揣摩敷衍。因神助舟行。一日千里。故名千里舟也。餘無所攷。略云。雙璧、字藍田。江西南昌人。官登卿貳。告歸林下。妻夏氏。子雙漸、字雲鴻。年二十。遊學金陵。父與銀五萬兩爲行資。旅寓秦淮河館。閒步桃葉渡。遇女蘇卿目成。相思致病。蘇卿者。廉訪蘇天挺之女。江南松江人。母早亡。隨親赴任陝西。行至黃河。蘇天挺以朝廷命臣。不屑諂媚神鬼。金龍四大王大怒。欲害其舟。判官云。冥數。天挺官星尙旺。其女陽壽未終。尙有榮顯之日。但傾覆其舟。飄散二人。足蔽其辜矣。天挺幸船板扶身。仍赴任所。蘇卿得蘇媪撈救。强以靑樓之事。冰雪堅持。假母賄一女巫關亡。詭云蘇廉訪已死。囑女順從蘇媪。適雙漸囑幫閑柳奉卿、胡思傳求蘇媪。因設謀。言原係宦家之妾。母女相依擇壻。雙漸遂賃其園。見侍婢元霜。以詩扇贈之曰。朱樓天半鎖葳蕤。樹影周遮花影差。吟罷新詩無一語。東鄰盼斷眼迷離。爲蘇卿所見。因偕元霜往雙漸書室。方敍談之頃。蘇媪忽至。責以調戲良家。柳、胡二人串合。先以二萬金入贅。蘇卿詳述始末。知蘇媪非生母。然留戀蘇卿。

復向家中取銀。母私與五萬。遂建園亭。置金珠錦繡。十萬金用盡。復遣僕青湘歸家。向父母索銀。父已悉其子狂放。氣忿甚。欲親往金陵訓責之。靑湘奉母命先至。囑雙漸速避跡遠方。蘇卿私贈銀五十兩。衣服一篋。匆遽別去。適江西茶商馮奎慕蘇卿。以銀二萬兩。浼柳、胡二幫閑。娶蘇卿爲妾。蘇媪貪利許之。慮卿貞節。賄貝葉庵女尼即空。誘卿至庵。蘇媪偕往。僞作心痛。命元霜向茶船取火烹薑湯。馮商留之。復命卿往取。方登舟。馮商即揚帆往浦口。卿堅志不從。而蘇天挺已由陝西廉訪擢浙江巡撫。雙壂由太僕卿擢福建巡撫。雙漸復狀元及第。請假暫歸。至金陵。訪蘇卿。遇胡思傳。知爲馮商謀騙。將往杭州。鼓棹至金山。蘇卿先數日入寺焚香禱告。且留書于老僧。令與雙生。雙漸後數日至金山。老僧與以卿書。言一至杭州。即當自盡。漸計即日卿當抵杭。必須是日提到。四金剛奉佛勅云。雙漸、蘇卿。係玉皇案前金童玉女謫凡。默運神力護送。一晝夜千里。由鎭江至杭州。泊舟塘棲。遇茶船。夜見蘇卿。

暗攜入己舟。而元霜以石投河中。詭云蘇卿赴水。馮商驚喊。爲蘇巡撫差官擒去。詢元霜具悉情事。雙漸見父與婦翁。復詳述始末。俱大喜。將馮商發邊遠充軍。茶船五百。變賣充餉。雙漸與蘇卿成禮完聚云。按劇中引馬湘蘭。湘蘭。萬歷間金陵名姬。豪俠。且有詩名。與蘇州老名士王穉登最善。嘗欲嫁之。賓白中所云王百穀。即穉登也。又引王鳳洲點綴。皆彼時名公。蓋雙漸趕蘇卿事。本在元以前。作者借以寓意。改作隆萬間事。或別有所指。結尾云。茶船久撥琵琶調。編出新詞逸韻飄。則係舊事翻新。無可疑也。雙璧、蘇天挺。明隆萬間卿貳中並無此人。俱係假託。

朝陽鳳

明萬曆間人作。●按。此劇爲清朱㿥撰。㿥字素臣。江蘇吳縣人。所作傳奇今知有十九種。一作朱佐朝撰。演隆萬間海瑞事。牽合荒唐。多與實事相背謬。時瑞直名頗著。故云朝陽鳳也。略云。海瑞、字剛峯。瓊州人。秉性忠直。成進士。授浙江淳安知縣。淸介自持。值母誕。貧無所措。與僕海安貸錢。且典朝衣。設壽筵以祝。時定國公奉命督餉。每縣三千兩。遣吏之淳安。値瑞祝母壽。吏肆威擊鼓。瑞怒笞之。械詣定國府。與算餉。額旣足。仍多羨餘。定國無以難。服其耿直。特薦于朝。授兵部主事。尙書張居正。與同官賞花。瑞銜席且進贛詞。居正大怒。令至海外封王。逗遛多年不復召。其家無以爲生。賣婢紫臺于居正之宅。時居正已大拜。擅權用事。囑考官擢其子懋脩爲大魁。新進士陳三謨作一聯以譏之。有居正不正。懋脩不脩等語。居正大怒。擒至家。鎖禁密室。欲置之死。紫臺夜半聞其哭泣叫寃之聲。且覘謨器宇不凡。縱令遁走。謨在居正密室中。見堆積本章甚衆。請召瑞還朝者。皆概置不答。謨竊擬票令急召還朝。居正不知。謨下部科。瑞由此得還。遷長憲臺。三謨叩告居正。瑞上疏劾居正罪。居正激帝怒。命斬瑞及謨。會定國公經市曹見之。立奏于朝。且極言居正植黨驕横狀。上命定國與大學士申時行、王錫爵會讞。皆以瑞忠讜直。居正仇陷善良。乃逐居正。免瑞議。授讜官。瑞爲讜奏明紫臺救讜狀。因以臺賜讜爲夫婦。按海瑞。廣東瓊山人。嘉靖中。由舉人爲淳安知縣。總督胡宗憲嘗笑語人曰。聞海知縣母夫人生日。買肉二斤矣。言其淸貧不能食肉也。劇中貸錢祝壽之說本此。又嘗抗巡鹽鄢懋卿妻。懋卿大怒。瑞亦不顧。劇中抗定國公。亦本于此。然瑞于隆慶間。已擢蘇松巡撫。不應至張居正時。尙爲兵部主事。居正未嘗爲兵部尙書。瑞亦未嘗出使也。蓋緣居正當國。瑞歸林下。羣臣薦瑞者多。居正抑而不用。至萬曆十一年。張四維、申時行。力矯居正之弊。居正所擯。悉奏召還朝。瑞即家擢吏部侍郎。未幾。遷右都御史。時人以瑞淸名最著。而久扼于居正。抒憤詆斥。借瑞發揮。又借定國公勳戚。以鳴鼓樹幟。泄其不平之鳴也。時勳戚無與居正相抗者。成國公朱希忠。其弟錦衣希孝。讞居正迫王大臣陷高拱事。最爲持平。然亦已經受意于居正。非挺身相異同也。居正子連擢甲科。當時譏議者甚衆。

懋脩不脩之語。誠然有之。然懋脩以庚辰中狀元。而前三年嗣脩榜眼。居正丁艱不行。且服緋袍。爲大婚禮儀使。吳中行趙用賢輩。上疏攻之。時已有居正身不正之諺矣。翰林學士王錫爵。詣居正第面觸之。居正至索刀在手。云爾殺我。劇云。徐國公于朝房面斥居正。應暗指此事也。錫爵以掌院持正。力抗首揆。未幾以遷葬乞歸。有謂不宜與居正太相形者。錫爵不顧。劇指錫爵執持居正之非。亦爲有因。時行則由居正力引得相。極與和同。居正生前。必無同異。迨其沒後。收召其所逐。以慰士大夫心耳。是時有吳仕期者。寧國生員。作書力詆居正。刻版傳布。有好事者。遂託海瑞劾居正疏。亦幷刊行。於是操江都御史胡檟。令太平同知龍宗武。密加緝訪。宗武展轉根勘。得仕期姓名。宗武明知非是。以前書刊布。可以互證。遂以成案報檟。檟具奏參仕期。且以札禀居正。居正回札云。若出縉紳。不容不參奏。若出別項奸徒。廉實杖斃之可也。前疏封回未上。檟遂令宗武斃仕期於獄中。迨居正沒後。大理少卿王用汲。劾櫝宗武殺人媢人。二人皆抵罪。劇中陳三謨譏刺居正。致得重禍。事本據此。非無根也。云海瑞条劾居正者。以彼時有假託瑞疏之說也。然三謨乃居正黨人。爲御史時。與朱璉曾士楚輩。保留居正。大爲朝議所擯。神宗擯廢不用。此卻以爲三謨激怒居正。疑與三謨交厚者。爲之出脫以解嘲也。萬曆年間。新進士劾宰相者。居正時有鄒元標。其抗疏與政府爲異者。又有顧允成、諸壽賢、薛敷教等。作者以彼時觀政進士。每多慷慨論事。故有陳三謨面譏居正於朝房之說。

三元記

明初人作。（按：此劇明沈受先撰，疑爲本南戲改編。）所演馮京父事。京少年中三元。官至參知政事。宋時連舉三元者。王曾、宋郊、馮京。當時有不愧科名之目。孫何、楊寘。或以爲三元。或以爲非也。後世艷稱科目之盛。以爲必有陰德致之。故舉厚德卓行。悉歸京父。不盡實也。京傳不載父名。及其行事。姚庭若不可錄曰。馮京之父壯歲無子。其妻與銀數錠曰。君未有子。可爲置妾之貲。至京師。問牙婆。引一女來。立契償銀訖。牙婆去。公問女之所由。女涕泣不言。固問之。女曰。父爲官。綱運欠折。鬻妾賠償。馮惻然不忍犯。即呼牙婆遣女還父。不索原銀。女泣拜而去。馮歸。妻問妾安在。馮以實告。妻曰。君用心如此。何患無子。居數月。妻有娠。里人皆見鼓吹喧闐。迎狀元至馮家。是夕生京。鄉會殿皆第一。（按此近似，疑當有之，但宋時稱省試不稱會試，稱廷試不稱殿試也，京傳不載父事，恐是後人着色，但以勸勵爲善，有裨名敎，不嫌增飾也。）略云。

馮商、字民末。湖廣江夏人。（宋史馮京傳云，鄂州江夏人，與此合。）家素封。慷慨好施。行善惟恐不及。中年無子。大雪中。假貸者絡繹。商賑卹無倦。里人王以德。被誣坐贓二十兩。繫獄。其妻願鬻身爲婢妾。以償夫贓。商愀然。以銀贈之。以德免辟刺配。送其妻來。商還券。且助行資。夫婦得偕往配所。商赴京貿易。妻金氏出白金數笏。囑置妾。商至京。買得運使張祖之女。以損官糧繫獄。賣女償之。

商立送女還。祖老而無子。方痛女遠離。及女還。感入骨髓。適富鄭公喪偶。祖遂以女嫁焉。商歲暮歸。道經河南投宿。而逆旅主人則王以德也。感商恩。囑妻侍枕席。商曰。此非報我。乃喪我名節也。堅拒之。門已鎖。商危坐不寐。書四句云。美色人人好。皇天不可欺。我不淫人婦。人不淫我妻。天未明而去。有趙甲者。在京賣藥。三年獲利歸。遺銀于客店。商入店得銀。坐而待之。甲歸始覺。家負官糧。待償不得。一家盡不欲生。甲奔至店。則商方坐待。出原物還之。商在道。復有失馬者。認商馬。面唾商。搜馬去。商不與辨。失馬者歸得己馬。乃歸馬而謝商。商累積陰功。上感帝心。命文曲星降生爲商子。而以織女星降於富鄭公家爲商媳。商妻生子京。里人並見室中鼓樂。送狀元至馮家。年十八。連掇三元。鄭公以京生年月日皆與女合。許配爲室。京衣錦省親。擇吉成婚。商夫婦皆受封誥。壽登耄耋。宋史馮京傳。京、字當世。少儁邁不羣。舉進士。自鄉舉禮部以至廷試。皆第一。時猶未娶。劇與傳合。又云。

試知制誥。避婦父富弼當國嫌。拜龍圖閣待制。知揚州。（劇以京爲富弼之壻。亦合。）唐宋叢書。馬涓父中年無子。買一妾極姝麗。每理髮必引避。如沮喪狀。公怪問之。曰。妾父某官。不幸亡。去家甚遠。無力歸去。故賣妾。今服未除。約髮者實麻帛。不欲公見耳。公惻然。即日訪其母還之。且厚資助。是夕夢一羽衣曰。天賜爾子。慶長涓涓。果生一子。因以涓名。及長魁太學。鄉薦廷試皆第一。（按馬涓。南宋時狀元。津逮秘書中稱爲馬魁。時鼎元例稱魁也。其事與馮商相類。）又不可錄云。太倉吏員顧某。凡送迎官府。主城外賣餅江某家。後餅家被仇嗾盜。顧集衆訴其冤。得釋。江有女年十七。卜日送顧所。曰。感公之德。願以此女爲妾。顧使妻具禮送歸。父又攜往。卒不受。餅家乃以女他適。後數年。顧考滿赴京。撥韓侍郎門下辦事。一日。侍郎他往。顧偶坐宅門首。夫人見而問之。顧跪伏不敢仰視。夫人曰。起起。公非太倉顧提控乎。我即賣餅家女也。嫁爲相公側室。尋繼正房。今日富貴。秋毫皆公賜也。每恨無由報德。今幸相逢。當爲相公言之。侍郎歸。備陳始末。

侍郎曰。仁人也。竟上其事。孝宗稱歎。即用爲禮部主事。（按小說。顧名芳。江女名愛娘。韓侍郎者廣東人。由學士遷少宰。不載其名。此段情節。與劇中張女嫁富丞相事尤合。而其事在明孝宗時。恐是因此而作。）又不可錄云。餘干陳生善醫。有貧人病怯幾危。陳治之痊。後薄暮過其家。因留宿。其姑與婦議令伴宿以報恩。陳亦心動。隨力制之曰。不可。婦强之。陳連呼曰。不可不可。後幾不能自持。又大呼曰。不可二字最難。迄明乃去。後陳子入試。主者棄其文。忽聞呼曰。不可。挑燈復閱。再棄之。又聞連呼曰。不可不可。最後又閱。決意去之。忽聞大聲曰。不可二字最難。主者因錄之榜後。房師問其子。子歸語父。父乃言之。後其子成進士。（劇中卻王以德妻事。甚似。）

未央天

又名九更天。聞明季時有兄弟二人。皆擅才思。其一作未央天。（按。此劇爲清朱㿥撰。）其一作瑞霓羅。（瑞霓羅。見本書卷二十七。）瑞霓羅用包拯以銅鍘誅豪惡事。而未央天則用聞朗以釘板恤冤。拯黑面。朗金面。兩相對照。謂朗乃封神傳中殷太師聞仲之裔孫也。

鹽官米新圖。妻周氏。子庶脩。居家時。有鼠墮食中。及釜米化血之怪。庶脩又夢中得句云。避禍于千里。留人到九更。種種不吉。恐在家得禍。新圖有兄新國。家在秣陵。因往探之。新國病垂危。以妾桃琰娘爲屬。琰娘素放誕。與隣居侯花嘴有私。新圖兄病沒。送柩還鹽官。欲攜桃氏同往。花嘴遂與琰娘密計。殺妻李氏。焚其首。而以琰娘之衣衣李。首告于秣陵令褚無良。謂新圖奸嫂不遂而殺之。花嘴隣居作證。褚遂捕得新圖于中道。嚴刑拷訊。傅致死罪。花嘴與琰娘。居然若夫婦矣。新圖有僕曰馬義。痛其主冤。欲爲伸控。而縣官以女首未得。三日輒重拷新圖。新圖不勝楚。偶得砒霜。欲服以畢命。馬義適見。奪之去。歸而義妻臧氏見之。細詢其故。臧闘義出。竟引藥自斃。義持首納于官。而身入京師。詣闕下擊登聞鼓控冤。新圖之子庶脩。見僕將去。而新圖益無以自給。乃賣身爲僮。以其貲給父。有縣令殷銘新者。妻亡止存一女。

行取入京。道經秣陵。泊舟河下。遂買庶脩爲書僮。而花嘴恐琰娘露其情。誆而鬻之于殷宅。爲其女之乳娘。兩人同在殷令家。不能相識也。馬義之控寃也。掌登聞鼓者。御史聞朗。金面三眼。中間一眼。能照上天下地。接其詞。知有寃。試以釘板令義卧其上。義即毅然就板横卧釘上無所避。朗爲奏于朝。即命朗巡視。朗即檄示秣陵。使無決新圖。俟已至研審。是時新圖已得旨正法。縛赴市曹。天明即行刑矣。其夜。打鼓至九更而天不明。名曰九更天以此。及明。則已過日中。而朗檄恰至。乃釋新圖。朗因獄情重大。夜宿廟祈夢于城隍之神。其神即新國也。夢一猴示現。口銜十六字云。君公之下。將相之旁。花開葉落。李代桃僵。比質審時。見侯花嘴姓名而疑之。乃遣一妓女。于夜半時僞作花嘴妻魂。向花嘴索其首。花嘴情盡吐。然琰娘未得。朗不便明出新圖。乃僞討新圖氣絶。云已病沒。而陰使人蹤跡琰娘。庶脩聞新圖死。私脱身往獄前慟哭。銘新知而重之。又喜其英雋。撫爲已子。尋以女許之。挈至京師。令其應試。遂登甲科。選授番禺縣令。銘新亦遷官廣南。聞朗雖未得琰娘。而新圖事已大白。即爲奏聞寃狀。且言其一門孝義。朝旨褫秣陵令褚無良之職。以新圖代之。又以馬義輕生救主。授爲縣佐。贈其妻貞烈夫人。新圖赴任。抵臨江驛。銘新及庶脩亦抵是驛。乃同至秣陵。以琰娘付御史偕花嘴正法。而庶脩殷女畢姻。御史旌米氏之門。爲建節孝碑坊。以避禍于千里。留人到九更。爲兩旁對聯。于是江寗水西門。相沿不打五更之鼓。云爲此也。其說雖屬附會。亦有所因。言是漢宣帝時事。不過隨意假託耳。

太平錢

明時舊本。不知誰作。〔＊按、此劇爲清李玉撰、〕事出太平廣記。謂張老以太平錢聘韋氏。故名。〔本傳但言五百緡、劇實之以太平錢、〕但張老本無名。作者以爲張果老。事在梁天監中。作者既以爲果老。遂改作唐開元時。且以明皇令果老門法等事。塡綴于內。韋女之兄名義方。作者既以張老爲唐人。幷改義方名曰固。而以定婚店事。增入義方名下。蓋兩種情節。皆艷異新奇。動人觀聽。又皆韋姓。紐合甚易。閲者亦忘其各别也。張老曰果老。邯鄲吕翁曰洞賓。劇中往往如此。太平廣記。張老。揚州六合縣園叟也。其隣韋恕。梁天監中。自揚州曹掾。役滿而來。長女既笄。召媒媪訪良壻。張老求媪爲媒。媪大駡去。張固懇之。媪不得已。冒責爲一言。韋果大怒責媪。度張老貧。乃詭曰。今日内得五百緡。則可。媪告張老。曰。諾。未幾車載納於韋氏。韋大驚。無如之何。使人視其女。女不恨曰。此命也。遂許焉。張老娶韋。鑁地鬻蔬。其妻躬執爨濯。無怍色。久之中外皆責恕。以女棄園叟。何不令遠去。恕召女及張。微露其意。張曰。某王屋下有小莊。明日且歸耳。語韋曰。他歲相念。可令大兄往天壇山南相訪。遂令妻騎驢戴笠。張老策杖相隨而去。數年。恕念其女。令長男義方訪之。到天壇南。道遇一崐崘奴。駕黄牛耕田。問張老莊。崐崘拜曰。大郎子何久不來。遂與俱東。

過山水十餘處。朱戶甲第。鸞鶴徘徊。崐崙指曰。此張家莊也。俄而及門。紫衣吏拜引。至廳中。二青衣出曰。阿郎來。次見十數青衣。容色絕代。引一人戴遠遊冠。徐出門。乃張老也。曰。賢妹略梳頭。即奉見。坐未幾。入見妹於堂前。梁棟窗䆗。皆沉香玳瑁。碧玉眞珠。其妹服飾之盛。世間未見。進饌精美。不可名狀。館韋於內廳。明日。張老及妹各乘一鳳。東遊蓬萊山。迨暮乃歸。曰。此地神仙之府。不可久居。明日。妹出別兄。殷勤傳語父母。張老奉金二十鎰。并與一故席帽。曰。兄若無錢。可於揚州北邸賣藥王老家取一千萬。持此爲信。韋荷而歸。其家驚訝。或以爲神仙。或以爲妖妄。五六年間金盡。乃往揚州訪王老。持帽爲信。王曰。帽是乎。有小女至幃中曰。張老嘗過。令縫帽頂。其時無皂線。以紅線縫之。取看果是也。遂得錢歸。其家又思女。復遣義方往天壇南尋之。千山萬水。不復有路。亦無知張老莊者。後數年。義方遊揚州。閒行瓊花觀。忽見崐崙奴。曰。娘子雖不得歸。家中事無巨細。莫不知之。因出金十斤以奉。曰。娘子令送與大郎君。阿郎與王老會飲於此酒家。崐崙當入報。義方坐至晚。乃入覲之。無二老。亦無崐崙也。（韋固定婚店事。詳具翠鈿緣。）

兩生天

又名一文錢。不知何人所作。演盧至、龐蘊兩人事。盧至見四大癡中。（四大癡。見本書卷十一。）龐蘊事。即元人百種中龐居士誤放來生債（來生債。見本書卷四。）也。此以兩劇合而爲一。而中間關目事蹟。又與前兩劇大同小異。兩人皆以帝釋點化證果。故謂之兩生天。以至發端。故又名一文錢也。劇云。西安盧至。襄陽龐蘊。前生皆大羅漢。以凡心未淨。託生爲人。（據內典。學佛人得證四果。名阿羅漢。能飛行變化。永不退轉。安有凡心未淨。復墮落輪迴之事。且佛經所言。盧至及龐居士本傳。兩人宿德鈍根。如天淵之隔。且時代千年有餘。此係作者揑造。爲全部起結耳。）至爲富翁。極貪慳。蘊則淸修好施。如來佛謂貪慳固必墮落。施舍亦非第一義。施與人造福。同自己作福。施與人造業。亦同自己作業也。因命帝釋化身指引兩人入道。（此段是作者本意。）至亡身其家門殖貨。常以不滿千萬爲憾。朝營夕算。其妻子常凍餒。至夷然不顧也。其家門神。七年不換。歲終。負債者以所畫准利百文。將易之。至猶以爲侈。減口食以補百文之數。其司閽者夢舊門神踞位不肯去。與新門神爭。家中井竈諸神悉出解紛。而爭不已。遇九天糾察善惡司叱退舊者。而新者始得就廡。此段舊劇所無。元旦。至欲省家中所有麥屑飯。枵腹出遊。於路拾得一文錢。狂喜不知所措。遇賣芝蔴者。念欲療饑。又可多得。慨然以錢易芝蔴一撮。見犬恐其奪食。聞鳥又慮爲所攫。乃入深山茂林之中。恣意啖之。其樂融融。以爲帝釋不如也。而帝釋適至。化爲僧以語開導。至終不悟。乃飲以酒。使醉臥。已則化爲至。入其家。呼妻子家屬。謂遇神僧點化。大悔其平日所爲。置酒暢飲。洞開庫藏。悉散給里中之貧者。懽聲載道。如是者十日。至醒而歸。帝釋指爲慳鬼。命衆逐之。至憤。欲訴之官。帝釋以神通引至佛座。至見佛告寃。佛命弟子化爲十至。教導之。至始感悟。佛爲摩頂。使修行歸本。蘊全家好善。常取其所藏債劵悉焚之。有求輒應。周急無倦。養濟院有一夫一婦。婦瘋而夫聾。婦善歌。夫負其婦。歌以乞食。至蘊門。蘊聞其歌忠孝節義四曲。大喜。厚恤之。此折舊本所無。近日盛行。謂之一枝梅。蘊過磨坊。憐打麥人羅和辛苦。給以銀。使歸休息。和持銀去。一心繫銀。終夜不得睡。乃以銀還蘊而出家。有僧來見。蘊以爲必化緣也。及見。一無所請。但勸蘊勿輕施。蘊不喜。僧謂子不信吾言。頃必有聞見也。薄暮過馬櫪。聞馬牛騾皆作人語。各吐其前生爲人。負蘊財不得償。今生爲馬牛騾以償之。蘊始悔平日好施。反造業也。乃盡載其家資沉海中。與妻女入山修道。亦得帝釋接引見如來。與至俱復爲阿羅漢云。釋氏稽古錄。襄州居士龐蘊者。衡州衡陽縣人也。字道元。世本業儒。少悟塵勞。志求眞諦。德宗貞元初。謁石頭遷禪師。豁然有省。劇中放來生債及沉金銀於東海。恐未必實。後與丹霞天然禪師爲友。劇云丹霞戲靈照。爲靈照所點化。不實。元和六年。北遊湘漢。隨處而居。有女靈照。賣竹漉籬以供朝夕。士問靈照。古人道明明百草頭。明明祖師意。如何會。女曰。老老大大。

作這箇語話。士曰。你作麼生。女曰。明明百草頭。明明祖師意。士乃笑。劇中所引相合。按羅和一段。事雖不實。不爲無因。有舖家失銀二兩。不知何人所竊。數日之後。忽呼店中小二詰之。即首服竊銀。蓋小二每夜必唱小曲。自竊銀後。計畫作何生理。終夕不睡。絕無唱聲。故爲主人所覺也。又唐人有本業漸大。心計轉粗。不暇唱渭城語。劇中合兩事爲一。以供點綴。

五代榮

演江陰徐晞事。按畜德錄所記。晞實長者。故以五代榮美之。卜者臧知先嘗決晞大貴。後與晞相依倚。亦係實事。但云臧爲盜攀。臧女燈兒乞晞救父。臧出獄。以女送晞爲婢。晞竟以爲子媳。似即畜德錄所載卒伍事而兩相異同者也。陳沂畜德錄。尙書徐公晞。少爲刀筆吏。縣有卒伍補謫發誤勾攝者。欲公脫之。夜飲公於家。以他事出避。其妻有美色。令侍酒以悅之。公不能留。明日抱案。已脫勾攝。且語其人曰。吾昨歸恐汝疑。故速致此。鄉人服之。公爲兵部郎中。一員外郎待公甚薄。其人卒於官。公親爲殮。且重賻之。因其邑令。照拂其家。公子以蔭官尙寳。孫中書舍人。亦至通政。列卿記。徐晞。直隸江陰人。永樂中邑吏。正統七年。任兵部尙書。十年卒。朝鮮兵攻困江陰。索犒金錢一萬。晞家有仙人所贈搖錢樹。即搖錢與之。此事揑造甚怪。然搖錢樹正可對沈萬三家聚寳盆。亦理所或有也。朝鮮吉摩三太子圍昆明。索犒金錢。有異寳曰攝魂旛。如無符呪藏於帽中。過此旛下。即便昏倒。晞授經略禦之。不能取勝。有繆大郎者。初嘗爲盜。晞脫其死。適臧知先經此地。大郎與符呪。由旛下過。謁晞言之。復遣知先見大郎。内外相合。禽吉摩。降。此本封神演義中事。姜子牙兵至臨潼關。守關將卞吉。懸幽魂白骨旛於關門。過此者即昏倒。雖雷震子、土行孫輩亦不能免。後得其符呪置頂上。乃過此旛。殺卞吉。徐彥能夫婦。晞夫婦。晞子納及臧氏夫婦。孫敏及趙氏夫婦。敏又生子。

凡五代。彥能九十。欽賜五色靈芝。以合五代登榮之兆。故曰五代榮。雖其事有所增飾。然晞由吏員至大司馬。子孫受其蔭。實由盛德所致。故人艷稱之。非無因也。經略之稱。起萬曆以後。作此記者。蓋啓禎時人。＊按：此劇爲清朱佐朝撰。佐朝字良卿。江蘇吳縣人。所作傳奇今知有三十種。

古城記

劇中第十五齣云。可速送到尙寶司重鑄。必明時人所作也。按三國志。關羽實奔先主于袁軍。無至古城會張飛之說。又飛傳中但言其隨先主依袁紹。略不載其據古城事。又劇中所演五關斬將。亦正史所無。又斬蔡陽。乃先主與龔都合時事。劇中以爲關羽至古城時所殺。此皆原本三國演義。未嘗考實也。蜀志先主傳云。袁術欲經徐州北就袁紹。曹公遣先主督朱靈路招要擊術。未至。術病死。先主據下邳。靈等還。先主乃殺徐州刺史車胄。留關羽守下邳。而身還小沛。遣孫乾與袁紹連和。曹公遣劉岱、王忠擊之。不克。五年。曹公東征先主。先主敗績。曹公收其衆。擄先主妻子。幷擒關羽以歸。先主走靑州。刺史袁譚。先主故茂才也。將步騎迎先主。先主隨譚到平原。譚馳使白紹。遣將道路奉迎。身去鄴二百里。與先主相見。駐月餘日。所失亡士卒。稍稍來集。曹公與袁紹相拒于官渡。汝南黃巾劉辟等叛曹公應紹。紹遣先主將兵與辟等略許下。關羽亡歸先主。曹公遣曹仁將兵擊先主。先主還紹軍。陰欲離紹。乃說紹南連荆州牧劉表。紹遣先主將本兵復至汝南。與賊龔都等合衆數千人。曹公遣蔡陽擊之。爲先主所殺。關羽傳云。關羽、字雲長。河東解人也。亡命奔涿郡。先主於鄉里合徒衆。而羽與飛爲之禦侮。先主與二人恩若兄弟。先主襲殺徐州刺史車冑。使羽守下邳城。行太守事。而身還小沛。建安五年。曹公東征。先主奔袁紹。曹公禽羽以歸。拜爲偏將軍。禮之甚厚。紹遣大將軍顏良攻東郡太守劉廷於白馬。曹公使張遼及羽爲先鋒。擊之。羽望見良麾蓋。策馬刺良于萬衆之中。斬其首還。紹諸將莫能當者。遂解白馬圍。曹公即表封羽漢壽亭侯。初、曹公壯羽爲人。而察其心神無久留之意。謂張遼曰。卿試以情問之。既而遼以問羽。羽嘆曰。吾極知曹公待我厚。然吾受劉將軍厚恩。誓以共死。不可背之。吾終不留。吾要當立效以報曹公。乃去。遼以羽言報曹公。曹公義之。及羽殺顔良。曹公知其必去。重加賞賜。羽盡封其所賜。拜書告辭。而奔先主于袁軍。左右欲追之。曹公曰。彼各爲其主。勿追也。

曲海總目提要卷十九

臨春閣 雜劇

吳偉業撰。偉業、字駿公。別號梅村。崇禎四年辛未會元榜眼。累遷諭德。福王時官至少詹。入本朝起用。授國子監祭酒。與錢謙益、龔鼎孶齊名。近時人選三人詩文集。謂之江左三大家。所演臨春閣事。隱指福王也。福王中使四出。遴選秀女。中山王裔孫徐國公之女。已經選妃。又有祁姓、阮姓。俱經選擇。偉業送女道士卞玉京詩。詔書忽下選蛾眉。細馬輕車不知數。按福王彼時勢已魚爛。本無尙可枝策之理。譬之日已麗天。殘星暫閃。立見隕墜。而猶不自知覺。如偉業詩所云。是誠所謂下愚之不可移者也。記其事也。又云。中山有女嬌無雙。明眸皓齒垂明璫。曾因內宴直歌舞。坐中瞥見塗鴉黃。歸來女伴洗紅粧。枉將絕技矜平康。如此才足當侯王。紀中山女被選事也。又云。依稀記得祁與阮。同時亦中三宮選。可憐俱未識君王。軍府抄名被驅遣。紀祁、阮同被選也。又云。漫詠臨春瓊樹篇。玉顏零落委花鈿。當時錯怨韓禽虎。張孔承恩已十年。則言徐與祁、阮。未承恩澤。不能及張、孔也。此劇大指即此詩意。洗氏無謁陳主事。是借用秦良玉事也。崇禎時。四川石砫女將秦良玉。奉詔勤王。人都陛謁。崇禎特賜之以詩。末句云。他日功成麟閣上。丹青先畫美人圖。偉業暗引洗氏。以比良玉耳。隋書譙國夫人傳。譙國夫人者。高涼洗氏之女也。能行軍用師。壓服諸越。羅州刺史馮融。爲其子高涼太守寶。聘以爲妻。寶卒。嶺表大亂。夫人懷集百越。數州宴然。至陳永定二年。其子僕。年九歲。遣帥諸首領朝於丹陽。僕以功封信都侯。加平越中郎將。轉石龍太守。詔使持節册夫人爲中郎將石龍太夫人。復賚繡幰油絡。駟馬安車一乘。給鼓吹一部。幷麾幢旌節。其鹵簿一如刺史之儀。至德中。僕卒。後遇陳國亡。嶺南未有所附。數郡共奉夫人。號爲聖母。高祖遺陳主遺夫人書。諭令歸化。夫人乃帥衆迎總管洸入廣州。嶺南悉定。册夫人爲宋康郡夫人。未幾。番禺人王仲宣反。圍洸於州城。夫人帥師救洸。親被甲。乘介馬。張錦傘。領彀騎。衛詔使裴矩巡撫諸州。高祖異之。追贈寶爲廣州總管譙國公。册夫人爲譙國夫人。仍開幕府。置長史以下官屬。給印章聽發部落六州兵馬。若有機急。便宜行事。時番州總管趙訥貪虐。諸俚僚多有亡叛。夫人遣長史張融上封事。論安撫之宜。并定訥罪狀。上遣推訥。竟置於法。按洗氏封譙國夫人。已屬隋事。今皆作陳時點染。陳書張貴妃傳。貴妃名麗華。性聰慧。甚被寵遇。後主至德二年。乃於光照殿前。起臨春、結綺、望仙三閣。閣高數丈。並數十間。其窗牖壁帶懸楣欄檻之類。並以沉檀香木爲之。又飾以金玉。間以珠翠。外施珠簾。內有寶床寶帳。後主自居臨春閣。張貴妃居結綺閣。龔、孔二貴嬪居望仙閣。以宮人有文學者袁大捨等爲女學士。與狎客共賦新詩。互相贈答。採其尤艷麗者。以爲曲詞。而貴妃才辯彊記。善候顏色。是時後主怠於政事。百司啓奏。並因宦者蔡脫兒請。後主置張貴妃於膝上。共決之。按劇前總目云。冼夫人錦繖通侯。張貴妃彩筆詞頭。靑溪廟老僧說法。越王臺女將邊愁。今止二折者。蓋靑溪爲隋害貴妃之所。後二折大意。說陳亡而冼氏歸隋。寓傷感之意。優塲演唱。無取乎爾。故止存其前半也。

通天臺 雜劇

吳偉業撰。以沈烱自喻也。陳書沈烱傳。烱、字初明。梁武帝時釋謁王國常侍。遷爲尙書左民侍郎。出爲吳令。侯景之難。景將宋子仙據吳興。遣使召烱。逼之令掌書記。子仙爲王僧辯所敗。僧辯素聞其名。於軍中購得之。及簡文遇害。高帝南下。侯景東奔至吳郡。獲烱妻虞氏。子行簡。竝殺之。烱弟攜其母避而獲免。侯景平。梁元帝愍其妻子嬰戮。特封原鄉縣侯。邑五百戶。僧辯爲司徒。以烱爲從事中郎。梁元帝徵爲給事黃門侍郎。領尙書左丞。荆州陷。爲西魏所擄。魏人甚禮之。授烱儀同三司。烱以母老在東。恆思歸國。恐魏人愛其文才而留之。恆閉門卻掃。無所交遊。時有文章。隨即棄毀。不令流布。嘗獨行經漢武通天臺。爲表奏之。陳己思歸之意。其辭曰。臣聞喬山雖掩。鼎湖之靈可祠。有魯既荒。大庭之迹無泯。伏維陛下。降德猗蘭。纂靈豐谷。漢道既登。神仙可望。射之罘於海浦。禮日觀而稱功。横中流於汾河。指柏梁而高宴。何其樂也。豈不然歟。既而甲帳珠簾。一朝零落。茂陵玉椀。宛出人間。陵雲故基。共原田而膴膴。别風餘趾。對陵阜而茫茫。羈旅縲臣。能不落淚。昔承明既厭。嚴助東歸。駟馬可乘。長卿西返。恭聞故實。竊有愚心。黍稷非馨。敢忘徼福。奏訖。其夜烱夢見有宫禁之所。兵衛甚嚴。烱便以情事陳訴。聞有人言。甚不惜放卿還。幾時可至。少日。便與王克等竝獲東歸。

十錦塘

馬佶人作。演武林和鼎事。匪人水孽謀占其妻。陷之下獄。良友司理褚國士救之。赴京應試。大魁天下。乞假榮歸。除奸報讐。夫妻重聚。十錦塘。係杭州西湖地名。與劇中關目無涉。因鼎杭人。且于十錦塘遇水孽。即以名劇。其敷演情節。大抵本於野乘。無實據也。略云。和鼎、字調孟。杭州人。妻卓氏。讀書孤山。家貧甚。大雪中令妻摘梅花解渴。吟咏自樂。汴州解元褚國士字賓王者適過此。嘉鼎勤學。遂訂金蘭之契。勸其靜守待時。以出門跬步即樊籠戒之。蓋慮其不識世路險巇也。鄰有梅花莊。豪紳水孽字望月之别業。雪中來賞梅花。瞥見卓氏美麗。欲謀之。以莊嫗潘氏素與卓善。强爲畫策。潘氏教孽以恩結之。鼎方進城。以妻所織布。易粟斗許歸。至十錦塘。孽邀至舟中。樽酒禦寒。解綈袍以贈。隔數日。又餽以銀米。卓氏諫以斷不可受。而鼎困窮之際。深感其誼。又數日。孽詭云薦館于金陵趙九員外。命僕水溢隨之往。使潘氏伴其妻。鼎欣然去。卓氏諫不從。判袂時。鈕扣偶鬆。鼎爲扣之。卓氏請待夫歸方開。黯然而别。蘗窺卓氏貞靜。未易圖。乃遣所交綠林豪客搶至家中。綠林豪客者。年十三爲父報讐殺人。逢赦。流徙金陵右衛。又見土豪强姦少婦。不從致死。憤擊殞命。搜捕甚急。蘗罷别駕任。愛其勇健。爲攜歸杭州。藏六和塔下爲盜。蘗即窩主也。一日刼商人仲義、欒其利船。約三千金。及詢仲義。則義父與其利同泛江湖者二十餘年。嘗遭風濤。兩家貨俱覆没。義父溺水亡。而其利索詐。仲義賠償本利銀六百兩。謂其尙逋百分之一。强逼爲僕。豪客大怒。斬其利。即以三千金與義。蓋劍俠之流也。水蘗不敢明言己事。僞云一書生之妻。爲土豪奪去。求其救回。豪客不知。竟爲焚鼎草舍。刼卓氏至蘗家。蘗調戲之。卓氏貞性激烈。觸堦流血。其母責子不肖。留卓氏居梅花書屋。謹衞護之。後以訓子不從。氣死。和鼎將至金陵。水盜挈行囊遁去。徧訪城中。無所謂趙九員外也。飢甚。入店一餐。而飯錢無措。店家脱其衣抵之。復推仆于地。錢塘邑吏尤德弘奉差至此。見而憫之。代償飯錢。還其衣。挈歸杭州。

則茅屋已焚。徧尋卓氏。杳然無跡。將投西湖。潘媪救之。留宿梅花莊。亦奉蘗計以誘鼎也。蘗隨遣僕水滿。告鼎途中謀殺其子溢。邑令錢富受賄。嚴刑拷之。屈招下獄。而仲義亦爲樂其利之子告謀財害命下獄。貌與鼎似。蘗又暮夜餽金千兩。錢富即命吏尤德弘討鼎氣絕病狀。義慨然代鼎死。富以貪酷罷去。理刑即鼎友褚國士。進士起家。方署錢塘縣事。親身查監。見鼎讀書不輟。疑其爲鬼。細詢之。始知義代死及被陷情節。立釋之出獄。申文學道。復其青衿。秋闈中式。設酒餞別。蘗聞懼甚。求豪客追殺之。豪客佯諾。而心憐鼎。單騎追及。述蘗奸謀。即解佩劍投之東流。反邪歸正。鼎春闈聯狀元及第。上疏乞歸。國士已訪蘗罪惡。按律處斬。接卓氏居署中。初、卓氏思夫。嚙指血畫一小像。朝夕相對。以梅花供之。鈕扣雖盛暑不開。比鼎榮歸。始解其扣。深感妻德。幷悔誤識匪人。于天竺建水陸道場。超度仲義。報其恩焉。

天馬媒

蘇州人劉普充所撰。（按、劉方、字地如、又字晉充、江蘇長洲人、所作傳奇有羅衫合、天馬媒、小桃源三種、另有紅拂記已爲馮夢龍改訂併入女丈夫中、此作劉普充、應是晉充之誤。）演黃損與裴玉娥事。與玉馬珮（玉馬珮、見本書卷二十五。）互有異同。其以玉馬爲關目。則皆相仿也。（北窗志異事蹟本傳、已載玉馬珮記。）黃損、字益叔。連州人。（玉馬珮云、字懷閔、略陽人、互異。）與薛瓊瓊訂盟。（玉馬珮敘在中間應試長安之後、與此異。）家傳玉馬墜一枚。希世之寶。（此據北窗志異、玉馬珮則以爲陳七子所遺也。）氤氳使者奉上帝之命。問損收取。以予玉娥。（此與志異不同、亦是添飾。）損見其道貌。即解以贈。損年伯廣陵張誼。字道濟。爲荊襄帥。邀損爲記室。（志異不載帥姓名、此係添飾。道濟則張說之字也。）損方至京探瓊瓊。其母馮氏。（此姓亦是添出、玉馬珮云義母、此云親生、互異。）正欲款留。張使投書立趣。損即別瓊瓊赴襄陽。抵江邊渡口。附舟而行。舟中賈客裴成。（志異無名字。劇云名成號竹溪。）有女玉娥。在艙彈箏。損題詩相贈。隔窗密語。約於中秋至涪州相會。損赴襄幕。忽乘夜越牆而出。至涪覓玉娥。解纜脫舟。女隨波逝。道遇瓊瓊之母。救入舟中。（此皆與志異相合。）瓊瓊因與損盟。呂用之欲逼娶之。拒而不見。用之乃以進于宮中。（此係添出關目。）其母無所依。乘舟還蜀。乃遇玉娥也。（此與志異合。）母既得玉娥。復偕至京。意欲以續瓊爲妓。玉娥大怒。言已有夫。詢其姓名。即是黃損。母令守志以待損。（此稍增飾。）氤氳使者知玉娥有難。以玉馬墜贈之。初、黃損見女墜水。念裴不已。而知其無益。乃入京就試。（志異中見老僧一段。玉馬珮詳載。此劇不載。）會擢上第。訪得瓊瓊入宮事。深恨用之。具奏劾其奸惡。（實事稍增飾。）而用之則誣奏黃損與瓊瓊私相遞柬。（玉馬珮撰出黃損曾有贈別之詩。此劇無有。皆北窗志異所無。）會張誼朝京。奏用之害損。詔發瓊瓊與損。令誼與用之會審明白。用之欲入二人罪。誼奏瓊瓊與損。實係先訂姻盟。在後並無往來。用之所參。以强逼瓊瓊不從。又怪黃損劾奏之故。詔令張誼主婚。以瓊瓊配與黃損。而斥用之蠹國殃民。挾仇妄奏。勒歸田里。（此段情節係添出。志異所無。）瓊瓊既歸損。損與言及舟遇玉娥。及解纜不救事。瓊瓊甚爲歎息。令損另設房榻。置玉娥之座。兩日內分一日虛臥于彼。每食亦必設玉娥虛坐。以答其情。

用之害損不遂。正爲別圖。而諸葛殷語用之。從前入宮者係假瓊瓊。尙有眞者在薛媪家。用之遣人强娶入宅。玉馬爲怪。聽道人之言。令殷送至損宅。損不知是玉娥。拒不肯受。用之令人乘夜送玉娥至損門。撇之而去。損見乃知是玉娥。於是與瓊瓊並納。用之聞之。氣憤自盡。損正欲迎接薛媪裴老。而裴老以貧困。買一小舟。苟且度日。薛媪賃舟探損。遂獲見女。養之終身。（此段據本事增飾。）劇中又有瓊瓊乞巧遇織女。織女告以楚蓮香事。其事不見書傳。題門記中所謂王維之妾也。

小桃園

劉普充撰。（按。應作劉晉充。）謂劉淵、關謹、張賓等於小桃園結義。破晉興趙。蓋以淵爲先主曾孫也。乃深惡司馬氏而作。穿鑿附會成之。劇云。晉懷帝時。雁門劉淵。乃蜀北地王湛之子。尙書令郤欽思。郤正之子。又有諸葛宣于者。諸葛亮之孫。關謹者。關羽之孫。張賓者。張飛之孫。趙勃者。趙雲之孫。姜發者。姜維之孫。而都督陸機者。吳陸遜之孫也。淵變姓名爲金卯武。寄居姑母家。欲入京訪父執欽思。至幷州三義廟。（按三義廟之建。起於後世。晉初安得有此。）夜宿神案前。夢周倉引入一處。名爲小桃園。有詩在壁曰。京洛逢交契美緣。急尋白鶴引高賢。龍吟若遇平陽地。木虎泥龍始改年。夢中又有數人結義。醒而識之。及見欽思。敍述姓名。欽思留館書室。妻趙氏夢金甲神引一書生入房中。云與其女鳳楨有婚姻之分。書生化金龍而去。鳳楨夢亦相同。一日。鳳楨與婢紅蘭至園。見淵狀貌英偉。紅蘭勸鳳楨與淵結盟。會欽思亦奇淵。以女許嫁。而陸機欲獻媚於東海王越。譽欽思女之美。東海遣使聘郤女。欽思乃令紅蘭代行。紅蘭入王宮。妃胡氏深嫉之。使婢送藥酒令飲。王不知而誤飲。遂殞。胡氏告紅蘭鴆殺王。朝廷不能辨。紅蘭觸堦死。命捕欽思入獄。捕其妻及婢發給漢中長沙王。其婢。即鳳楨所僞稱也。淵訂婚時。以詩一句已驗。遂別欽思。往延安白鶴山。以訪詩中所謂高賢者。諸葛宣于隱此山中。得其祖祕術。預備二錦囊。一與山南趙勃。令殺差救后。一與沁州張賓。令打虎救主。公差押趙氏母女道過白鶴山。勃伺於岡頭。擊差立斃。及見趙氏。即其姊也。遂留其母女於家。劉淵抵雁山。遇虎。張賓突出以拳擊虎。立斃。乃偕淵往白鶴訪宣于。道遇姜發於雁山之下。留至家中。烹虎同食。同訪宣于。至諸葛家。趙勃亦至。自述救姊事。淵知妻即其甥。與母同居勃家。宣于遂偕淵等同至霍州龍吟山訪關謹。謹時閉門耕讀。種桃百株。名曰小桃園。淵等既與謹相見。六人遂結義于小桃園。同至京中起兵。取平陽。淵立爲王。以宣于爲軍師。關、張等爲將。宣于遣將四出。獨使趙勃隨淵以攻孟津。殺守將夏侯鵬。乃夏侯惇之孫也。晉遣陸機拒戰。淵小勝。繼而劫機營。爲所誑。大敗而退。機追淵甚急。勃與淵易服而逃。勃自刎。淵乃得脫去。機率兵窮追。姜發、張賓、關謹俱至。機爲謹所擒。淵兵乘勝入洛。懷帝亦被擒。淵遂即眞。大封功臣。而立郤氏爲后。其即位在甲寅年戊辰月。應木虎泥龍之祥也。按晉書劉淵載記。劉元海。晉書避唐祖諱淵字。故但稱元海。冒頓之後。漢高祖以宗女爲公主。妻冒頓。其子孫遂冒姓劉氏。世居西河離石城。父豹。魏武時左部帥。妻呼延氏。祈子於龍門。見一大魚頂有二角。遂生元海。習詩易尚書春秋孫吳兵法史漢諸子。猿臂善射。膂力過人。姿儀魁偉。身長八尺四寸。咸熙中爲侍中。在洛陽。文帝深待之。豹卒。武帝以元海代爲左部帥。楊駿輔政。以爲建威將軍。五部大都督。元康中失官。成都王穎鎮鄴。表行寧朔將軍。元海從祖左賢王劉宣。議推元海爲大單于。穎又拜元海爲北單于參丞相軍事。元海至左國城。宣等上大單于之號。都於離石。按淵並非漢後。其起兵亦無所謂關張輩也。又元海曰。吾漢氏之甥。約爲兄弟。兄亡弟紹。且可稱漢。追尊後主以懷人望。乃爲壇南郊。僭即漢王位。追尊劉禪爲孝懷皇帝。立妻呼延氏爲王后。按劉據此以爲後主之孫。亦非全無因也。其妻呼延氏。非郤氏。又劉聰母張。亦非郤。又元海進據河東。攻寇蒲坂平陽。皆陷之。平陽屬縣壘壁皆降。劇所載合。懷帝永嘉二年。元海僭即皇帝位。按史是歲爲戊辰。其正月當爲甲寅。所謂泥龍木虎者。戊辰年甲寅月也。劇顛倒誤用。按史。淵因太史令宣于修之勸。遷都平陽。又言歲在辛未。當得洛陽。劇遂改爲諸葛宣于。又云。命子聰寇洛陽。東海王越遣平北將軍曹武等拒之。王師敗績。聰等寇洛陽。護軍賈蔭戰於大夏門。斬聰將呼延顥。其衆遂潰。聰令將劉厲、呼延朗等督留軍。東海王越命參軍孫詢率勁旅擊朗。斬之。厲赴水而死。劇所謂趙勃者。應指呼延顥劉厲也。無與淵易服之事。是借用春秋逢丑父與齊侯易服事。又按永嘉五年。懷帝蒙塵。先一年劉淵已沒。逼懷帝者。劉聰也。劇以爲淵。拒聰兵者。河南尹劉默也。劇以爲陸機。俱不合。按張賓傳。係趙郡中丘人。父瑤。中山太守。賓爲石勒長史。勒稱爲右侯。未嘗事淵。劇妄引入耳。闕、趙等皆僞撰。又按晉惠帝太安二年。陸機爲成都王穎將。與長沙王乂戰。機軍大敗。穎使孫秀收機殺之。與劉淵無涉。劇以機祖遜計擒關羽。故託名羽孫謹殺機。以示相報應耳。非謂實有其事也。

蘆中人

蘇州人薛旦所作。按。薛旦。字旣揚。別號听然子。江蘇長洲人。所作傳奇今知有十八種。旦字旣揚。善塡樂府。其繼娶之室曰停雲。出自名家。歌劇稱最。夫婦居無錫。嘗作樂府數種。曰醉月緣、曰續情燈、曰昭君夢、曰鬧荆鞭。此記即鬧荆鞭改名也。以弋陽腔有臨潼記。皆齊東野人語。乃參酌正史稗乘爲之。評者謂其跨躐臨川。韜軼香令云。漁夫蘆中窮士之歌。採以名劇。似爲大雅。勝鬧鞭遠甚。吳越春秋。伍子胥者。楚人也。名員。祖擧。父奢。兄尙。三世爲楚忠臣。楚平王有太子名建。平王以伍奢爲太子太傅。費無忌爲少傅。平王使無忌爲太子娶于秦。秦女美容。無忌報平王曰。秦女天下無雙。王可自取。王遂納秦女爲夫人而幸愛之。生子珍。而更爲太子娶齊女。無忌因去太子而事平王。念太子立當害己也。乃復讒太子建。使守城父。又言建將爲亂。平王召伍奢而按問之。奢知無忌之讒。因諫之曰。王獨奈何以讒賊小臣而疎骨肉乎。無忌復言。王今不制。其事成矣。王且見擒。平王大怒。因囚伍奢。太子奔宋。無忌復言平王曰。伍奢有二子皆賢。不誅且爲楚憂。可以其父爲質而召之。王使使謂奢曰。能致二子則生。不然則死。伍奢曰。臣有二子。長曰尙。少曰胥。尙爲人慈溫仁信。若聞臣召輒來。胥爲人少好于文。長習于武。文治邦國。武定天下。執綱守戾。蒙詬受恥。雖寃不爭。能成大事。此前知之士。安可致耶。平王即遣使者往召尙、胥云。進奢爲國相。封二子爲侯。尙謂子胥曰。父幸免死。二子爲侯。使者在門。汝可見使。子胥曰。君欺其臣。父欺其子。今往方死。何侯之有。尙曰。父子之愛。恩在中出。徼倖相見。以自濟達。子胥歎曰。與父俱誅。何明于世。尙且行矣。吾去不顧。勿使臨難。雖悔何追。楚得子尙。執而囚之。復遣使追捕子胥。胥乃貫弓執矢去楚。楚追之。見其妻曰。胥亡矣。去三百里。使者追及無人之野。胥乃張弓布矢。欲害使者。使者俯伏而走。胥曰。報汝平王。欲國不滅。釋吾父兄。若不爾者。楚爲墟矣。使返報平王。王發大軍追子胥。至江。失其所在。不獲而返。劇中大抵相同。惟伍子胥自述臨潼鬬寶等語。出列國演義。養由基追子胥。縱之去。因棄官入山。亦無此事。由基乃楚共王時人。見于春秋。鄢陵之戰。與伍舉同輩。此時已無由基矣。楚使實見其妻。劇云。伍夫人先避往申包胥姑宅。亦係增飾。尙至楚。就父俱戮於市。伍員奔宋。道遇申包胥曰。今吾將復楚辜。以雪父兄之恥。申包胥曰。子能亡之。吾能存之。胥遂奔宋。劇中相同。略去奔宋一節。伍員奔吳。到昭關。關吏欲執之。伍員因詐曰。上所以索我者。美珠也。今我已亡矣。將去取之。關吏因舍之。俗傳伍子胥過昭關。一夜鬚髮盡白。此演義所載。非正史也。劇中亦本演義。蓋公父子誑關吏。送子胥出關。亦本演義。按史。子胥之出昭關。乃由鄭而往。非從楚奔也。今皆指爲從楚逃吳。追者在後。幾不得脫。至江。江中有漁父乘船泝水而上。子胥呼之。謂曰。漁父渡我。如是者再。漁父欲渡之。適會旁有人窺之。因而歌曰。日月昭昭兮侵已馳。與子期乎蘆之漪。子胥即止蘆之漪。漁父渡之千潯之津。子胥有饑色。漁父爲取餉。有頃。持麥飯鮑魚羹盎漿。求之樹下。因歌而呼之曰。蘆中人。蘆中人。豈非窮士乎。如是至再。子胥乃出蘆中而應。飲食畢。欲去。解百金之劍以與漁者。漁父辭不受。謂子胥曰。亟去勿留。且爲楚所得。子胥曰。請丈人姓字。漁父曰。吾所謂渡楚賊也。何用姓氏爲。子爲蘆中人。吾爲漁丈人。富貴莫相忘也。子胥既去。誠漁父曰。掩子之盎漿。無令其露。漁父諾。子胥行數步。顧視漁者。已覆船自沈于江水之中矣。（劇名蘆中人以此。史本無漁父姓名。劇著姓名曰閭丘亮。從演義也。）子胥至吳。乞食溧陽。適會女子擊綿于瀨水之上。筥中有飯。子胥曰。夫人可得一餐乎。女子曰。妾獨與母居。三十未嫁。飯不可得。子胥曰。夫人賑窮途少飯。亦何嫌哉。女子知非恒人。遂許之。發其簞筥。長跪而與之。子胥再餐而止。女子曰。君有遠逝之行。何不飽而餐之。子胥已餐而去。又謂女子曰。掩夫人之盎漿。無令其露。女子嘆曰。妾獨與母居三十年。自守貞明。不願從適。何宜饋飯而與丈夫。越虧禮儀。妾不忍也。子行矣。子胥反顧。女子已自投于瀨水矣。（史無女子姓。劇云黃山里史氏女。蓋据演義及邑乘也。）子胥之吳。求勇士薦之公子光。乃得勇士專諸。專諸者。堂邑人也。伍胥亡楚如吳時。遇之於途。專諸方與人鬬。將就敵。其怒有萬人之氣。甚不可當。其妻一呼即還。子胥怪而問其狀。何夫子之怒甚也。聞一女子之聲而折道。甯有說乎。專諸曰。屈一人之下。必伸萬人之上。子胥知其勇士。陰結之。欲以爲用。進之公子光。（劇載專諸畏妻。因受母誡。亦是爲諸掩飾。其實諸畏妻耳。）王僚十三年。公子光伏甲士于窟室中。使專諸置魚腸劍炙魚中。以刺王僚。公子光遂自立爲吳王。闔閭九年。吳王入郢。伍胥以不得昭王。乃掘平王之墓。出其屍。鞭之三百。子胥入鄭。遂引軍擊鄭。以鄭定公嘗困迫子胥也。定公大懼。乃令國中曰。有能還吳軍者。吾與分國而治。漁者之子應募曰。臣能還之。不用尺兵斗糧。得一橈而行歌道中。即還矣。公乃與漁者之子橈。子胥軍將至。當道扣橈而歌曰。蘆中人。如是再。子胥愕然大驚曰。公爲誰。曰。漁父者子。吾君令有能還吳軍者。與之分國而治。臣念前人與君相逢于途。今從君乞鄭之國。子胥歎曰。悲哉。吾蒙子前人之恩。自致於此。上天蒼蒼。豈敢忘也。乃釋鄭國還軍。（劇中閭丘亮子村厮兒爲申包胥致血書于子胥。子胥即退兵。本此。）申包胥亡在山中。使人謂子胥曰。子故平王之臣。

北面事之。僇屍之辱。豈道之極乎。子胥不聽。劇中包胥血書本此。包胥之秦求救。晝馳夜趨。足踵蹠劈。裂裳裹膝。鶴倚哭於秦庭。七日七夜。口不絕聲。秦桓公左傳作哀公。大驚。爲賦無衣之詩。使公子子蒲、子虎率車五百乘救楚。吳軍去。昭王反國。史所載止此。劇云包胥送伍夫人還子胥。係增飾語。闔閭三年。楚子常與昭王共誅費無忌。遂滅其族。是時吳兵尚未伐楚。劇云子胥敗楚兵。殺無忌。亦是移頭換面。左傳定公四年夏。伍員爲吳行人以謀楚。楚自昭王即位。無歲不有吳師。冬十一月。吳從楚師。五戰及郢。楚子取其妹季芈畀我以出。吳入郢。以班處宮。楚子奔鄭。鍾建負季芈以從。初、伍員與申包胥友。其亡也。謂申包胥曰。我必復楚國。申包胥曰。勉之。子能復之。我必能興之。及昭王在隨。申包胥如秦乞師。立依於庭牆而哭。日夜不絕聲。勺飲不入口七日。秦哀公爲之賦無衣。九頓首而坐。秦師乃出。敗吳師。楚子入於郢。將嫁季芈。季芈辭曰。所以爲女子。遠丈夫也。鍾建負我矣。以妻鍾建。左傳所載。比吳越春秋爲略。季芈嫁鍾建事據此。劇中建作舞花詩及殿中與芈相遇。皆增飾。非實跡也。

九龍池

薛旦作。言顧況于九龍池見賀蘭進明女。女贈況金錢。蓋借用元人金錢記事。*金錢記。見本書卷三。而改換面目者也。略云。唐顧況、字逋客。海鹽人。遊長安。受業于李白。白薦于賀蘭進明。與其子晃讀書。時詔士女踏青九龍池。進明女洛珠與焉。況亦往觀。遇珠于途。注目久之。珠乘間以金錢十二投況。初進明請女塾師鳳十三娘訓洛珠。以御賜開元金錢十二枚遺女鎮書。珠所投即此也。歸嘗聞父稱況才貌。始知即擲錢生。況亦知投錢者即進明女。適假館。珠步園中。覘況書室清幽。刻詩于竹云。陌上春歸後。金錢卜未會。好將斑點淚。灑上竹青青。況見其詩。知珠所題。遂以錢卜珠姻事。值晃入見之。奪錢三枚以告父。況慮禍。抹去珠竹上詩。棄書篋以遁。進明遣僕追之。扃珠層樓上。令自斃。時詔授進明北海太守。復陞淮南招討。女師與僕共計放珠。挈之遠遁。況逃匿磨鏡奚少山家。其女眉仙欲托以終身。況感其父庇。即以金錢三枚私聘之。遂辭歸。值安、史叛。張巡守睢陽。遣南霽雲請救于淮南。進明忌巡功。不往救。巡與南霽雲、雷萬春皆盡節。適少山攜女逃入華陰。十三娘挈珠亦至。因同邑。聚居一處。況至華陰。令欲擒解進明。適李白亦詣縣。縣尹責其不下驢。詢之乃白也。尹大窘。白見況被執。勸尹釋之。贈以資斧。令暫寓華陰山讀書候試。少山過馬嵬。獲太眞履。珍藏之。安、史平。少山與珠皆歸長安。詔以千金購太眞履。少山獻之。竟致巨富。進明被召。巡陰索其命。第宅丘墟。子晃丐于市。以昔奪錢三枚。估于少山。遇女師憐其貧。告于珠。珠往見之。晃疑妹爲鬼。驚悸成狂疾。況入長安赴試。少山邀歸。欲以女妻之。尋擢大魁。浼女師執柯。遂述珠先投金錢訂盟之故。珠與眉仙。不知狀元爲況。皆不願字。女師細剖明。二女遂稱姊妹。皆與況成伉儷云。南霽雲請救事。唐史載之。而韓愈張中丞傳後記爲詳。所謂斷一指。血淋漓。以示賀蘭者也。李白至華陰事。

唐人雜說中載之。所謂天子殿中。倘容走馬。華陰道上。不許騎驢者也。馬嵬拾履。本係馬嵬之媼。太眞外傳載之。而劉禹錫馬嵬詩。有數句詠其事。劇改入磨鏡人名下。

續情燈

吳人听然子編。按。此劇爲薛旦撰。听然子即薛旦之別號。據小說而作。演景韶詠美人曉起詩。與尹停霞匹配事。劇內以神燈引路。景、尹復合。是名續情燈也。略云。姑蘇景韶、字烟客。美才品。與友秦堅字若金者。最契厚。時雲間諸生彙選新詩。曰同人唱和集。景作美人曉起詩云。曉情如夢怯衣香。起學吳姬新樣妝。小髻乍成思點綴。賣花聲卻在山陽。亦以是詩入刻。有劍仙崔七娘寓吳門。韶詣問功名婚姻事。崔以劉海蟾沫爲丸贈韶。復述偈言。云有後驗。雲門尹縣君孀居。惟一女名停霞。貌美而善詩畫。偶閱韶詠。愛其才。摹己容。作美人曉起圖于箑。

後書詔詠。和韻題一絕云。輕煙和露薄籠香。枕線紅生試曉妝。得句幾番慵理鬢。醉心若爲怨朝陽。其婢憐兒父李碧峯者。嘗賣雜貨于蘇州。欲求霞字畫。詣崐山考場以覓利。霞謂詔居蘇州。必來崐與考。以箋付李云。遇題詩人。當勿索價。學道嚴公明考詔第一。詔遊市中。適遇碧峯。見箋上所詠詩。屬和者有尹停霞名。甚異之。詢何人筆。碧峯知即題詩人。以實告。即贈以扇。詔謝銀持歸。知停霞即畫中人。寤寐求之。恐其母嫌己貧士。不敢遽行媒。碧峯歸雲間。霞詢所賣扇。峯云景詔售去。且述詔甚俊美。霞亦留意。時名妓馮娟娟。與秦堅素密。欲字堅。假母難之。適詔以題扇事問計于堅。娟念詔鍾情。苦母拘禁。遂與秦攜詔往雲間。令詔復題詩于扇。娟紿爲尼。造霞請畫觀音像。匿扇入霞臥室。達詔思慕意。霞期詔以迎春日過門樓下。或可一面。如期至。上下隔絕。雖各注目。不能通一言。婢趣下樓。霞忽遽蹉跌。悶絕于地。及甦遂患疾。延醫不能治。詔挾仙姑所贈藥。詣尹請治之。碧峯導之入。詔預云。

倘療。不望酬金帛。欲求婚耳。疾果愈。母欲爽言。韶與爭。母含糊以應。黠生姚必進者。素嫉韶。知其事。欲間之。詣京師投兵部賈尙書門下。獻霞書畫。復譽其美。賈欲納爲妾。姚請說其母。母貪賄。且畏其權勢。遂允之。度女不從。紿爲韶已第。接女赴京。至昌平驛。女知其情。欲投繯。值嚴公明任廣撫。駐于驛。聞啼哭聲。詢知其事。念己督學江南。曾取韶第一。係門生。且佳士也。賈雖貴。敢奪其聘妻。乃杖姚二十。令霞母子歸雲間。途中値荒饉。盜賊多。仙姑幻草菴。留其母女居之。韶聞霞被奪。憤不勝。詣京以圖報復。初、秦堅與娟遁至京。堅得第。授部郎。因劾賈。被貶嶺南。適嚴撫廣。留堅於署中。嚴自作疏列賈奸款。訴堅忠直。詔削賈職。召嚴還京。堅復原官。碧峯入京訪霞。賈僕爲言。于途中散失矣。碧峯遇韶告之故。韶念霞散失。必斃於途。悲苦特甚。及試中會元。給假覓霞踪跡。與堅遇于山東。各敍別情。復遇賈削籍歸。兩人共詬辱之。韶攜堅夜步。見燈光隱隱前導。異之。隨而行。入一尼庵。遂得會霞母女。見仙姑書偈于壁。詳其指。皆以堅韶故。始如所導者乃神燈也。遂與霞成婚。入朝受職。

一捧雪

蘇州人李元玉撰。與人獸關、永團圓、占花魁共四種。所謂一人永占也。相傳太倉王忬家傳玉盃。名一捧雪。又有張擇端清明上河圖。皆希世之寶。忬父倬。兵部侍郎。玉盃名畫。蓋當有之。嚴世蕃索取二物。忬作僞者送去。有湯裱褙者。摘其非眞。世蕃大銜恨。而忬子世貞、字元美。高文博學。少有重名。時時譏切嚴氏。且經理楊繼盛之喪。嚴嵩父子益大恨。遂以邊事陷忬坐法。此劇託名莫懷古。實指忬也。莫懷古者。言忬之禍。莫是以懷古而得也。又懷古、字無懷。其子昊、又字葛天。言其父子不知世間機械。如無懷葛天之民也。劇云。莫懷古官太僕卿。與嚴世蕃素厚。裱褙湯勤出門下。懷古薦于世蕃。宜以經歷。懷古有玉杯一捧雪。祖傳九世。勤言于世蕃。世蕃索之。懷古以贋往。世蕃不知也。轉懷古太常卿。會勤謁懷古致謝。懷古漏言。其僕莫誠力諫不聽。出眞者示勤。勤遂譖于世蕃。圍懷古宅。索之無有。蓋誠于紛拏之際。竊藏以出。懷古遂挈家遁于好友薊鎮總兵戚繼光家。勤復嗾世蕃必殺懷古而後已。跡至繼光所。莫誠代戮以救其主。勤復謂其首非是。并逮繼光及懷古之妾雪豔令錦衣陸炳鞫之。勤誘雪豔嫁己。則當改供。雪豔僞許勤。勤即言懷古首是。炳乃題覆。還繼光官。勤强婚雪豔。爲所刺死。雪亦自刺。懷古子昊論戍。緹騎至吳。其師方縠庵。江右人。設計令書童文鹿代戍。遂挈昊至其家。久之。世蕃被劾論斬。傳首九邊。昊成進士爲代巡。抵薊鎮。聞縠庵言繼光殺懷古。欲報宿怨。將因事誅之。繼光與辨心跡。示以一捧雪。且出懷古于署中。父子相見。始知僕誠代戮。於是奏聞于朝。復懷古職。雪豔、莫誠、皆褒贈焉。按徐學謨世廟識餘錄云。世蕃門客吳人湯裱褙者。以能鑒古。頗用事。世蕃受賂遺既多。遂旁索古書畫。凡獻古書畫者。必先賄湯裱褙辨以爲眞蹟。始收之。而吳中一都御史。偶得唐張擇端所畫清明上河圖贋本。以饋世蕃。按張擇端係宋人。學謨誤以爲唐也。而賄不及湯。湯直言其僞。世蕃大怒。後都御史竟陷大辟。而湯先已遣戍去矣。學謨吳人。嘉靖年間進士。萬曆初官至禮部尚書。博學多聞。所記不妄。其爲忬無疑。田藝蘅留青日札。則云清明上河圖。乃蘇州陸氏物。嚴以千二百金購得之。纔得其贋本。卒破數十家。其禍皆成于王彪、湯九、張四輩。其說與徐異。湯九當即湯裱褙也。林潤等抄沒嚴嵩簿。有宋張擇端清明上河圖。無一捧雪盃。然嚴物別寄者甚多。不能決其有無也。聞一捧雪在王鏊子孫家。久之始出。蓋其後又轉入王氏耳。劇中所載世蕃于家中代擬旨意。及董傳策、張翀、吳時來劾嚴嵩。皆實事。但戚繼光總理薊鎭。在隆萬年間。非嵩同時事耳。莫誠、雪艷皆撮出。方穀庵亦假託。王忬總督薊鎭。劾者即其門生方輅。時爲巡按。忬本與密商。令其輕劾。欲卸事得微罪去。旣而得重禍。輅亦悔無及矣。作者託名于方。以寓爲輅出脫之意。按王忬。

蘇州太倉人。嘉靖間由進士官御史。二十九年庚戌。俺答入內地。忬守通州有功。擢僉都御史。巡撫山東。尋進兵部侍郎。代楊博爲薊督。進右都御史。以失事被劾。甫逮獄中。而部將楊照有軍功當議抵。相嵩抑不敘。中以危法。竟不能免。穆宗時其子世貞訴寃。復其官。陸炳。平湖人。世宗時掌錦衣衞事。頗周旋士大夫。故人不甚怨。董傳策。松江人。吳時來。江西人。張翀。廣西人。同時劾嵩。傳策與大學士徐階同鄉。而時來翀皆階門生。嵩以爲階指使。皆重譴。嵩敗起官。傳策至吏部侍郎。時來至右都御史。翀至巡撫。

人獸關

李元玉撰。以桂薪妻子變犬而名。小說云。施濟、字近仁。賑貧恤寡。有豪名。父鑑虞其散盡家貲。必致蕭索。乃密窖金銀於土中。而默記其處。鑑一旦病死。濟初不知有窖金也。年踰四十。妻嚴氏生子曰還。濟挈金三百兩往虎丘觀音殿中進香還願。忽見一人哭泣。欲投劍池。乃其少時同窗桂遷。因貸李平章三百金。爲所逼迫。窘而自盡。濟慨然以三百金予之。遷感激流涕。於大士前誓云。受施君活命恩。今生倘不能補答。來生亦當作犬馬相報。遷歸。攜子詣謝。濟憫其窮。俾挈家相依。畀以桑園一所。茅屋數椽。菜畦十畝。遷欲以子女送濟爲奴婢。濟不可而止。遷暨妻孫氏。移居施宅。嚴與孫一見如故。指腹爲婚。入宅未幾。遷夫婦掘得鑑所藏金數千。頓生異志。會濟病歿。遷妻與夫密計。乘機潛往會稽。大買田宅爲富人。竟與施不相聞問矣。久之。施氏家計日落。同里支參政與濟舊交。知其盛德。後必昌熾。遂以己女字還。而支故廉吏。不能爲施治生產也。還母子念與桂厚。且有三百金之贈。赴紹求助於遷。遷夫婦漠然不復存恤。僅給路費二十金。而其子復大肆倨侮。母子飲恨歸。嚴氏旋病歿。還益貧窶。市所居屋於牛公子家。方拆臥房裝摺。得一帳簿於天花板上。云某處某處埋銀若干。蓋其祖親筆。如言掘之。皆符合。惟桑園所藏。化爲無有。

亦不疑桂所發也。於是遍贖田產。復爲富人矣。桂遷已得志。則以多金託友尤滑稽同入京求官。滑稽竟自入粟。授親軍指揮使。且倚勢索遷囊金。遷憤恨買刀欲刺之。恍惚夢見施濟夫妻。父子愧而拜謝。則己與妻子皆化爲犬。驚醒惶懼。乃棄刀河內。束裝而歸。欲與妻子商所以報施氏者。入門。則二子已死。妻亦垂危。其長子魂坿母身。言母及兄弟皆投施家爲犬。有肉瘤者。即其母也。父遲一年。亦當爲施犬。以踐前誓。惟妹合配施還。獨免此難。遷聞言與夢合。毛骨悚然。而妻已氣絕矣。家復失火。房屋燬盡。遷市田產。挈女至蘇。以爲施郎必貧。則贈金續好可滌前愆也。及至。則施氏居然富室。還已娶支參政女。遷乃納女爲妾。且拜奠悔罪於還父母之祠前。有三黑犬。突出銜衣哀叫。其一背上肉瘤隱起。遷憶前夢及妻臨絕之言。知墮輪迴。且悲且懼。遂造佛堂。朝夕梵唄。養三犬於堂內。一歲俱斃。買地葬之。施還讀書登第。遷偕至京。尤滑稽受賕下獄。竟死獄中。遷知果報不爽。持齋誦經終其身。記中全據此說。

醒心怵目。足警世之負義忘恩者。桂遷改名桂薪。施母尚在。稍異同耳。按今蘇州閶門內。施家宗族頗多。有讀書者。亦有開紬緞行者。皆云是施濟子孫。云濟初富後。以作糧長賠累家貧。以故桂氏悔親。今小說中桂有負李平章債語。平章元時官名。明太祖初尚有之。其後改官制。則無此名矣。糧長運糧。亦明太祖制度。由此推之。是明初人也。蘇人皆云桂是龍游人。小說則云會稽人。未知孰的。

占花魁

明萬曆間人撰。不著姓名。署曰一笠庵。（按。即李玉之書室名。）或曰李元玉所作也。以王美娘稱花魁娘子。而秦種得之。故名占花魁。（秦種姓名本未的。寓意情種耳。）情史云。小說有賣油郎慕一名妓。乃日積數文。如是二年餘。得十金。鎔成一錠以授嫗。求一宿。是夜妓自外醉歸。其人擁背而臥。達旦不敢轉側。妓酒醒時。已天明矣。

問何不見喚。其人曰。得近一宵。已爲踰福。敢相犯耶。後妓感其意。贈以私財。卒委身焉。夫十金幾何。然在賣油郎。亦一夕之豪也。中間籠盛卜喬事。亦有所本。西湖游覽志云。宋時靈隱寺緇徒甚衆。九里松一街。多素食香紙雜貨鋪店。人家婦女。往往皆僧外宅也。常有僧慕一婦人。不得其門而入。每日歸寺。必買臙脂果餅之屬。在手顧盼不已。如是久之。婦人默會其意。語其良人。設計誘之。漸至譃笑。僧喜甚。謂可諧矣。婦人曰。良人在。奈何。僧盡捐衣鉢。使之經商。數日。果見整裝。刻日戒行。僧於是日到其家。呼酒設饌。獻酬交錯。已而婦令先解衣就寢。取其衣束之高閣。忽扣門甚急。婦人曰。良人必有遺忘而歸矣。僧遑遽不知所爲。婦曰。有空籠好避。僧亟竄入籠中。婦遂鑰之。僧不敢喘動。與夫舁於遠路。迨曉。邏卒見之。舁於官府。啓鑰。則一髡裸體在焉。京尹袁尙書笑曰。是爲人所誘耳。勿問。復鑰投諸江。小說所載。較情史頗詳。而劇又加以增飾。言秦種之父良。本种世衡部將。小說則係經紀人也。

王美娘本内監莘善之姪女。其名曰瑤琴。靖康之亂。各自失散。秦良爲金所拘。置之冷山。此借用洪皓事。秦種莘善皆南竄。種至杭州。賣油以自業。瑤琴與僕沈仰橋及其妻蘇翠兒同行。被亂兵衝散。仰橋他走。而瑤琴與仰橋之妻。皆爲匪類卜喬所掠賣。仰橋妻路唱楊花小曲。得遇仰橋奪回。設酒肆于盛澤鎮。誘卜喬。若與將狎者。納之籠中。鎖擲于路。巡徼官檢視。以投於江。仰橋遂遷居湖上之十錦塘。而瑤琴竟入青樓。初立誓不汚。劉四媽說以從良之策。乃勉從之。名重一時。文人學士。趨之若狂。秦種一見鍾情。積一年之蓄。得十金以博一宵之愛。而美娘適醉。種謹奉之。不致與褻。美娘醒而憐之。亦鍾情于種。會受万俟公子之侮。小説云吳八公子。去其鞋襪。棄于雪塘。種適見之。扶入堤前茶肆。則仰橋夫婦所居也。送歸其假母。美娘遂屬劉四媽爲母言贖身嫁種。時良自金逃回。從楊沂中破劉豫。以功擢大尉。此非小説所有。會高宗賜天下大酺。秦良、莘善皆至法相寺中。種夫婦亦至寺。乃獲相遇。種得爵蔭。美娘亦受誥封云。

小說云。秦良爲寺中香火道人。與此異。

永團圓

此與一捧雪、人獸關、占花魁三劇。皆蘇人李元玉所撰。時人合名之曰一人永占。而此劇與人獸關又皆說悔親事。蓋當時或實有之。金陵蔡文英。家貧未娶。妻父江納。憎其窮困。欲悔親。乃設酒延蔡至。結勢宦賈金彈壓之。還蔡原所聘金。逼使寫退婚契。蔡不得已從之。寫畢。託言必其母書押乃可。江令賈僕持所還金隨之。至家。蔡言于母。潛從他處遁去。鳴于官。府尹高誼即令捕賈僕至。一訊而伏。高詭爲退親。令江出銀六百兩與蔡。而欲江女親出問其肯否。會江女夜走。不知所之。江迫于官。又以既許退婚。當必無事。乃以次女代之。及至官。高即以銀授蔡。并令娶女歸。江甚悔恨。先是江女聞父悔親。欲投江死。人救之得免。中途復爲盜所獲。以死自誓。適高誼秩滿還京。

路經其處。盜欲謀之。女密以告。因急避去。後高陞山東巡撫。緝獲羣盜、因得江女以爲義女。會蔡生中進士第。受兗州寧陽縣尹。謁見之後。高即以女歸焉。按劇中情節頗涉奇異。然有云蔡文英狀元商輅一榜。則似實有其人。至應天府尹高誼、字雲天。係撮撰。寓其高誼薄雲天、能不受賄。而成全蔡文英也。又馮夢龍改本小有異同。蔡文英贈衣之俠客。江納設計之訟師。諸生閧詐。二女喧爭。江納前倨後恭。賈宦求利得辱。種種摹寫。頗能曲盡世情。江初靳一女。後反二女皆歸於蔡。名日永團圓。似爲蔡幸。實以爲悔親者懲戒也。

麒麟閣

李元玉作。演秦瓊麟閣圖形。與正史多不合。羅藝妻乃孟氏。今以爲秦瓊之姑。尤屬悖謬。藝子羅成。亦係撮撰。唐書。秦瓊、字叔寶。以字顯。齊州歷城人。始爲隋將來護兒帳內。俄從張須陀擊賊。以前後功擢建節尉。從須陀擊李密滎陽。須陀死。率殘兵附裴仁基。仁基降密。密得叔寶大喜。以爲帳內驃騎。

待之甚厚。後歸王世充。署龍驃大將軍。與程驍金計曰。世充多詐。數與下呪誓。乃巫嫗。非撥亂主也。因約俱西走。於是來降高祖。俾事秦王府。從鎭長春宫。拜馬軍總管。戰美良川。破尉遲敬德。功多。帝賜以黄金瓶。尋授秦王右三統軍。拜上柱國。進封冀國公。每敵有驍將鋭士。震耀出入以誇衆者。秦王輒命叔寶往取之。躍馬挺槍。刺於萬衆中。莫不如志。及平隱巢功。拜左武衛大將軍。後稍移疾。嘗曰。吾少長戎馬間。歷二百餘戰。數重創。出血且數斛。安得不病乎。貞觀中。詔司徒趙國公無忌、鄂國公敬德、盧國公知節、英國公勣等。并叔寶竝圖形凌烟閣。尉遲敬德名恭。以字行。從擊王世充。世充自將兵數萬來戰。單雄信者。賊驍將也。騎直趨王。敬德躍馬大呼。横刺雄信墜。乃翼王出。率兵還戰。大敗之。程知節。本名齩金。濟州東阿人。善馬矟。事李密。爲王世充所獲。與秦叔寶來奔。授秦王府左三統軍。後封盧國公。單雄信。曹州濟陰人。能馬上用槍。李密軍中號飛將。偃師敗。降世充爲大將。秦王圍東都。雄信拒戰。槍幾及王。徐世勣呵之曰。秦王也。遂退。後東都平。斬洛渚上。李勣、字懋公。本姓徐氏。秦王平洛陽。得單雄信。勣故人也。表其材武。且言若貸死。必有以報。請納官爵以贖。不許。乃號慟割股肉啗之曰。生死永訣。此肉同歸於土。爲收養其子焉。羅藝、字子廷。襄州襄陽人。勇攻戰。善用槊。自稱幽州總管。謂官屬曰。唐公起兵據關中。民望所繫。王業必成。吾決歸之。乃奉表以地歸。詔封燕王。後以謀反被誅。按秦瓊等圖形凌烟閣。不云麒麟閣也。漢書蘇武傳。上思股肱之美。迺圖畫其人於麒麟閣。注云。武帝獲麒麟時作此閣。遂以爲名。蓋作者誤記作秦瓊事。故以命名耳。

淸忠譜。一名精忠譜。又名五人義。

李元玉撰。周順昌最忠且淸。故名。按周順昌、字景文。吳縣人。舉萬曆四十一年進士。授福州推官。捕治稅監高寀爪牙不少貸。寀激民變。劫辱巡撫袁一驥。質其二子。幷質副使呂純如。或議以順昌代。順昌不可。純如以此銜順昌。擢吏部稽勳主事。天啓中。歷文選員外郎。署選事。力杜請寄。抑僥倖。清操皭然。乞假歸。順昌爲人剛方貞介。疾惡如仇。巡撫周起元忤魏忠賢。削籍。順昌爲文送之。指斥無所諱。魏大中被逮。道吳門。順昌出餞。與同臥起者三日。許以愛女聘大中孫。旂尉屢趣行。順昌瞋目曰。若不知世間有不畏死男子耶。歸語忠賢。我故吏部郎周順昌也。因戟手呼忠賢名。罵不絕口。旂尉歸以告忠賢。御史倪文煥者。忠賢義子也。誣劾同官夏之令。致之死。順昌嘗語人。他日倪御史當償夏御史命。文煥聞大恚。遂承忠賢指。劾順昌與罪人婚。且誣以贓賄。忠賢即矯旨削奪。先所忤副使呂純如。順昌同郡人。以京卿家居。挾前憾。數譖於織造中官李實及巡撫毛一鷺。已而實追論周起元。遂誣順昌請囑。有所乾沒。與起元等並逮。順昌好爲德於鄉。有寃抑及郡中大利害。輒爲所司陳說。以故士民德順昌甚。及聞逮者至。衆咸憤怒。號寃者塞道。至開讀日。不期而集者數萬人。咸執香爲周吏部乞命。諸生文震亨、楊廷樞等前謁一鷺及巡按御史徐吉。請以民情上聞。旂尉厲聲駡曰。東廠逮人。鼠輩敢爾。大呼囚安在。手擲鎯鐺於地。聲琅然。衆益憤曰。始吾以爲天子命。乃東廠耶。遂蜂擁上。勢如山傾。旂尉東西竄。衆縱橫毆擊。斃一人。餘負重傷踰垣走。一鷺、吉不能語。知府寇愼、知縣陳文瑞素得民。曲爲解諭。衆始散。順昌乃自詣吏。又三日。北行。一鷺飛章告變。東廠刺事者言吳人盡反。謀斷水道劫漕舟。忠賢大懼。已而一鷺言縛得倡亂者顏佩韋、馬傑、沈揚、楊念如、周文元等。亂已定。忠賢乃安然。自是緹騎不出國門矣。順昌至京師。下詔獄。忠賢嗾許顯純鍛鍊坐贓三千。五日一酷掠。每掠治。必大駡忠賢。顯純椎落其齒。自起問曰。復能駡魏上公否。順昌噀血唾其面。駡益厲。遂於夜中潛斃之。時六年六月十有七日也。明年。莊烈帝即位。文煥伏誅。實下吏。一鷺、吉坐建忠賢祠。純如坐頌璫。並麗逆案。順昌贈太常卿。官一子給事中。瞿式耜訟諸臣冤。稱順昌及楊漣、魏大中清忠尤著。詔謚忠介。長子茂蘭、字子佩。刺血書疏詣闕愬冤。詔以所贈官推及其祖父。茂蘭更上疏請給三世誥命。建祠賜額。帝悉報可。且命先後慘死諸臣。咸視此例。茂蘭好學砥行。不就蔭敘。國變後。隱居不出。以壽終。諸生朱祖文者。都督先之孫。當順昌被逮。間行詣都。爲納饘粥湯藥。及徵贓。令急奔走稱貸諸公間。順昌櫬歸。祖文哀慟發病死。佩韋等皆市人。文元則順昌輿隸也。論大辟。臨刑。五人延頸就刃。語寇愼曰。公好官。知我等好義。非亂也。監司張孝流涕而斬之。吳人感其義。合葬之虎丘旁。題曰五人之墓。其地即一鷺所建忠賢普惠祠址也。奏上茂蘭血書者。通政使錢春。非徐如珂也。劇談。劇中事皆據實。補出夫人吳氏。及女許魏大中孫允枏之名。生員叩撫按求寬者。添出王節、劉允儀。不載文震亨、楊廷樞。又云。吳默倡義。合葬五人于半塘。默字因之。萬曆壬辰會元。官至太僕卿。文震孟祭五人墓。且爲求旌。震孟字文起。天啓壬戌狀元。建言削籍。崇禎時入閣。皆足補史傳之闕。賓白中敘出攷崔呈秀、許顯純、爲腹心。縱田爾耕、楊寰、爲爪牙。楊大洪漣、左浮丘光斗、紛紛逮繫。萬元白燝、廷杖殺身。文文起劾忠賢。削籍歸家。倶係實事。震孟至竹塢訪順昌。談及害王安及揑熊、楊一案。鍛錬汪文言。株連楊、左等十七人。亦倶實事。毛一鷺爲乾兒。陸萬齡請配享忠賢于孔廟。亦倶實事。順昌詈忠賢。史傳云逮魏大中時。此云半塘塑像時。錦衣審問。但有顯純。此云有文煥。徐吉持平。相傳有此。然後來吉與一鷺倶以建祠削奪。此云一鷺欲嗾李實奏屠城。城隍將草稿塗抹。一鷺改稿略輕。而不如徐疏之寬。通政使徐如珂先進吉疏。後進一鷺疏。遂獲止坐五人。流傳互異。未知的否。茂蘭崇禎初上血書。通政使錢春立具疏奏請。嗣後各家子弟所上寃奏。皆春立刻封進。茂蘭未嘗擊登聞鼓。其天啓時茂蘭欲訴寃。被人呵打。徐如珂勸令放回之說。未知的否。或云如珂以侍郎居家畏禍。至於服毒。則先投徐疏之說。當不誣也。陰封順昌應天城隍。五人爲部下五方功曹之說。雖係俗傳。然順昌卒五人捉顯純。稗史頗載。餘並與史傳相合。

七國記

李元玉演孫臏事。採元劇增飾成之。*按：元劇有無名氏之龐涓夜走馬陵道。本書未收入。臏父摻。母燕國公主。妻蘇氏。丞相秦之女。皆係添出。王敖同學於鬼谷。爲龐涓謀害臏。涓侍兒金花寶帶與臏言涓欲害臏。後亂箭射殺王敖。以金珠酬金花寶帶。皆係添出。元劇鄭安平乃公子申部將。此云先爲丞相。元劇卜商載臏往齊。此云朱亥及孟嘗君兩人。又互相異者。要之惟孫、龐同學於鬼谷。其後涓圖殺臏。臏攻殺涓。乃是實事。餘多附會。而點入同時人姓名。取攢簇生色耳。按今宛平縣戒壇之旁。有孫臏、龐涓洞。蓋臏本燕人。疑孫、龐嘗學道於此。記稱鬼谷在楚之雲夢山。殆尤不的也。所載孫、龐事。止係齊、魏。而標名七國。似不如馬陵道之的。孫臏擺陣。龐涓僅識其二。其後擺者不識。與元劇同而小異。元劇云。臏擺一字長蛇陣。鄭安平以爲扁擔陣。今云王敖。臏擺天地人三才陣。鄭安平以爲丫髻陣。今云王敖。以爲三脚香爐陣。又云三角糉子陣。臏擺九宮八卦陣。鄭安平見有八座門。以爲螃蟹陣。又見有小軍被亂鎗戳倒地上。以爲鼇鼈陣。龐涓口中又以爲滑亂陣。今亦以爲敖與涓之言。此其小異者也。元劇以鄭安平爲龐部將。今改作秦之相國。此大異者也。元劇各國伐魏時諸將之名。今亦略改。楚將吳起。今改昭常。蓋因初演鬼谷教孫、龐時。即云授以吳起兵書。不便覆出也。元劇有韓將馬服子。今删去。蓋馬服子本趙將趙奢子括。因奢封馬服君。故云馬服子。本非姓名。元人故呼爲姓名以示戲。今覺其太謬。遂爲删去也。餘辨證見前。又按史記。蘇秦、張儀皆受學於鬼谷先生、是蘇、張、孫、龐本同一師也。劇遂以秦與臏綴合。謂爲翁壻云。

曲海總目提要卷二十

孤鴻影

周如璧撰。如璧號芥庵。温都監女本無名。劇中云名超超。乃作者撰出。翟秀才、林行婆俱見蘇軾詩集。第三折白云。前日京報人説。都下喧傳報道先生春睡美之句。遂有儋州之命。亦屬實事。借以點染生色也。按坡仙外集云。坡公之謫惠州也。惠有温都監女。頗有色。年十六不肯嫁人。聞坡公至甚喜。謂人曰。此吾壻也。每夜聞坡諷詠。則徘回窗外。坡覺而推窗。則其女踰牆而去。坡從而物色之。温具言其然。坡曰。吾當呼王郎與子爲姻。未幾。坡過海。此議不諧。及坡回惠日。其女已死。葬沙灘之側矣。坡悵然。賦孤鴻調寄卜算子云。缺月掛疏桐。漏斷人初靜。時見幽人獨往來。縹緲孤鴻影。驚起卻回頭。有恨無人省。揀盡寒枝不肯棲。寂寞沙洲冷。借鴻爲喻。非眞言鴻也。揀盡寒枝不肯棲。謂少擇偶不嫁。寂寞沙洲冷。指葬所也。此詞蓋在惠州白鶴觀所作。或云黃州作。屬意王氏女。非也。

衢花符

無錫褚廷棻作。記崔玄微立幡衞花事。鄭還古傳。天寶中。處士崔玄微。洛苑東有宅。春季夜闌。風月淸朗。不睡獨處。三更後。忽有一青衣人云。在苑中住。欲與一兩女伴暫借此歇。可乎。崔許之。須臾。更有十餘人。青衣引入。有綠裳者前曰。某姓楊。指一人曰李氏。又一人曰陶氏。又指一緋衣小女曰姓石。名醋醋。崔相見畢。乃命坐於月下。問出行之由。對曰。欲到封十八姨處。坐未定。門外報封家姨來。衆皆驚喜。楊氏云。主人甚賢。只此從容不惡。諸處亦未勝於此也。崔又出。見氏言詞冷冷。有林下風氣。遂揖入坐。色皆殊絶。滿座芳香。馞馞襲人。處士命酒。各歌以送之。至十八姨持盞。性輕佻。翻酒汚醋醋衣裳。醋醋怒曰。諸人即奉求。余不奉求。拂衣而起。十八姨曰。小女子弄酒。皆起。至門外別。明夕又來。云欲往十八姨處。醋醋怒曰。何用更去封嫗舍。只求處士。不知可乎。因言于崔曰。諸女皆住苑中。每歲多被惡風所撓。居止不安。常求十八姨相庇。昨醋醋不能低廻。應難取力。處士倘不阻見庇。亦有微報耳。玄微曰。某有何力。得及諸女。醋醋曰。但處士每歲歲日。與作一朱幡。上圖日月五星之文。于苑東立之。則免難矣。今歲已過。但請此月内二十有一日。平旦微有東風。則立之。庶免於患也。崔許之。乃齊聲拜謝而去。崔依其言。至此日立幡。是日東風刮地。自洛南折柳飛沙。而苑中繁花不動。崔乃悟諸女曰姓楊姓陶。及衣服顔色之異。皆衆花之精也。緋衣名醋醋。即石榴也。封十八姨。即風神也。後數夜。楊氏輩復來謝。各裹桃李花數斗。勸崔服之。可延年卻老。願長住于此。衞護某等。亦可致長生。至元和初。處士猶在。可稱年三十許人云。按此載博異志。類書亦多引之。後人立花幡護風。皆原本於此。崔玄微。微或作徵。

續西廂

近時人查繼佐撰。王實甫西廂。有關漢卿續四齣。此蓋彷彿其意爲之。尾聲云。葬得會作賦的楊巨源。笑煞那續西廂的關漢卿淺。其意似薄漢卿。欲駕而上之。時論未之許也。齣中云。張生中後。有旨命張題詩。題是明月三五夜。張即將鶯鶯所贈詩寫入。朝廷詰問。張具奏其事。且乞河中府尹。以便成婚。此作者撮撰新異處。其餘與漢卿關目多同。其云會作賦的楊巨源者。會眞記云。所善楊巨源。好屬詞。因爲賦崔娘詩一絕云。清潤潘郎玉不如。中庭蕙草雪消初。風流才子多春思。腸斷蕭娘一紙書。故引及之也。

非非想

海寧人查繼佐撰。＊按。此劇爲清王香齋撰。一作名續古。里居待考。所作有非非想。黃金臺二種。此云查繼佐。誤。繼佐、字伊璜。崇禎癸酉舉人。才名甚著。以孝廉終。所著有非非想、及三報恩。＊按。三報恩。畢魏撰。此亦誤以爲查繼佐作。流傳於世。非非想劇。以佘重余千里姓名面貌相似作關紐。中間情節及所點綴。皆極怪誕。爲人意想所不到者。故不第曰非想。而曰非非想。惟所載張幼于事雖未確。而實有其人。且生平怪誕事最多。門人甚衆。不爲無因。幼于名獻翼。又名敉。長洲人。萬曆中太學生。刻意爲歌詩。名聲籍甚。家居石湖。狎聲妓。以通隱自擬。晚年與王穉登爭名。不能勝。頹然自放。與所厚善者張生孝資。相與點檢書傳。采取古人越禮任誕之事。排日分類。倣而行之。或紫衣挾妓。或徒跣行乞。遨遊于通邑大都。兩人自爲儔侶。劇中狂怪之態。頗得其實。

讀離騷 雜劇

長洲尤侗（*按。尤侗。字同人。改字展成。號悔庵。一號艮齋。又號西堂。江蘇長洲人。所作共六種。僅鈞天樂爲傳奇。餘均爲雜劇。）作。侗作西堂樂府六種。鈞天樂、讀離騷、弔琵琶、桃花源、黑白衛、淸平調。惟鈞天樂用南曲。餘皆北曲。此演屈原事。據原本傳。附以巫山神女等事。其命名則取中山王熙語。熙謂盧元明曰。盧郎有如此風神。惟須讀離騷飲美酒。自爲佳器。侗自序云。予所作讀離騷。順治間曾進御覽。命敎坊內人裝演供奉。此自先帝表忠至意。非洞簫玉笛之比也。西陵丁澎題曰。離騷者。三百篇之變耳。左徒既放江潭。行吟澤畔。故發爲辭章。以舒其憤懣。要不失風人忠厚之旨。猶夫三百篇之意也。後人之擬者。蘭臺而下。惟長沙一賦。足稱千古知己。然未聞塡詞及之也。塡詞之作。始于隋。至宋而盛。迨關、王輩出。則又變爲雜劇。自風變爲雅。雅變爲頌。頌變爲賦爲詩。爲塡詞。爲雜劇。而要其所歸。莫不以楚詞爲宗。尤子一旦譜爲新聲。以補詩歌所未備。其猶有溯源復古之思乎。

史記屈原傳。屈原者。名平。楚之同姓也。爲楚懷王左徒。註云。蓋今時左右拾遺之類。博聞强志。明於治亂。嫻于辭令。入則與王圖議國事。以出號令。出則接遇賓客。應對諸侯。王甚任之。上官大夫與之同列。爭寵而心害其能。懷王使屈原造爲憲令。屈平屬草藁未定。上官大夫見而欲奪之。屈平不與。因讒之曰。王使屈平爲令。衆莫不知。每一令出。平伐其功曰。非我莫能爲也。王怒而疏屈平。屈平憂愁幽思。而作離騷。離騷者。猶離憂也。國風好色而不淫。小雅怨誹而不亂。若離騷者。可謂兼之矣。屈平旣絀。其後秦欲伐齊。齊與楚從親。惠王令張儀佯去秦事楚。願納商於之地六百里。楚懷王貪而信張儀。遂絕齊使。使如秦受地。張儀詐之曰。儀與王約六里。懷王怒。大興師伐秦。秦兵大破楚師。取漢中地。懷王悉發國中兵。深入擊秦。魏襲楚至鄧。楚兵懼。自秦歸。齊怒不救楚。楚大困。明年。秦割漢中地以與楚和。楚王曰。不願得地。願得張儀而甘心焉。張儀如楚。王聽鄭袖復釋儀。屈平使齊反。諫懷王曰。何不殺張儀。懷王悔。追張儀不及。此段劇中不載。秦昭王與楚婚。欲與懷王會。懷王欲行。屈平曰。秦虎狼之國。不如無行。懷王稚子子蘭勸王行。入武關。秦伏兵絕其後。因留懷王以求割地。竟死於秦。此段劇中亦不載。頃襄王立。以弟子蘭爲令尹。屈平放流。繫心懷王。冀君之一悟。俗之一改也。其存君興國而欲反覆之。一篇之中。三致意焉。子蘭大怒。使上官大夫短屈原於王。怒而遷之。至於江濱。披髮行吟澤畔。漁父見而問之曰。子非三閭大夫歟。何故而至此。屈原曰。舉世混濁而我獨清。衆人皆醉而我獨醒。是以見放。漁父曰。夫聖人者。不凝滯於物。而能與世推移。舉世渾濁。何不隨其流而揚其波。衆人皆醉。何不餔其糟而啜其醨。何故懷瑾握瑜而令自放爲。屈原曰。吾聞之。新沐者必彈冠。新浴者必振衣。又誰能以身之察察。受物之汶汶者乎。寧赴常流而葬於魚腹之中耳。劇據漁父一段作一折。乃作懷沙之賦。懷石自投於汨羅。後有宋玉、唐勒、景差之徒。皆好辭。而以賦見稱。然皆祖屈原之從容辭令。終莫敢直諫。習鑿齒襄陽耆舊傳曰。宋玉者。楚之鄢人也。故宜城有宋玉塚。始事屈原。原既放逐。求事楚。友景差。景差懼其勝己言之於王。王以爲小臣。玉讓其友。友謝之。復言于王。玉識音而善文。襄王好樂愛賦。既美其才。而憎之似屈原也。曰。子盍從俗。使楚人貴子之德乎。對曰。昔楚有善歌者。始而曰下里巴人。國中屬而和之者數百人。既而曰陽春白雪。朝日魚離。國中屬而和之者。不至十人。含商吐角。絕倫赴曲。國中屬而和之者。不至三人矣。其曲彌高。其和彌寡。宋玉高唐賦。楚襄王與玉游于雲夢。望高唐之觀。其上獨有雲氣。崪兮直上。忽兮改容。須臾之間。變化無窮。王問玉曰。此何氣也。玉曰。所謂朝雲者也。昔先王游高唐。晝寢。夢一婦人。自稱是巫山之女。王因幸之。去而辭曰。妾在巫山之陽。高丘之岨。旦爲朝雲。暮爲行雨。朝朝暮暮。陽臺之下。按劇中大略。以楚詞中天問、卜居二篇。爲第一折。謂男巫女覡。求屈原爲送迎神曲。則亦本辭中雲中君、湘君、湘夫人、大司命、少司命諸作。而迎爲第二折。至第三折。謂洞庭君憐屈原之忠。命白龍化漁父勸之。不從。而迎入水府爲水仙。則漁父一篇。加以點染。第四折。接入宋玉作賦。感巫山神女入夢。連臥三日。楚王異之。醒而告王。言神女云。其師屈平。見爲洞庭水仙。五月五日。乃其忌辰。欲招其魂魄。歸葬高丘。乃請王遣巫陽陳設祭奠。幷令土人駕舟江中。競渡救援。此則借玉有招魂之詞。又有高唐賦。幻出空中樓閣。以爲結束也。天問、九歌、招魂。俱見楚詞中。不詳載。競渡見荆楚歲時記。五月五日。俗爲屈原投汨羅日。故並命舟檝以拯之。舸舟取其輕利。謂之飛鳧。一自以爲水軍。一自以爲水馬。州將及土人。悉臨水而觀之。邯鄲淳曹娥碑云。五月五日。時迎伍君。逆濤而上。爲水所淹。斯又東吳之俗。事在子胥。不關屈平也。至巫山神女。因宋玉一賦。後人訛傳。汚毀神祇。最爲可笑。皆執王因幸之一語耳。此則幷謂神女感玉賦。與玉夢中爲夫婦。尤爲荒誕。按巫山志云。巫峽、即琵琶峽也。上有陽雲臺。高一百二十丈。南枕長江。宋玉賦云。游陽雲之臺。望高唐之觀。本以寓諷。後世不察。以兒女事褻之。今廟中石刻。引墉城記。瑤姬。西王母第二十三女。稱雲華夫人。助禹驅神鬼。斬石疏波有功。今封妙用眞人。廟額曰凝眞觀。眞人。即此所謂巫山神女也。祠正對巫山。峯巒上入霄漢。山脚直插江中。祝史云。每八月十五夜月明時。有絲竹之音。往來峯頂上。猿皆羣鳴。達旦方漸止。集仙錄亦云。雲華夫人名瑤姬。王母第二十三女。西華少陰之氣也。嘗游東海。還過江上。有巫山焉。峯巖挺拔。林壑幽麗。巨石如壇。留連久之。時大禹理水駐山下。大風卒至。崖振谷隕。不可制。因與夫人相値。拜而求助。即勑侍女。授禹勑召鬼神之書。因命其神狂章、虞余、黃魔、大翳、庚辰、童律等。助禹鑿石疏波。決塞道阨以循其流。禹拜而謝焉。禹嘗詣之崇巘之巔。顧盼之間。化而爲石。其後楚大夫宋玉。以其事言於襄王。王作陽臺之宮以祀之。隔岸有神女之石。即所化也。神女壇側有竹。垂垂若篲。有槁葉飛物着壇上者。竹則因風掃之。終瑩潔不爲所汚。又雲溪友議云。太尉李德裕鎭渚宫。嘗謂賓侶曰。余偶欲賦巫山神女一詩。下句自從一夢高唐後。可是無人勝楚王。晝夜宵征。巫山似欲降者。何也。段記室成式曰。屈平流放湘沅。椒蘭久而不芳。卒葬江魚之腹。爲曠代之悲。宋玉招平之魂。明君之失。恐禍及身。遂假高唐之夢。以感襄王。非眞夢也。我公作神女之詩。思神女之會。惟慮成夢。亦恐非眞。李公大慚。李商隱詩。荆王枕上原無夢。莫枉陽臺一片雲。與此同一意。又三峽記、及八朝窮怪錄諸書。雖其說不一。然仍存其正者。

弔琵琶 雜劇

尤侗撰。本漢宫秋劇。前三折與漢宫秋關目略同。但元曲全用駕唱。此用明妃自抒悲怨爲小異。第四折引入蔡琰。自傷與昭君同。酹酒靑冢。故謂之弔琵琶。昭君事蹟。詳和戎記及漢宮秋。*漢宮秋。見本書卷一。和戎記。見卷十八。蔡琰本傳。琰、字文姬。邕之女。能誦書四百餘卷。初適衞仲道。爲番騎所獲。二十年生二子。曹操贖回。以嫁董祀。又云。琰六歲。父邕夜彈琴。絃絕。琰聞曰。第一絃也。復故斷一絃。聞之曰。第四絃也。沈遼集云。大胡笳十八拍。世號沈家聲。小胡笳九拍。末拍爲契聲。號祝家聲。白孔六帖云。琰陷羌中。爲胡笳十八拍。琴曲也。略云。王嬙、字昭君。秭歸人。年十七入宮。畫工毛延壽索賄不與。延壽故毀其容。退居永巷。夜獨坐。撫琵琶一曲。爲帝所聞。召見。知爲延壽阻。命收延壽。而勅嬙爲妃。延壽懼誅叛去。以昭君圖獻單于。單于按圖索女。帝不能違。送嬙出塞。至交河。投水而死。已上皆與漢宮秋同。單于以爲皆毛延壽斷送之。殺延壽于水濱。此與漢宮秋小異。元帝思嬙不置。作圖懸宮中。夜夢嬙自單于來。敘悲怨。以其父母懇帝恩養而去。此亦較元曲爲有情。後漢之末。蔡邕女蔡琰爲番騎所獲。在左賢王部中。立爲閼氏。悲憤無聊。念昔昭君。與己同恨。乃攜酒至青塚。親祭奠。訴其苦於昭君之魂。并以胡笳十八拍寫入琴中。鼓於塚上。以伸其哀怨云。此係增出。按樂苑載昭君出塞後。爲書報帝云。臣妾得備禁臠。謂身依日月。死有餘芳。而失意丹青。遠竄異域。誠得捐軀報主。何敢自憐。獨恨國家黜陟。移於賤工。南望漢闕。徒增愴結耳。有父有弟。惟陛下幸少憐之。又有怨詩云。秋木萋萋。其葉萎黃。有鳥處山。集于苞桑。養育毛羽。形容生光。既得升雲。上遊曲房。離宮絕曠。身體摧藏。志念抑沈。不得頡頏。雖得委食。心有徊徨。我獨伊何。來往變常。翩翩之燕。遠集西羌。高山峨峨。河水泱泱。父兮母兮。道里悠且長。嗚呼哀哉。憂心惻傷。劇中本此。及書中有父有弟。惟幸少憐語。爲昭君入夢。以父母懇帝恩養也。然禁臠乃六朝語。蓋後人所作。劇中又借蔡琰口中。言昭君本投水死。力辨先嫁呼韓邪單于。復爲株絫單于婦之誣。琴操亦言。昭君有子曰世違。單于死。世違强欲以爲妻。昭君乃吞藥自殺。故其地草皆黃。惟昭君墓獨青也。

桃花源 雜劇

尤侗西堂樂府之一。演晉陶潛去官。王弘送酒。廬山結社。後歸桃花源仙去。按潛去官彭澤。重陽節王弘遣白衣送酒。及至廬山參慧遠皆實事。惟入桃花源一折。則以陶集中有桃花源記一篇。故即借此爲歸結。亦非無因也。考潛本傳云。陶潛、字淵明。一字元亮。晉大司馬侃之曾孫。少懷高尙。著五柳先生傳以自況。時人以爲實錄。初爲建威將軍。謂親朋曰。聊欲絃歌爲三徑之資。執事者聞之。以爲彭澤令。劇云家叔見采爲彭澤令。郡遣督郵至縣。吏白應束帶見之。潛嘆曰。吾不能爲五斗米折腰。拳拳事鄉里小兒耶。解印去官。乃賦歸去來辭。劇中即櫽括本文爲曲。及宋受禪。自以晉世宰輔之後。恥復屈身異代。居潯陽柴桑。與周續之、劉遺民並不應辟命。號潯陽三隱。嘗言夏月虛閑。高臥北窗之下。淸風颯至。自謂羲皇上人。性不解音。畜素琴一張。絃徽不具。每朋酒之會。則撫而扣之曰。但識琴中趣。何勞絃上聲。常往來廬山。使一門生二兒。舁籃輿以行。時遠法師與諸賢結蓮社。以書招淵明。淵明曰。若許飲則往。許之。遂造焉。忽攢眉而去。宋元嘉四年卒。世號靖節先生。廣輿記。陶淵明、字元亮。入宋名潛。爲彭澤令八十日。郡督郵至。吏白束帶見之。潛曰。豈爲五斗米折腰。即解印去。自號五柳先生。謚靖節徵士。據此。五柳先生傳。當作在入宋改名後。故曰先生不知何許人也。又云。五柳館在南康府城西栗里。即淵明故宅。南康府志。陸脩靜故居。注云。宋爲太虛觀。夢溪筆談云。觀中脩竹。陸居士手植。出苦筍而味反甘。王逸少建歸宗寺。造鹽虀而味反淡。山中佳物也。劇中皆引作精舍中淵明下酒物。以人地相近。牽合點綴耳。又廬山府城南。山之陰也。刺史王弘欲識淵明。不能致。乃令淵明故人龐通之。招飲山下。時淵明有脚疾。使一門生二兒。舁籃輿至。刺史微服以從。遂歡然共酌。劇中但言二子舁輿。不及一門生。門生名本不著于諸書。續晉春秋。潛九日無酒。宅中菊開。摘盈把坐其側。悵望久之。見白衣人至。乃王弘送酒。便酌醉歸。集中九日詩云。

世短意常多。斯人樂久生。日月依辰至。舉俗愛其名。露淒暄風息。氣徹天象明。往燕無遺影。來雁有餘聲。酒能祛百慮。菊爲制頹齡。如何蓬廬士。空視時運傾。塵爵恥虛罍。寒華徒自榮。斂襟獨閒謠。緬焉結深情。棲遲固多誤。淹留豈無成。

慧遠法師。賈氏子。雁門人。初從沙門釋道安參學。後杖錫廬山。建東林寺。遠同門慧永。先居廬山西林。遠建刹在永師舍東。故號東林。與劉遺民、雷次宗、竺道生、宗炳等十八人。結白蓮社。惟淵明至。則許飲酒。謝靈運求入社。以心雜不許。詳見蓮社高賢傳。

虎溪橋。廬山東林寺前。遠送客。至橋則止。過溪虎即嘯。三笑亭。在東林寺前。遠足跡未嘗過虎溪。一日送陶潛、陸脩靜。不覺已過溪上。三君大笑而別。後人於此建亭。並見地輿諸書。

劉程之、字仲思。彭城人。劉裕以其不屈。旌其號曰遺民。一云劉驎之、字遺民、一字子驥。即搜神記中劉子驥也。

桃花源記。詳載武陵春劇內。原注云，漁人姓黃，名道眞，劇中不詳姓名，劇中全以歸去來辭。隱括爲首齣。以白衣送酒。合弘令龐通之招潛共飲山下爲第二齣。

以入廬山參慧遠師。師送過溪三笑爲第三齣。以濳造生壙自祭。及周續之、劉麟之之徒。皆來祭弔送葬爲第四齣。以濳入桃花源成仙爲結案云。濳自祭文見本集。劇幷隱括爲曲。按濳所著後搜神記。多載神仙事。作者因此謂濳參遠師後。悟道得成仙也。後列仙傳中。亦載淵明名。新城王士禛題此劇云。今朝識得廬山面。蓮社花源一逕通。正作者之意也。

王維十八歲作桃源行曰。漁舟逐水愛山村。兩岸桃花夾去津。坐看紅樹不知遠。行盡青溪不見人。山口潛行始隈隩。山開曠望旋平陸。遙見一處攢雲樹。近入千家散花竹。樵客初傳漢姓名。居人未改秦衣服。居人共住武陵源。還從物外起田園。月明松下房櫳靜。日出雲中鷄犬喧。驚聞俗客爭來集。競引還家問都邑。平明閭巷埽花開。薄暮漁樵乘水入。初因避地去人間。及至成仙遂不還。峽裏誰知有人事。世中遙望空雲山。不疑靈境難聞見。塵心未盡思鄉縣。出洞無論隔山水。辭家終擬長遊衍。自謂經過舊不迷。安知峯壑今來變。當時只記入山深。青溪幾曲到雲林。春來遍是桃花水。不辨仙源何處尋。

黑白衛 雜劇

尤侗作。演劍仙聶隱娘事。隱娘翦紙爲黑白衛。置囊中。故用是名。太平廣記聶隱娘傳。唐貞觀中。魏博大將聶鋒女隱娘。方十歲。有尼乞食鋒舍。見而悅之。乞取此女。鋒怒叱尼。尼曰。任押衙鐵匱中藏。亦須偷去矣。及夜果失所在。搜尋無影響。父母每思之。啼泣而已。隱娘被挈去。至大石穴中。嵌空數十步。寂無居人。猿猱極多。先有二女。皆婉麗。不食。能于峭壁上飛走登木。無有蹶失。尼與隱娘藥。兼令執寶劍一口。長二尺許。鋒利。吹毛可斷。令二女教其攀緣。漸覺身輕如風。一年後。刺猿猱百無一失。後刺虎豹。三年能刺鷹隼無不中。劍之刃漸減五寸。飛走遇之。不知其來也。至四年。留二女守穴。挈隱娘於都市。指某人。一一數其過。授以羊角匕首。白日刺其人於都市中。人莫能見。以首入囊返命。以藥化之爲水。五年。又曰。某大寮無故害人若干。夜可入其室。決其首來。隱娘攜匕首入室。度門隙無有障礙。至暝。得其首歸。尼怒何太晚。隱娘曰。見前人戲弄一兒可愛。未忍下手。尼叱云。後遇此輩。必先斷其所愛。然後決之。尼爲開腦後。藏匕首。而無所傷。用即抽之。曰。汝術已神。遂送還家。云。後二十年後。可一見。鋒甚懼。後遇夜即失蹤。及明而返。鋒不敢詰。因亦不甚憐愛。忽値磨鏡少年及門。女曰。此人可與我爲夫。父不敢不從。遂嫁之。其夫但能淬鏡。餘無他能。數年後。父卒。魏帥知其異。召署爲左右吏。如此又數年。至元和間。魏帥與陳許節度使劉昌裔不協。使隱娘賊其首。許帥能神算。已知其來。召牙將令曰。早至城北。候一丈夫一女子跨黑白衛至門。遇有鵲來噪。丈夫以弓彈之不中。妻奪夫彈。一丸而斃鵲者。揖之云吾欲相見。故遠相祗候也。牙將受約束。遇之。隱娘夫妻曰。劉僕射眞神人。不然何以動召也。見劉謝罪。劉曰。各親其主。人之常事。魏今與許何異。請當留此。勿相疑也。隱娘謝曰。僕射左右無人。

願舍彼而就此。劉問所須。曰。每日錢二百文足矣。乃依所請。忽不見二衞所在。後潛於布囊中見二紙衞。一黑一白。後月餘。白劉曰。彼未知信。必使人繼至。今宵翦髮。繫以紅綃。送于魏帥枕前。以表不回。四更返。曰。送其信矣。是夜必使精精兒來殺某。及賊僕射首。此時萬計殺之。乞不憂耳。是夜明燭。半宵之後。果有二幡子。一紅一白。如相擊于床四隅。良久。見一人自空而踣。身首異處。隱娘出曰。精精兒已斃。以藥化爲水。毛髮不存。隱娘曰。後夜當使妙手空空兒繼至。空空兒之神術。人莫能窺其用。鬼莫得躡其蹤。隱娘故不能造其境。此即繫僕射之福耳。但以于闐玉周其頸。擁以衾。隱娘當化爲蠛蠓。入僕射腸中聽伺。其餘無逃避處。劉如言。至三更。瞑目未熟。果聞項上鏗然聲厲甚。隱娘自劉口中躍出。賀曰。僕射無患矣。此人如俊鶻。一搏不中。即翩然遠逝。未逾一更。已千里矣。視其玉。果有匕首劃處。痕逾數分。自此劉轉厚禮之。元和八年。劉自許入覲。隱娘不願從。云。自此尋山水。訪至人。但請給其夫。劉如約。後漸不知所之。迨開成中。昌裔子縱除陵州刺史。至蜀棧道。遇隱娘。貌若當時。相見喜甚。依前跨白衛如故。遺其繒綵。一無所受。但沈醉而去。後一年縱卒。自此無復有人見隱娘矣。按黑白衛即黑白驢也。衛俗好畜驢。故人以驢爲衛云。宋元詩人每用蹇驢。亦或用蹇衛。唐書劉昌裔傳。昌裔、字光後。太原陽曲人。客河朔間。爲曲環檄李納。剴曉大誼。環上其藁。德宗異之。環領陳許軍。又從府遷。累進營田副使。環卒。上官涚知後務。吳少誠引兵薄城。涚欲遁去。昌裔止涚。爲造飛棚聯柵。鑿城以出。擊賊走之。以功擢涚陳許節度使。昌裔陳州刺史。改陳許行軍司馬。涚卒。軍中推昌裔。有詔檢校工部尚書。代節度。封彭城郡公。元和八年。以檢校尚書左僕射。兼左龍武統軍。召還京師。

瓔珞會

吳縣人朱良卿作。所演韋珏事。係憑空結撰。惟耿再成實係大將。而用隋朝人姓名扭合。謂韋珏遇瓔珞夫人授鐧成功。故名瓔珞會。齊東妄語。村陋無取。略云。韋珏、字雙碧。河東定海人。父官金吾。隨越公楊素征安南。沒于陣。珏以蔭敍補衛士。建陽節度使耿再成收置六營中。與秋起韜、田井並爲旗牌。教練士卒。其妻吳氏。生子鶚。爲諸生。聘起韜女井梧爲妻。未娶也。州舉鶚賢才。詣京就試。有揣骨相士。挾術甚神。言起韜家童秋順必貴。勸使逃邊方以圖功名。及珏起韜同詣。相者言兩人皆早阨晚通。而据相書千金賦有云。太陽連眉閣。小人算得確。顴骨連於腦。暗箭難防卻。壽紋散無聚。妻南子北角。此相一齊逢。大難會瓔珞。謂珏目前當有大難。珏問瓔珞之說。相者亦不能明。但云後必有驗耳。時值陳後主遣宋老生用火軍陣以攻上黨。耿再成乃擢田井爲遊擊。俾守巢南以扼之。又使起韜催糧晉陵。使珏迎再成女于譚江驛。蓋再成家于邵康。接女之任也。三人並旗牌。井獨遷擢。珏以語侵之。且言巢南戰地。

未足爲喜。井遂與珏有隙。而懼不欲往。遇韜僕順述相士言。謂其當貴。乃令冒己名權抵任所。又設計以乞者充耿女。置之鉅舟。標曰耿府。泊于譚江以誑珏。俟珏迎假女去。而眞女至。則劫與俱走。挾之他所。逼以爲室。珏果不知女僞。迎入府中。再成大驚異。痛責珏。幷逮其妻。起韜行時。迎珏妻于家。以伴其女。遂于韜家執珏妻入獄。令珏復往譚江蹤跡之。不獲眞。則與妻並殺。初眞女至。井冒珏名挾之去。欲加點汚。女不從。乃誑至春陽鎭。欲賣于娼家。隋煬帝幸揚州瓊花觀。命再成護駕。點民女爲殿脚女。以拽錦纜。井梧往獄探姑饋食。被擒至龍舟。田井亦售耿女並充殿脚之數。煬帝見二女。詢其氏族。一爲再成之女。一爲韋珏之媳。耿女泣奏爲珏所掠。井梧又與力辨。煬帝以再成正從行。召入舟中。付以二女。令訪珏。還其媳。珏承再成命覓女。不能得。度且死。至鳳兒崖。與解役憩于大樹之下。詢之土人。云此樹名瓔珞。有神居之。珏憶相士言。謂數當盡。觸樹而斃。解役埋之。復於再成。再成已在龍舟得女。知珏實寃。出其妻於獄。以媳畀之。顧聞珏死。心益憐憫。然珏實未死。爲樹神所救。樹神者。瓔珞宮綵雲仙子也。知珏當歸。還其魂。以所觸折枝刻爲二金鐗。書符篆於上。令破火車以建功。珏返魂後。正未知所適從。忽遇其子鶚。初、鶚詣京應試。適抱寒疾。勉强完篇。隱几而臥。宇文化及子尙竊取錄之。反塗壞鶚卷。尙擢大魁。鶚以卷汚貼出。心甚不服。擊登聞鼓訴寃。詔都統制賀若弼察其弊。化及以子及第。爲求親于再成。再成即以女送京師。方合巹。而尙文字與鶚同。爲若弼察出。奉詔且止花燭。令尙與鶚對試。尙不能措一辭。遂繫於獄。改鶚爲狀元。即以耿女賜婚。化及慚甚。慫內監裴寂設計陷鶚。乘駕幸鳴臺。邀鶚入宮中飲。誘令大醉。舁臥龍床上。俾衛士擒之。時田井在京。落魄無聊。宣華夫人在冥府燭井奸惡。化作民婦。引井從地道入鶚臥處。而救鶚由地道出。父珏見之。遂與俱歸。起韜自晉陵回。謁再成。聞珏凶信。再成發珏妻及媳出其府。起韜遂挈女歸。兼令女養珏妻于家。

再成復遣起韜散糧巢南。見遊擊非田井。乃僕秋順。擒解耿所。治其罪。宋老生兵至。起韜與戰。爲火車所敗。遇珏父子。珏用金鐧大破老生兵。報捷於再成。再成始知珏復生。遂以二人功暨其子受寃事幷奏。詔授起韜巢南總守。珏爲建陽幕府參軍。鶚起故官。初、田井換鶚出。鶚去而井爲衞士所擒。發再成審鞫。再成女見井。證爲被賺奸人。遂以井正法。以女妻鶚。與井梧爲姊妹云。按耿再成。明初鳳陽人。與徐達等二十四人俱從太祖起事。以樞密院判攻元將石抹宜孫于慶元。遂取處州。劇言耿再成爲大將。蓋實有其人。而託名于隋末也。所謂宋老生兵。當是指石抹宜孫。變其姓名耳。再成女事無所考。劇中地名官名。皆多繆妄。如云河東定海人。河東今平陽府。定海則沿海縣名。河東安得有定海。巢南春秋時地名。與上黨不接。宋老生非陳後主之將。宣華夫人在陳亡後。煬帝時不得有陳後主。種種謬悞。又裴寂乃唐高祖功臣。作者以爲內監。尤謬。然諸劇大抵以裴寂爲內監。蓋因寂爲晉陽宮監而誤認也。

萬花樓

朱良卿撰。謂嚴嵩以萬花樓詩陷衛茁重罪。因用爲名。事蹟非眞。牽扯多謬。夏言、曾銑、周用、吳時來、趙文華、鄢懋卿、張璁、仇鸞、汪直、徐海等。雖皆彼時人。而所演皆係扭合。衛茁、鄭時薦、曾銑女未確。略云。衛茁、字蘭孫。開封府人。父無譽。國學博士。與母謝氏僑寓京師。御史曾銑以女卿雲字茁。茁爲諸生。富才學。與同窗鄭時薦字西坡者稱莫逆交。茁父歿而銑總制三邊。代鄢懋卿缺。即遣女與茁成婚。嚴嵩造萬花樓成。衆官往賀。夏言不與。嵩大啣之。嵩與趙文華、張璁輩作萬花樓詩。劇言署中作萬花樓。嚴嵩直房在西苑。何處作樓。謬甚。首倡七律。嚴嵩鈐山堂集。無所爲萬花樓詩。且所載詩一首內用徵齊枝三韻。陋甚。命子世蕃作徵詩小引。索海內才人題詠。有曹必顯者。要茁賦詩同獻。茁詆必顯諛奸。必顯乃揑作一詩刺嵩。書茁名于後。嵩見詩嗔恚。擒茁欲殺之。通海人汪直以嵩建萬花樓搜索寶玩。凌辱商賈。遂與海寇魏南金、徐明山等結連羣倭。刼掠海洋。侵擾邊地。曾銑用計擒南金。解京師。（劇言倭寇擾居庸關。何得又言三邊總制擒倭。妄陋可笑。）夏言以嵩梗河套議。令解南金於嵩。以塞其口。嵩釋南金。使復與銑讎。且知茁爲銑女夫。用藥酒喑茁。以代南金。解送刑部。囑侍郎鄢懋卿誅之。懋卿在邊時識南金。謂銑陷平民冒功。以告於嵩。嵩亦以實告云。此一計害三賢法也。懋卿乃諭其意。及茁醒。欲逃不得。有賊牆穴竊懋卿物。茁從穴出。懋卿誤縛竊賊殺之。（懋卿非刑侍。且茁在部獄。竊懋卿物者。乃至獄中耶。謬甚。）初、鄭時薦知茁被陷。度必拘茁家屬。勸其母妻亡投曾銑。而黑夜挺身至刑部探聽。途遇茁。令潛匿以避禍。銑計南金必已正法。而南金復擾邊。銑大驚異。欲再擒之。會被逮赴京。其女及茁母相遇於逆旅。各敍情蹟。而嵩令廠卒刺銑于道。函首送京師。女痛欲絕。與姑同返。至汾陽關口。爲仇鸞所執。指爲軍妻潛逃。拘入營中爲軍士造飯。嵩以夏言謬舉曾銑。勒令致仕。總憲周用、工科吳時來祖餞。懋卿告於嵩。嵩復追言回京師。言亦被害。時薦知銑被戮。悔令茁母妻往邊。其妻霍氏仗義。易男裝踪跡之。至關口。仇鸞執之。使充隊長。會茁母汲水。問知姓氏。遂攜其姑媳同居。時薦與茁會試。中道遇曹必顯。茁夤夜作鬼索命狀。必顯謂茁果歿。盡吐造詩眞情。乞免其命。茁令寫供狀。執以鳴寃。必顯正法。未幾。茁官翰林。時薦爲部曹。茁悲母妻飄泊。棄官求之。時薦亦以妻易裝事告茁。往邊關詢老嫗。云其母妻皆爲隊長所得。茁大驚。時薦適奉詔贊畫軍務。茁往訴其情。遍查軍籍。有鄭霍者。即其妻霍氏。茁遂得與母妻完聚。時嚴嵩亦被劾抄沒。發養濟院收管。時薦上疏奏明茁挂冠事。詔復其職。且加優奬云。按曾銑、仇鸞、汪直、徐海等。雖俱在明世宗時。銑等事在前。直等事在後。不相聯綴也。鄢懋卿未嘗爲三邊總制。連倭之黨能劫海濱。不能擾邊地。曾銑逮受國法。未嘗途中被刺。夏言與嵩相失。非因不賀新樓。張瓚治兵八年。時稱福將。雖無才望。彼時嵩未極盛也。且瓚時爲兵部尙書。而劇言刑科。甚謬。吳時來爲諫官。亦非夏言尙在時事。又按曾銑。揚州人。劇言江右人。誤。嚴嵩請夏言不赴。蓋有此說。而附會爲萬花樓也。按言爲首相。嚴嵩屢次請言。言皆不赴。一日。至日晏而往。酒行三爵。言即別去。同席者次輔諸城翟鑾亦不敢後。相隨而去。嵩甚銜之。作記者影掠耳。劇又言汪直海舟在大姑山。小姑山、大小姑山。乃江中內地。直舟安得至此。徐海自號明山。劇言徐明三。亦誤。劇又言夏言同籍。與夫人及賽瓊同還。按所謂賽瓊。即鳴鳳記蘇夫人也。本言之妾。夫人已歿。言遂以爲繼妻。不得有夫人與賽瓊同還事。按夏言再召時。嚴嵩已加少傅。言本少師。世宗亦加嵩少師。以示並重。而言直陵嵩出其上。凡有所擬旨。行意而已。不復顧嵩。嵩亦默默不能吐一語。而心恨之甚。又故事。閣臣日給酒饌。當會食。言與嵩對案。不食所給。而自攜庖甚豐。亦不以食嵩也。

寶曇月

係近時人作。＊按·此劇爲朱佐朝撰·演正統間楊善事。粧點附會。內中以相士張樸女脩行仗義。爲楊氏復仇。西方獅子光王菩薩。始終以寶曇月大圓鏡。點化張女。免難超升。爲大關目。故用是名。略云。楊善、別號靜年。順天府人。子馨負才名。善妻早逝。娶媳曾氏。美姿容。時王振專恣。也先擾邊。善疏劾振。振啣之。令善使也先議和。有相士張樸。鰥居貧乏。止生一女。貌妍而好善。不欲字人。長齋奉佛。感格西方獅子光王菩薩。知張女夙植善因。數當罹難。遂化老僧詣張募齋。女云。貧無以施僧。詢所願。云。不字人。願生西方而已。僧倨坐。頂後現寶曇月鏡。言汝塵緣盡在鏡中。女視之。見己身與書生諧伉儷。復見一官長。似欲逼婚。己身作投繯狀。有菩薩騎獅。令金剛揭諦救去。僧收圓鏡。女叩其故。老僧云。定數如此。値汝難。當有菩薩救度也。言畢。遂不知所之。女告其父。甚駭異。適諸生入泮。皆轎馬鼓樂。內一生鵠形徒步。過楊馨門。馨問所由。生以貧苦告。馨遣僕從肩輿。送謁孔廟。詣生家拜其母。

詢其姓名。係同宗。名載和。乃貧士也。馨與聯譜爲兄弟。遂迎其母歸。爲和擇佳偶。門客尤順之。覘張樸女美。與執柯。樸遂以女嫁載和。時王振誣楊善降也先。詔逮馨繫獄。載和委曲爲保全其家屬。順之見馨搆禍。復投錦衣衛指揮王山門下。山、王振姪也。素聞馨妻美。欲謀作妾。浼順之往說。言善父子命在叔振掌握。不從當滅門。順之劫載和主其事。和難之。馨妻聞。欲自盡。順之恃豪勢。必欲强曾氏登車。載和惶迫無措。張氏毅然欲代往。和不忍。張紿云。暫緩曾死。以報馨恩。徐圖歸耳。和不得已從之。山以順之贊成。劄授千總之職。迨與張結姻。張紿欲以牛首祀祖。山令人速殺牛。張云。非謂眞牛。欲順之首也。山惑張艷麗。即誑賀順之。于席間斷其首。張聞惡已斃。度山必汚己。遂解佩絛自經。獅子光王菩薩潛釋其絛。云汝當西歸。故度汝也。令趺坐。但聞仙樂異香。旛幢接引而去。山急欲救。忽詔到。令隨駕親征。値英宗北狩被羈。也先欲加害。有巨蟒蟠帳外。也先悔。以妹侍英宗。英宗納而未御。楊善懇欲覲帝。也先從之。善于帝左右曲爲調護。也先憐其忠。令持節先歸。入關。知子被逮。具奏始末。有詔釋馨。英宗復位。振叔姪以罪誅。善陞兵部尙書。馨及載和皆授職。憫張氏仗義。亦授璞職。即以也先妹賜和爲配云。按楊善。順天人。以諸生起家。正統中至鴻臚卿。景泰初。守城有功。遷副都御史。元年庚午六月。瓦剌知院參政完者脫懽五人。賫番文表至請和。景帝遣使通問。以給事中李實爲禮部侍郎。中書羅綺爲大理少卿。偕北使同往。勅書但言講和。不言迎駕。也先欲送英宗回。伯顏帖木兒以禮物未備。令實回取。速來和好。實至懷來。遇楊善于道。當是時。可汗不花兵少。其國政皆也先專之。知院阿剌兵更少。君臣鼎足而立。外親內忌。合兵南侵。利歸也先。皦則均受。也先恥屈意。陰使不花阿剌來通。不花所遣皮兒馬黑麻要帝遣使。惟慮和之不早成也。帝乃進善爲右都御史。以少卿趙榮爲侍郎副之。七月終。至也先營。英宗從駕袁彬。促善盡言。善往復辨論。委婉懇切。也先大喜。許送英宗還京。八月初八。不花也先餞行。十五至唐家嶺。帝遣學士許彬、商輅。迎入京師。時未持一物往。竟獲迎還。善之功也。英宗復辟。善預奪門功。封興濟伯。官止都御史。未嘗爲兵部尙書。正統間。善並無劾王振事。其子襲封伯爵。未有事實。王振沒于土木。天順時。嘗加以恩卹。此云英宗誅振。誤也。振姪王山。錦衣指揮。嘗奪樂工之女。威逼致命。大理少卿薛瑄執法。都御史王文庇而出之。瑄爲文所排。此劇中假借張本也。郕王監國時。廷臣請殺王山。未報。而指揮馬順遽叱衆退。給事中王竑直前捽順。廷臣共擊殺之。王乃下令籍山。非天順時事。劇云王振令善使也先。亦謬。劇云。也先以妹侍英宗。英宗未御。後以嫁楊載和。按英宗在北。也先欲進其妹。英宗卻之。云俟囘京禮聘。諸書悉載此事。又有云。天順時。也先使至。英宗問何以不送妹至。使者云。送至大同。爲石亨取去。其後石亨之誅。蓋基于此。未知是否。

蜀鵑啼

邱園撰。*按。邱園。字嶼雪。號鳥丘山人。江蘇常熟人。作有傳奇九種。　按吳偉業觀蜀鵑啼劇詩序云。蜀鵑啼者。丘子嶼雪爲吾兄成都令志衍作也。志衍一官遠宦。萬里嚴裝。愛弟從行。故人送別。上游梗塞。盡室扶攜。既舍水而登山。甫自滇而入蜀。北都覆沒。西土淪亡。身殉封疆。家罹鋒鏑。嗚呼。三十六口。痛碧血之何存。一百八盤。招游魂而莫返。無兒可託。有弟言歸。竄身荆棘之林。乞食猿猱之族。望蠻烟而奔走。脫賊刃以崎嶇。恥趙禮之獨全。赤眉何酷。恨童烏之不免。黄口奚辜。爰將委巷之謳。展作巴渝之舞。庾子山之賦傷心。時方板蕩。袁山松之歌行路。聞且欷歔。余也老逐歡遊。閑逢浩唱。在中年早傷于哀樂。况昔夢重感乎交朋。豈獨伍相窮來。憐者有同聲之歎。遂使雍門曲罷。泫然如亡邑之人。瞻望兄兮猶來。思悲翁而不見。蘭堂客散。金谷詩成。非關聽妓之吟。聊當懷人之什爾。詩云。花發春江滿眼空。杜鵑聲切晝簾通。親朋形影燈前月。家國音書篋裏風。百口悔教從鳥道。一官催去墮蠶叢。雪山盜賊今何處。腸斷箜篌曲未終。又云。平生兄弟劇流連。高會南樓盡少年。往事酒杯來夢裏。新聲歌板出花前。青城道士看游戲。白髮衰翁漫放顛。雙淚正垂俄一笑。認君眞已作神仙。劇中志衍兵解仙去。按作劇者既同時人。其事跡多實。惟謂志衍仙去。係撰出關目。按偉業志衍傳。志衍、諱繼善。姓吳。志衍其氏也。博聞辨智。風流警速。生平負志節。急人患難。其成進士也。會里中兒刊章告密。天如師爲所搆。天如謂張溥也。志衍銳身爲營救。卒以免。大司馬鄴仙馮公聞而嚴重之。願與交。已得慈溪令。司馬其邑人。益相爲引重。而志衍以母喪未之任。家居侍太公疾。人稱曰孝。事長兄。待二弟。友愛無間言。伉爽曠達。恥爲小節苛禮。而中表故舊及所游門下士一旦請緩急。未嘗以不足爲解。無纖毫德色。後乃得蜀之成都。成都在萬里外。又荆襄陷沒。江鄂道斷。賓客逡巡勸少留。志衍曰。吾既受命矣。其敢以利害辭。置酒張樂。召所與游人人道别。既上道。復改塗出宜春。道酉陽。涉黔江而入蜀。即日啓蜀王。請發帑金爲備禦計。當時蜀事已棘。而藩府金繒積者數百萬。王恡不應。成都陷。其弟事衍徒跣萬里。望家而哭曰。兄以甲申十一月二十五日遇害。一門四十餘人。同日併命。志衍之入蜀也。天如師已前沒。未一歲而司馬馮公亦亡。志衍之死也。友人季會貫與同難。家人五郎者免矣。奮曰。吾主與主母死矣。義不忍獨生。乃慷慨罵詈而盡於主側。按吳繼善。太倉人。明崇禎庚午舉人。丁丑進士。有文名。授四川成都知縣。爲張獻忠所殺。以其在蜀被難。故曰蜀鵑啼也。

文星現

蘇州朱素臣撰。記祝允明、唐寅、及沈周、文徵明事。或得之雜記。或得之傳聞。吳人推重數子。以爲上應文星。故曰文星現也。劇以祝、唐爲主。文、沈爲賓。何韵仙、秋香爲祝、唐之配。云四友玩雪賞梅。泊舟婁門關外。

唐、祝酒後。裝作乞兒。唱蓮花落。相傳有此事。何韵仙者。早失怙恃。與乳媪依母舅盧重環御史以居。按毛詩齊風盧重鐶。盧謂犬。重鐶。言犬身挂重鐶也。豈有姓盧肯稱重鐶者。劇以盧枷示允明。故呼此名作游戲耳。倚樓觀雪。聞唱。俯視之。使媪與之酒。問誰所編。答曰。祝允明也。何素愛祝詩文。心念不置。道士顧樵雲。居玄妙觀。聞祝、唐負重名。而口角尖利。欲與締交。祝時時愚弄之。及聞韵仙愛己詩文。乃僞作賣梨糕者。以文集包裹。賣之于何。何得之大喜。祝更僞作樵雲。化緣脩觀。何書簿若干。并予金環爲信。祝得環謂可據爲要約也。亦大喜。時盧奉命視鹺兩淮。駐揚州。接甥女抵任所。祝與文、沈至揚勾疏。祝以忌日詣盧。且語言有觸犯。盧大怒。發江都縣枷示轅門。時有朝旨。索祝詩文。將召而官之。踪跡至揚州。盧覓祝殊急。文、沈詣盧。盧重其名留飲。兩人飲次爲祝請聯甥女之姻。并請釋顧。盧悉如所請。而以祝無從覓。兩人曰。是在我耳。及成婚。即所枷示者也。盧且慚且笑。祝遂攜婦歸蘇。按允明。李應禎壻。應禎字貞伯。中書舍人。工書善詩。劇云娶何。未知的否。是時唐寅亦誑秋香爲室。文、沈醵酒驩宴。席間各舉生平不檢及怪迂事爲酒令。行之共諧笑。曰。今日可謂文星現矣。秋香事。涇林雜記名桂華。乃無錫所見。今云四人在虎丘會飲。唐見秋香。即逸去。見舟隨往。投華學士家。後題主人若欲知名姓。只在康宣兩字中之詩。皆據小說。又酒坐有妓。文徵明欲投河是實事。今實之以鈕二娘云。唐寅竊華婢者。給事中華昶嘗劾寅。時人謂寅竊婢以報云。涇林雜記云。唐伯虎才高氣雄。藐視一世。而落拓不羈。弗修邊幅。其詩畫特爲時珍重。錫山華洪山學士尤所推服。彼此神交有年。尙未覿面。唐往茅山進香。道出無錫。計返棹時當往詣華傾倒。晚泊河下。登岸閒行。偶見乘輿東來。女從如雲。有丫鬟貌尤豔麗。唐不覺心動。潛尾其後。至一高門。衆擁而入。唐凝盼悵然。因訪居民。知是華學士府。唐歸舟神思迷惑。展轉不寐。中夜忽生一計。若夢魘狀。被髮狂呼。衆驚起問故。唐曰。適夢中見一天神。手持金杵。云。進香不虔。聖帝見譴。令我擊汝。持杵欲下。予叩頭哀乞再三。云姑且恕爾。可隻身持香至山謝罪。或可倖免。不則禍立降矣。予驚醒戰悚。今當遵神教獨往還願。即微服持包纖。奮然登岸。疾行而去。潛至華典中。見主櫃者曰。小子吳縣人。頗善書。欲投府上寫帖。幸爲引進。即取筆書數行於一紙授之。主者持進白華。呼之入見。儀表俊偉。字畫端楷。頗有喜色。可作吾大官伴讀。賜名華安。安得進身。潛訪前所見丫鬟。云名桂華。乃公素所寵愛者。計無所出。居久之。偶見郎君文義有未妥處。私加改竄。或爲代作。師喜其徒日進。持文誇華。華曰。此非孺子所及。呼子詰之。弗敢隱。因出題試安。援筆立就。舉文呈華。手有枝指。華閱之。詞意兼美。益喜甚。俾掌文房。凡往來書劄。悉令裁復。咸當公意。未幾。主典者告殂。華命安暫攝。出納惟慎。而公嫌其未婚。難以重託。呼媒爲擇婦。安聞。潛乞於公素所知厚者。云不欲重費經營。或以侍兒見配可耳。所知因爲轉達。華曰。婢媵頗衆。可令自擇。安遂微露欲得桂華。公初有難色。而重違其意。擇日成婚。合巹之夕。相得甚歡。居數日。唐遂吐露情實云。吾唐解元也。慕爾姿容。屈身就役。今得諧所願。此天緣也。然此地豈宜久羈。可潛遁歸蘇。女欣然願從。遂買小舟乘夜遄發。

天曉。家人見安房門封鎖。啓視室中。衣飾細軟。俱各登記。毫無所取。華沉思莫測其故。令人遍訪。杳無形迹。年餘。華偶至閶門。見書坊中坐一人。形極類安。從者以告。華令物色之。唐尙在坊持文繙閱。手亦有枝指。僕尤駭異。詢爲何人。旁云。此唐伯虎也。歸以告華。遂持刺往謁。唐出迎。坐定。華審視再三。果克肖。茶至而指露。益信爲安無疑。奈難以直言。躊躕未發。唐命酒對酌。半酣。華不能忍。因縷述安去來始末以探之。唐但唯唯。華又云渠貌與指頗似公。不識何故。唐又唯唯。而不肯承。華愈狐疑。欲起別去。唐曰。幸少從容。當爲公剖之。酒復數行。唐命童秉燭前導。入後堂請新娘出拜。珠珞重遮。不露嬌面。拜畢。唐攜女近華。令熟視之。笑曰。公言華安似不佞。不識桂華亦似此女否。乃相與大笑而別。華歸。厚具妝奩贈女。遂締姻好云。又耳談載陳元超事云。陳元超、名元。句吳人。父侍御。疏論嚴氏。謫死。元少年倜儻不羈。嘗與客登虎丘。見宦家從婢姣好姿媚。笑而顧己。悅之。令人跡至其家。微服作落魄。求傭書焉。留侍二子。自是二子文日奇。父師大驚。不知出元也。已而以娶求歸。二子不從。曰。室中惟汝所擇。曰。必不得已。秋香可。即前遇婢也。二子白父母以娶元。既娶。婢曰。君非塗遇者乎。曰。然。曰。君既貴公子。何自賤若此。曰。汝昔笑顧我。不能忘情耳。曰。妾昔見君服喪。表素而華其裏。少年佻達可笑。非有他也。元謂不然。益兩相歡。會有貴客過其主人。元因假衣冠謁客。客與歡。甚從容。言及白吏部。蓋元之外父吏部。正柄國尊顯。主人聞大駭。始悉元始末。亟治百金裝。併婢贈之。又小說亦云唐寅事。而婢即名秋香。按寅中正德戊午解元。而華察爲嘉靖丙戌庶吉士。已相去二十八年。其官至學士以及家居。當亦不下十餘年。是時寅已老矣。那得復作此態。耳談所載。大約是實。而世以寅風流放誕。因傳會耳。又祝允明有枝指。而寅所未聞。亦是傳訛也。所演允明情蹟。亦多子虛。蓋吳中談唐、祝事籍籍。眞僞各半。作記者取而合演之。以供耳目之玩。故不盡核實也。唐寅、字伯虎。一字子畏。吳縣人。童髫入鄉學。才氣奔放。弘治戊午。舉鄉試第一。洗馬梁儲主南試還朝。攜其文示程詹事敏政。相與嘆息曰。一解首不足重唐生也。遂因洗馬召致伯虎。往還門下。儲奉使南行。伯虎乞敏政文以餞。已未會試。敏政爲考官。同舍舉子闢通考官家人。事連伯虎。詔獄掠問無狀。竟坐乞文事。論發爲吏。築室桃花塢。般飲其中。家無儋石。客嘗滿座。文章風采。照曜江表。圖其石曰江南第一風流才子。歸心佛氏。取四句偈自號六如。少嘗乞夢九鯉仙。夢貽墨一擔。自是才思益進。祝允明、字希哲。長洲人。五歲作徑尺字。九歲能詩。貫綜典訓。發爲文章。茹涵古今。弘治壬子舉於鄉。連試禮部不第。除興寧知縣。稍遷通判應天府。亡何。自免歸。希哲生右手枝指。自號枝指生。海內索其文及書。贄幣踵門。輒辭弗見。伺其狎游。使女妓掩之。皆捆載以去。爲家未嘗問有無。得俸錢及四方餉遺。輒召所善客。噱飲歌呼。費盡乃已。每出。則追呼索逋者相隨於道路。更用爲忭笑資。華察、字子潛。無錫人。嘉靖丙戌進士。選庶吉士。出爲戶部主事。進車駕郎中。再召入爲修撰。遷侍讀學士。掌南院。以給事御史論罷。家本素封。罷官里居。修其業而息之。田園第宅。甲於江左。食不三豆。室無侍媵。其儉約章布如也。

翡翠園

朱素臣作。演明正德間舒芬事。復用小說湊合。以新耳目。劇內因麻長史謀佔舒宅。搆翡翠園。故以是名。又謂芬所娶二女。曰翡英、翠兒。故又名翡翠緣也。略云。儒生舒德溥。江西進賢人。生子芬。少聰慧。德溥授徒于館舍。歲暮歸里。有縣役王姓者。諢名饅頭。虧糧。鬻妻於陝賈。中道號泣。德溥以脩金三十金與之。空囊以歸。除夕與妻食苦菜。夜半聞空中語云。今夜烹苦菜。他年中狀元。寧王長史麻某。素凶悍。與德溥鄰。欲其居以置臺榭。德溥以祖遺。堅執不可。厤陷德溥入盜案。遂據其室爲別墅。額曰翡翠園。縣尹知德溥寃。不爲具獄。厤搆尹于寧王。用他事奪尹職。而使僕持王府令牌。獄中擒德溥。半夜與羣盜俱戮。厤女翡英憐其受誣。欲爲解救。方苦無策。有穿珠趙媪。攜女翠兒。至厤園。翡素愛翠兒。與最善。談及舒寃。翠謀竊令牌往救。翡潛入邃室。密付之。翠出。遇縣役王饅頭。見其惶急。詢得舒事。王感舒贖妻恩。遂執牌示獄吏。紿縱德溥。與俱遁。趙媪素敬德溥。且愛芬才品。欲以翠字之。慮其以門第不敵見卻。値德溥被難。芬母子寓居。度必累妻子。乃與翠告芬母。相攜遠避。以翠許芬。厤知德溥逃。遍行捕緝。王役令德溥變姓名入山寺。念己無倚。向卜肆推命。星家爲易其八字。云自此運亨。是時德溥學徒馬某。選尹進賢。知師被奇寃。訪於王役。役細述始末。馬因王役仗義。重用之。令訪舒父子踪跡。會芬入棘闈。狀元及第。德溥乃出會其妻。馬尹具其事奏。詔以翡英仗義。賜婚舒芬。因女故幷寬父罪。僅削其職。芬奏已聘趙氏。詔翠與翡並婚。敘姊妹云。按正德時。寧藩橫甚。藏匿諸盜。恣爲不法。其長史占鄰屋及誣陷人罪。理所當有。然未聞舒芬家有此事。眞僞不可知也。舒芬、字國裳。進賢人。正德十二年丁丑科狀元。學行兼擅。正德嘉靖間。兩被廷杖。官止修撰。正德十四年。寧王反。巡撫王守仁奏疏中。里紳協同討賊者。有芬姓名。其父以館穀救人。見于稗史。翡翠並取之說。所必無也。庸行編。江右舒翁。假館湖廣二年。偕諸鄉里同舟歸。途中登岸散步。聞一婦哭甚哀。問故。曰。吾夫負官銀。將鬻吾以償。幼兒失哺必死。是以悲耳。翁問所負幾何。曰。十三兩。翁曰。舟中皆塾師。每人一兩。足完汝事矣。返告同行。皆不應。翁遂捐兩年束脩盡與之。未至家三舍。糧竭。衆爭非之。亦有憐而食之者。翁不敢飽。及抵家。語婦云。吾忍饑二日。速炊飯。婦云。安所得米乎。翁曰。鄰家借。婦云。借已頻。專候汝歸償。償其舊可借新也。翁告以捐金之故。婦喜云。如此。則家常飯可覓同飽也。遂往山中採苦菜同食。

婦夢中忽聞窗外呼云。今宵食苦菜。明年産狀元。遂促翁覺而告之。翁曰。此神明告我也。是夜即有孕。明年生子芬。果狀元。

曲海總目提要卷二十一

杜鵑聲

吳縣人畢萬侯撰。本小說平妖傳。而點竄姓名。改換事蹟。以新耳目。以平妖傳中獵戶趙壹、車夫卜吉、都排王則、合而爲一。名曰王幻。又改胡員外爲秦員外。胡永兒爲秦嬌哥。謂幻與嬌哥作亂。忽聞杜鵑聲。改邪歸正。後得父子重逢。表其妻節。故謂之杜鵑聲也。略云。獵戶王幻、字義夫。東京人。世居北邙山下。妻卜氏、字貞娘。有娠八月。幻與其儕入山。射獵山中。有千年老狐自號聖姑。變幻莫測。有小狐雌雄各一。粗通妖術而未精。老狐教以朝夕向日月拜。積久可以成丹。而已則下山欲得一智慧人傳法。以圖事業。幻獵于山。抵暮月出。忽見一小狐向月跪拜。忽化而爲人。發箭中其股。軼去。幻追之不得。至一山莊。欲借宿。莊惟少女一人。容甚艷。幻欲私之。聞叩門甚急。女謂其兄歸。使幻暫避。幻竊窺。即所射狐也。負創思報仇。幻踰牆而走。狐憾幻。化爲幻狀入幻家。貞娘莫能辨。明日。眞幻歸。始知爲狐所汙。貞娘憤甚自經死。此段本平妖傳趙壹事。據傳乃蜀中西州安德川人。獵于雁門山。壹妻錢氏貞潔。狐百計不能挑引。未嘗被汙。故標云胡黜兒村裏鬧貞娘。貞娘非小事也。此云東京北邙山。按北邙山在洛陽。宋時西京也。稱東京。誤。又其情蹟與平妖傳異。幻痛其妻死於節。葬于北邙。思之不置。又爲狐所戲弄。遂道裴雲遊。幻有鄰秦員外者。故甚富。遭難蕩然。有妻陸氏。有女嬌哥。同居漏澤院。與乞兒伍。風雪中舉家枵腹。惟錢數文在篋中。嬌哥持出買餅。遇一老嫗。授以紫羅囊云。中有變法。且囑以遇急則呼聖姑。當相救。問所居。則云在洛陽義井中。嬌哥歸。按法變錢米。其父詰所自。嬌哥不能隱。出囊與父。焚之。夜呼聖姑。果至。云囊故在也。後其父窘甚。乞哀於女。使再變。變之不止。復成富室。其父以嬌哥嫁一憨哥。取其憨甚。雖其女有異。不致洩也。嬌哥鬱鬱。復呼聖姑。聖姑云。此業緣。緣盡當他圖耳。

（秦員外一段。本平妖傳胡浩員外事。浩妻張氏。女即胡永兒也。姓名變換。其先貧後富。女嫁憨哥。則與傳同。）貞娘之死。寃魂不散。啼於北邙。大西天聖僧阿答兒不花東遊。憩山下。憐之。爲達天庭。使其所懷孕復活。秦員外催租至山。山中人告以一婦人日來村中買糕。既去。則錢化爲紙帛。踪跡至此。忽入墓中。秦因與衆傾聽。隱隱有兒啼聲。掘之。於尸傍得一兒。秦方自憾無子。賄衆人而抱爲己子。（此段從空撰出。平妖傳所無。）嬌哥憎其夫日憨。以術挾與俱登門樓。坐屋脊上。爲邏卒所見。射落憨哥。嬌乘間遠軼。（此本平妖傳。）幻遠遊。亦遇聖僧。謂幻即有奇遇。且贈以偈云。下井尋妻好。開圍放子行。欲問眞消息。聽取杜鵑聲。僧去。幻於夜半忽聞腥風。有人呼救。就視之。一少年美婦也。云本居東京。爲虎攝至。求幻送歸（此段從空撰出。美婦爲虎攝去之說。則因永兒變虎事粧點。蓋本傳中八角鎭永兒變異相一段也。）幻遂與俱買舟。遇順風。頃刻千里。登岸。同至一井傍。婦忽投井。衆見之。以爲必係奸逼。告之官。官使人入井撈尸。衆皆以井舊有怪。不肯入。官即命幻入。幻既入。覺有光。依光而行。別有天地。俄見宮殿巍然。有人出謂曰。聖姑候子久矣。引入殿見姑。其義女名曰嬌哥。謂有宿緣。山中無儐。召山鵾鴣爲儐。既成婚。知所遇婦。即嬌哥也。此段乃平妖傳中卜吉事。卜吉推車。劇改乘舟。翌日見姑。謂幻當富貴。宜舉大事。幻惶懼。姑謂毋恐。我有以相助。遂出豆一籮。草一盤。作法化爲千軍萬馬。命幻入成都舉事。云前已陰散兵糧結衆。此行但當以單粘示。剋期而發。幻挾單至成都。爲官所緝獲。方欲加刑。而聖姑、嬌哥率兵至。殺官據城。强幻服袞冕。僞號順天王。擁衆二十萬。橫行河北。此段乃平妖傳中王則事。秦員外所抱子。時已十二歲。名曰繼祖。性善射獵。習武藝。應舉擢武狀元。奉命率兵討妖。與聖姑戰。姑以術敗繼祖。圍之數重。此係捏造。幻雖爲僞王。心常不樂。夜聞鵾鴣啼。忽憶聖僧語。思反邪歸正。告之嬌哥。嬌哥亦方念其父母。意甚合。乃相與謀。使嬌哥夜飛入繼祖營達意。且語以破妖之法。繼祖與立誓。明日如法潰圍攻城。聖姑遁去。幻與嬌哥以城降。此與平妖傳不合。王則永兒皆伏誅也。繼祖率師還。朝廷以幻爲順天將軍。嬌哥求其父母相見。始知繼祖。乃其弟也。而朝士欲得繼祖爲婿。問年庚。秦員外夫婦皆懵然。繼祖心疑之。詰其家世僕。僕不能諱。語以掘墳抱歸始末。繼祖大慟。求墳所在。往設祭。幻聞之。亦往墳所。視之。乃其妻貞娘之墓。始悟繼祖爲八月鬼胎所生。幻乃眞父也。上其事於朝。旌貞娘節。而表其墓云。（此段皆添揑。）

一種情

相傳近時人李漁所作。（＊按、此劇一名墮釵記。明沈璟撰。此云李漁。誤。）漁本宦家書史。幼時聰慧。能撰歌詞小說。游蕩江湖。人以俳優目之。此記本情史吳興娘事。（興娘與生者有殊。其情一種也。）採入盧二舅引女子彈箜篌一節。以爲關目焉。按大德中。揚州富人吳防禦。居春風樓側。與宦族崔君爲鄰。交契甚厚。崔有子曰興哥。防禦有女曰興娘。俱在襁褓。崔君因求女爲興哥婦。防禦許之。以金鳳釵一隻爲約。而崔君遠宦。凡一十五載。音耗竟絕。女年十九矣。其母謂防禦曰。崔家郎君一去杳然。興娘長成矣。不可執守前言。令其失時也。防禦曰。吾已許故人矣。可食言耶。女亦望生不至。因而感病。半載而終。臨殮。母持金鳳釵撫尸而泣曰。此女夫家之物也。吾留此安用。遂簪于其髻而殯焉。殯兩月而崔生至。防禦迎之。訪問其故。生曰。父爲宣德府理官而卒。母亦先逝數年矣。今已服除。故不遠千里而來。防禦下淚曰。興娘薄命。爲念君故得疾。于兩月前飲恨而死。今殯之矣。引生入室。至其靈席前。焚楮錢以告之。舉家號慟。防禦謂生曰。郎君父母既沒。道途又遠。今既來此。可便於吾家住宿。故人之子。即吾子也。勿以興娘沒故。自同外人。即令撤挈行李於門側小齋安泊。將及半月。時値淸明。防禦以女新歿。舉家上塚。興娘妹慶娘。年甫十七。是日與家衆同赴新墳。惟留崔生在家。至暮回歸。天色已黑。崔生於門迎。有轎二乘。前轎已入。後轎至生前。忽有物墮地鏗然。生急往拾之。乃金鳳釵一隻。欲納還防禦。則中門已閉。生還小齋。明燭兀坐。思念姻緣挫失。而子身寄跡於人。亦非久計。長歎數聲。

方欲就枕。忽聞剝啄。問之則不答。不問則又扣。如是者三。乃强起開門。視之。一女殊麗。立於門外。遽搴裙而入。生大驚。女子低容斂氣。向生細語曰。崔郎不識妾耶。妾乃興娘之妹慶娘也。適來墜釵轎下。君拾得否。欲止生室。生以其父待之厚。拒之確。至于再三。女忽赧怒曰。吾父以子姪之禮待汝。置留小齋。汝乃敢於深夜誘我至此。我訴之於父。訟汝于官。必不捨汝矣。生懼。不得已而從焉。至曉乃去。自是暮隱而入。朝隱而出。往來於小齋。可一月半。忽一夕謂生曰。妾處深閨。君居外館。今日之事。幸無人覺。誠恐好事多磨。佳期易阻。一旦聲跡彰露。親庭罪責。在妾固所甘心。於君誠恐累德。莫若先事而發。懷璧而逃。或晦迹深村。或潛踪別郡。庶優游偕老。不致分離也。生然其計。因自念零丁孤苦。素乏親知。雖欲逃亡。竟將焉往。嘗聞父言有舊僕金榮者。信義人也。居鎮江呂城。以耕種爲業。今往投之。庶不我拒。至明日五更。與女輕裝而出。買船過瓜州。奔丹陽。訪於村氓。則金榮在焉。

其家殷富。爲本村保正。生乃大喜。造其門。至則初不相識也。生言其父姓名爵里。及已乳名。方始記認。則思而哭其主。擁生在堂而拜認曰。此吾家郎君也。生具告以故。乃虚正堂而處之。事之如事舊主。衣食之需。供給甚至。生住金縈家將及一年。女告生曰。始懼父母見責。故與君爲卓氏之逃。大非獲已。今已及朞矣。愛子之心。人皆有之。倘其自歸。喜于再見。必不我罪。况親恩莫大。豈有終絶之理乎。生從其言。即與之别金縈。渡江入城。將近其家。謂生曰。妾逃竄一年。今遽與君往。或恐觸彼之怒。君可先之。妾艤舟於此以候。臨行復呼生囘。以金鳳釵與之曰。如或疑拒。當出此示之可也。生至門。防禦欣然迎之。反致謝曰。前顧待不周。致君他適。老夫之罪也。幸勿見責。生拜伏不敢仰視。但稱死罪。防禦駭然曰。何故乃爾。願得開陳。釋我疑慮。生惶愧言曰。曩者房帷事密。兒女情多。負不義之名。犯私通之律。不告而娶。竊負而逃。竄伏村墟。曠絶音問。今擕令愛。同此歸寧。伏望恕其罪譴。使得終遂于飛。大人有溺愛之恩。小子有室家之樂。是所幸也。防禦曰。吾女臥病在牀。今乃一載。饘粥不進。轉側須人。豈有是事也。生謂其恐爲門戶之辱。故飾詞以拒之。乃曰。今慶娘在於舟中。可令人舁取之來。防禦雖不信。姑令家僮馳往視之。至江。並無所見。防禦大怒。責生妖妄。生乃袖中取出金鳳釵以進。防禦見之。大驚曰。此物吾亡女興娘殉葬之物。胡爲至此。疑惑之際。慶娘忽于床上欣然而起。出至堂前。拜其父曰。興娘不幸。早辭嚴侍。遠棄荒郊。然與崔生緣分未斷。今來此。意亦無他。請以愛妹慶娘續其婚爾。如從所請。妹病即痊。不然。命盡此矣。舉家驚駭。視其身則慶娘。而言動舉止即興娘也。父詰之曰。汝既死矣。安得復于人世。爲此亂惑乎。對曰。女之死也。冥司以女無罪。不復拘禁。得隸玉皇娘娘帳下。掌傳牋奏。切以世緣未盡。故特給假一年。來與崔郎了此一段姻緣爾。防禦聞其言。乃許之。即斂容拜謝其父。又與崔生執手歔欷爲別。且曰。父母許我矣。汝好做嬌客。愼毋以新人而忘故人也。言訖。慟哭仆地。視之已死矣。急以湯藥灌之。移時乃甦。其病即瘥。行動如常。叩以前事。並云罔知。防禦遂涓吉續崔生之婚。生感興娘之情。以金鳳釵賣于市。得鈔二十錠。盡買香燭楮幣。賚詣瓊花館。命道士建醮三晝夜。以報興娘。興娘復托夢于崔生曰。薦拔尚有餘情。雖隔幽冥。實深感佩。小妹慶娘。直性柔和。宜善待之。生聞之。驚悼而覺。此後遂絕。按逸史云。昔有盧、李二生。隱居太白山讀書。兼習吐納導引之術。一旦。李生告歸曰。吾不能甘此寒苦。且浪跡江湖。訣別而去。後李生知橘子園。人吏隱欺。欠折官錢數萬貫。羈縻不得東歸。貧甚。偶過揚州阿使橋。逢一人草蹻布衫。視之乃盧生。生昔號二舅。李生與語。哀其襤褸。盧生大罵曰。我貧賤何畏。公不作好。棄身凡弊之所。又有欠負。身被囚拘。尚有面目相見乎。李生厚謝。二舅笑曰。居處不遠。明日即將奉迎。至旦。果有一僕者馳駿足來。云二舅遣迎郎君。既去。馬疾如風。過城南數十里。路側朱門斜開。二舅出迎。星冠霞帔。

容貌光澤。侍婢數十人。與橋下儀狀全別。邀李生中堂宴饌。名花異木。若在雲霄。既夜。引李生入北亭命酌。曰。兼與公求得佐酒者。頗善箜篌。須臾。紅燭引一女子至。容色極艷。新聲甚嘉。李生視箜篌上有朱字一行云。天際識歸舟。雲間辨江樹。罷酒。二舅曰。莫願作婚姻否。李生曰。某安敢。二舅許爲成之。又曰。公所欠官錢多少。曰。二萬貫。乃與一拄杖曰。將此于波斯店取錢。可從此學道。無自穢也。纔曉。前馬至。二舅令李生去。送出門。波斯見拄杖驚曰。此盧二舅拄杖。何以得之。依言付錢。遂得無事。其年往汴州。行軍陸長源以女嫁之。既婚。頗類盧二舅北亭子所覩者。復解箜篌。果有朱書字。視之。天際之詩兩句也。李生具說揚州城南盧二舅亭中筵宴之事。妻曰。少年兄弟戲書此。昨夢使者云。仙官追。一如公所言也。李生歎訝。卻尋二舅之居。惟見荒草。不復覩亭臺矣。劇改吳興娘爲何，添入周王廟一折。

奈何天

李漁作。＊按，此劇一名奇福記。李漁，字笠鴻，晚年號笠翁。浙江蘭溪人。所作笠翁十種曲最有名。事無所本。大略謂婚姻子祿。皆前生注定。即如巧妻之伴惡夫。亦是天數。非人力所可奈何也。然因焚券免債。輸糧助邊。力行實事。遂得受爵變形。隱寓勸人爲善之意云。荆州闕素封。貌醜而富。家貲至二百萬。里人目爲闕不全。然爲人頗忠厚誠實。初娶鄒長史女。才甚高。婚夕大怖。甫滿一月。以書房爲淨室。供大士像其中。改作道裝。修行不出。再娶何執戟女。色甚美。甫三日。亦入淨室。三娶袁經略之妾吳氏。才色俱絕。未嘗合歡。以死怵夫。即入淨室。袁經略者。名瀅。江陵人。妻妬甚。乘袁討賊在外。輒嫁其二妾。素封所買者周氏。偵知其醜。臨上車時自縊。故袁妻以吳代之。吳旣怵素封以死。遂與鄒、何二氏。同居淨室。吳乃扁額爲奈何天。後偵袁歸。買舟往謁。欲復事袁。而袁以爲覆水不可收。

郤還於闞。吳不得已。遂與素封爲夫婦。素封之僕闞忠。仗義多智。素封嘗遣收債。輒焚券以結衆心。又知是時方南北征討。勸輸十萬金餉邊。半途買米而往。軍糧旣足。飢民悉賑。袁經略奏其功于朝。授素封爲尙義君。闞忠爲招討使。忠乃爲主母幷請三副封誥歸家。而三官之神。奏素封善行于玉帝。竟令變形使者易其形。于是三氏並受封。與夫歡好。一門諧和。享富貴終其身。

憐香伴*一名美人香

亦李漁作。憑空結撰。無所本。略云。石堅、字介夫。江都諸生也。原籍嘉禾。母范氏。揚州人。舅無子。以堅入繼。從其姓曰范。改名爲石。妻崔氏雲箋。才色甲於揚州。其中表張三益。亦諸生。與堅善。山陰孝廉曹有容者。垂老不第。與江都敎諭汪仲襄約同計偕。挈女語花行。抵江都。暫寄尼菴。其庵范氏香火也。雲箋赴庵禮佛。忽聞蘭麝之氣。詰尼。得語花。一見相憐愛。各賦美人香詩一首。有容方遷寓學宮。語花與雲箋不忍別。訂小春朔。託爲佛事。復會於庵。雲箋攜詩歸。囑夫和之。不言其事。至期。與曹會。益相憐。相約爲來生夫婦。繼而曰。來生不如今生。雲箋乃勸語花并嫁范生。佛前立誓而散。雲箋歸語其夫。乃屬張三益爲媒。言妻久病。願退居而讓曹女爲正室。周公夢者。亦諸生。竊見語花。亦欲慫三益爲媒。聞石述其事。公夢驚駭。先譖于有容。及三益見。有容面斥之。并囑仲襄以石爲劣生。報學使者。石與仲襄鬨。仲襄訴石毆師。石竟被褫。挈室歸嘉禾。以原名范石雋。拆榜而三益亦雋南榜。時有容已登第。官翰林。而語花憶雲箋成病。懨懨一息。醫藥不能療。有容詰婢。知其女之憶詩友也。乃出示招女子之能詩者。以爲女伴。雲箋隨夫入都。聞此信。即僞爲未嫁之女。就試于有容。拜爲義父。得見語花。語花病遂愈。有容會試同考。堅與三益並出其門。有容識三益。而不知石堅之即范石也。問堅娶否。云曾聘崔氏。自幼相失而未娶。有容反浼三益爲媒。會奉命使琉球。

年老憚行。堅請於朝代之。有容益大愛堅。遂與語花成婚。三日而出使。魏家宰之子。知有容有女。求婚。有容許之。雲箋以曾受石氏聘爲辭。語花亦告其父。聘雲箋者即堅也。有容不得已。以事聞於朝。會堅使歸。朝命崔、曹並嫁堅。不分嫡妾。合巹之夕。有容始知石堅即范石。雲箋即范石之妻。與女同在尼菴賦詩訂盟者也。以美人香爲因緣。故曰憐香伴。

蜃中樓

李漁合記二龍女事。（二事皆空中樓閣。故名蜃中樓。）柳毅客于涇陽。見一婦人。牧羊道畔。毅怪視之。乃殊色也。凝聽翔立。若有所伺。毅詰之。對曰。妾洞庭龍君少女也。父母配嫁荆川次子。而夫壻爲婢僕所惑。日以厭薄。訴于舅姑。又以頻切得罪。遂遭毁黜。以至于此。言訖。歔欷流涕。悲不自勝。又曰。洞庭于兹。相去不知其幾多也。聞君將還吳。欲以尺書寄託。未卜可乎。毅曰。洞庭。深水也。

子有何術。可以導我。女曰。洞庭之陰。有大橘樹焉。鄉人謂之社橘。君擊樹三發。當有應者。遂于襦間解書以進。毅乃置書囊中。因復問曰。子之牧羊。何所用哉。女曰。非羊也。雨工也。曰。何爲雨工。曰。雷霆之類也。語竟別去。毅乃訪于洞庭之陰。果有社橘。向樹三扣。俄而武夫出波間。引毅以進。止于大室之隅。未幾而洞庭君出。因取書進之。洞庭君覽畢。以袖掩面而泣。時有宮人密侍君者。君以書授之。令達宮中。須臾。宮中皆慟哭。君驚謂左右曰。無使有聲。恐錢塘所知。毅問錢塘何人也。曰。寡人愛弟也。又問何故不使知。曰。以其勇過人耳。昔堯遭洪水九年。乃此子一怒也。詞未畢而大聲忽發。天拆地裂。見有赤龍長萬餘丈。項掣金鎖。鎖牽玉柱。千雷萬霆。繳繞其身。乃擘青天而飛去。毅恐蹶仆地。君親起持之。俄而祥風慶雲。融融怡怡。紅妝千萬。笑語熙熙。中有一人。自然蛾眉。近而視之。即前所寄詞女也。香凝環繞。入于宮中。又有一人。披紫裳。執青玉。自外而入。左右謂毅曰。此錢塘君也。毅起趨拜之。錢塘亦盡禮相接。既而告兄曰。適者辰發靈虛。巳至涇陽。午戰于彼。未還于此。剛腸激發。不暇辭候。驚擾宮中。復忤賓客。因退而再拜。君曰。所殺幾何。曰。六十萬。傷稼乎。曰。八百里。無情郎安在。曰。食之矣。明日宴毅于凝碧宮。奏錢塘破陣及貴主還宮樂。又明日宴于清光閣。錢塘請以女歸毅。毅肅然作色而辭之。錢塘逡巡致謝。遂去還家。閱數月。徙居金陵。失偶求配。媒氏以盧氏女報焉。居月餘。毅視其妻。甚類龍女。細詰之。果是也。因曰。今日報君之意遂矣。夫龍壽萬歲。當與君共之。遂徙家南海。復歸洞庭。凡十餘歲。莫知踪跡焉。又按元人李好古張生煮海雜劇。張羽、字伯騰。寓居石佛寺中。夜鼓琴。東海龍神第三女出聽。心悅而慕之。詭言龍氏女小字瓊蓮。與締約焉。生遂至海上相尋。遇東華上仙。以法寶三物與之。煮海令熱。龍神乃出女爲配。以上二事。適有相類。作者合而爲一。錯綜成文。雖微有不同。而大概悉符焉。唯寄書本柳毅事。而此云張羽代之。又假蜃樓遇合。先引其端。此則傳奇紐合。用爲關鍵焉。按唐柳毅事。出異聞集。元人尚仲賢。已先有柳毅傳書劇。張羽事出在元劇。*按。柳毅傳書及張生煮海。均見本書卷一。二事不相連。今取作合傳之意。言洞庭之女。與東海之女。本係堂姊妹。洞庭女探妹至東海。二女在蜃樓遊玩。因見柳張二生。遂於海上幻出虹橋。引與相訂。其後洞庭之女以錯配涇河。誓死不從。受其磨折。張羽代毅傳書。始得成姻。東海之女聞洞庭女嫁涇河。極相譏笑。後乃知其非本心。東海初不欲許張羽。以煮海波沸而婚之。其中據實者多。略加改換耳。

風箏誤

李漁作。憑空結撰。大概寓意在碔砆混淆。妍媸難辨。然關目奇幻。以風箏作線索。故名風箏誤云。略曰。韓世勳、字琦仲。茂陵人。美丰姿。才思敏捷。失怙恃。依父友戚補臣。與其子友先同肄業。友先性驕縱。才不敵韓。里中詹武承。字列侯者。任西川招討使。因事罷歸。喪偶乏嗣。蓄二妾。梅氏生女愛娟。柳氏生女淑娟。淑娟美多才。而愛娟粗拙。蜀中蠻擾。起詹鎮蜀。詹見二妾常角口。因築垣。令分處東西院。詹與戚。同年友也。祖餞時。遂以二女姻事囑戚。時屆淸明。韓展卷次。作感懷詩云。謾道風流擬謫仙。傷心徒賦四愁篇。未經春色過眉際。但覺秋聲到耳邊。好夢阿誰堪入夢。欲眠竟夕又忘眠。題未竟。値友先以風箏屬韓畫。韓即以此詩書風箏上。續後二句云。人間無復埋憂地。題向風箏寄與天。友先乘風搖曳。忽線斷。墮柳氏庭中。見所題詩。命淑娟和。淑娟拒不欲題。柳强之。且令倒押其韻。淑娟遂題曰。何處金聲擲自天。投階作意醒幽眠。紙鳶只合飛雲外。綵線何緣斷日邊。未必有心傳雁字。可能無尾續貂篇。愁多莫向穹窿訴。祇爲愁多謫卻仙。甫題畢。値愛娟乳媼邀淑娟過東院。友先歸。令僕于詹處索風箏。柳知夫與戚相契厚。遂以付僕。僕至書室。適友先倦寐。韓覘和詩。遂易以素紙。翫其句意妍麗。度必出之閨秀。詢館童。知詹女聰慧。遂復賦一絶云。飛去殘詩不値錢。索來錦句太垂憐。若非綵線風前落。那得紅絲月下牽。亦題風箏上。故令線斷。落在詹宅。令奚童往索以探其意。而嫁名友先。孰意入愛娟手。愛娟素不慧。詢乳媪。媪言柳處亦獲風箏。上有詩。淑曾和韻。前詩係戚公子作也。愛遂慕戚才貌。且疑淑有意。與媪謀。託淑娟名。俟索風箏者于門。期戚生夜赴。以訂盟約。韓喜不勝。抵暮入。詢以詩意。愛娟所答皆謬。韓疑。索燈照瞰。愛貌不揚。驚走。値試期近。別補臣赴試。遂擢大魁。補臣知子不肖。欲箝其心。因詹以姻事託。而素悉愛娟陋。即以贅友先。初詹抵蜀。蠻兵用象戰。詹每失利。朝議以韓監其軍。韓與詹飾假獅以進。遂大捷。詹詢韓未娶。屬臬使作伐。欲以淑娟許韓。韓疑即愛娟。拒不允。詹稔韓父事補臣。遂致書。令主婚聘女。補臣遂爲納采。及韓復命歸。補臣促韓擇吉完姻。韓峻拒。强之。不得已而婚。韓意甚不樂。柳詢其故。韓具述前事。柳乃張燈令細認。則甚美。非向所遇也。韓甚慚愧。不知假託爲誰。值詹遷官過家。兩婿二女。並敘一堂。議迎於郊。始知即愛娟也。厥疑始釋。詹歸見二婿甚喜。其後梅、柳亦更相厚云。

愼鸞交

亦李漁作。劇中有花案。蓋指明代事。姓名關目。則皆撰出。唐時孫光棨有北里志。亦題妓女之高下。而崔涯、張祜嘲李端端。有鼻似煙窗耳似鐺之句。端往見二子哀求。乃更贈曰。買得黃騮被繡鞍。善和坊裏取端端。揚州近日渾成錯。一朶能行白牡丹。或曰。李家娘子。纔出墨池。便登雪嶺。事見雲溪友議。至明而吳中白下。花案盛行。每年好事者。以有名妓女。評定優劣。出榜遊街。然亦有賄賂鑽營等弊。劇中皆載之。取某花比某人。花之貴賤。定妓之姸媸。故謂之花案。續說郛所載。冰華梅史有燕都妓品。曹大章有蓮臺仙會品。秦淮士女表。潘之恆有曲中志金陵妓女。皆所謂花案者也。略云。華秀、字中郎。下相人。西川節度元五之子。年少登科。未廷試。告假省親。送親之任。歸途遊吳。吳中名士侯雋。方與諸好事定花案。將迎榜於虎阜。而秀適至。拉同游讌。有妓曰王又嬙。廣陵名家子。流落賣歌。又一妓曰鄧蕙娟。與雋甚暱。以身許之。而嬙潔身不字。雋定花案。知嬙色藝皆在娟上。不以私絀公。定嬙第一。而娟次之。飲於虎阜。嬙獨屬意于秀。以詩定交。秀許十年後來娶。雋則急欲得娟。貧不能遂。秀解囊買娟贈雋。而雋妻妬甚。雋置娟於菴。身赴闈試。約登第即相迎。未幾廷試。秀得狀元。雋一甲第三。時嬙避喧鄉居。爲土豪所見。盜其貲而以債餌之。欲奪其志。嬙告州守。守爲申冤。再遷居。與娟遇。同住菴中。嬙方靜守十年之約。而娟則以雋旦晚必遣人來迎也。秀雋得第後。一內相家有二女。願於新科中擇婿。意在秀。秀堅辭之。雋元配已亡。遂雙取之。憐新棄舊。作書絕娟。秀則奉朝命平賊。過吳訪嬙。并遇娟。娟愬其憤於秀。秀還朝。拒雋不與見。以微諷之。雋始悔。適秀父內召。亦從吳門過。吳守白知兩事。乃以別舫載嫱、娟至京。以試秀而諷雋。秀守前約。雋亦愧謝。于是兩妓各歸其夫。作者以嫱不輕許。其交甚固。娟輕許。其交幾拆。故曰愼鸞交也。

凰求鳳

一名鴛鴦賺。李漁作劇共十種。此其一也。姓名皆係生造。關目亦太兒戲。呂曜、字哉生。金陵人。少年鄉薦。才貌兼絕。青樓輩皆傾心。少奉感應篇。力守色戒。獨與妓許仙儔善。許貌美能詩。愛曜特甚。誓必嫁曜。曜約娶名家女爲婦。以許爲側室。許願出己貲代曜娶婦。遂爲徧訪名姝。得曹氏女淑婉。才色無雙。時又有喬氏夢蘭者。縉紳喬國用之女也。才色亞于曹。國用老瞶。任女自擇婿。喬知曜才。曾于簾間一見。心悅之。商之媒媼何氏。何告以許妓代爲擇配。喬不覺大怒。急用反間計授何。告曜云。許欲求不若己者配曜。恐奪其寵也。曜果怒許而託何爲媒。何以喬之美告。遂引曜至喬家。喬出見。各賦詩爲訂。喬詩欲曜絶許。而尅期以輿迎曜。入贅其家。許見曜。以曹氏之美告。曜辭色俱冷。許大疑之。爲曜縫衣。於袖中得與喬贈答詩。恨甚。密搆一計以傾喬。時曜赴試畢。以朝議出師瓦剌。命舉子同籍候榜。適及喬氏婚期。許來視曜。而令人先以輿至。僞作喬之迎曜者。曜不知許計。託辭别許而去。入一園中。四顧非喬居也。及卻扇。新人甚美。顧非喬氏。曜如在夢中。忽二婢牽曜至簾前。簾内厲聲責曜負心。必欲鞭曜。左右皆云是喬女。而曜聞其聲甚熟。心益疑。及卷簾視之。則許也。始知見賣。而悦曹之美。未嘗不感許之情。自悔其初妄聽。顧心時時念喬。常不能釋。是夕。喬盛設花燭俟曜。而空輿徑歸。但于園公處得許所僞作曜書留與喬者。責其妬而謝絶之。并還所贈詩。喬慚愧欲死。不知其詐也。許與曹閉曜於園中。招女待詔殷嫗。爲曜按摩。許又僞作喬氏失夫榜帖云。走脱新郎一箇。送還者謝若干。報信者謝若干。殷遂揭榜報喬。喬益憤。欲率婢僕往劫曜。殷阻之。且爲畫計。往見曜。令佯作病篤狀。又囑醫卜云。有陰人呪詛。病者必危。而曹、許亦皆不可保。曹、許窘甚。問計於殷。願娶喬同居。于是殷往來遊説。喬亦自悔其妬。三女各出貲。共搆一第。名其堂曰求凰。以居曜。而擇吉娶喬歸。劇中點出于謙劉球李時勉。皆正統時名臣。球爲侍講。應詔陳言。極論麓川事。瘐死獄中。時勉爲祭酒。以截樹事枷大學門外。孫太后父賢爲請。乃免。于謙爲河南山西巡撫。正統末。遷兵部侍郎。劇云。也先入犯。英宗親征。會試舉人皆待回鑾揭曉。按正統十四年己巳。英宗有土木之變。其十三年戊辰。則狀元彭時。並無令舉人回籍之事。惟成祖時。應于七年己丑殿試。因連年北巡。且征兀良哈。俟回鑾舉行。故有辛卯狀元蕭時中之榜。據此相影射。庶幾近之。劇云。呂曜之卷。考官初擬第一。既而易去。其後忽復第一。蓋有文昌在闈。默主試事。陰注與陽受相符。其説不爲無本。唐人李温。嘗求冥吏爲助。吏許之以册示温。言可爲易一同姓者。至十七名李夷簡。温欲易之。吏云。此人位至宰相。不可易也。至三十三名李某。乃以温名代之。及榜將放。温之密友包佶。爲國子祭酒。嘗以温囑主司。唐時故事。將放榜。主司先以草榜呈宰相。佶邀主司于路。問取温否。答以未及。佶怒而去。主司與佶厚甚。曰。吾寧去一人。以温易之。出榜示佶。佶見其同姓李夷簡。名在第十七。請去之。主司不可。至三十三名李某。乃易温名。吏所更易與主司適相應。陰陽注受。疑或有之。其理有不可曉者。於是感應篇及梓童文。注釋紛紛。眞僞不能遽辨也。白居易劉禹錫皆有失婢帖詩。失夫帖從此翻出。

巧團圓 一名夢中樓

亦李漁所作。序云。若僅依樣沿襲。陳陳相因。作者乏嘔心雕腎之功。讀者亦無驚目動魄之趣。覆瓿之外。安所用之。是劇於倫常日用之間。忽現變化離奇之相。無後者鬻身爲父。失慈者購嫗作母。鑿空至此。可謂牛鬼蛇神之至矣。及至看到收場。悉是至性使然。人情必有。初非奇幻。特飲食日用之波瀾耳。漁既自云鑿空。不必問其有無也。略云。漢陽姚繼、字克承。幼失二親。但記父爲布商。臨終予一玉尺。爲傳家之寶。與姚器汝比鄰而居。每夜夢上三間小樓。床後一箱。有泥人土馬棒槌鑼鼓刀鎗旗幟等物。夢中戲要以爲常。一日夢老人告云。此樓乃汝生身之所。玉尺非父母所賜。然婚姻所係。不可輕棄。繼醒莫得其解。鄰居姚器汝。本四川人。官至八座。見流賊勢盛。棄官離鄉。變姓名曰曹玉宇。與妻及撫女。僑居漢口。見繼聰慧老成。欲以女嫁之。即立以爲嗣。試其能否。令商販于松江。其所撫女賢淑多智。念當亂世。一旦遇賊。不能自衛。亦欲委身于繼。俾護其家。書詩經四句曰。關關雎鳩。在河之洲。窕窈君子。淑女好逑。以帕裹詩。于籬隙投繼。改後二句。以寓意也。繼亦書詩經四句曰。投我以瓊瑤。報之以木桃。匪報也。永以爲好也。以玉尺裹詩。

于籬隙答女。改前二句。亦寓意也。兩人遂心許結婚矣。鄖陽尹小樓世襲錦衣千戶。家頗殷實。生一子。年數歲。與羣兒入山戲。羣兒盡歸。獨失尹兒。小樓夫婦遂無子。爭嗣者甚衆。小樓皆不欲。欲得一眞心願爲子者。乃往江蘇各處。改姓伊。改籍武昌。插標賣身爲父。大驚市人。抵松江。繼一見心動。即買爲父。委曲順事之。小樓大喜。是時流賊遍躪楚地。器汝避難。與女相失。女入賊營。小樓妻亦入賊營。初小樓慮繼知其家富。即孝事非眞情。居久之。未嘗以實告。然客外久。欲挈之歸家。繼亦告小樓以題帕女之約。欲歸漢陽。遂附舟江行。令繼先至漢口與女婚。而已返故鄉待之。舟抵漢口。風甚利。繼甫登岸。小樓未及與語眞姓名籍貫。而同舟者趣開帆。悔已無及。繼至漢陽舊居。器汝家皆蕩爲烟燼。鄰人告器汝遠遁。且聞其女在賊營。賊以所掠婦人於仙桃鎮市賣。繼乃之仙桃。冀遇其女。及至訪之。則賊以布袋密縫。案斤索價。無擇老少美醜。繼持數十金買得一袋。啓視之。皤然老婦。蓋即小樓妻也。繼念其老。即母事之。老婦心感繼。謂曰。袋中有袖一尺者。色美甚。且以藥毁面。賊不敢侵。急買之。不可失也。繼閲袖中有尺。心疑贈帕之女。買歸果是。大喜。遂成婚。而奉所認母抵武昌。訪所認父。則武昌無伊錦衣者。時器汝避賊。朝廷念其材。起爲督師。女聞信。即令繼作書往候。器汝以繼稱婿不稱子。不甚喜。但令于途候之。繼以爲薄待己。不敢遽投。而又失所認父。其假母曰。我家姓尹。居鄖陽。亦世武職。有貲財。可往相依也。繼乘閒秋試。試畢。則立之鄖陽。及見尹。即所認父也。抱頭哭。其母見尹。亦抱頭哭。繼始知兩次所認之父母。故夫婦也。心大奇之。父母命繼夫婦居小樓。繼甫登樓。如熟遊者。所見之物皆熟識。告妻曰。床後當有一箱。箱中之物某某。啓視之果然。父母聞而視之。悉大駭異。其妻曰。向時鄰居。聞議者藉藉。云汝本非姚氏子。以數金買得。由是觀之。乃眞尹氏子也。父曰。有是哉。信如是。左足當有枝指。驗之果是。父母與子相抱持大哭。而器汝督師過其地。知實尹子。

遂止認翁壻。與尹爲姻家。其情節幻甚。故名巧團圓。劇中李自成稱闖王。按流賊本以高迎祥爲闖王。自成則呼闖將。迎祥死。自成乃稱闖王。其一隻虎、獨行狼、蝎子魂、過天星。皆賊號不謬。過天星者。本名惠登相。降于明。舟中與左良玉爭言。絕江而去。後不知其所終。布袋盛婦人賣。流賊果有其事。非妄揑也。

玉搔頭

一名萬年歡。亦係李漁所作。明武宗幸劉倩。及取范欽女。原有此事。但作者於史學甚疎。道聽塗說。多失事實。今據所撰。節略于前。稍爲辨證于後。劇云。武宗委朝事于許進父子。而與江彬微行大同。幸妓女劉倩倩。託名威武將軍。臨别。以玉搔頭爲信物。歸途失之。爲緯武將軍范欽女所得。武宗遣内侍迎倩。而倩力拒不從。虞以方命獲罪。懼而遁走。遍覓緯武將軍。乃誤抵范欽之署。收爲義女。范女淑芳。赴父任所。遇寧王亂兵。從者衝散。道次饒州。是時武宗失倩。方繪圖懸購。州役覩欽女面貌酷似。以聞於守。武宗適南征叛藩。駐蹕金陵。州守具奏。送女至行在。范欽旋亦知帝購倩。後先送至。武宗遂兩納爲妃。此其大略也。按許進。在武宗時曾爲吏都尙書。在正德初。屠滽、張綵之前。與劉瑾若離若合。或云懼瑾而死。未嘗爲大學士。武宗微行。乃後來事。彼時已無瑾與進。爲宰相者。楊廷和、蔣冕、梁儲、毛紀等也。劇云。武宗微行。令瑾掌內事。進父子掌朝事。大謬。武宗南征。安得有許進。副將軍乃都督許泰耳。許進爲甘肅巡撫時。征哈密有功。作者聞進有武略。妄加點染。讚官至大學士。誥官至戶部尙書。俱在嘉靖中年。去此時甚遠。進爲太宰。誥以給事中改編修。非庶吉士也。劇云。進爲太宰。讚已爲少宰。又云。平濠之後。讚入內閣。誥遷尙書。皆謬。武宗初欲出居庸。巡關御史張欽。持勅書坐關門。堅拒使者。三疏諫沮。時傳張御史閉關三疏。武宗已至沙河復還。後偵欽行部喜峯。乃乘間出口。明春回鑾。至關口。笑曰。御史虞有他變。今朕已入關矣。此云巡補官阻駕。

擢爲兵部主事。亦影掠也。明自正統土木後。視關外爲畏途。故欽云云。欽。順天通州人。本姓李。官至工部侍郎。勅居庸守臣。不令羣臣出關。是實事。委任廷和晁等。朝政不悞。今移作許進父子。江彬、錢寧改姓爲朱。自稱義子。亦俱實事。彬以邊軍内操。持寵擅作威福。今謂彬爲篾片。太涉諧謔。且彬當世宗未入之初。楊廷和奏聞張太后。執送詔獄。散其操軍。武宗未嘗罪彬也。王守仁由鴻臚卿任巡撫。是實事。乃兵部尚書王瓊所薦。亦不與許進同時。此云進與守仁商議國事。誤也。守仁初撫江西。後撫南贛。其平濠繫南贛時事。非江西巡撫。江西巡撫在省城南昌。故孫燧爲濠所殺。守仁在南贛。故濠出而守仁兵擣其後也。濠自南昌舉兵。蔽江而下。攻安慶。爲守將楊鋭知府張文錦所扼。不能下。捨之而去。至黃石磯。守仁乘其出。攻破南昌。濠還兵自救。遂爲所執。此云守仁揣濠窺伺南都。必從江西經過。是不知濠之巢穴在南昌也。宸濠請復護衛。是實事。其勾賊爲黨亦實。然是江右湖賊。另有姓名。此云趙風子、劉六。非也。趙、劉乃流賊。已爲彭澤陸完所平矣。武宗南巡。自稱威武將軍鎮國公朱壽。劇云改名萬遂。乃用此作關目。增飾爲之。內閣不肯作勅。既乃委曲以從。南行之時。諫者甚衆。至有杖死者。皆江彬激帝之怒。時未嘗有許讚兄弟也。武宗在大同。幸樂戶劉良之女。劇云。劉都閫侍妾所生。又云。母曰周二娘。俱無的據。以簪爲信物。至蘆溝橋失之。尋令內侍召劉女。女不肯行。武宗自馳往召。乃就道。又武宗嘗入總兵范欽舟中取其女。劇云。二女貌如一人。又中間墜簪拾簪。彼此誤認。情節皆係增飾。其後二女皆無所聞。劇內有鹽商欲娶劉倩。劉母唱云。小女道。淡眉淡臉淡櫻桃。怎做得鹽商妻小。此亦有出。弘治間。華亭錢福狀元。有所歡妓嫁于鹽商。福作詩云。淡羅衫子淡紅裙。淡掃蛾眉淡點脣。可惜一身都是淡。如何嫁與賣鹽人。

意中緣

李漁撰。演杭州女子楊雲友、林天素事。據嘉興女子黃介所作序。二人雖與董其昌、陳繼儒相識。初未嘗爲其妾媵。李漁以爲二女子善畫。自應配天下名流善書畫者。一時才士無過董、陳。二女爲其妾媵。必所樂從。故以雲友歸董。天素歸陳。而標曰意中緣也。情節變幻。皆係扭合。黃介意中緣序云。不慧自長水浮家西湖。垂十年所矣。湖椽一曲。日與落照晚峯相狎。每歎許大西湖。不能生活一擔簦女士。然而三十年前。有林天素、楊雲友其人者。先後寓湖上。藉丹青博錢刀。好事者時踵其門。即董元宰宗伯、陳仲醇徵君。亦迴車過之。讚服不去口。求爲捉刀人而不得。今兩人佩歸月下。身化彩雲久矣。笠翁雅善塡詞。聞其已事。謂邯鄲豈偶然廝養。新婦必配參軍。抒憐才之熱腸。信鍾情之冷眼。招四人芳魂靈氣而各使之唱隨焉。奮筆締章。平增院本中一段風流新話。使才子佳人。良緣遂於身後。殆造物者有悔心。特倩文人補過耶。黃介、字皆令。工詩文。錢謙益、吳偉業輩皆有詩與相贈答。據劇云。楊雲友、林天素。皆僑寓西湖。楊能僞作董之書畫。林能僞作陳之書畫。初本與兩公不相識。後嘗見之。遂甘心爲妾御。雲友爲人所紿。至于流落不堪。而終能自衛。潔己不汚。以歸于董。據黄皆令之傳。則云董宗伯、陳徵君皆嘗訪之。求爲捉刀人而不得。亦未嘗言其所天何人。且未言其卒于何時。若何結局。大略或困頓食貧以終老。要不失爲良人婦也。其畫可充董、陳。或亦可以傳後。後人不知。誤認爲董、陳之妾。俗語不實。流爲丹青。豈非口孽歟。據黄皆令評云。楊雲友之夫。因妻得官。杭人皆知其事。其與董無涉明甚。劇中以爲楊父曰象夏。本老諸生。因負債不能還。且不能葬親。恃女畫以度日。僧是空百計圖之。適董思白、陳眉公同至杭州。與好友江秋明字懷一至西湖觀畫。詣是空骨董店中。雲友假董畫。閩妓林天素亦僑杭。假陳畫。董、陳見而愛之。陳即與江詣林定議爲婚。而董覩楊扇題詩。是女子之作。問是空。空恐董知之。爲其所娶。紿云不知誰作。董方託江訪此女踪跡。放舟先回松。而是空託名董欲娶楊。以二百金爲聘。使黄天監者僞充作董。娶之入舟。即挈往京師。江與陳不知。皆疑董娶。已乃知非是。黄天監者。生而隱宮。雲友見其貌不揚。試之詩畫。一無所知。僧買一婢妙香事雲友。婢初無受僧詎。恨僧甚。乃共與黄謀。醉僧而沉之河。從黄入京師。垂簾賣畫。名震一時。以貲代黄納一職銜。善遣之去。復還之家覓父。不得見。天素別陳還閩葬親。改裝男子。爲海寇劉香劫入營中作書記。遣僕抵江。索陳札與閩將。攻殺香。而奪林歸于陳。陳與江知雲友已還。欲爲董作合。乃俾林改裝作男子娶雲友爲室。及娶囘。始告之故。雲友乃心喜。其父初嫁女。謂其在董宅。至松江訪之無有。大驚哭。董乃留與同居。及召爲宗伯。董之班役至松。告以京師賣畫馳名女子曰楊雲友。董遂挈楊父同北上。比至都。則女已返。董贈女父貲南返覓女。相遇而告之故。乃持陳與江書。送女入都。爲董之室。按劉香。啓禎時海寇也。

海潮音

係蘇州人張心其作。心其居閶闕外寒山寺。自號寒山子。粗知書。好塡詞。不治生產。姓淳朴。亦頗知釋典。醉菩提亦其所作也。此劇據香山寶卷觀音大士修道因緣。其曰海潮音者。普門品云。妙音觀世音。梵音海潮音。勝彼世間音。故演觀世音事。目爲海潮音也。又有香山記。*香山記，見本書卷十八。與此大略相同。妙莊王生三女。孟配文。仲配武。季則大士也。王欲爲擇婿。大士不樂世緣。誓焚修。王怒。令于白鵲寺薙髮。受諸勤苦。大士怡然。採樵汲水。行一切行。王知益震怒。令焚其山。大士運神力遁去。遂至香山。結跏趺坐。已成道矣。時妙莊王不豫。藥不能療。出榜延醫。大士即化梵僧。揭榜愈王疾。後知大士無恙。憤甚。率武士至香山。剜其目。復斷其臂而回。後大士即現千手千眼。王聞始悔悟。夫婦率二女。暨闔宮眷屬。詣香山懺禮。大士爲說法要。父母俱大悟焉。又善財童子歷參五十三善知識。皆大士化現。令善財頓契妙心。不離當處而證菩提。其後妙莊王夫婦。俱得無上正等正覺云。按大悲經。觀世音菩薩。係過去正法明如來。于賢劫中復現菩薩身。承事釋迦牟尼佛。又按法華、楞嚴諸經。俱載觀世音普門大士圓通第一。以三十二應。隨類現身而爲說法。又華嚴經。善財童子南詢。參五十三善知識而證菩提云。又考西遊記云。紅孩兒者。牛魔王之子。名曰聖嬰大王。要唐僧于路。孫行者與之力戰。不能服。乃往南海。請觀世音用法力收之。令相隨至南海。道上五十三參。始至南海。其說與佛經各異。而此劇則又云。觀世音口中吐光。令紅孩兒引之。愈引愈不盡。於是降伏。既歸觀世音。乃爲收服火龍道者。火龍道者。孽龍也。妙莊王信事之。勸王蒸食小兒以鍊丹。紅孩兒與戰擒之。妙莊王乃識其妖妄。而信觀世音。以歸于正道。蒸食小兒之說。亦本西遊記。另爲一節。此乃串合爲一也。蓋因善財有南詢事。南方屬火。故曰紅孩。其點綴火龍。亦是此意。其言心火最難降伏。降伏心火。便成正覺也。

醉菩提

張心其作。記濟顛和尚事。（濟顛爲僧嗜酒，故曰醉菩提也。）武林人有敷演杭州故事者。其名曰西湖佳話，臚列頗詳。又小說有濟顛傳。蓋流傳既久。眞贋錯雜。惟西湖志餘所載。總括大凡。脫略事蹟。足徵信云。西湖志餘。濟顛者。本名道濟。風狂不飭細行。飲酒食肉。與市井浮沉。人以爲顛也。故稱濟顛。始出家靈隱寺。寺僧厭之。逐居淨慈寺。爲人誦經下火。累有果證。年七十三歲。端坐而逝。人有爲之贊曰。非俗非僧。非凡非仙。打開荆棘林。透過金剛圈。眉毛廝結。鼻孔撩天。燒了護身符。落紙如雲烟。有時結茆宴坐荒山巔。有時長安市上酒家眠。氣吞九州。囊無一錢。時節到來。奄如蛻蟬。湧出舍利。八萬四千。贊嘆不盡。而說偈言。嗚呼。此其所以爲濟顛也耶。今寺中尙塑其像。西湖佳話。載濟顛醉遇馮太尉。責令供狀。濟顛供云。南屏山淨慈寺書記僧道濟。幼生宦室。長習儒風。自威音王以前。神通三昧。至傳燈佛下世。語具辨才。宿慧暗通三藏法。今修背記十車經。廣長舌善譯五天竺書。圓通耳能省六國梵語。清凉山一萬二千人。猶記同過滑石橋。天竺寺五百餘尊者。也曾齊登鷲峰嶺。理參無上。誰不豎降旗。妙用不窮。自矜操勝著。雲居羅漢。惟有點頭。秦州石佛。自難誇口。剃光頭。賣響卜也喫得飯。洗淨手。打口鼓也覓得錢。倔强賽過德州人。蹺蹊壓倒天下漢。有時娼妓家說些因果。風狂不是風狂。有時尼姑寺講些禪機。顛倒卻非顛倒。本來清淨。笑他龍女散花多。妙在無言。笑殺文殊獅子吼。唱山詞聲聲般若。飲美酒碗碗曹溪。坐不過。禪床上醉翻觔斗。戒難持。鉢盂內供養屠兒。袈裟當於盧婦。盡知好酒顛僧。禪杖打倒龐婆。共道風流和尚。十六廳宰官。莫不儘我酒後往還。三天竺山水。從來聽予閒中坐臥。醉昏昏偏有清頭。怔碌碌卻無拘束。雖則欲加罪和尚易欺。只怕不犯法官威難逞。請看佛面。稍動慈悲。拿出人心。從寬發落。今蒙取供。所供是實。

劇中大意。言台州李贊善之子。名修元。其表兄毛子碩太尉。奉佛長齋。嘗挈修元及沈提典。同詣靈隱寺。謁瞎堂遠禪師。遠上堂云。願得高山一株木。你道將來何所欲。參學者皆不答。修元輒答曰。棄了這間茆草庵。只向靈山別造屋。遠云。匠人在那裏。修元豎指曰。這不是匠人。遠云。斧子聾。(音呢)答曰。劈碎你天靈蓋。遠即下座。當晚修元叩方丈門云。元來一入門來。亦只爭得一步。遠云。要入老僧室。還遠在。其夜即削髮出家。名曰道濟。毛、沈勸歸不從。大笑而已。遠令打坐參禪。辭以不慣。示以機鋒。言下立悟。然性好酒肉。時時作瘋癲狀。因名之曰濟顛。毛太尉遣虞候試之。引使挾妓輒往。令羣童與俱。凡百戲耍。無所不爲。遠正言指示。濟輒云各相不涉也。毛見其狂縱。緣已所引。心甚鬱鬱。忿而成疾。開輦罵僧。病勢日篤。濟往視之。毛云。因汝而起。濟不答。但呼酒痛飲。云無所慮。飲畢酣睡。而毛爲冥卒所攝。遊地獄中。夜叉方共搏擊。忽見四金剛擁衛一祖師。叱卒令去。傳語閻君放回。卒初不從。韋馱怒擊之。金剛奪毛還陽。所擁祖師乃濟也。毛知其異。遂復茹齋奉佛。貧子王溜兒者。以母老不能養。告濟。使入萬松林。取一促織。當得錢五百貫。時有王子趙栴。好鬭促織。宋太尉方爲覓佳者不得。至松林即買去。予錢如濟所示。於是衆口藉藉以爲神。毛約宋沈及濟父。皆來寺中。促織頓死。宋大哭。濟令視之。蓋其蝨所變也。舉火度促織。作法語數十句送之。化作靑衣童子。升天而去。濟嘗與沈同宿娼家。隔壁而臥。用禪機醒妓。影借琴操事。兩妓俱悟。即謝客焚修。濟入龍王廟。有王孝子亦至。其前生用假銀。當受天誅。濟令伏袈裟下。雷擊不能傷而退。遠禪師回首。靈隱衆僧不能容。濟遂移淨慈。長老欲建寺。濟設緣簿。送毛太尉。而現身雲端。祈太后布金造寺。太后親詣淨慈。濟預令闔寺僧接駕。及至。己獨不出。太后必欲見道濟。濟持酒罈出謁。飲盡一斛而去。太后乃捐金勅建。命毛、宋兩太尉督工。迨寺成。濟即留書別兩妓。使人報長老。回首坐化。留偈云。數十年來狼籍。東壁打到西壁。今朝收拾歸來。依舊水連天碧。長老來視。墨跡未乾。公卿戚里並集。頂禮奠酒。濟于雲端現身說法。戒世人須斷葷酒云。按劇頗據西湖佳話公案。而亦不免緣飾。

天下樂

此劇亦張心其作。以五福財神爲主。言此五人皆能散財濟貧。力行善事。求得甘雨。以致豐年。國家旣封五路大總管。厚賜金帛。玉帝復封爲財帛司五路大將軍。掌管人間利祿。令東西南北中五方。無不豐登富厚。自然天下安樂。萬世太平。故名之曰天下樂也。五路神。俗名路頭。又謂之財神。未知所始。近世無不禱祀。而江浙尤甚。禮有門行戶霤之祭。疑此即祭行之意。而世俗相傳。俱有名氏。蓋起近代未久也。江浙人家有茶筵之祀。所奉于堂上者。曰五通神。亦謂之五聖。而謂五路曰下座。在隨祀之列。相傳明太祖用兵。五通神默助。太祖許以一箭地爲立廟。及即位。乃以箭立表而祀之。故五通之廟。高止三四尺許。室止一間。然江浙處處皆是。田汝成云。杭人最信五通。姓氏源委。俱無可考。但傳其神好矮屋。五神共處。配以五婦。西泠尤甚。今劇稱杜平爲錢塘人。或本五聖之一。而移于五路。未可知也。又宋嘉泰中。有囚被戮。奪泰和樓五通之一座居之。每日喧鬧。爲添六座乃已。見武林聞見錄。杜平、字鈞卿。杭州錢塘人。累世爲商。家資巨萬。父母早亡。未及婚娶。與金陵李四、錫山任安、丹徒孫立、姑蘇吳彥正。同業營生。意氣相得。願散資財普濟窮民。平拯濟江浙將徧。自往都下淮揚。而出貲八十萬。令四人分濟四方。一往滇貴。一往齊燕。一往湘楚川隴。一往閩粵。於是吳越分野。常有金光五道。亘天而起。時鍾南山秀士鍾馗。與妹媚兒同居。聞唐高祖開科取士。欲赴京應舉。貧乏無貲。平在長明寺中。大捨錢帛穀米。馗聞其名。詣寺訪之。平即邀至家中。贈百金爲資斧。佐以寶劍。馗爲人好剛使氣。乘醉入寺。寺僧方爲杜作瑜珈道場。延請法師施食。馗見大詫。以爲妖誕。毀榜毆僧。且謂平曰。人之禍福在天。何得託名于鬼。若鬼果能作禍于人。是爲害人之物。必當盡殺而咯之。諸餓鬼訴于觀音大士。大士知其正直。後將爲神。而怒其謗佛。乃令五窮鬼損其福。五厲鬼奪其算。馗赴京。旅次痁瘧。及稍愈。由徑道往長安。夜抵陰山窮谷中。爲衆鬼所困。變易形狀。紺髮墨面。叢生怪鬢。塞土于口而去。馗入京就試。獲中會元。殿試之時。以貌醜被黜。自觸殞身。大鬧酆都。奏知玉帝。玉帝憫其正直無私。懷才淪落。封爲驅邪斬祟將軍。領鬼兵三千。專管人間祟鬼厲氣。初、馗之赴舉也。平厚賙其家。且使婢爲其妹役。馗深感之。平以貿易入都。馗方登第。以妹許平。未及嫁而馗爲神。時天子御朝。八方王子萬里入貢。云覩五道祥雲。輝映中國。而其時適三月不雨。有旨問袁天罡。天罡云。五雲之瑞。應在五人。及召平等入見。平訟馗寃。請爲立廟褒封。三日甘霖必沛。乃贈馗狀元。而令平等禱雨。如期雨降。遂拜平天下五路大總管。馗踐前約。親率衆鬼。笙簫鼓樂燈火車馬。自空而下。以妹嫁平。五人復受玉帝之勅。爲五路大將軍。又令多寶天尊。賜以天女繡花雲蟒五件。辟邪金盔五頂。其僕招財、利市。俱得並封。按劇。利市本平之僕。招財故爲盜。嘗劫平。及聞平名。投刃請事。遂爲平僕。按五路及招財、利市之說。不見正書。然流俗相傳。祀之已久。鍾馗貼于後門。亦未知所始。似取山海經、風俗通。神荼、鬱壘伏邪制鬼之意。然此乃今所謂桃符也。馗係唐時終南山進士。見夢唐皇。請爲驅邪辟鬼。說家多載其事。然本應武舉。宋孫知微作雪鍾馗圖。破巾短褐。束縛一鬼。荷于擔端。行雪林中。李廌云。想見武舉不第。胸中未平。又怒鬼物擾人。擒捕擊搏。戲用餘勇也。劇云。中會元。又云變易形像。皆不合。唐時無所謂會元。至宋時亦只稱省元。會元自明始。劇又以鍾南山在杭州。誤。即陝西終南山也。又按蜀王時。每年杪冬末旬。例進畫鍾馗。趙忠義以第二指挑鬼眼睛。蒲師訓以母指捥鬼睛。蜀王問畫優劣。黃筌以師訓爲優。蜀王曰。師訓力在母指。忠義力在第二指。筆力相敵。並厚賜金帛。是鍾馗捉鬼。唐時已盛傳矣。宋元已後。多有畫鍾馗嫁妹圖者。程坦與米元章同時。嘗畫鍾馗小妹二幅。湯垕詆其俗惡。然亦未知所始。馗手中執劍。或腰一劍。按劍有終葵首。載于周禮注疏。昔人嘗言。創鍾馗之說者。或因終葵首而附會之。亦未知是否。又按温庭筠貌陋。唐人謂之温鍾馗。則馗之陋甚的。但非鬼所變易耳。又按中元施食。緣阿難而起。阿難在林間。忽遇面然大士。口中吐焰。云三日之後。汝入我類。阿難大怖。求救于如來。如來授以變食眞言。令至林間施食。遍飫餓鬼。以免此患。瑜珈法會。面然大士焰口。正其事也。釋家謂之阿難起教。面然即觀音變相。

繡平原

近時人作。按、此劇爲清吳綺撰。綺字園次。江蘇江都人。所作傳奇有秦樓月。秋風嘯。繡平原。忠愍記等四種。記虞卿及平原君等事。唐人李賀詩云。買絲繡作平原君。有酒唯澆趙州土。蓋甚言平原君之好士。而深致其企想之心也。後人遂眞有以絲繡爲平原君之像者。曰絲繡平原。峴山顧繡人物。由之而起。此劇以爲平原君力薦虞卿于魏齊。其後力庇魏齊。不肯以予秦。故借意欲繡平原。以見交友始終相爲者之不易。或其人有託而作也。其大略。以爲平原君以書薦虞卿于魏齊。魏齊遣人持書幣聘卿。卿居白雲山學道。卻不往。而心感魏齊之意。趙將廉頗與藺相如爭功。虞卿見頗。進將相調和之說。頗乃謁相如。負荆請罪。平原君廉藺等。並薦卿於趙王。以爲卿相。是時魏齊使須賈使秦。偕舍人范睢往。睢得秦賜。賈歸譖于齊。擊之折摺。僞死。乃棄之。睢從王稽入關。未幾改姓名張祿。爲秦王丞相。須賈復使秦。睢以賈贈綈袍。寬其罪不殺。而使歸語魏王。急殺魏齊。持頭送秦。否則立起兵伐魏。魏齊大懼。走匿平原君家。秦王聞之。以書致平原君。邀之入關。留連宴飲。從容索魏齊。平原君力拒無有。秦王復以書抵趙王。使搜魏齊於平原君家。齊急而抵虞卿。卿遂棄官俱與逃。謁信陵君。未得見。齊憤而自縊。初平原君樓上美人笑躄者。平原君爲殺美人。及平原君入關。躄者從行。酒間以氣相爭。不爲秦下。平原君歸趙。以虞卿爲軍師。與諸國合兵攻秦。秦人閉關不出。乃復召卿爲相。爲魏齊築墳。且祀之。而卿竟挈家往白雲山學道。按史記。虞卿者。遊說之士也。躡屩擔簦說趙孝成王。一見。賜黄金百鎰。白璧一雙。再見。爲趙上卿。故號爲虞卿。未詳其何地人。亦無平原君薦舉之事。又云。魏請爲從。趙孝成王召虞卿謀。過平原君論從。則兩人固有交也。又云。虞卿以魏齊之故。不重萬戶侯卿相之印。與魏齊間行。卒去趙。困於梁。魏齊已死。不得已乃著書。曰虞氏春秋。劇中載此段皆實。云往白雲山者。即窮愁著書之説也。廉、藺爭功及負荆事。詳完璧記中。本無預于卿。借用陸賈説周勃與陳平交歡事。以串插生情耳。魏齊、須賈、范雎結怨本末。詳綈袍記中。史記平原君傳。平原君家樓。臨民家。有躄者槃散行汲。美人居樓上臨見。大笑之。明日。躄者至門。願得笑臣者頭。平原君不殺。居歲餘。賓客門下舍人引去過半。以不殺笑躄者爲愛色而賤士。平原君乃斬笑躄者。自造門進躄者。因謝焉。門下乃復來。劇中此段是實。其從平原君入秦。則是借用毛遂事也。詳脱囊穎雜劇中。又秦王致書平原君。願與爲十日之飲。語及魏齊。平原君曰。魏齊。勝之友也。在固不出也。今又不在。是實事。又索隱曰。魏齊。魏相。與應侯有仇。秦求之急。乃抵虞卿。卿棄相印。乃與齊間行。亡歸梁。以託信陵君。信陵君疑未決。齊自殺。故虞卿失相。乃窮愁而著書。劇中所載皆實。又劇云。四公子共攻秦。秦將鄭安平、王稽被擒。范雎大敗而遁。此則借魏信陵君合五國兵攻秦事。而以平原君爲主兵。又添飾范雎之敗。以爲魏齊泄憤也。

曲海總目提要卷二十二

籌邊樓

王抃撰。（按。王抃。字鶴尹。江蘇太倉人。作有籌邊樓。浩氣吟二種。）抃、太倉人。明大學士錫爵之曾孫。太常卿時敏子也。時敏。宰相之孫。以任子官淸卿。不由科目。而李德裕乃宰相吉甫之子。起家門蔭。爲會昌名相。故抃以德裕比其父。蓋爲任子吐氣。而借以稱觴祝壽也。曲中演德裕籌邊入輔功烈。而深抑牛僧孺之忮忌。以維州之事。僧孺梗議誤國。新唐書已力詆之。此記之論。非無所本。盧肇與僧孺相善。眞珠亦不載其歿。殆錯亂點綴。以供筆墨游戲云。其他多據事實。錫爵。謚文肅。

左編。李德裕、字文饒。趙郡人。元和宰相吉甫子也。少力於學。尤精西漢書、左氏春秋。既冠。卓犖有大節。不喜與諸生試有司。其父勉之。答曰。好驢馬不入行。遂以蔭補校書郎。河東張弘靖辟爲掌書記。始吉甫相憲宗。牛僧孺、李宗閔對直言策。痛詆當路。條其失政。吉甫訴於帝且泣。有司皆得罪。遂與爲怨。李逢吉素銜吉甫而怨裴度。擯德裕不得進。且詠度使與元稹相怨。奪其宰相而已代之。欲引僧孺益樹黨。乃出德裕爲浙西觀察使。俄而僧孺入相。由是牛、李之憾結矣。帝方禱福祈年。狂人杜景先上言其友周息元壽數百歲。帝遣宦者至浙西迎之。詔在所馳驛敦遣。德裕上疏力諫。息元果誕譎不情。自言與張果、葉靜能游。帝詔畫工省狀爲圖以觀之。終帝世無他驗。文宗即位。乃逐之。蜀自南詔入寇。敗杜元穎。而郭釗代之。病不能事。民失職無聊生。德裕至。則完殘奮怯。皆有條次。成都旣南失姚協。西亡維松。由清溪下沬水而左。盡爲蠻有。始韋皐招來南詔。復嶲州。傾內資結蠻好。示以戰陣文法。德裕以皐啓戎資盜。養成癰疽。至元穎時遇隙而發。非痛矯革。不能刷一方恥。乃建籌邊樓。按南道山川險要。與蠻相入者圖之左。西道與吐蕃接者圖之右。其部落衆寡。饋餫遠邇曲折咸具。乃召習邊事者與之指畫商訂。蕃之情僞盡知之。吐蕃維州將悉怛謀以城降。維距成都四百里。因山爲固。東北由索叢嶺而下二百里地無險。走長川不三千里。直吐蕃之牙。異時戍之以制蕃人者也。德裕既得之。即發以守。且陳出師之利。僧孺居中沮其功。曰。吐蕃之境。四面各萬里。失一維州。未能損其勢。比來修好約。罷戎兵。中國禦戎。守信爲上。彼若來責何事失信。養馬蔚茹川。上平涼阪。萬騎綴回中。怒氣直辭。不三日至咸陽橋。此時西南數千里外得百維州。何所用之。徒棄誠信。有害無利。此匹夫所不爲。何況天子乎。命返悉怛謀於蕃。以信所盟。吐蕃盡誅之境上。德裕終身以爲恨。會監軍使王踐言入朝。言悉怛謀死。拒遠人向化意。上亦悔之。武宗立。召爲門下侍郎同平章事。初、德裕父吉甫年五十一。出鎭淮南。五十四自淮南復相。今德裕鎭淮南復入相。一如父之年。既入謝。即言正人既呼小人爲邪。小人亦謂正人爲邪。請借物爲喻。松柏之爲木。

孤生勁特。無所因依。蔦蘿則不然。弱不能立。必坿他木。故正人一心事君。無待於助。小人必更爲黨。以相蔽欺。君人者以是辨之。則無惑矣。策功。拜太尉。進封趙國公。德裕固讓。言唐興太尉惟七人。尚父子儀乃不敢拜。近王智興、李載義皆超拜保傅。蓋重惜此官。裴度爲司徒十年。亦不遷。臣願守舊秩足矣。帝曰。吾恨無官酬公。毋固辭。帝嘗從容謂宰相曰。有人稱孔子其徒三千。亦爲黨。信乎。德裕曰。昔劉向云。孔子與顏冋、子貢相稱譽。不爲朋黨。禹、稷、皋陶。轉相汲引。不爲比周。無邪心也。吐蕃維州副使悉怛謀請降德裕。僧孺居中沮其功。詔德裕以城歸。吐蕃誅之於境上。德裕由是怨僧孺益深。六年。以段文昌爲西川節度使。西川監軍王踐言入知樞密。數爲上言。縛送悉怛謀以快蕃心。絕後來降者。非計也。上亦悔之。尤僧孺失策。附德裕者因言僧孺與德裕有隙。害其功。上亦疎之。僧孺內不自安。會上御延英殿。謂宰相曰。天下何時當太平。卿等亦有意於此乎。僧孺對曰。太平無象。

今四夷不至交侵。百姓不至流散。雖非至理。亦謂小康。陛下若欲別求太平。非臣等所及。退謂同列曰。主上責望如此。吾曹豈得久居此地乎。因累表請罷。以僧孺充淮南節度使。以李德裕爲兵部尚書。玉泉子。李德裕以己非由科第。恒疾進士舉者。及居相位。權要束手。德裕嘗爲藩府從事日。同院李評事以詞科進。適與德裕官同。時有舉子投文軸。誤與德裕。舉子既誤。復請之曰。某文軸當與及第李評事。非與公也。由是德裕志在排斥。按德裕有臺閣須大官子弟爲之之語。故論者以爲有意排斥進士也。摭言。李德裕頗爲寒畯開路。及南遷。或有詩曰。八百孤寒齊下淚。一時南望李崖州。玉泉子。李德裕抑退浮薄。奬拔孤寒。於是朝貴朋黨。德裕破之。由是結怨。而絕於附會。門無賓客。惟進士盧肇。宜春人。有奇才。德裕嘗左宦宜陽。肇投以文卷。由此見知。後隨計京師。每謁見。待以優禮。舊制禮部放榜。先呈宰相。會昌二年。王起知舉。問德裕所欲。答曰。安問所欲。如盧肇、丁稜、姚鵠。豈可不與及第耶。起于是依其次而放。摭言。盧肇。宜春人。與同鄉黃頗赴舉。頗富。肇貧。郡牧餞頗甚盛。肇策蹇而過。明年。肇狀元及第歸。刺史以下迎接。因看競渡。肇席上賦詩曰。向道是龍剛不信。果然奪得錦標歸。堯山堂外紀。眞珠牛奇章納妓曰眞珠。有殊色。盧肇計偕至襄陽。奇章重其文。延于中寢。眞珠沐髮。方以手捧其髻插釵于兩鬢間。丞相曰。何妨一詠。肇即賦云。神女初離碧玉堦。彤雲猶擁牡丹鞋。知道相公憐玉腕。强將纖手整金釵。又云。皇甫松。牛奇章公之甥。怨公不薦。爲謗詩曰。夜入眞珠室。朝游玳瑁宮。眞珠即公侍妾名也。按眞珠本李愿之妾。楊漢公爲畫策。以獻于僧孺者。劇云。被掠吐蕃。有老父贖歸。鬻于僧孺。非事實也。第三折僧孺遇王昭君事。本周秦行紀。或曰。德裕使門下士爲之。

扯淡歌 雜劇

嵇永仁撰。*按。嵇永仁。字留山。號抱犢山農。江蘇無錫人。所作有傳奇揚州夢。雙報應二種。雜劇續離騷四種。永仁。無錫人。吳縣生員。范承謨總督福建。延入幕中。耿精忠反。紿承謨閉密室中。幷執永仁等繫之獄。凡三年。承謨遇害。永仁痛哭曰。公爲國盡忠。我等亦請從地下。殺身成仁。在此時矣。遂自經死。福建平。總督郎廷相上其事於朝。部議諸生無贈衔例。令所在給優䘏銀若干兩。永仁在獄中。所著有百苦吟、續離騷等樂府四種。此其一也。標曰。劉國師教習扯淡歌。*按。此即續離騷第一種。即用劉基歌演唱。謂其與張三丰對酌。令子弟歌以侑觴。乃增飾也。劉基扯淡歌。老漢閒時無事幹。胡謅幾句將人勸。作了一篇扯淡歌。遺下留與後人看。自從三王五帝起。算來都是精扯淡。堯舜禹湯幷桀紂。文王武王周公旦。渭水河邊請太公。垂釣只用七尺線。扶立周朝八百年。算來也是精扯淡。聖人三千徒弟子。陳國絕糧遭饑險。臨潼會上說子胥。舉鼎千斤救主難。鞭伏展雄來皮豹。一十八國都走徧。厥後鞭尸楚平王。吳門曾把頭來獻。看了春秋這夥人。算來都是眞扯淡。吳國孫子作兵書。十二國出鍾無鹽。李牧廉頗共白起。每日南征與北戰。孫臏龐涓拜兄弟。刖足爲仇結成怨。蘇秦張儀并王翦。三人撥得天關轉。范睢遠交近攻謀。天下六國都侵遍。至此一統屬始皇。天下人民纔不亂。李斯趙高起奸心。又把秦朝綱紀亂。南修五嶺北長城。鮑魚混雜精扯淡。霸王會上起雄兵。范增早把計來獻。先到咸陽爲皇帝。鴻門會上排筵宴。子房席間共陳平。二人定計扶劉漢。項莊項伯舞劍鋒。樊噲軍中救主難。漢王貶上褒州城。張良燒了連雲棧。蕭何苦將韓信保。築壇拜將定民亂。明修棧道度陳倉。席捲三秦眞好漢。九里山前只一陣。霸王自刎烏江岸。英雄彭越也遭誅。蕭何又將韓信賺。十大功勞化爲塵。未央宮裏吃一劍。看了西漢這夥人。算來也是眞扯淡。王莽酒鴆漢平帝。二十八宿昆陽亂。光武七歲走南陽。後提賊臣是蘇現。暗走河北王郎子。赤龍銅馬都殺遍。子陵垂鉤釣錦鱗。李廣開弓能射雁。看了東漢這夥人。算來也是精扯淡。再說三國許多般。董卓專權天下亂。虎牢關上呂布能。又有三人能慣戰。先主孫權共曹操。諸葛周瑜有神算。趙雲軍中抱太子。翼德一聲喊橋斷。赤壁鏖兵用火攻。破了曹兵一百萬。呂蒙定計取荆州。龐統川中曾射箭。六出祁山弔伐勤。七擒孟獲眞罕見。姜維九次伐中原。算來也是精扯淡。鍾會鄧艾取西川。司馬又將天下佔。東晉西晉與齊粱。立破苻堅兵百萬。隋朝楊素韓擒虎。一陣又把江南陷。再說神堯唐太宗。世民立政龍虎殿。李密絕糧錦容城。世充洛陽城池獻。茂公敬請秦叔寶。美涼川上曾跳澗。仁貴征東他道能。黃巢殺人八百萬。存孝力大能打虎。朱温三犯蕉蘭殿。敬瑭彥威劉智遠。五代殘唐又反亂。看了晉唐前後代。算來也是精扯淡。世宗坐在汴粱城。希夷康節能會算。一汴二杭三閩廣。宋朝太祖眞命現。先有趙普共曹彬。扶持太祖平江漢。眞宗神主作帝王。寇準韓琦定主難。外有宋江與方臘。內有蔡京與童貫。徽宗遭貶五國城。金兵又把東京陷。岳飛父子統雄兵。只爲黎民遭塗炭。秦檜朝中定計謀。三邊害了忠良漢。看了南北兩宋人。算來也是精扯淡。大元太祖領雄兵。世宗興兵也不善。一趕金人至北塞。太祖遺業君臣散。止有忠臣文天祥。忠不屈膝死不怨。後來大明取大元。天下豐登兵不亂。我見世間扯淡歌。我也跟著去扯淡。早辰扯淡直到晚。天明起來又扯淡。冷了問我要衣穿。餓了問我要吃飯。有人識破扯淡歌。每日拍手笑呵呵。遇着作樂且作樂。得高歌處且高歌。古今興廢及奔波。一總編成扯淡歌。

憤司馬 雜劇

嵇永仁撰。標曰。憤司馬夢裏罵閻羅。〔•按•此即續離騷第四種•〕大略云。西川人司馬貌。窮途落魄。醉後憤罵閻羅。被攝至陰府。欲治其謗訕之罪。貌直吐胸中所不平。牢騷激烈。閻羅王悚然動聽。留貌決大案數件。送還人間。小說家有鬧陰司司馬貌斷獄一卷。此劇所本。即其事也。

泥神廟 雜劇

嵇永仁撰。標曰。杜秀才痛哭泥神廟。（*按，此即續離騷第二種，尚有第三種名癡和尚街頭笑布袋，本書未收入。）大指與沈自徵霸亭秋（*按，霸亭秋見本書卷八。）彷彿。但沈劇所提掇者。項王鉅鹿之戰。及七十餘戰未嘗敗北。以喻文陣之雄。虞美人身殉。以反映文人失志有如季子買臣之妻者。專爲下第人牢騷。此劇所提掇者。以不用韓信。誤信項伯。似別有所感慨而作。其敘范承謨和淚集云。閩難之作。或者議之。謂公粉飾太平則有餘。勘定禍亂則不足。此語似是而非。然則當時固有議承謨者。永仁或有籌策。傷承謨不能用。借此寓意。未可知也。其事則總用杜默。無異同。

珊瑚玦

松江人周穉廉作。（*按，周穉廉，字冰持，號可笑人，江蘇華亭人，所作傳奇今存珊瑚玦、雙忠廟、元寶媒三種。）穉廉、字冰持。順治己丑進士。茂源之孫。少時穎悟絕倫。自負才情。以不得科第爲恨。記中極嘆秀才之苦。以爲在乞丐下。卜青夫妻分佩珊瑚玦。始而相失。既而認玦以圓成。中間情節甚多。關鈕亦得法。養老兵得遇親父。乃用唐姜太師事。餘多附會。然其所記乃明末事。似實有其人。而姓氏則皆改換。非本名也。略云。陝西安定人卜青、字又衞。爲諸生。訓蒙自給。妻祁氏。方懷妊。遭一隻虎秦曦之難。一隻虎者。崇禎時流賊。綏寇紀略及流寇志皆載之。夫婦奔逃。中途遇官兵。祁氏被奪。取所佩珊瑚玦各分其半以爲識。總兵晏竿者。山東人。淫虐不能戢士。年長矣。尚無子。部卒得祁氏。獻於竿。竿將納之。祁氏以節自矢。而詭云請待分娩。竿方勦賊。不便攜于軍中。密令人送至家宅。竿妻單氏。有賢德。恩恤備至。祁氏方產子。而竿陣亡之訃聞於家。單遂育祁子爲己子。而以弟單宋之女字焉。卜青念其妻。遍之各營訪覓。無所遇。而又往往受折辱。一日自恨。變姓名曰韋行。投入行伍。困躓憔悴。無生人之趣。而祁氏所生之子。單爲取名繼光。年未弱冠。應募勦賊。單宋初以千總被執。久在賊中。繼光僞降賊。合衆爲中詷。竟殲秦曦。班師膺賞。拜爵賜第。奏明前後情節。給假歸里訪父。而韋行牧馬山隈。爲賊所掠。賊首旣殲。隨衆投順。撥入晏宅爲廄卒。繼光憫其年老。令歸家看管花園。祁氏已封太夫人。偶與繼光妻至園中。見老卒臥簷下。所佩乃珊瑚玦也。俟繼光歸語之。詳細詰問。果係卜青。祁氏復與爲夫婦。而繼光改名卜繼晏。兩家祖父。並荷封爵云。太平廣記。蜀有姜太師者。失其名。許田人也。幼年爲黄巾所掠。亡失父母。從先主征伐。屢立功勳。後領數鎭節鉞。官至極品。有掌廄夫姜者。事芻秣數十年。姜每入廄。見其小過。必笞之。如是積年。計其數將及數百。後老不任鞭箠。因泣告夫人。乞放歸鄉里。夫人曰。汝何許人。對曰。許田人。復問有何骨肉。對曰。當被掠之時。一妻一男。迄今不知去處。又問其兒小字。及妻姓氏行第。幷房眷近親。皆言之。及姜歸宅。夫人具言姜老欲乞假歸鄉。因問得所失男女親屬姓名。姜大驚。疑其父也。使人細問之。其男身有何記驗。曰。我兒脚心上有一黑子。餘不記之。姜大哭。密遣人送出劍門之外。奏先主曰。臣父近自關東來。遂將金帛車馬迎入宅。父子如初。姜報撻父之過。齎償數萬。終身不撻從者。又北夢瑣言。姜誌。許昌人。自小亂離。失其父母。爾後仕蜀至武信軍節度使。先是廐中圉人姜春者。事之多年。頻罹鞭扑。一旦告老於國夫人。請免馬廐之役。而丐食於道路。夫人愍之。詰其鄉貫姻親。僉云有一子隨軍入川。莫知存亡。并其小字身上記驗。一一述之。果誌之父也。洎父子相認。悲號殞絕。誌乃授父杖。俾笞其背。以償昔日所誤之事。舉國嗟嘆之。此事川蜀皆知。又奇聞類記。遼東遊擊黃（應作王）驥。軀幹雄偉。智力過人。臨陣輒捷。常獲功賞。且孝于母。一日視事回。省其母。母尙寢。問故不答。王侍不去。久之。其母乃曰。吾幼與汝父在軍中。爲王父掠來。吾娠汝八月矣。時王父爲帥遼陽。置吾後室。已而生汝。王父無子。因以汝爲己子。王父亡後。遂襲其官。得至今日。汝實趙某子也。汝父離散幾四十年。吾昨出廳見牧馬老卒。識其形容。彷彿汝父也。汝其訪其端的。王出廳。即呼老卒。詰其原戍姓名及妻子姓氏。今何居此。卒言歷歷相合。王退告其母。其母復詢得實。乃相持慟哭仆地。王亦悲切不勝。疏陳其故。乞辭位歸於王氏自補趙氏卒伍。朝廷嘉其孝義。俾仍原職。復姓趙氏。

雙忠廟

周稺廉作。演舒眞、廉國寶罹禍。其孤兒幼女。賴義僕王保、中官駱善撫養於雙忠廟中。後得報寃爲夫婦。廟神則程嬰、公孫杵臼也。事雖不實。有關風化之作。略云。御史舒模之子眞。妻江氏。子珍哥。甫一歲。模以抗疏劾劉瑾罷官。（按舒模劾劉瑾不的。）抑鬱而亡。以未得去瑾爲憾。囑眞必成其志。眞雖爲諸生。劾忠之念甚迫。左都御史廉國寶。（明正德間無此人。）模同年友。眞嘗以書勸國寶翦除元惡。國寶生一女而妻亡。以女付乳母石氏。令遠避。而草疏劾瑾二十四大罪。（明天啓時。副都御史楊漣劾魏忠賢二十四大罪。瑾時無此疏。幷及焦芳。芳、瑾合謀。捏造毀謗歌謠。誣爲眞作。使人出首。詞連國寶。俱逮問鍛鍊成獄。眞棄市。國寶發配。眞僕王保奔告主母。江氏以珍哥囑保。自縊而死。眞定府有雙忠廟。公孫杵臼、程嬰之廟也。千年血食。肸蠁畢通。保攜珍哥改女裝亡命至廟。瑾捕甚急。珍哥乏乳。保以情哭訴於神。夜夢神謂云。感汝忠義。請之上帝。賜以雙乳。及覺。胸果墳起。乳汁流溢。遂棲廟中。焦芳恐遺禍。陰遣刺客屠寬搜珍哥。王保時乞食于市。寬疑之。蹤跡將近廟。遇一相士呼寬名。告以不應爲奸黨殺忠臣後。寬驚悔。入廟問保。保吐其實。寬知神默佑。而向所遇相士。亦即神也。遂助保以資。使賃屋廟旁。而身願刺芳。爲紓洩寃。國寶遠配。石氏抱女投其姪石禿兒。居數年。上聽瑾語。勅選民間繡女。司禮監駱善奉命而出。駱善名姓不實。民間聞命。婚嫁紛紛。官乃出示匿女者無赦。出首者予賞。時廉女年十三。禿兒希賞。首于官。官取女去。石氏憤憾撞死。女入駱監署。與同選女號泣不止。而選女之父母。向善哀求釋放者踵至。善本慈祥。惻然動念。悉縱使歸。已則改裝而軼。此事不實。石氏既死。廉女獨無家屬。倀倀無之。日暮。行近雙忠廟。與善遇。俱入廟中。夢神嘉善功。賜以髭鬚。使免一時之禍。又以廉女囑之。使換男裝。同避迹。醒而長髯滿面。廉女驚懼。善以詳告。善工寫眞。乃僦居廟側。以廉女爲子。同居寫眞。珍哥年漸長。保雖教以讀書。而常使女裝。珍哥自疑。向保叩故。保于是泣敍始末。珍哥慟絕。始知其祖若父母之冤也。聞鄰有寫眞者。保使就學畫。居久之。廉女猜珍狀非女子。珍亦覺廉非男人。互相詰問。各訴苦衷。善與保亦不能諱。乃結婚姻。使舒、廉成夫婦。焦芳果爲寬刺殺。無此事。瑾惡日甚。練內營兵謀不軌。瑾獲罪在前。芳以瑾黨逐去。劇中顛倒。內操非瑾事。正德末。則江彬等所爲。天啓初。則魏忠賢所爲。會皇后欲寫眞。命召女畫師。珍哥應召入宮寫容。稱旨。后令其追寫已故太君像呈后。后憶母大慟。按崇禎時欲圖母后像不得。時有神宗妃指示畫者。半寫崇禎像。半寫公主像。畫畢。神宗妃以爲酷似。崇禎大慟。劇蓋本此。珍哥亦不覺哭失聲。后問故。乃以其祖父冤及母盡節狀詳奏。后怒收瑾。籍其家。聞於帝。正法。此段謬。珍哥并以義僕生乳。駱監出鬢。其妻父廉國寶忠節上聞。于是贈國寶爲大學士。模爲大理卿。眞爲寺丞。江氏貞烈夫人。授珍檢討。駱善召入宮重用。并授王保錦衣千戶。勑修雙忠廟。郡縣以時致祭。舒廉及保始易裝分男女云。宋史。宣和六年。都城豐樂樓酒保朱氏子之妻。年四十餘。忽生髭。長六七寸。疏秀而美。宛然一男子。特詔度爲女道士。據此。則中官生鬢。亦或有之。李善。本李元蒼頭。元家疫死。惟孤兒續生數旬。貲財千萬。奴婢欲殺續分財。善潛負續逃。親自哺養。乳爲生湩。續生十歲。善與脩理舊業。告奴婢。悉殺之。後官至太守。續亦至河間相。事見漢史。劇中王保生乳。本此影借。又元德秀自乳兄子。數日湩流能食。

元寶媒

周穉廉撰。見小說。有乞兒張尙禮還人遺金。因此得妻立業。按。元寶媒今傳有康熙書帶草堂刊容居堂三種本。演一乞者仗義扶助劉淑珠事。與本書所叙迥異。故曰元寶媒也。略云。明萬曆中年。山東旱荒。流移載道。臨清州新城。有橋曰天橋。在新舊兩城間。有乞者逃荒至州。夜宿橋上。曉起行乞。嘗至閘口。見大戶家童僕簇擁一少年出門。儀觀英偉。知其不凡。詢之則張御史之孫尙仁。見爲諸生。有聲庠序。未幾閘口被回祿。乞者過其地。則張宅已燬。且延燒四五十家。乞者方嘆息。而張生爲兵備道所錄。以火起其家。燬倉房糧米數千。杖責送囹圄。令賠千金以蓋倉。張生勢危甚。自書田券千畝。鬻于其伯念渠。伯故抑田價。僅予六百金。尙少十之四。復書宅基券以鬻。而伯靳不應。伯母周氏憫其姪。私典簪珥。得百五十金贈之。尙須二百五十金。無可控貸。其家僮僕。盡皆散去。惟一老僕夫婦留事其妻。乞者知之。每竊竊憤歎。一日五更。見數十騎幷護數十車。由北門入。曰布賈發標赴鄭州會者。正紛擾時。遺一大包于地。乞者俟人馬盡過。俯而拾之。包上有汪亮布行記號。蓋徽商也。乞者計包內之物可五六百金。得此橫財。永不虞凍餒。但己命貧薄。如此暴富。恐非福。且失布之家。彼此寃賴。害人不淺。乃直詣汪宅。送還其銀。汪展閱之。則元寶十二枚也。問欲分幾何。乞者曰。欲得此銀。則勿還矣。已無所欲。但有一事。須爲代行之。汪問何事。曰。張秀才賠銀千。已償四分之三。尚少其一。親伯父不相顧。世僕家童。盡棄而去。心實憤之。且覩其品非長貧賤者也。公以二百五十金爲彼輸官。令得脱犴狴。應鄉舉。我願足矣。汪且驚且喜曰。君此舉。富貴人所難也。即取衣飾爲乞者易敝服。與偕詣州官。爲張生賠償。而以五十金贈乞者。乞者不欲。僅留十五金爲資。汪問乞者有何姓名。曰。我故章丘人。姓張名尙禮。本衣冠士族。以逃荒故。遂爲下流。然未嘗爲盜賊及他不肖事。雖辱祖宗。于心無大慚耳。汪心惻然。且大義之。及詣州。州守詰得其故。大驚曰。此義士。不可以常例拘也。自起揖之。具文申兵道。親送兩人抵道署。兵使者詢之州守。州守一一具陳之。兵使者召立東階上。屈己下拜曰。此義士。吾輩負愧多多矣。當爲申奏。

請給冠帶以示旌。乃呼張生至。告以始末。釋令歸家。與尙禮結爲兄弟。且以花紅鼓樂導之。張生歸語其妻。相見如嫂叔。念渠聞姪已出獄。心不自安。亦急來視。而周氏尤甚喜。謂其夫曰。此人必有後福。吾夫婦無子。盍立爲嗣。同姓無嫌也。念渠亦欣然從之。周氏兄久祚。州庠生。有女孝姑。年將及笄矣。周爲尙禮聘之。以九月之朔成婚。而張生是日聞獲雋之報。兵使者奏亦允行。給尙禮府經歷冠帶。其後張生成進士。而尙禮子孫漸貴顯。以科第世其家。

夜光珠

平江王維新作。演馬燧以夜光珠與其子歷。後聘路氏爲室。故名。其事非實。關目情節。眞僞相雜。所引馬周、馬燧、李晟、盧杞、韋皋、李抱眞、劉禹錫、朱泚、李希烈、顏眞卿、李寶臣、楊炎、姚令言、朱滔、李義府、李林甫、李日月諸人。俱見正史。餘無考。 略云。河中節度馬燧。係馬周之後。牽合甚謬·有子名歷。才兼文武。盧杞當國。强藩多叛。李希烈陷汝州。詔顏眞卿宣慰。遇害。圍襄陽甚急。涇原節度姚令言應詔赴救。盧杞以糲食菜餤犒軍。兵大譁。令言縱兵作亂。擁太尉朱泚稱秦帝。德宗奔奉天。燧忠勇無敵。素忤盧杞。至是徵入援。瀕行。出夜光珠一顆與歷。命讀書山莊。燧至中途。杞陰受泚賄。矯旨趣分兵一半援襄。燧軍少糧絕。戰潰。單騎突圍而出。欲自刭。遇道士救止。引入菴。爲弟子。杞誣以失計降賊。籍其家。歷聞之。懷珠以逃。時商丘勇士路姚同母及妹居四皓村。與友石九兒任信以獵爲業。姚力搏猛獸。與九兒孝義相尙。而信獨陰險。邨中有獸名猰㺄食人。姚擊斃之。縣官劉禹錫賞以金。姚往謝。歸遇歷於廟中。知其忠臣子。結爲兄弟。留養于家。會朝旨採民間綉女。姚白母以妹妻歷。信初欲娶姚妹。及聞贅歷。恚甚。時方繪形捕歷。乃首于官。九兒阻之不得。告於姚。姚託九兒送母妹隨歷投其舅氏河東節度李晟。會泚令言攻奉天。西川節度韋臯。淮南節度李抱眞勤王兵敗。晟率師入援。歷夫婦爲遊兵所獲。獻于晟。知爲己甥。使送其妻居夫人署。留歷軍中效用。九兒與路母尋歷夫婦不得。遇道士。即馬燧也。詢得其子贅親投舅事。留路母居庵後。九兒復赴商丘訪姚。姚在獄。劉令憐之。弛其縲絏。姚乘守者醉臥逸出。歷引見晟。拜先鋒。歷參謀。討泚大捷。擒令言。泚單騎逃竄。入菴爲燧所縛。晟率歷追至。見燧驚喜。九兒亦尋至。晟嘉其義。授爲裨將。令送路母至河東署見其女。又囑燧改裝。檻泚送行在。迎德宗還京。劾杞奸。逮誅之。晟晉平章太尉涼國公。仍鎮河東。燧僕射太傅晉國公。仍鎮河中。姚忠義侯河北節度。賜李晟女爲室。歷忠勇侯商丘節度。三姓母妻俱封。而收任信正法。按山海經云。窫窳龍首而蛇身。居于弱水中。食人。又云。少咸之山獸。其狀如牛而赤身。人面馬足。名曰窫窳。其音如嬰兒。食人。爾雅。窫窳類貙。虎爪。食人。迅走。淮南子曰。堯時猰貐爲民害。乃使羿殺之。按唐史。德宗初以馬燧爲河東節度使。建中二年。詔燧同李抱眞、李晟討田悦。三年。燧等大破田悦于洹水。夏。朱滔、王武俊反。詔李懷光討之。朱滔遣人以蠟書遺兄朱泚。欲與同反。燧獲之。并使者送長安。泚不之知。上驛召泚示之。泚請罪。上曰。非卿之罪。因留之長安。燧歸鎮。德宗興元初。燧討李懷光。取晉慈隰三州。冬取絳州。貞元初。燧敗李懷光于陶城。夏四月。燧及渾瑊又破懷光兵于長春宮。八月。燧取長春宮。遂及諸軍平河中。李懷光縊死。加燧兼侍中。三年。以燧爲司徒。兼侍中。罷其副元帥節度使。十二年。燧卒於官。謚莊武。（劇中引燧兵敗爲道士。係僞撰。亦未封晉國公。）盧杞。滑州人。貌醜心險。色如藍。建中二年同平章事。朱滔、田悅、王武俊、李納皆自稱王。李希烈自稱天下都元帥。盧杞惡眞卿。言于上。遣宣慰希烈。爲所殺。贈司徒。謚文忠。希烈寇襄城。詔發涇原等道兵救之。李勉遣將救襄城。上遣神策將軍劉德信帥三千人助之。（劇中遣中使命馬燧分兵救襄本此。襄城作襄陽誤。）冬。上發涇原等道兵救襄城。節度使姚令言將兵五千至京城。軍士冒雨寒甚。多攜子弟而來。冀得厚賜遺其家。既至。一無所賜。發至滻水。詔京兆尹王翃犒師。惟糲食菜餤。衆怒。蹴而覆之曰。吾輩將死于敵。而食且不飽。安能以微命拒白刃耶。乃擐甲張旗鼓譟。還趣京城。上遽命賜帛人二匹。衆益怒。射中使殺之。遂入城。百姓駭走。召禁兵禦賊。竟無一人至者。乃自苑北門出。如奉天。賊入府庫運金帛。姚令言曰。朱太尉閒居私第。請相與奉之。入宮。居白華殿。百官出見泚。或勸迎乘輿。泚不悅。上徵近道兵入援。盧杞言朱泚忠貞。請以百口保其不反。遣吳溆入城宣慰。泚殺之。遂反。據長安。僭稱大秦皇帝。改元應天。以姚令言等爲侍中。立弟滔爲皇太第。泚自將逼奉天。圍城經月。李懷光、李晟入援。馬燧遣其司馬王權及子彙將兵五千人屯中渭橋。（劇中馬燧分兵五千入援。本此。）泚黨據長安。出戰屢敗。泚乃急攻奉天。大敗。遁歸長安。奉天圍解。懷光頓兵不進。上表暴揚杞等罪惡。懷光密通朱泚。統兵反。帝奔梁州。加李晟同平章事諸道副元帥。晟大陳兵擊朱泚。收復京城。朱泚亡走。其將韓旻斬之以降。（劇言泚爲燧縛誤。）駕還長安。以晟爲司徒中書令。又以爲鳳翔隴右節度使。進爵西平王。貞元元年。

以盧杞爲澧州別駕。卒於官。劇以杞支解夷族不實。二年。淮西將陳僊奇殺李希烈以降。三年。以李晟爲太尉。劇稱太尉本此。按晟洮州臨潭人。鳳翔節度李抱玉之將。劇云封綡國公。不實。李抱貞係抱玉之弟。爲昭義節度使。李日月係朱泚之將。李希烈係淮西節度使。韋皋建中四年爲奉義軍節度使。貞元初爲西川節度使。十二年晉同平章事。俱與馬燧、李晟等同時。但皐于泚反時。方爲小將。以殺泚黨擢節度。彼時尙非西川節度也。成德節度使李寶臣卒于建中二年。不及于亂。前後刺謬。李義府、李林甫俱德宗以前奸相。劉禹錫貞元十六年擢第。劇中牽引。以爲德宗朝謫爲商丘縣令。不實。

鳳鸞儔

錢塘人沈名蓀撰。按。沈名蓀。字磵芳。一作磵房。浙江仁和人。名蓀善詩文。才名籍籍。自少馳名江浙。中康熙二十九年庚午北榜舉人。與同榜嚴虞惇、陶爾穟、姜遴、張昺等皆以文學出衆。聲譽翕然。虞惇等並成進士。而名蓀困于公車。頗多惋惜之者。詩詞之暇。兼工樂府。此劇演華登娶樓月迎、王弱青二美女爲妻妾。故名鳳鸞儔。其事非實。借以抒寫才情耳。略言。錢塘諸生華登、字天咫。其妻樓月迎。美而多才。登嘗以舉業文字就正于老儒王道。一日至道家。覩其女弱青之艷。歸而與月迎言之。月迎甚相悦。會游西湖。遇于舟中。與弱青結爲姊妹。弱青父極板腐。其徒孟古者。郡守之子。年長而憨。道以爲樸實。口許以女爲配。弱青不願歸之。而月迎與弱青相契。欲與同嫁于登。弱青亦心許。會登應大學士李賢之聘。入京赴館。月迎與登友周毬設謀。欲以計得弱青。月迎求觀音大士籤云。閉門不管窗前月。分付梅花自主張。毬爲代詳。以天師張元素方寓梅花觀。乃往求爲主張。元素書一逊字付之。其筆甚燥。似有兩重。月迎推此字。丙戌月丙戌日當有火發。可挾弱青以走。因使人通問于弱青。乘火起時、挈弱青并其乳母至家中。密藏內室。毬又設計使同窗之友共誑孟古云。其父方有急。須古遂不復即往赴。古不別師而去。及抵署。其父故無急。而爲古締姻于他族。登至京。代李賢作至杭。弱青父聞。甚憤。又失其女、巀時時送薪水慰藉之。太平樂府。大學士萬安以進於朝。憲宗見而才之。欲授爲庶吉士。登必欲登兩榜。具疏力辭。會學士商輅奏請編纂英宗實錄。亦薦登才。祭酒邢讓又請選佳文爲國學之式。遂命登入監讀書。與纂脩事。是年中北闈解元。明歲擢首甲。給假歸家。巀亦已登乙榜。乃潛謀邀弱青父道至登家。託言謝其批閱文字。厚納禮幣金珠。明日。告以女在登宅。道不得已。遂以女嫁焉。月迎亦出拜。認道爲父。按商輅。浙江淳安人。于明景泰初入內閣。雖官僅爲學士。其職則宰相也。天順初罷歸。至成化三年復入。則爲首相矣。此言李賢萬安爲相。而輅爲學士。非是。李賢。河南鄧州人。于天順初年入閣。至成化二年卒于官。萬安。四川眉州人。其入閣在成化五年。與賢前後不相及。劇言李萬並相。亦非是。安與萬貴妃通譜。傳記多載。邢讓爲祭酒。亦是成化間事。又按劇中王道出失女帖。唐劉禹錫白居易並作失婢帖。禹錫詩云。把鏡朝猶在。添香夜不歸。鴛鴦拂瓦去。鸚鵡透籠飛。不逐張公子。即隨劉武威。新知正相樂。從此脫青衣。居易詩。宅院小牆庳。坊門榜帖遲。舊恩慚自薄。前事悔難追。籠鳥無常主。風花不戀枝。今宵在何處。惟有月明知。又按天順初聘吳與弼爲諭德。辭不受職。成化中聘陳獻章爲檢討。獻章受職。彼時有此二事。劇中華登授庶吉士不受。本此。

昇平樂

一名圓圓曲。錢塘人陸雲士撰。（按。陸雲士。名次雲。浙江錢塘人。）雲士能詩文。頗有才名。貢監出身。官江陰知縣。演逆賊吳三桂與陳圓圓事。言三桂反叛。乃陳圓圓獻謀。三桂爲天兵討擊。知必就擒。先殺圓圓而後自盡。此賊既誅。萬方安樂。四海昇平。故名昇平樂。其名圓圓曲者。太倉學士吳偉業嘗作圓圓曲詩。敍吳三桂陳圓圓事。云慟哭六軍俱縞素。衝冠一怒爲紅顔。刊于詩文集中。於時吳三桂方貴盛。此詩揭出底裏。見三桂于崇禎十七年時。其迎請天兵以討李自成。陽爲崇禎報讎。而實緣流賊掠其所歡陳圓圓之故。三桂聞之。以千金賄偉業。懇其易稾。偉業卻金不肯易。故又名圓圓曲。今此詩現載偉業之集。實當三桂豪貴時也。直辭顯詆。俾三桂無可遮飾。其後來叛逆。因此可推。蓋三桂本是徹底小人。並非前後易節。偉業可謂不畏强禦。奮持直筆者也。三桂之反。未必由于圓圓。恐屬懸揣未的也。略言明末崇禎時。吳襄子三桂代父爲寧遠總兵官。辭別。田貴妃父田弘遇出女樂侑酒。陳圓圓者。本姑蘇名妓。入弘遇家。三桂悅而請之。弘遇遂許爲贈。翰林吳偉業過襄。値弘遇使人送圓圓至。偉業言軍中倥偬時。不宜挾女子。襄以爲然。留圓圓在家。而趣三桂赴山海關。會李自成由榆林宣大入居庸。三桂初聞崇禎及周后殉社稷之信。繼又聞自成執其父襄。皆不甚急。至問圓圓。云爲賊所掠矣。乃勃然大怒。誓不與自成俱生。

出關迎請天兵。入討自成。自成敗走被誅。三桂封平西王。挈圓圓去。富貴已極。聞偉業作詩抉其心事。遣人走書幣。納重貲。懇其改作。偉業凜凜持正。寧觸其怒。必不肯改。憤激病歿。未幾而三桂背恩反逆。天威廟略。指授諸將。不數年而勦滅無遺。三桂以圓圓日夜趣其爲亂。先逼使縊。旋即自盡。天兵入滇。盡捕逆黨。四方萬國。重譯獻琛。絡繹會同。忭舞朝賀。奏昇平之雅樂。開億萬斯年太平盛治云。劇中圓圓與三桂歡飲時。點戲數齣。教之使叛。及後三桂殺圓圓。恐係懸揣增飾。未必實也。又演崇禎訴之于天。於冥中擒自成三桂。送于地獄。三桂向崇禎強辨。乃攝偉業以證之。偉業得授修文郎。亦皆緣飾無據。按吳偉業圓圓曲。鼎湖當日棄人間。破敵收京下玉關。慟哭六軍俱縞素。衝冠一怒爲紅顏。紅顏流落非吾戀。逆賊天亡自荒讌。電埽黃巾定黑山。哭罷君親再相見。相見初經田竇家。侯門歌舞出如花。許將戚里箜篌伎。等取將軍油壁車。家本姑蘇浣花里。圓圓小字嬌羅綺。夢向夫差苑裏游。宮娥擁入君王起。前身合是採蓮人。門前一片橫塘水。橫塘雙槳去如飛。何處豪家强載歸。此際豈知非薄命。此時只有淚沾衣。薰天意氣連宮掖。明眸皓齒無人惜。奪歸永巷閉良家。教就新聲傾坐客。坐客飛觴紅日暮。一曲哀絃向誰訴。白皙通侯最少年。揀取花枝屢迴顧。早攜嬌鳥出樊籠。待得銀河幾時渡。恨殺軍書底死催。空留後約將人誤。相約恩深相見難。一朝蟻賊滿長安。可憐思婦樓頭柳。認作天邊粉絮看。遍索綠珠圍內第。强呼絳樹出雕欄。若非壯士全師勝。爭得蛾眉匹馬還。蛾眉馬上傳呼進。雲鬟不整驚魂定。蠟炬迎來在戰場。啼粧滿面殘紅印。專征簫鼓向秦川。金牛道上車千乘。斜谷雲深起畫樓。散關月落開粧鏡。傳來消息滿江鄉。烏桕紅經十度霜。教曲妓師憐尚在。浣紗女伴憶同行。舊巢共是銜泥燕。飛上枝頭變鳳皇。長向尊前悲老大。有人夫壻擅侯王。當時祇受聲名累。貴戚名豪競延至。一斛明珠萬斛愁。關山漂泊腰肢細。錯怨狂風颺落花。無邊春色來天地。嘗聞傾國與傾城。翻使周郎受重名。妻子豈應關大計。英雄無奈是多情。全家白骨成灰土。一代紅粧照汗青。君不見館娃初起鴛鴦宿。越女如花看不足。香逕塵生烏自啼。

屧廊人去苔空綠。換羽移宮萬里愁。珠歌翠舞古梁州。爲君别唱吳宮曲。漢水東南日夜流。按衝冠一怒爲紅顏。抉出三桂心事。未嘗爲其君親。特爲圓圓也。妻子豈應關大計。英雄無奈是多情。全家白骨成灰土。一代紅粧照汗青。合四句觀之。三桂之爲人畢現矣。初應夫差。後因屧廊香逕。三桂之以凶終。亦預定矣。黄巾黑山蟻賊。俱指李自成。田竇指田貴妃父田弘遇。以烏桕紅經十度霜句推之。此詩是甲午乙未間作。故但言斜谷散關。未言三桂在雲南也。其刻詩亦尚在三桂未反前。按吳偉業。蘇州太倉州人。明崇禎四年辛未會元榜眼。年甫弱冠。以詩文擅名。館閣間翕然推重。本朝順治年間官至學士祭酒。其所刻詩文稿曰梅村集。

因緣夢

蕪湖人石龐撰。按。石龐。字晦村。號天外生。安徽太湖人。所作有梅花夢。蝴蝶夢。南樓夢。因緣夢。鴛鴦塚。後西廂等傳奇六種。演木涇與田娟娟事。其因緣在夢中。故曰因緣夢。列朝詩小序云。木生涇、字元經。康陵朝以鄉薦入太學。嘗登秦觀峯。夢老姥攜一女子甚麗。以一扇遺生。明年入都。道出土橋。渡溪水。得遺扇于草中。異之。題二詩于樹上。永樂中用薦爲工部郎。休沐之日。偕僚友同出土橋偶憩。田家老媼熟視其扇曰。此吾女手蹟也。偶過溪橋失之。何爲入君手。女尋扇至溪橋。見二絶句。朝夕諷詠。得非君作乎。命其女出見。宛如夢中。二詩果生舊題也。共相嘆異。遂爲夫婦。生後以郎官出使。尋居艱。娟娟留武清。病卒。虞山楊儀傳其事。續艷異編。木生字元經。少有俊才。成化中以鄉薦入太學。常登泰山觀日出。夜宿秦觀峯。夢有老婦攜一女子。相見甚歡。如有平生之分。既又遺一詩扇。展誦未終。忽鐘鳴驚寤而起。其所夢道路第宅。歷歷皆能記憶。明年將入都。道出武清。散步柳陰中。過一溪橋。道傍有遺扇在草中。收視之。上有詩云。煙中芍藥朦朧睡。雨底梨花淺澹妝。小院黄昏人定後。隔牆遥辨麝蘭香。彷彿是夢中所見者。珍襲藏之。行未幾。遥見一女郎從二女侍遊樹下。迤邐將近。生趨避之。時爲三月既望。新雨初霽。微風扇煖。女郎徐邀二侍穿别逕結伴而去。生竚立轉盼。但見帶袂飄舉。環珮鏘然。百步之外。異香襲道。綽約若神仙中人。遂以所佩錯刀削樹爲白。題一絕句曰。隔溪遙望綠楊斜。聯袂女郎歌落花。風定細聲聽不見。茜裙紅入那人家。徙倚彌望乃行。前至野店中。問諸村民。或曰。此去里許。有田將軍園林。豈即其家眷屬乎。生明日又往樹下。竟日無所遇。惟見溪水中落花流出。復題一絕句。續書於樹曰。異鳥嬌花不奈愁。湘簾初捲月沉鉤。人間三月無紅葉。卻放桃花逐水流。自後不復相聞。然前所得遺扇。每遇良辰勝會。未嘗不出入懷袖。把玩諷詠。愛如拱璧。壬午。生謁選天官。隸名營繕。當春。牡丹盛放。生擬閒遊。因勒馬道傍。值馬渴奔水。左右皆前逐馬。生下立井畔民家。其家以貴客在門。召一鄰翁延入。初經重屋。僅庇風日。再過曲徑。越小院。其中樓臺闌楯。金碧輝耀。恍非人世。生稍憩。便欲辭出。翁曰。內人乃老夫寡妹。年亦逾五旬矣。幸暫留。伺馬至行。無傷也。生起揮扇逍遙。歷覽畫壁。翁從旁見其扇。進曰。此扇何從得之。生曰。吾數年前過武清所得道旁遺棄也。翁借觀。遽持入內。頃之。出告生曰。天下事萍梗遭逢。固有出于偶然者。適見扇頭詩。疑爲吾甥女手筆。入示吾妹。果非誤也。生初入其室廬。皆若夢中所經行者。心已異之。及聞翁言。愈駭異。再引入一曲室。幃帳妍麗。金玉煥然。至于几榻整潔。琴瑟靜好。莫能名狀。須臾。一老婦出拜。自言姓錢氏。老夫田忠義。官至上輕車都尉。往歲扈從西征。爲流矢所中。輿疾歸武淸。小女娟娟。時年十四。隨侍湯藥。偶遺此扇。不意乃入君子之手。今夫亡三載矣。覩物興懷。不覺遂生傷感。然當時溪樹上有二絕句。不知何人所書。小女因尋扇再至其地。經覽而歸。至今吟哦不絕于口。生請誦之。即其舊題也。老婦因請命娟娟出見。傳呼良久。不至。母自入謂女曰。客即樹上題詩人也。娟娟强起。嚴服靚粧。與母相攜而出。至則玉姿芳潤。內美難徵。儼然秦觀峯夢中所見也。生又以夢告母。共相嘆異。久之馬至。珍重辭謝而去。明日。鄰翁以娟母命來請。願以弱女爲君子姬侍。生喜出望外。遂以其年四月成禮。娟娟妙解音律。通貫經史。凡諸戲博雜藝。靡不精曉。情好甚篤。未閱月。生以督運南行。乃鎖院而去。母先亦暫至武淸。遣人問訊。娟娟從門隙中附詩於母寄生曰。聞郎夜上木蘭舟。不數歸期祗數愁。半幅御羅題錦字。隔牆裹贈玉搔頭。是夕生適自潞還。娟出迎。生曰。方從馬上得詩。未有以復。即口占贈娟娟曰。碧窗無主月纖纖。桂影扶疏玉漏嚴。秋浦芙蓉偏獻咲。半窗斜映水晶簾。其冬十月。生以太夫人憂去職。河冰旣合。娟適病不能偕行。生存亡抱恨。計無所出。邀母與娟同居。約以冰解來迎。相與悲咽而別。明年春。娟病轉劇。遣翁子錢郎以詩寄生曰。楚天風雨繞陽臺。百種名花次第開。誰遣一番寒食信。合歡廊下長蕪苔。生遣使往迎。比至。則不起匝月矣。辛卯冬。生再入都。過母家。見娟娟畫像。題詩其上曰。人生補過羨張郎。已恨花殘月減光。枕上遊仙何迅速。洞中烏兎太怱忙。秦娘似比當時瘦。李衞慚多舊日狂。梅影橫斜啼鳥散。繞天黃葉倚繩床。時人多傳誦焉。按此二段所記徵異。豔異臚載甚詳。而獨失木生之名。又旣言成化入太學。後卻云壬午謁選天官。成化元年乙酉。不得更有壬午。壬午是天順六年也。列朝詩謂是永樂間。則壬午正當靖難時。成祖于六月間自立。恰正相合。似詩序之說爲確。但據詩序。休沐出土橋。是金陵地面。艷異則云武清溪橋。亦各異。但兩家之說。木生與娟娟實成夫婦。今作劇者自序。乃云一笑相逢。竟成孟浪。娟娟忽死。空于夢中相見雲雨。竟不能作人間一夜歡娛。因耶緣耶。抑非因緣耶。又云。娟死復見娟來。是又一夢也。天外人于夢中作木生之傳奇。曰因緣夢記。天外人是龐自署別字也。或作者有意翻案。或閱艷異編時。但見其後來悼亡之作。未嘗細看成禮一段。遂輕易涉筆耳。

後尋親

近時嘉興姚子懿所作。以續尋親記之後。言教子古劇。恩讎尚未終場。故爲補足。使善惡之報。顯切著明。秋毫不爽。其用意與勸善編、迪吉錄。相爲表裏。雖甚淺近。于世教不爲無益。周羽。郭氏。周瑞隆。林默。林玫瑜。李好善。張院君。張禁。茶博士。張敏。宋清。張千。皆前記所有。惟李春嬌係此劇添出。聞順治年間。總河朱之錫。以身障河。至今廟祀。之錫嘗官學士。劇中林默事。恐或指此。蓋以河官身勤民事。俾怒濤安瀾。足爲勞臣勸也。周羽見子瑞隆赴任。氣勢榮耀。不肯就養。發憤入闈。聯登二甲進士。得選郎署。恤刑湖廣。二甲進士選部曹。及刑部司官恤刑各省。皆自明代始。宋時無此事。值李好善爲盜所誣。羽爲辨冤釋罪。此報李員外二十年解衣推食之恩。以完周李交情也。娶媳雖出無意。恰得李女。以見天道暗中作合之意。其藏役櫃內。使二盜于無意中自言其情。智囊補諸書。曾有此事。借以點染。宋清在羽手大辟。亦顯惡報。祈夢金山。以照應前記。至羽不肯報張敏之仇。年遲暮。力學。一舉成名。又見好心得善報也。郭氏還張院君之債。且與倍稱之息。後又留在家中作老伴。舟中見張禁茶博士。各賚百金。且怒叱瑞隆。令救林學士。此見郭氏不徒節烈。抑且厚道。記恩不記怨。故能子貴夫榮。周瑞隆感林默之德。認爲師生。由吳縣知縣行取刑科給事中。抗疏救默。幾致獲罪。默冤立白。瑞隆亦免。默以女嫁瑞隆。恰係撫養李好善之女。此完林李施德于周之公案也。說白中達部候選。係明以後事。宋時吏部屬尚書省。但稱赴省。不稱赴部。初選亦不得知縣。大縣須京官結銜。縣令不能遷給事中。給事無六科。林默由學士爲總河都御史。以防河未效。欲投水中。

河水立退。而朝廷以其久糜國帑。拏付法司。欲廷杖于午門。發配三千里外。瑞隆疏救不聽。三省吏民詣闕訟寃。免罪復職。默治河時。救得李好善之女。以嫁瑞隆。古有行河視河及河隄使者都水使者等名。其以都御史治河。自明徐有貞始。定爲總河之名。自王恕始。有貞以諭德陞僉都御史。治河。劇云。林學士遷總河。本此。宋時保和殿大學士孟昌齡。延康殿學士孟揚。龍圖閣直學士孟揆。父子三人。皆爲都水使者。被劾貶削。是乃學士治河之確證也。但宋時無都御史官耳。封丘河決。不見宋史。彼時惟設陽武一埽。河由陽武胙城一帶。折而東北。其決處多在大伾滑臺澶鄆間。元明以後。河徙而南。開封河患乃甚。此亦不可無辨也。廷杖午門。亦明代事。然明時總河無廷杖者。嘉靖時盛應期。萬曆時舒應龍。皆革職而已。崇禎時劉榮嗣則下獄遣戍。林玖瑜發憤讀書。登科嗣美。授陝西樊川僉判。此寓勸勵世家子弟之意。宋時僉判惟鼎元可得。餘不能也。李好善爲盜所扳害。周羽恤刑開釋。其女春嫣。嫁羽子瑞隆。好善不至取禍。故作此折。俾羽得報恩耳。好善在獄中。囑其女春嫣往投周羽。舟覆于水。爲林學士所拯。認爲義女。以嫁瑞隆。俱係增飾。以結全局。張敏妻家產蕩盡。漂泊無依。至爲林女養娘。張敏凶惡之報。林默令押送粧奩。羽妻郭氏憫之。留爲老伴。敏妻慈善之報。張禁復作解差。押張敏至金山。敏僕張千欲殺禁。神于暗中使禁、敏互易。千誤殺敏。范仲淹釋禁誅千。禁後獲遇羽妻。羽妻厚贈資斧。初、張千宋清設計。令茶博士借敏銀。清往竊去。千肆逼索。博士恨極。率衆燒敏家。逃爲驛卒。羽妻見之亦厚贈。張敏怙惡不悛。幸得赦宥遣戍。與妻府塲分別。抵金山。爲僕張千誤殺。宋淸被敏妻逐出。竊貲以逃。又失于盜。用銅銀買舟。爲李好善識破。憤入盜夥。誣扳好善。卒受刑誅。張千殺敏。亦即正法。皆節節與前記對針。漢書王尊傳。遷東郡太守。河水盛溢。泛浸瓠子金堤。尊率吏民投沈白馬。祀水神河伯。使巫策祝請以身塡金隄。因止宿廬居隄上。吏民數千萬人。爭叩頭救止尊。尊終不肯去。及水盛隄壞。吏民皆奔走。惟一主簿泣在尊旁立不動。而水波稍卻迴還。吏民嘉壯尊之勇節。三老朱英等奏其狀。制詔御史。秩尊中二千石。加賜黃金二十斤。林獸欲投水一段本此。

玉樓春。參閱本書卷一牆頭馬上篇。

紹興人謝宗錫撰。按。謝宗錫。字浩然。浙江紹興人。唐九經作敘。小說有玉樓春與此異。此演元拜住事。本之鞦韆會記。而紐合他處情節。又加增改添換。謂住遇孛、王二女于杏園樓下。後皆得合。其樓牓曰玉樓春。故以爲名。劇中拜住、闊闊出、索羅諸人姓名。皆見元史。然眞僞參半。元史。武宗至大三年。寧王闊闊出謀反。流于高麗。至大四年。罷孛羅鐵木兒等官。仁宗延祐七年。以拜住爲平章政事。目云。拜住。安童孫也。初襲爲宿衛長。帝在東京。聞其賢。召之。辭曰。嫌疑之際。君子所愼。我掌天子宿衛。而私往來東宮。我固得罪。亦豈皇太子之福耶。卒不往。至是由太常禮儀院使擢拜平章事。按此則住由襲爵起家。劇中稱由科甲。非是。且史言安童孫。劇稱故相子。亦不合。然據輟耕記。似又非此拜住也。按元科舉之制。至仁宗延祐二年。始行賜進士護都沓兒、張起岩等五十六人及第出身有差。而住之爲宿衛長。在仁宗前。則年月不符矣。時丞相鐵木迭兒恣行殺戮。以前中書平章蕭拜住及御史中丞朵兒只嘗攻其奸惡。至是誣以違太后旨殺之。並籍其家。是日風沙晦冥。都人恟恟。道路相視以目。後欲奪朵兒只妻劉氏與人。劉剪髮毀容自誓。乃免。劇中闊闊出之子欲冤殺拜住。及欲奪拜住妻王玉英爲妾，影射此二段事爲一事也。按稗史。天曆間有王玉英鬼魂報掩骼事。似非此王玉英。蓋特假借。非實也。鞦韆記。王女無名。亦無嫁拜住事。略云。元時故相木耳不花之子拜住。鐵木耳不花，劇誤遺一字。丰姿俊雅。才識無雙。弱冠未得佳耦。與異人柳浪子交好。浪子越東人。幼稟俠氣。長得異傳。出有入無。變幻莫測。自知與住有夙緣。其功名眷屬。皆當出力以成其美。僑居京邸。託言被劫以試住。住解衣乞米以周之。時宣徽院經歷王榮甫有女玉英。宣徽院使孛羅有女速哥失里。皆國色。工詩而未字。孛羅之第有杏園一區。中有樓。牓曰玉樓春。劇中白云，祭酒許魯齋贈扁，題曰玉樓春，取金勒馬嘶芳草地，玉樓人醉杏花天之意，此鞦韆記所無，係添出。花時爲鞦韆會。速哥失里招玉英赴會。飲于樓上。柳浪子拉拜住往觀。直入其園。與二女目成。孛女有題杏花詩一首。擲付于住。而王女亦以汗巾投之。住皆拾得。孛之家人見兩生深入內院。率衆擒之。浪子走脫。執住見羅。知爲故相子。面試菩薩蠻詞。悅其才。以女許之。此是實事。會平章闊闊出之子僧家奴欲得美婦。謀之于宵小土人兒。人兒告以王、孛二女俱佳。使御史霍昌爲媒。可兼得也。柳浪子聞之。僞作醫生。臥于闊平章之門。見僧家奴。言與王氏爲鄰。極詆玉英之醜。僧家奴心疑而未信。浪子又與孛氏之內姪金洲滄遇。以藥一丸贈之。謂可起死回生。時霍昌以平章爲子求婚意告孛羅。羅畏勢。悔前諾。竟欲以女改字僧家奴。使人下聘。孛女自縊死。適洲滄在索家。痛毆下聘之人。而以藥救速哥失里得甦。僧家奴赴王氏親迎。浪子陰變玉英爲醜貌。僧家奴驚走。王榮甫憤甚。立時擇婿。得拜住。甚喜。即使成婚。僧家奴覬二女皆不可得。乃別娶一婦。奇醜而悍。夫婦相攜出遊。住亦挈室踏青。僧家奴見玉英。固甚美也。深憾前夕誤視。復思謀以爲妾。召土人兒計議。先是。住遇二美之明日。與人兒家奴會飲。酒半。聞江南有寇苗彥生作亂。住爲大言曰。彥生與先君有舊。若得我一紙書。可收百萬衆也。人兒陰識之。至是設謀。僞造住通苗書一封。伺住入場應試時。遺于地。爲巡場官所拾。報之兵部。上聞收拷。僧家奴乘勢奪其妻。逼爲妾。玉英方毀面截髮求死。僧家奴之婦救之。置佛閣中。得免。而住被誣莫辨。將赴市就戮。道經孛氏樓。速哥失里從樓墮下。欲效綠珠之盡節。幸不死。號訴于監斬官撒里不花之前。願與住俱死。觀者皆爲感泣。土人兒僧家奴在衆中。浪子用法陰嗾土人兒。遂以陷住始末自首。撒里密疏具聞。旨釋拜住及速哥失里。誅僧家奴。而命孛羅籍其家。羅見玉英。即知王氏女。攜以歸。拜住受誣時。已中進士。至是撒里不花保使征賊。苗彥生果投降。留討餘黨。浪子陰助之。奏凱還朝。玉英已在孛家。速哥引與住見。同爲住室。事聞。亦並封誥。而加住官。時柳浪子已歸眞入道。空中告住以助成眷屬功名事。并囑二十年後。宜往天台脩道。當備鸞驂奉迓也。元人鞦韆會記。元大德二年戊戌。孛羅以故相齊國公子拜宣徽院使。奢都刺爲簽判。東平王榮甫爲經歷。三家聯住海子橋西。宣徽生自相門。窮極富貴。第宅宏麗。莫與爲比。然讀書能文。敬禮賢士。故時譽翕然稱之。私居後有杏園一所。花卉庭榭。冠于諸貴。每年春。宣徽諸妹諸女。邀院判經歷宅眷於園中。設鞦韆之戲。盛陳飲宴。歡笑竟日。各家亦隔一日設饌。自二月末至清明後方罷。謂之鞦韆會。適樞密同僉帖木耳不花子拜住。過園外聞笑聲。於馬上欠身望之。正見鞦韆競就。歡閧方濃。潛於柳陰中窺之。覩諸女皆絕色。遂久不去。爲閽者所覺。走報宣徽。索之亡矣。拜住歸。具白於母。母解意。乃遣媒於宣徽家求親。宣徽曰。得非窺牆兒乎。吾正擇壻。當遣來一觀。若果佳。則當許也。媒歸報。同僉飾拜住以往。宣徽見其美少年。心稍喜。但未知其才學。試之曰。爾喜觀鞦韆。以此爲題。賦菩薩蠻南詞一闋。能乎。拜住揮筆。以國字寫之曰。紅繩畫板柔荑指。東風燕子雙雙起。誇俊要爭高。更將裙繫牢。牙牀和困睡。一任金釵墜。推枕起來遲。紗牕月上時。宣徽雖愛其敏捷。恐是預搆。或假手於人。因盛席待之。席間。再命作滿江紅詠鶯。拜住拂拭剡藤。用漢字書呈宣徽。其詞云。嫩日舒晴。韶光豔碧天新霽。正桃顋半吐。鶯聲初試。孤枕乍聞絃索悄。曲屏時聽笙簧細。愛綿蠻柔舌韻東風。愈嬌娟。幽夢醒。閒愁泥。殘香褪。重門閉。巧音芳韻十分流麗。入柳穿花來又去。欲求好友眞無計。望上林何日得雙棲。心迢遞。宣徽喜曰。得婿矣。遂面許第三夫人女速哥失里爲姻。且召夫人并呼女出與拜住相見。他女亦於窗隙中窺之。私賀速哥失里爲得婿。擇日遣聘。禮物之多。詞翰之雅。喧傳都下。以爲盛事。既而同僉豪宕。簠簋不飾。竟以墨敗。繫御史臺獄。得疾囹圄間。以大臣例。蒙疏放回家醫治。未逾旬。竟弗起。闔室染疾盡亡。獨拜住在。然冰消瓦解。財散人亡。宣徽將呼拜住回家。教而養之。三夫人堅不肯。蓋宣徽內嬖雖多。而三夫人秉權專寵。見他姬女皆歸豪門。恐貽譏笑。決意悔親。速哥失里諫曰。結親即結義。一與訂盟。終不可改。兒非不慕諸姊妹家榮盛。但寸絲爲定。鬼神難欺。豈可以其貧賤而棄之乎。父母不聽。別議平章闊闊出之子僧家奴。儀文之盛。視昔有加。暨成婚。速哥失里行至中道。潛解脚紗縊于轎中。比至而死矣。夫人以其愛女輿回。悉傾家匳及夫家聘物殮之。暫寄清安僧寺。拜住聞變。是夜私往哭之。且扣棺曰。拜住在此。忽棺中應曰。可開柩。我活矣。周視四隅。漆釘牢固。無繇可啓。乃謀於僧曰。勞用力。開棺之罪。我一力承之。不以相累。當共分所有也。僧素知其厚殮。亦萌利物之意。遂斧其蓋。女果活。彼此喜極。乃脫金釧及首飾之半謝僧。計其餘尙直數萬緡。因託僧買漆整棺。不令事露。拜住遂挈速哥失里走上都。住一年。人無知者。所攜豐厚。拜住又教蒙古生數人。復有月俸。家道從容。不期宣徽出尹開平。下車之始。即求館客。而上都儒者絕少。或曰。近有士自大都挈家寓此。亦色目人。設帳民間。誠有學術。府君欲覓西賓。惟此人爲稱。亟召之。則拜住也。宣徽以其必流落死矣。而人物整然。怪之。問何以至此。且娶誰氏。拜住實告。宣徽不信。命舁至。則眞速哥失里。一家驚動。且喜且悲。然猶恐其鬼假人形。幻惑年少。陰使人詣淸安詢僧。其言一同。及發殯。空櫬而已。歸以告宣徽。夫婦愧嘆。待之愈厚。收爲贅婿。終老其家。拜住三子。俱貴顯。又按耳譚。福清韓慶雲授徒長樂之藍田石尤嶺。見嶺下遺骸。具畚鍤埋之。夜見女子王玉英來與冥合。自云家世湘潭。宋德祐間。父爲閩將。戰死。玉英亦不受辱而死。未幾生一子。抱歸湘潭。寄養黄氏。名鶴齡。十八年後。韓往見之。劇內王玉英。借其姓名耳。

太平廣記。弘農令之女。既笄。適盧生。卜吉之日。女巫有來者。李氏之母問曰。小女今日適人。盧郎常來。巫當屢見。其人官祿厚薄。巫者曰。所言盧郎。非長髯者乎。曰然。然非夫人之子婿也。夫人之婿。中形而白。且無鬚也。夫人驚曰。吾之女今夕適人得乎。巫曰。得。夫人曰。既得適人。又何以云非盧郎乎。曰。不知其由。然則終非夫人之子婿也。俄而盧納采。夫人怒巫而示之。巫曰。事在今夕。安敢妄言。其家大怒。共唾而逐之。及盧乘軒車來。展親迎之禮。賓主禮具。解佩約花。盧生忽驚而奔出。乘馬而遁。衆賓追之。不返。主人素負氣。不勝其憤。且恃其女之容。邀客皆入。呼女出拜。其貌之麗。天下罕敵。指之曰。此女豈驚人者耶。今而不出。

願人其以爲獸形也。衆人莫不憤歎。主人曰。此女已奉見。賓客中有能聘者。願赴今夕。時鄭某官某爲盧之儐。在坐起拜曰。願事門館。於是奉書擇相登車成禮。巫言之貌宛然。乃知巫之有知也。後數年。鄭任於京。逢盧問其事。盧曰。兩眼赤。且大如珠盞。牙長數寸。出口之兩角。得無驚奔乎。鄭素與盧相善。驟出其妻以示之。盧大慙而退。乃知結褵之親。命固前定。不可苟而求之也。劇中儈家奴見王玉英奇醜之貌。本此。

曲海總目提要卷二十三

領頭書

近時濟南袁聲作。謂金定與劉翠翠縫詩領頭。夫婦卒能復合。故名。事載瞿佑翦燈新話。此劇自序云。親至道場山。土人猶能指金翠葬處。及過淮陰。父老傳聞。其説校詳。則眞有此事無疑。但前半皆實蹟。後半囘生應試歸里榮封。則係作者添出。欲作團圓歸結。不得不然也。瞿佑字宗吉。錢塘人。明洪武中爲周府右長史。卒年八十七。風情麗逸。著翦燈新話。及樂府歌詞。多偎紅倚綠之語。爲時傳誦。翦燈新話。翠翠姓劉氏。淮安民家女。生而穎悟。能通詩書。父母令入學。同學有金氏子名定。與同歲。亦聰明俊雅。諸生戲之曰。同歲者當爲夫婦。二人亦私自許。金生贈翠詩曰。十二闌干七寶臺。春風隨處艷陽開。東園桃樹西園柳。何不移來一處栽。翠和之曰。平生每恨祝英臺。懷抱何爲不早開。我願東君勤用意。早移花柳向陽栽。已而父母爲其議親。輒悲泣不食。以情問之。初不肯言。久乃曰。西家金定。兒已許之。若不相從。有死而已。父母不得已而聽焉。以上劇中不載。成婚後。相得之樂。雖鴛鴦翡翠不足喻也。未及一載。張士誠兄弟起兵高郵。盡陷淮東諸郡。翠爲其部下李將軍者所掠。至正末。士誠納款。奉元正朔。道途始通。生於是辭別內外父母。願求其妻。星霜屢移。囊橐又竭。然而此心終不稍阻。草行露宿。僅而得達湖州。則李將軍方貴重用事。威焰赫然。生佇立門牆。躊躇窺伺。閽者怪而問焉。生曰。僕姓劉。名金定。淮安人。有妹名翠翠。識字能文。遭亂失去。聞在貴府。今不遠千里至此。欲求一見。非有他也。閽人入告。令生見將軍於廳上。再拜具述其由。將軍武人。信而不疑。命內豎告翠。翠承命出。以兄妹之禮見於廳前。不能措一詞。悲哽而已。將軍設帷帳於門西小館。令生處焉。知其業儒。委以記室。待之甚厚。然生之來。本爲求妻。一見之後。不可再得。欲達一意。無間可乘。時及授衣。乃作一詩曰。好花移入玉闌干。春色無緣得再看。樂處豈知愁處苦。別時雖易見時難。何年塞上重歸馬。此夜庭中獨舞鸞。霧閣雲窗深幾許。可憐辜負月團圞。詩成。題于片紙。拆布衣之領而縫之。劇以此命名。以百錢納於小豎。囑其持付翠縫紉。翠解其意。拆衣而見詩。吞聲涕泣。別爲一詩。亦縫領內還生。詩曰。一自鄉關動戰烽。舊愁新恨幾重重。腸雖已斷情難斷。生不相從死亦從。長使德言藏破鏡。終教子建賦游龍。綠珠碧玉心中事。今日誰知也到儂。生得詩。愈加抑鬱。遂感沈疾。翠聞之。請于將軍。始得一至床前。而生病已亟矣。翠以臂扶生而起。生引首側視。長吁一聲。奄然死於其手。將軍葬之於道場山麓。翠送殯歸。得疾。不復飲藥。一旦告將軍曰。妾流離外郡。舉眼無親。止有一兄。今又死矣。病必不起。乞埋骨兄側。庶黃泉之下。有所依託。言盡而卒。將軍如其志。祔葬於生墳左。後翠家舊僕以商販過道場山。遇翠夫婦寄書於父母。父買舟來訪。徒見二墳。夜復夢翠詳告以始終云。

略云。淮安人金定、字確卿。弱冠多才。娶婦劉翠娘。有殊色。通詩書。情誼甚篤。內外父母俱全。結縭甫一載。張士誠兵至淮安。定舉家出避。路逢士誠麾下將李伯昇。擄翠娘去。按新話未載將軍姓名。劇言李伯昇。不誤。久之。道路稍平。定踪跡其妻。備歷荼苦。一夕。夢潤江紫姑仙告曰。脚下路程。東西南北。今生夫婦。生死離合。且向東南去者。定乃從潤南行。翠娘被擄。求死不得。紿伯昇曰。前夫新喪。願服廊三年。服除從命。伯昇聽之。此飾說也。定抵錢塘。歷紹興至湖。謁伯昇。以兄妹見。久之。作詩縫衣領。囑童子達翠娘。翠亦作詩置領中還定。兩詩俱與新話所載同。定讀至生不相從死亦從句。以爲此生無完聚之日矣。憂苦得疾。垂危。翠娘乃告之伯昇。至床前問疾。相持慟哭。定執翠手而死。翠撫屍欲絕。伯昇憐之。爲葬定於道場山麓。翠娘扶病澆奠。野哭而回。亦不起。臨歿。以兄妹之情懇伯昇。埋骨於定墳。伯昇如其言。既葬之夕。兩魂相見。悲喜俱深。定之父母。訝其子之久不歸。夜與劉公劉媪同時得夢。見定夫婦。謂破鏡重圓。

現住道場山下。醒而相告。劉乃遣僕劉旺赴湖訪問。道場山瞿曇寺有臥輪禪師者。山中宿德也。伯昇亦夢定夫婦來謝。具道實爲夫婦。權稱兄妹。感合葬之恩。因地與寺相近。託佛力將得還魂。伯昇乃求臥輪師爲建道場。牒申十帝。臥輪定中見定夫婦。知其過去未來。而劉旺亦至。遇定夫婦于寺旁一大宅中。留旺食宿。作書寄其父母。自葬以下，俱本傳所無，作者添出。劉公得書。報知金父母。而親詣山下。欲攜定翠歸。至山。則惟有雙墳。不見所謂大宅也。遇輪師。知已死。劉哀慟無已。輪師引入方丈。爲攝定翠魂與相見。劉歸。造招魂旛。復至墓相招。而金父母亦知其子媳死矣。定夫婦魂入地府。冥師爲查其籍。知當還魂。且有後福。命役導歸。普門大士奉佛旨臨其塚。召雷公開塚。以楊枝水灑其尸。定、翠皆得回生。急欲歸視其親。臥輪師爲治裝。取道金陵。時方招賢試士。鄰寓俞友仁、吳公達見定青年美才。勸令就試。主司宋訥取中廷試二甲第一。授官編修。捷書到家。其父母以爲同姓名者。悲悼不信。定上表請假省親。夫婦雙歸。父母尙疑爲鬼。徐告其詳。始知重生衣錦始末。事聞於朝。兩家父母各錫封誥云。按元順帝至正十三年夏五月。泰州張士誠起兵。與其黨李伯昇、潘原明、呂珍等十八人聚兵陷泰州。二十五年。士誠所據郡縣。南至紹興。與方國珍接境。北有通泰高郵淮安徐宿濠泗。至濟甯與山東相距。二十六年。明太祖以兵徇湖州。士誠左丞張天麒等以城降。伯昇亦降。又按俞友仁。杭州仁和人。洪武辛亥會元。吳公達。處州麗水人。洪武辛亥探花。劇中又引學士宋訥爲主考官。狀元爲吳伯宗。皆是實事。宋訥。大名滑縣人。伯宗。撫州金谿人。

廣陵仙

胡介祉撰。*按。胡介祉。字存仁。一字循齋。號茨村。河北大興人。介祉。大興人。原籍山陰。尙書胡紹龍之子。仕至河南按察使。據杜子春三入長安事。增飾成編。子春僑居廣陵。獲成仙果。故曰廣陵仙也。與揚州夢記*揚州夢。見本書卷四十。各別。事本太平廣記。後人演爲小說。此兩記又從小說中翻換而成。不盡合於本傳也。劇云。杜子春、字青韶。廣記無字。長安人。僑居廣陵。父在時。曾官太宰。爲娶平章韋相之女爲室。子春風流自喜。歌舞六博。家貲百萬。緣手散盡。妻母韋夫人酷愛女及壻。而相子韋堅極力扼之。子春家童李福又曲意奉堅。時于相前揭子春之短。相奉命督師征海寇。家事皆堅主持。遂拒子春。不復顧惜。子春窘甚。此段皆廣記所無。太上老君化爲老者。贈金三萬。堅令諸妓誘之呼盧。一宿費盡。老者復贈金十萬。子春買貨飄洋。盡爲海寇劫去。按廣記以錢爲數。小說改爲贈銀。其數與劇相符。關目各別。老者又贈金三十萬。子春乃遍行善事。此段劇與廣記相合。功行圓滿。入華山蓮華峯訪老者。其弟子引入老君祠。教以脩煉。遇種種魔障。此段亦與廣記合。不爲所迷。遂證仙果。廣記學仙不成。此異。其子少年登第。娶平章孫女淑娥爲室。此段廣記所無。而堅與福用計勒取子春女樂一部。女旦瑤箋被逼自縊。竟索二人之命。同日俱斃。子春于成仙之後。復邀長安諸友並合。以舊宅爲太上老君行宮。此兩段亦廣記所無。太平廣記。杜子春者。蓋周隋間人。少落拓。不事家產。然以志氣閒曠。縱酒閒遊。資産蕩盡。投於親故。皆以不事事見棄。方冬。衣破腹空。徒行長安中。日晚未食。彷徨不知所往。于東市西門。饑寒之色可掬。仰天長吁。有一老人杖策而前。問曰。君子何嘆。春言其心。且憤其親戚之疎薄也。感激之氣。發於顏色。老人曰。幾緡則豐用。子春曰。三五萬則可以活矣。老人曰。未也。更言之。十萬。曰。未也。乃言百萬。亦曰。未也。曰。三百萬。乃曰。可矣。于是袖出一緡曰。給子今夕。明日午時。候之於西市波斯邸。愼毋後期。及時。子春往。老人果與錢三百萬。不告姓名而去。子春既富。蕩心復熾。自以爲終身不復羈旅也。乘肥衣輕。會酒徒。徵絲管歌舞於娼樓。不復以治生爲意。一二年間。稍稍而盡。衣服車馬。易貴從賤。去馬而驢。去驢而徒。倏忽如初。既而復無計。自歎于市門。發聲而老人到。握其手曰。君復如此。奇哉。吾將復濟子。幾緡方可。子春慚而不應。老人因逼之。子春愧謝而已。老人曰。明日午時來前期處。子春忍愧而往。

得錢一千萬。未受之初。憤發以爲從此謀身治生。石季倫、猗頓小豎耳。錢既入手。心又翻然。縱適之心。又卻如故。不一二年間。貧過舊日。復遇老人于故處。子春不勝其愧。掩面而走。老人牽裾止之。又曰。嗟乎拙謀也。因與三千萬。曰。此而不痊。則子貧在膏肓矣。子春曰。吾落拓邪遊。生涯罄盡。親戚豪族無相顧者。獨此叟三給我。我何以當之。因謂老人曰。吾得此。人間之事可以立。孤孀可以衣食。於名教復圓矣。感叟深惠。立事之後。惟叟所使。老人曰。吾心也。子治生畢。來歲中元。見我于老君雙檜下。子春以孤孀多寓淮南。遂轉資揚州。買良田百頃。郭中起甲第。要路置邸百餘間。悉召孤孀分居第中。婚嫁甥姪。遷祔族親。恩者煦之。仇者復之。既畢事。及期而往。老人者方嘯於二檜之陰。遂與登華山雲臺峯。入四十里餘。見一處。室屋嚴潔。非常人所居。彩雲遙覆。鸞鶴飛翔其上。有正堂。中有藥爐。高九尺餘。紫焰光發。灼煥窗戶。玉女九人。環爐而立。青龍白虎。分據前後。其時日將暮。

老人者不復俗衣。乃黃冠縫帔士也。持白石三丸。酒一巵遺子春。令速食之訖。取一虎皮。鋪於內。西壁東向而坐。戒曰。愼勿語。雖尊神惡鬼夜叉猛獸地獄。及君之親屬爲所困縛萬苦。皆非眞實。但當不動不語。宜安心莫懼。終無所苦。當一心念吾所言。言訖而去。子春視庭。唯一巨甕。滿中貯水而已。道士適去。旌旗戈甲。千乘萬騎。徧滿崖谷。呵叱之聲。震動天地。有一人稱大將軍。身長丈餘。人馬皆着金甲。光芒射人。親衛數百人。皆杖劍張弓。直入堂前。曰。汝是何人。敢不避大將軍。左右竦劍而前。逼問姓名。又問作何物。皆不對。問者大怒。摧斬爭射之聲如雷。竟不應。將軍者極怒而去。俄而猛虎毒龍狻猊獅子蝮蝎萬計。哮吼拏攫而爭前。欲搏噬。或跳過其上。子春神色不動。有頃而散。既而大雨滂澍。雷電晦暝。火輪走其左右。電光掣其前後。目不得開。須臾。庭際水深丈餘。電吼雷勢。若山川開破。不可制止。瞬息之間。波及坐下。子春端坐不顧。未頃而將軍者復來。引牛頭獄卒。奇貌鬼神。將大鑊湯而置子春前。長槍兩叉。四面週匝。傳命曰。肯言姓名即放。不肯言。即當心取叉置之鑊中。又不應。因執其妻來。捽于階下。指曰。言姓名免之。又不應。及鞭捶流血。或斫或煮或燒。苦不可忍。其妻號哭曰。誠爲陋拙。以辱君子。然幸得執巾櫛。奉事十餘年矣。今爲尊鬼所執。不勝其苦。不敢望君匍匐乞請。但得君一言。即全性命矣。人誰無情。君乃忍惜一言。雨淚庭中。且呪且駡。春終不顧。將軍且曰。吾不能毒汝妻耶。即令剉碓。從脚寸寸剉之。妻叫哭愈急。竟不之顧。將軍曰。此賊妖術已成。不可使久在世間。敕左右斬之。斬訖。魂魄被領見閻羅王曰。此乃雲臺峯妖民乎。捉付獄中。于是鎔銅鐵杖碓擣磑磨火坑鑊湯刀山劍樹之苦。無不備嘗。然心念道士之言。亦似可忍。竟不呻吟。獄卒告受罪畢。王曰。此人陰賊。不合得作男。宜令作女人。配生宋州單父縣丞王勸家。生而多病。針灸藥醫。略無停日。亦嘗墜火墮床。痛苦不齊。終不失聲。俄而長大。容色絕代。而口無聲。其家目爲啞女。親戚狎者。侮之萬端。

終不能對。同鄉有進士盧珪者。聞其容而慕之。因媒氏求焉。其家以啞辭之。盧曰。苟爲妻而賢。何用言矣。亦足以戒長舌之婦。乃許之。盧生備六禮。親迎爲妻。數年。恩情甚篤。生一男。僅二歲。聰慧無敵。盧抱兒與言。不應。多方引之。終無辭。盧大怒曰。昔賈大夫之妻鄙其夫。纔不咲。然觀其射雉。尚釋其憾。今吾陋不及賈。而文藝非徒射雉也。而竟不言。丈夫爲妻所鄙。安用其子。乃持兩足。以頭撲于石上。應手而碎。血濺數步。子春愛生于心。忽忘其約。不覺失聲云。噫。噫聲未息。身坐故處。道士者亦在其前。初五更矣。見其紫焰穿屋上。大火起四合。屋室俱焚。道士嘆曰。措大悞余乃如是。因提其髮投大甕中。未頃火息。道士前曰。吾子之心喜怒哀懼惡慾皆忘矣。所未臻者愛而已。向使子無噫聲。吾之藥成。子亦上仙矣。嗟乎。仙才之難得也。吾藥可重鍊。而子之身猶爲世界所容矣。勉之哉。遙指路使歸。子春登基觀焉。其爐已壞。中有鐵柱。大如臂。長數尺。道士脫衣。以刀子削之。子春既歸。

愧其忘誓。復自效以謝其過。行至雲臺。絕無人跡。歎恨而歸。按劇中云。子春父官太宰。妻父韋平章。與廣記全不相合。介祉父爲尙書。恐即借以自寓。其中間說白。頗悔少年時蕩費家貲。疑非無因而發也。韋堅是唐明皇時人。不過借用其姓名耳。

紅蓮案

近時臨川吳士科撰。（*按，吳士科，名龐，號名翰，江西臨川人。）明嘉隆間。山陰徐渭作四聲猿。內有玉禪師翠鄉一夢。（*玉禪師，見本書卷二一。）用宋月明和尙度柳翠事。士科之意。以紅蓮無結果著落。則玉通之恨。未能盡銷。借徐渭殺紅蓮結局。以了前案。故曰紅蓮案也。玉通、徐渭。相隔數百年。士科以渭曾演此事。故扭合於渭。又以渭才高未遇。借此以舒鬱吐奇。作後人談柄耳。（明末有作風流院者，演小青事，而以湯顯祖爲風流院主，柳夢梅杜麗娘皆爲院仙，蓋以小青有挑燈閒看牡丹亭之句，故用顯祖入劇，此本之主徐渭，亦是此意。）大略言山陰諸生徐渭。與月明、玉通兩禪師。本係舊交。杭州守柳宣教。用紅蓮計。致玉通化去。渭知其事。心惡紅蓮。渭建會文書院於西湖。與越王孫等爲社友。而其鄰即紅蓮所居。曰紅蓮院。渭誓不一往。諸生人甫寸者。纖人也。爲蓮父紅擡賜謀。欲占書屋。訟之錢塘令匡羅輸。渭屋契買于鐵剛方。紅屋契買于莫沙水。本不相涉。羅輸始以公斷。既而宣教以紅蓮故。力屬羅輸。羅輸又于驛中狎蓮。爲其所制。竟奪書院與紅。而渭適又以誤殺繼妻事。令乃用刑拷渭。錮之獄中。渭殺妻事。詳見前纂玉禪師條內。時宗憲爲浙閩總督。侍郎諸南明、太史張元忭。交薦渭于宗憲。聘入幕中。胡宗憲。徽人。明世宗時。以倭擾東南。受命督兵。招汪直。殺徐海。倭寇漸平。甚著功績。然與趙文華比。攘張經王江涇之捷。以爲己功。經竟被誅。時論頗不值宗憲。其聘渭入幕。禮遇最優。渭亦頗怙其勢。諸南明張元忭。皆山陰人。南明名大綬。嘉靖三十五年丙辰狀元。宗憲爲總督。相去止數年間。宗憲口中不得稱侍郎。元忭中隆慶五年辛未狀元。宗憲時尚爲諸生。不得稱太史。宗憲訪宣教羅輸款跡。下獄抵重罪。此係揑造。其後兩人皆狼狽以沒。而宣教女柳翠。自賣身紅蓮院。以完父臟銀。宗憲既討倭有功。軍中又屢致白鹿。兩次皆屬渭作表。世宗嘉之。此係實事。內載表聯。奇毛灑雪。島中銀浪增輝。妙體摶冰。天上瑤星應瑞。又云。皤然攸伏。銀聯白馬之輝。岌此有球。玉映珊瑚之茁。皆係渭集中警句。賜宗憲鈔幣。

亦是實事。內載宗憲語云。繪紋盤束。旋分篚貢之珍。鈔貫充函。別出帑儲之費。是渭代宗憲謝疏語。宗憲兵至定海。用渭策窮追蕩寇。遂具表辭官。而薦渭爲浙閩總督。此皆揑造。宗憲之去。亦非願辭。以被劾下獄。至云渭爲總督。太荒唐矣。渭乃仍作寒士。私行至紅蓮家。時羅輪之子潁禿兒。貧窶不能自存。夜竊越王孫箱篋。越王孫無聊。人甫寸拉往紅蓮院以散悶。潁禿兒又約莫沙水等白日爲盜。劫紅蓮家。衆方大窘。官兵突入。奉渭命盡擒之。至公署鞫問。盡斬紅擡賜、紅蓮、人甫寸、莫沙水、潁禿兒等。以越王孫無罪釋之。渭見柳翠。若與相識。遂并釋翠。翠遇月明。證悟夙世。遂從月明爲尼僧。此折用渭玉禪師原本。渭訪玉通舊居于竹林寺之水月庵。而月明率翠亦至。暨開玉通之塔。則翠忽變爲通。與月明相攜謝去。

沒名花

近時臨川人吳士科撰。演吳與弼事。與弼、字子傅、號康齋。臨川崇仁人。司業溥之子。年十九。讀伊洛淵源錄。知聖賢必可學。棄舉業。絕人事。獨處小樓。日取諸經傳語錄玩味之。其後學大成。名聞中朝。景帝時兩召不起。天順初。忠國公石亨薦與弼。上命行人曹隆賫璽書束帛造其廬。召至京。授春坊諭德。辭不拜。宣入文華殿。天語諄切。且諭大學士李賢固留之。與弼稱病篤。累辭不就職。乃賜璽書。遣官護送歸家。四方學者日至。師道尊嚴。善啓迪人。陳獻章、胡居仁輩皆其所成就也。晚年造詣益邃。卓然爲一代大儒。然性高伉。不爲人所喜。臨川知府張璝嘗謁與弼。與弼拒不見。璝怒。募人代其弟投牒訟之。即遣吏拘與弼。門人勸以官服往。不聽。服民服至庭。璝加慢侮。與弼無慍色。亦心諒非其弟意。兄弟相好如初。而怒與弼者。遂詆其訟弟。學士張元禎至云上告夫子正名定罪。不容先生久負虚聲。編修尹直嘗與與弼遇於李賢座間。與弼居上座。直侍坐而退。艴然不平。後著瑣綴錄。增飾事蹟力詆之。此記以沒名花爲標目。大指言花之足貴重者。雖無名亦爲朝廷所賞翫。而與弼名重。反受羣訴。不如無名之爲愈也。英宗賞沒名花。及種種點綴。全屬子虛。又謂與弼因姊與甥而與人結訟。則士科自云移於其姊。康齋可以無此弟也。石亭薦與弼是實事。曹隆爲與弼舊交。亦屬附會。

小河洲

一名雙奇俠。山陰李應桂編。按李應桂。字里待考。所作倘有梅花詩傳奇一種。據小說好逑傳而作。本無事實。演鐵中玉與水冰心。屢以患難相扶。男女不涉于私。可助關雎之化。故名小河洲也。略云。大名秀士鐵中玉、字挺生。丰姿俊秀。人稱爲鐵美人。學甚富。兼多膂力。父英官御史。母石氏。俱在京師。留玉家居。因詣京探親。途遇生員韋佩字柔之者。哭于路。玉詢之。云聘京都秀才韓愿女爲室。有大夬侯沙利。强奪爲妾。刼鎖養閑堂。寃不能伸。今持揭遍告六部科道。乞秉公以救。玉接其揭。語云。十日內使玉人歸趙。韋詢姓氏。玉秘不言。入京見母。

母哭謂曰。汝父因大夬侯奪良家女。韓愿訴于汝父。父爲具奏。侯匿愿夫婦。誑奏汝父妄言。以欺勳舊。被逮繫獄。玉即入獄中。以遇章事告父云。愿女在養閑堂。遂出袖中揭云。請勅捕愿覆訊。英如其言。請得密旨。玉即易裝馳馬詣侯所。適侯坐于堂。拷愿逼女從。玉云。有旨使侯速迎。侯出。玉直入。見愿被拷。詢知之。釋其縛救出。父具奏其始末。詔念侯勳舊。于養閑堂禁錮三年。擢英都御史。愿准貢教授。即以女配章。英以玉結怨于侯。令遊學避禍。之山東歷城。有兵部侍郎水天生、字居一者。因薦總兵侯孝。勦叛寇莫須。須行間諜計。逮孝繫獄。天生以謬舉戍邊。家惟一女。名冰心。與叔潤。及潤女香姑。一宅分居。學士過隆棟子其祖。素無籍。聞冰心美。欲娶之。浼潤玉成。潤趨其勢。見兄責貶。欲嫁冰心以佔兄產。冰心逆知其意。紿令允之。言父遠戍室無主。叔應納其采。私用香姑年庚書于帖。潤目不識丁。以女庚帖囘。及娶。潤趣冰心上車。冰云。叔納其聘。况係妹年庚。何與我事。潤不得已。以女妻過。過見妻陋。大不平。與潤謀。俟其祭掃劫之。冰心度必有計。令僕預備小轎。祭畢。以己所乘轎裝瓦石。鎖轎門。乘小轎從別道歸。過劫輿。啓迎皆瓦石。過益憤。浼歷城尹鮑梓主婚。紿云冰心父已赦。報至門。誘出之。劫以歸。冰心瞷報人皆兇悍。知其計。度不能脫。密懷小刃。且執報條。令先擡詣尹。詢明主婚。後乃花燭。衆以爲然。急舁走。途中觸中玉馬。玉詢之。冰心于轎內訴冤。玉隨之縣。冰心與尹辨。玉以紿旨妄報讓尹。尹無以對。送歸冰心。詢玉父御史。請寓長壽寺。過啣玉破其謀。賄僧于食中下洩藥。玉遂患痢。冰心探玉抱恙。知爲過所算。遂不避嫌。輿歸書舍調治。過言于尹。玉與冰心必有私。尹遣役潛窺。玉病瘳。冰心感其誼。設席垂簾以謝。役伏梁間。聆冰心與玉對席。無一言及私。歸報尹。尹甚敬之。玉遂辭冰心。詣京應試。過不能忘情。復賄巡按馮嬴。主張以三次諭帖。逼冰心字過。冰迫于勢。自作奏章。執其諭帖。遣僕詣闕擊登聞。持本稿親謁巡按。巡按大窘。拒過。追其疏還。

過以書上其父。必欲娶冰心。過隆棟謂水天生受貶可藐。以書令允婚。天生嫉過諂佞。嫌其子狡猾。拒不允。過啣之。適莫須未平。遂奏侯孝與天生罪。請誅之以警不用命者。逮天生至都。九卿會議。無有秉公者。値玉見孝稱寃。貌甚偉。挺身保孝。使帶罪立功。公卿不得已。上其事。有詔諭之。令天生與孝復舊職。往討莫須。頃之玉擢狀元。天生與孝平寇凱旋。感玉高誼。天生欲以女妻玉。玉以有舊日之嫌。堅拒之。天生告英。令娶冰心于家。玉與冰心慮有舊嫌。不肯同臥室。過隆棟復奏冰心與玉有私。詔問歷城尹。尹即韋佩也。據役言爲訴辯。會鮑已陞御史。亦具奏前事。旨召玉等面陳。驗冰心實處女。遂謫過官。而賜冰心與中玉爲妻。

馮驩市義 雜劇

蕭山周起編。按。周起。一名樹。事見戰國策、史記。而劇中詳略小異。史記。孟嘗君名文。姓田氏。父曰靖郭君田嬰。齊威王少子。宣王庶弟也。自威王時任職用事。宣王二年。田忌與孫臏、田嬰俱伐魏。敗之馬陵。虜魏太子申。而殺魏將龐涓。七年。田嬰使於韓魏。韓魏服於齊。九年。田嬰相齊。湣王三年。封田嬰於薛。（以上載首折白文。而以孫臏伐魏有功。封于薛。）有子四十餘人。其賤妾子名文。代立于薛。是爲孟嘗君。在薛招致諸侯賓客。食客數千人。無貴賤。一與文等。齊湣王二十五年。孟嘗君入秦。昭王即以爲相。人或說昭王。乃止。囚孟嘗君。欲殺之。孟嘗君使人抵昭王幸姬求解。姬願得君狐白裘。此時孟嘗君有一狐白裘。直千金。天下無雙。入秦。獻之昭王。更無他裘。孟嘗君患之。徧問客。莫能對。最下坐有能爲狗盜者。曰。臣能得狐白裘。乃夜爲狗。以入秦宮藏中。取所獻裘至。以獻昭王幸姬。姬爲言昭王。釋孟嘗君。孟嘗君得出。即馳去。更封傳。變姓名以出關。夜半至函谷關。昭王後悔出孟嘗君。使人馳傳逐之。孟嘗君至關。關法鷄鳴而出客。客有能鷄鳴者。而鷄盡鳴。遂發傳出。（白中引此二字。）舍人魏子爲孟嘗君收邑入。三反而不致一入。孟嘗君問之。對曰。有賢者竊假與之。以故不致入。孟嘗君怒而退居。數年。人或毀孟嘗君於齊湣王曰。孟嘗君將爲亂。湣王意疑。孟嘗君乃奔。魏子所與粟賢者聞之。乃上書言孟嘗君不作亂。請以身爲盟。遂自剄宮門。以明孟嘗君。湣王乃驚而蹤跡驗問。孟嘗君果無反謀。乃復召孟嘗君。孟嘗君因謝病歸。老于薛。或云、魏子一段、即馮驩事、一事而傳聞異也、初、馮驩聞孟嘗君好客。躡屩而見之。孟嘗君曰。先生遠辱。何以教文也。馮驩曰。聞君好士。以貧身歸於君。孟嘗君置傳舍。十日。孟嘗君問傳舍長曰。客何所爲。答曰。馮先生甚貧。猶有一劍耳。又蒯緱彈其劍而歌曰。長鋏歸來乎。食無魚。孟嘗君遷之幸舍。食有魚矣。五日。又問。傳舍長答曰。客復彈劍而歌曰。長鋏歸來乎。出無輿。孟嘗君遷之代舍。出入乘輿車矣。五日。孟嘗君復問傳舍長。舍長答曰。先生又嘗彈劍而歌曰。長鋏歸來乎。無以爲家。孟嘗君不悅。按國策無以爲家下云、左右皆惡之、以爲貪而不知足、孟嘗君問馮公有親乎、對曰有老母、孟嘗君使人給其食用、無使乏、於是馮驩不復歌、劇照國策、居朞年。馮驩無所言。孟嘗君時相齊。封萬戶於薛。其食客三千人。邑入不足以奉客。使人出錢于薛。歲餘不入。貸錢者多不能與其息。客俸將不給。孟嘗君憂之。問左右何人可使收債於薛者。傳舍長曰。代舍客馮公。形容狀貌甚辨。長者無他伎能。宜可令收債。孟嘗君乃進馮驩而請之。馮驩辭行至薛。召取錢者皆會。得息錢十萬。乃多釀酒。買肥牛。召諸取錢者能與息者皆來。不能與息者亦來。皆持取錢之券書合之。齊爲會日。殺牛置酒。酒酣。乃持券如前合之。能與息者與爲期。貧不能與息者。取其券而燒之。曰。孟嘗君所以貸錢者。爲民之無者以爲本業也。所以求息者。爲無以奉客也。今富給者以要期。貧窮者燔券書以捐之。諸君彊飲食。有君如此。豈可負哉。坐者皆起。再拜。孟嘗君聞馮驩燒券書。怒而使使召驩。驩至。孟嘗君曰。文食客三千人。故貸錢於薛。文奉邑少而民尚多。不以時與其息。客食恐不足。故請先生收責之。聞先生得錢即以多具牛酒。而燒券書何。馮驩曰。不多具牛酒。即不能畢會。無以知其有餘不足。有餘者爲要期。不足者雖守而責之十年。息愈多。急即以逃亡。自捐之。若急終無以償。上則爲君好利不愛士民。下則有離上抵負之名。非所以勵士民彰君聲也。焚無用虛債之券。捐不可得之虛計。令薛民親君。而彰君之善聲也。君有何疑焉。孟嘗君拊手而謝之。國策作馮煖臨行。辭曰。責畢收以何市而反。孟嘗君曰。視吾家所寡有者。煖燒券歸曰。君家所寡有者以義耳。竊以爲君市義。劇於義字極力洗發。據國策也。又按國策。馮煖焚薛債券。後朞年。孟嘗君免相。就國于薛。未至百里。民扶老攜幼以迎。史記不載。劇中照國策作此收場。劇以史記本傳前半節略爲楔子。以馮驩彈鋏爲一折。命驩收債爲一折。焚券爲一折。終之以戰國策中孟嘗君就國百姓扶老攜幼以迎爲結束焉。

四嬋娟 雜劇

錢塘洪昇作。按。洪昇。字昉思。號稗畦。浙江錢塘人。所作傳奇有十一種。昇仿元人雜劇。作四嬋娟。曰。謝道韞詠絮擅詩才。衛茂漪簪花傳筆陣。李易安鬭茗話幽情。管仲姬畫竹留清韻。

詠雪　此四嬋娟之第一也。記道韞事。按晉書云。王凝之妻謝氏、字道韞。西安將軍奕之女也。嘗內集。俄而雪驟下。叔父安曰。何所似也。安兄子朗曰。

撒鹽空中差可擬。道韞曰。未若柳絮因風起。安大笑爲樂。世說所載略同。略云。謝安、字安石。太康人。官拜太傅。錄尚書事。輔政十餘年。掛冠退隱於上虞之東山。按上虞志。謝安隱此。舊有石壁精舍。即靈運讀書處。金陵志亦有東山。一名土山。注云安舊隱會稽東山。築此擬之。陶情山水。寄興絲竹。間與兒女輩談論文義。以爲家庭樂事。兄子瑯兒。兄女道韞。皆失怙恃。安撫之如己出。稍長。皆嗜讀書。工詩賦。而道韞才尤高。許字右軍王羲之次子凝之。頗聞凝之人物非烏衣之選。道韞以爲夙緣。無稍怨色。天大雪。安置酒召兒女內集。酒酣。效柏梁體賦詩詠雪。安起句云。白雪紛紛何所似。瑯云。撒鹽空中差可擬。時道韞年僅十四。續云。未若柳絮因風起。安擊節嘉賞。以爲能盡體物之妙。遂不復吟。自是安益誨以留心翰墨。後適凝之。克盡婦道。晉史。安以平苻堅功晉太傅。則在出山之後。劇中所稱。與史前後不符。又道韞初適凝之。不樂而還。父奕之曰。凝之逸少子。不惡。汝何恨也。答曰。一門叔父。則有阿大、中郎。即安。羣從兄弟。則有封胡、羯末。不意天壤之間。乃有王郎。據此則道韞出閣後。其父奕之尚在。劇稱幼失怙恃。非是。且明言不樂。則韞亦未嘗無怨色。封胡、羯末。韻朗、元川小字。劇中引瑚兒。即朗也。

簪花　以衛夫人傳筆陣圖於王右軍。故名。四嬋娟之第二也。劇云。王羲之、字逸少。瑯琊臨沂人。官右軍將軍會稽內史。自少以書名。鐘鼎篆籀八分章草。無不悉探其源。後渡江北遊名山。見李斯、曹喜等書。又在許下洛陽見鍾繇、梁鵠等書。復參考張昶華嶽碑。遍窺古人用筆微妙。然猶自謂入神之處。無人點化。尚隔半塵。永和九年癸丑。將集蘭亭修禊事。衆推羲之作序親書。羲之念此爲一時勝事。當流傳千載。不可草草落筆。其表姊衛夫人精於書法。擅絕古今。嘗作筆陣圖。得書家三昧。久秘枕中。無人得見。羲之欲得其傳。會衛方設絳帳。名家閨秀皆執經受業。羲之雖中表姊弟。亦願入門牆爲師弟。遣人達意。衛夫人允之。遂以筆硯爲贄。詣衛執弟子禮甚恭。衛亦竟以師道自居。

出筆陣圖指授。義之盡得其傳。書法遂臻神妙。書蘭亭序。爲世寶云。書斷云。晉王義之、字逸少。曠子也。七歲善書。十二歲見前代筆說於其父枕中。竊而讀之。父曰。爾何來竊吾所秘。義之笑而不答。母曰。爾看用筆法。父見其小。恐不能秘之。謂義之曰。待爾成人。吾授也。義之拜請今而用之。使待成人。恐蔽兒之幼令也。父喜。遂與之。不盈朞月。書便大進。衛夫人見語太常王策曰。此兒必見用筆訣。近見其書。便有老成之智。流涕曰。此子必蔽吾名。晉帝時祭北郊。更祝版。工人削之。筆入木三分。三十三書蘭亭序。三十七書黃庭經。書訖。空中有語。卿書感我。而况人乎。吾是天台丈人。自言眞勝鍾繇。義之書多不一體。　劇中絳帳之說。取爲師者曰設帳云耳。男子則馬融有絳帳事。女子則韋逞母宣成君宋氏有絳帳事。非衛夫人也。　法書要錄曰。衛夫人名鑠、字茂漪。隸書尤善。鍾公云。碎玉壺之冰。爛瑤臺之月。婉然芳樹。穆若淸風。按前衛夫人稱右軍爲此兒此子。則非中表姊弟可知。衛夫人帖有云。弟子王逸少。杜甫詩亦云。學書初學衛夫人。蓋義之實夫人弟子也。　筆陣圖云。夫三端之妙。莫先乎用筆。六藝之奧。莫匠乎銀鉤。自非通靈感物。不可與談斯道。今删李斯筆妙。更加潤色。總七條。并作其形容。列事如左。貽諸子孫。以爲模範。庶將來君子。時復覽焉。（據此則筆陣圖未嘗秘而不宣矣。）王右軍書衛夫人筆陣圖後云。羲之少學衛夫人書。將謂大能。及渡江北游名山。比見李斯、曹喜等書。又之許下。見鍾繇、梁鵠書。又之洛下。見蔡邕石經三體書。又於從兄洽處。見張昶華岳碑。知學衛夫人書。徒費年月耳。羲之遂改本師。時於衆碑學習焉。遂成書。且時年五十有三。（據此則右軍師衛夫人學書。乃其少時事。劇中謂在渡江之許之洛之後。誤矣。）韋續九品書。以王羲之爲上上。衛鑠爲上中。又書品後書品。皆先王而後衛。又續書評云。衛夫人書如插花舞女。低昂芙蓉。故謂之簪花格也。

鬬茗 四嬋娟之第三也。摘取李清照傳中烹茶檢書一段。幻出一時情話。謂明誠清照爲千古第一等美滿夫妻。而清照改節事則諱之。趙明誠、字德甫。相國趙清憲之子。（此趙挺之也。或以爲趙抃誤。）博洽多聞。精於賞鑒。幼夢神人手授一書。醒而記其三句云。言與司合。安上已脫。芝芙草拔。告之淸憲。謂當爲詞女之夫。此係實事。後娶濟南李格非之女淸照、字易安。姿容絕代。辭藻無雙。伉儷之篤如魚水。筆床相對。日從事於圖史琴樽爐香茗椀。以爲閨中樂事。明誠授淄川守。攜淸照之官。公餘之暇。所得俸入。徧令人傳寫未見書籍。購法書名畫彝鼎古器。以供玩賞。此係實事。時當初夏。散衙。命侍婢綠肥、紅瘦此係添出。詞中有綠肥紅瘦句也。烹陽羨茶。與淸照坐歸來堂。啜茗看畫。論列古今。有人以徐熙牡丹求售。乃在太學時欲得而未遂者。至是竭資得之。晝長無事。互指書中事。以分鬬茗勝負。此皆本易安金石錄序。遂歷數古來美滿夫妻。爲閨房生色。自弄玉、簫史、司馬相如、卓文君、孟光舉案、張敞畫眉。以至恩愛若沈東美、高柔、荀奉倩之類。每舉一耦。飲茗一杯。然自古以來。亦不可多得。乃相與自慶爲芙蓉並頭。鴛鴦比翼。不是過也。此段添出。明誠言至此。不覺覆手中茶、此是實事。濕淸照羅裙。旖旎情長。狂喜欲絕。自是琴瑟之好愈篤。立誓願生生世世長爲夫婦云。按明誠夫婦。每飯罷坐歸來堂。烹茶。指堆積書史。言某事在某書某卷第幾葉第幾行。以中否勝負。爲飲茶先後。中則舉杯大笑。或至茶覆懷中。不得飲而起。宋人稗乘及易安所自記大略相同。劇中全本此一段。而以爲論夫妻生色。則作者附會也。淸照有漱玉詞三卷行世。其聲聲慢一詞尤婉妙。詞云。尋尋覓覓。冷冷淸淸。悽悽慘慘戚戚。乍暖還寒時候。最難將息。三杯兩盞淡酒。怎敵他曉來風急。雁過也。正傷心。卻是舊時相識。滿地黃花堆積。憔悴損。如今有誰堪摘。守着窗兒。獨是怎生得黑。梧桐更兼細雨。到黃昏點點滴滴。這次第怎一箇愁字了得。朱文公亦深贊此詞之妙。

畫竹　四嬋娟之第四也。演趙孟頫挈室管道昇浮家泛宅於苕霅間。以琴瑟之好。領湖山之勝。而畫竹尤道昇所長。故拈出爲名目也。趙孟頫、字子昂。宋宗室秦王德芳之後。自四世祖憲靖王賜第吳興。遂爲吳興人。入元。以程鉅夫薦。應詔入都。世祖恩禮甚渥。累官翰林學士承旨。仁宗即位。眷顧益厚。嘗以唐李白、宋蘇軾比之。請給歸里。寄情翰墨。徜徉山水。夫人管氏、名道昇、小字仲姬。泖上小蒸人。性情淡素。不事鉛華。嫻詞賦。尤工畫竹。時值重陽。孟頫在白蘋洲別業。命童婢樵青、漁童（按樵青‧漁童‧唐張志和之婢僕也‧志和漁父詞云‧漁童開口樵青笑‧劇因孟頫夫婦作漁父詞‧故并借用二人名耳‧）泛舟。載夫人同作淸遊。盟鷗狎鷺。歌詠中流。相對甚樂。仰見餘不溪上修竹萬竿。娟秀可愛。孟頫屬道昇作畫。畫竟。張舟中對玩。琅玕滿目。風雨欲來。道昇復作漁歌子詞寄意云。人生貴極是王侯。浮利浮名不自由。爭得似。一扁舟。弄月吟風歸去休。孟頫以松雪古琴倚聲歌之。又呼漁童擫笛相和。又依韻成一闋云。渺渺烟波一葉舟。西風木落五湖秋。盟鷗鷺。傲王侯。管甚鱸魚不上鈎。歌罷。天淡波沈。潛虬欲起。烟波之樂。以爲前有少伯。後有志和。不是過也。自是夫婦往來苕霅。率以爲常。人皆目爲水仙云。趙孟頫詳元史本傳。劇與史合。小蒸鎭在松江泖湖之西。一名蒸溪。又名貞溪。趙文敏公魏國夫人管氏世居於此。詳松江府志。趙本傳云。孟頫篆籀分隸眞行草書無不冠絕。其畫山水木石花竹人馬尤精。前史官楊載稱孟頫之才。頗爲書畫所掩。知其書畫者。不知其文章。知其文章者。不知其經濟之學。人以爲知言。瑯環記曰。管夫人性嗜蘭梅。下筆精妙。不讓水仙。有時對庭中修竹。亦自興致。不能自休。圖繪寶鑑亦云。管夫人能書。善畫墨竹梅蘭。漁歌子詞見本集。又一首云。遙想山堂數樹梅。凌寒玉蕊發南枝。山月照。晚風吹。只爲淸香苦欲歸。

迴文錦

錢塘洪昇撰。事本武后御制竇滔妻蘇蕙織錦迴文傳。中間牽合點綴處。亦頗有因。與元人織錦迴文*按。元關漢卿有蘇氏進織錦迴文雜劇。今佚。關目互異。略云。扶風人竇滔、字連波。官秦州刺史。給假里居。妻蘇氏、名蕙、字若蘭。興平人。性格玲瓏。姿才艷麗。然未免嫉妬心。滔雖敬愛之。而不爲束縛。有婢隴禽。乘間獻媚于滔。滔力拒之。隴禽懷恨。時當七夕。夫婦方飲于穿針樓。而朝命忽至。擢滔爲兵部侍郎。促之任。滔赴京。蜀王苻洛與長史尹萬有逆謀。設宴邸第。大召朝臣。爲暗結人心計。酒酣出宮嬪媚珠侑觴。滔踞坐凝睇。觸洛怒。被劾。貶謫燉煌。燉煌監軍內監魯尙義所撫甥女曰趙陽臺。有文武才。爲尙義叅軍。曾繡鴛鴦一隻。尙義欲爲擇配。令懸繡鴛射之。以卜所從。一發而中鴛右目。時有高僧鳩摩羅什能知未來。尙義以陽臺配耦爲問。言當爲人側室。且宜即以繡鴛招善射者。能中左目。即其耦也。而滔適至。射中左目。陽臺遂嫁爲妾。閨房唱和。興至射獵。甚相得也。會尙義內召。苻洛備宴。藏甲謀亂。以尙義諫阻。發其奸。擒洛治罪。尹萬逃入蜀。尙義加官。滔亦擢用。懼其妻蘇蕙之來。預置外宅。藏陽臺。臨別。陽臺自寫其容于一扇遺滔。蕙至。見其夫神色可疑。陰令隴禽察之。滔方握扇思陽臺。爲隴所見。竊扇告蕙。蕙大怒。尋究得陽臺所在。率羣婢劫以歸。幽之別室。又聽隴禽讒。數加以不堪。滔惶恐。屢折節請。而蕙不顧。陽臺之嫗被逐。赴尙義求救。尙義至滔第。賺陽臺還。而滔適奉命爲安南將軍。鎭守襄陽。竟攜陽臺赴任。蕙獨居哀怨。織迴文錦一幅。縱横藏詩三十餘首。錯采鏤金。精工絕世。寄至襄陽。滔見而感動。與尙義商。令陽臺從羅什剃度修行。而遣人迎蕙。陽臺行至妬女祠。爲文祀神而去。蕙繼至。見其文。心憐之。遣人追之不及。蕙旣之任。尹萬在蜀作亂。朝復命滔往征。賊潛引兵南下。圍襄陽甚急。蕙在圍中。遣兵拒賊。屢爲賊敗。陽臺往見羅什。羅什謂其塵緣未斷。使之遄返。助以佛力。得入城見蕙。釋怨相愛重。如姊妹。羅什又使陽臺上城樓歌舞以亂賊心。尹萬果惑。乘城而上。爲陽臺所斬。圍解賊平。滔亦提師自蜀還。見妻妾相好異常。乃歸前咎于隴禽。痛懲之。事聞皇后。召見。索觀織錦。深加嗟賞。朝廷論平賊功。滔封侯。蘇氏、趙氏皆爲夫人。后復以蕙爲曠代奇才。特賜蜀江萬頃爲花粉貲云。　按陽臺被遣。作者以爲可惜。故幻出後段情節。兩相和好也。射鴛一段。影借唐高祖射雀屏事。杜甫詩屏開金孔雀。即其事也。本傳云。前苻堅時秦州刺史扶風竇滔妻蘇氏。陳留令武功道質第三女也。名蕙、字若蘭。識知精明。儀容秀麗。謙默自守。不求顯揚。行年十六。歸於竇氏。滔甚敬之。然蘇性近於急。頗傷嫉妬。滔字連波。右將軍眞之孫。朗之第二子也。風神秀偉。苻堅委以心膂之任。備歷顯職。皆有政聞。遷秦州刺史。以忤旨謫戍燉煌。會堅寇晉。襄陽慮有危逼。藉滔才略。乃拜安南將軍。留鎭襄陽。初滔有寵姬趙陽臺。歌舞之妙。無出其右。滔置之別所。蘇氏知之。求而獲焉。苦加捶辱。滔深以爲憾。陽臺又專伺蘇氏之短。讒毀交至。滔益忿焉。蘇氏時年二十一。及滔將鎭襄陽。邀其同往。蘇氏忿之。不與偕行。滔遂攜陽臺之任。斷其音問。蘇氏悔恨自傷。因織錦迴文。五采相宣。瑩心耀目。其錦縱橫八寸。題詩三十餘首。計八百餘言。縱橫反覆。皆成文章。其文點畫無缺。才情之妙。超古邁今。名曰璇璣圖。然讀者不能盡通。蘇氏笑而謂人曰。徘徊宛轉。自成文章。非我佳人。莫之能解。遂發蒼頭齎至襄陽。滔省覽錦字。感其妙絕。因送陽臺至關中。而具車徒如禮。邀迎蘇氏。歸于漢南。恩好逾重。　按史。晉孝武太原五年夏四月。秦幽州刺史苻洛及苻重舉兵反。秦遣兵擊之。斬重。擒洛。赦之。據此。則洛之反。在幽州。而不在長安邸第。且斬重而赦洛。未嘗誅也。　高僧傳。鳩摩羅什。天竺僧。姚興迎之入關。待以國師。忽一日自請于秦王曰。有二小兒登肩慾障。須婦人。興進宮女一。交而生二子。諸僧欲效之。什聚針盈鉢。舉匕不異常食。曰。若能效我。乃可畜室。一說。興常謂什曰。大師聰明超悟。若一旦厭世。何可令法種無嗣。遂以妓女十人逼令受之。自是別立廨舍。不住僧房。又蓮社高賢傳。佛馱邪舍尊者聞什入長安。姚主逼以妾媵。歎曰。羅什如好綿纊。何可使入棘林。據此則後一說爲的。　妬婦津在臨濟。酉陽雜俎云。劉伯玉妻段氏。性妬。後自沉而死。七日。托夢與伯玉曰。吾今得爲水神。伯玉終身不渡水。美人渡津者。皆壞衣毀粧。始得渡。不爾則風波暴發。

迴龍記

杭州洪昇作。演韓原睿棄妻盡忠。妻能守節。孝子尋親立功。原睿于迴龍村投水捐軀爲人救免。其子又于臥龍閣遇親。故名迴龍記也。姓名事蹟無所考。或別有寄託。未可知也。略云。韓原睿、字聖思。楚州山陽人。擅詞翰。家貧。父至善。母易氏。六十齊眉。妻季氏。德性幽閒。生子敬敷。重陽家宴賞菊。表叔柳權忽至。飲次。至善正言諫權。坐享膏腴。煢煢老母。置而不問。權大怒。他日約同學胡羣、苟黨二人至韓宅。毆至善而去。原睿懼爲暗害。赴京應試以避之。途中感寒疾。暫憩聖慈禪寺。寺僧半偈。乞原睿書方丈悟石軒三字。適張丕文以節度使出鎮八閩。平章宋皇羣所薦也。置酒聖慈餞行。見軒扁書法淸勁。延之敍談。皇羣命口占一詩。以贈張節度。原睿卽吟云。蠻方千騎擁高牙。把酒靑門御柳斜。此去武夷山下路。春風開遍荔枝花。皇羣憐其才。

留之署中。薦爲建寧府別駕。便道省親。攜妻赴任。柳權負荆請罪。原睿亦不較也。是時閩中都督虞自用。倚恃兵權。殘虐良善。丕文入境之始。見其參軍賈多智。踏損苗稼。痛懲之。自用怙惡不悛。反生嫌忌。操兵買馬。漸露叛形。原睿謁丕文。丕文欲裁兵減餉。原睿以爲不可。而丕文意已決。以密奏付原睿。齎入京師。奉旨。虞自用麾下兵餉。俱着裁減一半。自用設酒請丕文。即於筵前縛之。逼降不從。全家被害。使馮彪駐紮仙霞嶺。張虎防守温台一帶。原睿妻季氏聞之。大驚。寄書囑其夫不可自投虎口。而多智已率兵圍官署。原睿行至迴龍村。接家書。決計盡忠。奮身投水。吏役救之不死。潛出浦城。至仙霞嶺。遇馮彪逼降。原睿欲拔劍自刎。彪感其忠烈。縱之出關。彪亦棄職隱姓逸去。原睿子敬敷。省試中式。方歸家。聞父遭難。辭祖父母往閩尋親。而原睿復返京師。謁平章皇犟。勸速出師剿捕。皇犟奏于朝。遣大將軍郁通爲帥。原睿爲參謀。敬敷尋親至仙霞關。爲巡兵所獲。見虞自用。詭姓名云章文方。自用欲釋之。柳權適投軍中。證云係韓原睿之子。自用大怒。立使斬之。賈多智云。不如釋令見母。逼修家書勸原睿降。敬敷見母。悲訴始末。乘夜舉火。潛逃出城。多智率兵抵榕城。卸甲與歌姬暢飲醉臥。原睿兵忽至。擒赴軍前。柳權亦被擒。原睿釋之。復獻策于郁通。單騎說降自用。特旨陞授紹興太守。到任三日。詣臥龍崗臥龍閣行香。季氏同子敬敷亦來許願。夫妻父子相見。悲喜交集。朝廷敍功。召入京師賜宴飲至。敬敷得中探花。原睿陞兵部侍郎。季氏封二品夫人。父至善晉封如子官。易氏贈二品夫人。敬敷授翰林編修。劇中胡羣、苟黨。蓋言狐羣狗黨也。其非眞姓名無疑。

鬧高唐

杭州洪昇作。大意本施耐庵水滸內。柴進失陷高唐州一段爲排場關目。其波瀾脉絡。總歸于破高唐救柴進。即以鬧高唐名劇。自序云。觀柴進。則當思所以擇交。觀李逵。則當思所以懲忿。觀藺仁。則當思所以報恩。觀宋江等。則當思所以反邪歸正。觀殷天錫。而知勢力之不足倚。觀高廉。而知妖術之不可恃。觀高俅。而知權奸之誤人國家。觀羅眞人、公孫勝。而知紛爭擾攘之中。未嘗無遺世獨立之人也。又謂文官如柴進則不愛金錢。武官如李逵則不惜死。故獨爲此二人寫照。如寫皇城夫人之烈。柴大娘子之貞。公孫勝母之節。則以巾幗愧鬚眉。有水滸所未及者。事原野乘。特借此以抒懷抱耳。略云。柴進。滄州人。周世宗子孫。有親叔皇城。向居高唐州。進重義疎財。扶危濟困。妻勸以功令森嚴。宜自斂藏。進不從。高唐州司獄大使藺仁赴任。中途被盜。進厚贈之。李逵。沂州沂水縣人。曾路見不平。拳勇傷人。避難柴進莊。進特敬愛。後投梁山泊。適公孫勝辭歸薊州養老母。逵亦辭下山報進恩。吳用不允。逵私下山至進家。而進叔皇城信至。知爲高唐州知州妻弟殷天錫强占花園。毆擊垂危。逵隨進至州。皇城已斃矣。天錫復率多人催讓花園。并毆進。於是逵憤甚。

拳斃天錫。進勸逵速去。知州高廉。遂擒進下獄。并提家屬監禁。抄沒家産。逵懼吳用。欲往二龍山武松處借兵救進。而戴宗下山探信。遇之。邀至泊中。吳用以違軍令。將斬逵。戴宗爲懇求。方免。宋江率馬步卒三千。往高唐州。高廉有妖術。預演八門陣勢。鬼兵神兵獅王等。自恃無恐。戴宗與戰。爲鬼兵所敗。廉乘勝劫營。吳用伏兵大戰。逵斧傷廉足。因回城固守。暗運妖術。大霧陰霾。宋江難攻。思延公孫勝破之。遣戴宗往薊州。逵願偕行。進在獄。幸藺仁感其恩。默護之。高廉恐有内變。命將進及妻。與皇城夫人處決。皇城夫人觸堦死。時遷入城探事。徧散帖子救進。高廉果慮宋江等劫法場。仍監進夫婦。命藺仁五日内取絕呈。仁縋進枯井中。帶乾糧暫匿。以囚徒尸代之。進得不死。戴宗偕逵至薊州二仙山訪公孫勝。其母與師羅眞人。俱不令下山。李逵暗入紫虛觀中。殺羅眞人及道童。次日勝宗同逵進謁。眞人固安然無恙也。所劈者乃二葫蘆耳。眞人重逵之義。授勝五雷正法。付以葫蘆拂子寶劍。遂偕逵等詣高唐州。與高廉鬭法。幻作鍾馗天師釋迦佛。破其鬼兵神兵獅王等妖法。廉大敗。李逵斧劈高廉。入城。盡殺廉家口。下枯井救進出。公孫勝願歸山學道。藺仁偕行。柴進以祖宗世受國恩。不可從賊。往汴京叩閽待罪。徽宗命太尉宿元景。招安宋江等。高俅諫阻。徽宗從元景奏。授柴進統制。同往招安。各加官爵。進往高唐州脩叔皇城暨嬸靈柩。宋江等俱往祭奠云。按宣和遺事。有小旋風柴進。智多星吳加亮。入雲龍公孫勝。黑旋風李逵。神行太保戴宗等三十六人名。而柴進爲周世宗子孫。則據水滸傳。餘無所考。劇內亦有與水滸異處。如柴進往汴京叩閽。藺仁隨公孫勝學道是也。宿元景招安。亦非此時事。

宋稗類鈔。高俅者。本東坡先生小史。筆札頗工。東坡自翰苑出帥中山。留以予曾文肅布。文肅以使令已多。辭之。以屬王晉卿。元符末。晉卿爲樞密都承旨。時裕陵在潛邸。與晉卿善。在殿廬侍班邂逅。王云。今日偶忘帶篦刀子來。欲假以掠鬢可乎。晉卿從腰間取之。王云。此樣甚新可愛。晉卿言。近創造二副。一猶未用。少刻當以馳內。至晚。遣俅齎往。値王在園中蹴踘。俅候報之際。睥睨不已。王呼令對蹴。深愜王意。大喜。呼隸輩云。可往傳語都尉。既謝篦刀之貺。并所送人皆輟留矣。由是日見親信。踰月。王登寶位。眷渥甚厚。不次遷拜。其儕類援以祈恩。上曰。汝曹爭如彼好脚迹耶。數年間建節。尋至使相。遍歷三衙者二十年。領殿前司職事。恩倖無比。極其富貴。然不忘蘇氏。每其子弟入都。則給養問卹甚勤。靖康初。裕陵南下。俅從駕至臨淮。以疾篤。辭歸京師。當時侍行如童貫、梁師成輩皆坐誅。而俅獨死於牖下。

水滸傳載高俅，由小蘇學士致身王晉卿，因送玉器及氣毬，以知遇徽廟潛龍日，孰知其爲大蘇之小史耶，其事見王明清揮麈錄。

曲海總目提要卷二十四

南桃花扇

曲阜孔尙任曾作桃花扇。無錫顧彩（按、顧彩、字天石、號夢鶴、江蘇無錫人、所撰尙有後琵琶記。）又作南桃花扇。桃花扇之首齣。白云。日麗唐虞世。花開甲子年。康熙二十三年。四民樂業。五穀豐登。祥瑞並臻。河淸海晏。欣逢盛世。到處遨遊。今作南桃花扇者。從此翻出。則更在其後也。所演即侯方域事。尙任以張薇出家白雲庵。登壇建醮。侯生、李姬至庵相見。薇爲說法。兩人醒悟修行結局。彩改作侯、李團圓。蓋全本樂曲。自當以團圓爲正也。且侯方域于順治辛卯尙應秋闈之試。尙任云。拜丁繼之爲師。修眞學道。無異說夢。改作爲是。仍名桃花扇者。則以爲李香君面血濺扇。楊文驄以筆畫點之。其關目與孔本相同。尙任北籍。

彩南籍。故曰南桃花扇也。劇中諸人。姓名履歷俱眞。關目事蹟。則頗多扭合添飾。今按其本。加以辨駁。庶幾無眞僞混淆之患云。按唐人詩云。舞低楊柳樓心月。歌罷桃花扇底風。作者取此字面。造出事蹟生情耳。據正劇云。侯方域、字朝宗。中州歸德人。祖太常。父司徒。久樹東林之幟。按方域。河南歸德府商丘縣人。祖執蒲。官至太常卿。父恂。官至戶部尙書。俱在東林中有聲望。劇言不謬。壬午。南闈下第。僑寓莫愁湖畔。社友陳定生、吳次尾寓三山街蔡益所書坊。時常往來。按明代南京鄉試。各省監生入南監者。俱可入試。方域應南試是實。陳定生名貞慧。宜興人。都御史于廷之子。吳次尾名應箕。貴池人。于廷本東林人望。天啓崇禎時。張溥吳偉業等創立復社。東南名士無不結社者。皆以復社爲宗。貞慧應箕俱社中名士之魁也。仲春之候。三人同訪說書人柳敬亭。是時懷寧阮大鋮。原任光祿卿也。以魏忠賢黨名掛逆案。崇禎屛廢不用。徙寓金陵。作燕子箋、春燈謎諸劇。才思華艷。歌舞聲技。甲于南中。柳爲大鋮門客。應箕作留都防亂揭以攻大鋮。柳見其揭。拂衣出阮門。故諸人喜與之遊。按柳敬亭號爲柳麻子。泰州人。本曹姓。年少時獷悍無賴。名在捕中。變姓名曰柳。逃之盱眙。耳剽稗官故事。以說書著名。劇中應箕云。曾見賞于吳橋范大司馬桐城何老相國。道其實也。范名景文。崇禎時爲南京兵部尙書。後拜大學士。以身殉國。何名如寵。崇禎時大學士。最有淸望。但柳實大鋮門客。未嘗有拂衣而去之事。諸名士以其善說書而與遊。亦非謂其能與阮絕也。留都防亂揭。則應箕等所爲。

（而無錫人顧杲居首。）李貞麗者。舊院中名妓也。假女美而艷。延歌者蘇崑生教以詞曲。貴州楊文驄。鳳陽總督馬士英之妹夫。阮大鋮契友也。乙榜縣令。罷職閒居。素善貞麗。過其居。見女之美。畫蘭贈之。爲題字曰香君。與貞麗言。欲令方域爲香君梳櫳。（按方域文集中、有李姬傳、載姬始末、楊文驄字龍友、善畫、蘇崑生者、河南固始人、寄居無錫、以善歌著名、俱是實事。）會當春丁。大鋮往文廟觀祭。爲復社諸生所辱。貞慧于雞鳴埭燕客。用帖借大鋮家樂唱演。而席間諸生復醜詆大鋮。大鋮慚恧甚。方欲求好於諸生。文驄因爲畫策。使大鋮出重貲予貞麗。爲方域聘香君。方域聞文驄譽香君之才美。淸明日特造訪之。則其母女正在名妓卞玉京家。爲盒子之會。方域遂偕崑生造卞宅。貞麗自卞樓挈女下。留方域飲。約於三月半爲香君上頭。方域以囊空爲辭。文驄云。粧奩酒席。皆已全備。及至是日。大鋮爲費二百餘金。文驄約淸客丁繼之、沈公憲、張燕筑等。陪方域詣李氏。貞麗則邀卞玉京、寇白門、鄭妥娘等諸名妓皆與吉席。方域作詩一絕。以贈香君。遂合歡于香君之媚香樓。明日。文驄來賀。因道大鋮代出重貲之故。欲方域解釋于貞慧、應箕等。方域難卻大鋮厚意。遂言阮本年伯。當爲諸君分解。而香君則大怒。痛罵大鋮。拔簪脫衣。誓不受其籠絡。方域不得已。復從香君之言。而諸名士于丁繼之秦淮水榭置酒看燈船。大鋮夜半駕燈船而遊。又爲諸生所詈。踉蹌而去。于是搆怨益深矣。按祭丁借戲二事·聞果有之·大鋮出貲買妓·結好方域·及香君卻奩·蓋係方域自誇·未必實有其事·下玉京住大功坊·與徐中山府第相對·其事蹟見吳偉業詩集·寇白門鄭妥娘亦俱金陵名妓·玉京名賽·白門名湄·妥娘名如英·字無美·並見當時名士詩文集中·然妥能詩·手不去書·朝夕焚香持誦·如皋冒伯麐嘗集妥與馬湘蘭趙今燕朱泰玉之作·爲秦淮四美人選稿·劇中以丑角爲之·殆非所宜·盒子會乃名妓故事·沈周集中有盒子會歌·即其事也·丁繼之沈公憲張燕筑皆當時清客·錢謙益龔鼎孳等皆與之遊·方域父恂·與大鋮俱萬曆丙辰進士·故方域以大鋮爲年伯·燈船者·秦淮盛事·歲歲有之·至今不廢· 左良玉率重兵鎭守武昌。因饑。兵缺餉。向轅門鼓譟。良玉遂欲撤兵漢口。就食南京。本兵熊明遇束手無策。使文驄告方域。欲得其父恂書以止良玉。方域以父罷官家居。往返寥闊。乃代作父書。使柳敬亭赴良玉軍。令鎭武昌。不可移兵內地。良玉喜敬亭舌辯。且以恂書止兵。遂留敬亭于幕。而南京公卿方大驚恐。司馬熊明遇集衆會議。明遇出視江上之師。漕撫史可法、鳳督馬士英俱至議所。大鋮、文驄雖廢紳。亦皆與座。文驄言良玉係侯司徒舊卒。已發書勸止。當無不從。可法以爲然。而大鋮則以方域卻奩銜恨。遂言良玉欲南下。乃方域發書所招。請當事者捕治方域。可法以爲不可。文驄恐方域受禍。乃馳詣香君之室。以情告方域。使潛避之。方域以可法出父恂之門。遂投可法。

按左良玉始末。侯方域集中敘之最詳。然甚失實。不可不辨。方域言良玉以走卒侍其父恂。恂爲督治昌平侍郎。一日拔之。用爲副將。未及期年。遂總兵爲大將。吳偉業綏寇紀略所載。專取其說。劇中良玉自白云。軍門侯恂拔于走卒。命爲戰將。不到一年。又拜總兵之官。北討南征。功加侯伯。強兵勁馬。列鎮荆襄。蓋亦祖方域之說也。北討謂于山西懷慶與李自成等相角。南征謂攻張獻忠于楚。致瑪瑙山之捷。皆係實蹟。功加侯伯。謂初封寧南伯。繼復進侯。然封伯乃于楚有功而得。進侯則福王自立之時。皆後來事。此處良玉口中。不宜遽及。至侯恂拔良玉于走卒之說。乃仍方域之誤。所當亟辨者也。良玉本臨清人。熹宗時官遼東都司。天啓四年。巡撫畢自肅以部卒缺糧鼓譟。革職而去。良玉亦被褫。至崇禎三年之春。大清兵收回山海關外。明之督撫遂報永平已復。所敘諸將內。有曹文詔左良玉姓名。蓋良玉以都司革職。在軍中効力。明代制度。多有如此。其名謂之爲事官。既敘在復城數內。則其時或當復官。或當另敘。崇禎事蹟。未得其詳。要之以原任都司軍前効用。不可謂之走卒也。効用都司因恂特薦。遂擢副將。豈非破格。故良玉受崇禎知遇。而奉恂爲恩門。方域欲誇張其父。以爲恂之薦良玉。如蕭何薦韓信之比。故略其從前之官資。而直謂之走卒。不知一人之手。不可掩天下目也。自吳偉業據其說。筆之于綏寇紀略。而艷其事者。往往不知良玉之本來矣。方域集中。有代父與左良玉書。亦係後來造出。並非實事。蓋侯恂以事下獄者七年。崇禎以李自成日熾。攻陷河南州縣。圍困開封省城。欲良玉專心辦賊。故出恂于獄。代丁啓睿爲督師·恂未至軍·而良玉兵已敗于朱仙鎭·恂請疾馳至良玉軍·崇禎以恂赴良玉軍·無益于救汴·乃命拒河圖賊·而令良玉以兵會·良玉不願行·僅使部將金聲桓以五千人至·詭云身率三十萬衆立至矣·已而竟不至·開封爲李自成所破·崇禎怒恂·罷其官·以呂大器代之·恂解任·尋復下獄·此十五年事也·良玉避自成鋒·退兵樊城·旋入武昌·明年正月·兵潰而南·聲言赴南京·其部將王允成先引兵破建德·劫池陽·文武操江陳師江上以守禦·南兵部尙書熊明遇錯愕無策·吉水李邦華·故南樞臣居家·被召抵湖口·聞變草檄·正告良玉·開示禍福·且移書安慶巡撫·發九江庫銀十五萬以補其餉·邦華又親入左營撫之·良玉稍息肩于安慶·迨張獻忠破武昌而去·良玉始自湖口入武昌·良玉之不至南京·邦華力也·彼時若方域果有代父與良玉書·書中當敘明爲良玉受累之故·且不在獄中·亦當就逮·書中全不言及·故知非當時手筆也·良玉援汴不力·退而之楚·自楚南下·及武昌·爲獻忠所破·良玉復自南逆流入武昌·劇云·良玉鎭守武昌·亦誤也·良玉在楚·張獻忠亦出沒楚境·十六年內·良玉頻奏恢復州郡之功·崇禎以承天府爲興獻弓劍之地·賴良玉恢復·乃封良玉爲寧南伯·畀其子夢庚以平賊將軍印·俾功成之後·世守武昌·並非南潰以前事·阮大鋮發論謂方域招良玉·綏寇紀略亦載其事·言方域嘗偕友移書駡之·左兵南潰·方域僑寓陪都·大鋮頌言良玉爲賊·而目侯以同反·劇中亦祖其說·然此亦出方域集·偉業未深考而筆之書·其與阮光祿書·亦後來僞作·大鋮因留都防亂之揭·痛恨復社諸生·方域故與吳應箕陳貞慧厚·不能不怒及之·其書則子虛也·方域爲香君之故·則劇所增飾·不出于偉業·其投史可法·亦係緣飾·非實事·

崇禎十七年。李自成破北京。鳳陽總督馬士英使大鋮迎福王。史可法已陞南京兵部尙書。建議不可。士英不聽。既立福王。士英、可法及吏書高弘圖、禮書姜曰廣俱入閣辦事。四鎭武臣。靖南伯黃得功、興平伯高杰、東平伯劉澤淸、廣昌伯劉良佐。俱進封侯爵。各囘汛地。可法督師江北。開府揚州。三鎮與高杰相爭。可法調劑其間。令杰鎮揚通。爲標下先鋒。得功鎮廬和。澤清鎮淮徐。良佐鎮鳳泗。三鎮未即聽和。同攻高杰。杰又不遵約束。欲渡江掠蘇杭。爲巡撫鄭瑄所扼。是時李自成兵潰而南。將渡黃河。許定國總兵河南。不能阻當。飛章告急。杰乃願引兵開洛防河。將功贖罪。此段大略皆實。馬士英欲立福王。可法貽書言有七不可。士英不聽。劇言二大罪。五不可。小異。福王既自立。以寧南伯左良玉靖南伯黃得功並進爵爲侯。而封高杰爲興平伯。劉澤清爲東平伯。劉良佐爲廣昌伯。劇略良玉不敘。而云四鎮皆由伯進侯。亦失事實。高杰與三鎮相爭。遂銳意欲赴河南。劇云侯方域參史可法軍事。爲可法語杰。令赴河南。亦非事實。方域未嘗爲可法參謀也。方域自可法幕中。奉可法令。監高杰軍。至睢州。杰爲許定國所殺。方域走還商丘。避難月餘。買舟南下。至呂梁。與蘇崑生遇。語及香君蹤跡。遂與崑生偕至金陵訪之。按高杰爲許定國所殺。是實事。聞定國本河北人。杰從李自成爲流賊時。嘗戕定國之家。定國切齒。而杰初不知也。杰至睢州。定國事之甚恭。設宴款洽。杰已酣醉。定國又宴其部下諸將。令兩妓侍一人。至夜定。兵器皆爲妓所掣去。定國攻杰。杰遂徒手被擒。劇所載。大段相合。劇言其計出定國妻侯氏。未知的否。其侯方域在杰軍一段。則非實也。高弘圖山東人。姜曰廣江西人。初、方域既去。而大鋮尚銜李香君。會與士英擁立福王。復光祿職銜。馬阮之黨田仰。推陞總漕。以聘金三百。託楊文驄聘妾。文驄以香君應之。香君欲爲方域守節。峻拒不肯從。士英與仰同鄉。又入大鋮之譖。使人强投聘金。劫香君送于仰。假母貞麗力勸。香君不肯下樓。撞破頭額。流血濺衣。并汙方域所贈詩扇。貞麗不得已。充作香君以行。文驄與蘇崑生往看香君。香君方臥未醒。文驄見血汚之扇。用筆點綴。以作折枝桃花。香君不忘方域。崑生許爲探方域於高杰軍中。持桃花扇以爲信。時大鋮承福王命。選淸客妓女。教演梨園歌燕子箋諸劇。新春人日。士英與大鋮等會飲賞心亭。徵歌命酒。香君頂貞麗名以應。而席間不肯唱歌。且以語觸大鋮。大鋮甚怒。欲深罪之。文驄爲之勸解。大鋮乃以貞麗名上。令入內承值。崑生自金陵渡江。乘驢而北。高杰已爲許定國所殺。亂兵南下。推崑生墮黃河。奪其驢去。初、李貞麗嫁于田仰。爲嫡妻所妬。以配漕卒。其舟至呂梁。見崑生墮水。亟救入舟中。方共絮語。而方域舟適至。三人共晤。知香君爲己守節。方域見桃花之扇。故偕崑生復往金陵。按李姬卻田仰金。相傳有此事。其餘大率皆添綴也。桃花扇之名。此段敘出。然亦未必實。大鋮教歌。相傳有之。蓋大鋮以烏絲闌書燕子箋春燈謎諸種，進于福王。其時科道官嘗奏云：酣歌漏舟之中，又恐燕子箋春燈謎非枕上之兵符，袖中之黃石也。及至香君所居。則武林畫士藍瑛。與楊文驄舊交。文驄送寓香君之宅。居於媚香樓。與方域、崑生相見。出所畫錦衣張薇松風閣手卷。俾方域題之。大鋮已特授兵部尚書。力報舊怨。周鑣、雷縯祚皆入獄。又欲盡羅織東林復社諸人之罪。方域自瑛所別去。過三山街蔡益所書坊。遇陳貞慧、吳應箕。爲大鋮所知。捕三人送錦衣獄。令指揮張薇、鎭撫馮可宗鞫問。以爲東林復社之黨。與鑣、縯祚相鉤結者。薇本崇禎時指揮。有志節。與朝士知名者往還。詰問方域。知爲己題畫之人。乃言若本無涉。而詰應箕、貞慧亦無罪蹟。不得已。姑置三人于獄。作書與可宗。令好待之。勿羅織善類。遂託養病。避居城南松風閣中。校尉捕蔡益所至。薇使匿松風閣。以絕其跡。按藍瑛字田叔，杭州人，善畫山水。張薇字瑤星，錦衣衛治儀正。南投福王，以爲指揮。國變後，居江寧之松風閣，龔鼎孳輩皆與之遊。馮可宗，福王時鎭撫。阮大鋮以馬士英薦起官兵部侍郎，朝士皆以爲不可。士英復以知兵力薦。尙書張愼言徐石麒輩仍力持不可，乃用計令劉澤淸朱統𨨗等攻去姜曰廣張愼言徐石麒劉宗周等人。遂用大鋮爲兵侍，俄遷戎政尙書。於是以周鑣雷縯祚爲謀主，繼藩捕入獄中，傅致其罪。其復社諸生，亦多送獄，謂爲周雷之黨。劇中多係實事。先是左良玉在武昌。九江總督袁繼咸送餉至楚。巡按御史黃澍亦奉朝命宣晉爵之旨于良玉。方共宴黃鶴樓。忽聞崇禎煤山之信。三人慟哭拜盟。結爲兄弟。繼咸督師。澍爲監軍。相與勠力觀變。蘇崑生以方域在獄。非求救於良玉。禍不能解。乃間道投左營。具訴馬、阮毒害名流善類。波及方域狀。良玉以方域故甚忿。而繼咸、澍又以福王不認童氏及崇禎太子慫恿良玉。良玉遂屬繼咸草奏劾馬、阮。澍作檄文聲其罪。發兵東向。柳敬亭爲持檄至金陵。至則爲大鋮執送獄中。與方域同禁。良玉偕繼咸、澍及楚撫何騰蛟率舟師下九江。集湖口。馬、阮聞變。調黃得功兵至板磯。以禦左兵。左兵少卻。何騰蛟所部先回武昌。而良玉子夢庚焚破九江。託言督標兵所爲。良玉扼腕。發病而卒。繼咸、澍皆散去。夢庚遂據九江。黃得功駐兵蕪湖相拒。蘇崑生復乘間東返金陵。按何騰蛟爲楚撫。袁繼咸爲江督。皆與左良玉善。良玉聞煤山之信。三軍縞素。率諸將日夕臨。有勸乘南中未定。引兵東下者。良玉不可而止。初左兵南潰時。阮大鋮頌言良玉爲賊。又指侯方域同反。良玉固已恨大鋮。及大鋮附馬士英官司馬。因良玉客修好。而彼此兩猜。大鋮令得功築城板磯。良玉以爲圖己。會楚餉不至。監軍御史黃澍請入朝覲之。面數馬士英十罪。士英請逮治之。澍趨往良玉軍。不能得。士英益與良玉隙。良玉諸部將日以淸君側爲請。良玉勿應。會有僞太子及童氏兩案。中外譁譁。黃澍召三十六營大將與之盟。諸將皆洶洶。良玉不得已。三月下流。傳檄討馬士英。自漢口達蘄州。火光二百餘里。至九江。袁繼咸過。相見于舟中。坐未定。火起城破。左右曰。袁兵自破其城。良玉知其子夢庚所爲。椎胷浩嘆曰。吾負臨侯。嘔血數升。未幾死。按良玉兵東下至九江。乃與繼咸合。蓋繼咸在九江。不在武昌也。黃澍實至金陵。面叱士英。劇不敘入。黃得功之築板磯。乃在左兵未下之先。蘇崑生請救。柳敬亭傳檄。俱非實事。其他則俱有因。童氏王之明兩案。福王時不決之疑。良玉兵東下。實因乎此。何騰蛟先去。亦是實事。繼咸後能盡節。澍特仗良玉之勢。非端人也。劇中一槪作好脚色。亦未確當。是時淸兵已渡淮而南。勢如破竹。史可法失揚州。縋城而出。至儀眞江口。聞福王已遁。投江而死。按可法死于揚州。劇獨以爲死于江。云有人親見其騎白騾沿江向金陵者。一家之說。未可爲準也。福王之遁也。往赴黃得功軍于蕪湖。得功部將田雄執之以獻淸兵。得功刎死。按得功中箭而死。劇云自刎。未的。馬士英、阮大鋮、楊文驄輩紛紛逃去。獄中淹禁者。乘機而出。方域、應箕、貞慧、敬亭等亦皆出獄。李香君與諸妓承值者各散去。香君歸其家。則蘇崑生正來訪之。藍瑛敎以權避棲霞山中。適卞玉京爲葆眞庵主。香君遂與相依。方域旣出。徧訪香君。遇蘇崑生。乃知其處。于是挈歸故里。永諧伉儷焉。桃花扇以張薇爲白雲庵道人。方域香君皆往問道。彼此相遇。戀戀不捨。張薇指點。乃俱修行。一往南山。一往北山。此劇改作方域挈歸香君。較彼爲勝。馬士英等遁去。亦皆實事。楊文驄以罷職縣令。未及一載。陞爲蘇松巡撫。以士英之戚也。國亡不及赴任。士英遁去。女人皆作戎裝。劇中所敘皆實。柳敬亭無入獄出獄事。其藍瑛、張薇、蘇崑生、丁繼之、卞玉京等。皆隨筆點綴耳。不必計其的否也。

念八番

宜興人萬樹所作。●按、萬樹、字花農、一字紅友、號山翁、江蘇宜興人、所作極富、今存風流棒、念八翻、空青石三種。入貢者二十八國。故名。*作者在第一齣翻案中自述、因劇中情節有功臣反得罪、罪人反立功、惡人變善人、正人變惡人等二十八樣變幻、故名念八翻、此謂入貢者二十八國、故名、誤、又番字亦誤、應作翻。樹工詩文。所作詩餘。尤膾炙人口。懷才不遇。抑鬱以終。嘗著樂府四種。此其一也。虞柯、字上枝。按百家姓云。虞萬枝柯。其中藏萬字。又柯與枝即樹也。蓋虞柯即影萬樹二字。略言鹿邑虞柯。世居武平。父雲卿。南臺御史。代巡西蜀。擢大理少卿。勁正不阿。與都御史寇源相失。朵甘思之西三千里。有兩國。一名烏孤律。一名打皮兒吽。吐番勾入爲叛。反側無定。寇源受吐番金珠。許通貢市。雲卿爭執不可。源奏雲卿阻撓貢市。下之獄。且令獄卒致之死。又廣捕柯。獄卒知雲卿冤。私縱之。入五臺爲僧。後有訟其父子寃者。寇源抵罪。雲卿起兵部侍郎討番。潛結烏孤律。擊敗打皮兒吽。擒吐番部長。父子皆受顯爵。雲卿討平諸番。入貢者凡二十八國。故曰念八番也。廣平郭有心、平原鮑不平。皆受雲卿活命恩。竟出死力相救。譬馬方畸人贈柯金。又爲雲卿打點獄事。又疏救雲卿劾罪寇源。獄官蘇復生脱雲卿之死。郭有心。寓言有心人也。鮑不平。寓言抱不平也。方畸人。寓言奇人也。蘇復生。寓言雲卿幾死蘇而復生也。蓋必其父子被禍。有爲之左右周旋者。其姓名則係假託也。都御史無寇源姓名。言用此人。則致寇之源。蓋其父仇。故深詆之也。柯與祝翰林女鳳車相慕。又悦妓阮霞邊。其窗友程道脉者。假託柯名。欲娶鳳車。又首柯私逃。以致柯改粧更名。種種顛沛。祝氏母女避依舅氏。霞邊亦改粧脱逃。蓋必樹少年時。常有姻事及所歡之妓。爲友所間。故忿而詆之。所謂程道脉者。則詆其假道學。自附大儒之後。自許道脉。而其行則謀奪人婚姻。故云爲祝氏殺死。以洩其忿也。雲卿破賊。柯登第。祝、許二女皆歸柯。亦極敍樂事。以快心意。其實樹未登第。所慕之色。亦未必能致也。

玉尺樓

未知何人所作。*按，此劇爲清朱夰撰，夰字雲栽，號黄稗，浙江長興人。演沈韻與韓艷雪、馬停雲二女。俱以白燕詩得成夫婦。艷雪詩達御覽。授女學士。賜居玉尺樓。故名。其事本平山冷燕小說。而姓名闕目。又係揑造。且捎去平如衡一人。以兩女同配沈生。後半情節。則又在風流配、稱人心兩劇中割入。略云。沈韻、字慧生。臨安人。鄉薦第一。立志欲得才女爲室。小說云燕白頷。西王母之司花玉女二人謫世。與韻有宿緣。王母命月下老人氤氳使者化作白燕。隱爲作合。韻所善友翰林李旭。小說無李旭。邀遊湖中。狎客宋信在座。小說亦有宋信。忽見白燕飛翔。韻詠詩云。瑤光分影是耶非。故國何年喚雪衣。宜向梨花枝上宿。水晶簾動月中飛。小說是七言律詩，各異。一時傳誦。左丞相韓嶽小說云大學士山顯仁。有女名艷雪。小說云山黛，又有揚州貧家女冷絳雪，今名韓艷雪，似合爲一。姿才絕世。閨中亦見白燕穿花。吟詩云。奇毛止許雪添肥。柳陌經過絮染衣。未必當時王謝種。日長故傍玉臺飛。嶽大喜。攜詩袖中。適被召。侍宴玉津園。白燕飛舞殿前。羣臣畢賀。上云。前日見於苑中。命學士賦詩。無當意者。李旭遂以沈作進呈。上大賞嘆。韓嶽亦出女詩。上益稱異。嶽歸告女。兼述韻詩。艷雪羨服。朝旨授艷雪爲女學士。賜玲瓏玉尺及紫金如意。勑造玉尺樓。賜居其中。得衡量人才。擅上樓者。撾死不論。（此段情節與小說合。）太尉黃鉞之子雲。欲委禽焉。以須考試。商之宋信。信擬韓必以白燕爲題。遂以韻詩教雲鈔寫。及試。艷雪知爲沈作。付之一唉。雲聞笑。以爲中選。乃闖入樓。艷雪命婢持金如意撻之。雲奔歸。愬于父。鉞怒。劾艷雪非眞才。韓嶽欺君邀寵。朝命內官同鉞往試。且出御題飛遞。歷試詩詞歌賦。及眞草隸篆。無不稱旨。加賜明珠異錦。艷雪才名益顯。（此段據小說。則先有故相之子晏文物闖至樓下。其後又有吏部尚書子張寅求親。竊取燕白頷詩爲贄。被山黛覺察。又有給事竇國一劾山黛事。今合爲一。）韻謁李旭。倩求韓婚。會宋信亦至。遂同作伐。嶽許以南宮捷後完姻。是時翠薇郡有馬氏女。名停雲。小說名冷絳雪。揚州人。知府竇國一買送山相國。山黛視同姊妹。亦授女中書之職。後嫁才子平如衡。今以平燕二人合爲一人。才貌與艷雪相埒。偶見白燕。題詩扇上云。不染梁塵迥出羣。玉釵飛去影雙分。江邊鷗鷺無相妬。十二仙峯翦白雲。其乳嫗持扇賣花。遺于道。爲韻拾得。嫗覓扇。詢沈姓名。遂述停雲才貌。韻約來日親自還扇。停雲曉粧。韻往潛窺。眞天人也。入見。通殷勤。停雲羞避。韻欲兼娶停雲。恐爲韓所知。詭云爲弟定親。託宋信密往私聘。信挈黃雲家僕周全以行。訂期迎娶。然恐韓他日遷怒。乃以韻詭稱爲弟聘停雲事洩于韓獄。獄怒。艷雪聞之。畫計預遣人語馬定迎娶期。至期。艷雪改粧稱沈韻之弟。竟至停雲家親迎。停雲索詩催粧。知爲才子。遂登輿歸玉尺樓。艷雪卸粧相見。結爲姊妹。按馬停雲。平山冷燕所謂冷絳雪也。因絳雪入山宅。與黛同居。劇遂幻出此段情節。則是割截風流配稱人心兩劇中事。移于此者。彼曰尹荇煙阮翠濤。此又云馬停雲也。黃雲自玉尺樓受辱。嗔宋信失計。與絕交。及周全歸。以信爲沈聘馬氏告。雲聞停雲美。謀劫之。甫至村。而停雲已爲艷雪賺去。悞劫乳嫗至家。此段又別添出。嫗方醉臥。

不覺也。雲見大駭。逐之出。嫗往韻家探望。不見停雲。兩相驚駭。不知所以。韻乃留嫗于家。春闈榜發。韻居第一。廷試復第一。乃請旭詣嶽求完姻。嶽佯怒。罪其私娶馬氏。紿以別贅馮雲爲壻。才貌什百於韻也。韻且愧且悔。然心未服。乃同旭謁嶽。求見新壻。嶽命停雲男裝。詐爲馮雲出見。復作白燕詩云。瑤圃雙飛映玉壇。湘江雲影落波寒。珠簾月下都相渾。寄語凭闌莫悞看。韻見新壻容貌字蹟。俱似停雲。驚疑恍惚。舉止失措。歸語乳嫗。令以賣花爲名。入相府探之。猝見停雲。知爲豔雪計賺。還報於韻。復懇旭求嶽。嶽雙許之。遂入贅於玉尺樓。此段又是風流配中事。按南宋孝宗乾道八年。改左右僕射爲左右丞相。以虞允文、梁克家爲之。並兼樞密使。淳熙二年夏四月。宴輔臣於玉津園。劇中賜宴玉津本此。時允文、克家已相繼罷去。惟葉衡爲右丞相。九年。以王淮、梁克家爲左右丞相。無所謂左丞相韓嶽、及太尉黃鉞。劇引玉津園。疑指韓侂胄也。按劇以爲宋時事。而平山冷燕小說則以爲明時事。且以袁凱時大本詩引子。而點竄前後七才子等云云。以爲嘉靖間事。要皆不根之談。〇按淸異錄載朱起愛妓女寵之。礙隔難近。路逢青巾短袍擔笻杖藥籃者。謂起曰。君有急。直言。吾能濟之。起以寵事訴。青巾嘆曰。世人陰陽之契。有繾綣司總統。其長官號氤氳大使。諸夙緣冥數當合者。須鴛鴦牒下乃成。雖伉儷之正。婢妾之微。買笑之略。偷期之秘。凡仙交會。率繇一道焉。我即爲子屬之。取籃中坤靈扇授起。凡訪寵。以扇自蔽。人皆不見。起如戒。果往來無阻。劇中氤氳使者本此。洪武初。會稽楊維楨僑寓松江。薦紳大夫與東南才俊之士。造門納履無虛日。一日。時太初作白燕詩。中有句云。珠簾十二中間卷。玉翦一雙高下飛。維楨向坐客稱善。袁凱在坐。謂詩雖工。未盡體物之妙。翌日以己作進。維楨擊節嘆賞。手書數十紙。分散賓客。凱遂以此得名。人皆呼爲袁白燕。至今松江有白燕庵。其故居也。袁作云。故國飄零事已非。舊時王謝見應稀。月明漢水初無影。雪滿梁園尚未歸。柳絮池塘香入夢。梨花庭院冷侵衣。趙家姊妹多相妬。莫向昭陽殿裏飛。（劇中諸作。本此點竄而成。）事載松江府志及列朝詩袁海叟集。時大本、字太初。其詩云。春社年年帶雪歸。海棠庭院月爭輝。珠簾十二中間卷。玉翦一雙高下飛。天下公侯誇紫頷。國中儔侶尙烏衣。江湖多少閒鷗鷺。宜與同盟伴釣磯。

八珠環記

近時人鄧志謨撰。（*按。鄧志謨。號竹溪散人。百拙生。河北饒安人。）志謨、字景南。饒州人。所著有五局傳奇。皆係無中生有。一用花名。一用鳥名。一用骨牌名。一用曲牌名。一用藥名。此記用骨牌名者。其凡例云。以人氏生和氏女爲配。以雜色牌名有類人名者輳合。以成傳奇。名曰珠環記。此是囊家一局。倪士選敍云。孤注之場。有骨牌局戲於中。按美名人和。可締絲蘿。桃源二士。可契金蘭。把蠶二姑。可爲君子好逑。七紅沉醉。可陶讌樂之懷。正馬拗馬之軍。可展安民之略。又云。人氏生、和氏女聯爲婚姻。才子麟儀。佳人鳳采。允相若矣。二士孚以交契。則金蘭雅誼也。把甕二姑。爲三平頭之妻。則琴瑟雍和也。九溪十八洞之蠻。削而平之。則戡禍亂安邊徼偉績也。七紅沉醉之宴功臣。則彤弓盛典也。弁曰八珠環記。蓋珠環本骨牌之名牽合。巫山神女之所賜。抹額鍾馗之所護。引商刻羽。令觀者擊節。鄧君誠優於詞也。

記中集骨牌名諸目　人牌　和牌　桃源二士　把甕二姑　巫山神女　鍾馗抹額　丁拐兒　朝天五嶽　梅不同　天念三　合着油瓶蓋　正馬軍　拗馬軍　九溪十八洞　七紅沉醉　以上俱作傳奇中之人品　天牌　地牌　斷么　絕六　雙小　對子　天地分　天不同　地不同　人不同　和不同　順水魚　三平頭　正雙飛　拗雙飛　奪錢五　八不就　禿爪龍　四大對　雁啣珠　拆足雁　火燒梅　火煉丹　錦屏風　公領孫　晝夜停　碎米粟　梅梢月　七星劍　孩兒十　雙龍尾　八珠環　雙脚擱　假對子　鵲噪梅　天圓地方　蝶翅不同　地天交泰　騎馬一掇　烏龍

蘸海　桃紅柳綠　綠暗紅稀　楚漢爭鋒　鰍入菱窩　雙蝶戲梅　寒雀爭梅　劈破蓮蓬　揉碎梅花　劍行十道　推牌出色　將軍掛印　二十四氣　羣鴉噪鳳　鵲噪梅花　三綱五常　踏梯望月　魚游春水　蘇秦背劍　櫻桃九熟　觀燈十五　火燒格子眼　斜插一枝花　龍虎風雲會　鐵索纜孤舟　三同十四點　孤紅鶴頂珠　霞天一隻雁　二十錦裙襴　紫燕穿簾幙　平頭十四點　落花紅滿地　恨點兒不對　十月應小春　雪消春水來　八黑一錠墨　二郎朝五嶽　合著一枝花　二三靠老六　貪花不滿三十　以上諸牌名。俱入傳奇中之詞調。

玉連環記

鄧志謨撰。五局傳奇之一也。其凡例云。曲牌名以倘秀才、香柳娘爲配。外以別牌名有類人名者輳合。以成傳奇。名玉連環記。此是梨園一局。

鳳頭鞋記

鄧志謨撰。五局傳奇之一也。其凡例云。鳥名以金衣公子、雪衣娘爲配。他以諸禽中有類人名者輳合。以成傳奇。名曰鳳頭鞋記。此是羽族中一局。

瑪瑙簪記

鄧志謨撰。五局傳奇之一也。其凡例云。藥名以檳榔、紅娘子爲配。外以諸藥中有類人名者輳合。以成傳奇。名曰瑪瑙簪記。此是藥名中一局。

並頭蓮記

鄧志謨撰。五局傳奇之一也。其凡例云。花名以宜男、水仙子爲配。外以雜花類人名者輳合。以成傳奇。名曰並頭蓮記。此是百花中一局。

一封書

長洲丁鈺撰。提出中間魏允中以書達父救姜鶴。故名一封書。天妃贈雙劍與金鑾、姜鶴。故又名劍雙飛也。按唐天寶至德間。無金鑾、姜鶴、魏允中諸人姓名。其關目亦係僞撰。所引楊國忠、安祿山等事蹟。則故爲竄易。以新耳目也。劇云。姑蘇金鑾、字咸和。南昌姜鶴、字鳴皐。皆少年貴胄。鑾爲文生。鶴肄武。同時赴京應試。至河口。宿天妃廟。天妃示夢。鑾文曲星。鶴武曲也。兩人各帶劍。妃命侍女以寶劍易之。而賜之偈曰。寶劍賜金鑾。今科文狀元。金姜爲宰相。殺卻叛臣安。寶劍賜姜鶴。狀元乃武曲。金姜聯昆玉。殺卻叛臣祿。醒而相告。聞見皆同。視所佩劍。亦各異也。乃結爲兄弟。同行。將至京。遇盜陳小二。舊與鑾家有隙。邀劫其貲。鶴拔劍禦之。賊不能支。適知州錢命根至。小二詭稱商人被劫。而指鑾、鶴爲盜。鑾、鶴被繫。鶴以鑾家有老親。挺身獨承而脱鑾。鑾落魄唱歌乞食。以給獄中飯。有魏允中者。佳公子也。聞鑾歌甚哀。召詢所自。知爲通家。濟之以金。知州憒憒。竟以鶴爲眞盜。揑案報部。將就戮。鑾復求救于允中。允中之父爲冢宰。爲作家書一封。以鶴爲故交。被陷求救。冢宰爲給令箭馳至州。提鶴出獄。得與鑾、允中相見。（此爲全本關目。）三人遂爲性命交。知州亦知陳小二爲眞盜。收其黨。皆正法。李白爲試官。鑾、鶴應試。果擢文武狀元。安祿山反。四方告急。朝命鶴爲范陽提督征西大將軍。時明皇寵貴妃。楊國忠用事。鑾屢糾之。會西川荒旱。禱雨不應。鄉農陶德耕作麥餅賑濟。呈達州守。謂權奸所致。鑾聞之。疏劾國忠。國忠怒。下鑾于獄。鶴率師討賊。連戰皆捷。遂梟祿山。奏凱還朝。知鑾觸國忠怒。欲救不得。乃陰遣李猪兒刺殺國忠。并脱鑾于獄。鶴爲奏其寃。朝旨擢鑾爲學士。鶴封定番侯。時魏允中已中進士。除翰林。鑾、鶴各以所佩寶劍贈允中。報舊德也。兩劍忽皆飛去。鑾故有妻。鶴未娶。允中有妹。遂以配鶴。同給假還鄉。省鑾父母。過天妃廟。各拜賜云。按唐書。楊國忠隨明皇幸蜀。爲六軍所殺。安祿山之死。則李猪兒刺殺之。劇謂猪兒刺國忠不合。其所謂西川農陶德耕。則似借用老父郭從謹事。天寶十五載。明皇幸蜀。至咸陽望賢宮。日向中。上猶未食。民獻糲飯。雜以麥豆。有老父郭從謹進言曰。祿山包藏禍心。固非一日。有告其謀者。陛下往往誅之。使得逞其奸逆。致陛下播越。是以先王務延訪忠良。以廣聰明。蓋爲此也。臣猶記宋璟爲相。數進直言。天下賴以安。自頃以來。在廷之臣。以言爲毀。闕門之外。陛下皆不得知。草野之臣。必知有今日久矣。但九重嚴邃。區區之心。無路上達。事不至此。臣何由得覩陛下之面而訴之乎。上慰諭而遣之。

西來記

近時人張中和撰。中和、字介石。曹洞宗第三十七傳弟子也。自達磨至慧能。

東土六祖事蹟。俱本傳燈錄諸書。達磨西來。宣闡如來教外別傳之旨。傳衣付鉢。至曹溪而止。所云一花開五葉也。其後宗門參學。輒云如何是西來意。故此記演六祖事蹟。而總名之曰西來記。曹溪之後。分爲青原、南嶽二宗。故第六十三折點出行思、懷讓。行思即青原。懷讓即南嶽也。誌公、寒山、拾得等俱隨意點入。五燈會元。二十七祖般若多羅尊者。東印度人也。行化至南印度。彼王名香至。崇奉佛乘。尊重供養。度越倫等。又施無價寶珠。時王有三子。曰月淨多羅。曰功德多羅。曰菩提多羅。其季開士也。即達磨。祖欲試其所德。乃以所施珠問三王子曰。此珠圓明有能及否。第一王子、第二王子皆曰。此珠七寶中。尊固無踰也。非尊者道力。孰能受之。第三王子曰。此是世寶。未足爲上。於諸寶中。法寶爲上。此是世光。未足爲上。於諸光中。智光爲上。此是世明。未足爲上。於諸明中。心明爲上。此珠光明。不能自照。要假智光。光辨於此。既辨此已。即知是珠。既知是珠。即明其寶。若明其寶。寶不自實。若辨其珠。珠不自珠。珠不自珠者。要假智珠而辨世珠。寶不自寶者。要假智寶以明法寶。然則師有其道。其寶即現。衆生有道。心寶亦然。祖嘆其辨慧。乃復問曰。於諸物中。何物無相。曰。於諸物中。不起無相。又問於諸物中。何物最高。曰。於諸物中。人我最高。又問於諸物中。何物最大。曰。於諸物中。法性最大。今見第二、第三、第四折。初祖菩提達磨大師者。南天竺國香至王第三子也。姓刹帝利。本名菩提多羅。後遇二十七祖般若多羅至本國。受王供養。知師密迹。因試令與二兄辨所施寶珠。發明心要。既而尊者謂曰。汝於諸法。已得通量。夫達磨者。通大之義也。宜名達磨。因改號菩提達磨。祖乃告尊者曰。我既得法。當往何國。而作佛事。願垂開示。尊者曰。汝雖得法。未可遠遊。且止南天。待吾滅後六十七載。當往震旦。設大發藥。直接上根。愼勿速行。衰於日下。祖又曰。彼有大士。堪爲法器否。千載之下。有留難否。曰。汝所化之方。獲菩提者。不可勝數。吾滅後六十餘年。彼國有難。水中文布。自善降之。汝至時。南方勿住。彼唯好有爲功業。不見物理。縱到彼。亦不可久留。聽吾偈曰。路行跨水復逢羊。獨自棲棲暗渡江。日下可憐雙象馬。二株嫩桂久昌昌。又問曰。此後更有何事者。曰。從是已去一百五十年。而有小難。聽吾讖曰。心中雖吉外頭凶。川下僧房名不中。爲遇毒龍生武子。忽逢小鼠寂無窮。又問此後如何者。曰。卻後二百二十年。林下見一人。當得道果。聽吾讖曰。震旦雖闊無別路。要假兒孫脚下行。金鷄解銜一粒粟。供養十方羅漢僧。見第五折。尊者順世遂演化本國時。有二師。一名佛大先。二名佛大勝。多本與祖同學佛陀跋陀小乘禪觀。佛大先旣遇般若多羅尊者。捨小趣大。與祖並化。時號二甘露門矣。而佛大勝多更分徒。而爲六宗。第一有相宗。第二無相宗。第三定慧宗。第四戒行宗。第五無得宗。第六寂靜宗。各封已解。別展化源。聚落崢嶸。徒衆甚盛。祖喟然嘆曰。彼之一師。已陷牛迹。況復支離繁盛。而分六宗。我若不除。永纏邪見。言已微現神力。至諸家所與相問答。彼尊者聞師指誨。豁然開悟。六衆咸誓歸依。由是化被南天。聲馳五印。今見第六折。　異見王輕毁三寶。國內耆舊。爲前王所奉者。悉從廢黜。祖知已。嘆彼德薄。當何救之。即念無相宗中二首領。其一波羅提者。與王有緣。將證其果。其二宗勝者。非不博辯。而無宿因。時六宗徒衆。亦各念言。佛法有難。師何自安。祖遥知衆意。即彈指應之。六衆聞云。此是我師達磨信嚮。我等宜速行。以副慈命。即至祖所。禮拜問訊。祖曰。一葉翳空。孰能剪拂。宗勝曰。我雖淺薄。敢憚其行。祖曰。汝雖辯慧。道力未全。宗勝自念。我師恐我見王。大作佛事。名譽顯達。映奪尊威。縱彼福慧爲王。我是沙門。受佛教旨。豈難敵也。言訖潛去。至王所。廣說法要。及世界苦樂人天善惡等事。王與之往返徵詰。無不詣理。王曰。汝今所解。其法何在。宗勝曰。如王治化。當合其道。王所有道。其道何在。王曰。我所有道。將除邪法。汝所有法。將伏何人。祖不起於座。懸知宗勝義墮。遽告波羅提曰。宗勝不稟吾教。潛化於王。須臾理屈。汝可速救。波羅提稟祖旨云。願假神力。言已。雲生足下。至大王前。默然而住。時王正問宗勝。忽見波羅乘雲而至。愕然忘其問答。曰。乘空之者。是正是邪。提曰。我非邪正。而來正邪。王心若正。我無邪正。王雖驚異而驕慢方熾。即擯宗勝令出。波羅提曰。王既有道。何擯沙門。我雖無解。願王致問。王怒而問曰。何者是佛。提曰。見性是佛。王曰。師見性否。提曰。我見佛性。王曰。性在何處。提曰。性在作用。王曰。是何作用。我今不見。提曰。今現作用。王自不見。王曰。於我有否。提曰。王若作用。無有不是。王若不用。體亦難見。王曰。若當用時。幾處出現。提曰。若出現時。當有其人。王曰。其人出現。當爲我說。波羅提即說偈曰。在胎爲身。處世爲人。在眼曰見。在耳曰聞。在鼻辨香。在口談論。在手執捉。在足運奔。偏現俱該。沙界收攝。在一微塵。識者知是佛性。不識喚作精魂。王聞偈已。心即開悟。悔謝前非。咨詢法要。朝夕忘倦。

迄于九旬。時宗勝旣被斥逐。即自投崖。俄有神人以手捧承。置于巖上。安然無損。宗勝曰。我忝沙門。當與正法爲主。不能抑絶王非。是以捐身自責。何神祐助。一至於斯。願垂一語。以保餘年。於是神人乃說偈曰。師壽於百歲。八十而造非。爲近至尊故。重修而入道。雖具少智慧。而多有彼我。所見諸賢等。未嘗生尊敬。二十年功德。其心未恬靜。聰明輕慢故。而獲至於此。得王不敬者。當感果如是。自今不踈怠。不久成奇智。諸聖悉存心。如來亦復爾。宗勝聞偈欣然。即於巖間宴坐。時王復問波羅提曰。仁者智辯。當師何人。提曰。我所出家。即娑羅寺烏沙婆三藏爲受業師。其出世師者。即大王叔菩提達磨是也。王聞祖名。遽敕近臣特加迎請。祖即隨使而至。爲王懺悔往非。又詔宗勝歸國。宗勝蒙召。乃曰。深愧王意。貧道誓處巖泉。且王國賢德如林。達磨是王之叔。六衆所師波羅提。法中龍象。願王崇仰二聖。以福皇基。使者復命。未至。祖謂王曰。知取得宗勝否。王曰。未知。祖曰。一請未至。再命必來。良久。使還果如祖語。祖遂辭王曰。當善修德。不久疾作。吾且去矣。經七日。王乃得疾。祖即令太子爲王有罪施恩。崇奉三寶。復爲懺悔。願罪消滅。如是者三。王疾有間。師念震旦緣熟。行化時至。乃先辭祖塔。次別同學。後至王所。慰而勉之曰。當勤修白業。護持三寶。吾去非晚。一九即回。王聞師言。涕淚交集。曰。此國何罪。彼土何祥。叔既有緣。非吾所止。惟願不忘父母之國。事畢早回。王即具大舟。實以重寶。躬率臣寮。送至海壖。今見第七折至第十折。祖汎重溟。凡三周寒暑。達於南海。實梁普通七年庚子歲九月二十一日也。廣州刺史蕭昂具主禮迎接。表聞武帝。今見第十折、第十一折。祖至金陵。帝問曰。朕即位以來。造寺寫經度僧。不可勝紀。有何功德。祖曰。並無功德。帝曰。何以無功德。祖曰。此但人天小果。有漏之因。如影隨形。雖有非實。帝曰。如何是眞功德。祖曰。淨智妙圓。體自空寂。如是功德。不以世求。帝又問如何是聖諦第一義。祖曰。廓然無聖。帝曰。對朕者誰。祖曰。不識。帝不領悟。祖知機不契。潛回江北。十一月二十三日届於洛陽。今見第十三折。達磨本自至洛陽。今記云。達磨啓武帝。欲往嵩山少林。與傳燈錄少異。祖寓止於嵩山少林寺。面壁而坐。終日默然。人莫之測。謂之壁觀。婆羅門時。有僧神光者。曠達之士也。久居伊洛。博覽羣書。善談元理。每嘆曰。孔老之教。禮術風規。莊易之書。未盡妙理。近聞達磨大士住止少林。至人不遙。當造元境。乃往彼晨夕參承。祖常端坐面壁。莫聞誨勵。光自惟曰。昔人求道。敲骨取髓。刺血濟飢。布髮掩泥。投崖飼虎。古尙若此。我又何人。其年十二月九日夜。天雨雪。光堅立不動。遲明積雪過膝。祖憫而問曰。汝久立雪中。當求何事。光悲淚曰。惟願和尙慈悲。開甘露門。廣度羣品。祖曰。諸佛無上妙道。曠劫精勤。難行能行。非忍而忍。豈以小德小智。輕心慢心。欲冀眞乘。徒勞勤苦。光聞祖誨勵。潛取利刀自斷左臂。置於祖前。祖知是法器。乃曰。諸佛最初求道。爲法忘形。汝今斷臂吾前。求亦可在。祖遂因與易名曰慧可。乃曰。諸佛法印。可得聞乎。祖曰。諸佛法印。匪從人得。可曰。我心未寧。乞師與安。祖曰。將心來。與汝安。可曰。覓心了不可得。祖曰。我與汝安心竟。今見第十四折、第十五折。越九年。欲返天竺。命門人曰。時將至矣。汝等盍各言所得乎。時有道副對曰。如我所見。不執文字。不離文字。而爲道用。祖曰。汝得吾皮。尼總持曰。我今所解。如慶喜見阿閦佛國。一見更不再見。祖曰。汝得吾肉。道育曰。四大本空。五蘊非有。而我見處。無一法可得。祖曰。汝得吾骨。最後慧可禮拜。依位而立。祖曰。汝得吾髓。乃顧慧可而告之曰。昔如來以正法眼付迦葉大士。展轉囑累。而至於我。我今付汝。汝當護持。并授汝袈裟。以爲法信。各有所表。宜可知矣。可曰。請師指陳。祖曰。內傳法印。以契證心。外付袈裟。以定宗旨。後代澆薄。疑慮競生。云吾西天之人。云汝此方之子。憑何得法。以何證之。汝今受此衣法。卻後難生。但出此衣。并吾法偈。用以表明。其化無礙。至吾滅後二百年。衣止不傳。法周沙界。明道者多。行道者少。說理者多。通理者少。潛符密證。千萬有餘。汝當闡揚。勿輕未悟。一念回機。便同本得。聽吾偈曰。吾本來茲土。傳法救迷情。一花開五葉。結果自然成。祖又曰。吾有楞迦經四卷。亦用付汝。即是如來心地要門。令諸衆生開示悟入。吾自到此。凡五度中毒。我嘗自出而試之。置石石裂。吾本離南印。來此東土。見赤縣神州有大乘氣象。遂踰海越漠。爲法求人。際會未諧。如愚若訥。今得汝傳授。吾意已終。今見第二十三折。言已。乃與徒衆往禹門千聖寺。止三日。有期城太守楊衒之早慕佛乘。問祖曰。西天五印。師承爲祖。其道如何。祖曰。明佛心宗。行解相應。名之曰祖。又問此外如何。祖曰。須明他心。知其今古。不厭有無。於法無取。不賢不愚。無迷無悟。若能是解。故稱爲祖。又曰。弟子歸心三寶。亦有年矣。而智慧昏蒙。尙迷眞理。適聽師言。罔知攸措。願師慈悲。開示宗旨。祖知懇到。即說偈曰。亦不覩惡而生嫌。亦不觀善而勤措。亦不捨智而近愚。亦不拋迷而就悟。達大道兮過量。通佛心兮出度。不與凡聖同躔。超然名之曰祖。衒之聞偈。悲喜交并曰。願師久住世間。化導羣有。祖曰。吾即逝矣。不可久留。根性萬差。多逢愚難。衒之曰。未審何人。弟子爲師除得否。祖曰。吾以傳佛秘密。利益迷途。害彼自安。必無此理。衒之曰。師若不言。何表通變觀照之力。祖不獲已。乃爲讖曰。江槎分玉浪。管炬開金鎖。五口相共行。九十無彼我。衒之聞語。莫究其端。默記於懷。禮辭而去。祖之所讖。雖當時不測。後皆符驗。時魏氏奉釋。禪雋如林。光統律師流支三藏者。乃僧中之鸞鳳也。覩師演道。斥相指心。每與師論議。是非蜂起。祖遐振元風。普施法雨。而偏局之量。自不堪任。競起害心。數加毒藥。至第六度。以化緣已畢。傳法得人。遂不復救之。端居而逝。即魏莊帝永安元年十月五日也。今見第二十四折、第二十五折。其年十二月二十八日。葬熊耳山起塔於定林寺。今見第二十六折。後三歲。魏宋雲奉使西域回。遇祖于葱嶺。

見手攜隻履。翩翩獨逝。雲問師何往。祖曰。西天去。雲歸。具説其事。及門人啓壙。唯空棺。一隻革履存焉。舉朝爲之驚嘆。奉詔取遺履於少林寺供養。今見第三十四折及三十六折、三十八折。二祖慧可大師者。武牢人。其得法傳衣事迹。達磨章具之矣。自少林託化西歸。大師繼闡宗風。博求法嗣。至北齊天平二年。有一居士。年踰四十。不言名氏。聿來設禮。而問祖曰。弟子身纏風恙。請和尚懺罪。祖曰。將罪來。與汝懺。士良久曰。覓罪不可得。祖曰。與汝懺罪竟。宜依佛法僧住。士曰。今見和尚。已知是僧。未審何名佛法。祖曰。是心是佛。是心是法。法佛無二。僧寶亦然。士曰。今日始知罪性。不在内。不在外。不在中間。如其心然。佛法無二也。祖深器之。即爲剃髮。曰。是吾寶也。宜名僧璨。其年三月十八日。於光福寺受具。今見第二十七折。侍經二載。祖乃告曰。菩提達磨遠自竺乾。以正法眼藏幷信衣。密付於吾。吾今授汝。汝當守護。無令斷絶。聽吾偈曰。本來緣有地。因地種華生。本來無有種。華亦不曾生。祖付衣法已。又曰。汝受吾教。宜處深山。未可行化。當有國難。璨曰。師既預知。願垂示誨。祖曰。非吾知也。斯乃達磨傳般若多羅懸記云。心中雖吉外頭凶是也。吾校年代。正在於汝。汝當諦思前言。勿罹世難。然吾亦有宿累。今要酬之。善去善行。俟時傳付。今見第三十二折。二祖韜光混跡。變易儀相。或入諸酒肆。或過於屠門。或習街談。或隨厮役。人問之曰。師是道人。何故如是。祖曰。我自調心。何關汝事。又於筦城縣匡救寺三門下。談無上道。聽者林會。時有辯和法師者。於寺中講涅槃經。學徒聞師闡法。稍稍引去。辯和不勝其憤。興謗於邑宰翟仲侃。翟惑其邪說。加祖以非法。祖怡然委順。識眞者謂之償債。今見第三十折、三十一折、三十九折。三祖僧璨大師者。不知何許人也。初以白衣謁二祖。既受度傳法。隱於舒州之皖公山。屬後周武帝破滅佛法。祖往來太湖縣司空山。居無常處。積十餘載。時人無能知者。至隋開皇十二年壬子歲。有沙彌道信。年始十四。

來禮祖曰。願和尙慈悲。乞與解脫法門。祖曰。誰縛汝。曰。無人縛。祖曰。何更求解脫乎。信於言下大悟。服勞九載。後於吉州受戒。侍奉尤謹。祖屢試以玄微。知其緣熟。乃付衣法。偈曰。華種雖因地。從地種華生。若無人下種。華地盡無生。祖又曰。昔可大師付吾法後。往鄴都行化。三十年方終。今吾得汝。何滯此乎。即適羅浮山。優游二載。卻還舊址。今見第四十折。四祖道信大師者。姓司馬氏。世居河內。後徙于蘄州廣濟縣。生而超異。幼慕空宗諸解脫門。宛如宿習。旣嗣祖風。攝心無寐。脅不至席者三十年。隋大業十三載。領徒衆抵吉州。唐武德甲申歲。卻返蘄春。住破頭山。今見第四十一折。四祖一日往黃梅縣。路逢一小兒。骨相奇秀。異乎常童。祖問曰。子何姓。答曰。姓即有。不是常姓。祖曰。是何姓。答曰。是佛性。祖曰。汝無姓耶。答曰。性空。故無。祖默識其法器。即俾侍者至其母所。乞令出家。母以宿緣故。殊無難色。遂捨爲弟子。以至付法傳衣。偈曰。華種有生性。因地華生生。大緣與性合。當生生不生。遂以學徒委之。今見第四十八折、第五十折。五祖弘忍大師者。蘄州黃梅人也。先爲破頭山中栽松道者。嘗請於四祖曰。法道可得聞乎。祖曰。汝已老脫有聞。其能廣化耶。倘若再來。吾尚可遲。迺去。行水邊。見一女子浣衣。揖曰。寄宿得否。女曰。我有父兄。可往求之。曰。諾。我即敢行。女首肯之。遂回策而去。女、周氏季子也。歸輒孕。父母大惡。逐之。女無所歸。日傭紡里中。夕至於衆館之下。已而生一子。以爲不祥。因拋濁港中。明日見之。泝流而上。氣體鮮明。大驚。遂舉之成童。隨母乞食。里人呼爲無姓兒。逢一智者。祖曰。此子缺七種相。不逮如來。後遇信大師得法。嗣化於破頭山。今見第四十一折、第四十三折。咸亨中。有一居士。姓盧名慧能。自新州來參謁。祖問曰。汝自何來。盧曰。嶺南。祖曰。欲須何事。盧曰。唯求作佛。祖曰。嶺南人無佛性。若爲得佛。盧曰。人即有南北。佛性豈然。祖知是異人。乃訶曰。著槽廠去。盧禮足而退。

便入碓坊。服勞於杵臼之間。晝夜不息。今見第五十三折。經八月。祖知付授時至。遂告衆曰。正法難解。不可徒記吾言。持爲己任。汝等各自述一偈。若語意冥符。則衣法皆付。時會下七百餘僧。上座神秀者。學通內外。衆所宗仰。咸推稱曰。若非神秀。疇敢當之。神秀竊聆衆譽。不復思惟。乃於廊壁書一偈曰。身是菩提樹。心如明鏡臺。時時勤拂拭。莫使惹塵埃。祖因經行。忽見此偈知是神秀所述。乃讚歎曰。後代依此修行。亦得勝果。其壁本欲令處士盧珍繪楞伽變相。及見題偈在壁。遂止不畫。各令念誦。盧在碓坊。忽聆誦偈。乃問同學是何章句。同學曰。汝不知和尚求法嗣。令各述心偈。此則秀上座所述。和尚深加歎賞。必將付法傳衣也。盧曰。其偈云何。同學爲誦。盧良久曰。美則美矣。了則未了。同學訶曰。庸流何知。勿發狂言。盧曰。子未信邪。願以一偈和之。同學不答。相視而笑。盧至夜。密告一童子引至廊下。盧自秉燭。請別駕張日用於秀偈之側。寫一偈曰。菩提本無樹。明鏡亦非臺。本來無一物。何處惹塵埃。祖後見此偈曰。此是誰作。亦未見性。衆聞師語。遂不之顧。逮夜。祖潛詣碓坊問曰。米白也未。盧曰。白也。未有篩。祖于碓以杖三擊之。盧即以三鼓入室。祖告曰。諸佛出世。爲一大事。故隨機大小而引導之。遂有十地三乘頓漸等旨。以爲教門。然以無上微妙秘密圓明眞實正法眼藏。付於上首大迦葉尊者。展轉傳授。二十八世至達磨。屆于此土。得可大師承襲。以至於今。以法寶及所傳袈裟用付於汝。善自保護。無令斷絕。聽吾偈曰。有情未下種。因地果還生。無情旣無種。無性亦無生。盧行者跪受衣法。啓曰。法則旣受。衣付何人。祖曰。昔達磨初至。人未之信。故傳衣以明得法。今信心已熟。衣乃爭端。止於汝身。不復傳也。且當遠隱。俟時行化。所謂受衣之人。命如懸絲也。盧曰。當隱何所。祖曰。逢懷即止。遇會且藏。盧禮足已。捧衣而出。是夜南邁。大衆莫知。今見第五十五折。六祖慧能大師者。俗姓盧氏。其先范陽人。父行瑫。武德中左官於南海之新州。遂占籍焉。

三歲喪父。其母守志鞠養。及長。家尤貧窶。師樵採以給。一日。負薪至市中。聞客讀金剛經。至應無所住而生其心。有所感悟。而問客曰。此何法也。客曰。此名金剛經。得於黃梅忍大師。祖遽告其母以爲法尋師之意。今見第四十七折、四十九折、第五十一折、五十二折。忍大師傳衣法。令隱於懷集四會之間。今見第五十八折。儀鳳元年丙子正月八日。屆南海。遇印宗法師於法性寺。講涅槃經。祖寓止廊廡間。暮夜風幡。聞二僧對論。一曰幡動。一曰風動。往復酬答。曾未契理。祖曰。可容俗流輒預高論否。直以風幡非動。動自心耳。印宗竊聆此語。竦然異之。明日邀祖入室。徵風幡之義。祖具以理告。印宗不覺起立曰。行者定非常人。師爲是誰。祖更無所隱。直叙得法因由。於是印宗執弟子禮。請受禪要。乃告四衆曰。印宗具足凡夫。今遇肉身菩薩。乃指座下盧居士曰。即此是也。因請出所傳信衣。悉令瞻禮。至正月十五日。會諸名德。爲之剃髮。今見第六十折。後返曹溪。雨大法雨。今見第六十二折。袁州蒙山道明禪師者。鄱陽人。陳宣帝之裔也。落於民間。以其王孫嘗受署。因有將軍之號。少於永昌寺出家。慕道頗切。往依五祖法會。極意研尋。初無解悟。及聞五祖密付衣法與盧行者。即率同志數十人躡迹追逐。至大庾嶺。師最先見。餘輩未及。盧見師奔至。即擲衣鉢於磐石曰。此衣表信。非可力爭耶。任君將去。師遂舉之。如山不動。踟躕悚慄。乃曰。我來求法。非爲衣也。願行者開示於我。盧曰。不思善。不思惡。正恁麼時。阿那箇是明上座本來面目。師當下大悟。徧體汗流。泣禮數拜。問曰。上來密語密意外。還更別有意旨否。盧曰。我今與汝說者。即非密也。汝若返照自己面目。密卻在汝邊。師曰。某甲雖在黄梅隨衆。實未省自己面目。今蒙指授入處。如人飲水。冷煖自知。今行者即是某甲師也。盧曰。汝若如是。則吾與汝同師黄梅。善自護持。師又問某甲向後宜往何所。盧曰。逢袁可止。遇蒙即居。師禮謝遽回。至嶺下。謂衆人曰。向陟崔嵬遠望。杳無蹤迹。當別道尋之。皆以爲然。

師旣囘。遂獨往廬山布水臺。經三載後。始往袁州蒙山。大唱元化。初名慧明。以避六祖上字。故名道明。弟子等盡遣過嶺南。參禮六祖。今見第五十六折。南嶽懷讓禪師。姓杜氏。金州人也。唐儀鳳二年生。出家受戒。詣曹溪。參六祖。祖曰。作麼生。師曰。說似一物。即不中。祖曰。還假修證否。師曰。修證則不無汚染。即不得。祖曰。祇此不汚染。諸佛之所獲念。汝旣如是。吾亦如是。西天般若多羅讖汝足下出一馬駒。踏殺天下人。病在汝心。不須速說。師執侍左右一十五年。先天二年往衡嶽。居般若寺。今見第六十三折。吉州靑原山靜居寺行思禪師。本州安城劉氏子。幼歲去家。每羣居論道。師唯默然。聞曹溪法席。乃往參禮。問曰。當何所務。即不落階級。祖曰。汝曾作甚麼來。師曰。聖諦亦不爲。祖曰。落何階級。師曰。聖諦尙不爲。何階級之有。祖深器之。會下學徒雖衆。師居首焉。亦猶二祖不言。少林謂之得髓矣。今見第六十三折。

飛來劍

杭人相傳楊雍建門人所撰也。順治間有僧巨德。乃臨濟宗派漢月禪師弟子。漢月付衣鉢三人。俱宗門中有盛名者。巨德其一也。晚年住持靈隱。教法大闡。門徒大衆。巨德頗自尊倨。士大夫多禮拜之。時給事中嚴沆、楊雍建皆家居。巨德未嘗致敬。沆與雍建心銜之。靈隱寺前有酒肆。酒媼曰蕭九娘者。當壚賣酒。擅姿色。有風情。遊客每與相狎。時巨德爲大師。戒行完具。雖無瑕可指。然寺僧旣衆。賢否錯雜。不無所染。杭人往往指目。以酒肆爲僧外舍。於是沆、雍建等。約諸紳士。相與逐巨德。巨德不得已。他徙。雍建門下士因作此劇。以譏巨德云。取靈隱山飛來峯事。言蕭九娘以色迷僧。而巨德被其所惑。色爲伐性斧斤。鋒鋩如劍。蕭居寺傍。乃飛來峯下之利劍也。阿難遇摩登迦女。攝入婬室。卒能不毁戒體。巨德與蕭有染。則何異于玉通。而所謂慧劍者安在。此作者意也。

曲海總目提要卷二十五

錦江沙

近時會稽人蔡東撰。記郫縣知縣浙人趙嘉煒死張獻忠之難。其子慶麒萬里尋親。負江沙歸葬。故曰錦江沙。又以嘉煒爲忠。慶麒爲孝。故曰忠孝錄也。略云。紹興人趙嘉煒、字景思。明末選授四川成都府郫縣知縣。妻鈕氏。生子慶麒。年甫三歲。訂同邑胡克生女珠英爲姻。孑身抵任。張獻忠蹂躪楚蜀。所過無噍類。四川巡按龍文光。與總兵劉佳蔭謀。急令有司堅築堤堰。蓄錦江之水。以護城池。嘉煒在官有聲。委以監工。獻忠聞李自成已陷京師。急引兵攻成都。遣賊將徇郫縣。嘉煒爲所獲。逼降不從。慷慨罵賊。投水殉節。其妻居家老病。子年尚小。無力完姻。福王廣選民間綉女。克生欲令女另嫁。其妻不從。乃令侍女秋香告于鈕氏。召慶麒入贅。連舉二子。鈕氏亦亡。慶麒乃與妻別。留一老蒼頭朱貴在家料理。而徒步入川。以取父骨。由漢中棧道。過八十二盤。抵朝天絕徑。是時張獻忠罪惡貫盈。已爲本朝大兵所戮。其餘衆有未盡撲者。尚竄伏深山窮谷。沿途劫略。慶麒抵山中。賊衣虎皮嚇之。奪取行李。擲之危崖之足。匍匐至一茅庵。投宿禪床下。其老僧乃破山和尚法名不顚者也。不顚本神僧。爲獻忠所信服。勸以不殺。獻忠令食肉。則爲封刀。不顚遂食之。獻忠爲封刀止殺。後結庵于此。入定時。見嘉煒已爲都江堰神。其子萬里尋親。孝行可憫。遂授偈語四句云。尋親逢向。逢向得土。盜去盜來。以土歸土。初嘉煒奉檄築堰。有向應泰者。爲夫頭。因獻忠奪堰。逃難出家。雲遊抄化。其子爲縣中皂役。慶麒至郫。縣令以嘉煒忠節。責成應泰之子。令訪嘉煒遺骨。其子無可尋覓。懼罪脫逃。慶麒負黃袱于背。日夕哀號。落泊無倚。嘗夜宿荒墳。爲僵屍所逐。將及天明。應泰適經其地。見麒狼狽。怪而問之。慶麒述尋親之故。應泰告以向年築堰情形。及罵賊投江始末。言年代久遠。江深無底。何從尋覓。慶麒拉應泰同至堰邊。臨江哭奠。欲投江自盡。見一金蝶神。立水面救之。而應泰先夢嘉煒告以成神。令其子負土還葬。應泰爲慶麒言。不得已如言負土。以黄袱裹歸。行至單頂。爲賊所竊。及解包則土。賊方駭然。而慶麒追及。告以實情。賊乃爲負送數百里。至楚界而別。（此應盜去盜來之偈也。）慶麒乃挈土歸鄉。造墳合葬。廬墓山中三載。其二子皆入黌宮。府縣申請上司。獲蒙旌表。懸匾之日。應泰及破山和尚皆至。人皆嘖嘖稱異云。按崇禎十七年正月。張獻忠破夔門而入。遂逼成都。巡撫龍文光。遣郫令趙嘉煒。決都江大堰。注錦江以益濠。水甫至。城已破。文光及總兵劉佳蔭皆投浣花溪死。嘉煒方決堰。卒遇賊射之。赴水死。後其子慶麒自浙至。萬里求父屍。三年不獲。遇堰夫向應泰告以死處。在安家三渡口。（劇中不詳地名。不免疎漏。）遂招魂壘土葬焉。劇所載蓋實事。而稍加緣飾也。吳偉業綏寇紀略。成都聞賊急。新撫龍文光、總兵劉佳蔭。率官軍三千。從川北來謀設守。文光急遣人往灌縣。決堰水注錦江。以益城濠。賊火攻錦江樓。灌縣水至。城已陷矣。文光、佳蔭投浣花溪中。劇言文光佳蔭事皆實。言巡按龍文光者。蓋文光先爲巡按。超擢巡撫耳。又云。獻忠以十一月十六日自稱西王。國號大西。改元大順。以成都爲西京。劇中獻忠自敍相合。又演其僞將相汪兆麟劉文秀。按兆麟獻忠所謂左丞相。文秀獻忠所謂撫南將軍也。又其自敍云。本籍延安柳澗人。曾投延鎮王威麾下。効用旗牌。以淫掠將刑。賴他將陳洪範救免。按獻忠爲米脂賊。相傳爲膚施人。王威。榆林總兵也。獻忠隸延安衞籍。從軍犯法。陳洪範救免。刻栴檀爲洪範像事之。其後受降。亦由洪範。劇與紀略合。又云。獻忠長身而瘦。面微黃。僄勁果俠。軍中號爲黃虎。劇言黃臉金精。蛇身虎首。人人都叫黃虎。與紀略相合。又云。獻忠嘗欲屠保寧。有僧破山爲請命。持犬豕肉以進曰。君啖此者從汝。破山曰。老僧爲百萬生靈。忍惜如來一戒乎。遂嘗數臠。因以免。按紀略止言食肉。劇言食人頭肉。蓋他書有如此紀者。似太過當。又云。本朝大兵至漢中。賊將劉進忠歸命。肅王問獻忠所在。曰。在順慶之金山鋪。爲西充鹽亭之交境。去此千四百里。疾馳五晝夜可及。獻忠以進忠守朝元關。殊不意有大兵前驅。至而未信。進忠已入營中。與善射者俱。而指示之曰。此獻忠也。發一矢中額。訝曰。果然。逃伏積薪之下。執其左右。詢之而得。乃曳出斬之。按紀略所載如此。劇不能詳。蓋草莽之人。紀聞不實。不能如偉業也。偉業又言成都東門外。沿江十里。鎖江橋畔。有迴瀾塔。萬曆中布政余一龍修。張獻忠毀之。以築將臺。穿地取磚。至四五尺。得一古碑。上有篆書云。修塔余一龍。拆塔張獻忠。歲逢甲乙丙。此地血流紅。妖運終川北。毒氣播川東。吹簫不用竹。一箭貫當胸。漢炎興元年丞相諸葛孔明記。後獻忠以一箭死。簫不用竹。乃肅字也。汪琬書張獻忠兵敗始末。順治二年。肅王奉詔西征。至漢中。故逗留不進。以示賊無西意。賊帥劉進忠來歸。因輸獻忠虛實。備言其可取狀。王兼程以進。奄至西充之鳳皇觀。大霧晝晦。潛勒軍登山。賊諜者知之。以告獻忠。獻忠不虞王師之速至。凡三斬告者。王詗得之。遂揮鐵騎下蹴獻忠營。獻忠方在廄中。視其良馬。見有急兵。即乘馬而馳。未暇擐甲也。王師追射獻忠。貫其胸。獻忠疾馳還營。拔矢視之。大驚曰。果大清兵也。於是賊衆奪氣。王師乘之。所向皆披靡。是日禽獻忠。獻忠將死。獨瞋目怒其部曲之降者。肅王乃親加刃於獻忠身。遂磔殺之。按吳偉業、汪琬紀張獻忠之死。互有詳略。大抵亦相仿。俱未載射獻忠者姓名。其實射獻忠者。大將佟國綱也。獻忠聞王師至。騎豹花馬而出。國綱一箭洞其胸。遂巋亘愨。偉業輩皆不能詳。蔡東又不足言也。

萬花亭

江東郎玉甫作。演揚州小青爲上苑花王。因牡丹海棠楊柳雪梅薔薇五花神。俱愛遊杭州。謫令下界。以了塵緣。仍返萬花亭受樂。故劇名萬花亭。其說甚荒誕。略云。小青。揚州人。在生爲妬婦逼逝。上天憐其多情。已錄入風流院爲散仙。院主湯若士復薦爲上苑花王。居萬花亭。稽察羣花。一日偶往別院赴會。牡丹海棠楊柳雪梅薔薇五花神。俱潛往杭州西湖。小青歸。以牡丹花謫杭州任尚書家爲女。名撰花。海棠花謫揚州吳太守家爲女。名讓粧。薔薇花謫金陵林總戎家爲女。名亭默。雪梅花謫來翰林家爲女。名來素。而楊柳花獨謫當塗郎家爲才子。名郎玉。郎玉者、字如玉、別字僂吟。本籍當塗。遊學杭州。西湖閒步。遇任尚書女撰花。玉顧盼留情。撰花亦感病懨懨。遣侍婢粉部延星家算命。適與玉遇。玉即云善推算。遂邀至家。正互相憐愛。父母適至。玉遂僞爲瞽者。父見。詢知是郎玉。惜其名士喪明。留館百花亭。撰花命粉部寄書約會。面訂終身。父母忽至。見之大怒。遂至杭州太守處推問。太守憐才釋放。因往金陵表姑丈林總戎家。總戎已沒。林夫人哈氏止生一女。即亭默。與太平邑甥女名來素者同學。玉謁林夫人。并見亭默、來素。即下榻園中。與二表妹密契。林夫人知而逐之。小青憫撰花與玉姻緣未成。下界見撰花。攜之騰空去。玉自金陵被逐至揚州。忽遇吳讓妝。愛其才貌。與諧伉儷。贈以行資。入京應試。大魁天下。讓妝曾受業于林夫人。後以事往金陵訪之。則夫人已逝。遂與亭默、來素相契。郎玉榮歸。知讓妝所在。即往金陵。與三美人談心樂甚。因憶撰花。攜三美人泛舟西湖以訪之。是時撰花已先登天界。小青復命撰花駕雲而來。與郎玉舟中歡聚。暢遊人間山水。復同返萬花亭云。按小青爲風流院散仙之說。已見風流院劇中。（按風流院，明朱京藩撰，本書未收入。）此蓋借之以發端。以小青二字喻情字也。郎如玉者。自以爲美男子耳。撰者姓名。恐亦是寓意。非眞也。

偷桃記

近時人吳德脩。（按：吳德脩，明末人，字里待考。）演東方朔偷桃事。吾丘壽王等皆實。唯犂牛無其人。董偃亦無謀害東方朔之事。又朔侍武帝左右。未嘗從征匈奴。係憑空撮撰。又董偃卒。與竇太主會葬灞陵。未嘗被誅。按東方朔傳云。朔字曼倩。武帝初即位。四方士多上書言得失。其不足采者輒報聞罷。朔上書高自稱譽。上偉之。令待詔公車。未得省見。久之。使待詔金馬門。稍得親近。帝使射覆連中。變詐鋒出。莫能窮者。左右大驚。上以朔爲常侍郎。遂得愛幸。久之。伏日詔賜從官肉。大官丞日宴不來。朔獨拔劍割肉。謂其同官曰。伏日當蚤歸。請受賜。即懷肉去。大官奏之。朔入。上曰。昨賜肉。不待詔。以劍割肉而去之。何也。朔免冠頓首謝。上曰。先生起自責也。朔再拜曰。朔來朔來。受賜不待詔。何無禮也。拔劍割肉。一何壯也。割之不多。又何廉也。歸遺細君。又何仁也。上笑曰。使先生自責。迺反自譽。復賜酒一石。肉百斤。歸遺細君。初帝姑館陶公主。號竇太主。陳午尙之。午死。主寡居。年五十餘矣。近幸董偃。號曰董君。上臨主山林。坐未定。上曰。願謁主人翁。主乃下殿頓首謝。起之東箱。自引董君。董君隨主前伏殿下。因叩頭謝。上爲之起。有詔賜衣冠。上飮大驩樂。於是董君貴寵。天下莫不聞。上爲竇太主置酒宣室。使謁者引內董君。是時朔陛戟殿下。辟戟而前曰。董偃有斬罪三。安得入乎。上曰。善。有詔止。更置酒北宮。引董君從東司馬門。賜朔黃金三十斤。董君之寵。由是日衰。時方外事胡越。國家多事。自公孫弘以下。皆奉使方外。或爲郡國守相。至公卿而朔與枚皋、郭舍人在左右詼啁而已。漢武外傳云。東郡送一短人。長五寸。上疑其精。召東方朔至。呼短人曰。巨靈。阿母還來否。短人不對。因指謂帝。王母種桃。三千年一結子。此兒不良。已三過偷之。失王母意。故被謫來此。

織錦記

一名天仙記。●按・本劇又名織絹記及賣身記・錦袍記・據刊本。係梨園顧覺宇撰。●按・顧覺宇・明末人・字里待考・另改訂有躍鯉記・演漢董永行孝鬻身路逢織女事。以仙女織錦償傭直。故以爲名。姓名關目。多係增飾。至以董仲舒爲永子。係仙女所生。且云仲舒名祀。仲舒前漢人。祀後漢人。相去懸絕。合而爲一。又引嚴君平導仲舒認母。仙女怒其洩漏天機。焚嚴易卦陰陽等書。荒唐太甚耳。略云。董永、字延年。潤州丹陽縣董槐村人。母早背。父官運使。引年歸家。尋亦棄世。貧無以殯葬。乃自鬻於府尹傅華家爲傭。華居林下。素好善。憐永孝。周給之。永持銀歸。太白星以永孝行。奏聞上帝。帝察織女七姑。與永有夙緣。令降凡百日。助償傭直。及永詣傅。道遇仙女於槐陰。仙女紿以喪偶無依。願爲永室。永堅拒之。太白星化作老叟。力相慫慂。又使槐樹應聲。爲之媒妁。永謂天遣。遂偕詣傅。仙女自尅晝夜織錦十疋。傅不之信。多與絲以試之。衆仙女皆助織。及明。十錦皆就。五色燦然。傅乃大異。待永以賓禮。傅女賽金。與仙女最契。傅子狡黠。欲戲仙女。仙女用掌雷驚之。百日期滿。仙女與永辭傅。令永持所織龍鳳錦獻於朝。曰功名由此。復示錦內之詩。曰傅女爲姻亦由此。遂乘雲而去。永以情告傅。傅知其孝心所感。即以女妻之。永持錦詣闕。詔擢進寶狀元。及遊街。仙女抱一子送永。遂不見。永取名曰祀。字曰仲舒。稍長。穎悟絶倫。人或誚其無母。祀叩嚴君平。君平教以七月七夕往太白山。俟有七女過。第七衣黃者即母也。如所教。果見其母。與葫蘆三枚。云授若父子二枚。一授君平。祀歸。以葫蘆遺君平。中忽吐焰。焚其所閲陰陽等書。怒君平洩天機也。搜神記云。董永父亡無以葬。乃自賣爲奴。主知其賢。與錢千萬遣之。永行三年喪畢。欲還詣主。供其奴職。道逢一婦人曰。願爲子妻。遂與之俱。主謂永曰。以錢丐君矣。

永曰。蒙君之恩。父喪收藏。永雖小人。必欲服勤致力。以報厚德。主曰。婦人何能。永曰。能織。主曰。必爾者。但令君婦爲我織縑百疋。於是永妻爲主人家織。十日而百疋具焉。

相思硯

錢塘梁孟昭撰。（按。梁孟昭。字夸素。浙江錢塘人。）中有于墳祈夢事。又官銜有戎政尚書。乃明世宗時始置。而引小青、胥長公等在內。則更是近時人手筆也。謂南極老人與牽牛彈碁。遺二子。化爲寶硯。一曰相硯。一曰思硯。牽牛、織女與月中仙子俱謫人間。以硯作合。牛女後身尤星、衛蘭森爲夫婦。故名。其事蹟荒唐無據。

按天文志。天狼北地有大星。曰南極老人星。一曰壽星。爲人主壽命延長之應。常以秋分之曙見於丙。春分之夕見於丁。織女。天女孫也。河鼓謂之牽牛。黄姑即河鼓也。荆楚歲時記云。牽牛星荆州呼爲河鼓。主關梁。織女星則主瓜果。嘗見道書云。牽牛娶織女。取天帝二萬錢下禮。久不還。被驅在營室。杜詩註云。相傳織女上帝之孫。勤織。日夜不息。天帝哀之。使嫁牛郎。女樂之。遂罷織。帝怒乃隔絕之。一居河東。一居河西。每年七月七夕。方許一會。會則烏鵲塡橋而渡。故鵲毛至七夕盡脫。爲成橋也。列仙傳云。桂陽成武丁有仙道。常在人間。忽謂其弟曰。七月七日。織女當渡河。諸仙悉還宮。吾向已被召。不得停。與爾別矣。弟問曰。織女何事渡河去。當何還。答曰。織女暫詣牽牛。至今云織女嫁牽牛。又小說。載董永少失母。獨養父。家貧傭力。父歿。無以葬。乃就主人貸錢一萬。曰。後若無錢還君。當以身作奴。及葬父畢還。於路忽遇一婦人。求爲永妻。永與俱至主家。主人令妻織絹三百匹始放歸。乃織一月而完。主驚。遂放夫婦還。行至舊逢處。婦辭永曰。我天之織女。緣君之孝。上帝令助償債。今期滿欲返。遂辭去。又廣記。載太原郭翰。暑月庭中。逢織女下降。又耳談。載福州孫昌裔。於萬曆癸未七月七日感牛女事。戲爲文通于牛女。忽暴卒。三日而甦。言爲神妃召去款留。昌齋思父辭歸。見于諸書不一。然無牛女降生爲人事。劇云。牽牛、織女兩星。非七夕不得相近。兩星私泛雲津。爲天帝所覺。牽牛與南極老人彈碁。拂落二子。老人謂三百六十子。皆補天石爲之。應三百六十度星宿。今失二子。他日必有徵應。會織女赴月宮助采。與月中仙子皆以孤獨動凡想。于是帝謫牛女。託生人間尤衞二家。月中仙子亦降凡。備歷艱苦。特不投胎耳。南極宮中耗星。亦乘間軼入塵世牛家爲子。杭州戎政尙書衞觀。乞假居鄉。妻鄒氏。無子。有女名蘭森。姿容絕世。雅嗜詩書。其家常產五色靈芝。芝上復有紫氣。乃發芝根。得寶石一塊。上有蝌蚪文。不可識。鄒氏幼時曾患痼疾。有道姑來救得活。不知其姓名。呼爲異人姊。至是率一女來訪。其女采豔非常。託鄒撫爲義女。名曰蘭生。異人見石曰。此爲思硯。乃女媧氏補天石所化。尙有相硯。又識其銘曰。惟此寶硯。彼相此思。欲諧鳳卜。得相始施。旁又有蘭森名。于是互相嘆異。

以爲後有求婚者。必得相硯爲聘。方許之。浙西柱史之子尤星、字瑞生。其父母夢河鼓降室而生。弱冠登賢書。未聘。與其同年生田畏揚遊西湖。會衛夫人二女亦來湖上探梅。星與蘭森相望一水間。目交心許。繼而訪之爲衛氏女。遂投之于觀門。觀館之于後園。而所謂異人之女蘭生者。即月中仙也。方爲兩人作合。假蘭森名題詩葉上。星見之。益相憶。乘間問計于婢孤鴻。鴻告以必得相硯爲聘。且使星易女裝。直入蘭森室。得見思硯。而卒無從覓所謂相硯也。乃祈夢於于忠肅祠。果夢神告以硯在天台雁宕山。但恐硯歸人去耳。醒而託其友田渭洋爲媒。而已則竟往天台求硯。時有牛公子名晶者。欲得蘭森爲室。而田畏揚又怒星之外己。方祈夢時。適與星會。叩星所祈。星以其詳直告之。兩人乃相與謀。依式僞造玉硯一方。上鐫蘭生名。以誤聽森爲生也。伺星旣去。竟往衛氏行聘。値觀内召。瀕行。語夫人云。有尤公子託田舉人求婚。我已許之。俟其得硯來聘。當即以女嫁之。及牛、田聘至。其家皆以牛爲尤。田畏揚爲田渭洋。刻期許嫁。後夫人聞其人醜惡。又硯字不符。欲以蘭生代森。生亦請行。合巹之夕。上帝遣孫悟空以磕睡蟲着牛晶鼻。使不得近。鄒夫人母女。則以觀有書。促入都。即日就道。星至天台。果得相硯。其銘曰。天降靈寶。曰思曰相。于飛之兆。得思始昌。及歸杭而知牛事。得疾發狂。幾死。其友田渭洋。俠客也。前爲星求婚後。即他往。至是聞之。憤甚。以術召風神。使吹牛晶、田畏揚于絕域。而挈星赴京會試。星亦漸愈。觀奉命鎮邊有功。爲權貴所忌。誣劾其欲據西涼。朝命一面遣官詳訪。一面取其妻女入宮。蘭森奉母至宮。得公主歡。因薦蘭生才。奏之。太后召爲女學士。與星相遇於塗。星尙以生爲森也。求一見不得。授詩寓意。始知爲蘭生。蘭生見太后。爲白觀冤。且以森姻事始末詳奏。太后聞于朝。晉觀爵。放鄒母女還。時星殿試擢狀元。與蘭森成婚。而相思兩硯始合。蘭生忽不見。

玉馬珮

汝水人路術淳撰。全據北窗志異。黃損妻裴玉娥。因玉馬珮自脫于呂用之之難。大段相同。其增飾者。薛瓊瓊本不爲損妻。此云賜嫁雙封。與本傳異也。老叟本無姓名。此云仙人陳復休。一名陳七子。胡僧老僧。本傳未嘗言是何人。此云皆復休所化。老僧又名非非老人。蓋懸想當然耳。損、字懷閔。裴老稱樂隱散人。玉娥籍灌州青城。移居浣花。與瓊瓊比鄰。結爲姊妹。受其箏法。瓊瓊慈母小娟。爲薛濤義女。瓊瓊爲薛濤之女孫。太尉高駢授房居停。駢移鎮荊襄。呂用之欲奪瓊瓊爲妾。小娟挈走長安。投其妹小嫣于北里。曲江上巳。與黃損遇。遺帕相邀。損以玉馬珮爲聘。遂成姻眷。損因應試。抵觸田令孜。令孜藏過對策。損因下第。田又取瓊瓊入宮。彈箏供奉。臨別以玉馬還損。損題詩贈瓊瓊。詩云。人間天上恨茫茫。薄命姻緣枉斷腸。從此相思無著處。安排良夜夢秋娘。夫黃損題付妻瓊瓊。此詩志異無有。是添飾。復休化作老儒。

取回玉馬。高駢聘損入幕。荊襄帥本傳無姓名。此係添出。損因附舟得遇玉娥。潛遁入涪。其後遇僧指引。入都擢第之後。劾斥用之。用之改損贈瓊瓊詩夢字爲會字。使人流傳蜚語。僖宗召瓊瓊詰問。出詩以呈。乃係從前所作。遂賜狀元封誥。使歸于損。此皆係增出。非本傳所有。其裴玉娥事蹟。悉據本傳。劇又云。瓊瓊入宮後。小嫣受驚染病。不願在京。以北里所居賣與小娟。資爲盤費。且換其萬里橋西之舊居。娟與嫣同回成都交割。娟自蜀返。江中遇見失舟女子。乃是玉娥。問知是瓊瓊結義姊妹。收爲義女。亦係增飾關目。緊簇生情也。呂用之、諸葛殷事蹟。詳廣陵妖亂志中。通鑑、唐書亦載。北窗志異云。秀才黃損者。家世閥閱。有玉馬墜。色澤温栗。鏤刻精工。生自幼佩帶。一日遊市中。遇老叟。鶴髮朱標。大類有道者。向生乞取玉墜。生亦無所吝惜。解授老人。不謝而去。荊襄守帥聘生爲記室。行至江渚。見一舟泊岸。訊之。乃賈於蜀者。道出荊襄。生求附舟。主人欣然諾焉。抵暮。忽聞箏聲悽惋。大似薛瓊瓊。瓊瓊狹邪女。箏爲當時第一手。此生素所狎昵者。入宮供奉矣。生從窗中窺伺。見幼女年未及笄。嬌艷之容。非目所覩。少選箏聲闃寂。生情不自持。挑燈成一詞云。生平無所願。願作樂中箏。得近佳人纖手子。砑羅裙上放嬌聲。便死也爲榮。早起伺之。女以金盆濯手。生乘間以前詞書名字。從門隙中投入。女拾詞閱之。歎賞良久。遂啓半牕窺生。見生丰姿皎然。乃曰。生平恥爲販夫販婦。若與此生諧伉儷願畢矣。自是頻以目挑。停午。主人出舟理楫。女隔窗招生密語曰。夜無先寢。妾有一言。生喜不自勝。至夜。新月微明。女開半戶謂生曰。妾賈人女。小字玉娥。幼喜弄柔翰。承示佳詞。逸思新美。願得從伯鸞齊眉德曜足矣。倘不如願。有相從地下耳。舟子在前。嚴父在側。難以盡言。某月某日。舟至涪州。父偕舟人往賽水神。日晡方返。君來當爲決策。勿以紆道失期。生曰。敬如約。次日舟泊荆江。群從促行。女從牕中以目送生。生不勝情。入謁守帥。辭欲往謁故友。數日復來。帥曰。軍務倥偬。且無他往。生遂巡就旅舍。陴守甚嚴。生度不得出。恐失前期。踰垣逸走。沿途問訊。如期抵涪州。見一水崖。綠陰拂岸。女舟孤泊其下。女獨倚篷窗。如有所待。見生至。喜動顏色。曰。郎君可謂信士矣。囑生水急緪纜登舟。生以手解維欲登。水勢洶湧。力不能持。舟逐水漂漾。去若飛電。生自岸叫呼。女從舟哭泣。生沿河狂走十餘里。望舟若滅若沒。不復見矣。晚女父至。覓舟不得。或謂纜斷舟隨水去多時矣。女父追尋無迹。涕泗而回故里。適瓊瓊之假母薛媼者。以瓊瓊供奉內庭。隨之長安。行抵漢水。見舟覆中流。急命長年緪起。舟中一幼女。有殊色。氣息奄奄。媼調以蘇合。踰日方甦。媼詰其姓氏。且曰字人未。女言與生訂盟矣。出其詞爲信。媼素重生。乃善視女。攜入長安。謂之曰。歲當試士。黃生必入長安。爲女偵訪。宿盟可諧也。女啣謝不已。一日。有胡僧直抵其室募化。女見僧有異狀。膜拜曰。弟子有宿緣未了。望師指示迷津。僧曰。汝有塵劫。我授汝玉墜。佩之可解。勿輕離衣裾。授女而出。女心竊異之。而生遍訪女。杳然無踪。若醉若狂。功名無復置念。窮途資盡。適至荒林。見古刹。生入投宿。有老僧趺坐入定。生以五體投地曰。舊與一女子有約涪州。爲天吳漂沒。敢以叩問。僧曰。老僧豈知兒女子事。生固求。僧曰。姑俟君試後。徐爲訪求。復出數金以助行裝。生不得已。一宿戒行。勉强應制。得通籍授金部郎。時呂用之柄政。斂怨中外。生疏其不法。呂免官就第。生少年高第。長安議婚者踵至。悉爲謝卻。蓋不忍背女初盟也。呂閒居遍覓姬妾。聞薛媼有女佳麗。以五百緡爲聘。隨遣婢僕數十人。劫之歸第。女啼泣不已。呂令諸婢擁入曲房。諸客賀呂得尤物。置酒高會。有牧夫狂呼曰。一白馬突至廄。爭櫪。嚙傷羣馬。白馬從堂奔入內室。呂命索之。寂無所見。衆咸駭異。因而罷酒。呂入女寢室。好言慰之。自爲解衣。女力拒不得脫。忽有白馬長丈餘。從牀第騰躍。向呂蹄嚙。呂釋女。環室而走。急呼女侍入。馬嚙女侍。傷數人倒地。呂驚惶趨出寢所。馬遂不見。呂曰。此妖孽也。然貪戀女姿。不忍驅去。

亦不敢復入女室矣。惟遍求禳遣。有胡僧自言能禳妖。呂延僧入。僧曰。此上帝玉馬。爲祟汝家。非人力所能遣也。兆不利於主人。呂曰。將奈之何。僧曰。移之他人。可代也。呂曰。誰爲我代耶。僧良久曰。長安貴人。相公有素所仇恨者。贈以此女。彼當之矣。呂恨生刺己。思得甘心。乃曰。得其人矣。以金帛謝僧。不受。拂衣而出。呂呼薛媼至曰。我欲以爾女贈故人。爾當偕往。媼曰。故人爲誰。呂曰。金部郎黄損也。媼聞之私喜。入謂女曰。黄郎爲金部郎。相公以汝不利于主。故欲以贈之。此胡僧之力也。呂乃以後房奩飾。悉以贈女。先令長鬚持刺投生。生力拒不允。適薛媼至。生曰。此薛家媼也。何因至此。媼曰。相公欲以我女充下陳。故與偕來。生曰。媼女已供奉內庭矣。媼曰。昔在漢水中復得一女。遂出其詞示生。生曰。是贈裴玉娥者。媼女豈玉娥耶。媼曰。香車及於門矣。生趍迎入。相抱嗚咽。生曰。今日之會。夢耶眞耶。女出玉馬謂生曰。非此物。妾爲泉下人矣。生曰。此吾幼時所贈老叟者。何從得之。女言是胡僧所贈。方知離而復合。皆胡僧之力。胡僧眞神人。玉馬眞神物也。乃設香燭。供玉馬而拜之。馬忽自案上躍起長丈餘。直入雲際。前時老叟于空中跨去。不知所適。

西廂印

近時人程端所作也。原本于王實甫、李日華二劇。按·王實甫西廂記·見本書卷一·李日華南西廂·見卷七·而情節則其所自撰者居多。遞簡齣。以待月西廂下詩爲夢中所作。而紅娘私與張生。佳期齣。以爲紅娘代鶯鶯假合。此皆與本傳異。停喪齣。增一老院子。易法聰爲法充。寺警齣。紅娘請代。及張生自往蒲關。不用惠明。設詭齣。以爲鄭恆殺寄書之使而套其書。此皆與王實甫、李日華二劇異。按程端自敘云。西廂。有生來第一神物也。嗣有演本。便失本來面目。嘗縱覽排場關節科諢。種種陋惡。一日讀會眞記。至終夕無一語。忽拋書狂叫曰。是矣是矣。錄成。

題曰西廂印。劇前雜記又云。西廂者。鶯所居也。別院之西偏屋也。別院在普救寺東。不隸普救而附於普救。自李公垂歌有門掩重關蕭寺中。遂謂雙文寄居蕭寺。則惑甚矣。西廂解圍齣。夫人云。自今先生休在寺裏下。便移來家下書院裏安歇。又考紅篇云。卻不合留請張生於書院。則是普救之外別有書院明矣。其詞曰。待月西廂下。迎風戶半開。拂牆花影動。疑是玉人來。張喻其旨。因梯樹踰垣而達於西廂。又夫人云。因此俺就這西廂一座宅子安下。則是西廂爲鶯所居別院之西偏屋明矣。偏屋傍牆之外即寺。假館篇所云。離著東牆。只近西廂是也。鶯處別院。而停喪則於普救。間有角門鎖斷以備祭祀。傳情篇所云。相國行祠。寄居蕭寺是也。鬧簡篇謂張生曉夜將佳期盼。望東牆淹淚眼。又西廂待月等得更闌。着你跳東牆女字邊干。則是別院在普救寺東。不隸于普救而附于普救亦明矣。角門爲張生逗緣。鎖斷爲崔氏遠嫌。乃西廂全部關鍵所在也。又云。賴婚後。崔張名爲兄妹。實則路人。夫人宜倍加防範。顧得以淫詞。招其夤夜深入。度雙文必無是事。奈待月西廂二十字。香沁普天下才人口頰矣。余再四沈吟。神遊曩昔。見其於鬧齋之日。感其貌矣。聯吟之夕。感其才矣。解圍感其恩。聽琴感其怨矣。容此多感。其必神情恍惚。形之夢寐。不覺忽然溢而至於閑之外焉。又云。有以臨期反約。訾雙文薄情者。雙文本未嘗有約。張與紅直以想像得之。若不正言斥責一番。此際便不可解。又云。雙文不潛出角門。其赴張書館。老母偕之去也。去而目擊生之病。病且死。至此而不惻然動念。是與豺狼無異也。念之則思救之。救之非以身不可。不得已而使侍兒解之。則疇昔之夜。所云半推半就又驚又愛者。紅也。非鶯也。又云。生女以姦敗見訐。人情大不堪之事。顧聽妮子數言。草草完配。此必不然之說也。既以女字張矣。他日惑於鄭恆一偏之詞。便欲改適。何不此時先作一活局耶。爲老夫人計。急宜砌斷角門。令法本促張生赴試。得第逮來。從容議姻。未爲晚也。斯時生欲一見紅娘而不可得。而又何送別之有。又云。奪其妻而復殞其命。鄭恆之死。張無乃太毒耶。看其聞信逞凶。鄭不失爲有血性男子。陰魂索命。果報昭然。鄭之死也瞑目。而後崔、張兩人。可以高枕白頭。

聚星記

張子賢撰。所演盧俊義事。與鸞刀記（鸞刀記，見本書卷四十六。）相彷彿。天罡三十六人。而盧俊義乃天罡星。俊義上梁山。妖星始聚。故曰聚星記也。吳用詭計賺俊義入山。水步頭領引誘擒捉。宋江設宴送俊義還家。爲家人李固首告。梁中書令大名府定罪。蔡福兄弟爲之行賄。從寬刺配沙門島。解子董超、薛霸受李固金。中途欲害俊義。小乙燕青放冷箭。射殺超、霸。負俊義入酒肆中。青出覓食。俊義復被擒。梁中書令即行刑。石秀跳樓劫法場。旋又被獲。因戴宗貼沒頭告示。暫羈二人獄中。吳用定計智取大名。令時遷火燒翠雲樓以爲號。元宵燈節攻破大名。劫取俊義及秀。於時殺李固及淫婦賈氏。而燕青及蔡福兄弟俱入梁山。節節按水滸傳爲之。無不合者。李逵、柴進、張橫、顧大嫂等。前後點綴。亦皆與傳相符。惟以俊義妻爲貝氏三娘。謂與李固通之賈氏。乃其婢名賈妹者。則欲爲俊義團圓。故與傳相牴牾也。

葉園記

據刊本云粱木公作。又云。此人世居吳郡。道號蓬萊。半世飄零。功名不遂。春朝偶暇。閒覽傳奇。乃取梅君逸事。編作葉園記。按劇以仙氏女素蟾。居曲江之葉園。與梅逢春遇。故取爲記名也。事蹟皆不實。略云。吳人梅逢春、字東來。其父如杏。官拜柱國。母桃夫人。誥封郡君。椿萱既殞。琴瑟未諧。連擢會解兩元。與李白、杜甫相善。吏部尙書仙雲桂病歿。其妻柳氏。僑居曲江北苑之葉園。女曰素蟾。年已及笄。柳氏專心奉佛。家事悉令掌管。俊婢宮花。朝夕作伴。鄰居侍御史李宓。有女玉容。與蟾情踰骨肉。時時至其園中。

逢春尚未廷對。會南詔作亂。軍事倥傯。有旨明年殿試。逢春遂移寓曲江頭蜚鳴館。攻習書史。一日。玉容、素蟾挈諸女侍偕遊曲江。爲逢春所見。以所作錦堂春詞一首。故遺於地。宮花拾得。微笑而去。逢春尾之。見二女入棻園中。以爲必仙氏女也。蟾取宮花所拾詞視之。左方書右調錦堂春一闋。吳郡梅逢春具草。蟾亦久聞梅東來爲東南才子。頗心屬焉。月下攜琴彈昭君怨。逢春聽而覺之。高吟詩句云。飛花春暮欲紅苔。暗渡琴聲出玉臺。幾點金徽相間白。應疑蝴蝶逐香來。蟾使宮花出視。見逢春。而入以告于蟾。蟾和詩云。月滿枝頭花滿苔。烟寒衣薄露生臺。玉繩低處冰絃冷。誰道天邊有鳳來。復彈雉朝飛一曲。收琴而寢。念逢春不已。恐其已娶。使宮花探之。復作菩薩蠻詞一闋。書于帕上。宮花故墜于地。逢春館童拾得。以呈主人。宮花尋帕。逢春相見。因敍本無家室。欲得絕色之女。遂强宮花與狎。而屬其通悿于蟾。會李宓遷京兆尹。攜家入署。玉容與蟾別。月下留飲。逢春乘玉容去。突入蟾閨。蟾心膽驚怯。給使歸寓。未幾。特命宮花訂期。逢春昏夜趨赴。爲邏者所擒。以送京兆尹。宓問踪跡。知爲榜首。喜其才美。面語欲以女妻之。逢春言曾密訂仙氏。宓以未經行聘。不可爲憑。遂邀入書館。使僕往梅寓。取其行李。會以邊報緊急。承命征羌。遂擇日爲女完婚而去。逢春雖已花燭。未嘗解衣。乘間使童投書于蟾。訴己情事。蟾亦使宮花僞探李氏。答書責之。逢春復作書深致懇款。指天誓日。玉容天性賢淑。因夫未諧。不得其故。入書館相探。得蟾札而藏之。細詰逢春。知蟾密約。遂白于母。願爲娶蟾。即己甯居其次。於是李夫人柏氏挈婢香塵往晤蟾母。與言前後情蹟。柳氏始知其女私約。怒而譴責。然不得已。乃從柏氏所言。令女踐約。蟾怨逢春別娶。且虞其誑。對母拜佛。改作霓裳道裝。既而廷對。逢春復擢第一。朝廷聞南詔猖獗。李宓自刎。用薦者言。命逢春爲征羌大帥。率兵往討。功成之日。晉爵封侯。奏明並娶仙李。又以宮花爲妾。劇中姓名。全用花木。如梅李柳柏杏桃是也。作者又名木公。

恐當暗有所指。其所牽引李白、杜甫、賈至、岑參、李光弼、郭子儀、董延光、安祿山、史思明、高力士等。隨手點入。謂梅逢春以早朝詩擢狀元。而賈至、岑參之詩取第二第三。又謂李白薦逢春爲大將。子儀、光弼、祿山、延光等皆爲其部將。參至監軍。甫爲運糧官。思明爲南詔之將。被甓乃降。逢春欲殺祿山。思明言其後必爲患。皆故意作荒唐語。以供嗢噱者。

鎭靈山

一名楞伽塔。（又名鎭仙靈。）蓉江石子斐作。（按。石子斐。字成章。浙江紹興人。）演蘇州巡撫毁上方山五聖祠事。姑蘇志。楞伽山在吳山東北。一名上方山。其北爲吳王郊臺。其東北爲茶磨嶼。劇云。秀士李其秉、字聞人。松陵人也。妻席氏。小字淑貞。兄妹曰慧姑。其秉赴試金陵。妻與小姑同居一室。蘇州上方山有五聖行宮者。兄弟五人。並封侯爵。母曰聖母娘娘。血食一方。香火最盛。師巫邪術。往往託言禍福以取利。吳俗尙鬼。男女爭趨若騖。其侯之長。奉玉帝命。將赴天門承值。瀕行。告其母及其弟曰。上界有一斗宿降生。必爲吳中巡撫。當與吾曹爲難。宜以眷屬入楞伽塔。諸弟則雲遊四方以避之。衆皆如其言。四安山中有老狐。善幻。所往來多山魈木客。思有所憑藉。以恣其慾。聞上方五聖各散。遂假其名色。示夢於糧艘旗丁。令於嘉興鰻鯬堰。募衆起廟宇而盤踞焉。瞯席氏色美。又知其夫之出。竟入其室。欲汚之。席氏守貞堅拒。而爲妖氣所傷。昏暈成疾。慧姑爲求醫。得藥一劑。服之稍瘥。醫即五聖之一也。其兼赴試。途中遭拐。遇陞任巡撫佘國棟周之。得至省秋試。榜發被斥。落魄無聊。與江寧俠士鳳朝陽結爲兄弟。行市中。託日者推命。其言良驗。且謂道家中方有災疾。宜亟歸。其日者亦即五聖之一也。朝陽爲具裝送至中途。而老狐已先知之。邀於道。欲殺其兼。以絕席氏望。朝陽與鬬。將敗。旁一人發矢中狐。狐乃逸去。射狐者又即五聖之一也。其兼抵家。方有師娘在座。盛稱五聖之威靈以恐慧姑。師娘者。吳中女巫之稱也。其兼呵之而去。詳詢得席氏致病狀。憤甚。馳至上方山。指神位而痛詈之。時新任巡撫商尹將涖任。其兼素聞其正直。具詞往控。商尹至蘇。微行至上方。見酒船簫鼓。男婦雜遝。紛紛至山。繼而金錢牲醴載道。登山中。舁一尼。衆共擁之而上。尹乃憩酒家細訪。知吳俗之概。而尼居蓮花菴中名靜眞也。歸途遇雨。宿關廟。廟傾圮。香火寂寥。夜夢一人與尼扶一醉漢至。跳躍久之。其人以水一盂飲醉漢。遂倒。俄稱寃枉而去。又夢神語曰。蓮花庵中一女尼。欲覓錢財起殺機。欲知上方山上何神道。袁墓林間五色魚。尹醒而疑之。及涖任。至聖廟行香。本學生甄子才亦以上方山五聖控告。子才有妻。未婚而抱病。卜之。謂五聖見責。其母命子才乞靈于蓮花庵靜眞。以靜眞向稱見寵于聖母娘娘也。子才往見。靜眞爲危言以撼之。索詐百金。子才不服。故有是控。尹乃密遣能吏往訪靜眞踪跡。則有匡大者。夜叩庵。帶醉而出。吏作鬼聲。匡大懼曰。得非彭酒鬼乎。殺汝者靜眞。非我也。吏縛之。并收靜眞。尹一鞫而皆伏。蓋靜眞與匡大謀。令所謂彭酒鬼者僞爲五聖託體。言禍福以惑衆。又恐其或洩。旋以藥飮之。彭中毒而斃。無親屬伸理。故其寃至是始洩。靜眞、匡大俱伏法。尹乃檄蘇守。毀五聖像。沉之太湖中。永禁吳民。不得尙淫祠。其兼、子才兩家之室。疾亦旋愈。害其兼之妻者老狐。害子才之妻者。五色魚精也。後皆爲神所誅。其兼、子才後並得第。而慧姑則適鳳朝陽爲夫婦云。按所演巡撫曰商尹。實指湯斌也。緣湯字與商相連。而斌係睢陽人。故以相影射。劇中陞任巡撫余國棟。則指余國柱也。其餘姓名皆非眞。

遺愛集

前半曰峴山碑。後半曰虞山碑。康熙十一年。常熟人陸曜、程端合作。演本朝縣令于宗堯實事。宗堯爲常熟知縣。清廉公正。剔除夙弊。蒞任五載而沒于官。民咸戴德。故名之曰遺愛集。按記云。三韓于宗堯、字二巍。其父某。官中丞。與母皆早逝。撫于繼母。十九歲。叨恩蔭。選江南常熟令。兄二南。諄諄以潔己愛民爲訓。蒞任後。浚冰茹檗。洞悉民間疾苦。常邑夙有漕法之弊。五米十銀外。有開厫、喜錢、順風、飯米、踢斛、淋尖、剝船、後手、米色、押花、折東等項名色。稍不遂。搆于綱司、以別厫襯墊爛米朦稾刁勒。宗堯痛革其弊。復禁差役下鄉。凡南北軍儲。悉查驗均派。小民並沾實惠。其禁止打降焚香酒館賽會。施粥施藥。具著實政。不能枚舉也。人咸以其遭逢聖主。克自振勵。使得受特達知遇。當荷不次之擢。在官五載。忽患癰疽。士民惶惶。邀請蘇州穹窿山羽士施道淵。設壇祈保。百姓分禱各廟者甚衆。疾不能瘳。歿于官。年僅二十三歲。以上皆實蹟。于是東嶽左司仙史接常熟縣士民文疏。暨施道士表牒。共數百道。奏于玉帝。玉帝以宗堯本上界五雲閣吏。微過譴謫。塵限已滿。着回洞霄宮。仍掌修文院事。此段揑造、或係施道士揑出。施道士以此告士民。士民爲建祠虞山。塑像于內。賻奠相踵。街啼巷泣。縉紳士大夫輓詩勒石。冀垂不朽。是以名曰峴山碑云。此係常熟生員陸曜所撰。其後截虞山碑者。生員程端所撰。以爲宗堯上體君心。下察民情。歿爲城隍神。而略舉其事之一二。小民王文吉。鞋舖爲業。以鄰家失火逮獄。宗堯釋之。文吉一門感激。遠鄉婦女以荒田拖累。前官屢次加刑。至宗堯時。乃得安枕。及宗堯爲神。庠生馮已蒼被前令瞿鱷孫打死。陰魄控宗堯。宗堯察核鱷孫前後罪惡。凡數百款。令入地獄以受果報云。程端者。即前條陳漕弊于宗堯者也。端又與錢嶽如、龔景淵綴樂府三大篇于後。以紀宗堯德政。按宗堯少年廉吏。頗有風力。江南士民盡知之。遺愛在民。非謬說也。五雲閣吏。乃借用蔡少霞事。與宗堯不倫。附會可笑。城隍之說。相傳有之。未能定其虛實也。

四奇觀

蘇州朱素臣、朱良卿等四人合撰。演包拯斷酒色財氣四案。因名四奇觀。言拯爲龍圖閣待制。兼攝開封府事。蒞任日。修謝恩表畢。隱几假寐。金甲神示以酒色財氣四事。及覺。命帶伏陰枕等寶物四種隨任。蓋俗傳拯能斷陰陽事。故小說粧點云云也。其酒案略云。祥符縣諸生馬驦、字旣閑。妻上官氏。上巳日。同社友簡日章、温啓新於曲水園修禊。有姜念茲者。酗酒狡滑。適遲至。驦灌以酒。念茲謔驦。言其妻留飲。故來遲。又云。其妻下體涼冷。其婢春兒胸前温煖。衆厭其謔。觴冷酒罰之。念茲又云。適與馬兒之嫂狎。飲冷必致疾。驦甚懷疑。席散歸。試妻婢冷熱。如所言。而念茲暴病。驦潛遣館童往探。遇醫于途。醫問童以念茲致疾之由。童云。貪色飲冷所致。醫者診脉。遂言陰症。用藥大補。念茲遂斃。驦益信之。休妻于母家。以婢送襄城縣太常卿羅萬象家爲妾。妻寃不能伸。控念茲於包拯。以驦友温啓新爲干證。拯思念茲已歿。必得其供狀始能白。遂寫牒。遣啓新詣城隍廟。焚于爐中。持伏陰枕臥神廚下。叩索念茲供狀。鬼吏詢所由。啓新言其事。鬼吏云。神赴岳廟造册。念茲現枷韇門。啓新至其所。念茲囚首垢面。不勝苦楚。枷上書云。酒後狂言。拆散人夫婦。犯人姜念茲。念茲見啓新。泣訴陰司苦狀。啓新述拯遺叩城隍索供。念茲遂親書供狀。以付啓新。吏趣啓新行。遂醒。胸前果有供詞。持以覆拯。拯拘春兒同訊。因問其妻云。上巳日念茲至汝家。汝坐石上乘涼。春兒擁爐煎茶否。妻婢皆曰諾。拯曰。念茲知汝二人冷煖。故造言以紿汝夫耳。以供狀示驥。閱畢。並無一字。惟素紙耳。驥大駭異。悔已之悞。服拯神明。迎歸復聚。其色案略云。羅萬象官太常卿。居襄城。乞休林下。馬驥送春兒爲萬象妾。春兒姓夏氏。姿色頗麗。萬象鍾愛之。値妻逝。遂以爲正室。方盛暑。憩碧梧軒。萬象拜客歸。以並蔕茉莉遺春兒。春兒簪以金針。令婢碧蓮插壺中。圬者倪阿措築垣。萬象夫婦適服香薷飲。怜阿措酷熱。令婢稍給之。遂與春兒詣荷亭乘涼。婢誤置花壺中給阿措。阿措得花。謂春兒有意。乘夜潛入臥室。適僕羅全者。遺履庭中。阿措以草鞋易履入。春兒方在梧軒納涼。阿措窺臥室無人。脫履潛入帳中。萬象揭幔欲寢。阿措逃去。萬象急遣婢取燭。遍索室中無人。惟履在榻前。萬象識爲全履。謂春與通。即令全賫書投襄城林尉云。全與大盜夥劫主物。而以其履封匣中。令春兒啓視。逼令自縊。春兒恨命薄。屢受冤。遂自經。全夫婦本儀封縣錢不廢舊僕。以微過逐出。萬象收之。及是。尉酷拷使供盜情。全大呼冤。不服。包拯出巡至。尉往迎。繫全獄中。拯入署。垣忽頹。度其中有冤者。拘衆匠築之。聞吏與阿措稱拯神明。阿措遂述羅全事云。拯雖明。亦不能斷。吏詢此事究何人所爲。阿措皇遽答云。箬帽下自有人。拯聞其言。立擒阿措。措落帽露金簪。拯度必閨中物。訊所得之由。措言萬象園中所拾。細訊之。云得婢壺中。萬象來謁。拯令坐賓館。使役扃之。拘婢來訊。使認其簪。乃知誤爲阿措所得。遂嚴拷阿措。始供易鞋之情。因邀萬象驗視供狀。而釋羅全出獄。拯令役視春兒屍。顏軟如生。

以温凉帽覆之。復活。念阿措下愚無知。罰修文廟傭工以贖罪。萬象還家。以春兒爲妻。受誥命。而憫全無辜受累。賞之金。其財案略云。儀封人監生錢不廢。素慳吝。父瓊。錢塘教授。叔瑤。萊陽令。兄弟俱逝。不廢奉孀母。嫡妹名東珠。瑤妻亦亡。無子。止一女。名西珠。兩女年月日同。惟時不同。瑤官萊陽時。曾以女許簡日章。瓊女未字。兩女甚相得。時屆仲秋。鬪蟋蟀爲戲。瑤女遣婢于園中捕捉。觸土神座。損其臂。星士仇邈遢過其門。母令推二女命。言瑤女當爲夫人。瓊女于九月朔日當殞。母大憂懣。欲飯僧以祈壽。不廢堅執不允。恚邈遢妄言。幾耗其財。甚啣之。至九月朔。冥司果召土神勾瓊女。二女本同生。而土神以損臂故誤勾瑤女。瓊女得無恙。邈遢復經其門。不廢以妹現存。加以叱辱。邈遢與辨。不廢毆之。悮傷立斃。不廢以尸拋園池。若其自失足墮水中者。瓊女見之。令婢舁至牡丹花下。多方解救。竈神見土神攝瑤女魂。謂姊妹同年月日。恐有錯悮。不肯押字。令土地覆明冥司。所勾果係瓊女。邋遢之魂。亦詣竈神訴寃。閻羅傳語云。瓊女有救人之心。益壽二紀。瑤女與邋遢俱還陽。二人誤入其尸。瑤女甦。所說皆邋遢語。邋遢所說皆瑤女閨中事。適簡日章應試。便道就親。不廢因叔女瘋顛朦朧。以己妹贅之。花燭時。邋遢突入。持日章大訴。責其停妻再娶。日章驚異。呼告不廢。瑤女忽毆不廢。謂其無辜殺命。互相扭結。控于包拯。拯詢男女語言。及其名字。似各舛錯。一告停妻。一控殺命。茫然不得其解。及訊日章云。結姻係不廢所主。不知其情。訊不廢無辜殺人事。不廢抵云。係瘋顛語耳。拯復細訊。乃知二人皆歿後還陽。遂大喝二人云。汝魂錯入他尸也。二人並倒。拯封鐍其門。以二尸置東西廊。一枕伏陰枕。一臥赴陰床。自作閻羅。攝二魄。訊明其故。各復原身。不廢無辜害人。杖徒三年。以家資百兩。給邋遢調理。瓊女與瑤女皆歸日章。日章中解元。與二女並諧伉儷。其氣案略云。陳留人甯廉。與簡日章等爲友。成進士。授廣州香山令。以路遠。留妻鄧慧娘侍孀母淳于氏居家。令老僕甯忠照管。自攜僕甯孝之任。循例謁孔廟。吏請先謁安黎大王。廉問何神。吏云。此神能降禍福。常年祭以童男女。廉度必邪神。往視之。形貌兇惡。遂毀像。焚其廟。妖神嗔恚。幻爲甯忠。持訃音報母歿。遂委縣佐護篆。丁艱歸。途中又失甯忠。遇大雪。苦不自勝。而妖幻忠詣銓部。首廉僞報母喪。棄印逃職。請治其不忠不孝之罪。時廉已歸。母安然無恙。讓其媳云。何爲使人謬報。廉妻茫然。廉云。持書者即甯忠。妻云。忠向得疾。今始瘳。未嘗出門也。廉大驚異。忽有詔遣校尉捕廉。令包拯治其逃職之罪。廉至。大呼稱冤。拯訊之。以假甯忠事告。拯疑必妖幻。詰廉曾遇妖邪否。廉始悟安黎大王事。具以告拯。拯奏釋其罪。令復之任。潛遣壯丁四十。帶照妖鏡尾廉後。有警即照之。妖果幻爲校尉。途中劫廉。壯丁以鏡照之。皆妖也。盡斬除之。廉復回京謝拯。乃赴香山。按龍圖公案中。並無此四段事。係作者扭合。又按太平廣記中。如李簡、竹季貞、陸彥皆係冥官勾去。陽數未盡。久而復生。奪他人宅舍。非復故形。元時賈雲華亦然。稗乘如此者頗衆。劇內瑤女與邋遢返魂互入。其事更奇。靈犀佩記中。亦有兩女重生。各不認其父母事。然考段成式云。扁鵲易魯公扈、趙嬰齊之心。及寤。互返其室。二室相諮。古來蓋有此事矣。

埋輪亭

吳縣人李元玉、朱良卿等同作。演後漢張綱事。以綱埋輪都亭爲名。其繆誤處甚多。附辨于後。略云。張綱、字文紀。益州人。娶李氏。子揖甫。三歲。挈家寓京口。綱素耿介。梁冀擅權。綱欲攻之。適中官單超薦廉官十人。詔起山陰趙君安爲諫議。綱爲御史。巡視洛陽等郡。君安過京口。與綱相誓。皆欲殞身報國。君安妻甫有娠。各以後事相託。蘇州人李壽、李祿。流寓鎭江。貧窶特甚。壽稍通文墨。祿性豪俠。壽抱疴。祿不能給藥餌。脫衣售于市。綱憫其友愛。贈銀三兩。壽病瘳。與祿往謝。綱以書薦壽于君安。收爲記室。祿隨綱之任。爲家丁。時大將軍梁冀。以己有擁立功。諷胡廣疏請封王。而中使單超奉詔。僅加九錫。進爵爲公。云趙諫議援引古制。非親不王。冀遂啣君安特甚。冀子胤。封襄邑侯。居洛陽。大肆豪横。綱巡廣陵。招撫大盜張嬰。及抵洛陽。微行具得胤惡蹟。埋輪都亭。具疏劾冀父子。而遣李祿率卒擒胤。方質問罪款。加以拷掠。冀輒取旨誣綱得廣陵賊張嬰赤金千兩。託名招撫。授賊顯職。遣官校逮入京師。幷擒綱家屬。李祿聞信。乃先用巡按印作假文書。飛遞鎭江有司官。言有棍徒被拏。復僞託梁府到縣。欲害本院家屬。須即捕治。及差官至縣。令以爲僞。刑訊扭解綱所。祿遂迎綱妻子至蘇州避之。君安在都。聞綱有入境疏劾冀。爲冀所遏。反遣緹騎逮綱。乃臚冀二十四款。令李壽謄稾。壽遂竊君安稾以首於冀。冀復取旨拏君安下獄。與綱並拷。刑部尚書胡廣酷刑羅織。皆命决于市曹。單超奏請寛二人罪。奉旨詣市。而君安已戮。綱獨被釋。謫戍玉門關。解役受冀指。至古廟中。欲殺綱。祿潛尾其後。殺解役。綱遂以妻子託祿。而自詣貶所。祿兄壽附冀。得官刑部員外。給假歸里。祿詬而拒之。不以爲兄。壽慚。復歸京師。越十四載。君安遺腹女娥英知父寃。易男裝。挾刃至京。欲復父仇。禱於城隍廟。倦臥案下。君安以生前正直。爲城隍神。知女至此。示以明日仇人當至。吾陰助汝力。已而李壽果至。屏左右默禱。娥英突出。手刃之。慷慨詣獄。時綱子揖。易姓名曰李賀。年甫十七。一舉成進士。召對稱旨。授洛陽御史。祿乃以綱寃告之。揖大悲憤。上章劾冀。冀復矯旨逮送獄中。適單超侍太后進香萬壽寺。祿入寺見超。訴其主寃。超細詰祿。知李賀即張綱之子。乃以冀惡具奏。取旨籍沒冀家。授祿都尉。使擒冀父子。而追卹君安。赦綱還朝。李賀復姓名張揖。揖出獄。即奏趙君安子殺人報仇。其罪可恕。奉旨赦罪。娥英自陳乃君安之女。朝廷驚異。賜揖爲夫婦。揖迎母至咸陽驛。君安妻探女詣京。與遇驛中。綱亦被召宿驛。兩家完聚。並蒙國恩。按張綱傳。綱父晧。犍爲武陽人。綱、字文紀。司徒高第辟爲御史。順帝漢安元年。選遣八使。徇行風俗。皆耆儒知名。多歷顯位。按八使同時俱拜。天下號曰八俊、杜喬周舉周栩馮羨欒巴郭遵劉班及綱也。八人分行州郡。貪污有罪者。刺史二千石驛馬上之。墨綬以下。便輒州舉。唯綱年少。官次最微。餘人受命之部。而綱獨埋其車輪于洛陽都亭。曰。豺狼當路。安問狐狸。遂奏曰。大將軍冀。河南尹不疑。蒙外戚之援。荷國厚恩。以芻蕘之資。居阿衡之任。不能敷揚五教。翼讚日月。而專爲封豕長蛇。肆其貪叨。甘心好貨。縱恣無底。多樹諂諛。以害忠良。誠天威所不赦。大辟所宜加也。謹條其無君之心十五事。斯皆臣子所切齒者也。書御。京師震竦。時冀妹爲皇后。內寵方盛。諸梁姻族滿朝。帝雖知綱言直。終不忍用。按犍爲。益州地也。劇言綱益州人。不謬。同時八使。餘人受命之部。而綱埋輪洛陽都亭。蓋漢東都即洛陽。綱欲劾梁冀兄弟。故不出都門也。作者不知東京即洛陽。誤認漢都長安。以洛陽爲綱所按部之地。誤矣。綱劾冀後。乃爲廣陵太守。劇幷作一處敘。旣已誤矣。洛陽今河南府。廣陵今揚州府。一御史按臨之地。安得合洛陽廣陵而治之。劇云撫廣陵賊張嬰。又埋輪洛陽都亭。以劾梁胤。謂皆是其所轄。此大誤也。綱劾冀與不疑。未嘗劾胤。蓋胤是後來事。劇引亦誤。時廣陵賊張嬰等衆數萬人。殺刺史二千石。寇亂揚徐間。積十餘年。

朝廷不能討。冀乃諷尚書以綱爲廣陵太守。因欲以事中之。綱單車之職。將吏卒數十人。徑造嬰壘。以慰安之。嬰出拜謁。綱延置上坐。問所疾苦。譬以順逆利害。嬰聞泣下。將所部萬餘人。與妻子面縛歸降。綱乃單車入嬰壘。大會置酒爲樂。散遣部衆。任從所至。南州晏然。朝廷論功當封。梁冀遏絕乃止。天子嘉美。欲徵擢用綱。而嬰等上書乞留。乃許之。綱在郡一年。年三十六卒。張嬰等五百人制服行喪。送到犍爲。負土成墳。詔拜綱子續爲郎中。賜錢百萬。按綱雖劾梁冀。其招撫張嬰事。冀但能遏絕不封耳。未嘗反獲罪也。劇中渲染。皆不實。添出趙君安亦非實。綱子續。不名損。亦無後來許多事。且綱沒于順帝時。未嘗見梁冀之敗。

梁冀傳。順帝拜冀爲大將軍。沖帝在襁褓。冀侈暴滋甚。質帝嘗朝羣臣。目冀曰。此跋扈將軍也。劇中引入跋扈將軍語。桓帝建和中。益封冀三萬戶。又封冀子胤襄邑侯。元嘉元年。帝崇殊典。禮儀比蕭何。增封比鄧禹。賞賜金錢奴婢綵帛車馬衣服甲第比霍光。以殊元勳。每朝會。與三公絕席。帝猶以所奏禮薄。意不悅。劇中略得彷彿。但云冀加九錫。則非也。且跋扈語在質帝時。益封等在桓帝時。張綱則順帝時人也。不宜扯合。初、父商獻美人友通期于順帝。通期有微過。帝以歸商。商出嫁之。冀即遣客盜還。生子伯玉。冀妻孫壽使子胤誅滅友氏。（劇中胤逼奪婦女本此。）郎中汝南袁著。年十九。見冀凶縱。不勝其憤。乃詣闕上書。謂宜抑損權盛。書得奏御。冀聞。密遣掩捕著。著乃變易姓名。託病僞死。冀知其詐。陰求得。笞殺之。及冀誅。有詔以禮祀著等。（劇中冀殺趙君安本此。）冀諷衆人共薦其子胤爲河南尹。胤一名胡狗。時年十六。容貌甚陋。不勝冠帶。道路見者。莫不嗤笑。（劇內極形容冀子之醜陋癡騃。曲中云。梁家豎子傴僂相。面如魍魅心狂放。本此。然桓帝時。年止十六。而綱在順帝時。安能相及也。）冀一門。前後七封侯。三皇后。六貴人。二大將軍。夫人女食邑稱君者七人。尙公主三人。其餘卿將尹校五十七人。在位二十餘年。窮極滿盛。威行內外。百僚側目。（劇中冀自白語。頗相合。冀祖統本安定烏氏人。自云洛陽人。誤。）陳授因小黃門徐璜陳災異。冀考授死。帝由此發怒。與中常侍單超、具瑗、唐衡、左悺、徐璜等五人成謀誅冀。具瑗將左右廄騶虎賁羽林都候劍戟士合千餘人。與司隸校尉張彪共圍冀第。冀及妻壽即日自殺。悉收子河南尹等送詔獄。棄市。（劇中單超奏請誅冀。頗相合。指超爲司禮監。則借明朝官制以附合漢事也。李祿爲都尉。領卒圍冀宅。蓋借廏騶都候之說。而揑出姓名耳。資治通鑑。冀使人乘勢橫暴。妻略婦女。毆擊吏卒。所在怨毒。又云。孫氏宗親。皆貪饕凶淫。各使私客。籍屬縣富人。被以他罪。閉獄掠拷。使出錢自贖。貲物少者。至於死徙。後漢書相同。劇中敍冀凶惡處本此。又通鑑。帝欲褒崇梁冀。使中朝二千石以上。會議其禮。特進胡廣等咸稱冀之勳德。宜比周公。錫山川土田附庸。黃瓊獨曰。冀可比鄧禹。合食四縣。朝廷從之。冀以所奏禮薄。意不悅。其比蕭何霍光等語。已見前所引後漢書內。按此則胡廣請尊冀是實。劇所云不謬。其爭之者黃瓊。無所謂趙君安也。後漢書列女傳。酒泉龐淯母者。趙氏之女也。字娥。父爲同縣人所殺。而娥兄弟三人。時俱病物故。娥陰懷感憤。乃潛備刀兵。常帷車以候讐家。十餘年不能得。後遇於都亭。刺殺之。因詣縣自首曰。父讐已報。請就刑戮。福祿長尹嘉義之。解印綬。欲與俱亡。娥不肯去。曰。怨塞身死。妾之明分。結罪理獄。君之常理。何敢苟生。以枉公法。後遇赦得免。州郡表其閭。太常張奐嘉歎。以束帛禮之。劇中趙娥英報父仇殺李壽。蓋聞有趙娥報仇事。而牽入于此也。

一品爵

吳縣人朱良卿、李元玉等同撰。謂莘臧以射一品爵起釁。因用爲名。然本無其人也。略云。臨淮人莘臧。充經略桓錫材官。其父惟善。鰥居。持齋奉佛。樂善好施。臧年少材勇。見流賊大擾。欲立功自振。不議姻事。勸父續娶。以持門戶。惟善娶楊氏。前夫之子樹千。賭博無賴。時至莘宅。惟善亦兒子蓄之。桓錫招降張獻忠。麾下四鎭金聲等咸以爲賊不測。錫意不悅。趣意各歸本鎭。錫壻崔顥者。父官尚書。軍中稱崔公子。以善射名。錫欲誇其能。鐫一品二字于金爵。名之曰一品爵。繫高竿上。射中者即賞之。顥中爵欲取。臧騁其技。射斷懸線。奪爵徑還。顥復令軍士追奪。途遇關中勇士閻信號金睛豸者。見臧射爵。傾倒之至。遂奪爵以歸。臧與結契友而去。顥大恚。遣卒捕信。信遂逃從獻忠。嗾使復叛。金聲、字震遠。陝西總兵。涿州人也。婦兄湯木天。臨淮人。信國公和之裔孫。世襲指揮使。聲奉命會勦獻忠。乃以女萃容送寄木天所。木天與惟善厚。適起官安慶守備。惟善欲以一品爵爲賀。而爵已失去。蓋夫婦同飲酣臥。樹千入見。竊之去。臧見其倉卒而出。心甚疑之。及父覓爵不得。臧心知樹千。私以語父。又恐于母有礙。勸父勿言。父勿能忍。向妻訴其子。妻護子相嚷。夫婦方失歡。而顯與錫謀。必欲陷臧。乃令解火藥于陝軍。顯復令騎追及函關。夜用火箭射火藥。藥大發。盡燬于火。臧賴神救僅免。乃持空批往投金處。聲即欲斬臧。臧具訴奪爵罹禍。及父與湯木天至交。聲以武藝試之。果甚驍悍。遂貰其罪。授爲守備。令赴木天處接女至任。比抵臨淮。木天已挈女赴安慶。臧乘間省父。惟繼母在家。告以父方入獄。蓋惟善嘗捨米五十石于普陀僧住靜。其時通海之禁甚嚴。樹千與崔公子謀。首于官。謂其以米餉賊。縣官酷訊監禁。禁子憐而恤之。臧聞父入獄。立往探視。樹千復率崔黨來捕之。臧亟走安慶。以情控于木天。木天已令妻偕金女西行。乃與臧計。

欲同抵臨淮救惟善。忽報賊至。亟令軍士城守。臧以救父情急。突圍而去。木天與書令求救于聲。臧甫突出。遇賊縛二女子欲殺。臧擊賊而釋之。乃木天妻及外甥金氏女也。臧遂奉以如陝。而賊急攻城。城中民强木天降。木天不可。單騎力戰。被擒將殺之。閻信亟語獻忠。且縶勿殺。勸降不從。語及莘氏父子被陷。信即提兵往臨淮。欲救出之。時湯夫人至陝。即言惟善之屈于聲。聲立遣人往臨淮取惟善。縣令恐他日貽禍。使禁子先討氣絕。以文覆金云已死。禁子語惟善。使作遺囑。流賊兵突至。城破。獄囚盡出。惟善亦出獄。南竄。遇普陀山僧住靜。迎往山中。信不得惟善。而部卒縛崔公子以見。遂燒殺之。惟善繼妻楊氏。與子樹千逃難。爲獻忠所擒。見楊美。納以爲室。引兵蟠據楚中。桓錫以招撫無功。下法司擬罪。金聲連三鎮兵討賊。用臧爲先鋒。三鎮兵皆敗。臧力戰向前。與閻信遇。説使歸朝。會信見獻忠擁楊氏。勸使殺之。獻忠不從。信夜殺楊氏母子。獻忠追之。信并殺獻忠。率其衆降。聲等乃與木天相見。聲以女嫁臧。木天爲媒。臧于鳳陽僧寺追薦亡父。寺僧邀普陀住静結壇。住静偕惟善同行。至則見所追薦者。即惟善也。於是父子相遇。聲爲奏明情蹟。授爵加封。并賞木天忠節。復官擢用。信以歸誠。亦授閫職。按作者乃因繼母所挈子不肖。貽害本家而作。姓名事實。俱假託也。所引經略桓錫。蓋暗指熊文燦、楊嗣昌之流。撫張獻忠貽害者。金聲。則金聲桓也。文燦總理時。聲桓與左良玉、黄得功等皆總兵會勦。劇引四鎮。言聲桓、良玉、得功、劉澤清。不爲無因。但彼時無四鎮之説。嗣昌建四正六隅之議。劇不知而誤以爲四鎮也。聲桓勦獻忠。無甚功績可紀。劇歸重以美之。削去桓字者。因其後來以叛誅。故變文諱之耳。閻信本不的。以爲信殺獻忠。謬妄極矣。獻忠抵皖。安慶屬邑多殘。而獨府城未破。劇言破安慶。擒守將。亦謬。臨淮亦未破。無閻信劫獄事。新野丁舉人妹。婚于河南。在途爲獻忠所得。而生子又聘穀城敖生女弟爲妻。劇中以楊氏爲妻。蓋本此也。按劇。桓錫自述云。統握多官。有出將入相之權。且賜上方。有先斬後奏之命。其指楊嗣昌無疑。

曲海總目提要卷二十六

雙錘記

一名合歡錘。刻本看松主人作。不載姓氏。（按。此劇爲清范希哲撰。）自序劇中事云。本小說逢人笑。演博浪沙力士。誤中副車。以雙錘投海中。爲琉球國女主姊妹各得其一。後招以爲壻。故名。按史記博浪沙中力士。不載姓名。此云陳大力。又按琉球國。漢時不通中國。此云漢高頒詔。其國上表入貢。皆本小說僞撰。其載留侯事。則與本傳相合。按劇內忽幻出琉球國者。本留侯傳中東見倉海君一語附會影射也。劇云。秦始皇時。有陳國後裔。以國爲姓。名大力者。勇若賁育。亦通詩書。祖遺鋼錘一雙。重百餘觔。常以自隨。（此本留侯傳。得力士爲鐵椎。重百二十觔語。）一夕月下。乘醉舞錘。爲張良所見。良方欲報韓讐。遁跡相遇。心疑爲非常人。問訊通姓名。各談衷曲。謀擊始皇于博浪。仙人赤松子、黄石公。知兩人甘心于秦。而懼其徒爲氣質。不能成事。乃各指導一人。使畢其志。然後度以登仙。時琉球國無男王。其長女琳娥繼位。以妹琅英爲元帥。姊妹皆學劍學書。宮中操演女甲士一隊。又有獼猴兵。能入山驅虎。下水搏犀。琳娥自念女主。終不足以統其國。思得佳耦。奉以爲主。而本國無人。琅英請行覓配。遂以兵柄委副帥萬人敵。而己則託疾。陰與保姆伊氏。渡海入中國。時大力狙擊博浪沙中。誤中副車。（此本正史。）始皇令儀仗先行。獨與趙高走山中訪仙跡。遇赤松子煉丹。盜食丹藥發狂。故大力得乘間逸去。（此段本史大索不得語，撰出點綴。）始皇既醒。大索天下十日。盡收博浪左右居民戮之。大力憤激。欲自首。道逢赤松。勸其忍辱磨鍊。授以乞兒裝。使隱跡。而索其錘投海中。錘竟浮海面去。琅英與伊氏過海。投海濱酒家趙小二。值大索。不能留。俄而海漲。小二家漂沒。與妻離散。行乞遇大力。同栖古廟中。官司安插流亡。琅英、伊氏及小二妻。亦得同寓尼菴。張良恐爲大力累。逸至下邳。圯上遇老人。命良納履。約期授書。佐漢高起兵。六國並起。天下紛紜。琉球國帥萬人敵。與小琉球交通。藥死獮猴兵。陰圖篡國。琳娥思妹不歸。鬱鬱不樂。御樓觀海。見海上浮一物至。則一錘也。異而藏之。琅英在尼庵。久無所遇。欲歸不得。亦甚憂悶。忽見空中墜一物。亦一錘也。驚詫莫知所自。大力聞秦亂。欲自奮。適赤松至。勸之渡海。而琅英與伊氏及趙小二妻。亦避亂至海濱。遂相會合。同舟俱渡。抵琉球。萬人敵方勾小琉球兵。共圍琳娥甚急。琅英與大力謀。先以計殺其偏裨。得兵六百。乃乘夜大呼元帥琅英疾愈。統兵討賊。賊破圍解。萬人敵與小琉球國唵吽叭喇。逃入海中。爲老獮猴所殺。方獮猴兵之被藥也。老獮猴獨不食。逃入宮。向琳娥哀鳴。娥賜之劍。命殺賊。至是割二首級以獻。娥英姊妹相見。具道大力豪傑。欲並嫁之。使伊氏及趙小二爲媒。大力不從。會漢高定天下。頒詔琉球。娥加小二官。改名大一。使通貢。即上表申奏。欲以大力爲壻。高祖聞之。知大力與留侯有舊。命良使琉球。使大力成婚爲國王。封娥英爲夫人。趙大一及老獼猴。皆與封爵。大力猶不從。良力勸。乃强允。合巹之夕。見宮中掛雙錘。詢所自始。知皆天意。不可違也。地志。琉球在福建東南海中。有大小琉球。國王有三。曰中山王。曰山南王。曰山北王。其人深目長鼻。男子去髭鬚。婦人以墨黥手爲龍蛇紋。皆紵繩纏髮。從頂後盤繞至額。男以鳥羽爲冠。裝珠玉赤毛。婦以羅紋白布爲帽。織鬬縷皮並雜毛爲衣。以螺爲飾。能下垂小貝。其聲如佩。無君臣上下之節。伏拜之禮。父子同牀而寢。婦人產。乳必食子。衣食用手。得異味。先進尊長。無他奇貨。尤好剽掠。故商賈不通。人喜鐵器及匙筯。不駕舟楫。縛竹爲筏。急則羣舁之。泅水而遯。所居地曰波羅檀洞。塹柵三重。環以流水。樹棘爲籓。殿宇多雕刻禽獸。無賦斂。有事則均稅。無文字。不知節朔。視月盈虧以知時。視木榮枯以計歲。其譯語。呼天爲甸尼。地爲只尼。日爲非祿。月爲都及。幕府燕聞云。唐昭宗播遷。隨駕有弄猴。

隨班起居。賜以緋袍。號孫供奉。朱梁篡位。猴見全忠。趨其前跳躍奮擊。遂殺之。劇中獮猴殺賊。疑借用此事。按琉球國處東南海中。其國甚大。自漢迄宋。不通中國。隋煬帝令朱寬入海。求訪異俗。知有琉球。令寬往撫之。不從。於是遣陳稜討之。知其王姓歡斯。名渴剌兜。不知所由出也。後絕無聞。宋淳熙間。忽掠泉州。喜得鏃鐵。明洪武初。遣行人楊載招諭琉球。其使隨載入貢。其國分中山、山南、山北。稱三王。永樂時。賜閩人三十六姓善操舟者。令往來朝貢。正德中。琉球進玉脂燈。其國信鬼神。女巫最尊。名曰女君。數百人攜枝戴草。步騎縱橫。時入王宮遊戲。歌音悽惻。王及妃后。跪拜迎之。按劇因巫稱女君之說。遂影借緣飾。爲國主女王云。自唐宋至元。王之長子至中國。入國子監讀書。又有小琉球。近泉州。霽日可望而見。自閩梅花所。順風七日。可至中山。然去必孟夏。來必孟秋。乘風便也。劇中小琉球與琉球爭。本其近郊也。

萬全記

刊本自序曰四願居士。不標姓氏。（按：此劇爲清范希哲撰。）未知誰筆。演卜豐妻賢子孝。子帙早掇上第。尙公主。一舉三男。故名萬全。又以三男皆帝錫名。曰得富、得貴、得仙。故又謂之富貴仙也。其事無出。考宋史。光宗、寧宗兩朝。無所謂卜豐、卜帙登第爲顯官者。當是僞撰。卜豐脩史。借用宋祁脩唐書事。其諸葛亮陰助平蠻。及蔡伯喈、楊脩、禰衡皆爲卜氏子。則因脩史事牽連點綴。皆無所本。地志所載諸葛武侯廟不一。劇中前所指。當在襄陽。後所指。當在永昌。又考神宗熙寧七年。熊本討瀘夷。降之。西南用兵自此始。南宋光寧間。無平蠻事。英宗治平四年。始命公主行見舅姑禮。英宗嘗謂帝曰。舊制帝女出降。輒皆升行。以避舅姑之尊。義甚無謂。朕嘗思此。寤寐不平。豈可以富貴之故。屈人倫長幼之序。可詔有司革之。劇中卜帙尙主。雖無據。其言公主脩婦道。蓋本諸此也。嘉泰四年五月癸未。追贈岳飛爲鄂王。劇與史合。

略云。周官卜氏之後卜豐、字大有。累世簪纓。家傳清德。居浙西歸安。宋光宗時舉庚戌進士。慶元間。拔置史館。遷翰林學士。爲纂脩國史總裁。受命之日。致書勉勵妻子。遠絕親知來往。上賜雅樂一部。許早晚演奏。以奬勤勞。妻令狐氏潔娘。克脩內政。勤紡績以相佐。課其子帙。年少而學成。豐纂脩實錄。深憾蔡京、童貫、秦檜誤國。請追贈岳飛爲鄂王。又進女箴一帙。帝嘉賞之。賜后及公主朝夕講誦。豐子帙就試京師。思得侍其父。而豐但令中堂一見。即使別寓以遠嫌。試畢。擢一甲第三。臚唱之日。帝喜其英雋。并知即豐之子。召帙同入內殿。下降公主。使帙尙之。時牛皐之子忠。王貴之子孝。憤岳氏寃。逃匿山林。嘯聚亡命。奉張保爲主。結連洞蠻孟天寵入寇。天寵者。孟獲之後也。諸葛武侯歿已久。而精靈不散。時往來隆中。一夕月下。與蔡伯喈、楊脩、禰衡。操琴品竹撾鼓。以舒其情。三人者。皆有未盡之志。武侯許以留心成就之。帙即尚主。迎女於京邸。公主執婦道。奉侍公姑甚謹。豐奉命征蠻。帝親餞之。討軍實而行。天寵有妻曰天左、天右。皆有勇而知兵。又有張保、牛忠、王孝爲之聲援。寇黔滇甚急。以爲世無武侯。必無七擒七縱之患。豐嘗作史論。極推武侯。武侯乃陰會岳武穆於廟中。使夢神引豐相見。并攝張保魂。告以禍福使降。命鬼以磁石置廟中。授豐方略。誘天寵入廟。以計擒之。張保得兆。且知武穆已封鄂王。怨已釋而懼禍。即綏王孝、牛忠兵。天寵勢孤。又墮豐計。果入武侯廟。帶甲拜磁石上。不能動。廟祝僞託武侯。指使二妻天左、天右乞哀于豐。豐至廟爲解甲。天寵得脫。畏武侯之威靈而感豐恩。請降。滇蠻悉平。天寵及保與忠、孝各有進貢。且以珍寶芻糧獻豐。皆不受。凱還序功授爵。武侯又陰使伯喈、脩、衡同託生于卜氏。公主一舉三男。帝聞甚喜。召入宮。賜名得富、得貴、得仙。豐子孫繩繩。全家食祿。極一時之隆盛云。

芙蓉樓

近時人所作。其自號曰雙溪鷹山。不知姓氏。（按、此劇爲清汪光被撰。）據所演云。大元皇太后趙氏。（劇云昔本帝室之宗潢、今作天朝之母后、按元史、歷朝后妃無姓趙者、宋曹勛所記、有宗女爲大金皇帝之后、然金史亦不載、未知的否。）親政之餘。頗耽詞賦。芙蓉花開。命光祿寺排宴芙蓉樓。賦詩紀勝云。筵開烏鵲渚。駕發鳳凰城。路向華峯近。人從偃掌行。紅衣隔浦艷。翠影入池輕。寄語涉江者。能忘結珮情。乃命內官尙忠。宣西臺御史鄭鴻。昭文館脩撰杜兆祥。諭禮部刊刻。頒行天下。仍傳示十二行省等官。凡有女子和詩者。呈覽選定。山陰女子杜弱蘭、李蒨華。素有詩名。人稱閨中李杜。（弱蘭即兆祥女。）兩人依韻成章。先後呈進。時進詩者共三百餘篇。太后獨賞二女之作。命司禮監尙忠、尙衣監宋萬化召入宮。設坐賜茶。賜號女學士。居百尺樓。俾掌四庫藏書。以新狀元孟珩配弱蘭。姚若采配蒨華。孟珩、字楚臣。山陰人也。與表妹蒨華同居。索逋維揚。遇高郵姚若采。訂文字交。若采延至家。朝夕同課誦。元時高郵是縣。劇云高郵上州。失考。比鄰鄭英者。御史鴻子也。鴻與兆祥同年。幼聘弱蘭爲英室。英弇鄙不文。弱蘭聞之。心竊怨恨。不敢言也。英偶出。珩亦醉歸。誤入英書室臥。英歸與詬。執送于官。知州卞廷元素愛士。以若采爲才。字以女。若采聞珩被拘。趨入州署辨白。改珩名爲孟玉。言是已胞弟。廷元面試。甚嘉賞之。錄送學使者。遂以姚孟玉名入秋闈。與若采同雋。且幷出廷元之門。鄭英之執珩。欲廷元罪懲之。見廷元力庇。則大慍。尋見二人皆出廷元門。益慍。入京訴於父鴻。言廷元有私。鴻即劾廷元及若采、孟玉。時廷元已遷御史。皇太后下旨。言廷元私二人。無有實跡。令自行回奏。姚若采、孟玉暫停會試。候旨定奪。廷元抗辨。且言鴻以子英故挾私誣陷。廷臣覆奏如廷元言。太后命召若采、孟玉同赴闕下。親御芙蓉樓試之。令弱蘭出三題。擬倭寇蕩平聖駕親御武成殿獻捷羣臣賀表一道。箋注山海經序一篇。宮中行樂詞十首。以試孟玉。令蒨華出三題。

辨眞論一篇。聖帝擊壤歌四十聲。司馬文園賦一篇。以試若采。即令二女閱二人之文。閱畢呈覽。皆薦爲第一。太后以爲然。並賜狀元及第。令二女嫁之。弱蘭奏先字鄭英。若采亦奏曾聘卞女。太后召英及卞女入謁。見其貌皆陋。乃令二女嫁二姚如前旨。而以卞女嫁英。並賜英爲光祿寺署正。初、兆祥入京。改官山東肅政廉訪司。尋以倭亂。拜江浙行省樞密院使。討倭屢捷。倭窮請降。乘機殺其長。奏功于朝。于是並開兩宴。頒示欽定賜宴圖式。一日布昭武功。一日誕敷文治。兆祥父女恩榮光寵。冠絕一時。而孟玉改名孟珩。仍與若采如親兄弟。珩見蒨華。知即表妹。二女皆以原授女學士晉封夫人。

廣寒香

近時人作。其自號曰蒼山子。不知的姓名。（按：此劇亦爲清汪光被撰。）其關目全在壁間畫月。故曰廣寒香也。略云。臨安米遙、字遠思。自恃才高。詩酒狂放。宋徽宗爲端王。慕其名。遣高俅贈以玉章。聘之入邸。至淮安。題詩酒家之壁曰。桂花宜向月中看。誰送書生上廣寒。題未畢。爲土豪殷文蔚所毆辱。奪玉章以去。酒傭王小二。以鴛鴦玉結償之。文蔚禁諸客舍。不許舍遙。遙倉卒反投文蔚園中寄宿。文蔚有女天眷。月下聞怨歎聲。呼而問之。遙訴爲文蔚所辱。奪其玉章。玉章上有天眷兩字。天眷駭異。且見遙才雋。與訂姻盟。遙久立冒寒。病三日乃去。湘娥者。天眷之婢也。注意于遙。與語頗暱。忽見園中鬼卒交戰。驚隕于地。遙叱散鬼卒。而文蔚以爲破其法。追欲殺之。湘娥開後門縱之去。鬼卒者。文蔚所練妖術。翦紙撒豆而成者也。文蔚威行里中。又習妖術。又募劍客。欲刺其所不快者。天眷聞之。假託劍客書。幷匕首置文蔚枕函之旁曰。不悛。天遣殺汝。文蔚大怖。易轍爲善民。道士馬友元。大茅君弟子也。過淮陰。知天眷、湘娥。當爲米遙妻妾。而因緣頗幻。乃于遙所題詩壁。畫一月輪。每夜昏黑。月輒放光。香風仙樂。種種變現。遊人日詣賞翫。小二以此起家千金。

遙入汴京。聞徽宗踐極。開科取士。意欲先赴春闈。後趨召命。及赴試日。爲同舍所紿。痛飲醉臥。迨醒。舉場已閉。徬徨無計。適遇高俅要謁徽宗。改其姓名曰元章用。送入貢院。遂擢鼎元。馬友元方以仙術幸于徽宗。空中駕仙槎。與徽宗及章用入月宮。章用見前所題詩未完。續二句于下云。今日天香攜滿袖。嫦娥已許借枝攀。章用亦自以爲入廣寒也。是日。文蔚夫婦率女及婢。賞月于酒家。則隱隱聞天樂聲。及羣仙往來狀。已又覩一仙題詩。頃之散去。月不復明。而畫壁上添詩二句。手蹟與米遙無二。文蔚之改行也。盡還窮民貸券。民甚德之。請于縣令朱景仁。給扁示奬。文蔚獨念無故辱米生。恨悔無及。初奪玉章時。遙曰。玉章吾至寶。將以聘妻。文蔚靳之曰。汝能發跡乎。吾以女妻汝。後與妻女言。且悔且心動曰。此當有天緣。他日必覓米生爲婿。遂以玉章付女。女本與遙有約。因藏篋中。章用既受徽宗知。奏明微時爲文蔚所辱。及遇殷女事。乞得巡按淮揚。一以報怨。一以就婚。不知文蔚之爲女父也。抵任。即遣山陽令捕文蔚。而景仁力保文蔚爲善民。不得已而止。然不捕文蔚。無由得玉章。乃以鴛鴦玉結付景仁。言係徽時殷女所贈之物。以此聘殷女。景仁逕詣殷。殷家人奔告文蔚。言縣令且至。文蔚謂擒己。懼而走。姑匿酒家。喘息未定。而章用亦私行過酒家。仍自稱米生。文蔚謝罪。告以付女玉章。欲覓爲壻之意。章用始知天眷即文蔚女。認爲翁壻。顧未告以擢科代巡。默計娶女歸。自了然也。景仁持玉結至文蔚家。文蔚已出。乃以求婚事告其妻。文蔚妻與天眷。天眷見玉結曰。此湘娥物。必娥與按君有約。乃以湘娥爲女。嫁章用。其實湘娥唔遙時。未嘗予玉結。蓋曾買花于王小二。以此抵押。小二以此償遙者也。章用得湘娥。用其計。仍稱米遙。云係巡按好友。按君代爲婚娶。及迎天眷至。則米生即按君也。天眷大驚駭。不願爲婚。湘娥具陳始末。乃以正室讓天眷。章用復改名米遙云。劇中云。徽宗改米遙曰元章用。云嘗恨米元章乃本朝名士。未竟所用。按元章正在徽宗時。不宜作此語。其章惇、曾布、种師道等皆徽宗時人。隨意點入。高俅宋史不立傳。通鑑亦不載。馬友元亦不見正史。是時林靈素最著。其餘方士亦多。不能詳也。晝月放光。方士有其術。此處說得太幻。亦踵事增飾耳。內稱翰林院學士曾布。又稱史館諸公。宋時翰林與館閣。各職掌。自明迄今。則館閣職掌。皆翰林所兼。不可無辨。又稱元微之作會眞記。索白香山和韻。會眞記未嘗有居易和詩。杜牧和韻一首。乃後來事。非同時人。居易和稹夢遊春詩。蓋指此事。然廣七十韻爲百韻。亦非和韻也。內云昔賢一歲文成。除夕尚以酒祭。此用賈島除夕祭詩事。又曰种師道答章惇云。所言公。公言之。所言私。王者無私。此用宋昌答周勃語。

海棠記

刻本云薇室澹生老人編。不知其姓名。（按。此劇一名海棠詩。明王國柱撰。國柱又號夢覺道人。字里待考。所作傳奇有海棠記。鴛簪合。碧珠記等三種。）係憑空結撰。前後以海棠詩作關目。故用是名。衛國薦金言。寓爲國薦賢之意。　略言金言、字含之。金策、字獻之。宿州靈壁人。幼失怙恃。言善屬文。策善弓馬。富家子陶姓者。素狡猾。嘗憎其妻陋而妬。適獵郊外。遇金弟兄較射。遂與相善。陶送金寓文昌宮。有禮部員外衞國。居林下。夫人戚氏。有女美才貌。甥女謝氏。自幼撫育。才品與女侔。國謁文昌。見募疏甚佳。字更端楷。詢知言所作。欲以爲壻。陶亦聞國女美。欲棄妻聘衞。浼江刺史執柯。會言詣國答拜。國令賦海棠詩一律。國大稱賞。以付其女。女亦心竊慕之。藏于奩篋。適女染恙醫不能療。文昌指示言。令以爐香投藥劑中。立愈。國即拒陶。以女許言。有詔起國戶部侍郎。詣闕。值吳元濟餘黨大擾山左。掠至宿州。國家出避。陶紿刼言妻。置鄒媼家。言妻覺其爲陶。堅拒不答。忽卒間遺海棠詩于地。陶得詩。復强逼之。言妻拔刃自剄。陶不敢犯。鄒使遁去。依章媼以居。國妻挈甥女投尼庵。陶至庵。知爲衞氏母女。即自認爲金言。語國妻云。長女已歿。欲娶其少女。以海棠詩爲證。謝氏揣其謬託。令陶賦詩。

陶窘不能答。初、國入朝。即薦金言爲滋陽令。其弟策。先謁謝中丞于江左。已官游擊。國并薦爲兗州總兵。討平吳元濟。言之任。道過尼菴。詢知是妻母。乃自述姓名。叱陶將縛之。陶遁走。言乃迎妻母。并挈姨赴任。會國奉詔撫山左。勦元濟餘黨。章媪病臥。言妻出汲水。國于道見之。甚驚異。女告以故。國乃以金酬章。偕抵滋陽。策亦探兄至縣。國復浼江刺史作伐。以次女許策。而訪陶惡蹟抵于罪。

芙蓉影

作者自稱吳郡西泠長。又稱泊菴。不知其名。度必蘇人爲錢塘縣令者。劇中以芙蓉再合爲關目。故曰芙蓉影也。姓名事蹟。皆空中結撰。韓樵、字晉公。蘇州吳縣人。僑寓白下。嘗過芙蓉道院。覩青樓謝娟娘之美。屬友沈新篁介紹。定情交歡。相與訂百年之好。其友杜浩、字蛾雲。會稽人也。官至僉都御史。

以疏抗權貴。罷官閒住。暫寄武林。邀青樓宋遠娘在寓。以書約樵遊湖。及樵至而浩起三邊總制。遂與樵別。而以所寓梅花嶼書屋。屬樵與遠共居。復約樵乘暇抵陝相訪。樵後別遠訪浩。娟與母鄭居。誓不見客。而富商牛八者。心慕娟甚。時時向鄭索逋。給娟至家。强納千金于鄭。娟執不從。則閉置邃室。說誘百方。娟以死自誓。牛亦無如何。娟母亦知樵赴杭。懇新篁往探。至則遇遠于梅嶼。言樵已訪杜西游。會有豪宦錢相國。遣僕邀遠。遠素稔錢驕横。往必入其牢籠。新篁爲畫策。扁舟偕赴金陵。投鄭以居。認爲義母。遂詣牛宅晤娟。結作姊妹。樵之赴陝也。中途被盜。盡失資斧。家僮青萍。亦背之而去。困躓僧庵中。病不能興。其表兄盧靖、字雪城。與樵最善。登第授西安府推官。兼巡關內監軍道。方之官謁總制。適抵此菴遇樵。因贈以金。俾入京應試。浩閒居時。有異人蘇栴自稱錢塘漁父。授秘語一册。名曰徵囊。囑以破敵成功。他日重見。是時西番耶律補。號六花元帥。屢敗邊兵。困浩于谷口。勢甚危急。

展微囊閱之。獲脫大難。與盧靖合兵拒戰。靖射六花墜馬。而蘇构更名路典。僞投六花爲參謀。遂取其首級來獻。及浩詢知即构。构遽從空遁去。浩靖凱旋。浩拜太傅。靖遷都御史。樵亦一舉成名。擢登翰苑。牛八以貲爲碭山主簿。聞樵已貴。懼其搆怨。適浩、靖同抵縣驛。牛素與靖熟識。乃以情懇于靖。欲送娟還韓。會樵亦抵驛。與浩、靖相遇於芙蓉亭。靖爲牛具言之。樵允諾。牛厚備奩資贈娟。比樵抵家。娟已還舊居。而遠亦在宅。樵大歡喜。並納兩姬。不復他娶。劇內娟有看牡丹亭語。知作者乃近時人也。

折桂記

序云秦淮居士。未審果爲何人。（按，此劇爲紀振倫撰。）所載亦梁顥事也。薛瓊之女玉梅。從空飄墮望仙樓上。遂爲梁顥夫人。其事甚怪。然此乃以天賜夫人事相隱射。非盡憑空杜撰也。梁固。中大中祥符二年狀元。後梁顥十五年。是時眞宗東封太山。又祀后土汾陰。連年兩狀元張師德、梁固。皆狀元之子。魏野贈詩云。封禪汾陰多故事。狀元俱是狀元兒。今云子先及第。父晚成。不過點綴好看耳。劇中云。梁顥連赴九科。至第十次。必得狀元而後已。雖其子孫皆先中甲科。己亦曾中榜眼探花。寧告退。歷科比試。此乃習舉業者歆羨狀元之至。而爲此說也。按明狀元。遲暮而最有重名者。萬曆己丑之焦竑。係嘉靖己酉舉人。天啓壬戌之文震孟。係萬曆甲午舉人。焦十四科。文十科。作者或暗有所指。未可懸斷也。郝經集。有天賜夫人詩。夫人四川人。將嫁。一夕忽大風吹至遼東梁家。遂成夫婦。又劉氏鴻書。引林居漫稿云。山東新城王氏。自嘉靖己未見峯司農起家。迄於今。子弟相繼登甲榜者十餘人。又多躋華顯。冠裳之盛。海內無兩。然睹其始。可異焉。司農曾祖某。避難新城爲農工。一日大風晦暝。有女子從空而墜。問之。即某縣祁氏女也。晨起取火。不覺至此。蓋頃刻而五百餘里矣。主人以爲天作之合。遂令諧伉儷焉。今之濟濟斌斌於仕途者。皆祁之自出也。其事若甚怪。而司農弟立峯民部所爲大槐記實載之。則非妄矣。又良鄉縣志。金粱斗南、字拱辰。邑南里人。登進士第一。累官至河南都運。性穎悟。讀書精熟。尤喜作詩。有幹局。長於吏事。能剖繁治劇。時輩服其通敏。二子敬、恭。敬、左司郎。恭、仕元爲中書平章事。相傳斗南少讀書閭山。與同舍生論及鬼神。斗南以爲不足畏。同舍生曰。閭山廣寧廟。汝能夜往讀乎。斗南曰。諾。當至其壁爲驗。往則遥見殿上燈燭照耀。聞曰丞相來。燈燭盡滅。斗南以筆亞殿壁間。由門至東北隅。暗中觸一物。捫之則人也。攜以歸。乃一女子。有殊色。問其故。曰。妾蘇州人。因淸明園中觀擊毬。忽怪風晝晦。昏懵中不省何以至此。而爲公所救。人皆驚異。事聞。詔以女配斗南。生二子。人以爲天賜夫人。郝經天賜夫人詩。八月十五雙星會。佳兒佳婦好婚對。玉波冷浸芙蓉城。花下搖光照金翠。黑風當筵滅紅燭。一朶仙桃降天外。粱家有子是新郎。芊氏忽從鍾建背。負來燈下驚鬼物。雲鬟攲斜倒冠佩。四肢紅玉軟無力。夢斷春闈半酣醉。須臾舉目視旁人。衣服不同言語異。自說成都五千里。恍惚不知來此際。玉容寂寞小山顰。俛首無言兩行淚。甘心與作梁家婦。詔起高門榜天賜。幾年夫壻作相公。滿眼兒孫盡朝貴。須知伉儷有緣分。富者莫求貧莫棄。望夫山頭更賦白頭吟。要作夫妻豈天意。君看符氏與薄姬。關繫數朝天子事。情史。廣寧閭山公廟。靈應甚著。又其像設獰惡。林木蔽映。人白晝入其中。皆恐怖毛豎。旁近言靜夜時聞訊掠聲。故過者或迂路避之。參知政事梁公肅。家此鄉之牽馬嶺。作舉子時。與諸生談及鬼神事。因有言我能以昏暮或陰晦之際。入閭山廟。巡廊廡一周。諸生從臾之。明日晚偕往。約諸生待於廟門外。奮袖徑入。至廟之東隅。摸索有一人。倚壁而立。梁公意其爲鬼。負之出。諸生迎問何所見。梁公笑曰。我負一鬼至矣。可取火照之。及火至。見是一美婦。衣裝絕與鄉俗不同。氣息奄奄。狀若昏醉。環立守之。良久開目。問此爲何地。諸生爲言其處及廟中得之者。且詰其爲人爲鬼。何所從來。婦言我揚州大族某氏女。以吉日迎往壻家。肩輿中忽爲大風所飄。神識亂散。不知何以至此。諸生喜曰。梁生未受室。神物乃從揚州送一妻。可因而成之。梁公乃挈婦歸。尋擢第。不數十年。致位通顯。婦舉數子。故時人有天賜夫人之目。至于傅達宮禁。梁公以大定二十年節度彰德。都下耆舊。仍有及見之者。兵亂後。梁氏尚多。問其家世。多天賜諸孫行云。此乃合郝經所詠。及良鄉志所載爲一。而各有異同。存以備攷。

雙小鳳

刊本云飮墨者編。不傳姓名。因同時有兩女。並名小鳳。且幷在獄中並邀釋放。故名雙小鳳。事無可考。略云。雲南金臣心、字景星。負儁才。擇婚未娶。遊金陵。有年家聞人古秋被誣下獄。夫婦相繼死。女名小鳳。擅國色。工詞賦。尙繫獄中。臣心慕之。欲救出爲伉儷。未得其便。婁東馬重暄者。當時大俠也。

曾官總戎。休居白下。臣心造而請之。重暄許諾。以好友弋上達現掌刑曹。乃發書白聞人之寃。請釋之。會門客江侯亮在座。即命傳書于弋。江故遊蕩。投馬門下。仗其庇護。認爲表姪。至是聞小鳳之艷。因至獄中自稱金臣心。通道殷勤而出。小鳳見其舉止佻達。且惑且疑。時上達奉諭清理獄中罪人。分別入官釋放。及對簿。有兩女俱名小鳳。其一乃娼婦上官氏。嫁與道士。道士私雕假印。事發。其婦牽連入獄。其一即聞人氏。上達見其容狀。詰知爲舊家子。深憫無辜。已有曲爲解救之意。適侯亮持馬書至。上達遂以上官小鳳賜其吏。而命聞人小鳳隨馬宦投書人領歸。侯亮復冒稱臣心。引小鳳入歧路戲之。遇馬僕呼其名而遁。小鳳始知爲詐也。僕引小鳳見重暄。感活命之恩。認爲義父。重暄語以相救之故。皆由臣心。遂爲治奩具。送小鳳至臣心家。結爲夫婦。

練忠貞

作者自稱荆溪老人。蓋宜興人也。未詳其姓字。記練子寧事。多所增飾。據劇言練安。官都憲。有子成經、任忠。成經任杭州知府。與妻謝氏之官。安殉難時。成經亦執入京師被殺。成經有子。不知所之。其妻謝氏見成經被執。先自縊死。按史無練成經。係鑿空撰出。任忠弱冠遊庠。燕藩兵起。安以寄於表弟錢習禮。習禮以女配之。後聞金川之變。女與任忠航海。避難泰州。有司奉命搜子寧家屬。謂習禮窩藏。既而有詔寬釋。乃獲無事。按子寧死。子僅一歲。安得有燕王兵起時弱冠遊庠事。錢習禮。吉水人。永樂中爲學士。與練子寧姻戚。嘗爲人挾持。成祖曰。練子寧若在。朕猶當用之。習禮乃獲安。劇因此增飾。習禮非泰州人。劇云習禮寄任忠于泰州竈戶。亦未的。按史。練子寧、名安。以字行。新淦人。洪武十八年乙丑對策第二。授翰林院修撰。建文初。拜御史大夫。燕師起。李景隆北征屢敗。召還。子寧從朝班中執數其罪。請誅之。不聽。憤激叩首大呼曰。壞陛下事者。必此賊也。因大哭求死。帝爲罷朝。劇中約略相倣。不甚謬。成祖即位。執子寧至。語不遜。命斷其舌曰。吾欲效周公輔成王耳。子寧探舌血大書殿甎曰。成王安在。遂磔之。族其家。劇言建文臨危。令子寧募兵蘇州。此是借黃子澄事。其

（敘子寧死節甚略。）子寧死時。侍媵抱一歲兒匿民間。得免。萬曆間。有練琦者。即兒六世孫也。或曰。妾秦氏有娠。生子戍所。名善慶云。（按此子寧故存二子。然非如劇中所存也。）女瓊瓊。入浣衣局。宣德元年賜勅赦歸。適儒生。（劇言瓊瓊許字陳迪子用昌。燕兵將迫。迪攜瓊瓊歸。令子完姻避難。事未實。）又按劇中引入同時之人。黃子澄、齊泰、尹昌隆、陳迪、徐輝祖、李景隆、鐵鉉、張昺、謝貴、葛誠、瞿能、平安、袁珙、道衍、張信、張玉、朱能、丘福、陳瑛等。皆眞姓名。按劇言成祖夢方孝孺、黃子澄等現形憤怒。太祖至。則散去。成祖誅戮忠臣。是時三法司方奏請牽連忤旨。受誅者之家并及親戚。成祖乃改批奏本。盡行寬赦。且錄方孝孺等。追封葬祭。此乃作者以爲應如是耳。成祖雖有練子寧若在。朕猶當用之諭。然株連甚多。未肯輕貸。至仁宗始有方孝孺等皆忠臣之諭。然亦未便即寬禁網。其後日久網寬。人始敢訟言諸臣之冤。非當時事也。劇中點出建文內監吳亮。蓋因相傳正統年間迎老僧入內。以爲建文。有令吳亮據地食鵝蛋之說。故借以點綴。其事亦不實。鄭曉今言。袁珙、字廷玉。蘄人。少遊海上。遇異人授相術。（或云別古崖。）論人吉凶輒驗。成祖聞廷玉名。洪武二十三年九月。密詔至北平。一見伏地叩首曰。龍質鳳姿。天高地厚。眞太平天子。成祖問度在幾何時。對曰。年踰四十。髭髯過臍。當是時撥亂反正。萬邦一統。成祖喜留府中。已而乞歸。靖難後。詔爲太常寺丞。子忠徹。能行父術。建文初。文皇召問。忠徹對曰。天命有定。無憂也。宣德中。官至尙寶少卿。又王世貞姚廣孝傳。燕王從貌類者十餘人。就袁珙相。曰。吾等俱護衞校耳。珙獨起指燕王拜。燕王手止之。稍間。命入宮坐。屏左右。珙俯伏曰。太平天子也。珙遊燕市中。諸將相肩接。皆以王故。又廣孝謀攻九門。出祭纛。見披髮而旌旗者蔽天。燕王顧廣孝曰。何神。曰。吾師北方之將元武也。燕王稱尊號。遣使于武當山。營元武宮殿。楣柱甃甓。悉用黃金。是時天下金幾盡。奇聞類紀。壬午靖難兵起。勢如破竹。南方衆至四十餘萬。宜莫能當。然每兩陣相臨。南兵遙見空中眞武二字旗幟。遂皆攻以北。蓋聖天子興。則百靈咸助。非偶然也。既而入正大統。即建殿設像。金碧輝耀。祀典崇重。曠古無倫。劇云眞武助陣。本此。

浣花舟

刊本云吳興石樵山人撰。不著姓名。不知誰筆。所演杜遠事。本屬子虛。似託名自喻。謂才子當與佳人爲配耳。始終姻緣。皆在浣花舟中。因以是名。略云。杜遠、字右文。少陵之裔。原籍白門。僑居上海。魁鄉榜。才品冠三吳。憶祖曾居浣花溪。遂造一舫自題曰浣花舟。其詩文曰浣花集。座師學士華國安有子若虛、字岫雲者。居蘇州。約遠遊聽松庵。泊浣花舟於半塘。庵僧慧觀延款。值大雪。兵部尚書葉有光姪孝廉子靜避雪庵中。共賦咏雪詩。子靜索遠浣花集歸。子靜母姨柳氏。適紹興太守辛某。孀居乏嗣。女絳雲才美。囑甥爲覓佳壻。子靜屬意。以集付妹婉娥。轉達絳雲。欲爲締姻張本。婉娥才品不亞絳雲。園亭閑玩。若虛牆外折梅。婉娥令婢擲梅出牆。若虛遂吟詩云。傲雪凌霜爛熳開。玉人投贈過牆來。婉娥續賦云。攀花恐觸花神怒。寄語詩人莫浪猜。若虛遽陟牆上。語婉娥。自述通家世好。欲與面訂婚約。婉娥避去。而意頗屬焉。辛母攜絳雲于聽松庵掛旛。亦與杜遠遇。遠知子靜姨女。遂浼爲執柯。豐少南者。富商也。賄囑辛夫人兄奉川主婚。娶其甥女。而絳雲見遠浣花集。深屬意焉。夫人亦諾子靜。許以女妻遠。奉川與少南計。遣僕假夫人命辭杜遠婚。因劫絳雲至舟中。婢翠眉知之。慮夫人懦弱。不能主。遂勸絳雲于浣花舟覓遠。遠以夫人背盟。方詣子靜力懇。子靜使妹過辛宅訪其事。遠宿聽松庵以俟回音。時西番擾邊。若虛應試在京。其父年邁欲歸。知遠有文武才。與葉有光共薦遠。國安遂予告歸。抵滸墅關。見一舟甚清雅。即遠浣花舟也。買乘行游。而絳雲與婢尋至。徑登舟中。國安詢得其故。收作義女。許爲嫁遠。詔授遠行軍司馬。往征西番。國安邀餞。欲以女配之。遠辭以絳雲舊盟。國安不聽。及花燭。即絳雲也。遂迎其母辛夫人與居。而率師西征。初、婉娥詣母姨探姊。少南邀劫絳雲不得。遂劫婉娥入舟欲與爲婚。婉娥大詬。自投于河。奉川、少南皆逃去。婉娥得漁童撈救。辛夫人與子靜以爲死矣。覓其遺骸不得。漁童與無賴謀賣婉娥爲婢。辛夫人適買婢與女。得婉娥。姊妹相見。悲喜交集。一夕同咏月。婉娥有薄倖人何在句。絳雲細詢之。始知有若虛折梅之約。時杜遠凱旋。擢禮部尚書。充讀卷官。若虛擢大魁。子靜二甲傳臚。皆遠所讀卷也。國安爲若虛納采。而以浣花舟送雲婉于京師。若虛詢子靜以婉娥踪跡。得其投河全節事。大悲哽。不欲就他婚。及成花燭。即係婉娥。且知爲子靜之妹。乃大喜過望。杜遠功成名遂。給假歸。與絳雲登浣花舟。效鴟夷子皮。泛跡五湖以終。

名花譜

刊本曰種花儂撰。不著姓名。而作序者。杭州白恭已。大意指作者嘗爲錢塘縣令。其後僑居西湖云。所演陸龍、黃素娥以花譜爲關目標名。以此事本小說日宜園九日牡丹開一段。而變易姓氏。情蹟增飾大半。要之均屬子虛也。略云。臨安諸生陸龍、字御天。妻黃素娥。子桂芳。年甫五歲。唐相賈耽著百花譜。以牡丹爲花王。龍謂楊妃緣此得禍。題詩誚之。裂碎花譜。太眞女伴王太英、趙素臺偕仙游花神持碎譜送覽。太眞大怒。欲加罪譴。令花神于八月中大開牡丹花。遊騎雜遝。金陵監生趙叔謙恃富兇狠。遊學西湖。入陸園翫花。見素娥之美。使家人鄧義縱火燒園。乘鬧刼入舟中。徑歸白下。素娥覓死不得。趙妻施氏賢甚。問其根由。知係豪奪。乃與素娥共處。不令夫見。龍宅既燬。家因赤貧。一日出郊掃塋。其子桂芳復被拐賣農家牧牛。桂芳且牧且讀。爲牛主叱辱。洛陽許豹文。由通州副將陞廣西總兵。鎭守左江。留妻子在家。妻蔡氏。子錦郎。女瓊英也。老僕從廣歸過浙。以銀與牛主。買桂芳還家。爲錦郎伴讀。瓊英見其淸雋。以牡丹爲題使賦之。桂芳作詩云。魏家深紫姚家黃。同是名花一樣香。今日若還逢太白。須教妃子換新粧。其婢秀蘭乘輿趣瓊英和韵。瓊和詩云。滿園桃柳鬬紅黃。偏折芳叢一捻香。分付東君須好護。休教野鹿損霞粧。母出見之。虞有放越。乃給桂芳銀三兩。立遣出門。道遇畢有仁者。賣子于梅翰林先春家爲童。得十二金。納糧還債。所存三金。爲翦綹者竊去。廹欲自盡。桂芳即以己銀與之。然既失銀。漂泊無倚。避雨古廟。有石中玉見之。收以爲子。改名夢蛟。素娥之居趙宅也。施氏甚與相得。叔謙與鄧義妻馮翠蓮通。義故爲盜。多膂力。殺謙及翠蓮。書名于壁而去。五溪洞主賽梨花赫連氏有妖術。侵擾左右江。至丁郎山白溪洞賞雪。義往投之。許總兵出討。爲所敗。初、星家丘道明嘗算龍及叔謙。言龍先凶後吉。而叔謙則全然不吉。叔謙欲毆。龍勸止。及叔謙被殺。道明適至金陵。素娥以夫命推算。道明言昔日推過。預斷其數年災悔。素娥因與五金。託其寄書于夫。至此相訪。施氏以叔謙孽重。俟素娥夫至。以家貲悉付之。遂出家焚修。龍之始至。施恐其疑妻有玷。使婢紫鸞假託翠蓮之魂。泣敍素娥貞節自守。以堅龍心。素娥始出見。令夫改姓爲趙。名璧、字完初。入京應試。中二甲進士。授柳州司理。因軍興旁午。刻期赴任。孑身先往。素娥舟泊水月庵。爲赫連氏掠去。以其知書。逼爲幕府參謀。而其子改名石夢蛟者。與璧同登第。出梅翰林門。欽授廣西巡按。闈中之卷。錯寫擡頭。梅童力勸其主。乃獲中式。謁見時語及。則其童即畢有仁子也。梅問夢蛟姻事。夢蛟欲求許氏女。而豹文即梅至戚。會有大司馬李亮采子友白挾貴而求許姻。許妻挈女避之任所。夢蛟已代巡至粤。持梅書示許。即以女嫁焉。鄧義在賊中。聞豹文、夢蛟偕引兵至。入告寨主。見素娥侍旁。大恐。入帳先殺之。則誤殺赫連氏。素娥因取兵符。傳令殺義。束身自歸。豹文、夢蛟尚未知降婦爲夢蛟母也。道明入粤探璧。得璧妻在賊營之信。與璧言之。璧聞有降婦。特來踪跡之。果其妻也。於是父子相認。夫婦復合。姑媳團圓。而太眞空中示現。告以十數年顚沛。緣塗抹花譜之故。璧乃復加修輯。裝潢綈錦。珍藏閤中。

按小說。夫名劉玉。妻袁氏元娘。彰德安陽富家也。重陽日。牡丹大放。劫之者鎮平監生蔣青。斷絃未娶。遂以元娘爲妻。其僕三才。故盜也。三才妻曰文歡。算命者李星。玉自失元娘。家貲敗盡。後因李星通信。玉至青家。青與文歡通。爲三才所殺。三才亦自刎。元娘盡挈家貲數萬。與玉歸安陽。復爲富人。其子在青家。元娘爲取名曰本劉。歸家復姓。又使玉收文歡爲妾。其情蹟止此。餘盡改增也。

平津閣 雜劇

作者不知何人。署名曰薑棲居士。有雜劇四種。楔子云。飾詐的難逃冷眼。平津閣也。任運者時遇賞心。十錦堤也。做硬漢高樓獨據。鐵漢樓也。讀奇書美酒長斟。滄浪亭也。此劇演汲黯罵公孫弘事。蓋借以詆呵時相者。史記汲黯傳云。上方向儒術。尊公孫弘。而黯常毀儒。面折弘等徒懷詐飾智。以阿人主取容。大將軍青既益尊。然黯與抗禮。人或説黯曰。自天子欲羣臣下大將軍。大將軍尊重益貴。君不可以不拜。黯曰。夫以大將軍有揖客。反不重耶。大將軍聞。愈賢黯。數請問國家朝廷所疑。遇黯過於平生。淮南王謀反。憚黯曰。好直諫。守節死義。難惑以非。至如説丞相弘。如發蒙振落耳。公孫弘傳云。弘爲布被。食不重肉。汲黯曰。弘位在三公。奉祿甚多。然爲布被。此詐也。上問弘。弘謝曰。有之。臣弘位爲御史大夫。而爲布被。自九卿以下。至於小吏無差。誠如汲黯言。且無汲黯忠。陛下安得聞此言。天子以爲謙讓。愈益厚之。卒以弘爲丞相。封平津侯。弘爲人意忌。外寬内深。諸嘗與弘有郤者。雖陽與善。陰報其禍。殺主父偃。徙董仲舒於膠西。皆弘之力也。

十錦堤雜劇

蓮棲居士撰。載唐書白居易事。居易爲杭州刺史。始築堤捍錢塘。洩其水溉田千頃。復浚李泌六井。民賴其汲。李商隱白居易墓碑銘。公貶杭州。既至。築堤扞江。分殺水孔道。用肥見田。發故鄴侯泌五井。渟儲甘清。以變飲食。循錢塘上下民。迎濤祠神。伴侶歌舞。田汝成西湖遊覽志。出錢塘門。自斷橋西徑湖中。有舊堤。今爲十錦塘。本名樂天堤。唐刺史白公樂天所築。因與橋聯。又名斷橋堤。又云。樂天之守杭州也。放浪湖山。耽昵聲妓。新詞豔曲。布浹郡中。其湖上春行詩。孤山寺北賈亭西。水面初平雲脚低。幾處早鶯爭暖谷。誰家新燕啄春泥。亂花漸欲迷人眼。淺草猶能沒馬蹄。最愛湖東行不足。綠楊陰裏白沙堤。全唐詩話。白樂天爲杭州刺史。令訪牡丹。獨開元寺僧惠澄。近自京師得之。植於庭。時春景方深。惠澄設油幕覆其上。徐凝自富春來。未識白。先題詩曰。此花南地知難種。慚愧僧閑用意栽。海燕解憐頻睥睨。胡蜂未識更徘徊。虚生芍藥徒勞妬。羞殺玫瑰不敢開。唯有數苞紅蕚在。含芳直待舍人來。樂天到寺看花。乃命凝同醉而歸。時張祜擀舟而至。二生各希首薦。

樂天曰。二君論文。若廉藺之鬬。鼠穴勝負。在於一戰也。遂試長劍倚天外賦。餘霞散成綺詩。試訖解送。凝爲元。祜次之。祜曰。祜詩有地勢遥尊嶽。河流側讓關。又題金山寺詩曰。樹影中流見。鐘聲兩岸聞。雖綦毋潛云塔影挂靑漢。鐘聲和白雲。此句未爲佳也。凝曰。美則美矣。爭如老夫廬山瀑布詩。今古長如白練飛。一條界破靑山色。凝遂擅場。祜嘆曰。榮辱紛紛。亦何常也。遂行歌而邁。凝亦鼓枻而歸。按劇中用此。而徐、張二人不分次第。係作者傅會。詩話又云。樊素善歌。小蠻善舞。樂天賦詩有曰。櫻桃樊素口。楊柳小蠻腰。

鐵漢樓雜劇

蓮棲居士撰。劉安世稱鐵漢。即其所居爲名。自警編。章惇、蔡卞必殺劉安世。故方竄廣東。則移廣西。既抵廣西。復徙廣東。凡甲令所載。彌遠惡州軍。無所不至。雖盛夏。令所在州軍監督。日行一舍。或泛海往來貶所。人謂公必死。然七年之間。未嘗一日病。幾八十。堅悍不衰。此非人力所及。殆天相之。或問何以至此。曰。誠而已矣。公貶梅州。忽有所厚士類數輩至。殷勤之餘。輒相向垂涕。公曰。豈非安世有後命乎。客曰。屬聞朝廷遣使入郡。將不利於公。願公自裁無辱。公告之曰。安世罪大責輕。若朝廷不貸。甘心東市之誅。使國家明正典刑。誅一戒百。亦助時政之萬一。何至效匹夫匹婦自經於溝瀆哉。不爲動。使者入海島。杖死元祐内臣陳衍。蓋累聖相授。不殺近臣。惇、卞屢造此禍而不克。故因令使者迂往諸郡。以虚聲逼諸流人。使其自盡也。自是廣人寖知惇、卞意。時公貶所。有土豪緣進納以入仕者。因持厚資入京師以求見惇。屖珠磊落。賄及僕隸。久之不得見。其人直以能殺公意達之。惇乃見之。不數日。薦上殿。自選人改秩。除本路轉運判官。其人飛馭徑驅。至公貶所。郡將遣其客來。勸公治後事。涕泣以立。公色不動。留客飲酒。談笑自若。對客取筆。書數紙。徐呼其僕曰。聞朝廷賜我死。即死。依此行之。謂客曰。死不難矣。客從其僕取紙閱之。則皆經紀其家。與同貶當死者之家事甚悉。客驚嘆。以爲不可及也。俄報運使距城三十餘里而止。翌日當至。家人聞之。益號泣不食。亦不能寐。且治公身後事。而公起居飲食如平時。曾無少異。至夜半伺公。則酣寢鼻息如雷。忽聞鐘動。上下驚曰。鐘聲何太早也。黎明問之。鳴鐘者。乃運判公一夕嘔血而亡矣。明日有客唁者曰。若人不死。則公未可知矣。然公亦無喜色。蘇軾嘗云。器之眞鐵漢。器之。安世字也。

滄浪亭 雜劇

蓮棲居士撰。記蘇舜欽卜居滄浪亭事。舜欽、字子美。范仲淹薦其才。召試爲集賢校理。監進奏院。舜欽娶宰相杜衍女。衍時與仲淹、富弼在政府。多引用一時聞人。欲更張庶事。御史中丞王拱辰等不便其所爲。會進奏院祠神。舜欽與右班殿直劉巽。輒用鬻故紙公錢。召妓樂。閒多會賓客。拱辰廉得之。諷其屬劾奏。因欲搖動衍。事下開封府劾治。於是舜欽坐除名。既放廢。寓於吳中。買水石。作滄浪亭。益讀書。時發憤懣於歌詩。其報韓維書云。伏臘稍足。居室稍寬。無終日應接奔走之勞。耳目淸曠。不設機關以待人。心安閒而體舒放。三商而眠。高舂而起。靜院明窗之下。羅列圖書琴尊。以自愉悅。有興則泛小舟。出盤閶二門。吟嘯覽古於江山之間。渚茶野釀。足以消憂。蓴鱸稻蟹。足以適口。家有園林珍花。奇石曲池高臺。魚鳥流連。不覺日暮。葉少蘊石林詩話。姑蘇州學之南。積水瀰數頃。傍有一小山。高下折相望。蓋錢氏時廣陵王所作。既積土山。因以其地瀦水。今瑞光寺即其宅。而此其别圃也。慶曆間。蘇子美謫廢。以四十千得之爲居。傍水作亭。曰滄浪。歐陽文忠公詩。所謂淸風明月本無價。可惜祇買四萬錢者也。陳善捫蝨新話。蘇子美居姑蘇。買水石作滄浪亭。歐陽以詩寄題。有云荒灣野水氣象古。高林翠阜相回環。此兩句最著題。予嘗訪其遺跡。地經兵火。已易數主矣。今屬韓郡蘄王家。亭非古創也。然荒灣野水高林翠阜。猶可想像當時景物。予每至其上。徘徊不能去。因思古人柳塘春水漫。花塢夕陽遲。池塘生春草之句。似專爲此亭設也。世説補。蘇子美豪放不羈。好飲酒。在外舅杜祁公家。每夕讀書。以一斗爲率。公深以爲疑。密使覘之。子美讀漢書張良傳。至良與客狙擊秦皇帝。撫掌曰。惜乎擊之不中。遂滿引一大白。又讀至良曰。始臣起下邳。與上會於留。此天以臣授陛下。又撫案曰。君臣相遇。其難如此。復舉一大白。公笑曰。有如此下酒物。一斗不足多也。

曲海總目提要卷二十七

玉鐲記

所記乃近時事。必有其人。而姓名則不無更易也。房衣冏、字懷山。兗州諸生也。（衣冏合成裔字。蓋云房氏之裔耳。）李自成之亂。奉母及妻胡氏香玉逃難。至中途。知不能相保。胡氏取玉鐲一對。各分一股。散失之後。衣冏爲兵所得。掠至口外。有周太尉者。令改從己姓。與子天表結爲兄弟。（周太尉亦非的姓。官名亦改換。）授以參謀之職。領兵三千入關。攻敗闖兵。隨太尉在京。胡氏偕其姑居于弟胡小五家。受其百端誑騙。且逼令改嫁。甚欲潛賣爲娼。胡氏守節自誓。拾橡梡度日。令賣婆張氏寄賣玉鐲。侯成對者賣之。蓋樂昌破鏡之意也。張氏至京。遇衣冏。語之故。衣冏方差往江寧。還家探母妻。小五報官。以爲逃人。爲兗州知府所禁。

太尉遣人至兗取回。在京應試。與天表皆登第。衣冏奉使高麗。回家團聚。闖賊入宮。見案上有字云。萬民不可殺。百官不可留。當時皆傳有此語。楊士聰辨其誤。蓋實未嘗有此二句。闖賊云。聞周鍾海內名士。教他草詔。頒行天下。彼時相傳鍾爲自成草詔。有風塵三尺劍。比堯舜而有戰功。社稷一戎衣。較湯武而無慚德語。福王時。從賊人六等議罪。竟用此定鍾大辟。然後來多有辨其誣者。鍾降賊有之。未嘗有此詔草也。

狀元旗

所載賈打牆事。本之小說。趙鑾卻奔。借用王華事。爲學士時賜宴賦詩。潤筆簪花。則借用王珪事。中間說白有打馬弔云云。打馬弔起于明末。知是近時人所作也。*按。此劇爲清薛旦撰。登封賈打牆。即今泥水匠。名文魁。貧困徹骨。禱岳神求富。冥司以其福薄。權借賈振宗藏銀六十萬與之。振宗。文魁從兄子也。小說云。曹州人。又所借乃周榮祖之物。後以榮祖之子長壽爲嗣。與此各異。令其至慳極吝。一文不用。守財終身。卻歸振宗。其諸鄙陋。殆至不可名狀。與小說相同。振宗揮金如土。蕩費家業。後乃悔過自新。亦與小說同。

趙鞏、字端中。亦登封人。小說曰周榮祖・與此各別・爲諸生。無以爲生。賣柴自給。歲暮母使丐貸于姨丈劉員外。劉見鞏襤褸。拒而不恤。其表妹默以銀米資之。鞏貧益甚。然刻苦淳篤。以巨人長德自待。老儒許穎者。負青苗錢。其女名薛。美而善屬文。神宗遣內監禮聘民間好女爲妃嬪。穎以女應。得百金。復遺于道。鞏拾得。坐待還之。賈文魁慕其賢。延誨振宗。振宗挾妓流蕩。不知所之。文魁密遣侍妾歡姐。夜叩書館。欲求種以接嗣。鞏閉戶不納。而口占二句以絕之。歡姐慚去。文魁生日。請道士設醮。拜陳綠章。久伏不起。已而白衆曰。適見天榜開。故相停待耳。詰問狀元何名。曰。名不能記。夾道綵旗。大書對句云。祖宗不食他人祀。上帝先知暗室心。蓋即鞏口占句也。是科。鞏遂擢大魁。按此點明狀元旗正面也・然宋神宗時狀元無趙鞏・乃明王華事・借用於此・無何。拜翰林學士。神宗于中秋日微行。幸翰林院。賜坐對飲。令內侍磨墨。宮人送酒。爭取白團扇索書。以翠翹金鳳爲潤筆。用花簪帽。且以酒餚果餅一席。賜其母於家。按幸院及賜母・是假借宋太宗之於蘇易簡・其中秋對飲。則神宗之於王珪。珪事詳後。宴時問鞏家室。知其未娶。遂以許氏賜婚。許氏初入宮。神宗以其體帶清寒。不足當人主。命掌書籍。許爲擇配。故以賜鞏。而其父潁亦與鞏同登第。授官儀曹。按宋時學士鎖院作文。撰成。送内夫人呈御覽。内夫人即掌書之職也。唐宋若華姊妹職掌相似。此云校閱羣書秘典。蓋有所本。鞏奉命巡邊。過家門。則文魁垂盡。受託護其家。道經孟津。見振宗流落。挈歸故里。盡以百萬貲付之。振宗之妻劉氏。即鞏姨妹也。劇中云。許潁所負青苗錢。神宗恩詔蠲免。考宣仁太后以所欲更易者問神宗。至二十餘條。皆點首。惟言至青苗。則置不答。神宗之世。未嘗免青苗錢也。王華。王守仁之父。爲諸生時。居停主人遣妾挑之。持主人札云。欲度人間子。華拒不納。答句云。恐驚天上人。其後主人延道士上章。伏地甚久。問之。則曰。觀放天榜。對聯欲度云云。成化十七年辛丑狀元。則華也。各書相傳。似無可疑。然華集所載。與此特異。浙江學道張悅。嘗言謝遷、王華。必爲狀元。遷于乙未擢魁。浙江舊布政某。竟陵人。素聞悅語。延華館于家。夢鼓吹旗纛。若迎榜者。引一大白牛而行。送者。則布政崔恭也。其子圓此夢云。白牛者。辛丑也。師必是年擢魁。而崔當遷府尹。已而果然。崔以府尹送華歸第。華所自記如此。居停有子已長。焉得求種事。似未必也。按宋稗。岐公在翰苑時。召來岐公即王珪。中秋有月。上問當直學士是誰。左右以姓名對。命小殿對設一位。召來賜酒。公至殿側侍班。俄頃。女童小樂。引步輦至。宣學士就坐。公奏。故事。無君臣對坐之禮。上云。天下無事。月色淸美。與其醉聲色。何如與學士論文。若要正席。則外廷賜宴。正欲略去苛禮。放懷飲酒。公再拜就坐。上出御製詩示公。公嘆仰聖學高妙。每起謝。必勑內侍扶掖。夜漏三鼓。上悅甚。令左右宮嬪。各取領巾裙帶。或團扇手帕求詩。內侍舉牙床。以金鑲水晶硯。珊瑚筆格。玉管筆。皆上所用者於公前。來者應之。略不停輟。都不蹈襲前人。盡出一時新意。仍稱其所長及其容色。上曰。豈可虛辱。須與學士潤筆。遂各取頭上珠花一朶。裝公幞頭。簪不盡者。置公服袖中。宮人旋取針線。縫聯袖口。宴罷。月將西沈。命撤金蓮燭。令內侍扶掖歸院。

風雲會

演趙太祖及鄭恩事。＊按。此劇爲清李玉撰。小說有趙大郎千里送京娘。又有殘唐五代北宋等演義。中間多趙公子與鄭恩結義始末。流傳甚久。元人彭伯成有京娘怨。羅貫中有龍虎風雲會。此又合兩種爲一。而變換成編也。據小說。京娘乃山西人。太祖送還其家。京娘爲父母所疑。竟至自盡。伯成京娘怨。蓋本此也。今以爲趙普之妹而嫁於鄭恩。則更屬附會矣。鄭恩僅見演義。宋史本無其人。雪夜訪趙普是實事。而分遣四將中。有征吳越者。太祖並無征吳越事也。韓通、趙普等。皆是點綴作關目。按劇。以趙太祖及鄭恩爲大關鍵。恩從太祖。如雲之從龍。風之從虎也。太祖鬧勾闌。于口中敍出其打擂臺。則初出時事。時有市鐵胎硬弓者。他人不能開。恩獨開之。太祖至。則一引而折。恩遂拜太祖爲兄。趙普之父信。求子于龍山廟。生普及女京娘。子女既長。率至龍山進香。以雙龍笛酬願。乃歸道遇二賊。曰滿天飛、遍地滾。劫京娘去。寄于青牛觀中。觀主即太祖之叔也。太祖養病于觀。聞京娘哭泣。詢其叔而知之。乃出京娘。以己所乘馬乘之。而己步行相送。二賊追至。太祖搏殺。跋涉千里。送歸信宅。鄭恩骨相故寒薄。夜宿龍山廟。廟神爲換公侯之骨。且以龍笛與之。語以婚姻爵祿。皆由此始。恩至信家。京娘已歸。信見恩所攜笛。徵得其故。遂以京娘許婚。恩與信別。欲投太祖以取功名。道遇韓通之母。爲猩猩攝入破廟中。將以爲食。恩即搏殺猩猩。救出通母。一日路聞戰鬬聲。則太祖與土豪董家五虎相殺。五虎共圍太祖。太祖不能勝。恩手無兵器。乃倒拔路旁棗樹以爲兵。與太祖共擊殺五虎。相隨入京師。陳橋兵變。太祖即位。恩于教場角力。佩以先鋒之印。大立戰功。娶京娘爲婦。按此皆係空中撰設、非實事也。

長生像

稗官中有滕大尹詭斷家私一事。作者點綴成編。*按・此劇爲清李玉撰・其要緊關目。在倪太守行樂圖。其圖畫一坐像。烏紗白髮。丰采如生。懷中抱嬰兒。一手指地下。故謂之長生像也。據舊說。明永樂間。順天府香河倪守謙、字益之。曾官知府。家業富厚。夫人陳氏。止生一子善繼。婚娶之後。夫人早沒。守謙年七十九。納莊家女梅氏爲妾。生子善述。甫五歲。而守謙去世。田房產業。遺筆盡予善繼。惟以行樂圖一軸私付梅氏。且囑付云。其中自有奧妙。須俟兒長而兒不肯相顧。訴之賢明有司。述遺命求其推究。可無誤終身也。梅子善述年十四。懇兄求一絹爲衣。而兄不予。梅乃與子言。令持畫軸訴之滕尹。滕尹者。川人。以孝廉入仕。嘗辨寃獄。出人死罪。有賢明聲。閱軸數日。茫然不得其解。啜茶偶翻。濕透軸像。從日光中照見軸中之字。云、老夫官居五馬。

壽踰八旬。旦夕無所恨。但孽子善述。年方週歲。急未成立。嫡善繼。素缺孝友。日後恐爲所戕。新置大宅二所。及一切田產。悉以授繼。惟左偏舊小屋。可分與述。此屋雖小。室中左壁埋銀五千。作五罈。右壁埋銀五千。金一千。作六罈。可以準田園之額。後有賢明有司主斷者。述兒奉酬白金三百兩。八十二翁倪守謙親筆。於是滕尹設計。召集善繼兄弟宗族。親詣其家。入門之次。若有所見。與之揖讓答問者。升堂具賓主。向空語者久之。已而復言狀貌服飾若何。倪氏一門。皆以爲守謙現形。敬滕尹如神。一一從命。遂按軸中所指發其藏。果盡得之。乃以白金盡予善述。而滕尹挾黃金以去。謂守謙所贈也。作者易滕尹爲包拯。以龍圖名重。用以聳動人耳目云。按晉書。汝陰隗炤。善于易。臨終書版。授其妻曰。吾亡後。當大荒窮。愼莫賣宅。後五年春。當有詔來頓此亭。姓龔。此人負吾金。即以此版往責之。炤亡。家大困乏。期日。有龔使者止亭。妻遂齎版往責之。使者沈吟良久。謂曰。賢夫何善。曰。善易。使者取蓍筮之。卦成。撫掌而歎曰。吾不負金。賢夫自有金耳。知吾善易。故書版寄意。金有五百斤。盛以青瓷。覆以桐柈。埋在堂屋東頭。去壁一丈。入地九尺。妻還掘之。皆如卜焉。此與倪守事酷似。

武當山

演楊瑞寰武當山進香事。按：此劇爲清李玉撰。或有其人而非眞姓名。且緣飾成編也。夔州楊佃、字介穀。妻安氏。其叔楊瑞寰。富而無子。妻牛氏。恐瑞寰之以佃爲嗣也。厭絕而不禮焉。衛指揮馬志明。年老無子。有姪繼成。圖其襲廕。志明妻鍾氏。瑞寰妻牛氏。皆有娠。牛必欲得子。而繼成第欲鍾之得女。于是與收生趙嫗謀。以牛女易鍾子。張獻忠作亂。閣部楊嗣昌督師湖廣。以志明爲副總兵。勦獻忠。爲所誑。逼降不從。羈賊中十餘年。繼成竟襲志明指揮之職。時有功令。生員兼習騎射。楊佃方挾弓矢出。而趙嫗子入志明宅爲小偷。殺其守門者逸去。繼成見佃有兵器。執以爲賊。送于獄。定罪應死。提學道力庇之。發配充軍。妻安氏。官賣銀十兩。趙嫗子買得之。安不受辱。用黃布書寃情。沿街求助。初、瑞寰祈嗣于眞武。及生子。往武當山酬願。歸而遇安氏。贖回養于家。志明之女。名曰繼英。年長。痛其父。日夜習武藝。欲報寃。瑞寰子名俸。亦通韜略。善騎射。會楊嗣昌檄郡縣考取將材。繼成以世將往試。俸與繼英亦應募求試。嗣昌用俸繼英爲左右先鋒。謂繼成無武藝。革逐之。即以繼英襲父職。楊佃之發配也。道逢賊兵。掠入獻忠營。用爲部卒。監守志明。兩人敍述本末。欲共圖獻忠。佃令志明僞降賊。賊以爲將。亦用佃爲頭目。志明作書。令佃出投嗣昌。嗣昌遣兩先鋒勦獻忠于武當。四人裏外相應。竟擒獻忠。而趙媪母子爭言。與繼成互訟于官。于是趙媪以男易女。媪子殺人。繼成圖叔襲蔭。機謀盡露。嗣昌令俸與繼英當堂滴血。各歸本宗。獻忠往武當山。欲取眞武殿材。冰雹雷電交作。是實事。其後爲大兵所誅。非楊嗣昌兵也。獻忠之誅。嗣昌已沒久矣。嗣昌以閣部督師。非統制。在楚不久。襄王被難。嗣昌懼而死。未嘗有破獻忠功。論者謂嗣昌驅賊入川。嗣昌亦未嘗鎭成都也。四川有女將秦良玉。嘗力抗獻忠。今所謂女將立功。影借良玉也。此皆有涉於史事。不可不辨。

吉慶圖

係近時人作。*按．此劇一名南瓜傳．清朱佐朝撰． 演明世宗時海瑞、嚴嵩事。增飾點綴。以柳芳春繪吉慶圖。趙文華作祥瑞以獻。後柳擢大魁。命娶吉娘、慶娘。世宗謂應圖讖。即以賜柳。故名吉慶圖也。略云。淄川人柳圖、本無此人．以其縱酒狂放．暗射酒徒二字． 字芳春。姓柳．故以芳春作字也． 多才藝。善於丹青。嗜酒落魄。遨遊京師。於酒肆沽飲。囊無資。爲畫李白醉酒於壁間。以償之。董傳策、易弘器會試赴京。入肆賞畫。詢知芳春筆。與坐談。甚相契。遂爲友。鄒元標、陸友奇因劾嚴嵩。友奇謫大理獄官。元標廷杖戍邊遠。時海瑞復起用爲兵部主事。別妻。微行詣闕。宿旅邸。聞痛楚聲。詢知爲門生元標也。元標攜幼女吉。託瑞撫育。遂輕身就道。嚴嵩密遣僕尾元標於途中。僕即以託女事告嵩。嵩囑陸炳、趙瑩珩。遣校尉緝之。有髯偉貌挈少女者。即擒赴獄。初、柳繪吉慶圖出售。通政趙文華購獻於朝。以爲祥瑞。知柳負奇才。留掌書記奏牘。柳醉閱本章。見有蠹敗朝政者。手裂擲於地。文華怒。送大理獄。獄官友奇詢其故。知柳義憤所激。度必受害。

遂縱出獄。且攜女慶娘潛遁。適海瑞挈元標女吉娘行。瑞與友奇皆覊。於是二女盡被擒。瑞乃偕友奇伏闕陳嵩奸惡。詔以毁謗大臣。俱逮下獄。友奇斃獄中。奸黨令其女驗父屍。女不識認。蓋元標女也。及細鞫知皆誤逮。嵩啣瑞彈其過。令獄吏絶飲食。陸炳不忍。紿爲嵩僕入探。以粥引延其命。迨强健。復劾嵩二十四款。詔令司禮監及陸炳、趙瑩珩、鄢懋卿、趙文華會審。嵩款皆實。懋卿、文華亦伏罪。擢瑞都御史。召元標復職。賜葬友奇。令瑩珩繼友奇女。柳圖入試。值大醉。號軍迫交卷。一揮而成。殿試擢第一。詔賜元標女吉娘、友奇女慶娘爲婚。因二女與柳名。與文華所進圖讖相合也。圖并賜柳。柳展玩乃自所繪。始知婚姻有定數云。按作劇者淺陋無學。但聞明代有海瑞、鄒元標皆忠直之士。妄相紐合。不知相去遼闊。甚可哂也。嚴嵩嘉靖中年爲相。鄒元標萬曆五年進士。部中觀政。聞張居正激帝怒。廷杖吳中行、趙用賢、沈思孝、艾穆。乃上疏劾居正。廷杖戍邊。居正沒。元標起用。安得劾嵩。海瑞爲兵部主事。抗疏觸世宗怒。下獄論死。隆慶初釋之。官至蘇松巡撫。轉操江。張居正當國。擯不用。萬曆十一年。復召至京。累遷右都御史。瑞初上疏時。嵩已久沒。無劾嵩事。劇云，瑞爲主事，別妻子詣闕，按瑞疏上，世宗大怒，燈下語近侍曰，亟捕瑞，毋使遁走，近侍曰，此人來京只兩僮相隨，聞又逃去其一僮矣，安能遁走，元標亦非瑞門生。所云二十四款。則天啓時楊漣疏也。於瑞無涉。董傳策。松江人。爲給事中時。嘗劾嵩。陸炳。平湖人。爲錦衣指揮使。與嵩結婚姻。盤據相重。嘉靖中先死。繼之者朱希孝。寬然長者。瑞下獄非炳時。且瑞自下刑部獄。非錦衣獄也。鄢懋卿、趙文華之敗。在嵩罷政之先。安得會鞫嵩。且文華視師浙江時。瑞方作淳安令。其爲通政在前。更無交涉。柳圖、陸友奇、趙瑩珩皆生撰。易弘器。飛丸記*飛丸記，明張景撰，本書未收入，有其人。亦未的。

瑞霓羅

略言斗母宮中失

其事全無影響。太覺奇幻。亦不知撰人姓氏。*按、此劇爲清朱佐朝撰。

錦一端。名曰瑞霓羅。有曲阜人夔吉者拾得。製爲錦帳。每逢朔旦之期。睡于帳中。即有金童玉女引入斗府。見示種種仙境。吉嘗問卜。云有大禍。須遠出避之。有友曰陳温故。咸陽富商也。吉令長子容赴汴京應試。而挈妻易氏及幼子順往投温故。酒間漏言。温故知吉有羅帳。借試之。果入仙境。遂誣吉爲盜。送入獄。且揉損其妻之目。拘係其幼子順。而藏所謂瑞霓羅帳者。温故之女緋桃。美而賢。見其父爲惡。心大非之。時時以飲食餉易氏。護視甚至。温故欲殺順。緋桃令老蒼頭脫其死。老蒼頭旣釋順。遂自刎于曠野。會夔容試畢。未放榜。之咸陽。適經老蒼頭自刎地。温故誣入家中。拘禁之。誣爲殺人賊。緋桃爲語容父母被害之故。甚令去。扃鎖不得出。亦被執送獄。包拯巡咸陽。夔順訴寃。吉友王本明。亦代吉父子訴寃。于是拯私行入縣獄。訪得始末。治縣令納賄枉獄之罪。而殺温故以正法。欲殺緋桃。夔妻及容、順共白其有恩。拯釋其罪。判爲容妻。時榜發。容已成進士矣。司馬光、文彥博、蘇軾、范鎮等隨意點入。兩宮爭立皇儲。似指明萬曆間福王事。然亦不甚合。

御雪豹

不知誰作。*按：此劇亦清朱佐朝撰。事蹟亦無所本。大略言關西湯惠初從劉錡爲裨將。累戰功。封和陽王。按宋人稱楊沂中爲楊和王。未聞有所謂和陽王也。御賜名馬一疋。曰雪豹。劇名御雪豹以此。百官見御賜之馬。無不迴避。其馬日行六百里。神駿無匹。平章薛贊心竊妒之。又有駿馬曰火虬。日行七百里。曰烏獅。日行八百里。火虬雪豹遇烏獅輒跪伏。俟其去。方敢從後而行。烏獅在邊將蕭總兵處。贊遣甥計方來。與通譜之弟薛岳。以車載銀三千兩。向蕭買馬。名曰餉銀。時蕭方失機。贊陰持之。度必當獻馬也。薛岳者寒士。其子蓮兒慧甚。贊無嗣。養以爲子。名曰薛本宗。故認岳爲弟。計方來者。奸邪小人也。窺岳妻房氏之美。欲奸之。房氏不從。方來乃勾盗取餉去。而誣岳夫婦劫銀。贊不能察。竟以爲盗。送湯惠令斬岳夫婦。惠妻徐氏、女褎珠察其寃。勸惠釋之。惠乃縱令遁。而報贊云已斬。方來緝知之。以告贊。贊令方來率錦衣卒搜惠家。時惠以勤王赴邊庭。方來直入内室。窺見褎珠。遂託樞密謝三才議婚。褎珠懼而從之。本宗年長。贊諱殺岳事。言岳選得幕官。在粤西遠地。而令本宗應試。一舉成名。爲聘都御史周鼎之女。兩人同日成婚。花燭之夕。暗中爲鬼神所移。褎珠竟歸本宗。方來怒甚。遣僮刺本宗。其僮醉反。悮殺方來。本宗夫婦懼贊疑已。乘夜逃去。湯夫人亦慮贊波及。離家避之。岳夫婦竄于外。岳爲馬走。房氏爲店家掌爨。岳隨湯夫人投店。本宗夫婦旅至。惠以功成班師。亦過其地。各相識認。因獲團聚。而贊爲謝樞密所彈。竟得罪去。總兵、錦衣、都御史。皆明時官制。作者或有所託。駕名于南宋也。

石麟鏡

不知誰作。（按：此劇亦清朱佐朝撰。）其事全無根據。亦太奇幻。秦彝、字瑞芝。官河南巡撫。二女。長玉娥。次素娥。署中浮翠軒生靈芝。根下掘出古鏡。古鏡者。無昧眞人所煉也。照出人間未來姻緣。一曰蕭謙。一曰秦玉娥。眞人鑄蕭郎鏡三字于鏡背。埋入彝衙署。玉娥照鏡。見一男子。素娥照。則無有也。久之。玉娥見鏡中男子帶枷鎖。有人追而殺之。男子忽不見。玉娥怖。遂發狂疾。彝與山東巡撫陳大章同勦賊。令二女居舟中。一日。玉娥衣彝衣走上岸。忽入祥符獄。有儒生蕭謙。儀封人也。奉母蒯氏以居。爲賊所禽。欲逼爲軍師。謙不可。而官兵執謙。以爲賊黨也。解謙于軍門。送祥符獄。謙乘獄卒睡逃去。獄卒因以玉娥代謙。謙母蒯叫寃軍門。彝赴京迫。乃釋謙還母。而釋者實玉娥。彝不知也。蒯領玉娥出。非其子。復叫寃于軍門。彝已去。乃遇大章。大章與恭素相忌。知恭誤。欲搆其罪。乃羈蒯及玉娥。而奏恭縱賊首蕭謙。遂下恭獄。大章又奏請立斬謙。蒯入獄探謙。詢其所由來。玉娥忽悟。卸男子冠服。復爲女人。是時大章已爲刑官。將斬謙。知係女子。大驚。不敢聞于上。而留蒯及玉娥于署。令侍其女。蕭謙之逃也。與其友焦占同入京。易名焦謙。獲上第。大章欲欒爲壻。而謙必欲相女。女陋甚。大章令玉娥代相。遂成姻。甫入贅。陳女死。大章不得已。以玉娥爲女嫁謙。謙母蒯。得與謙相遇。方恭赴京時。思女玉娥成病。泊舟河西務。無昧眞人與言玉娥被禍始末。使恭及素娥照鏡。見玉娥帶鎖。因與恭言。刑部衙門前。有一石麒麟。若令一親人入都。以鏡嵌麟口。不唯釋女。并可得佳壻也。會恭被逮入獄。素娥遂送鏡入麟口。且作辨寃本。求都御史夏敏奏于朝。章下。敏勘審。焦占代謙入獄。訴明寃狀。奏聞。治大章罪。謙夫婦團聚。恭又以素娥配占。當素娥嵌鏡麟口。大章不知其異也。收鏡付女。女將嫁時。照鏡。忽見種種怪狀。驚怖而死。玉娥乃得與謙爲婚。前後關鍵。皆此一鏡。故標曰石麟鏡云。按三國志。孫策旣殺于吉。引鏡自照。見吉在鏡中。獨異志。唐中宗廢居房陵。有人渡水。拾得古鏡進之。帝照面。其鏡中影人語曰。即作天子。未浹旬。果即位。稽神錄。魯女思鄙臨粧。鏡中忽見一婦人。抱一嬰兒立其後。耳談。世廟時。章中亟煥計偕。夢對鏡。鏡中人語曰。我中則汝中。後放榜。中兩章煥。又杭州張洽。一日照鏡。見鏡中之貌。另一人也。曰。有我有爾。無我無爾。明年赴都。與一舉人同車。是鏡中所見。問其姓名。會稽張洽也。放榜皆發甲。此皆鏡中見人影故事也。此記及秣陵春皆有鏡中見人影事。蓋亦有因。非妄作也。

九蓮燈

近時人所作。*按。此劇亦清朱佐朝撰。其姓名事實皆係撮撰。以富奴借九蓮燈爲關鍵。故名。多暗指明朝事。非無因也。其曰西宮吳妃。欲將國母史后廢置。更立爲正宮。似指萬曆中年鄭妃事。時王皇后無寵。鄭貴妃潛有奪嫡之謀。見于羣臣奏疏甚多。其曰司禮盧憲。與平章霍道南同謀。使獮兒持刃入宮。稱皇后指使。下閣部九卿會審。道南悉聽獮兒誣供。兵部尚書閔覺不從。欲究眞情。道南與憲坐覺有逆謀。下獄論死。且捕擒其家屬。似指萬曆初年王大臣事。又似指萬曆四十三年張差梃擊事。萬曆初。王大臣持刃入宮。司禮馮保與內閣張居正欲因此陷故相高拱。令大臣供稱高相公指使行刺。吏部尚書楊博。都御史葛守禮。詣居正力爭。居正面發赤。及司禮保與錦衣使朱希孝審讞大臣。大臣云。我何嘗識高相公。且向保大叫。許我以官。奈何反刑我。保不得已。夜令人以生漆瘖大臣。而高拱獄遂解。是時皆云大臣實保所使。而居正欲借以殺拱也。劇中盧憲司禮而道南平章。誣覺以逆謀。欲赤其族。又語獮兒云。事成封錦衣千總。節節相似。張差梃擊。刑部主事王之寀必欲根究眞情。劉廷元胡士相等隱庇差黨。不欲深究。之寀與相拄。其後終罹殺身之禍。此亦閔覺之所由影借也。宮中失火。似指嘉靖中年事。世宗時。宮內災。方皇后燬于火。欽天監鄧元龍綁縛上疏。似指正德間事。武宗將征宸濠。欽天監張英自縛闕下。上疏諫阻。下獄貶謫。閔覺父子下獄。富奴往蓮花山道德眞君處。借九蓮燈以護覺。劇所以名九蓮燈。蓋以富奴救主人。爲全本大關目也。其事無所本。閔遠在妓女鄧飛烟家脫逃。飛烟大受株累。遠又逃入戚輕霞宅。輕霞改妝代遠。其後飛烟嫁輕霞。兩女子先成婚配。卒同歸于遠。

此與耳談情節。八九符合。蓋即此一事也。耳談魏輕烟等事跡。詳贈書記。按明萬曆時。中外相傳慈聖李太后。乃九蓮菩薩化身。此劇恰以蓮花山。借九蓮燈爲名。益似爲彼時事而發。

建皇圖

演明太祖出身皇覺寺始末。（*按：此劇亦清朱佐朝撰。）有據書史者。亦有傅會者。蓋眞妄相錯云。　薛應旂憲章錄。帝、濠州鍾離東鄉人。先世居沛。徙句容。宋季。大父徙庱淮。居泗上。父世珍。又徙鍾離。母陳。生四子。帝最少。帝生于元天曆戊辰之九月丁丑。是夕赤光滿室。上燭于天。里中人看見之。競呼朱氏火起。相率救護。及至無有也。歲甲申四月。喪父。不數月。喪伯兄。又喪母。值旱饑疫。窘甚。鄉人劉繼祖與地。始獲窆。時帝年甫十七。九月。入皇覺寺。逾月僧乏食。帝西至合肥。歷光固汝潁。凡三年。復還皇覺寺。壬辰春。定遠人郭子興起兵。攻拔濠州據之。元將徹里不花憚不敢進。唯日掠良民。以邀元主之賞。人無生路。帝乃禱於神以卜出處。唯從雄吉。閏三月朔。遂入濠見郭子興。子興育徐王女馬氏爲己女。遂納爲館甥。高岱鴻猷錄。高皇帝。先世江東句容人。大父熙祖。渡淮家泗州。父仁祖。偕陳太后始遷濠之西鄉。復遷太平鄉。生四子。長南昌王。今靖江王其後也。次盱眙王。次臨淮王。俱無後。高皇帝。季子也。陳太后嘗夢神人。朱衣象簡。餽丸藥。燦然有光。吞之。覺聞異香。遂娠焉。及期生帝。誕生之夕。紅光燭天。里中人疑失火。旦日多走視之。異香經宿不散。使人詣河取水浴之。自是室中時時有異光。迫視之無所見。帝少苦多病。仁祖欲度爲僧。陳太后不欲也。至正甲申。疫癘大作。仁祖陳太后俱不祿。鄉人劉繼祖與地葬之。南昌王、臨淮王亦先後歿。盱眙王徙他境。未幾亦歿。帝時年十七。無所依。乃從汪媪議。遵先志。託身皇覺寺。媪爲具少儀物。得禮寺僧高彬爲師。居寺再閱月。多奇徵。衆頗異之。亡何。寺主僧以歲儉乏食。遣徒衆令各散去。帝乃出遊江淮。西歷金斗。東抵光息。北至潁川。嘗道中病。見二紫衣人。與同寢食。病愈失所在。又夜行陷痲湖中。有羣兒譁云迎聖駕。叱之無所見。數年。乃復歸皇覺寺。寺殘廢不可居。時元至正壬辰。汝潁蘄黄盜起。韓山童始倡亂。山童被擒。劉福通等擁山童子韓林兒。侵掠汝寧光息等郡縣。又有芝痲李、徐壽輝等。皆强盛。定遠郭子興起兵。與孫德崖等據濠城。帝時年二十五。居皇覺寺。見民多被掠。甚恐。乃以珓禱于寺伽藍神。曰。若神許出境以全生。珓當以陽報。守不出。以一陰一陽報。三祝。投珓皆陰。帝乃祝曰。欲予豈倡義耶。果若是。請復陰之珓。投果復陰。帝又祝曰。倡義事凶。予甚恐。願求陽珓以避難。珓則仍陰。更祝投之。乃一珓卓立。帝意遂決。以歲壬辰閏三月初一日入濠。至門。守者執之。面被創。良久。以帝見郭帥。遂委身行伍。居兩月。得爲親兵。以孝慈皇后妻之。帝在郭甥館。乃出城于里中招兵。郭帥授帝官鎮撫。彭早住、趙均用據濠城稱王。其部下多淩轢濠衆。帝乃説郭元帥以南收兵。遂棄所部數百人。獨率壯士徐達等二十四人辭出。略定遠。嚮滁和。徐禎卿翦勝野聞。太祖嘗自敍朱氏世德之碑。其文曰。本宗朱氏。出自金陵之句容。地名朱巷。在通德鄉。上世以來。服勤農業。五世祖仲八公。娶陳氏。生男三人。長六二公。次十二公。其季百六公。是爲高祖考。娶胡氏。生二子。長四五公。次即曾祖考四九公。娶侯氏。生子曰初一公。初二公。初五公。初十公。凡四人。初一公配王氏。是爲祖考妣。有子二人。長五一公。次即先考諱世珍。元初籍淘金戶。金非土產。市于他方。以先祖初一公困于役。遂棄田廬。攜二子遷泗州盱眙縣。先伯考五一公十有二歲。先考纔八歲。先祖營家泗上。置田治產。及卒。家日消。由是五一公遷濠州鍾離縣。其後因至鍾離居。先伯考性淳良。務本積德。與人無疾言忤意。鄉里稱爲善人。先伯娶劉氏。生子四人。重一公。重二公。重三公。生盱眙。重五公生鍾離。先考君娶徐氏。泗州人。長重四公。生盱眙。次重六公。重七公。生五河。某其季也。生遷鍾離後。戊辰年。先伯考有孫六人。兵興以來。相繼寢沒。先兄重四公有子曰文正。今爲大都督。重六重七俱絕嗣。曩者父母因某自幼多疾。捨入皇覺寺中。甲申歲。父母長兄俱喪。次兄守業。又次兄出贅劉氏。某託跡緇流。至正二十四年。天下大亂。諸兄皆亡。淮兵大起。掠入行伍。乃招集義旅。兵力漸衆。因取滁和。龍鳳三年。帥師渡江。駐兵太平。爲念先考君嘗言。世爲朱巷人。宗族俱存。平日每有鄉土之念。即訪求故鄉宗族之所。遂調兵取句容。明年克金陵。而朱巷距城四十里。舉族父兄昆弟四十餘人至。始得與之敍長幼之禮。行親睦之道。但朱氏世次。自仲八公之上。不復可攷。今自仲八公高曾而下。皆起家江左。歷世墓在朱巷。唯先祖葬泗州。先考葬鍾離。此我朱氏之源流也。按他書皆云太祖母陳氏。惟世德碑言徐氏。劇中大段多合。惟曇雲得夢。當屬傅會。三清託夢。衆鬼擔柴。泥像淚流。翦勝金剛縮脚等事。即鴻猷錄所爲居寺再閱月多奇徵也。劇中劉繼宗。即劉繼祖。野聞。淳皇及后疾疫死。重四公繼之。貧薄不能具棺卜穴。太祖與仲兄謀。草葬山谷中。行未抵所而絙絕。仲返計。太祖視屍。忽風雨雷電。太祖避樹下。聞空中神語曰。孰襲取我土。髣髴有應者。具淳皇諱。神曰。爲草人則已。已而暴風揚沙折木。天轉晦。比明往視之。土裂。屍已陷。田伯劉大秀遂歸其地而棄責。今鳳陽皇陵。即其地也。劇中諸神築墳本此。此云太祖與兄。劇云嫂叔。小異。大秀即繼祖也。憲章錄。癸卯秋七月。上親帥諸將。發舟師二十萬。擊陳友諒于彭蠡湖之康郎山。常遇春等與之聯舟大戰。乘風縱火。湖水盡赤。敵將張定邊迎戰。遇春射之。定邊中矢走。友諒退保鞋山。八月。遇春率諸將溯流而上。友諒出戰。我兵遣火舟火筏禦之。敵奔潰。友諒中流矢死。其僞平章陳榮以下。悉以樓船車馬士卒十萬來降。其子理奔武昌。冬十月。遇春率兵圍武昌。按鄱陽之戰。劉基有難星過語。載其本傳。軍師之說本此。

憲章錄。常遇春。濠州懷遠人。元至正壬辰。年二十三。爲羣盜劉聚所得。度聚終不成。乙未。從上和陽。渡江拔采石。取太平。上乃授以總管先鋒。以至都督大元帥。其後爲開國元勳。追封開平王。謚忠武。劇中與遇春爭牛。遇春拽尾。太祖拔角。係傅會。

翦勝野聞。常遇春初附劉聚時。嘗晝寢。夢一羽士語之曰。起起。此處非爾所宜託也。爾主至矣。既寤。適太祖至。于是遂傾心焉。憲章錄。帝恩威日著。豪傑樂從。李善長、湯和、徐達等數十人。率先歸附。姊子李文忠。先同其父母避亂。與帝相失。其父禎。聞帝駐師滁陽。遂攜來歸。續文獻通考。曹國長公主。高皇帝姊。即孝親公主。下嫁李貞。洪武年。冊爲隴西公主。貞拜駙馬都尉。封恩親侯。三年。貞進封曹國公。公主加國號。十一年。貞追封隴西王。（劇中盱眙尋姊所本。但云姊令往滁州表母舅郭元帥處。此乃誤也。子興以馬后爲女嫁太祖。故諸書謂之館甥。劇云表母舅。是因館甥而悞爲甥耳。）翦勝野聞。太祖微時。甚見愛于郭子興。郭氏五男惡焉。乃以他事幽之空室中。絕其漿食。馬后竊以餅餌遺之。（馬后事不具載。存此一條。見太祖得后力甚大。劇云。后父將女寄好友郭子興家。劉基相后當爲后。郭夫婦因以爲養女。非事實。）鴻猷錄。劉基。青田人。幼聰穎奇絕。天文兵法。無不洞極其妙。仕元爲浙江儒學副提舉。不合去。遊西湖。見異雲起。曰此天子氣也。應在金陵。十年後有王者起其下。我當輔之。後以事羈管紹興。行省復起用之。基知時不可爲。棄官歸青田。集衆保鄉里。會上征浙東。基指乾象謂所親曰。此天命也。適總制官孫炎。以上命遣使來聘。遂決計赴金陵。翦勝野聞。青田劉基伯温。嘗攜客泛舟于西湖。抵暮。仰瞻天象而言曰。天子氣在吳頭楚尾。後十年當興。予其輔之。及過蘇閶門。見張士誠曰。貴不過封侯。何能久也。夜登虎丘山。復曰。天子氣尚在吳楚之間。時郭子興據濠上。就見之。遇太祖。曰。吾主翁也。深自結納。曰。後十年主君當爲天子。我其輔之。乃拂衣而去。劇中所載。影響其事。云基爲秉忠之孫。大謬。託爲相士訪主。云王氣在郭家。此本野史所載也。然太祖得基。乃孫炎所薦。非舊相識。其時已取金陵。下江東。野聞所記。亦非事實。鴻猷錄。太祖二十四子。俱封王。又封姪孫爲靖江王。國廣西。文正子也。按文正有罪。不以善終。宋國公乃馮勝所封。非文正也。太祖破陳也先。復擒其子兆先。無與也先手搏事。劇中太祖聞也先犇臺較藝。揭其榜文。打也先下臺。湯和常遇春適至臺下救出。因投濠州孫德崖。乃水滸傳燕青智撲擎天柱事。借用于此。開國帝王。豈宜有是。乃作者之陋也。

乾坤嘯

未知誰作。*按：此劇亦爲清朱佐朝撰。中有閣部本章。堆積如山語。似明萬曆間情事。兵部都察院合奏邊情。錦衣衛扭解罪人。錦衣大堂傳諭拏人。亦皆明朝事。文彥博審行刺者云。利器傳入內廷。必有其人。又絕似萬曆四十三年梃擊一案。何士晉、陸大受、王之寀等欲究問主使之人。謂張差之梃。必有自來。招出鄭貴妃宮監劉成、龐保。神宗乃潛斃二監於內廷也。韋妃欲陷烏后奪嫡。亦疑暗指鄭妃。宮中搜出利刃。則又影響萬曆初年王大臣及末年張差事。略言汝寧烏廷慶。三代將家。官檀州（今密雲縣）統制。其妹則皇后也。將赴任。集負債者。以遺券還之。且各贈金五兩。有韋繼仝者。貧無行。廷慶子紹惡之。但折劵。不予金。繼仝恨甚。未幾。以妹韋氏爲帝妃。召官錦衣。帝與韋宴水晶樓。置朝事不理。皇后烏氏怒責妃。剝去其所賜后服。妃大恨。遣內監丙融與繼仝謀。

用利刃使宮娥卜鳳置后所居昭陽殿御衣中。帝早朝。宮人以衣進。有刀墮地。刻乾坤嘯三字。乾坤嘯者。廷慶軍所製刀名也。帝大怒。立發校尉拏廷慶。并捕其全家。廷慶至。下法司。其子紹方娶俞氏擎珠。聞捕者至。懼而逃。有趙酒鬼者受紹恩。殺捕者於路。隨紹竄鐵星關。令妻史隨俞氏逃。至靈石縣遇文彥博夫人。收爲女。時讞廷慶者。即彥博也。心知其冤。而以事涉宮闈。不能具獄。帝復令包拯勘問。卜鳳之置劍於衣也。初不知情。既而見事涉皇后。懼而竊語。欲首發其事。韋妃與融計鴆殺之。拯拘卜鳳陰魂勘問。具得韋丙之謀。殺融與繼仝。請下妃法司讞問。帝不許。拯乃令卜鳳魂捉妃去。烏紹改名權濟。中式。出彥博門。會事已白。彥博因以女歸紹。事無根據，全係捏出。文彥博包拯隨意點入。

豔雲亭

不知撰者何人。（按、此劇亦爲清朱佐朝撰。）其事皆子虛。無故實。言秦人洪繪、字後素。游學汴京。樞密使洪都蕭鳳韶。爲女惜芬擇壻。其門生鮑卜明以繪文呈覽。鳳韶歎賞。召令至家。欲面試其才學。而繪適遊豔雲亭飲醉。迨入蕭宅。沉酣未醒。惜芬方在園中與乳母遊翫。賦梅花詩一首。見繪醉臥石上。乳母言鳳韶邀請擇壻之故。惜芬令乳母以詩索和。繪立揮付之。而醉仍未醒也。惜芬見詩。頗屬意於繪。適鳳韶回。怒繪之沉醉。使人扶出園門。不復言姻事矣。平章王欽若營豔雲亭於郊壇之鈞天谷。選繡女以悅眞宗。鳳韶疏彈欽若。欽若大怒。西夏趙元昊反。遂薦鳳韶率兵往征。而矯旨取其女惜芬入豔雲亭。洪繪他日之蕭宅探信。乳母以惜芬臨去時所題詩予之。詩意若恨繪者。繪感慟欲絕。遂往豔雲亭叩閽。言惜芬實已妻。痛詆欽若亂政。眞宗立命欽若還惜芬于繪。幷盡遣諸女。欽若怒甚。使家將畢宏殺繪。而拘惜芬于儀曹。不放還家。畢宏遇繪欲殺。有卜者諸葛暗瞽目無所見。突衝兩人。繪得逸去。宏懼欽若殺己。問卜於諸葛暗。而繪亦晚投諸葛所居廟中。宏又欲殺繪。暗占卦象。力云不可。令少頃。當有所警。宏睡夢間。見武侯怒擊之。懼而釋繪。因并之儀曹。引惜芬出。與言欽若訂仇之故而縱之。令詐作癡癲狀以避禍。宏遂自刎死。鳳韶征元昊。至許州被圍。七表請救。欽若閉門修齋。置不理。勢危甚。洪繪之兄遠。武藝絕人。其妻上官瓊珠。美而且勇。遠往汴覓弟。道經許州。亦圍在城中。鳳韶急迫。欲自刎。遠救止之。與潰圍出。追兵至。薄於河。瓊珠往泰山進香。舟泊其地。兩人遂渡以免。瓊珠爲鳳韶畫策。令遠用美人計。獻瓊珠於元昊。伺便爲內應。元昊納瓊珠。以方率兵攻汝上。未之幸。以遠爲千總。俾奉瓊珠守許州。鳳韶敗問至京。眞宗怒欽若不救。誤封疆。立命爲帥。征元昊。此似崇禎以流賊亂川廣。遣宰相楊嗣昌督師事。或暗指此。未可知也。至則兵大敗。欲逃歸。爲亂兵所殺。欽若閉門修齋。乃出守天雄軍事。今以爲作相時。欽若未嘗征元昊。亦未嘗被殺。皆假託也。元昊益猖獗。眞宗思洪繪叩閽時。嘗力詆欽若。下詔求之。鮑卜明謂洪繪已死。冒其名。受職方司。俾招撫元昊。初、畢宏之縱惜芬也。言斷課諸葛之神。令往求之。惜芬詐癡。日間乞丐。晚依諸葛。宿宏廟中。惜芬乳母無所依。憑媒嫁於諸葛。見惜芬。相依以居。諸葛聞朝中授洪繪官。喜而往謁。言惜芬在其家。卜明遂幷賺娶惜芬。甫迎至宅而招撫命下。立趣登程。乳母見其貌。知非繪也。告於諸葛。諸葛遂以假官事叩閽。有旨令內監往逮。時鳳韶及繪皆至許州。爲遠卒所獲。送於遠。遠因與瓊珠擁鳳韶爲帥。據許州以討元昊。元昊兵至。戰敗被殺。元昊兵不得至許州。亦未嘗被殺。俱假託也。鳳韶方奏功。中途遇內監與卜明證明其僞奏罪。卜明以惜芬歸繪。於是鳳韶復原官。遠、繪弟兄一門受封爵云。宋時樞密使。無所謂蕭鳳韶。王欽若與趙元昊亦不同時。皆假借。非實蹟也。

虎囊彈

所演魯智深事。本水滸演義。智深見金氏女爲鄭屠所逼。先縱金氏而手斃鄭於市。潛亦遁去。金氏女歸趙員外。而智深適避難至其地。與之相遇。因留居於家。後事將露。乃令智深往五臺山寺披剃爲僧。後轉爲盜。於二龍山作寨主。有救林冲及服桃花山周通、李忠等事。遂歸梁山泊。宋江降後。於杭州僧寺聞潮而化。今劇中關目。大略據此。後半情蹟。與傳大不相同。其略云。趙員外爲仇人花子期誣作通梁山賊。已定案矣。其妻金氏。鳴冤得釋。又趙員外有犬囓死花子期。蓋借義犬故事。皆屬作者增添附會。按龔聖與花和尙魯智深贊云。有飛飛兒。出家尤好。與爾同袍。佛也被惱。此是實有其人。而未載其事蹟也。此劇增飾甚多。而虎囊彈之名。尤覺新奇。言金氏訴冤於种經略師道。其中軍牛健出令。凡訴冤者。懸於竿上。彈以虎囊彈一百。能不懼者。乃是眞冤。金氏願受彈不懼。健知其冤。爲投狀於師道。乃讞出眞情。出趙員外之罪。故標三字爲題也。作者未詳。*按：此劇爲清邱園撰，一作朱佐朝撰。大抵是近代人手筆。按魯智深出身提轄。本是种經略部將。以金氏之故。三拳打殺鎭關西。亡命於外。投入空門。不改故態。後復於汴京大相國寺炒鬧禪和子。其醉打山門。倒拔垂颺。及捲金銀器皿滚下桃花山。隻身提禪杖打二龍山。皆足聳人觀聽。此劇敷演趙員外及金氏事。以金女本智深所救。故首尾用爲線索。智深入山本末。亦已略約具焉。然命題之意。以虎囊彈爲主。則非專爲智深也。傳奇演僧家事蹟粗豪鬬狠者。西廂記則慧明遞書。昊天塔則五郎禦敵。皆僅一點出。且此兩人亦無害於人。惟此劇花和尚事。形容最詳。其鷙悍之態。亦摹寫殆盡矣。明嘉靖間。都督萬表以倭賊內擾。特募嵩山少林僧以擊之。蓋自北齊稠禪師。唐時窺基。皆以勇俠著聞。後世不絶此派。而少林之僧。則無不善拳棒者。此輩若不失本性。入於正果。則如金剛努目。降伏衆流。其墮落惡道者。即是藥叉羅刹也。智深本師授記曰。遇潮而寂。後擒方臘。聞浙江潮聲。即刻回首。似有結果。然擒方臘乃韓世忠事。則聞潮坐化之説。亦未的也。

牡丹圖

所演賈似道子畫美女爲牡丹圖。理所應有。而史傳未載其事。鄭虎臣與似道爲仇。竟殺似道。見於正史。然未嘗殺似道之子也。似道貶循州是實事。韓世忠子韓彥直亦實有其人。餘多造出。似道子時誼。蔭太常寺卿。蓋明朝宰相子爲恩蔭官。往往至太常卿而止。甯伯儔爲按臺一年。與龍必鼎交代。蓋明朝巡按。定例一年交代也。明代宰相之子。如嚴世蕃輩驕橫者不少。此劇當有所指。未知誰作。*按：此劇爲清朱佐朝撰。亦不知指何人也。略言賈時誼者。賈似道之子。置歌姬十院。各以美女領之。嘗於冬月。邀其門客給事中李道中、戶部郎中龍必鼎賞雪。令歌姬頭上各插牡丹一朵。名曰賞牡丹。告以十院歌姬。尚少二院。須得海內絕色兩人。爲畫計。令賈檄諭州郡。不拘大家小戶。有美女者畫容進獻。名牡丹圖。宛城甯伯儔、字重遠。官西水行臺。其女桃瓌。居望春樓。爲畫工史無讓所見。圖形獻賈。詭其姓名曰宓冉之女。賈使人搜得。押解至盤江驛。會稽鄭虎臣。似道之讎也。同妻往臨安。至盤江驛。殺差官。救甯女。虎臣令妻偕女往西水投伯儔。會伯儔代去。不得遇。虎臣妻與甯女居旅店中。店主死。虎臣妻遂爲店媪。有孫漢夫者。赴試臨安。值金兵南下。朝廷以邊警。暫停放榜。漢夫回至盤江驛。拾得牡丹圖。展翫之次。爲邏者所獲。解入賈府。送行臺治其獄。是時伯儔任滿遷經略去。必鼎繼之。兩人交代而漢夫解至。伯儔夢其女頭戴牡丹。縛赴法場。一年少官救之去。心甚恍惚。移文有牡丹圖。伯儔閱視。酷似其女。且云宛城宓冉之女。大疑之。所見孫漢夫。又夢中年少官也。念已交代去。不便理事。而必鼎爲賈相私人。無可與語。乃授中軍密計。僞報漢夫中狀元。奪之出獄。而報者果至。榜已放。漢夫實中狀元也。遂偕漢夫入京。漢夫母唐氏。家居。賈子令人僞報其子爲狀元。誘之出。途中上枷杻。虎臣復救脫。唐氏逃去。投虎臣妻店中。虎臣恨似道不已。與打虎人牛萬里結爲弟兄。投入賈宅。殺其子。偕謁大帥韓彥直。擢爲裨將。是時伯儔官經略。漢夫爲彥謀。偕破賊軍。還至旅店遇女及漢夫母虎臣妻。伯儔上疏。奏似道蒙蔽軍情。貶循州安置。令虎臣爲媒。以女嫁漢夫。虎臣偕萬里竟棄官而去。按韓世忠子。去賈似道甚遠。不宜拉入。

漁家樂

近時人作。*按，此劇爲清朱佐朝撰。其意專詆馬融。必有所指。但未知所指誰也。所演漢事亦有因。而不甚的。中間以相士萬家春及鄔漁翁女爲關目。云家春相清河王。以漁家樂三字爲讖。其後清河被梁冀遣校尉追急。避入漁舟。校尉射殺漁翁。因此得脫。漁翁女飛霞。代馬融女入冀宅。用神針刺殺冀。竟爲清河之妃。又云有簡人同者。極貧。馬融以女執由命不由人之說。遂送女於人同。人同後與叔立功。而融事敗。賴人同救以免死。皆全無影響。鑿空撰出。馬融傳。融、字季長。扶風茂陵人。奏頌忤鄧氏。滯於東觀。十年不得調。陽嘉二年。公車對策。拜議郎。梁商表爲從事中郎。轉武都太守。桓帝時爲南郡太守。有事忤大將軍梁冀旨。冀諷有司奏融在郡貪濁。免官。髡徙朔方。自刺不死。赦還。復拜議郎。才高博學。爲世通儒。前授生徒。後列女樂。年八十八。卒於家。融懲於鄧氏。不敢復違忤勢家。遂爲梁冀草奏李固。又作大將軍西第頌。頗爲直正所羞。梁冀傳。南郡太守馬融。初除。過謁冀弟不疑。冀諷州郡以他事陷之。髡笞徙朔方。按融草奏李固。得罪淸議。劇所由深詆也。但種種形容太過。至云欲以女獻冀爲歌姬。則誣甚矣。融亦未嘗因冀受罪也。太平御覽。袁隗妻馬倫。是季長女。少有才辨。融家勢豐豪。裝遺甚盛。隗問曰。婦奉箕箒而已。何乃過珍麗乎。對曰。慈親垂愛。不敢逆命。君若欲慕鮑宣、梁鴻之高。妾亦願從少君、孟光之事矣。隗又曰。弟先兄舉。世以爲笑。今處姊未適。先行可乎。對曰。妾姊高行殊貌。未遭良匹。不似鄙薄。苟然而已。又曰。南郡學窮道奧。文爲辭宗。而所在之職。輒以貨財爲損。何耶。對曰。孔子大聖。不免武叔之毀。子路至賢。猶有伯寮之愬。家君獲此。固其宜耳。隗默然不能屈。按此則融有二女。其次女裝遺甚盛。則其長女可知。劇云。馬瑤草嫁赤貧之簡人同。融後亦全不照拂。又似呂蒙正破窰景象。至由命不由人說。則又借唐魏徵事而飾之也。

太平廣記。朝野僉載云。唐魏徵爲僕射。有二典事之長參。時徵方寢。二人窗下平章。一人曰。我等官職。總由此老翁。一人曰。總由天上。徵聞之。遂作一書。遣由此老翁人者送至侍郎處。云與此人一員好官。其人不知。出門心痛。憑由天人者送書。明日引注。由老翁者被放。由天者得留。徵怪之問焉。具以實對。乃歎曰。官職祿科由天者。蓋不虛也。

張霸傳。霸子楷。楷子陵。陵、字處冲。官至尚書。元嘉中。歲首朝賀。大將軍梁冀帶劍入省。陵呵叱之令出。敕羽林虎賁奪冀劍。冀跪謝。陵不應。即劾奏冀。請廷尉論罪。有詔以一歲俸贖。而百僚肅然。冀弟不疑爲河南尹。舉陵孝廉。不疑疾陵之奏冀。因謂曰。昔舉君。適所以自罰也。陵對曰。明府不以陵不肖。誤見擢序。今申公憲。以報私恩。不疑有愧色。按此則陵能抗冀。乃實蹟也。然彼時尚書權雖重。而官未尊。傳亦不載陵後來事。則大抵只此一節。劇云。陵爲清河王傳。又官在李固杜喬上。改裝道人。卒扶翼清河正位。皆係附會。

李固杜喬傳。冲帝末。固以清河王蒜年長有德。欲立之。語梁冀。冀不從。乃立樂安王子纘。年八歲。是爲質帝。及質帝末。固與冀書。言天下重器。宜詳擇其人。冀乃召三公中二千石列侯大夫議所立。固及大鴻臚杜喬皆以爲淸河王蒜明德著聞。又屬最尊親。宜立爲嗣。中常侍曹騰等說冀曰。將軍賓客縱横。多有過差。淸河王嚴明。若果立。則將軍受禍不久矣。不如立蠡吾侯。富貴可長保也。冀善其言。明日重會公卿。冀意氣凶凶。而言辭激切。自胡廣趙戒以下。皆曰。惟大將軍令。而固獨與杜喬堅守本議。冀罷會。說太后。先策免固。竟立蠡吾侯。是爲桓帝。後歲餘。甘陵劉文、魏郡劉鮪各謀立蒜爲天子。冀因此誣固與文鮪共爲妖言。下獄。門生王調貫械上書。證固之枉。太后明之。乃赦焉。及出獄。京師市里皆稱萬歲。冀大驚。畏固名德。終爲己害。乃更據奏前事。遂誅之。李固見廢。內外喪氣。羣臣側足而立。惟喬正色無所回撓。淸河王蒜事起。梁冀諷有司劾喬及李固與劉鮪等交通。請速案罪。梁太后素知喬忠。但策免而已。冀愈怒。使人脅喬曰。早從宜妻子可得全。喬不肯。明日。冀遣騎至其門。不聞哭者。遂自執繫之。死獄中。妻子歸故郡。與李固俱暴尸於城北。劇中大段本此。李固傳有夏門亭長。注云。洛陽北面西頭門。門外有萬壽亭。劇云。萬家春在夏門亭。蓋因此緣飾也。質帝本紀。父渤海孝王鴻。母陳夫人。冲帝末。大將軍梁冀徵帝到洛陽都亭。皇太后與冀定策禁中。迎入東宮即位。年八歲。本初元年閏月甲申。大將軍梁冀潛行鴆。年九歲。丁亥。太尉李固免。桓帝本紀。祖父河間孝王。父蠡吾侯。本初元年。太后與兄冀定策。迎入南宮即帝位。時年十五。冲帝紀。永嘉元年。清河王蒜徵至京師。桓帝紀。建和元年。清河劉文反。殺國相謝嵩。欲立清河王蒜爲天子。事覺伏誅。蒜坐貶爲尉氏侯。徙桂陽自殺。前太尉李固、杜喬皆下獄死。清河王傳。孝王慶。章帝子也。立三十五年。子蒜嗣。冲帝末。徵詣京師。將議爲嗣。會大將軍梁冀與梁太后立質帝。罷歸國。蒜爲人嚴重。舉止有度。朝臣太尉李固等莫不歸心焉。中常侍曹騰謁蒜。蒜不爲禮。宦者惡之。質帝末。公卿皆正義立蒜。而曹騰說梁冀不聽。遂立桓帝。蒜由此得罪。建和元年。因劉文欲立蒜。貶徙自殺。劇云·勃海清河同令萬家春相吉凶·勃海即質帝也·質帝後·又有桓帝·劇不詳·清河亦未嘗正位·劇因清河賢·故爲飾成其美云·梁冀傳。順帝時爲大將軍。冲帝在襁褓。太后臨朝。冀與太傅趙峻、太尉李固參錄尙書事。質帝初立。常朝羣臣。目冀曰。此跋扈將軍也。冀聞。深惡之。遂令左右進鴆。復立桓帝。而枉害李固及前太尉杜喬。冀大起第舍。連房洞戶。柱壁雕鏤。多從娼妓。鳴鐘吹管。酣謳竟路。或連繼日夜。以騁娛恣。客到門。不得通。冀又起別第於城西。以納姦亡。或取良人悉爲奴婢。至數千人。名曰自賣人。延熹二年。帝與中常侍單超等五人。成謀誅冀。虎賁羽林都候劒戟士合千餘人。與司隸校尉張彪。共圍冀第。冀自殺。冀取良人爲奴婢·劇中索馬融女所本也·冀被圍自殺·劇云爲漁翁女所殺·

曲海總目提要卷二十八

黨人碑

未知何人所作。*按：此劇爲清邱園撰。刻碑本實事。而打碑則無其事。中間關目。多屬緣飾。按史。劉逵初附蔡京。後乃採衆論。請碎黨人碑。作者以逵有此事。遂奉爲正人之魁首。生出情節。云其婿謝瓊仙。逵爲尙書時。入都謁逵。與俠客傅人龍結爲兄弟。瓊仙爲人。嗜酒豪放。嘗乘醉入廟。詆閻王公案多模糊。卜者劉某以打筶爲業。斷吉凶輒驗。時號劉鐵嘴。瓊仙問卦。言其功名當遲。且目前有意外之禍。瓊仙大怒。遽欲毆之。人龍勸而止。會蔡京深憾司馬光等。立黨人碑於端禮門。石工安民不肯鐫字。此折中事俱實。安民語詳後。而逵傳集九卿科道等。議沮刻碑。且具疏劾京。按宋無科道之說。明萬曆啓禎間。每事有九卿科道揭帖議單。如三案等。載在諸書者甚衆。必是因此而發。假託於宋事也。爲京所中。執送詔獄。其女應沒入浣衣局中。（家屬沒浣衣局．亦明朝事．然惟叛逆者有此．此未免妄引．）女逃至鐵嘴家。鐵嘴首於官。逵女偶與鐵嘴女易服。捕者至。遂執鐵嘴女入宮。鐵嘴不得已。乃留逵女於室。瓊仙抵都。逵已入獄。一日詣酒肆。以玉玦質酒豪飲。乘醉過端禮門。見碑書司馬光等爲奸黨。大怒。打碑仆地。守碑者奔告於京。京問知爲逵婿。即擒送樞密童貫府。俾抵重辟。會已暮夜。貫令鎖置一室。未及讞問。人龍過酒樓。聞有醉人打碑。意其爲瓊仙。詢之酒保。語醉者情狀。出玉玦示之。果信。出遇丞相府中內傳宣。誑入李師師家。醉之以酒。竊其令箭。至樞密府。言丞相欲取打碑人。誑之出門。挈與偕遯。道遇鐵嘴使卜。鐵嘴言可脫。而卦有爭殺象。追者適至。人龍奪刀殺之。取令箭。誑出城以免。京聞瓊仙遁去。益大怒。奏請立殺逵。童貫監斬。內官段笏者。善良人也。過浣衣局。見鐵嘴女。呼而問焉。曰。劉逵之女。以父劾京致罪。笏念逵忠。且憫其女。白於太后。赦逵。以女還之。奉詔至獄。則逵方赴市曹。笏即赴市。

與貫大爭。奪逵去。奏請太后爲帝言。乃釋逵。會帝嘗微行。遇四秀才於斷碑下。共罵蔡京。言司馬、蘇、程諸正人之屈。帝恍然悟。令秀才拔京鬚以責之。立命逵將兵征田虎。使京爲逵攏馬。以贖前罪。逵抵家。則女已放還。及視之。非己女。以其代女入浣衣。因撫爲女。而是時田虎所用軍師即劉鐵嘴。蓋聞其善斷吉凶。誑置之幕中。出兵所向。從其言。無不利者。逵爲所敗。走入道觀。安民在觀修行。已成道矣。指示逵擒虎之策。而人龍與瓊仙亦皆投麾下。逵用瓊仙爲參謀。人龍爲先鋒。乃密約鐵嘴爲內應。擒虎奏功。人龍不願爲官。隨安民入道。逵女及鐵嘴女。並歸於瓊仙。劉逵傳。逵、字公路。隨州隨縣人。進士高第。累拜中書侍郎。初以附蔡京故躐進。京以彗星見去相。而逵貳中書。首勸徽宗碎元祐黨碑。寬上書邪籍之禁。凡京所行悖理虐民事。稍稍澄正。未滿歲。御史余深、石公弼論逵專恣反覆。凡所啓用。多取爲邪黨學術者。及邪籍中子弟。罷知亳州。京復相。再責鎮江節度副使安州居住。按黨人碑。初刻即有二種。端禮門者徽宗書。郡縣刻石者蔡京書也。皆至百二十人。後增至三百九人。則凡京所不快者皆入。章惇、張商英並在其内。今廣西尚有碑刻。字大而名多。亦有字頗小者。筆畫更勁。蓋皆京所書也。按宋史。宋崇甯中。曾布與蔡京不合。御史錢遹言布援元祐之奸黨。擠紹聖之忠賢。布罷。乃立黨人碑於端禮門。籍元符末上書人。分邪正等黜陟之。時元祐元符末。羣賢貶竄死徙者略盡。蔡京猶未愜意。乃與其客强浚明、葉夢得。籍宰執司馬光、文彦博、呂公著、呂大防、劉摯、范純仁、韓忠彦、王珪、梁燾、王巖叟、王存、鄭雍、傅堯俞、趙瞻、韓維、孫固、范百祿、胡宗愈、李清臣、蘇轍、范純禮、安燾、陸佃。曾任待制以上官蘇軾、范祖禹、孔文仲、孔武仲、朱光庭、孫覺、鮮于侁、賈易、鄒浩等。餘官程頤、秦觀、張耒、晁補之、黄庭堅、孔平仲等。内臣張士良等。武臣王獻可等凡百二十人。等其罪狀。謂之姦黨。請御書刻石於端禮門。蔡京又自書姦黨爲大碑。頒於郡縣。令監司長吏廳皆刻石。有長安石工安民當鐫字。辭曰。愚人不知立碑之意。但如司馬相公者。海内稱其正直。今謂之姦邪。民不忍刻也。府官怒。欲加之罪。民泣曰。被役不敢辭。乞免鐫安民二字於石末。恐得罪於後世。聞者愧之。詔重定元祐元符黨人及上書邪等者。合爲一籍。通三百九人。刻石於朝堂。餘並出籍。五年。帝以星變。避殿損膳。侍郎劉逵請碎元祐黨人碑。寬上書邪籍之禁。帝從之。夜半。遣黄門至朝堂毁石刻。翌日。蔡京見之。厲聲曰。石可毁。名不可滅也。尋以太白晝見。赦除黨人一切之禁。按天啓時。崔呈秀、王紹徽等造同志點將諸錄。統號曰東林黨人。逮治削奪。不可勝紀。六年。御史盧承欽請立東林黨碑。是時顧秉謙、馮銓等皆銜東林。欲從其言。貴池人丁紹軾不可而止。此記之作。疑借宋事以暗指明事也。

百福帶

一名御袍恩。不知何人所作。*按：此劇亦清邱園撰。演宋高瓊、呂惠卿事。多係牽合。以百福帶裹御袍。作會合符驗。故以是名。　略云。諸生曹孝威。高瓊妻姪也。富才學。善騎射。幼失怙恃。聘泰安陳宦女。宦物故。母孀居。母女製絨線花卉。以供饘粥。瓊方鎮西延。有勇士衛擒龍者。詣邊從軍。孝威亦詣瓊。遇諸逆旅。結爲兄弟。擒龍至延安。瓊用爲裨將。使征李元昊。俘賊報捷。而呂惠卿巡邊。恚瓊無餽遺。云詔旨但欲撫夏。不宜與戰。將以軍法誅擒龍。瓊釋擒龍。且逐惠卿出境。惠卿歸奏瓊謀不軌。逮赴京師。瓊妻有娠。於井旁產子。緹騎迫之行。妻力不支。投井自斃。瓊欲溺其子。孝威擒龍尾至。勸留之。度瓊至京必及禍。遂擊緹騎。分道遠竄。瓊取上賜御袍。刺血爲書。以百福帶裹其子。擒龍抱歸撫育。而瓊投山谷佛寺中。易姓焚修。時惠卿子朝貴。寓居泰安。與孝威妻家密邇。聞陳女美。易村農服以窺之。令啞僕裝虎夜劫。悞負其母歸。及明。陳女入山拾母骨殖。遍覓無踪跡。欲投崖。樞密韓琦妻泰安進香。

救之。收爲女。挈歸京師。陳母見虎隕絶。朝貴令棄之路旁。有貨郎素識陳。舁入草菴。既而復蘇。遂臥菴中調養。孝威欲殺惠卿父子。以報瓊仇。先之泰安刺朝貴。及抵妻母陳宅。知母被虎齧。欲覓虎搏之。夜聞叩戶聲。啓視之則虎。拔劍欲斫之則人也。啞不能言。惟作乞憐狀。度爲人所使。覘戶外復得一人。執而詢之。乃呂僕任六而本謀出朝貴也。孝威殺六。縱啞僕去。持刀入呂園中。被擒繫獄。時擒龍撫瓊子。命名曰衞高。年已數歲。擒龍欲報呂仇。至泰安。夜入呂園。殺朝貴。倦宿陳母所寓草菴中。貨郎以孝威繫獄告陳母。擒龍於佛座下聞之。出拜母。言與其婿最相契。殺朝貴者非孝威也。立投有司認罪。有司不能決。以二人械赴京。讞問時各引爲己罪。惠卿使啞僕入獄。指誰殺任六者。即立誅之。啞僕指孝威。將受戮。而獄官出韓琦門下。韓夫人方以女故令訪孝威。獄官見孝威名。詢之果是。欲救孝威。乃乘夜縛啞僕戮於市。而縱孝威、擒龍。己亦棄職去。二人逃至邊塞。會瓊於佛寺。適元昊復叛。詔遣韓琦往討。且赦瓊等罪。瓊乃與二人歸京師。衛高已七歲。擒龍妻告以親父母名。令持向所裹御袍。之井亭祭母。適瓊等亦過亭哭弔。擒龍已不識高。細詢高。始知妻使至此。爲言己即擒龍。瓊乃汝父。高初不信。出御袍示之。有血書。相抱痛哭。聞琦討元昊。瓊等皆詣軍前効力。元昊平。班師入京。琦奏瓊等冤。詔復瓊原職。孝威、擒龍皆授官。惠卿得重罪。初陳母賣花以餬口。韓女見花。疑母所製。邀入府中。母女相見。泣且喜。韓夫人遂留陳母。俾與女居。迨琦率孝威等凱旋。乃贅爲婿。而並認兩母爲岳母云。按高瓊。燕人。徙亳州蒙城籍。太宗眞宗時。屢官節度使。景德中。契丹兵入內地。力勸帝幸澶淵。卒官太尉。其子繼勳、繼宣。皆累著勳績。瓊去呂惠卿甚遠。安得爲所害。且瓊生平無有挫折。曾孫女即英宗之后。家門貴盛。一時無比。安得有瓊妻投井之事。繼勳爲殿前庫使時。曾賜金帶錦袍。又嘗爲麟府州鈐轄。徙知環州。又徙鄜延路鈐轄。涇原路副都總管。兼知渭州。劇中御袍百福帶及鎮西延之說。或影借於此。又繼宣傳云。元昊反。聲言侵關隴。繼宣請備麟府。未幾。羌兵果入寇河外。陷豐州。俄寇麟府。繼宣帥兵抵天門關。進屯府谷間。遣勇士夜亂賊營。又募黥配廂軍。得二千餘人。號淸邊軍。命偏將王凱主之。軍次三松嶺。賊數萬衆圍之。淸邊軍奮起。斬首千餘級。共相蹂躪。死者不可勝計。是繼宣與元昊戰。且有軍功。非瓊事也。又韓琦於仁宗時。爲陝西安撫使。劉平與賊戰。敗爲所執。時宰入他誣。收繫平子弟。琦辨直冤。劇中琦辨高瓊等冤。影借於此。然前與瓊。後與惠卿。皆未嘗共事也。惠卿屢帥陝西。初以資政殿學士知延州。更易緣邊漢蕃兵制。路都監高永亨。老將也。爭之力。奏斥之。此劇所借以爲劾逮高瓊者也。又常將兵按邊。趣綏德。抵無定河。歷十有八日而還。此劇所云巡視九邊者也。然在神宗時。與瓊相去甚久。其後又數鎭陝。則更在哲宗、徽宗之世矣。王安石爲相。惠卿參知政事。興起大獄。欲株連蔓引。塗汚公卿。且乘勢并陷馮京、王安國、鄭俠三人。皆獲罪。劇遂以陷瓊等當之。蘇轍條奏其姦。蘇軾當制。備載其罪。范純粹又治其上功罔冒事。三人皆韓琦氣誼中人。故遂以爲琦治惠卿之罪。惠卿知杭州時。坐其子淵聞妖人張懷素言不告。淵配沙門島。惠卿責祁州團練副使。安置宣州。然則惠卿以子受累。不爲無據。但非被刺而蒙國法也。中間撮撰亦多有因。但年代太隔遠耳。曹孝威、衛擒龍等。則無其人。

幻緣箱

近時人作。*按：此劇亦淸邱園撰。*憑空結撰。無所證據。以一箱爲線索。牽合二女姻緣。是名幻緣箱也。略云。茂苑人方霱、字瑞生。爲諸生。寓虞山道院讀書。偶入茶肆。逢一女月娥。出自名家。父歿。母嫁匪人陳酒鬼。女隨與居。母悔恨而逝。生覘女麗。顧盼久之。娥亦注目。陳歸肆。垂醉詬生。生謀之道者費必仙。欲娶娥。陳索數百金以難之。有兵部侍郎劉廷爵。攜家詣京師。妻染疾。

與女琬容留於家。時楊戩擅權。劉疏其惡。戩與童貫謀。付老弱兵三千。令征淮西王慶。廷爵與大理卿徐楨。同邑相厚。臨別。以女姻事託之。楨云。己女社日生。眉髮俱白。年三十猶未字。當并留意。毋掛懷也。適琬容詣虞山進香。祈延母壽。誤墮釵於地。方生得之。持至其家。欲面送還琬。婢秋雲不令入。生尾至臥室。琬大驚。叱之使出。適夫人至。婢無措。匿生於空箱中。母挈琬及婢至己室。扃其閣而去。陳酒鬼與月娥舅陶摸。乘夜爲竊賊。入琬室。挈箱舁歸。送入月娥房。令守之。復往盜他物。娥度父與舅必爲不良事。啓箱視之。見方生。甚駭異。與娥訂婚姻。決計偕遁。詣京師。投母舅徐楨。娥父利箱中物。先歸視之。則箱空。且失娥。及陶至。疑娥父匿財物以紿之。毆殞娥父。納箱中。置路旁而遁。天明。鄰里報於巡檢。云方先欲聘娥。其父難之。必懷恨斃酒鬼。劫女遠遁矣。巡司係楊戩牙爪。甚狡猾。令緝生。琬婢適出見箱。云係劉府物。巡司素知戩與劉不合。遂拘禁其婢。以書報戩。云劉治家不正。女有私通等情。戩令緹騎拘琬赴京嚴審。陶摸遁至淮。與薛姓者俱以推車爲業。方攜娥至淮賃車。陶謂方劫其甥女。奪而去。廷爵妻聞婢女事。同女赴京辯。以婢在獄。無人使令。至淮買一女。即月娥。蓋陶所賣也。琬憐其才貌。以妹待之。緹騎途中擒琬。云審箱中事。娥云我亦知之。願同赴逮。夫人以舟尾之。遇淮西賊黨。知廷爵妻。遂劫獻王慶。初廷爵請救。戩拒不發兵。徐楨秉公論辯。戩不得已。令於本處發兵三百以助。廷爵敗入古廟。遇方生。獻計敗慶。留爲參謀。慶得廷爵妻。挾令獻城。劉計無所出。給以城降。令先送劉妻入城。誘慶入陷坑。遂擒之。劉以琬許方生。妻告劉以受誣被逮。方怒。辭劉詣京往救。戩執琬容、月娥。拘金鷄以候審。方入探。役私告戩。戩亦擒方拘禁。會劉班師還。奏方功。戩遂疏方與琬有奸私事。請鞠之。詔戩同廷爵徐楨會審。戩謂徐云。方、琬皆劉兒女。毋開言。遂定琬容方生罪。月娥擬絞。徐執應究其源。戩怒。遂定擬。而陶摸與薛姓者。於京師同居。陶以售娥銀。

買役爲刑部劊子手。適宋徽宗微行至其家。薛以菠菜煮腐獻之。徽宗以向未嘗此味。徵其名。薛指荳腐爲金箱白玉板。菠菜爲紅嘴綠鸚哥。徽宗甚喜。時陶亦憫娥冤。謂薛云。我明日當訟三人冤。徽宗詢其事。陶述己毆陳甕置箱中狀。云我何忍害無辜者。聞當決。欲訴冤耳。徽宗令擊登聞鼓以訟。親爲書狀詞。尋有內侍迎駕。陶薛驚仆地。徽宗即詔停刑。勅有司解巡檢秋雲至京。授薛御膳司。以徐楨女配之。且提戩等親審。陶擊登聞面認己罪。戩慚無以對。遂奪職拘禁。加廷爵職。方以軍功賜翰林修撰。陶能仗義雪冤。授武職。琬容、月娥。皆賜婚方霈云。

一合相

近時人作。*按：此劇清邱園撰。一作明沈蘇門撰。內演明永樂間方孝孺事。扭揑牽引。多屬子虛。因相士袁柳莊扇頭書一合相。前後以莊作鍼線。故用是名。按一合相三字。出金剛經。註云。即不可說。不可說之數也。此特借取其名。于義無涉。略云。方孝孺、字希直。台州臨海人。官翰林侍講。因劾李景隆。隆啣之。初、相士袁柳莊珙。過嵩山少林寺。遇姚廣孝。與談論。甚奇之。且相廣孝當爲宰相。珙遊燕。適成祖微行酒肆。莊跪稱大貴。且云髯至腹。登九五。成祖歸語徐皇后。因醉臥。以髮接之。迨醒髯已及腹。復召珙問之。云雖係髮接。與眞無異。遂薦廣孝于成祖。及即位。賜以官職。莊云。已相福薄。不受官。惟懇帝書扇頭詩。江南一老叟。腹内藏星斗之句。時帝召孝孺草禪詔。忤旨。景隆譖之。遂誅孝孺。逮其家屬。發女瑤草于敎坊。適周顚過孝孺。云有大難。書數字付其家。云一合相能解救。孝孺被戮。門生魏澤。匿其子繼祖出亡。朝廷緝之甚急。澤方窘甚。遇一合相。珙扇有此三字。遂以實告。珙云。逃海濱可免。後復得完聚。乃令藏書簏中。給出城。俾遁走。値嚴冬。繼祖僵雪中。不能起。澤呼之。氣已絕矣。澤益悲苦。以沙覆其身。進退維谷。遇一商者。挈澤投海外國。爲其王掌書記。周顚知繼祖有難。令仙童負至庵。以丹藥救醒。祖告以父造何業。顧羅奇禍如此。顚出葫蘆使觀之。見一舟子。利商人財。欲殺之。女哭求免。舟子投商于江。顚云。舟子即汝父。商即李景隆也。其女投爲外國公主。復見虞人擒一猿。樵夫爲買釋。顚云。樵乃汝父。猿則柳莊也。復有宦者開壙營葬。一老翁懇遲三日。以子孫徙他處。宦者不允。啓壙。有蛇數百蟠于中。宦盡焚之。顚云。宦即汝父。夙生造如是業。故報之以赤族也。繼祖俯伏祈免己難。顚攝祖身于海外國王御苑。王女飛霞。見其俊偉。詢知忠臣後。引使見父。父憫之。收掌書記。飛霞義憤。辭父易裝入中國。欲殺景隆爲繼祖復仇。初、方女瑤草至教坊。即乘間投井。珙見而救之。瑤草見一合相字。求脱陷穽。珙以瑤草衣覆井。紿云已斃。令人送隱寧波姊家。飛霞易裝漁婦。入景隆府賣魚。景隆覘霞美。留作歌妓。隆體不寧。邀珙決休咎。珙云三日內不利。隆不之信。拘珙于家。隆惑霞色豔。令奉酒。霞突刺之。家人不知誰刺也。環問于珙。珙給令徧搜。而潛救霞出。霞以實告。遂偕珙詣海外。瑤草之寧波渡海。爲盜所刦。乃飛霞所遣。爲己接應者也。霞未悉瑤何人。而以其温秀。與結姊妹攜歸。初、霞已許他國王子。子忽暴殞。其王匿不令人知。嗣澤爲子。使續霞婚。霞慕繼祖才品。欲與匹。以告其父。父乃撫瑤爲女以代霞。及花燭。皆大驚。互詢始末。知即澤與瑤也。祖亦與霞伉儷。已而珙歸國。奏云。四境安寧。宜旌忠義及赦諸出亡者。澤與繼祖。皆得赦回授職云。　按方孝孺事蹟。詳具讀書種內。不具載。李景隆敗歸。孝孺執之于廷。請帝戮之。建文不能聽。此云劾李景隆。似指此事。至成祖令草詔。孝孺激而哭駡。當時即被誅戮。景隆此時亦甫降成祖。已且未保。安能譖孝孺乎。稗史頗載魏澤匿孝孺子事。或云孝孺有後。籍居松江。未知的否。建文諸臣家屬。發教坊者甚衆。不言有孝孺女。恐因所傳鐵布政女而訛也。魏澤云是典史。又或云是縣官改姓名。亦不能得確據。後亦不知其所終。蓋明代人于革除事。無不惆惜諸忠。

其間亦不無增飾。孝孺與周顚、袁珙。無交往事蹟。想亦皆屬附會也。袁珙相法通神。相傳有辨宰相于嵩山佛寺。識眞主于長安酒家對句。二節皆實事。然姚廣孝本于洪武時。太祖分與燕王講經。廣孝薦珙則有之。劇云珙薦廣孝。誤也。景隆雖降。而成祖猶惡之。後亦不得其死。云被刺亦妄。成祖時。奸黨之禁甚嚴。至仁宗乃曰。方孝孺等皆忠臣。然未弛其禁。劇云赦回授職。蓋欲團圓。不得不如此也。外國婚配之說太幻。孝孺前生業報之說。亦殊不經。

錦衣歸

不知誰作。*按。此劇一名雙容奇。又名梨花槍。清朱皠撰。大抵因女父悔親。懷忿作此。或見他人有此事。而作此譏之。其姓名則未必眞也。錦衣歸娶。篇末點題。松江毛瑞鳳、字九苞。父雲路。曾爲廣東番禺令。與南海白木賓交厚。白女筠娥。許配瑞鳳。下百金爲聘。雲路卒於任。瑞鳳與母郭氏還家。日漸貧窶。而白已累遷東平道參政。郭令瑞鳳往東平探親。木賓久欲悔親。見其至。大怒。還所聘金。瑞鳳不受。怒而去。時鳴石山有盜曰十八姨。令部將一枝梅郝崑崙者。劫去東阿餉銀。木賓乃令家人張隆。追瑞鳳於途。持元寶二錠送之。詭言筠娥所贈。旋令捕役禽瑞鳳。指爲劫庫巨盜。問成死罪在獄。旨下立決。先有嘉興程衍波者。欲入京謁其母舅總憲丁宣。病困滁州。爲逆旅主人所棄。垂死路旁。瑞鳳分金救之。兩人面貌相似。見者莫辨。衍波聞瑞鳳入獄。急趨往候。願以身代死。而十八姨知瑞鳳悞陷於死。令崑崙劫法場。不知所劫乃衍波也。瑞鳳脫身入京。認作衍波。謁丁總憲。爲之題請。授東平道銜。令討鳴石山盜賊。而木賓以盜案被參革職。送府獄。即令瑞鳳審讞。其家屬封閉署中。時瑞鳳母郭氏。久不得瑞鳳之信。因往東平探之。亦被木賓指爲響馬家屬。羈禁署內。其女筠娥問知爲姑。認親奉侍。而十八姨用衍波爲參謀。令崑崙劫郭氏及筠娥至山寨。爲衍波、筠娥花燭。既而知其非。崑崙遂撮合十八姨與衍波成親。瑞鳳抵任。投書與衍波招安。爲之具奏。免罪授職。於是瑞鳳母子相見。且知錡娥守節。而瑞鳳回署審讞木賓。木賓從前斥辱瑞鳳之語。一一報復。木賓知即瑞鳳。與相詬詈。瑞鳳斥其悔親誣盜。木賓斥其冒名假官。彼此互奏。旨令丁宣審問。於是瑞鳳、衍波、郭氏、十八姨等具述前後情節。有旨各加恩典。幷恕木賓之罪。令送女到松。與瑞鳳成婚。其曰錦衣歸者。瑞鳳謁木賓時。木賓欲悔親。瑞鳳云。他日錦衣歸第。岳父須留後情。木賓與賭掌云。汝若錦衣歸。老夫親送女陪話。故其後必欲木賓送女至松也。

聚寶盆

記沈萬三事也。*按。此劇爲清朱㿥撰。萬三者。元末明初人。家巨富。婦人女子。無不知沈萬三者。小說中所謂南京沈萬三也。餘冬敍錄。舊傳沈萬三者家有聚寶盆事。云在沈氏。貯少物。物經宿輒滿。百物皆然。他人試之不驗。事聞太祖。

取入試不驗。遂還沈氏。沈氏籍沒。乃復歸禁中。嘗疑世豈有此物。物安有是理。比見宋初人吳淑秘閣閒談云。巴東下巖院主僧。水際得一青瓷盌。攜歸。折花供佛前。明日花滿其中。更置少米。經宿米亦滿盌。錢及金銀皆然。自是院中富盛。院主年老。一日過江檢田。懷中取盌。擲於中流。徒弟驚愕。師曰。吾死。爾等寧能謹飭自守。棄之。不欲使爾增罪戾也。然則昔人亦嘗傳此。世果有此物乎。院主之識高矣。董穀碧里雜存。沈萬三秀者。故集慶富家也。貲鉅萬萬。田產徧吳下。余在白下。聞之故老云。今之會同館。即秀故基也。太祖嘗於月朔召秀。以洪武錢一文與之。曰。煩汝爲我生利。只以一月爲期。初二日起至三十止。每日取一對合。秀忻然拜命。出而籌之。始知其難矣。蓋該錢五萬三千六百八十七萬零九百一十二文。今按洪武錢每一百六十文重一斤。則一萬六千文爲一石。以石計之。亦該錢三萬三千五百五十四石四十三斤零。沈雖富。豈能遽辦此哉。聖祖緣是利息只以三分爲率。年月雖多。不得過一本一利。著於律令者此也。沈萬三秀不知其名。蓋國初鉅富者。謂之萬戶。三秀者。國初每縣分人爲五等。曰罙、曰畸、曰郎、曰官、曰秀。哥最下。秀最上。洪武初。家給戶由一紙。以此爲第。而每等之中。又各有等。沈乃秀之三者也。至今民俗有郎不郎。秀不秀之諺云。

龍鳳錢

不知何人撰。（*按・此劇爲清朱㿥撰・）演唐明皇遊月宮。擲龍鳳金錢。爲崔白、周琴心所分拾。以成姻緣。故名龍鳳錢。又因此錢得呂書心爲配。故又曰雙跨鸞也。按葉法善傳。遊月宮擲金錢是實事。而崔白、周琴心、及呂書心姓氏。皆揑造。其返魂事。即借葉傳中除張尉妻尸媚之疾。起姚崇之女二事影射也。劇云。唐明皇時。張果老、葉法善、羅公遠等相繼而至。法善之術尤精。八月望夜。以所執笏擲空中。化成金橋。請駕遊廣寒宮。姮娥出見。命玉女奏霓裳羽衣曲。

駕回過洛陽城上。按葉傳及他書，皆載潞州，非洛陽也。明皇以所攜龍鳳金錢二枚擲城中。祝曰。有人拾得者。男爲翰苑。女作次妃。此係捏添，爲全本關目。明日。榜諭拾錢者來告。茂苑崔生名白、字曲木。觀光不第。流寓于呂氏園。園主呂伯達與母黃氏居。有妹曰書心。中秋夕。白舉酒獨酌。見樹下有物熒然。取視之。金錢也。上有龍紋。背面有字曰。神龍戲珠。奕奕其光。得鳳成配。萬壽永昌。明日。伯達來告榜諭。白以所拾錢出示。伯達故勢利。謂白將得官。告諸母。以妹許白。而同時拾得鳳錢者。則靑州別駕周彥回之女琴心也。兩家皆報官上聞。遣高力士召見。白與琴心相遇。彼此各有情。宮門候見。白吟句云。車馬聯翩逐暗塵。相看半晌即君恩。琴心應聲答曰。明朝須買長門賦。珍重蕭郎是路人。琴心本國色。明皇令入宮。將册爲妃。擢其父爲京府丞。欲授白官。白願以科第出身。乃給御札。縱使遊學。云來年須作狀元。白思琴心。知不可復得。聞法善神術。潛往相求。葉知有宿緣。授以符三道。囑其覓周氏髮焚符。可攝見也。白令童墨賓。賂周姆得髮。天曹果攝琴心至。方與綢繆。對月立誓。伯達窺見。遂驚散。伯達疑白與鄰女私。以酒誘墨賓。墨賓以實告。且竊符一道與伯達。伯達復以金與墨賓。使求髮。墨賓取神廟中周倉鬚給之。伯達焚符。周倉立至。伯達狂叫。避厠中。其妹聞聲出視。攖倉怒而殞。時琴心在宮抱病。白以符攝其魂。挾之遠逝。至亳州。將買舟南下。有枉死城中鬼王。欲以書心代琴心死。命追魂使者化爲船家。誘白與琴心入船。故作風濤。令白登岸祭神。攝琴心。并拘呂氏。而洛陽城土地。知兩女皆當再生。且貴。急率鬼兵往奪。誤以呂爲周。攝入青城廟柩中。葉法善亦至。奪周氏魂。使附書心之身。有盜發琴心柩。書心附尸而活。盜引出廟。賣與亳州知州温而理爲妾。白祭神返。失琴心。在州訪得。鬧於公堂。謂其强佔士人婦爲妾。知州則指白爲盜。白出御札示之。知州大恐。賠奩送還。（按此乃借用李白華陰縣騎驢，縣令勒取口供，白供天子殿前，尙容走馬，華陰道上，不許騎驢，以崔白影李白也。）及相見。若不相識。白怨。欲自殺。書心憐其多情。含糊應之。白以爲眞琴心也。攜入京赴試。書心猝殞。母黃邀青城道士設醮。及蘇。自稱周琴心。不認其母兄。而琴心父彥回已爲中丞。道士以附尸還魂事往告。并白盜開棺狀。彥回來視。會呂母疑女被魅。率之至廟。禱于神。周魂見父痛哭。彥回竟挈之歸。呂母以爲强奪其女。擊登聞鼓聲寃。白試畢。道經彥回門。自稱子壻求見。彥回大怒。白謂其女現在寓中。且出金錢爲據。彥回以爲盜也。奪其錢。鎖之廳事中。欲痛拷掠。會有事出署。琴心聞之。私出隔廳與語。皆與舊事合。許爲訴于父以出之。而白以二女皆琴心。莫知所以。適報人至。報白已中狀元。擁之入朝。按此與杜平章弔打狀元郎。指其盜棺。情節酷似。明皇嘉白應其語。授官翰林。而彥回方指爲盜。呂母又訴彥回奪其女。明皇召見琴心。果非琴心也。疑莫能釋。問之葉法善。法善乃以二女互易返魂之詳以告。謂皆與白有夙緣。明皇降旨。使二女皆歸白。合巹之夕。龍鳳錢始合。而二女各有怨望。翌日。法善爲白設壇作法。互攝兩魂。各還其身。葉法善本傳云。字道元。本出南陽葉邑。今居處州松陽縣。四代修道。皆以陰功密行。及劾召之術救物濟人。母劉晝寐。夢流星入口。吞之乃孕。十五月而生。年七歲。溺於江中。三年不還。父母問其故。曰。青童引我飲以雲漿。故少留耳。亦言青童引朝太上。太上留之。弱冠。身長九尺。額有二午。性淳和潔白。不茹葷辛。常獨處幽室。自仙府歸。已有役使之術。遂入居卯酉山。其門近山。巨石當路。師役符起石。須臾飛去。常遊括蒼白馬山石室內。遇三神人謂曰。我奉太上命。以密旨告子。子本太極紫微左仙卿。以校錄不勤。謫于人世。速宜立功。濟人佐國。功滿當復舊任。以正一三五之法授之。自是誅蕩精怪。埽馘凶祅。所在經行。以救人爲志。高宗徵至京。拜上卿。不就。請度爲道士。救人無數。蜀川張尉之妻。死而再生。復爲夫婦。師識之曰。尸媚之疾也。不速除之。張死矣。師授符而化爲黑氣焉。相國姚崇之女已終。鍾念彌深。投符起之。中宗時。武三思尙秉國權。師以頻察祅祥。保護中宗、相王、及明皇。爲三思所忌。竄于南海。師乘白鹿。自海上而至。景龍四年。括蒼三神人又降傳太上之命。汝當輔我睿宗及開元聖帝。未得隱山巖。其年八月。詔徵入京。俄授銀青光祿大夫鴻臚卿越國公。開元初。嘗於正月望夜。引元宗至西涼府觀燈。又嘗因八月望夜。與元宗遊月宮。聆月中天樂。問其曲名。曰紫雲曲。元宗素曉音律。默記其聲。歸傳其音。名之曰霓裳羽衣。自月宮還過潞州城上。俯視城郭悄然。而月光如晝。師請元宗以玉笛奏曲。時玉笛在寢殿中。師命人取。頃之而至。奏曲既。投金錢於城中而還。旬日。潞州奏八月望夜。有天樂臨城。兼獲金錢以進。但言金錢，不言龍鳳錢，亦不言獲者何人也，係作者揑造增飾。本傳大略如此，其他靈異尚多，不備載。按北宋時。有崔白善畫花鳥。此特姓名相同。非其人也。劇內周琴心自白。引詩二句云。明裏開眼暗流淚。面前行樂背銷魂。是明隆萬間蘇州名士王穉登詩。穉登有所歡歸於他氏。作此寄恨者也。作者應在其後。

釣魚船

亦近代人作。（按：此劇爲清張大復撰。）本西遊記劉全進瓜事。而稍加改換。情節多相同。略言長安人劉全。妻曰桃氏。夫婦以捕魚爲業。唐太宗貞觀中。術士李淳風。嘗趁全船渡河。與錢不受。淳風爲全拆一魚字。教全於三曲灣王家港捕魚。必應多獲。已而果然。全乃日送魚以餉淳風。淳風預爲判斷。無不如意。涇河龍神知之。怒其殄滅水族。命鼈丞相蚌參軍之屬。使擒劉全夫婦。下之油鍋。身化老翁。向淳風卜雨。淳風曰。明日子時興雲。寅時下雨。辰時雨止。共下三寸零二百三十點。涇龍念雨由己下。可自主也。乃與淳風賭雨數。不如言則碎其所懸幟。甫回水晶宮而天符下。使龍行雨。涇龍乃故遲一時。而多下少許。初、劉全餉淳風魚。淳風視全面色晦滯沉黑。語之曰。汝夫婦即時有重禍。全未抵船而船已覆。妻溺于水。全幸免於難。涇龍復詣淳風。擊碎懸幟。淳風曰。若犯天條。罪當重辟。何怒爲。涇龍大怖。求救于淳風。淳風曰。我不能救若。上帝命三曹會議。天曹官李連。地曹官崔珏。人曹官魏徵。行誅者。人曹也。今爲唐宰相。惟求唐太宗可以救若。會淳風進圖于太宗。涇龍乃化爲線。伏于圖内。拜哭求生。幷以徑寸寶珠爲獻。唐太宗問得實。乃召魏徵入朝。與之對弈。至午刻。魏徵假臥片時。則已夢誅涇龍矣。徵醒。唐太宗問而知之。方甚惋惜。而涇龍以唐太宗許救而受誅。怨恨爲祟。於是使尉遲敬德、秦叔寶守前門。鍾馗守後門。以鎭壓之。而涇龍復固要唐太宗詣天妃辨證。始知魏徵於夢中行誅。非唐太宗不救也。天妃欲得人間瓜果。唐太宗募人進瓜。劉全念妻亡不得相見。乃應募服毒。淳風言全即還陽。毋釘其柩。全進瓜于天妃。天妃詰全之情而憫之。欲生其妻桃氏而屋舍已壞。會唐太宗御妹瓊英。當返仙界。遂令借瓊英軀以返魂。劉全與妻俱放還。及全醒而妻不可見。方詣宫門覆奏進瓜本末。而唐太宗妹復蘇。所說皆漁船事。且宫中綵女。並見瓊英飛昇雲路。於是命全迎歸伉儷。而畀全以駙馬之號。全不願爲官。但願得船釣魚。逍遥自樂。乃不拂全意。聽其所如。劇名釣魚船。以此故也。按西遊記載此事。乃唐三藏往西天取經張本也。其說雖屬荒唐。然係元時丘處機所作。（*按。西遊記小說。有明楊志和四十一回本。吳承恩百回本兩種。均有斬龍進瓜故事。長春眞人西遊記。乃元李志常撰。記丘處機應元太祖召赴雪山相見時西行往返之事。與唐三藏無關。此誤。）處機道行高妙。必有所寓託。非苟然也。此劇大段本之。而各有同異。記云漁者張稍。進瓜者劉全。此云漁者亦劉全。記云全妻翠蓮。此云全妻桃氏。記云翠蓮與夫角口自縊。此云龍王擒下油鍋。記云術士袁天罡之叔守誠。此云李淳風。記云森羅殿。此云天妃宮。記云永免差徭。此云封爲駙馬。此其大同異也。記云白衣秀士。此云老翁。記云辰時布雲。巳時發雷。午時下雨。得水三尺三寸零四十八點。此云子時興雲。寅時下雨。辰時雨止。下雨三寸零二百三十點。記云蝦臣蟹士鯡軍師鱖少卿鯉太宰。此云鼉丞相蚌參軍。記云少些點數。此云多下點數。記云魏徵守後宰門。此云鍾馗守後宰門。記云玉英。此云瓊英。此其小同異也。又記中但言龍王夜半託夢求救。不言化線獻珠。又但言人曹官魏徵。不載天曹李連。地曹崔珏之說。又案記中有魏徵寄書崔珏。及唐太宗借相良金銀一庫二事。此劇亦皆用之。但改相良曰徐長者云。唐書李淳風傳。淳風。岐州雍人。於占候吉凶。若節契然。當世術家意有鬼神相之。非學習可致。終不能測也。魏徵爲人曹官之説。本係鑿空。然元時劉元塑東岳大帝侍臣像。仿徵塑之。是必徵象怪奇。儼如神明也。秦叔寶、尉遲敬德。世仿其像爲門神。似非無本。鍾馗當在貞觀之後。劇因後世貼鍾馗于後門而附會之耳。元史方技傳。劉元、字秉元。寶坻人。大都南城作東嶽廟。元爲造仁聖帝像。巍巍然有帝王之度。其侍臣像乃若憂深思遠者。始元欲作侍臣像。久之未措手。適閲秘書圖畫。見唐魏徵像。矍然曰。得之矣。非若此莫稱爲相臣者。遽走廟中爲之。即日成。士大夫觀者。咸歎異焉。丘濬天妃廟碑。天妃宮。江淮間濱海多有之。其神爲女子三人。俗傳神姓林氏。遂實以爲靈素三女。太虛之中。惟天爲大。地次之。故製字者謂一大爲天。二小爲地。天稱皇。地稱后。海次于地者。宜稱妃耳。其數從三者。亦因一大二小之文。蓋所祀者海神也。元用海運。故其祀爲重。司馬温公則謂水陰類也。其神當爲女子。此理或然。

井中天

作者姓名不可考。*按，此劇爲清張大復撰。通本演平妖傳。而借鄭信神臂弓一節。改作李遂事。以遂得弓于井。卜吉又逐永兒入井。有兩番關目。故曰井中天也。按平妖傳。貝州王則之反。皆由聖姑姑、左瘸師、胡永兒、張鸞、卜吉諸人。以妖法煽動。其後則與永兒驕淫過甚。鸞、吉避去。文彥博統兵征勦。彈子和尚返邪歸正。用五雷法佐彥博擊殺左瘸。遂擒則、永。劇中皆本此敷演。而節去從前半截。但於科白中敘出。蓋傳太繁。不能盡臚也。據宋史明鎬傳。王則者。本涿州人。歲飢。流至恩州。爲人牧羊。後隸宣毅軍爲小校。恩冀俗妖。幼習五龍滴泪等經。言彌勒當持世。則背刺福字。妖人因妄傳其字隱起。爭信事之。而州吏張巒、卜吉主其謀。慶歷七年冬至。率徒劫庫。僭號東平郡王。以張巒爲宰相。卜吉爲樞密使。旗幟號令。率以佛爲稱。仁宗命知開封府明鎬爲體量安撫使。則未下。又命參知政事文彦博爲宣撫使。以鎬副之。初鎬至。州民趙宗本等自城上繫書射鎬帳。約爲内應。夜垂絙以引官軍。城幾克。賊以數百人夜出。復皆就獲。顧城峻不可攻。乃爲距闉。將成。爲賊所焚。遂即南城爲地道。日攻其北牽制之。及彦博至。穴通城中。選壯士中夜由地道入。衆登城。賊縱火牛。官軍以槍中牛鼻。牛還攻之。賊大潰。開東門遁。總管王信捕得則。其餘衆保邨舍。皆焚死。檻送則京師。支解以徇。按此。則張巒卜吉乃賊黨之魁。餘衆焚死中。二人必難免。劇據平妖傳。以爲二人遯去。不合。旗幟號令。以佛爲稱。此聖姑姑作謀主之證也。明鎬彦博穴地道攻城。故有李遂掘子軍之説。州民趙宗本射書。故設出烈婦趙無瑕殉節事。略云。

李遂入井。與日霞仙子成親。贈鐵胎神臂弓。後用以破王則。仙子以所生子還之。此本醒世恆言所載鄭信事。信係開封張大戶俊卿之傭工。以毆殺人繫獄。府尹見一井中有黑氣上冲。令獄囚入井探之。有入無出。尹令信入。行至一處。如仙洞然。有女子曰日霞仙子。納以爲夫。信復遇月華仙子。日精妬月華。與鬬空中。因已懷姙。鬬輒敗。乃以神臂尅敵弓與信。令助己。信射月華墮地。逃去不能出。日精乃紅蜘蛛。月華則白蜘蛛也。日精以弓贈信。令出洞取功名。後投种師道。累戰績。官至兩川節度使。日霞以所生一子一女。託張俊卿撫養。送還于信。劇中李遂事蹟。全本於此。

蓋文彦博征王則。多

目神書六字於銀盆以示之。曰。逢三遂。妖魔退。三遂者。諸葛遂智、馬遂、及李遂也。諸葛遂智即彈子和尙。本稱蛋子和尙。由鵝蛋中生。泗州迎暉寺中慈雲長老。收而養之。及長。聞辰州雲夢山白雲洞有白猿神。實藏天書。三次入洞。盜取天書二十四幅。雷文雲篆。不能認識。遇聖姑姑於華陰楊春巡簡家。爲之講解。結爲姊弟。聖姑姑者。益州雁門山老狐。子曰黜兒。被獵戶射傷左股。因名左黜。女曰媚兒。嘗與劍門關廟道士賈淸風有情。未幾早沒。聖姑姑與左黜。方以幻術誘楊春夫婦。奉之如神。及姑姑見蛋子天書。皆畫符遣將呼風喚雨荳人紙虎梯雲縮地之法。凡七十二變。姑姑、左黜、蛋子三人。日夜練習。妖術頓成。時又有道士張鸞者。亦多幻術。嘗得媚兒畫象。持示汴京富戶胡洪。以爲仙女。夜供書齋禮拜。其妻張氏。怒而燬之。灰飛入口有娠。生女曰永兒。聖姑姑知前生是其女。密授以法。洪被回祿。家赤貧。永兒變法取錢物。復令致富。洪懼得禍。擇一下愚男子憨哥嫁之。憨哥。即賈道士轉生也。

暑月夫婦乘涼。坐城樓屋脊上。遊徼者以爲妖。射憨哥墮地。永兒知聖姑姑已離楊巡簡。在鄭州山中。乃之鄭州訪之。雇卜吉車坐。抵城東門內。入一空宅。卜吉候索車錢。久不見出。入趣之。則永兒徑投入八角井內。見者謂吉逼殺此女。擒送州署。州官令入井索取。吉入內。徐行至山洞中。遇聖姑姑。與一三足兩耳黃金鼎。令獻州官。州官得鼎。復將吉刺配密州。又令解役於中途害吉。聖姑姑已與張鸞密計。令救吉。鸞剪紙爲月。以示解役。遂縱吉去。而州官聞解役言。且見兩輪月。以爲妖人。呼鸞問之。鸞令取鼎。鼎內躍出卜吉。立殺州官。朝廷命包龍圖拯爲開封尹。捕捉妖人。有杜七聖者。與彈子和尙鬭法。時有王太尉。好善齋僧。在花園賞玩。空中打下一彈子。彈子內爆出一僧。化錢三千貫。化金橋攝去。故稱彈子和尙。蓋即蛋子和尙也。拯命擒彈子。百計不能得。爲所騷擾。及至擒送市曹。彈子用術致風雨。遁去無跡。遂出榜文。遍募擒妖。而永兒在貝州。賣泥蠟燭以動衆。有排軍王則。見而悅之。欲求其法。永兒遂引謁聖姑姑。令配爲夫婦。貝州有軍六千。知州張德未給月糧。衆心並怨。聖姑姑等設計。令張鸞、卜吉、彈子、左黜。各變法取倉庫中錢米。運至則家。令給軍士。德知則散糧米於衆軍。而檢視倉庫。失物無算。拷則問其何術。乃供鸞、吉等四人所爲。德知鸞、吉鬧鄭州。彈子擾開封。大驚駭。傳檄捕捉。左黜遂激衆爲變。殺州官。擁則倡亂。仁宗遣冀州太守劉彥威討之。按明鎬傳，未嘗有劉彥威討則事。三敗於城下。永兒遂大掠河北。則日漸驕縱。逼殺烈女闕疑之妻趙無瑕。永兒亦各自爲恣。包拯應詔薦賢討賊。乃舉西京留守文彥博爲招討。三路興師。永兒夜飛大磨盤。從空打彥博。彥博夙奉九天玄女。玄女令多目神抱離所坐交椅。而語以須用三遂以破賊。時則、永及左黜。惡貫漸盈。鸞、吉皆遁去。彈子素有根器。自則叛時。徙居城外。不入其黨。玄女又密授彈子天罡正法。令破妖護國。彈子改名諸葛遂智。應彥博招。爲之謀主。有軍士馬遂。幼與則同讀書。爲彥博招則降。欲乘間殺則。拳落則牙。被則部卒所殺。而則亦傷脣。不能用符呪。於是李遂請用掘子軍五百名。由地道入城中。用神臂弓射賊。賊兵大敗。遂智用法追左黜。以雷殛之。永兒亦被殛。則獨就擒。送京師正法。彥博與李遂奏凱進爵。貝州以平。初聖姑姑見賊勢漸衰。欲往天柱山頂池中。取神刀殺彥博。九天玄女變爲處女。誑取其刀。以照妖天鏡照之。聖姑姑受縛。玉帝罰送白雲洞。代猿神看守天書。永遠不令出洞。

快活三

未知何人所作。（按：此劇爲清張大復撰。）所演蔣霆得婦事。見祝允明文。載在紀錄彙編。因附會云霆作揚州太守。以票會銀十萬。其後與婦俱仙。蓋采太平廣記之說。有四人言志。一人欲貴。願爲揚州太守。一人欲富。願腰纏十萬貫。一人欲成仙。願騎鶴升天。又一人云。腰纏十萬貫。騎鶴上揚州。殆欲兼富貴神仙於一身也。作者因蔣霆得婦事。出於意外。遂緣飾成之。以快活之事凡三也。彙編云。蔣霆。餘杭人。嘗與二客自遠歸。至諸曁村間。遇晚。遙望大莊宅。

即趣之。宅掩雙扉。內悄無人聲。三人者至莊小憩。俄忽雨作。衆意甚不佳。蔣顧門內欲直入。二客不可。蔣言何傷乎。此吾婦翁家。二人笑止之。門忽啞然而開。一叟出揖客。曰。適聞客言頗無狀。誰耶。二人遜謝。蔣面發赤。不能仰視。叟覺之。乃特肅二客入。曰。請即寒居避雨。此郎旣云云。乃我壻耳。禮不可與客等。可立俟於門。二人不能違。姑從之。叟遂閉門。至堂揖坐。二客通姓名。叟曰。老夫陶某也。暄涼罷。復咎蔣曰。人孰無顚沛。途間不謹如此。豈周身之道耶。二客又爲遜謝。迨夜。命酒勞客。竟不邀蔣。蔣栖栖獨立簷下。殊不堪也。俄雨止月稍出。蔣將自行覓旅舍。時一更向盡。方起行。忽聞門內暗中低語云。勿行。有物在此。少待。持之去也。蔣諾。念此必二君。旣厚得供享。乃復竊主人物乎。良久。牆頭擲出二裹。蔣取視。皆女飾飲器。俱黃白也。速負之行。不久又聞牆頭墜物聲。回顧則二人耳。昏黑不能辨。又念此爲二客竊逸無疑。急復開襆取金匿懷袖間。仍負裹疾走。二人尾之。然不逼近。黎明回視。乃一婦及青衣耳。蔣大驚。駐問之。婦亦驚。既而曰。姑到君旅邸言之。蔣即挽與去。入一館。密扣之。婦曰。我主人女也。幼許嫁某。今且瞽矣。我不願歸。嘗屬意於一姻家郎。期今夕竊負而逃。我伺之不至。忽聞父入內。喧言門客妄語云云。我計爲私郎的矣。亟妝。幷少貲貨。擲而踰牆。慮爲人覺。故不近君。今業已如此。即應給事君耳。餘固不容計矣。蔣於是不待二友。徑攜之還家。給家人以娶之途。婦入門甚賢能。爲蔣生一子。已而思其父母不置。謂蔣曰。始我不願從瞽夫。故瀆禮至此。今則思親不能一刻忘。迨病矣。奈何。然父母愛我甚。脫使之知。當亦不多譴。君試圖之。蔣因謀於一友。其人報當爲君效委曲。乃至叟所。爲商人貿易者。事竟。叟款客。縱談客邑中事。客言二三年前。餘杭有一客。商而歸。道里間以片言得一婦。翁仙邑人也。翁寧知之乎。叟曰。知其姓耶。曰。聞之。陶氏也。翁矍然曰。得非吾女乎。客復說其名歲容貌了悉。叟曰。眞吾女矣。客曰。欲見之歟。曰。固也。叟妻三媪屏後奔出。哭告客。我夫妻只生此女。自失之。殆無以爲生。客誠能見吾女。傾半產謝客耳。客曰。翁媪固欲見乃女。得無難若壻乎。叟曰。苟見之。慶幸不遑。尙何忤情爲。客曰。然則請丈人偕行矣。叟與俱去。旣相見。相持大慟。載之以歸。母女哭絕。分此生無復聞形迹。誰復知有今日哉。壻叩頭謝罪。共述往語。叟曰。天使子爲此言。眞前緣也。何咎之有。遂大詔族里宴會。盛禮厚貲遣歸之。復禮客爲媒。遺貺甚夥云。事在成化間。小說有蔣震靑片言得婦一段。卽此事也。劇又牽及轉運漢販洞庭紅。波斯胡買鼉龍殼一事。蓋小說本另一人。言其人甚貧。隨衆漂洋入海。所攜惟洞庭紅橘數簍。倭人爭以銀錢買之。已獲千金。其人偶乘空入一山中游玩。見大龜殼。負之而還。後與衆客回至嶺南。賈人波斯置酒邀客。尊貨多者居首坐。波斯入舟見殼。卽尊販橘者爲首。衆客方共訝。波斯問值。販橘者甚惶恐。波斯以五萬金酬之。告衆客曰。此鼉龍殼也。每脊有明月珠一顆。顆值萬金。其人遂爲富室。劇以此作霆事。既富且貴。又作神仙。故曰快活三也。

金剛鳳

作者未知何人。*按。此劇爲清張大復撰。記五代吳越王錢鏐事。以稗史中金剛女與鏐相遇之說。而緣飾之。金剛者。言此女名鐵金剛也。鳳者。言王妃名李鳳娘也。與正史全不合。說甚荒唐。其略云。吳越王錢婆留。少失父母。雄略過人。鄰母告以生於錦屛山。有姊嫁徽州吳姓。按正史無此事。杭州有婆留井。志書云。吳越王生時。父母見火光滿室。懼而欲棄之。鄰母勸留。故小字婆留。其姊不載。王少年恃勇。有侯名魯金者。采珍玩於浙中。杭守李彥雄。不能應其求。湖守劉漢宏。越守董昌。以善趨奉爲所喜。金方肆侮彥雄。王應募爲夫。忿怒擊金而遁。借宿山村老媼家。媼女鐵金剛。搏虎而回。校勇相契。許結夫婦。王往徽訪姊。道逢顧全武等。劫取魯金所括金珠。擁王爲首。王不取一物。逕投徽姊。姊不肯認。姊夫吳濟留居。會魯金以失事奏劾彥雄。遣官逮治。其女鳳娘。遂使牙將鍾起等殺逮者。起兵自立爲南唐王。而吳越王亦偕吳濟投南唐。唐王以魯金之勁。皆其所致。盛怒欲罪之。時錢唐潮水齧堤。築不能就。鳳娘勸使築堤。能拒潮水與否。王承命而往。以强弩射退潮頭。其堤立就。南唐乃配之以女。拜爲駙馬。封爲吳越王。而顧全武入山爲盜。擁戴鐵金剛。以爲寨主。遣軍謀葛天民。遍訪吳越王。聞其爲南唐駙馬。金剛大怒攻城。無能遏其鋒者。王妃用計。迎以爲正妃。使婢侍絡繹趨侍。金剛見侍者皆美艷。而照鏡之次。醜怪不堪。因此自盡。吳越王遣鍾起、顧全武等。殺宏誅昌。撫有全浙。吳濟亦拜爲將。於是祭奠金剛。加以封贈。重酬鄰母。而改錦屏山爲衣錦山云。（南唐李彥雄。吳越王爲彥雄婿。皆妄。）五代史吳越世家。錢鏐、字具美。杭州臨安人。（稗史皆言鏐生時。有紅光透屋。鄰人以爲火。其父母亦欲棄之。鄰母勸留。遂取小名曰婆留。今杭州有婆留井。見府志諸書。劇內引此。五代史太略。非無此事也。）臨安里中有大木。鏐幼時與羣兒戲木下。坐大石。指麾羣兒爲隊伍。號令有法。羣兒皆憚之。及壯。以販鹽爲盜。縣錄事鍾起。有子數人。與鏐飲博。起嘗禁其諸子。

豫章人有善術者。望斗牛間有旺氣。因遊錢塘占之。乃之臨安。以相法隱市中。謂起曰。君縣有貴人。君之相不足當之。起置酒。悉召縣中賢豪爲會。鏐適從外來。術者望見曰。此眞貴人也。起始縱其子等與鏐遊。鏐善射與槊。稍通圖緯諸書。唐乾符二年。浙西裨將王郢作亂。石鑑鎭將董昌。募鄉兵討賊。表鏐偏將。擊郢破之。黃巢掠臨安。鏐與二十人伏山谷中。伏弩射殺其將。引兵趨八百里。八百里。地名也。告道旁媪曰。後有問者。告曰臨安兵屯八百里矣。巢衆至。聞媪語。曰。嚮十餘卒不可敵。况八百里乎。急引兵過。都統高駢表昌杭州刺史。以鏐爲都指揮使。中和二年。越州觀察使劉漢宏。遣兵屯西陵。鏐率八都兵斫其營。大敗之。漢宏遯免。四年。攻破越州。執漢宏。斬于會稽。鏐乃奏昌代漢宏。而自居杭州。光啓三年。拜鏐左衛大將軍。杭州刺史。昌越州觀察使。頃之。拜鏐杭州防禦使。唐升越州威勝軍。以董昌爲節度使。封隴西郡王。杭州武安軍。拜鏐都團練使。乃以成及爲副使。杜稜、阮結、顧全武等爲將校。沈崧、皮光業、林鼎、羅隱爲賓客。累拜鎭海軍節度使。加同中書門下平章事。乾寧二年。越州董昌反。因謠言有羅平鳥主越人禍福。乃僭國號曰羅平。鏐以昌反狀聞。昭宗削昌官爵。封鏐彭城郡王。浙江東道招討使。遣客諭昌改過。昌執妖人送軍中。自請待罪。鏐乃還兵。昌復拒命。遣其將陳郁、崔温等屯兵拒戰。乞兵于楊行密。鏐遣顧全武攻昌。斬崔温。攻之逾年。執昌歸杭州。昌投水。昭宗拜鏐鎭海鎭東軍節度使。加檢校太尉中書令。賜鐵券。恕九死。鏐如越州受命。還治錢塘。號越州爲東府。光化元年。移鎭海於杭州。加檢校太師。改鄉里曰廣義鄉。勳貴里。所居營曰衣錦營。圖形凌烟閣。又升衣錦營爲衣錦城。石鑑山爲衣錦山。大官山曰功臣山。鏐游衣錦城宴故老。山林皆覆以錦。號其幼所嘗戲大木曰衣錦將軍。天復二年。封越王。天祐元年。封吳王。梁太祖即位。封吳越王。太祖嘗問吳越進奏吏曰。平生有所好乎。曰。好玉帶名馬。太祖笑曰。眞英雄也。乃以玉帶一匣。打毬御馬十疋賜之。開平四年。鏐游衣錦軍。作還鄉歌曰。三節還鄉兮掛錦衣。父老遠來相追隨。牛斗無孛人無欺。吳越一王駟馬歸。乾化末。尊鏐尚父。唐莊宗入洛。賜玉册金印。起玉册金券詔書三樓於衣錦軍。卒年八十有一。謚武肅。劇所載大略本此。又有強弩射潮事。五代史不載。蘇軾表忠觀碑。殺宏誅昌。奄有吳越。又云。強弩射潮。江漢爲東。歐史多闕略也。又高啓詩。羅平妖鳥啼初起。犀弩三千射潮水。蓋幷誅昌射潮事而言之。劇皆與合。葛天民。本傳所謂豫章術者也。劉漢宏董昌皆越州觀察使。今以一爲越州。一爲湖州。鍾起顧全武。俱本傳所有。但事蹟未的。錢鏐本與楊行密同時。其封越王。與行密封吳王同歲。南唐乃接行密之後。反敍在吳越前。大謬。且係徐温徐知誥。知誥改姓李。非李彥雄也。

曲海總目提要卷二十九

獺鏡緣

近時人所作。（*清張大復撰。）借許眞君殺蜃精事。而附會成編也。（獺骨中有鏡。其事太幻。謂女與之有緣。故取爲名。又謂獺骨化龍。復與女合。皆太荒忽。）事文類聚。許眞君名遜、字敬之。汝南人。於豫章遇一少年。容儀修整。自稱愼郎。眞君與之語。知非人類。指顧之間。少年去。君謂門人曰。適來少年。乃是蛟蜃之精。吾念江西累爲洪水所害。若非剪滅。恐致逃遁。蜃精知眞君識之。潛於龍沙洲。化爲黃牛。眞君以道眼遙觀。謂弟子施太玉曰。彼之精怪。化作黃牛。我今化其身爲黑牛。仍以手巾挂膊。將以認之。汝見牛奔鬬。當以劍截彼。眞君乃化身而去。俄頃。見黑牛奔趁黃牛而來。太玉以劍揮黃牛。中其左股。因投入城西井中。從此井徑歸潭州。卻化爲人。先是蜃精化爲美少年。以珍寶財貨數萬。獲娶潭州刺史賈至女。至是眞君求見賈使君。謂曰。聞君有貴壻愼郎。乃蛟蜃。老魅焉敢遁形。蜃精復變本形。爲吏所殺。眞君。晉太康間。於洪州西山。舉家四十二口。拔宅上昇而去。繡衣郎者。水獺精也。於金山聽經。江右一女子。隨其舅至山。獺入寺見之。心甚愛慕。老僧知其有孽緣。面叱而去。竟投女家。化作男子。自稱繡衣郎。女受其迷。不知獺妖也。既而有妊。其舅漸覺有異。以箭射繡衣郎殺之。即變爲獺。烹食其肉。女私取獺骨。骨中有鏡。因以骨與鏡函封密藏。未幾生子。甫數歲。履水不啻平地。入深淵捕魚鼈等物如寄。性極鹵莽。因呼之曰莽男兒。有相者言龍潭中有穴。當出貴仕。母以父骨告其子。莽男兒即負投潭中。潭中龍出鬭。不勝徙去。繡衣骨既入穴。得地氣者久之。化而爲龍。挾其母飛騰而去。莽男兒以勇聞。朝廷遣將兵捕賊。賊首即母之舅。遂招以降。莽男兒受勳封。母之舅亦拜官。龍復于雲端示現。告以夫婦偕老。已因脫離前身。乃獲換骨。舅非仇人。乃恩人也。莽男兒竟享富貴終其身。

吉祥兆

近時人作。（清張大復撰。）無事實。憑空結撰。以供喜慶。劇中有庭生五色靈芝。及波斯獻寶種種祥瑞。故名吉祥兆也。略云。公孫禎、字國華。妻劉氏。生子逸。娶室尹眞眞。俱有才貌。禎官部曹六十歸林下。世積善。神仙猿公。爲栽靈芝作瑞徵。禎嘗玩賞。一日。邀統制賈國祚同賞鑒。賈恃權欲索此芝。禎愛不允。賈啣之。値爲南國女主花花。因貸糧不遂擾邊。賈懷夙恚。遂薦逸妻尹往說。尹有娠。逸易女粧代尹。賈令家將施恩。要而焚之逆旅。猿公授仙訣滅其火。遂直詣女主。女覘逸美。邀入營。甚相契合。不知其爲男子也。尹在家產一男。貌俊偉。適逸思親于月下。女主潛聽。知其情。將以終身託逸。拔劍紿欲誅之。逸惶恐。具言始末。花花令毋露。遂與結姻。密議納款。値試期迫。趣逸入棘闈。禎因逸未歸。方無計。尹即冒逸名赴試。擢大魁。賈益怒。詢知尹無恙。痛責施恩。恩遁匿尹處。賈復奏尹才能。令招撫花花。尹奉命往。賈遣校方豹刺于途。恩竟擒豹。豹亦謝罪投麾下。尹未至而花花解甲。與逸入京。傳郵逢尹。各敍衷曲。因在軍中。不敢泄其情。及花花入朝。代奏男女易粧事。詔令各復其姓名。時波斯未臣。賈國祚往征敗績。削官去。乃命花花招撫波斯。遂獻諸珍寶。率屬國朝賀。後花花亦生子。並偕老焉。禎夫婦百歲。子孫榮盛。果應靈芝祥瑞云。

紫瓊瑤

不知誰作。（*清張大復撰。一作薛旦撰。）所演燕脆事。本無此人。言脆以清廉積善。完人節義。陰功浩大。老君送尹喜爲子。尹喜之謫。因玉帝以紫瓊瑤爲老君壽。尹喜誤碎瓊瑤。故令降生塵世。脆妻李玉娘生子。左股有瓊瑤兩字。小名因曰瓊瑤。比年稍長。出獵郊外。許眞君授以瓊瑶一枚。佩在身上。黑夜如同白晝。諸神欽服。邪魔自滅。父脆奉命勤王。遇妖賊解横行。有火龍烏鴉軍。飛出陣前。脆方危急。瓊瑶突至。殺賊救父。遂父子封拜。欽賜成婚。此紫瓊瑶所由名也。

略言燕脆、字公宿。長安人。官建康刺史。妻王氏。念脆無子。爲納二妾。一即玉娘。一陳氏。父爲漕運官。虧課抵罪。陳氏賣身救父。脆妻買得。醉脆酒而奉之。脆見氏悲慘。廉得其情。且知已字鄒文。遂召文。立配爲夫婦。又贈之金。文入都。即成進士。後官終事。擢至大寮。感脆恩。特薦遷巡撫。而以女字其子。据此。脆以盛德而獲福。蓋理所宜有。或果有其人。而姓名則隨意改换者也。王安石還妾事頗相似。狄仁傑、宋之問隨意點入。俱非實蹟。言行錄。王荆公知制誥。吳夫人爲買一妾。公見之曰。何物女子。曰。夫人令執事左右。曰。汝誰氏。曰。妾之夫爲軍大將部。米運失舟。家資盡没猶不足。又賣妾以償。公愀然曰。夫人用錢幾何得汝。曰。九十萬。公呼其夫。令爲夫婦如初。盡以錢賜之。

照膽鏡

不知何人所作。*清朱雲從撰。雲從字際飛。江蘇吳縣人。所作傳奇今所知有十二種。憑空結撰。中引蔡京、种師道。亦是隨意點入。卜吉出平妖傳。宋史明鎬傳中有其名。乃王則黨也。秦時照膽銅。見西京雜記。借以爲燭奸之喩。故云照膽鏡云。略云。金陵貢士張欽。失偶鰥居。惟一子音。就塾肄業。張性耿介。以蔡京奸惡。錄其事蹟爲一編。名照膽鏡。監生錢友隣。邀欽赴同社施伯通園賞花。借所編去。音謂父宜祕。欽殊不以爲意也。鄖陽賈人卜嘉言。攜女慧姑寓金陵。嘗貸友隣銀葬婦。友隣往索。覘慧姑美。誣其父以女質銀。奪之歸。卜追與忿爭。抵施園。衆共詢問。具言其故。欽責錢不義。遂代卜償其銀。贈以資斧。令攜女歸。錢啣欽面叱。乃之京師謁蔡京。呈欽所紀書。蔡恚甚。欲置之死。俾錢入幕。爲營得中書舍人。且共謀。以書名照膽鏡。爲得秦時寶鏡。奏欽私匿寶物。且多誹謗。逮至京。發种師道審鞫。蔡使人屬种。种不應。從公質問。不能具獄。蔡益進蜚語。問大辟。押赴市曹就戮。子音求乞詣京師。痛哭請於監斬官。言父罪以匿鏡。請覓鏡贖父罪。官爲具奏。詔允之。値妖人卜吉爲亂。蔡卿种。奏令往討。又恐音獲鏡。遍下廣捕文書。圖音狀貌。令於所在立甦音。音抵鄖陽。有利賞銀者。欲擒音報官。歲暮封印。送寄保正家。其家即攜嘉言也。卜女自金陵歸。卜出賀節。女聞哭聲。詰之知欽子。贈以衣帛。令速遁。卜歸詢女。慮禍及身。亦攜女遁。途中爲卜吉亂軍所掠。繫軍中。音遍覓寶鏡。無從得。長庚星化爲老叟。引入桃源渡口。洞中龐眉翁若預知之。曰。孝子欲得寶鏡乎。引入洞。居人皆千餘歲。能說秦時事。翁討鏡與之。鏡面皆塵垢。音云。上所覓。照膽鏡也。鏡無光。父安得生。鏡忽大朗。遂持出。適种與卜戰。爲妖術所困。音度寶鏡能驅魅。遂出照之。妖悉遯形。种突圍出。召留音在軍。以鏡破敵。

奏云音鏡已得。俟賊平進呈。果大克捷。獲嘉言父女。种詢慧姑未字。音亦未婚。班師奏聞。請令音娶慧。詔出欽於獄。賜慧爲音妻。令懸鏡照諸臣肝膽。蔡京、錢友隣皆以黑心伏罪。种進爵。欽父子悉授官。西京雜記曰。高祖初入咸陽宮。有方鏡。廣四尺九寸。表裏有明。人來照之。即腸胃五藏。歷然無疑。又曰。秦始皇有方鏡。照見心膽。女子有邪心者。即膽張心動。又抱朴子曰。道士以明鏡九寸懸於背。老魅不敢近。若有鳥獸邪物照之。其本形皆見鏡中。又洞冥記曰。望蟾閣上有青金鏡。廣四尺。元光中。波祇國獻此青金鏡。照見魑魅。百鬼不敢隱形。庾信鏡賦。鏡乃照膽照心。難逢難值。傅咸鏡賦。同實錄於良史。隨善惡而自彰。

別有天

不知何人作。*清朱雲從撰。余玠子壁。遭賈似道之禍。逃石壁中。其地曰別有天。故名。

考之正史。虛多實少。所引江萬里、鄭虎臣。皆非無因。而玠子不著。其妻父丘太尉。亦係揑造。賈似道本末已別見。（*賈似道事見本書卷二十三中之小天台・醉西湖・卷二十六中之雙鴛珮等傳奇・）按綱目。咸淳六年秋八月。詔賈似道十日一朝。入朝不拜。襄樊圍急。似道日坐葛嶺。起樓閣亭榭。作半閒堂。塑己像其中。酷嗜寶玩。建多寶閣。一日一登玩。聞余玠有玉帶。求之。已殉葬矣。發其冢取之。人有物。求不與。輒得罪。（劇中全以此段爲張本・）又德祐元年。放似道于循州。遣使押監至貶所。會稽縣尉鄭虎臣。以其父嘗爲似道所配。欲報之。欣然請行。（劇以虎臣爲獄官・又稱其子代壁死・皆本此・而顛倒其事・以爲關目・）似道時寓建寧之開元寺。侍妾尚數十人。虎臣至。悉屏去。撤轎蓋。暴行秋日中。令舁轎夫唱杭州歌謔之。每名斥似道。（劇中皆詳載・）窘辱備至。至漳州木棉庵。虎臣曰。吾爲天下殺似道。雖死何憾。遂拘其子與妾于別館。即廁上拉其胸殺之。陳宜中至福州捕虎臣。斃於役。余玠。淳祐初名將。爲四川制置使。有功。丞相謝方叔誣玠失戎利心。召還爲咨政殿學士。一夕暴卒。或謂仰藥死。

蜀人莫不悲之。劇稱爲四川制置使，退休湖上卒，互異。理宗景定二年。以江萬里同簽樞密院事。十二月。江萬里罷。萬里性峭直。臨事不能無言。似道常惡其輕發。故每入不能久在位。度宗咸淳元年閏五月。以江萬里參知政事。二年十一月罷。五年。以江萬里、馬廷鸞爲左右丞相。萬里以襄樊爲憂。屢請益師往救。賈似道不答。遂力求去。出知福州。劇中救襄樊圍，及平粵寇，本此。列仙傳曰。陳摶、字圖南。隱武當山。移居華山雲臺觀。又止少華石室。每寢處。多百餘日不起。垂拱初。謂其弟子賈德昇曰。汝可于張超谷鑿石爲室。室成。遂化形於蓮華峯下張超谷中。卒經七日。支體猶温。有五色雲蔽塞洞口。劇中所謂石室仙人，即圖南也。略云。余璧、字子玉。四川制置使余玠之子。玠卒。以蔭爲殿前指揮使。玠嘗託孤于其友鄭虎臣。而聘丘太尉愼安女爲璧婦。虎臣子天麟。年貌與璧同。意氣相得。同遊郊外。遇一相士。預知兩人名。贈璧偈曰。前緣休昧。後會難期。別有一天、三年仇讎。贈天麟云。假非是假。眞非是眞。若問將來。滎陽紀信。皆不知所謂。賈似道之門客馮允中。與似道于多寶閣玩玉器。稱故交余玠有玉帶。天下無雙。似道即命允中向玠子索觀。而帶已殉葬。允中獻媚。嗾似道遣人發玠冢取帶。而棄其屍於溝。璧控各官。皆咋舌。璧乃收父屍權厝。身荷斧鑕叩閽。似道誣以誹謗朝廷。誣陷大臣。命法司勘問。劇言錦衣衛。乃明朝官銜。恐所指是明朝事。獄官乃虎臣也。父子俱欲救璧。而提審甚急。天麟乃冒璧名赴公堂。觸堦死。虎臣潛釋璧。使避跡于其妻家。時參知政事江萬里惡似道。劾其奸。會襄樊告急。似道佯薦萬里才。使將兵往救。而以疲卒五千付之。萬里受命。行至嘉興。宿城隍廟。夢與神相見。則故人余玠也。具言似道發冢。其子璧寃被禍。虎臣子天麟代死事。且託萬里救援。謂其子有相報之日也。璧抵丘家。問悉其詳。丘懼禍。密鎖璧于書室中。身往報官。將械送臨安。其婢稠英聞之。報璧妻倩雲。乃竊鑰啓戶放璧。丘歸而覺。急追至山中。遇璧于石壁旁。忽不見。璧方欲投崖死。仰見石壁上鐫三字。曰別有天。猛憶相士語。而璧忽開得入。相士在焉。始知其即圖南先生。陳摶留入石室。傳導引之術。居久之。謂璧塵緣未斷。授以錦囊。命下山向北方行。遇有人欲自刎者。亟救之。功名自此始也。丘追璧不及。歸勒其女倩雲改適。倩雲立誓守節。乘夜軼出。赴水自盡。遇江萬里夫人种氏船自任回。救而詢其故。養爲己女。萬里救襄樊兵潰。單騎突圍出。方欲自刎。璧遇救免。似道奸惡日甚。與允中等賞花飲酒。出玉帶玩之。玠從空擊允中立仆。又作玠語罵似道不置。扶歸。七竅流血死。似道亦見玠發狂。其家招能治者厚酬。圖南託爲道士。給符立愈。似道薦之朝。召言國政。盡發似道奸惡。罷官發配。萬里與璧閱錦囊策。退敵有功。萬里遷官。命移兵征粵寇。璧爲參謀。隨萬里南征。似道配循州。虎臣請監押。打死于木綿庵。棄之郊外。璧隨萬里奏凱回。見之。梟級而去。虎臣不知其即璧也。叩萬里營相見。始爲道其子代璧事。萬里亦述夢中與玠相見語。璧慟哭設祭。以似道首祭父。并祭天麟。入朝。以事上聞。而江夫人告夫。以倩雲赴水收養。萬里亦達于朝。萬里封越國公。虎臣、璧俱遷侍郎。天麟追贈。璧妻賜第完婚。丘愼安革職逮問。丘乃浼虎臣、萬里求情。以婢稠英爲璧妾。璧爲轉請得釋。圖南謂璧本其石室中放鶴童。以過暫謫。後脩道。復還別有天。按咸淳元年。江萬里參政。五年。與馬廷鸞爲左右丞相。迨德祐元年。元兵入饒州。故相江萬里死之。是年賈似道敗奔揚州。尋有安置潯州之命。爲鄭虎臣所殺。劇以萬里爲參政。又云似道死而萬里立功。皆誤。

龍燈賺

未知作者何人。●清朱雲從撰。高奕亦有此目。所載官名。皆明時始有。大抵近世人也。以看龍燈作關目。故曰龍燈賺。又以王璧史筆持正。故曰春秋筆。檀道濟、徐羨之事蹟有因。多所增飾。略云。王璧、字連城。金陵人。妻謝氏。小字道衡。璧爲翰林侍講。因事歸林下。檀道濟朝覲入京。舟泊金陵江口。乳媼抱檀女上岸玩龍燈。胸前佩辟水犀。璧仝友觀燈未還。謝亦令僕張恩。抱幼兒登岸觀玩。以上賜渾儀鏡爲佩。兒忽啼泣。遇檀媼。給以舟中喂乳。與檀妻私議易其子。以檀女付恩。用衣覆女。且囑勿驚其睡。恩抱歸。謝視非子。詢其故。言喂乳所誤。璧恚甚。云失子事輕。失上賜寶鏡何可恕。令速往易歸。不得必致死。恩至江口。檀舟已去。窘欲投水。且歸別其妻。謝念子失。夫必殺恩。乃封一函。使恩妻候于門。令往西北拆視。恩如言。函內書一走字。恩妹作兵部尙書曾無咎妾。遂往投之。藉曾力。選永安驛丞。璧被召入史館。直書徐羨之事。初、羨之伐魏。敗績八公山。史曲筆以爲功。璧改正其罪。兵部主事錢國器。璧同年友也。嘗訪璧。璧告以玩燈失子遺鏡事。器覘璧史稿。勸璧毋攖羨之鋒。璧叱之。器歛恨欲陷璧。適北魏遣路景將兵南伐。詔令羨之等議戰守。羨之與馮人譽主和。檀道濟請發兵拒戰。與羨之賭。如不勝。以頭輸羨之。乃令妻子歸家。身往迎敵。羨之忌檀成功。知國器黠。與謀。器請毋給糧以困檀。復以璧易書失鏡事告。羡之奏璧不敬。擬戍邊。矯令校尉取其首。解差施義押璧至永安驛。驛丞張恩詢得始末。乃以己情告之。懇代主命。因出所函走字示解差曰。昔存吾命。又因吾得禍。不可不報。差重恩之義。且知璧忠。從之。恩戒勿語璧。俟其死後。以走字付璧使知之。璧改從妻姓。遁之菀城。入道濟家。教其子冏。璧妻謝。居金陵。班役走告璧誅。將逮家屬。道衡易男裝。改姓名爲石生。避之義民鎮。時道濟屢捷。而軍中乏糧。皆云奉羡之令不敢給。檀大困。道衡知羡之陷檀。倡義助糧十萬石。且以計授檀。使量沙唱籌。初、羡之致書魏將。言已絕其糧。令毋撤兵。已而見檀軍糧足。謂羡之誑己。遂撤兵還。檀追擊之。大捷。詣鎮謝石生。欲即題獎。道衡云。欲報父寃。乞羡之首祭父足矣。檀歸。奏羡之絕糧通魏。有詔誅羡之。函首送道衡。設璧位以祭。適解差施義行乞至祭所。見所奠者王連城也。詢之。互述其故。謝知夫尚存。感施之誼。作書薦施于檀。收爲家將。璧作西賓。每佗傺泣涕。冏詢再四。始言被陷出亡易姓之故。戒使毋洩。問私語其母。及檀歸。述道衡義。爲冏聘衡女。浼璧執柯。璧之衡家。見張恩妻易男裝。甚駭。恩妻亦疑其貌似主人。迫而詢之。璧以實告。張妻云。主母在此。璧意其改適。欲避之。及細訊。知道衡易男裝也。檀聞具奏其事。及花燭。璧見冏懸渾儀鏡。檀亦見璧女佩辟水犀。各大駭異。檀詢妻。妻不能隱。述初玩燈易歸事。王亦言是夜獲女。始知冏係王氏子。女即檀氏女也。易歸本姓。而璧亦復職授官。按作史不肯曲筆·借用孫盛事·蓋羨之初無敗于八公山事也·南史檀道濟傳。道濟。高平金鄉人。世居京口。宋武帝受命。以佐命功封永修縣公。位丹陽尹。出爲鎭北將軍。徐羨之等廢立。諷道濟入朝。至領軍府就謝晦。晦悚息不得眠。道濟寢便睡熟。晦以此服之。文帝即位。王弘被遇方深。道濟與相結附。每搆羨之等。弘亦雅仗之。上將誅羨之等。召道濟。至之明日。上誅羨之、亮。使道濟西伐謝晦。事平。遷征南大將軍。元壽八年。到彥之侵魏。已平河南。復失之。道濟都督征討諸軍事。魏軍克滑臺。道濟與三十餘戰。多捷。軍至歷城。以資運竭乃還。時人降魏者。俱說糧食已罄。於是士卒憂懼。莫有固志。道濟夜唱籌量沙。以所餘少米散其上。及旦。魏軍謂資糧有餘。故不復追。以降者妄。斬以徇。時道濟兵寡弱。軍中大懼。道濟乃命軍士悉甲。身自乘輿。徐出外圍。魏軍懼有伏。不敢逼。乃歸。道濟雖不克定河南。全軍而返。雄名大振。魏甚憚之。圖之以禳鬼。按傳。道濟與羨之相構。乃實事也。然道濟伐魏。羨之已歿多年。與羨之無與。羨之獲罪。亦不緣道濟。唱籌量沙是道濟事。作者欲甚言之。故并拉入張巡許遠羅雀掘鼠事也。徐羨之傳。羨之、字宗文。東海郯人。宋武帝時位司空。與中書令傅亮、鎮北將軍檀道濟同被命。羨之等廢少帝及廬陵王。文帝初。封南平郡公。元嘉二年。羨之與傅亮歸政。三年正月。帝以羨之、亮、旬月間再肆醜毒。下詔暴其罪。誅之。謝曜爲黃門郎。報亮云。殿中有異處分。亮馳報羨之。羨之乘內人問訊車出郭。步走至新林。入陶竈中。自縊而死。按史。王韶之、字休泰。嘗撰晉安帝陽秋。時人謂宜居史職。除著作佐郎。仕西省。宋武帝時補通直郎。領西省事。西省職解。復掌宋書。劇云王壁爲史官。疑指王韶之也。陽秋即春秋。劇以春秋筆爲名。應託於此。然韶之爲晉史。序王珣貨殖。王廞作亂。珣子弘、廞子華並貴顯。韶之懼爲所陷。深附結徐羡之、傅亮等。此劇則云爲羡之所陷。蓋本影借。非實也。又按范泰傳。徐羡之、傅亮等與泰素不平。及廬陵少帝見害。泰謂所親曰。吾觀古今多矣。未有受遺顧託。而嗣君見殺。賢王嬰戮者也。元嘉中。羡之等執重權。泰復上表論得失。諸子禁之。表竟不奏。羡之伏誅。進位侍中。劇中似指泰事。看燈男女互換。情節略仿春燈謎。父爲西席教子。情節又似牟尼珠。（*春燈謎、牟尼珠見本書卷十一。）又按明天順間。岳正爲石亨所排。詔獄拷訊。杻解欽州。有楊姓者。醉解差以酒。私脫刑具。削減杻中之木。中虛不實。正得無隕。（劇中張恩懇解差本此。）又按明嘉靖間。倭患甚亟。漂陽史後。以少卿家居。出米數萬石以佐軍餉。敍功世襲錦衣。（劇中石以助餉敍功。本此。）孫盛傳。著晉陽秋。詞直而理正。咸稱良史。桓溫見之怒。謂盛子曰。枋頭之失。何至乃如尊君所說。若此史遂行。

自是關君門戶事。其子拜謝。請删改之。乃共號泣稽顙。求爲百口切計。盛大怒。遂竊改之。書遂兩存。

兒孫福

近時蘇州人所作。*清朱雲從撰。聞以譏世之無基而得鼎貴者。若曰此自兒孫之福。未必其親積德所致也。徐瓊、字小樓。淮陰人。妻言氏。生子女共五人。名曰乾、元、亨、利、貞。小樓貧困急迫。難以存濟。從人學爲小偷。穴富家牆。先用木人頭入探。被覺。砍去木人頭。且擒小樓。剝衣痛捶。小樓計無復之。向五里橋下投水自盡。有老僧拯救。留作山寺中道人。其妻子見橋畔遺巾。稔知已死。慟哭而歸。言氏紡織度日。守節不嫁。然家貧日甚。朝不保暮。萬無生計矣。朝廷忽選秀女。小樓長子乾。因家中有妹未嫁。出訪此信眞否。被崖州經略叔孫景之夫人。令童僕擁入內室。與其女淑姑成親。延師訓誨。狀元及第。而乾妹元姐點選秀女入宮。未幾生子後竟册爲皇后。小樓次子亨。少有膂力。投軍於叔孫景麾下。值景征蠻。交戰之次。蠻兵俱乘海馬。越海而去。景方無策征勦。亨偶至海岸。見一海馬。姑試乘之。馬即馱亨越海。蠻人不知其乘海馬而至也。大相駭異。以爲從天而降。亨因設詐恐喝之。言中國人皆傳授飛行之法。能飛過海者。不計其數。將於昏夜過海。盡殺羣蠻。於是蠻部諸長。皆因亨束手歸降。貢獻琛寶。叔孫景以此成功。而亨爲功首。欽賜武狀元。當乾贅叔孫氏時。不及與家中聞問。其妻母恐乾母知之。閉置書室。不通一信。其母無從訪覓矣。亨出投軍。與弟利略説踪跡。利乃小樓第三子也。母令出外尋兄。道遇仙人赤松子。授以丸藥無算。食一丸者便不飢餓。河南歲荒。利以丸藥活人甚衆。守臣表上其事。拜爲光祿大夫。小樓第四子貞。年幼無所能。而姊册皇后。以國舅迎入京師。欽賜翰林。選爲駙馬。乾之子尚在襁褓。亦承恩蔭。是時言氏母子。富貴已極。乃向寺中追薦小樓。小樓見言氏母子姓名。

及所薦度名號。與己相同。且疑且信。潛至其家化齋。則眞己之妻子也。夫婦團圓。子孫金紫環遶。極天下之榮貴。小樓下山時。其師付一簡帖。小樓與妻子啓而閱之。有偈四句云。二十年前徐小樓。被人砍去木人頭。兒孫自有兒孫福。莫與兒孫作遠憂。作者之意。殆有所指。然設想太幻。全係空中樓閣云。

雙官誥

小說有妻妾抱琵琶。梅香守節一事。作者緣此演成。清陳二白撰。二白字于令。江蘇長洲人。所作傳奇有雙官誥。稱人心。彩衣歡等三種。所云馮琳如。亦未必實有其人。或云爲楊善作也。楊善、字思敬。大興人。正統中。累官禮部侍郎。視鴻臚寺。十四年。隨英宗至土木。間行脫歸。進右都御史。景泰初。命善與侍郎趙榮。賫金銀書幣使乜先。問安於英宗。善以好詞說乜先。竟奉英宗歸。景帝薄其賞。僅遷左都御史。英宗復辟。石亨、曹吉祥等奪門。善參其謀。封爲興濟伯。善爲人狡黠。嘗陰害人。然使乜先一事。其功實大。記蓋移此事於馮琳如也。于謙亦隨意點入。劇云、大同諸生馮琳如。故宦家子也。學使者與其父有隙。將以事傳致其罪。琳如別妻子他遁。以醫馳名。治巡撫于謙之疾。立愈。留置幕中。會英宗北狩。謙爲大司馬。令石亨等拒乜先。即薦琳如之才。奉使乜先。隨駕回京。至天順初。石亨、徐有貞等中傷于謙。謙被戮。而琳如官兵部尙書。初、琳如嘗病。問妻盧貞娘妾某氏通房婢碧蓮。倘不起當若何。妻云。身出宦族。且繫結髮。當守。何必問也。妾云。已生子。當守。亦無他說。婢云。已在可留可去間。妻妾共唾罵之。琳如亦旋愈。琳如有一友。面貌相似。共詣相者。相者言琳如後當大貴。而目前不能無破敗。及琳如避仇爲醫。于謙挈往京師。以五百金付其居亭。緘封書信。令送至家。而貌似之友。適抵其居亭。與主人共分金。匿家書不寄。友聞琳如醫道大行。亦頗知一二。即託其名以行。學使者必欲害琳如。使人密刺之。誤殺其友。友僕寄棺僧寺中。僧即書馮琳如牌位以識。琳如久無信。妻妾遣老僕馮瑞出訪之。抵僧寺。見所書牌。歸以沒報。妻妾大號慟。既而不能守。相與共謀改適。碧蓮憤激曰。皆去。子誰與育。妻妾曰。若能育子耶。碧蓮曰。果皆去。則我願育子。妻妾皆拜之。以子予碧蓮而去。碧蓮迎其母何媪共居。日夜紡績以養其子。然貧窘特甚。而督子夜讀不休。子謂非己母。以故不恤。碧蓮曰。汝故有嫡母生母。盍往求濟。老僕從而往。二母皆不顧。乃泣而歸。悉聽碧蓮教。年長應試。一舉成名。琳如既貴。乞假歸里。舟中見其妻浣于岸。已又見妾汲于井。心大疑之。抵家。則門戶蕭索。碧蓮出見。亦以爲鬼也。曰。婢爲君守節十數載。備受艱苦。奈何復怖我。琳如告以顯宦榮歸。乃哭拜相認。問妻妾何在。老僕憤而述其事。琳如亦不勝歎息。會京報至。子又登甲科。琳如大喜。扶碧蓮坐。拜之。立以爲夫人。妻妾皆踵門求歸。欲得封典。琳如拒不納。與數間屋。給衣食而已。子亦奉詔省親。父子官誥。皆歸碧蓮。故曰雙官誥。其事上聞。御賜忠孝節義四字扁額。琳如忠、子孝、碧蓮節、僕義也。小說曰馬琳如。相傳實有此事。但官未必如此顯耳。或以爲楊善者。以其言隨英宗駕也。于謙之後。爲兵部尚書者陳汝言。又其後有馬昂。今云姓馬。疑即其所託云。于謙正統時爲河南山西巡撫。所引是實。

稱人心

近時人所作。（*清陳二白撰。）其關目與風流配（*風流配。題鶴蒼子撰。名里待考。本書未收入。）相同。而姓名詩句各異。蓋必其時共聞有此事影響。各演一劇。或因見新出稗官。愛其聳聽。增飾點綴成之也。宰相衞廷謨、號丹臺。洛陽人。夫人韓氏。女字星波。（廷謨即風流配之繆翼。小說所云華嶽也。星波即風流配之瑤雲。小說所云峯蓮也。）廷謨六旬。星波祝壽。作謁金門詞云。春光好。人在十洲三島。青翠銜來丹篆巧。恩頒鳩杖早。海屋籌添晴曉。並茂椿萱不老。舞彩應憐威鳳小。承歡將膝繞。廷謨門生徐景韓見之。爲其房師文筆峯子文懷作合。（風流配云。五言律詩。徐景韓即風流配之魯柯。小說之呂柯也。文懷字無涯。即風流配之歐陽綺。小說之司馬元也。廷謨使文懷作碧桃花詞。懷竟用春光好。）

悉照星波韻脚，廷謨以爲有緣，遂令景韓作伐，關目小異。翠華村洛蘭藻。父名小溪。以裁縫爲業。翠華村即紅葯村也，洛蘭藻即風流配之阮翠濤，小説之尹荇煙也。貨郎蔣少停。即賣花張老也。蘭藻題扇詩云。倦起蘭芽日半規。星眸漠漠柳垂垂。無聊欲借愁消遣。笑向東風學皺眉。文懷和云。生怕齊紈化子規。巧留珍重與天垂。無由躍入東風去。幻作情踪沁黛眉。此二詩各異，此言蘭藻遂不答，彼言再答亦異。文懷令蔣少停爲媒。聘洛氏。衞廷謨探知嫁期。令婢僞作文懷。娶回宅內。星波預作催粧詩。令婢置袖中，蘭藻索詩，婢于袖中摸出，情節更委曲。及招文懷飲酒。又令蘭藻僞作贅壻。種種關目。大略與風流配相同。以心中所願如此。果遂其意。故曰稱人心也。

易水歌* 清汪光被撰。

南陽遠峯氏序云。余嘗讀史遷荆卿列傳。至請樊於期之首以獻秦。於期偏袒搤腕。進而自剄。笑謂豸山。將軍之頭。不及劍客之一言。何輕重不等如是。豸山謂余燕丹結客。微獨荆卿爲丹被創而殞。田先生激卿而伏劍。高漸離交卿而被誅。無他。爲客故也。於期又何足論。至扶蘇以子殉父。蒙恬以臣殉君。君子痛之。而且愚之。此又不可與荆卿同日而語者。豸山因繫之以歌。編爲傳奇。託之以女媧補恨。爲扶蘇補之。而荆卿付之無可如何而已。大率寓言也。按豸山不知何人。所演秦事。荆軻妻鮑氏及子辟彊。俱係撰出。扶蘇反正。是作者翻案處。其餘事蹟。雜見史記。始皇本紀云。齊人徐市等上書。言海中有三神山。名曰蓬萊、方丈、瀛洲。僊人居之。請得齋戒。與童男女求之。於是遣徐市發童女數千人。入海求僊人。劇中第十五折演此。又云。收天下兵。聚之咸陽。銷以爲鐘鐻。金人十二。重各千斤。又丞相李斯言。臣請史官非秦紀皆燒之。非博士官所職。天下敢有藏詩書百家語者。悉詣守尉雜燒之。有敢偶語詩書棄市。以古非今者族。吏見知不舉者與同罪。令下三十日不燒。黥爲城旦。所不去者。醫藥卜筮種樹之書。若欲有學法令。以吏爲師。制曰。可。又始皇曰。諸生在咸陽者。吾使人廉問。或爲訞言以亂黔首。於是使御史悉案問諸生。諸生傳相告引。乃自除犯禁者四百六十餘人。皆阬之咸陽。使天下知之以懲。後益發謫徙邊。始皇長子扶蘇諫曰。天下初定。遠方黔首未集。諸生皆誦法孔子。今上皆重法繩之。臣恐天下不安。唯上察之。始皇怒。使扶蘇北監蒙恬於上郡。劇中第六折雜用其事。又云。營作朝宮渭南上林苑中。先作前殿。阿房東西五百步。南北五十丈。上可以坐萬人。下可以建五丈旗。劇中第八折用此。又云。趙高故嘗教胡亥書及獄律令法事。胡亥私幸之。劇中第七折用此。又云。趙高欲爲亂。恐羣臣不聽。乃先設驗。持鹿獻於二世曰。馬也。二世笑曰。丞相誤耶。謂鹿爲馬。問左右。左右或默。或言馬以阿順趙高。或言鹿者。高因陰中諸言鹿者以法。劇中第十折用此。而以言鹿者爲馮劫淳于越。言馬者爲衞綰周青臣。蓋因其人品而傅會之者。荊軻傳云。荊軻嘗游。過楡次。與蓋聶論劍。蓋聶怒而目之。荊軻出。人或言復召荊卿。蓋聶曰。曩者吾與論劍。有不稱者。吾目之。試往。是宜去不敢留。使使往之主人。荊卿則已駕而去楡次矣。使者還報。蓋聶曰。固去也。吾曩者目攝之。劇中以蓋聶爲與荊軻友善。軻死。蓋聶往哭之。因自刎而死。此係撰出。蓋借用聶政姊哭政事·又云。左右既前殺荆軻。秦王不怡者良久。已而論功賞羣臣及當坐者。各有差。而賜夏無且黃金二百鎰。曰。無且愛我。乃以藥囊提荆卿也。劇中用此·又以無且爲使賜扶蘇死·爲荆辟彊所殺·此係撰出·又云。秦逐太子丹。荆軻之客皆亡。高漸離變名姓爲人庸保。匿作於宋子。久之作苦。聞其家堂上客擊筑。傍徨不能去。每出言曰。彼有善有不善。從者以告其主曰。彼庸乃知音。竊言是非。家丈人召使前擊筑。一坐稱善。賜酒。而高漸離念久隱畏約無窮時。乃退。出其裝匣中筑。與其善衣。更容貌而前。舉坐皆驚。下與抗禮。以爲上客。使擊筑而歌。客無不流涕而去者。宋子傳客之。聞於秦始皇。秦始皇召見。人有識者。乃曰高漸離也。秦皇帝惜其善擊筑。重赦之。乃矐其目。使擊筑。未嘗不稱善。稍益近之。高漸離乃以鉛置筑中。復進得近。舉筑扑秦皇。不中。於是遂誅高漸離。劇中第十九折用此·其餘燕丹荆軻事。詳見易水寒雜劇。燕丹與鞠武俱得仙去。亦屬撮撰。公子將閭本諸公子。爲二世所殺。劇中作始皇弟。又佐扶蘇反正。皆空中樓閣也。

正朝陽*

清石子斐撰

演宋劉皇后李宸妃事。仁宗實宸妃所生。劉后以爲己子。仁宗即位。奉劉后爲皇太后。後謚明肅。不知宸妃生己也。宸妃沒後。仁宗始知爲妃所生。有言妃不得其死者。仁宗哀慟。急發梓宮視之。則以水銀殮。容貌如生。且用皇后被服。仁宗乃益親劉氏。蓋劉后妬宸妃之有子。冒認爲己所生。而于宸妃生前。鉗制隱諱。不容母子相見。此劇之作。不爲無因。但劉后初未嘗有害宸妃之心。仁宗母子之恩。亦未嘗少替。劇中極力發揮劉后之險毒。言用內監郭淮爲腹心。以所生女。易宸妃所生之男。郭淮捽殺女。后即誣宸妃所殺。貶入冷宮。又誑眞宗。謫宸妃看守皇陵。又令人縱火欲焚宸妃。又令內監雷先春謀刺仁宗。種種情事畢露。遂至飲鴆。此皆誣揑。非實蹟也。宸妃沒後。始贈太后。生前未嘗正位中宮。所云正朝陽。亦非實蹟也。呂端、寇準雖皆係眞宗時賢相。然端曾受太宗顧命。眞宗之初。有扶危濟變之功。眞宗末年。蓋已無端。所云保奏宸妃。貶謫黃州。復起宰相。與仁宗講學。皆飾說也。準爲樞密。勸眞宗親征契丹。澶淵之役。厥功最鉅。本無隨駕征蠻之說。後拜宰相。爲丁謂所阻。貶竄雷州。仁宗之初。亦無準在朝也。包拯雖眞宗時進士。至仁宗始漸擢用。與呂端相去較遠。不得並時爲大寮。其陳州平糶及根究宸妃積寃。皆本龍圖公案相承謬論也。捽殺己女。乃唐武則天事。郭淮奸謀。翚折天、蒯飛雲忠義。皆憑空造出。楊六郎、孟良征蠻。則本楊家將演義而緣飾之也。　邵氏聞見錄。章獻明肅劉太后。成都華陽人。正位宮闈。聲滿天下。仁宗即位。以皇太后垂簾聽政。　又云。章獻太后垂簾。李宸妃薨。章獻秘之。欲以宮人禮治喪于外。宰相呂夷簡奏曰。聞宮中貴人暴薨。禮宜從厚。章獻挽仁宗入內。少頃。獨坐簾下。召文靖曰。一宮人死。相公何與。公曰。臣待罪宰相。內外無不當預。陛下不以劉氏爲念。臣不敢言。尙念劉氏。喪禮宜從厚。章獻悟曰。李宸妃也。奈何。文靖乃治喪皇儀殿。用一品禮。殯洪福寺。公又謂入内都知羅崇勳曰。宸妃當以后服斂。用水銀實棺。異時莫道夷簡不曾説來。章獻皆從之。後燕王謂仁宗曰。陛下李宸妃所生。死以非命。仁宗號慟。尊宸妃爲太后。謚章懿。幸洪福寺。易梓宫。后玉色如生。冠服如皇太后。帝太息曰。人言其可信哉。待劉氏加厚。

小忽雷

不知何人所作。*清孔尙任撰·尙任字季重·號東塘·又號肯堂·别號云亭山人·山東曲阜人·所作傳奇有桃花扇·及與顧彩合撰之小忽雷· 劇内稱梁厚本與白居易友善。係憑空結撰。餘悉據實敷衍。按太平廣記云。唐文宗朝。有内人鄭中丞。善胡琴。内庫有琵琶二面。號大忽雷、小忽雷。因爲匙頭脱損。送在崇仁坊南趙家料理。大約造樂器悉在此坊。其中有二趙家最妙。時權相舊吏梁厚本有别墅。在昭應縣之西南。西臨渭河。垂釣之際。忽見一物流過。長六七尺許。上以錦纏之。令家童接得就岸。乃秘器也。及開視之。乃一女郎。粧色儼然。以羅巾繫其頸。遂解其領巾視之。口鼻之間。尚有餘息。即移至室中。將養經旬。方能言語。云我內弟子鄭中丞也。昨因忤旨。令內人縊死。投於河中耳。及如故。重泣感謝。厚本無妻。即納爲室。自言善琵琶。其琵琶在南趙家修理。恰値訓注事起。莫有知者。厚本因賂其樂器匠。購得之。至夜分敢輕彈。後値良辰。飲於花下。酒酣。不覺朗彈幾曲。是時有黃門放鷂子過門。私於牆下聽之。曰。此是鄭中丞琵琶也。竊窺識之。翼日達上聽。文宗始常追悔。至是驚喜。遣中官宣召。問其故。乃捨厚本罪。任從匹偶。仍加賜賚焉。劇據此事。又多所添飾。大略云。厚本、字道生。（其字添出。）中官梁守謙之姪。（此亦是添出紐合。）其兄曰梁正言。（此亦添出。）元和七年上巳。厚本攜酒曲江亭。見白居易題詩。和韻書壁。居易與獨孤郁同至。見而賞之。邀與同飲。郁遂與婦翁平章權德輿言。邀同研席。鄭注以醫出入德輿家。適至權宅。留與同飲。注歸與妻李謀。以妹盈盈其字亦添出。情節皆非本傳所有。許厚本。即鄭中丞也。小忽雷者。韓滉節度西川取娑羅木所製。德宗取入內庫。朱泚之亂。散在民間。爲趙二收得。張設古董店中。厚本見而買之。五坊使仇士良後至。以爲官物。奪之去。厚本與訴。士良聞梁正言出入權德輿門。爲于頔謀節度。方欲以此波及厚本。會頔子敏以用賄不效。向正言索原物。正言不肯還。敏竟殺正言。鄭注遇諸塗。同解送京畿督捕官郭鍛。會同御史鄭光業審鞫。光業欲并劾德輿、守謙。出疏稿示郭。誤攜所贈潤娘詩。詩云。春來無處不閑行。楚潤相看別有情。好是五更殘酒醒。耳邊聞喚狀元聲。詩見唐人詩話。是鄭光業舉進士時贈妓潤娘者。爲郭所持。約同看潤。席間有秋娘講伎。言郭翻酒汙秋娘之裙。因白居易詩。粧成每被秋娘妬。血色羅裙翻酒汙。郭遂娶潤娘爲妾。他日道見光業。潤招與語。郭鞭潤娘。光業過郭門。潤題詩擲之。光業亦以詩答。潤娘詩云。應是前生有夙冤。不期今世惡姻緣。蛾眉欲碎巨靈掌。雞肋難勝子路拳。秖擬嚇人持鐵券。未應教我踏金蓮。曲江昨日君相遇。當下遭他數十鞭。業答云。大開眼界莫言冤。畢竟甘他也是緣。無計不煩乾偃蹇。有門須是疾連拳。據論當道加嚴箠。只合披緇念法蓮。如此興情猶不淺。始知昨日是蒲鞭。此是實事。按本事。楚兒潤娘。爲三曲之尤。有詩句。潤娘。楚兒之字也。潤遂辭郭鍛而出嫁于江州茶商。白居易貶官江州。令至舟中侑酒。爲作琵琶行。（按琵琶行本無姓名，青衫興奴，此潤娘，皆是設揣點入。）初、光業受士良囑。劾德輿守謙以梁正言事。兩人由此罷免。獨孤郁挈厚本。移居昭應坊西。會居易以武元衡爲盜所殺。切言其事。貶官江州司馬。（此是實事。）遂攜厚本往江州。（此是添飾。）因送劉禹錫貶連州。柳宗元貶柳州。元稹由江陵士曹遷通州司馬。故爲送別也。（三人官宦不謬，年代不相合，湊集生情耳。）時居易薦厚本于裴度。爲參謀官。協平淮蔡。而鄭注因仇士良引薦燒丹。以軍功改入注名下。授以顯職。悔厚本親。令士良進妹。以善彈小忽雷。頗承眷厚。賜號女中丞。居易遷杭州太守。厚本詣之。潤娘亦流落在杭。禮部侍郎鄭光業。奉旨選伎。訪得潤娘于杭。奏使教伎于宜春院。中丞即其所教也。未幾。鄭注、李訓激甘露之變。士良殺注。并令勒殺中丞。（此俱綴合。）厚本下第。依潤娘爲鄰。于御河得中丞。（此數折本原傳。）爲朝廷所知。居易已遷刑部尚書。召與鄭光業共承詔命。賜厚本與中丞婚配。（此又係添飾。又序元稹擢平章，禹錫爲賓客，宗元已亡，以結前局，又云，裴度爲考官，杜牧以阿房宮賦擢第一，劉蕡厚本俱進呈，爲仇士良所抑，度後奏明厚本參謀之功，對策之善，特賜兩官，皆添飾。）而居易又爲潤娘作合。以歸于光業云。

綱常記

一名五倫全備綱常記。明邱濬撰。濬字仲深。號赤玉峯道人。廣東瓊山人。所作傳奇四種。綱常記。投筆記。舉鼎記。今存。羅囊記。佚。演伍倫全、倫備一門忠孝節義。事雖無考。頗關風化。按明成化間。大學士丘濬常作五倫全備傳奇。蓋即此也。弘治己未。倫文敘連掇會狀。官至諭德。其後子以諒中解元。官至通參。以訓中會元。官至祭酒。推一時極盛之事。倫本廣東人。劇中五倫倫字影借。疑爲此發。但倫父子視丘稍後。恐不相值。或作記者只是廣人。而稗史以濬實之。亦未可定。略云。伍倫全、字天彝。建康府人。父典禮。太平府尹。元配生倫全。繼娶范氏生倫備。同僚安判官遺孤克和。典禮撫爲己子。典禮卒。范氏撫三子如一。三子偶出遊。途遇醉人謾罵。克和怒毆之。范氏念三男漸長。延師施善教各授一經。未幾醉人病死。其妻告三人于采訪使。逮問。皆不承。欲加刑。則爭相認。官不能決。呼范氏云。子無俱死理。孰當其罪。范以倫備對。而倫全、克和又堅認爲己罪。官再問。范終以備對。官怒。疑備非范出也。

細鞫之。范乃曰。備實未亡人所生。先夫臨歿。以倫全、克和屬。今三子並遭誣。若脫備而死全和。是未亡人殺之也。何以對先夫地下。官爲感動。出三人罪。俱放歸。范命三子應試。皆戀親不欲行。范怒。乃辭入都。倫全擢狀元。倫備一甲第二。告假省親。克和下第。先歸報母。時范已守節三十年矣。施善教有生女一。恩撫女一。並嫺內則。范聘爲媳。劇中云·伍倫備聘施撫女·撫女哭親損目·施請退親·范必不可·及成婚·則目已愈·按聘有疾而願退不從者·宋劉庭式周孚先兩事相同·全備歸。成婚奉母。無仕宦意。范謂全忠即是全孝。促之使行。會朝命補倫全諫議大夫。倫備東陽刺史。全之官。慷慨言時事得失。觸權貴怒。謫撫州團練使。守神木寨。將入境。有張打牛者。神木人。與全有舊。相遇于其家。張貧甚。欲投軍。而家有三喪未葬。全解寶劍贈之。全妻施氏與備妻居家養姑。念全未有子。買妾景氏。即使其母送入都。至則全已貶官。景氏母女轉赴神木。至淸風嶺。遇克汗兵。爲所掠。路旁有井。景氏嚙血題詩井欄曰。世人誰不死。我死爲綱常。一片心雖朽。千秋骨尙香。建康府太平縣伍大夫側室景氏題。題畢投井死。時克汗方與回回作難。欲得才兼文武者爲參謀。打牛投入其部。薦倫全。克汗以兵劫全歸。全峻拒。克汗復使打牛說之。全僕永安奔赴倫備任求救。而景氏之母逃歸。以告范母。克和聞之。亦馳赴東陽。與倫備、永安商。僞作催貢使者。入克汗營。克汗知其僞。欲殺之。于是倫全、倫備、克和及僕永安爭願受死。克汗義之。俱不殺。待以賓禮。全乃説克汗歸命天朝。則回回小國。可不戰而服。克汗遂隨其兄弟入朝。道經井旁。知妾死節狀。建亭井上而去。全備皆晉爵爲侯。克和授州判。范封郡君。施氏姊妹皆封一品夫人。旌表景氏亭。徵善教爲博士。永安亦授七品散官。按劇中前半范氏脫三子罪。似元人曲中楊興祖之母。後半兄弟爭死於克汗庭。則似趙禮讓肥。妾景氏死節。似小說所稱田六出。然六出死時已爲王進賢侍兒久。若景氏則未與倫全識面。尤爲婢妾所難。蓋作者集衆善以歸之一家示風勸也。

又按景氏殉節處。云在淸風嶺。蓋借用宋末王氏淸風嶺事耳。情史。至元十三年冬。元師渡江。至天台。有千戶掠得一王氏婦。夫家臨海人。婦有美色。千戶盡殺其舅姑與夫。欲强脅之。不可。明年春。遂驅以北行。至嵊縣清風嶺。婦仰天竊嘆曰。吾知死所矣。即嚙拇指出血。題詩崖石曰。君王無道妾當災。棄女拋男逐馬來。夫面不知何日見。妾身料得幾時回。兩行淸淚頻偷滴。一片愁眉鎖不開。回首故山看漸遠。存亡兩字實哀哉。寫畢。遂投崖死。後楊廉夫感其事。題詩云。介馬馱馱百里程。青風嶺上血書成。秪應劉阮桃花水。不似巴陵漢水淸。後廉夫無子。一夕夢一婦人謂曰。爾知所以無後乎。曰。不知。婦人曰。爾憶題王節婦詩乎。爾雖不能損節婦之名。而心則傷于刻薄。毀謗節義。其罪至重。故天絕爾後。廉夫既寤。大悔。遂更作詩曰。天隨地老妾隨兵。天地無情妾有情。指血嚙開霞嶠赤。苔痕化作雪江淸。願隨湘瑟聲中死。不逐胡笳拍裏生。三月子規啼斷血。秋風無淚寫哀銘。後復夢婦人來謝。未幾果得一子。王氏彙苑。郡守立石。祠貞婦于嶺上。劇云建亭井上。蓋謂此也。晉陵先賢傳。周恭叔自太學讀書時。曾識母黨之女爲婚。及登科之後。其女雙瞽。女家且貧。不敢復舉議。恭叔無所嫌。遂娶之。愛過常人。程伊川曰。某年未三十時。亦做不得此事。宋史。劉庭式。齊州人。蘇軾守密州。庭式爲通判。庭式未第時。議娶鄉人之女。未納幣。庭式及第。女以病喪明。女家躬畊貧甚。不敢復言。或勸納其幼女。庭式笑曰。吾心已許之矣。豈可負吾初心哉。卒娶之。生數子。

義貞緣

此亦近時人筆。据醒世恆言而作。雖非出正史。然義夫節婦。終成佳偶。故名義貞緣。可以垂訓。非無因也。情史載其事。可見實有其人。略云。江西分宜縣民陳青。與朱世遠爲比鄰。嘗以弈棋相契善。鄰有王三老。往來觀弈。三人最稱莫逆。青子名多壽。年九歲。與世遠女多福。同庚而美。一日。世遠于青家對弈。王老亦在焉。時居端陽。青子放學回。世遠見其丰姿俊偉。且嫻禮度。與王老譽不絕口。王老即爲執柯。陳即以銀十二兩釵二股。結爲絲蘿。二姓情好愈篤。青子學業日進。越六載。忽患癩疾。青與世遠延醫治之。卒不能療。世遠妻柳氏。怨夫將女誤許。日相詬詈。青以比鄰。悉知其詳。度子疾痼難愈。願還庚帖。世遠心不忍。而柳氏甚喜。向女索原聘釵。女默然不肯與。復以大義告母氏。母知女志不可奪。世遠即欣然以庚復送于陳。一年後。多壽愈沉重。世遠探慰之。多壽援筆賦詩。面呈世遠。內寓身染痼疾不妨另適意。多福悲泣。賦詩以答。即自經。父母急救醒。恐復有不虞。擇吉過門。青夫婦甚悅。多福侍舅姑。克盡孝道。事多壽不憚勞苦。多壽知疾不起。不與共衾枕。青嘗卜籤于城隍。有雲開見日。福壽完成之句。日望子瘳而疾漸篤。一日。多壽私以己年庚。囑術者推算。術者言不能逾二十四。多壽自恨命蹇。欲買砒歸。語多福欲飲醇醪。先以言慰其父母。給多福出取下酒物。即投砒于酒飲之。多福見酒色變。詢其故。多壽云。我命不久。恐誤汝。故服毒矣。多福言汝既斃。我豈生爲。亦取酒飲。二人同斃于臥室。母聞急促靑救。世遠夫婦亦至。急以活羊血灌之。二人大嘔得生。多壽癩疾。遇砒攻發其毒。體膚坼裂。毒氣流盡。不一月。體復潤澤。宛然一美少年矣。兩家父母不勝喜。多壽復埋頭經史。不數載登進士。官僉憲。與多福偕白頭。子孫盡科甲云。

曲海總目提要卷三十

蝴蝶夢

此近時人據小說莊子休鼓盆思大道而作。一名搧墳記。清石龐撰。又明謝弘儀亦有此目。又有元人蝴蝶夢。見本書卷一。另載。則記包拯事。齊物論。昔者莊周夢爲蝴蝶。栩栩然蝴蝶也。自喻適志歟。不知周也。俄而覺。則蘧蘧然周也。不知周之夢爲蝴蝶歟。蝴蝶之夢爲周歟。周與蝴蝶。則必有分矣。此之謂物化。唐人詩。蝴蝶夢中家萬里。劇以取名。因云莊周前生。乃混沌初生時一白蝴蝶。採百花之精。奪日月之光。長生不死。以偷瑤池蟠桃花。爲王母青鸞啄死。託生爲周。此謬說也。宋賈善翊高道傳云。唐明皇問葉法善曰。張果何時人。曰混沌初分時白蝙蝠也。蓋借此爲周耳。夷門廣牘赤鳳髓。有莊周蝴蝶夢圖。仰臥。右手枕頭。左手用功。左腿直舒。右腿拳縮。存想運氣二十四口。略云。莊周、字子休。史記莊子皆不載其字。爲老子弟子。按周宗法老子耳。非能受業于老子也。第三妻曰田氏。莊子不載妻姓。無可考。楚王聞周賢。欲聘爲相。周辭之。挈妻隱南華山。按史記。楚威王聞莊周賢。使使厚幣迎之。許以爲相。莊周笑謂楚使者。引郊祭犧牛以自喻。且曰。我寧遊戲汚瀆中自快。無爲有國者所羈。南華經則云。莊子釣于濮水之上。楚王使大夫往曰。願以境內累。莊子持竿不顧。引神龜藏巾笥爲喻。曰吾將曳尾于塗中。此欲聘爲相而辭之實蹟也。挈妻乃懸揣語。是楚狂接輿事。又按史記云。莊子。蒙人。名周。嘗爲蒙漆園吏。地里志曰。蒙縣屬梁國。括地志云。漆園故城。在曹州冤句縣北十七里。莊周爲漆園吏即此。其城古屬蒙縣。又按廣輿記山東兗州府流寓人物內。莊周蒙人。楚威王遣使聘以爲相。周嘆曰。子不見犧牛乎。衣以文繡。食以芻牧。及其入太廟。欲爲孤豚而不可得。遂隱曹州之南華山。因名其經曰南華。一日遊山下。過一新塜。有少婦縞素扇墳。曰受夫約。墳土乾乃嫁。故扇之欲其早乾耳。周用術揮扇。其墳立乾。少婦以扇爲謝。持歸語田氏。田正色詈之。周曰。人心不可測。何詈爲。田益大詬。奪其扇而碎之。越數日。周僞病。已而甚篤。田涕泣相誓。未幾周僞死。附身附棺。盡禮極哀。忽一少年。閑雅甚都。叩門請見。自稱楚王孫。言向日願爲弟子。今來訪。雖不獲見。願假館讀所著書。田氏悅王孫之美。浼其從者强王孫贅于家。悉鬻家貲以辦婚禮。移周柩于別屋。盛裝置酒。以宴王孫。禮成欲就寢。王孫心痛欲絕。其僕曰。此疾得生人腦食之立愈。田以周乍沒。尙如生人。持斧劈棺。欲取其腦。則周蹶然復生。田大窘。懼周覩王孫。强扶入臥室。而王孫主僕皆無有。田乃大喜。周見室有酒饌。且飲且詰之。幷詰其易服移柩之故。田飾辭以應。曰。卜夫當生。故用吉禮。周作詩刺之。田恍惚見王孫在外。已又不見。乃知即周所幻化。慚懼自縊。周乃鼓盆而歌。莊子至樂篇。莊子妻死。惠子弔之。莊子則方箕踞鼓盆而歌。惠子曰。與人居。長子。老身死。不哭亦足矣。又鼓盆而歌。不亦甚乎。莊子曰。其始死也。我獨何能無概然。察其始而本無生。非徒無生也。而本無形。非徒無形也。而本無氣。氣變而有形。形變而有生。今又變而之死。是相與爲春秋冬夏四時行也。人且偃然寢于巨室。而我噭噭然隨而哭之。自以爲不通乎命。故止也。按莊子云不能無概然。是與妻好合無間。特忘情委順而鼓盆耳。安得有劈棺破腦之說。作者以警世之侈談節烈。心口不應者。不知其獲罪于高賢也。歌罷盆碎。火焚其居。遨遊四方。遇老子于函谷關。相隨而去。按函谷遇老子。相隨而西。乃關尹喜事。

慈悲願

不知何人所作。大概以西遊記數節。翻換成劇。然詞曲與江流記江流記。明無名氏撰。本書未收入。不同。佛所說大藏金經。使流行東土。解脫羣迷。以成就如來慈悲弘願。故名慈悲願也。觀世音大士頒佛旨。令毗羅尊者降凡。託生陳光蕊家。此與西遊記不同、光蕊名蕚。海州弘農人。妻殷氏。大將開山女。貞觀間。光蕊擢大魁。選江州州主。攜家之任。西遊記載母張氏。劇內無有。僱劉洪舟。洪素凶惡。慣于水面行劫。覘殷美麗。刃其僕。縛光蕊投江中。初、光蕊曾買一金色鯉魚放生。鯉魚。龍神子也。神知光蕊厄。拯入龍宮。俟復仇時送歸人世。洪欲犯殷氏。拒以懷孕。及分娩。生一子。貌甚岐嶷。洪欲害之。殷刺血書生年月日及父母姓名。嚙其足小指。盛木匣中。浮之江。金山寺僧丹霞。有道僧也。西遊記曰法明。伽藍命霞撈救。遂撫育之。殷屢覓自盡。洪不敢犯。劇內不失節。並無洪冒光蕊名江州赴任事。與西遊記不同。丹霞所取光蕊子。名曰江流。稍長。取法名玄奘。年十八。告以父母名。出血書以示。令蹤跡其母。奘大慟。遂沿江行脚。賊洪恚殷氏逆己。折磨備至。嘗令汲水江邊。適遇奘。覩其貌肖己夫。訊出家始末。奘出血書。殷乃認其子。此關目與江流記認子不同。相抱痛哭。令奘毋泄漏。速詣外祖殷開山訴寃。毋使賊遁。奘赴長安謁開山。開山遂擒賊。斬其首以祭光蕊。而龍神已知。送光蕊出。僵臥江畔。殷見撈起。

復蘇。端然無恙。開山奏其事。唐太宗嘉奘篤孝。且有道行。賜經論律各一藏。號三藏法師。令詣西印度取大藏經典。公卿祖餞。師以松枝植寺中。公卿云。松無根。焉得活乎。師偈云。無根要有根。有相若無相。我若取經回。松枝往東向。遂長往。後去十四年。取經回。其松枝果東向云。劇中前串入孫行者上壽并鬧天宮二節。後半惟得龍馬。五行山收悟空。及收沙僧、八戒。遇紅孩兒。過女國數節。即叩釋迦。付經而回。白黿渡通天河。于西遊記撮大略耳。按唐僧悟空龍馬沙僧八戒。以喻金木水火土五行。唐僧金也。悟空火也。龍馬木也。沙僧土也。八戒水也。悟空爲心猿。龍馬爲意馬。金須火鍊。故必得悟空。其用緊箍呪以制悟空。所以降伏其心也。心大則萬物皆通。故悟空能無所不到。成正果。登彼岸。皆此心也。八戒屬水腎。故有高老莊等幻化之跡。釋氏通鑑奘法師本傳。貞觀三年冬。往西域取未至佛經。詣闕陳表。帝不許。師私遁。自原州出玉關。抵高昌葉護等國而去。貞觀七年至中印度。遇大乘居士。受瑜珈師地。入王舍城。止那蘭陀寺。從上方戒賢論師。受瑜珈唯識宗旨。留十年。歸自王舍城。貞觀十九年正月丙子。至京師。長安留守房玄齡表聞。壬辰。法師如洛陽。二月己亥。見于儀鸞殿。帝曰。師能委命求法。惠利蒼生。朕甚嘉焉。師因奏西域所獲梵本經論六百五十七部。帝曰。朕爲穆太后創弘福寺。可就彼翻譯。勅平章房玄齡專知監護。貞觀二十二年。帝製法師新譯經大唐三藏聖教序。按本傳係節略。未載俗家父母。不能訂其是非也。

千鍾祿

本名千忠戮。清李玉撰。所演乃程濟事也。嚴震直追擒建文。爲濟所罵。慚而自裁。此係扭合。濟及震直。明史皆有傳。程濟。朝邑人。有道術。洪武末、爲岳池教諭。岳池去朝邑數千里。或見濟嘗在朝邑。而治岳池學事不廢。建文初上書。言某月某日。北方起兵。朝廷謂其非所宜言。逮至京。將殺之。濟入見。仰面大呼曰。陛下幸四臣。臣言不驗。死未晚。乃下之獄。已而燕兵起。帝乃釋濟。以爲翰林院編修。參軍謀。從諸將北征。徐州之捷。諸將樹碑敍戰功。

及統軍者姓名。濟一夜往祭其碑。人莫測。後燕王過徐。見碑大怒。趣左右以鐵椎椎碑。再椎。遽曰。止。爲我錄碑文來。已而按碑誅之。無得脫者。濟姓名正在椎脫處。得免。淮上諸將敗。帝召濟還。初、濟與邑人高翔並以明經徵。翔勵名節。濟好術數。翔數止濟勿爲此。濟不聽。既在兵間。濟又勸翔學我術。翔曰。我願爲忠臣。金川門破。翔召濟同死。濟曰。我願爲智士。翔竟死之。濟亡去。或曰。事急時。帝召濟問計。濟曰。天數已定。惟出走可免難。立召僧爲帝落髮。濟從之出。每遇險。以濟術脫。相從數十年。後莫知所終。嚴震直、字子敏。烏程人。洪武末年。爲工部尙書。建文中。嘗督餉山東。已而致仕。成祖即位召見。命以故官。巡視山西。至澤州。病卒。野史有言震直嘗遇建文。退而自縊者。非實蹟也。紀事本末。建文帝有南歸之思。御史密以聞。閹吳亮老矣。逮事帝。乃令探之。建文帝見亮。輒曰。汝非吳亮耶。亮曰。非也。建文帝曰。吾昔御便殿。汝尙食。食子鵝。棄片肉於地。汝手執壺。據地狗餂之。乃云非是耶。亮伏地哭。建文帝左趾有黑子。摩視之。持其踵復哭。不能仰視。退而自經。於是迎建文帝入西內。程濟聞之。嘆曰。今日方終臣職矣。往雲南焚菴。散其徒。帝既入宮。宮中人皆呼爲老佛。石景山之旁。有天下大師墓。相傳即建文也。　按劇所載。皆據東吳史仲彬致身錄。仲彬孫鑑。字明古。成化中吳寬等皆與善。寬爲鑑作墓誌。不載仲彬事。吳人亦多辨其非實者。存以備考可也。　錄云。洪武三十一年戊寅冬十一月。史仲彬以明經除翰林院侍書。建文元年春正月。遣往衡山。二年夏五月。改徐王府賓輔。仍兼原官。三年春正月。副工部尚書嚴震直督餉山東。閏三月。彬歸報命。冬十一月。以省親還鄉。隨賜勅命。四年三月。彬入京陛見。口授翰林院侍讀。劇云。史仲彬夫妻。私論燕王舉動。會程濟來。遂以女許仲彬子。按致身錄。仲彬妻姓沈。封安人。子晟即鑑父。作致身錄者也。無爲程濟婿之說。劇又云。燕王兵起。尹昌隆勸建文讓燕王。建文下昌隆獄。又云。建文令長公主勸燕王息兵。不聽。此兩條皆實事。　夏六月庚申。廷議避難。彬請從方孝孺堅守之策。大內火起。建文從鬼門遁去。從者二十二人。建文知金川失守。編脩程濟曰。不如出亡。少監王鉞言。高帝有遺篋。曰臨大難當發。謹藏奉天殿之左。俄舁一紅篋至。四圍俱鐵。二鎖亦灌鐵。程濟碎篋。得度牒三張。一名應文。一名應能。一名應賢。袈裟帽鞋剃刀俱備。白金十錠。朱書篋內。應文從鬼門出。餘從水關御溝而行。薄暮會于神樂觀之西房。程濟即爲建文祝髮。各易衣備牒。九人從至鬼門。牛景先以鐵棒啓之。比出門。一舟艤岸以待。十人乘舟。舟人頓首曰。臣神樂觀道士王昇也。薄暮至觀。應能希賢等十三人同至。共二十二人。葉希賢。松陽人。程濟。績溪人。牛景先。沅人。楊應能。杞人。史仲彬。吳江人。後但師弟稱呼。不拘禮數。酌定左右不離者三人。比丘楊應能葉希賢道人程濟。師曰。吾今往滇南。依西平侯。彬曰。耳目衆多。恐見告。不若往來名勝。暫于弟子中駐錫。次日微明。景先與彬步至中河橋畔。有一艇來。彬家所遣以偵彬吉凶者也。亟迎師至彬家。同載八人。取道溧陽。八日至吳江之黄溪。居室西偏曰清遠軒。改題曰水月觀。師親筆篆文。劇大略據此。其云程濟思劉通剃刀僧帽之言。又云仲彬令小舟迎建文。則稍增飾也。劇中又順帶方孝孺殉節事。

八月十五勅命。師逸去。皇帝追彬。成祖籍遁去者四百六十三人。行文追繳誥勅。吳江丞鞏到彬家追奪。且曰建文帝聞在君家。彬曰無有。微哂而去。明日師同兩比丘一道人入雲南。餘俱星散。期來年三月集襄陽廖平家。按此所云追者。第以其遁去而追奪也。劇云拏仲彬家屬。子充邊軍。妻入浣衣局。程濟女亦被拏。道遇長公主釋之。收侍左右。此皆增飾也。

癸未正月。彬往襄陽。甲申八月。大師同楊程葉三人來家。丁亥春三月。同何洲往雲南謁師。庚子秋八月。彬往雲南。甲辰秋七月。洪熙改元。八月。彬往雲南。正月爲襄陽之行。三月初。至廖平家。牛景先先在。馮漼自雲南來。言師留雲南永嘉寺。月終遂東歸。甲申七月。景先來言師將至。八月初九將暝。一僧突至忠孝堂。楊程葉亦至。留三日。彬遂游杭州天台。天氣已寒。師返雲南去。丁亥二月。彬至連州。聞師在重慶府大竹之善慶里。有杜景賢築室與居。訪之無有。一日。彬暫息寺旁。遇程濟曰。已結庵白龍山深處矣。同往謁之。問彬有子年幾何。曰十六歲矣。明春三月辭歸。自後嘗有以奸黨告者。雖獲宥于上官。心嘗惴懼。庚子革除禁稍寬。決計攜一价以往。抵白龍山。不見所謂庵者。一老婦曰。上司已毀庵矣。彬涕淚。循游數郡。幾兩月餘。一日在鶴慶。一比丘指示師所庵在平陽。前後深林密樹數里。爲浪穹所轄地。葉希賢募建者。葉楊已故。埋庵之東。彬流連匝月・遺歸・甲辰九月・入湖廣界・投宿旅店・一道者鼾床上・覘之・師也・言及榆木川・即偕下江南・十一月・抵家・具酒肴于重慶堂・程濟與彬東西侍坐・居數日・師遊天台・明年三月・復來止・程濟從行去・按錄所載如此・劇云・彬遇建文于鶴慶山中・程濟化齋・此與錄合者也・其云・牛景先何新裝作僧・道廟中遇建文・追兵將及・二人令建文程濟去・己充其名自刎・梟級以報成祖・因得緩訪建文・此增飾也・張芹備遺錄云・牛景先不知何所人・禦靖難師・京城平・逃難出走而死・致身錄未詳所終・何新・二錄皆不載・劇又云・嚴震直統兵追建文・已載車中・程濟打開囚車・痛罵震直・震直慚而自刎・史無此事・此最失實・劇又云・程濟女隨長公主入宮中・得遇仲彬夫人・亦是增飾關目・其云宣德大赦・建文自滇來京・吳亮伏謁・帝令奉養・稱天下大師・此則稗史多載・但云正統時事・非宣德也・劇又云・是時仲彬亦至京師・因大赦・其妻得出・長公主亦還濟女・與彬子成婚・而濟竟爲道士・此乃增飾・以取團圓也・按致身錄・其子晟所筆記・言彬以從亡爲仇訟・凡十有七・宣德二年・沒于獄中・晟訟巡按・寘仇于死・至九年甲寅・師復來・晟適產子・師爲題名曰鑑・師裹行糧・將遊會稽・程濟從・迄今正統戊午・又十一年・不知所之・據晟所記・無爲程濟婿之理・

爛柯山

不知誰撰。取樵子逢仙爛柯以記朱買臣事。按史。買臣貧時。好讀書。常艾薪樵賣以給食。其妻亦負戴相隨。數止買臣。毋歌謳道中。買臣愈益疾歌。妻羞之。求去。買臣曰。我五十當富貴。今四十九矣。女苦日久。待我富貴。報女功。妻恚怒曰。如公等終餓死溝中耳。何能富貴。買臣不能留。即聽去。其後買臣獨行歌道中。負薪墓間。故妻與夫家俱上冢。見買臣飢寒。呼飯飲之。後數歲。買臣詣闕上書。書久不報。待詔公車。糧用乏。上計吏卒更乞匄之。會邑子嚴助貴幸。薦買臣召見。說春秋。言楚詞。帝甚說之。拜買臣爲中大夫。與嚴助俱侍中。後坐事免。久之。召待詔。拜會稽太守。上謂買臣曰。富貴不歸故鄉。如衣繡夜行。今子何如。買臣頓首辭謝。詔買臣到郡。初、買臣免待詔。常從會稽守邸者寄居飯食。拜爲太守。買臣衣故衣。懷其印綬。步歸郡邸。直上計時。會稽吏方相與羣飲。不視買臣。買臣入家中。守邸與共食。食且飽。少見其綬。守邸怪之。前引其綬。視其印。會稽太守章也。守邸驚出。語上計掾吏。皆醉。大呼曰。妄誕耳。守邸曰。試來視之。其故人素輕買臣者。入視之。還走疾呼曰。實然。坐中驚駭。白守丞相。推排陳列中庭拜謁。買臣徐出戶。有頃。長安廄吏乘駟馬車來迎。買臣遂乘傳去。會稽聞太守且至。發民除道。縣吏並送迎車百餘乘。入吳界。見其故妻。妻夫治道。買臣駐車。呼令後車載其夫妻。到太守舍。置園中。給食之。居一月。妻自經死。買臣乞其夫錢令葬。其馬前潑水。乃作者之波瀾。未有其事也。按史但云買臣會稽人。劇云住爛柯山下讀書。蓋因艾薪樵賣落想也。其妻及後夫本無姓名。劇云妻崔氏。後夫張石匠。亦是添出。又添唐道姑種種挑唆崔氏。至於兩次逼休。張石匠、唐道姑後皆爲買臣所戮。漢時無所謂道姑也。崔氏嫁張。而張跌損一足。崔因自悔忿。不與爲婚。寄居鄰媼家。逮聞買臣富貴。以此出謁自訴。仍求復還。癡夢潑水二折。此殆稍爲其妻文飾。實則已久嫁也。買臣未出妻時。夢見竇夫人之女。醒而遇諸寺中。後爲妻棄。大雪中在竇門外。夫人見而憐之。贈之以金。令入京應試。後娶竇女爲妻。此因既失崔氏。不可不作團圓也。吾丘壽王、嚴助等皆同時人。點綴着色。買臣本由助薦。今改在張騫名下。買臣請伐越。公孫弘不可。帝使難弘。然買臣未嘗率兵。今云兵越仙霞。亦係點綴生色。羞墓題詩。

亦非實事。羞墓在嘉興。後人頗多題咏。又有死亭灣在蘇州。高啓有詩。皆買臣妻故蹟。

壽爲先

近時人所作。事太荒唐。而最宜祝壽。亦滿床笏、百順記（*滿床笏，見本書卷四十，百順記，見卷十四。）之意也。揚州郭魚、字任公。年七十七。貧而未遇。且無家室。翰林戴席珍。徐州人也。遊揚州。其姊夫秦。爲採訪使。有女瑤枝。又有幼子。戴恐招搖。改姓爲席。薦魚爲秦西賓。魚入京赴試。薄暮不能至逆旅。投空宅中宿。空宅有鬼。嘗殺人。見魚以爲土地神也。魚責以殺人狀。鬼言某等皆藏神。遇宿者輒欲告以窖金。人自怖而死。非有意殺人也。魚使鬼去而發窖。得金數萬。魚既富。思買妾。戴寓揚州時。買一小妾曰纖纖。令待年於家。戴入京遷學士。夫人竇氏欲挈纖纖入京。纖纖嫌戴老。不願往。竇怒。令媒氏覓最老者賣之。

魚因買得。纖纖不知戴之爲席也。及試。戴爲考官。魚中會元。唐肅宗朝。上皇語及南宮所取士。肅宗言試官誤中老人。上皇大怒。謂借以譏己。肅宗恐。因取魚爲狀元。以娱上皇意。戴知魚娶纖纖。心大不平。會暹羅伐高麗。高麗請救。戴即薦魚爲將。副秦探訪往征之。暹羅遣諜訪唐將。其副元帥曰郭。問其名曰魚。誤以爲儀也。問其號曰任公。誤以爲令公也。歸報其王。王已大恐。比交戰。見魚鬚鬢如雪。審爲令公無疑。大懼。棄甲而遁。高麗王感魚恩。以女多壽嫁魚。秦元帥出征時。以女託戴爲主婚。纖纖挾竇氏賣己之忿。以魚年庚往議親。言係魚弟。竇不知其年。以爲甫十七也。送年庚與瑤枝。瑤枝歲月日時皆四乙酉。其格曰天元一氣。術者言須得男命相同者爲配。魚子平適同。瑤枝以爲異。親書已年庚與定婚。及成婚。則魚也。秦戴皆大怒。奏於朝。肅宗令欽天監推算。乃前六十年干支。相合無謬。肅宗亦大奇之。特旨賜婚。於是魚極富貴。且得三女。人間之樂。無有逾焉。作者之意。蓋謂人雖遲暮。及其得志。則如乘風順流。有未可量者。不當以年老而忽之也。

盤陀山

不知何人所作。演澹臺勉進香盤陀山事。本無所出。然盤陀山爲彌勒道場。實本內典。非無因也。澹臺勉者。晉陽龍山人。年五十餘無子。以遠房姪宗利爲嗣。破産濟貧。廣施大惠。鄉里稱澹臺長者。有故總兵李屠兒。兵敗軍覆。入山爲盜魁。刦掠晉陽一帶。駐兵于來仙道院。以所掠女子實其中。獨聞長者名。約束部卒。有犯澹臺家者斬。長者乃持黄金。入賊營犒師。贖所掠諸女。各還其家。中有雷氏蘭珠。未字。其兄即以歸長者爲繼室。長者有夙願。往盤陀山進香。山在寨外。相去七千里。有盤陀窟。彌勒佛道場也。蘭珠勸勿往。而宗利慫恿其去。長者遂挈老僕往。中途見樵夫搏虎。長者出囊金。買虎放生。樵夫留長者至家。刦以爲質。逼令老僕抵家。取五百金贖長者。宗利恡不予。

老僕與一醉太保成祥謀。共詒樵夫。僞許納金。令釋長者主僕。先縱之去。成祥用計斫斷樵夫臂。脱身歸。長者于路喪老僕。隻身跋涉。備歷艱苦。將至盤陀。墮崖落深澗中。所贖之虎負而上。乃得至所謂盤陀窟者。及至。則去家絶遠。不能還。又念無子嗣。遂留山中爲道人。蘭珠適長者。即有身。將產。宗利恐其有子。誘入破廟中縊之。爲成祥所覺。遁去。成祥引蘭珠至其家。俄生一子。宗利聞之益妬甚。以金購童代僞爲乞者。誑蘭珠子。用蒲裹而投于河。童代不忍殺。路逢癡道人化吉。以蒲包予之。道人啓視。則一男子也。不敢留于家。昏黑送置蒙山驛館。而以己所係小牌。曰逢凶化吉者。繫其胸襟。會有鎮將安世業者。江右人也。奉命還京。晚宿驛中。聞小兒啼聲。覓得之。不知誰氏子也。安無子。遂令夫人抱爲子。蘭珠既失子。知必宗利所爲也。控之官。適遇世業。世業謝無守土責。蘭珠泣拜不已。世業乃挈蘭珠入都。爲養子之乳母。而許爲蘭珠報寃。移文晉陽。欲治宗利罪。則宗利蕩盡田產。且焚死於娼家矣。蘭珠遂居世業家。凡十七年。而世業子長。名曰繼祖。中武科。時遼耶律休哥兵入犯。世業爲大將。用其子爲先鋒。出塞與遼將戰。繼祖被擒。李屠兒者。自與長者相見。即不爲盜。入海外襲破鄯善國。自立爲王。其女名霏雪。美而勇。善使兩鎚。嘗夢遊盤陀窟。乃辭其父往盤陀進香。道見番兵禽一小將軍。心竊憐之。鎚殺番將。救繼祖。即往盤陀。遼將休哥聞女子殺其部將。引兵圍盤陀山。必得女子而後已。時長者居盤陀窟。霏雪男妝往投之。長者心疑詰問。果殺遼將之女子。會繼祖亦從遼軍中間行訪霏雪。遂令山中衆僧鳴鼓相助。而兩人潰圍直出。休哥方與接戰。世業兵至。屠兒亦引鄯善兵至。共破遼兵。屠兒故世業部將也。遂以女歸繼祖。霏雪念長者實庇己。偕世業夫婦及其夫。復往盤陀進香。而龍山里民進香者甚衆。成祥、化吉、童代皆在其中。與長者相遇。各人具述前事。世業知繼祖即長者蘭珠之子。遂令認父母。相團聚焉。彌勒道場，見佛國記，附載於後。

晉釋法顯佛國記。度葱嶺已到北天竺。始入其境。有一小國。名陀歷。亦有衆僧。皆小乘學。其國昔有羅漢。以神足力。將一巧匠。上兜術天。觀彌勒菩薩長短色貌。還下。刻木作像。前後三上觀。然後乃成。像長八丈。足趺八尺。齋日常有光明。諸國王競興供養。今故現在於此。順嶺西南行十五日。其道艱阻。崖岸險絕。其山唯石。壁立千仞。臨之眩目。欲進則投足無所。下有水名新頭河。昔人有鑿石通路施傍梯者。凡度七百度梯。已躡縣絙過河。河兩岸相去。減八十步。九驛所記。漢之張騫、甘英皆不至。衆僧問法顯。佛法東過。其始可知耶。顯云。訪問彼土人。皆云古老相傳。自立彌勒菩薩像後。便有天竺沙門。賫經律過此河者。像立在佛泥洹後三百許年。計于周氏平王時。由茲而言。大教宣流。始自此像。非夫彌勒大士。繼軌釋迦。孰能令三寶宣通。邊人識法。據此則彌勒道場。果絕遠難至。在張騫甘英所未到之地。且度梯躡磴。險阻如是。此劇非無本也。國名陀歷。今假借作盤陀窟云。澹臺事則係生造。

後漁家樂

未知何人所作。＊按本劇疑亦是清朱佐朝撰。記李固、杜喬之子。固、喬見漁家樂＊漁家樂見本書卷二十七。中。此乃名後漁家樂也。又以喬子年妻林氏投入漁舟作關目。因此爲名。張陵、李燮雖眞姓名。其中情節。全係造出。劇中事蹟。皆接漁家樂來。漁人女鄔氏既刺梁冀。入宮爲后。冀姑順帝梁太后不知刺者主名。以屬冀弟不疑。不疑由河南尹爲殿前都尉。疑必李固、杜喬家所爲。乃矯旨遣校尉捕固子燮、喬子年於路。即殺。劇中用東西二廠校尉。此明朝制度。前代所無。尙書張陵詣固家。報固已亡。挈其子燮遁去。校尉抵固家。固妻錢氏自刎。劇言三更討固喬氣絕。又云即有騎尉南下云云。蓋明天啓間。錦衣衛殺楊漣左光斗等。往往乘夜潛斃之。又云緹騎逮其家屬。作者疑爲此發也。喬子年知喬斃獄。遺妻林氏偕媼先避。己在家中。遂被擒。抵炳靈公廟。解役兩人方欲殺年。突遇相士萬家春衝破。廟神復放紅光。解役一時昏悶。家春遂挈年遁去。按史本無所謂萬家春者。劇亦自漁家樂接下。言家春以相法通神。授鴻臚寺冠帶也。抵潯陽江。衆漁人方舉漁家樂故事。聚舟會飲。家春與年避於舟側。追者跡至其處。爲衆漁人所殺。劇言端陽令節。衆漁人因鄔老被射。兩年不舉漁家樂之會。此歲復修故事。捕者適至。衆漁望見。以爲即向年射殺鄔老者。遂羣噪擊殺之。蓋亦頂漁家樂接下。而標名後漁家樂以此。家春復挈年走避。適過趙圖酒肆。遂令年以名爲姓。投圖爲酒家傭。趙圖亦自漁家樂接下。按酒家傭本李燮事。劇又移作杜喬子也。皆妄撰。張陵挈燮行過大樹鎭。陵憶舊僕花少山於鎭開茶肆。乃偕燮往投之。少山有女碧英。美而且慧。遂請於陵。贅燮爲壻。未幾少山死。燮爲茶博士。陵道裝賣卜安陽橋。陰相往來。時梁太后與不疑謀立質帝子。貶鄔后於冷宮。遣校尉捕殺萬家春。梟首厦門亭上。鄔飛霞爲后之說。亦接漁家樂而來。劇言萬家春被偷。其偷得其卜課之錢。及相士招牌。僞充術士。校尉所殺。乃偷兒。非家春也。家春實未死。遇密羅國提婆達哆尊者。度爲弟子而去。改名柏翠。按漢明帝時。佛法雖已入中國。然漢時僧徒甚少。此又幻中之幻也。杜年妻林氏偕嫗同行。至潯陽江。欲投水自盡。漁翁杜某救入舟中。以同姓撫爲姪女。已而杜翁妻與林所偕嫗皆死。林氏不得已。亦入市賣魚爲生。至趙圖酒肆前。與年忽遇。方共絮語。而圖自外至。詆年與漁婦私。林氏避去。圖乃逐年出外。不復留。年見妻作漁裝。亟往漁舟泊處覓婦。其時有梁太后旨。因漁人兩次殺校尉。遣兵欲盡戮漁人。會河東節度使簡章。糾三鎮兵共伐梁氏。按簡章，史無其人，亦自漁家樂接出。節度使乃唐時官，漢時無有也。又以張綱楊震並爲節度，而加以魏西戍者，共稱四鎮云。約合兵于厦門亭。陵挈夔往投。至江口待渡。年訪漁舟。漁舟已殺捕者。聯二百艘。投簡麾下爲水師營。年徙倚問信。爲陵所見。遂相挈投簡。簡以年、夔並參軍事。夔妻自夫行。閉館靜守。梁氏子名瞉者。少年擢郡牧。見而逼之。花氏逃入林氏舟中。俱投水師營。梁太后聞變。曜郿飛霞。棄之郊外。中常侍單超送入簡營。未幾。梁氏兵敗。一門被戮。飛霞迎入宮中。張陵、簡章並膺封爵。年、夔俱授要職。年訪林氏于舟中。先遇花氏。繼而見其妻。與夔迎婦歸。奏聞于朝。各封夫人。按梁后雖庇梁氏，然聽厦門亭長葬李固杜喬，且和平二年謚爲順烈皇后，劇中貶斂過當。又謂因兵敗自刎，荒唐太甚。不疑好經書，喜待士，爲冀所疾，劇以惡蹟盡歸不疑，亦謬。張陵爲尚書，有叱梁冀帶劍入朝事，其他亦無所見。李燮爲酒傭，固門人王成賣卜于市，陰相往來，非張陵也。事具酒家傭記中。杜喬之後無聞，其他皆詭幻無據。

鬧花燈

所演羅成事。本隋唐演義。大略與麒麟閣記*麒麟閣見本書卷十九。相彷彿。中間有隋將楊令公收士激變。及花花公主王婉兒等事。盡屬不根之談。羅成、秦瓊以元宵觀燈大鬧。遇李靖救之得出。率皆憑空撮撰。非實事也。作者亦未知何人。麒麟閣以秦瓊爲主。此劇以羅成爲主。言成乃隋幽州大將羅藝子也。與瓊爲表弟兄。羣盜王伯當、程咬金、李如珪、齊國遠等皆爲結契。時長安大放花燈。瓊在濟南大將麾下。奉命至京師。送禮物于越公楊素。文書內止一人。成等適探瓊。皆欲隨往長安看燈。瓊初不許。成等竊改文書一字爲六字。瓊不得已。偕之入關。李靖爲素中軍。占天文有警。視瓊文書。疑六字之謬。詰瓊。瓊大窘。靖曰。吾視若等皆非凡人。但恐得禍。倘有變。避我園中可也。元宵。燈大放。瓊戒成等毋出。而成等皆竊行。有王婉兒者。色甚美。與母居。宇文化及之子曰花花太歲。乘其看燈。劫入宅中。成等聞其母沿路訴冤。共突入太歲家。搏殺太歲。而奪婉兒還其母。成等夜竄。抵靖園中。藏于地窖。捕不能得。帝叔楊陵設謀。赦諸人罪。而開武科以招勇士。俟諸人應募。則用三策以坑殺之。瓊等應募赴試。咬金、瓊、成皆冠場。陵方欲用計殺三人。爲所覺。瓊用飛空鏑。成用墜馬鞭。皆祖傳絕技。殺追者而去。成歸。藝怒其作亂。欲殺之。母爭不能得。藝持弓射成。有花花公主方入援隋。經其地。惜成年少英勇。以金鐃隔矢鏃。不能入。遂救成以免。成乃與瓊等投唐。李靖已爲大將。瓊等各建武績。並受封爵。成于對陣降伏金鐃公主。遂娶婉兒及金鐃公主。並爲夫人。

清風寨

不知誰作。*清史集之撰。集之字友益。江蘇溧陽人。一作朱佐朝撰。演花榮事也。據水滸衍義。宋江爲盜燕順、王英所劫。順待之甚恭。適王英獲一婦人。乃淸風知寨劉高妻也。江言於英縱之歸。江與花榮有舊。時榮爲將。與高同事。江因辭順往詣榮。值元宵夜。江出觀燈。至高宅。高妻固識江。命禽之。指爲盜。榮力救江不得。高並欲陷榮。因與燕順等合。共劫出江。別將秦明、黄信。俱爲所陷。劉高與其妻皆見殺。劇中大略本此。又有慕容知府。爲蔡京壻。高與合計傾榮。係作者撰出點綴。按癸辛雜誌載龔聖與小李廣花榮贊云。中心慕漢。奪馬而歸。汝能慕廣。何憂數奇。蓋實有其人也。又秦明贊云。霹靂有火。推山破獄。天心無妄。汝孽自作。

九錫記

近時人作。其事實載君臣福傳奇（君臣福。見本書卷四十四。）內。演范雍父子祖孫事而取名互異。開道家門一齣。各不相同。謂之爲九錫者。言范雍父子討平趙元昊。建立奇功。翰林承旨馮子光屢加毀謗。每謗一次。朝廷輒加一次恩典。初次雍進禮部尚書端明殿學士。琦進翰林院學士。坦進祕書院正字。每人一錫。爲三錫。二次雍進吏部尚書同平章事。琦進禮部尚書。坦進御史中丞。每人一錫。爲六錫。三次雍進太師位。琦進吏部尚書。坦進端明殿學士。每人一錫。是爲九錫也。按九錫之名。非所宜施于人臣者。作者於古未諳。妄取標目耳。又按花有九錫。此劇首齣即是賞花。蓋假借生情。不足以爲典要也。禱夢于嵩山廟中。云啓母石最靈。啓母石。唐楊烱有文記其事。劇蓋本此。而謂有主夢使者曰九思神女。則不根無據。觀音送子一齣云。布袋和尚本彌勒祖師。布袋中皆是羅漢尊者。使觀世音以金斗世尊送范琦爲子。亦屬荒誕。彌勒乃未來佛。安可云祖師。世尊安得有降生爲范氏子之事。然布袋稱彌勒。則非無因。且應化在五代。其引入范雍時事。亦不甚遠也。撤金蓮寶炬送范琦歸第。則影借王珪、蘇軾事。熙王郡主范坦亦無此事。勑建相府雖係緣飾。然明代時張璁、徐階等里居第宅。皆係勑建。宏麗無比。不爲無因也。張時徹寧波仙釋志。五代布袋和尚。名契此。形裁腲脮。蹙額皤腹。常以杖荷一布袋。凡供身之具。盡貯袋中。入市見物則乞。時號長汀子。雪中體不濡。示人禍福輒應。天將雨。即着濕草履。途中驟行。遇亢陽。即曳高齒木屐。市橋上豎膝而眠。梁貞明三年丙子三月。於岳林寺東廊石上端坐而逝。岳林遂爲布袋道場。後有二僧至寺。云從天台見之。衆不敢信。發塚視之。乃空龕也。得青瓷淨瓶六環錫杖。縣令蒲田王仁佶先遇于江南天興寺。宛若舊識。後于福州官舍復見之。懷中出一圓封授王曰。七日不至則開。踰期發之。乃偈也。曰。彌勒眞彌勒。化身千百億。時時示世人。世人俱不識。王令至縣。乃記其事幷刻其偈于碑。崇寧中。賜號定應大師。閣曰崇寧。令黃特銘其龕。時又有蔣宗霸者。號曰蔣摩訶。與岳林布袋和尚處。一日同浴。長汀摩訶視布袋背有目。布袋曰。吾爲汝所窺。當去矣。吾以布袋贈汝。俾子代代爲衣冠家。按劇云·范氏三世大貴·而以布袋和尚送與貴子·蓋與代代衣冠語相隱合·布袋歸岳林坐逝。葬封山。後越帥遣介過蜀。遇布袋道中。卒舊遊四明識之。乃曰。爲我謝摩訶。願自愛。

三殿元

近時人作。演竇禹鈞積德累行。五男皆貴。儀、儼俱狀元。儼妻趙氏得異術。破西番。授武狀元。事雖有眞有僞。然皆勸人爲善也。狀元圖考云。禹鈞爲人素仁厚。年四十無子。然好脩陰德。往往濟人之急。憫人之孤。（劇中賑濟本此。）偶春日往延慶寺拈香。拾人遺金二百餘兩。舉以還之。一無所受。（劇中指爲竇儀事。）其僕盜用房錢。賣女償貸。公嫁其女。俾得所歸。（劇中趙瑚璉爲父賣身。儀助銀。瑚璉得還。本此。）貧人婚喪由公而舉者。數十餘家。故舊相知有貧窘者。委財子弟。俾自興販。賴以全活。每歲量其所入。伏臘供給外。皆以救濟施捨。而家惟儉素。器無金玉之飾。室無衣帛之妾。十餘年來。陰德無量。後連生五子。俱登科第爲美官。馮道贈詩曰。燕山竇十郎。敎子以義方。靈椿一株老。丹桂五枝芳。地志。竇氏莊在薊州城東。即禹鈞故居。禹鈞建義塾數十楹。聚書萬卷。延名儒。置師席。凡四方遊學者。聽其自至。貧無供者。咸衣食之。宋史。翰林學士王著以酒失貶官。太祖謂宰相曰。深嚴之地。當使宿儒處之。范質等對曰。竇儀淸介重厚。然已自翰林遷端明矣。太祖曰。非斯人不可當。諭以朕意。勉令就職。即日復入翰林。太祖嘗召儀草制。至苑門。儀見太祖岸幘跣足而坐。卻立不肯進。太祖遽索冠帶而後召入。儀曰。陛下創業垂統。宜以禮示天下。恐豪傑聞而解體。太祖斂容謝之。自是對近臣未嘗不冠帶。又周顯德中。竇儼與盧多遜、楊徽之同爲諫官。儼善步星曆。嘗謂徽之等曰。丁卯歲五星聚奎。至乾德五年三月。果如其言。略云。竇禹鈞、字天光。年老家居。史及他書皆云薊州人。劇稱洛州誤。五子。長倫、次信、三仁。皆得第居朝爲翰林。四曰儀、五曰儼。俱登鄉薦。按五竇乃儀儼侃偁僖。此則名既不符。序亦不合。禹鈞積善好施。至老不倦。一夕夢神授以桂花三枝。知其二子必售。然未解三枝之義。太平人錢姓。以作客漂流求乞。賚以金。使還鄉。同里諸生趙星負官糧追呼急。其女瑚璉願鬻身以償。父女方哭别。遇儀于途。解囊給之。還其女。且助以膏火。年饑。買米賑濟。全活無算。丁夫許東橋以役困賣兒。禹鈞給銀五兩。飲以酒。其子遣還。東橋被酒。遺銀于道。爲儀拾得。立道旁不去。東橋尋至還之。儀、儼辭親赴公車。至移山口渴。爲水一泓。欲汲飲。旁一人遽止之。謂此水有毒。不知者飲輒死。視此人即許東橋。得銀還役歸鄉。移山其故居也。經太平州。復與錢姓遇。留宿。有金精化爲奔女試儀。儀堅拒而去。入都殿試。儀爲榜眼。儼擢狀元。趙星亦與試爲探花。儼以弟不先兄。請朝命并擢儀爲狀元。星之女瑚璉。以孝感天。夢神授以天書及劍術。遂知兵。時西番都哈喫入寇。軍書旁午。朝方選將禦敵。星以女聞。徵爲元帥統兵討番。儼念身爲丈夫而使巾幗敵愾。甚恥之。會秦州告急。遂請兵數千往。稍得勝。而彼衆此寡。被圍秦州城中。儼乃突圍求救于瑚璉。瑚璉方調兵四伏。命儀與羌戰。佯敗。誘入重地。擒其渠帥。羌平奏凱。朝以瑚璉爲武狀元。賜儼爲夫婦。于是儀、儼皆請假省親。錦衣萊綵。極一時之盛。禹鈞夢兆始應。後儼復舉二子。俱至三公。皆積善之報也。按此與全德記皆演竇禹鈞事。而關目情節絕不相同。

彩燕詩

近時人作。不知姓名。演劉奇事。本明初小說家載在情史諸書。其女名劉方。示不沒本姓。蓋姓方也。作者改爲周芳姿。籍貫詩句俱改。又添出張夜來。燕詩既係另撰。謂以彩燕詩訂婚。散而復合。則尤未免誣貞女矣。略云。劉奇、字平叔。燕山人。父禹錫。（本傳：明宣德時人：劇謂禹錫子可笑：又言高祖劉向益可怪也。）早失怙恃。與進士歸榮字萬雲者交契。榮中式後。因病歸家。未廷試。同奇郊外尋春。見妓女張夜來。丰姿豔冶。贈幣十端。白金百兩。置酒將飲。公子管風適至。與奇相爭。奇痛捶之。傷重殞命。其父管成位官總制。鎮守燕山。遣節級帶弓兵二十名拏之。

奇勸夜來先遁而歸。榮作書與故人劉世簡字節甫者。使避難于其所居瀛海村。按河間曰瀛海・劉翁居河西務・此說不甚遠・奇父係世簡從兄。即認叔姪。世簡螟蛉之子。乃楚水人瓦橋關周守備之女周芳姿也。幼孤伶仃。與老僕周全相依。西下王李勇汗。乃文殊座下獅子所變。倡亂侵擾。芳姿男裝逃難。爲所衝散。世簡留作義子。與奇爲昆弟。同讀書。奇疑其女子。偶見彩燕。賦詩曰。燕彩雙飛奈若雄。參差掠水撲花叢。呢喃空有千般語。誰似鶼鶼兩意同。芳姿和詩曰。雙栖彷彿有雌雄。啣得飛花入錦叢。顧影幾回成獨笑。羽毛雖一質非同。奇詢之。芳姿以實告。遂私結婚姻。各持彩燕詩訂終身焉。有匪人眞會抄者。素與奇相識。冒奇友賈學聖名。首奇於管成位。奇避難至天津河。會抄並舟而泊。夜聽奇自語。作書緘寄芳姿。約來相晤。內有彩燕詩。乘其睡熟。過舟竊書而去。奇明晨覓書不見。不得已。鼓棹至隆平。爲縣役所拏。時潞州節度使薛平。奉命討李勇汗。勇汗劫營大敗。中箭而逃。文殊大士騰雲至。爲去其箭復獅子形。挈往西天。薛平凱旋。途遇縣役解奇。即釋之。留爲上賓。因素慕其才品也。會抄既竊書。詣世簡家。芳姿見書及彩燕詩。信以爲實。隨會抄至并州。乃私賣于張鴇母。得銀二百兩。其女夜來。勸母勿逼。與結爲姊妹。共守劉奇。而賈學聖忽來。二女避之。學聖竊彩燕詩于袖。復以人命訛詐母銀而去。會薛平欽召回京。授兵部尚書。學聖往謁。即以彩燕詩爲己作獻之。平方稱賞留飲。而奇赴酌醉歸。平屬奇代作平西表。一揮而就。文不加點。平以彩燕詩示之。奇讀罷淚下。詰問。得竊詩之故。學聖大慚。未幾。奇大魁天下。授翰林院承旨而歸。榮授并州僉判。奇爲詳述夜來、芳姿訂婚及彩燕詩始末。託榮訪之。學聖復往張鴇處。詭云管成位欲娶芳姿。會抄亦來。與鴇大鬧。並控於榮。榮責會抄賣良爲娼。學聖嚇詐人財。追贓定罪。拘夜來、芳姿細鞫。即備舟送至京師。奇亦遣人接世簡。并送誥封冠帶歸。榮又因糧務進京。爲世簡述芳姿男裝事。奇遂與夜來及芳姿完婚云。情史。宣德間。河西務劉翁夫婦業沽酒。家亦小康。

年俱六十餘。無子。值雪天。有童子少俊隨父投宿。及明。父病寒不能興。數日竟死。劉爲殯於屋後。此童遂留爲兒。不沒本姓。命名劉方。克盡子道。居二載。復値大風。有少年舟覆遇救。堅持一竹籠。哭泣不止。叩之。則山東劉奇。父以三考聽選。舉家在京遭時疫。父母俱喪。無力扶柩。此籠中乃火化遺骨也。既被溺。行李蕩然。無復歸計。劉翁惻然。爲助資斧。奇去月餘。復負籠而來云。故鄉遭河決。已漂盡矣。願乞片地埋骨。而身爲僕役以報。劉翁許之。奇與方遂爲兄弟。同眠共食。情愛甚篤。奇頗通文理。因教方讀書。方亦日進。久之。劉翁夫婦俱歿。二人喪之如嫡。方復往京。移母柩至。與父合葬。三家之墳如鼎峙焉。事畢。停沽酒而開市肆。家事日起。鎮富民有來議姻者。劉奇欲之。而方執意不可。奇不能强。一日。見梁燕營巢。奇題一詞于壁云。營巢燕。雙雙雄。朝暮銜泥辛苦同。若不尋雌繼殼卵。巢成畢竟巢還空。方見之。笑誦數次。亦援筆和詞云。營巢燕。雙雙飛。天設雌雄事久期。雌兮得雄願已足。雄兮將雌胡不知。奇覽和大驚曰。吾弟殆木蘭乎。自同臥以來。即酷暑未嘗赤體。合之題詞。情可知也。乃佯爲不悟。使方再和一詞。方復書云。營巢燕。聲聲叶。莫使青春空歲月。可憐和氏璧無瑕。何事楚君終不納。奇笑曰。吾弟果女子也。方聞言。面發赤。未及對。奇復云。爾我情同骨肉。何必隱諱。但不識何故作此裝束。方蹙額告曰。妾家向寓京師。因母喪。隨父還鄉。恐途中不便。故爲男扮。後因父歿尚埋淺土。未得與母同穴。故不敢改形。求一安身之地。以厝先靈。幸葬已畢。即欲自明。思家事尚微。兄獨力難成。故復遲遲耳。奇云。爾我同榻數年。愛踰嫡血。弟詞中已有俯就之意。我亦決無更娶之理。昔爲兄弟。今爲夫婦。恩義兩全。不亦可乎。方曰。妾籌之熟矣。三宗墳墓。俱在于斯。棄此而去。亦難恝然。兄若不棄陋質。使侍箕帚。共奉三姓香火。妾之願也。是夜。兩人遂分席而臥。次日。奇請鎮中年老者爲媒。擇吉告于三墓。遂成花燭。里中傳爲異事。因名其地曰三義鄗。

彩霞旛

近時人作。演柳春與歌妓李蓮生事。與鬧烏江（按鬧烏江，明朱寄林撰，本書未收入。）相彷彿。而關目用九天玄女以彩霞旛導生旦還魂。故以爲名。鬧烏江則言西楚霸王之神爲之判斷也。內附桃生孫女配合事。其眞僞無考。略云。維揚諸生柳春、字南坡。父潛。御史。居鄉課子。臨淸孫啓祥。與潛同年友。挈家避亂揚州。有子曰空。女曰棻柔。子甚頑而女極美。兩家共延師曰丘鵝。有桃鴻字葉倩者。亦與柳孫爲友。孫故豪族。家伶中女旦李蓮生。名蕙姑。武陵人。名噪一時。春閱牡丹亭。感柳、杜事。空因極道蓮生之艷。演牡丹亭不啻麗娘也。會潛內召。啓祥赴淮送別。空拉春及鴻串戲。令蓮生義父一團糟教曲。夢神告蓮生曰。維揚柳生。爾夫也。蓮生結念成病。春未及知。一團糟呼蓮生會串。病不能至。春問其由。乃因夢得病。春愕然曰。某即維揚柳生也。思蓮生久矣。一團糟亦許作合。春急欲訪蓮生。爲保母所阻。而桃鴻留楊柳家。與棻柔遇。私訂盟而出。一團糟以春想慕之情告女。女囑父往邀之。爲丘師所叱。會啓祥自淮歸。丘以實告。啓祥怒。欲責一團糟。春曲爲解。且力請蓮生爲室。啓祥不應。探知故鄉稍寧。挈家歸。幷延丘師。亦挈蓮生去。春追不及。抱病長途。斃于曠野。桃鴻知父濳以招撫山東無功。謫徙龍江。途次見春屍。大慟。掩之淺土而去。桃鴻知棻、蓮隨父東歸。乃假覓春爲名北上。時有征討江西兵馬還京。由淮陽水道。棻、蓮二女在舟。衝突失散。孫空被捉充縴夫。棻柔倚一團糟入京。蓮生遇丘鵝。冒爲棻柔。依以同行。病不能前。棲淮上之長竹尼菴。溘然而逝。鵝爲殯殮。題其匱曰山東孫氏女。乃去。九天玄女召柳生與蓮生魂冥會。賜以彩霞旛。引之回生。會鴻抵菴。覩所書匱慟哭。聞有聲。開視之。非棻柔也。詢得其詳。乃給資于尼以瞎蓮生。而入都應試。丘鵝赴京覓館。見沙土中有物蠕動。視之乃柳春復活也。偕赴京。過黃河驛。孫空得主將歡。引補驛丞。見鵝知妹亡。

囑其赴菴取匱。春遂獨至京。獲高第。遇一園糟。亟問蓮生所在。糟因紿棻柔以充蓮生。云送還父處。遂送春邸。桃鴻亦得第。詣春寓。新人方入門。鴻避耳房。堂中大譁。鴻出視之。新人乃棻柔也。春即邀鴻與棻柔合巹。語以孫空爲黃河驛官。鴻亦以蓮生返魂告。遂同出京往訪。啓祥內召過驛。暫留空署。以待女喪。柳潛至埋春處。欲爲改葬。覓屍不得。遇啓祥于驛。方各傷子女之變。而春及鴻、棻前後俱至。丘鵝往菴亦挈蓮生至。乃各道生死離合始末。丘鵝執柯。兩生兩女。各諧伉儷。按西王母傳。載黃帝討蚩尤之暴。蚩尤幻變多方。徵風召雨。吹烟噴霧。師衆大迷。帝歸息太山之阿。王母遣使者以符授帝曰。太一在前。天一在後。得之者勝。戰則克矣。佩符既畢。王母乃命一婦人。人首鳥身。謂帝曰。我九天元女也。授帝以三宮五意陰陽之略。太一遁甲六壬步斗之術。陰符之機。靈寶五符五勝之文。遂克蚩尤于中冀。據此則九天元女。乃王母位下之女仙。劇中本此。彩霞旛者。即靈寶五符之意也。

想世情

近時人作。未知誰筆。演劉關、張桃、袁三結義。倣三國時劉、關、張桃園三結義也。劉關乘明末變亂之時。潛入皇城。拾得元寶數箇。因以致富。有張桃者。於內院効勞。注選佐貳。欠缺使費。而棍徒袁三賭博輸貲。乃相約同詣劉關。候其挾妓花四娘時。與結拜爲異姓兄弟。告以需錢之故。關出元寶分給二人。二人各遂所欲。乃關竟以元寶事發。拘禁獄中。及至釋歸。一貧如洗。走謁張、袁。張選得縣丞。袁與甚密。兩人見劉。皆若不相識者。關不得已。姑詣花四娘。告之以故。四娘以舊情難卻。出篋中金及首飾以濟之。關因此得入巡按衙門爲差役。未幾。張桃受盜賄。袁三過贓。並奉巡按憲票提問。即遣劉關往拿。二人以結義舊情爲言。關亦不顧。鎖頸而去。按此必其人爲相善之友所欺。借此洩憤。非有事實也。謂世情應爾。故曰想世情云。

百子圖

近時人作。演晉鄧攸事。攸棄子全姪。後竟無子。時人以伯道無兒。爲天道之憾。劇故翻換其事。言攸子雖棄。爲他人所得。其後復歸于攸。子孫衆多。元帝至爲作百子圖之繪。故曰百子圖也。略云。平陽鄧攸、字伯道。弟恆、字仲仁。攸娶鎭武將軍賈混女。生子名賓甫。三歲。晉元帝時。王導薦攸爲中庶子。與內官不合。辭職歸。復起爲平江太守。弟恆生子。甫一週。以己多疾。嘗諄諄託攸撫育。攸任平江。恆故。蒼頭抱其子送攸撫之。平江有小民强思萱。以按摩餬口。性好賭博。土豪黨其凡。內監黨惡之姪。覘其妻美。與門客莘不足謀。誘思萱博。勒其以妻償欠。劫歸家。欲占爲妾。妻矢不從。自投于井。强亦知中計。挾刃黑夜殺黨。黨僕擒控于官。抵大辟。禁獄中。攸細鞫門客。得刺黨之故。遂釋思萱罪。遣戍遠方。黨監遣人諷攸必殺行兇者。見攸出之。

公堂爭辯。攸怒。責其人。觸黨監怒。貶封丘令。時石虎擾河南。思萱投軍中按摩。虎甚愛之。攸之河南。被虎擒。逼降不從。拘營中。黨監與虎通。嗾虎殺攸。思萱竊知之。潛以護身批授攸。令充己名逃出關。虎知之。追攸甚急。攸妻以二幼子爲累。必棄其一始可行。攸念弟乏嗣。乃存姪而棄己子。以所繫辟邪鏡掛胸前。置于路旁。歸寓于蘇。思萱亦紿爲軍人。亡出關。于路旁拾攸子。歸平江。改姓爲鄧。娶妻成家。子稍長。讀書甚聰明。取名鄧金。攸姪年長完婚。攸分家產與之。及攸夫婦年邁乏嗣。姪甚富厚。不盡孝養。攸妻怨夫棄其子。嘗反目。時鄧金爲王導賞識。爲秘閣校書。以女妻之。歷官司徒。陞太傅。生四子。長曰瑛。仲曰礪。叔曰硫。季曰砥。皆貴顯。孫二十人。曾孫七十五人。共盈百數。元帝命繪百子圖進呈。以紀其盛。思萱亦力行善事。一日于青石山草庵。聽鳩摩羅什講經。攸年九十。因受姪侮慢。于佛前哀嘆。思萱問其姓字。知即前守鄧攸。乃邀歸家。欲奉養以報德。攸于佛前見辟邪鏡。

詢萱何自得此。萱道其始末。攸即告以棄子事。言鏡乃攸舊物也。萱悟鄧金乃攸子。適金六十乞假歸。思萱與金述往事。使認親父母。于是攸一門並聚。子孫蕃衍。夫婦皆享全福。蓋上天不負善人之報云。按晉書。鄧攸、字伯道。平陽襄陵人。少孤。與弟同居。史無名。劇云名恆。嘗詣鎮軍賈混。混以人訟事示攸使決之。攸不視曰。孔子稱聽訟吾猶人也。必也使無訟乎。混奇之。以女妻焉。劇與史合。累官河東太守。永嘉末。沒于石勒。勒過泗水。攸乃斫壞車。以牛馬負妻子而逃。又遇賊掠其牛馬。步走。擔其兒及其弟子綏。度不能兩全。乃謂其妻曰。吾弟早亡。惟有一息。理不可絕。止應自棄我兒耳。幸而得存。我後當有子。妻泣而從之。乃棄之。其子朝棄而暮及。明日。故繫之于樹而去。元帝時。以攸爲太子中庶子。時吳郡闕守。人多欲之。帝以授攸。攸載米之郡。俸祿無所受。惟飮吳水而已。去職。拜侍中。累遷尙書右僕射。按攸爲中庶子吳郡守。在棄子撫姪之後。是時稱吳郡。不稱平江也。攸爲石勒所得。非石虎。爲郡守後。即拜侍中。未嘗貶封丘令也。攸官至僕射。劇云年老受侮。亦誤。強思萱鄧金皆無其人。黨惡言與惡爲黨。莘不足言心不足。

皆非眞姓名。攸棄子之後。妻不復孕。過江納妾。甚寵之。訊其家屬。說是北人遭亂。時憶父母姓名。乃攸之甥。攸素有德行。聞之感恨。遂不復畜妾。卒以無嗣。時人義而哀之。爲之語曰。天道無知。使鄧伯道無兒。弟子綏。服攸喪三年。

倒銅旗

近時人作。於隋唐演義中。抽出倒銅旗一節。與鬧花燈鬧花燈見本卷。大略相倣。關目稍異。略云。羅藝爲隋將。鎭幽州。秦瓊、程知節皆依王世充。犯泗水關。楊琳設八門金鎖陣以阻之。內設銅旗。斗中藏神箭手。執旛指揮三軍。倒則陣勢錯亂。勇將東方旺守之。琳請助於藝。藝遣子成領兵往護。秦瓊係成表兄。入陣倒旗。旺與戰。瓊不能支。成助瓊刺旺。遂倒銅旗。破其陣。藝知欲斬成。妻及衆將求免。縛成于高竿。以亂箭射之。初、成長安玩燈。有女子王婉兒。被宇文化及子持勢劫之。成救出。母感其恩。攜婉之幽州。欲爲成侍妾以報之。

聞射成。力不能救。沙陀國王女靜璇妃。亦因琳檄入關助戰。璇善用飛刀。屬羅藝轄下。兵過幽州。婉母子懇璇救成。璇叱退弓箭手。救成遠遁。自引兵詣琳。成母念婉救其子。收育之。成與瓊會在一處。琳又設調虎離山計。赦諸罪人。俱會武場。欲一網害之。已與化及爲考官。成以箭中金錢爲狀元。知節以舉鐵臥龍爲榜眼。瓊欲奪探花。錮斃琳將左杰。琳怒與戰。瓊不能敵。成用落馬鎗刺琳。衆知琳與化及計。皆出武場。至千斤閘。璇據守。成求出之。璇憐成啓閘。衆乘機擁出。璇欲下閘。瓊以手拒閘。令衆遁。時追兵潮湧。太原李元霸與戰。皆辟易。藝妻日念其子。婉畫乳虎顧子圖以感其父。復題以詩。藝詢誰筆。妻告以婉情蹟。藝亦憐憫。俟成歸欲以婉妻之。及唐高祖即位。成、瓊等皆歸唐授職。李靖奏璇有救羅成功。詔賜爲成配。令成歸幽州侍父母。靖齎勑授藝靖邊侯。藝初不拜命。靖曉以天運歸唐。始受爵。以婉爲成次室。

曲海總目提要卷三十一

金蘭誼

不知何人所作。演羊角哀與左伯桃交誼事。本傳志而雜以小說家言。不足盡信。易云。二人同心。其利斷金。同心之言。其臭如蘭。世以友誼之篤者曰金蘭。故題此劇爲金蘭誼也。關中流寓志云。羊角哀與左伯桃聞楚王賢。往歸之。道經郃陽。遇雪。度不能俱生。乃并衣與角哀。伯桃入樹死。角哀至楚爲上大夫。王備禮葬伯桃。角哀自殺以徇。廣輿記云。左伯桃、羊角哀俱燕人。流寓西安。列士傳。羊角哀、左伯桃相與爲死友。欲仕於楚。遇雨雪不得行。饑寒無計。度不俱生。乃并衣糧與角哀。伯桃入樹中而死。楚平王愛角哀之賢。嘉伯桃之義。以公卿禮葬之。略云。春秋時。羊角哀本楚人。避亂居雍丘。按地志本燕人。流寓關中。早喪耦。有女年十四。名淑姜。角哀耿介寡合。惟與同里左伯桃相契。時楚元王以西羌爲患。以禮招賢。二人相約赴楚。伯桃有繼母陸氏。妻吳氏。子繼鄸。陸氏義妹鄸氏無子。欲以伯桃子爲子。故曰繼鄸。陸又有前夫所出之女湛小英。嫁酒徒宿聶。伯桃瀕行。以子幼無人奉母爲憂。而陸已招宿聶夫婦同居。角哀則以其母託其內兄凌栢臺。二人遂行。未至中途。伯桃抱病。留店中。角哀侍疾甚殷。據醫家言。疾由思鄉所致。必得親人血和藥中。始可愈。角哀念鄉里遙闊。己雖與伯桃異姓。而情誼如手足。遂嚙指出血。調藥以進。一服而愈。伯桃念病久資斧必竭。檢其囊則分毫不動。訪之店家。知向所費皆出角哀。金盡復爲典衣。並悉其嚙血狀。伯桃大感慟。二人復行。遇大雪。去楚尚千餘里。山險難行。伯桃又病後支離。欲盡以衣資付角哀。使獨往。而己則歸里。角哀不從。行至一空桑側。伯桃不復前。紿角哀使往前邨乞漿。乃盡解其衣裝。作血書。以母妻及子相囑。自投雪窖而死。角哀返。驚見

重重喜

不知何人作。演長孫貴事。本無根據。以喜慶爲主。一門將相公侯。母壽百歲。故曰重重喜也。虢國夫人楊國忠安祿山李猪兒等。隨意點入。俱非事實。略云。唐長孫貴、字亢宗。洛陽人。太宗朝宰相無忌之後。父某。官僕射。早見背。母吳國夫人。年逾花甲。貴性純孝。日夕敬禮斗姥。願以己壽益母長生不老。夢中感示十全大喜牌坊。現種種禎祥。郡舉孝廉。詣長安應試。中會元。廷試日。明皇命賦上林春燕詩稱旨。擢大魁。授翰林學士兼宮門監察。虢國夫人乘車行御道。貴叱下車。虢御之。與楊國忠謀陷。値洞蠻擾蜀。蜀中薛島者。仁貴之後。祖與張士貴不睦。避居西蜀。有女瑤仙。美姿容。頗通文墨。婢飛奴。多膂力。擅武藝。其洞蠻故薛丁山部下。土司兼懼飛奴勇。不敢正視。國忠薦貴撫蜀。本欲害貴。貴修書辭母。與僕凌利就道。及入蜀境。行李詔書。悉被蠻丁所劫。

道遇飛奴述其故。飛奴奪還之。洞蠻獨留詔書。堅不肯與。飛奴邀貴詣島宅。島視貴氣宇不凡。許爲索還詔書。且招諸蠻納款。以女許貴。貴從之。又以飛奴配貴之僕。瑤仙乃修書諭諸蠻遂皆納款。時安祿山叛。明皇幸蜀。貴辭島。率諸蠻迎駕。調護功多。特擢太師。賜婚皇姨張氏。以其母年高。賜龍頭杖。免拜跪。瑤仙有娠。斗姥降司香童爲嗣。稍長。兼資文武。取名世藩。祿山軍師有號半節孔明者。以妖術取勝。肅宗與李泌議。命貴西征。被困盤龍谷。斗姥運神力收妖。遂解其圍。世藩與飛奴詣洛陽謁祖母。請往省父助戰。父子屢奏捷。祿山遣李猪兒刺貴。斗姥顯聖執之。貴解其縛釋歸。猪兒感其德。刺祿山以報貴。自愧受僞職。遂薙髮爲僧。貴父子班師歸。薛島亦攜女詣洛陽。詔封貴定國公兼太師。世藩武功侯。尙主。貴母百歲。封福壽夫人。瑤仙蜀國夫人。張氏越國夫人。薛島以招土司功。授關中都宣慰司。飛奴屢伏洞蠻。亦封恭人。凌利從征有功。賜以冠帶。値貴母百齡壽誕。世藩尙主。公卿往賀。南極壽星化老叟持蟠桃祝壽 貴母食之。精神强健。宛若壯年。人皆以貴孝親奉斗所感云。 按摩利支天姥。四頭八臂。其身杏黄色。每面具天目。正面微笑同觀音相。左猪首。右鬼臉。後獅子相。中兩手結印。上兩手托日月。左第二手執戟。戟上有黄幡。上書中天雷祖大帝。右第二手持經。左第三手持杵。右第三手秉弓矢。或坐蓮華。或乘寶輦。雙麟引駕。七猪拖輦。金光閃爍。旁有二將。狀如金剛。左曰玉梵尊天嘍囉王。右曰妙梵尊天咖嘍王。左踏火輪。右踏水輪。各執鐘杵。前又一將。形如波斯。號天乙直符林使者。手捧幢節引駕。後有七元玉女隨駕。存己身一如天姥身。即默奏所求事。斗姥大法。稽首中天大自在。日月天前摩利支。威光妙契不思議。能令念者福德備。拔度羣迷解寃結。行藏救護受持人。必令三世業消除。增益壽年延不退。但能依眞脩正理。菩薩常隨逐加護。不令惡事到其門。不使諸魔得其便。不染饑饉兼疾疫。不逢水火併刀兵。永脫沉淪六趣身。定入涅槃眞性海。按作者因增益壽年延不退語．長孫奉斗姥延母壽。所由本也。又斗姥延壽呪。三沒多伐折羅喻薩襪賀。　又朝斗科。長生保命天尊一炁七遍。或四十九遍。　又按李白集。有侍從宜春苑奉詔賦龍池柳色初青聽新鶯百囀歌。劇中明皇命賦上林春燕詩本此。　又按明皇使鮮于仲通征蜀。本楊國忠意。劇中長孫貴伐蜀本此。　又按宋元祐七年。蘇軾以兵部尚書爲鹵簿使。太廟宿齋。有某國太夫人國婆婆某國大長公主犢車衝突儀衞。軾于青城上疏劾之。劇中長孫貴論虢國乘車。影借此事。　唐書長孫無忌傳。上元元年。以其孫元翼襲封。文宗開成中。以其裔孫均爲猗氏令。無所謂長孫貴也。

反三關

作者不知何人。記石敬瑭叛唐事。故云反三關。敬瑭鎮河東太原。其地有偏頭、雁門、寧武三關。故云反三關。然五代時。史未載此三關。所言三關者。多係瓦橋、益津、高陽。不可無辨。　劇云唐明宗之壻石敬瑭。廢帝妹夫也。尚永寧公主。劇云公主名秀英。無據。拜河東節度。鎮守三關。按史。石敬瑭。洛州刺史臬捩雞之子。沈厚寡言。明宗愛之。妻以女。是爲永寧公主。拜河東節度使。大同彰國振武威塞等軍蕃漢馬步軍總管。愍帝初。徙鎮成德。清泰元年。復鎮太原。劉皋、柴榮、趙瑩等皆在麾下。柴榮即周世宗。此時尙早。誤引。廢帝淸泰間。上元令節。又當壽旦。永寧公主入賀。因請往三關。帝醉後戲言。疑敬瑭反。公主謁張后。后待之不以禮。語言相觸。帝聽后言。幽主於冷宮。后又令伊內監以藥酒毒公主。宮人韓月娥報知公主。逼伊監食之而斃。按史。廢帝即位。疑敬瑭必反。天福元年。徙鎮天平。敬瑭不受命。曰。無故而遷。是疑吾反也。乃上表論廢帝不當立。又云公主自太原入朝。千秋節。辭歸。留之不得。廢帝醉語公主曰。爾歸何速。欲與石郎反耶。既醒。左右告之。廢帝大悔。公主歸。以語高祖。高祖由是益不自安。劇言因公主而激變是實。廢帝之后劉氏。劇言妓女張燕。且云公主與相詬罵。被幽冷宮。宮人李玉英。本出丞相馮道家。以聞于道。道爲力請于帝。乃釋之出。皆荒謬之談也。史亦無所謂伊內監。既而帝允丞相馮道之奏。釋公主出外。敬瑭部將秦涉爲公主畫計。僞請于東岳還願。遂往河東。帝遣將追之不及。按馮道傳。廢帝出道爲同州節度使。踰年拜司空。晉滅唐。道不事晉。無他事蹟。劇所載不實。秦涉者。史無其人。劇又言劉皋過泰山。隻身打殺野熊。永寧公主之去。廢帝遣將梁剛慕容遷追之。公主幾危。遇皋接應而去。史無所謂劉皋者。皋自敍稱智遠可哂。梁剛慕容遷亦無其人。所云奉廢帝命。若公主不肯回。竟于路殺之。此則套三國演義孫權遣將追妹之說也。公主既歸。敬瑭遂反。以桑維翰爲謀臣。劉皋、慕容韜、趙瑩、秦涉等爲將。請遼主重兵以攻唐。按晉天福元年。敬瑭求援于契丹。耶律德光入自雁門。與唐兵戰。唐將張敬達大敗。敬瑭夜出北門。見德光。約爲父子。十一月。敬瑭自立國號晉。掌書記桑維翰爲翰林學士尚書禮部侍郎知樞密使事。尋爲中書侍郎。翰林學士趙瑩爲門下侍郎。維翰實爲謀臣。而趙瑩則非武將也。瑩與維翰並掌書記。獨勸敬瑭毋反。高祖雖不用其言。心甚愛之。即位。首拜學士承旨。同中書門下平章事。劇云。領北面軍。謬。劉阜當即指智遠。敬瑭將舉兵。智遠與維翰密爲謀畫。贊成之。高祖即位于太原。以智遠爲侍衛親軍都虞候。領保義軍節度使。開運一年四月。封北平王。劇末敘諸將封爵云。封阜北平王。蓋本於此。然初無名阜之說。慕容韜秦涉不的。廢帝遣高行周、史建瑭禦之。行周戰沒。建瑭兵敗。按高行周父思繼。爲李匡威戍將。被誅于李克用。劇作思紀。而所敘亦謬。行周在唐明宗時。歷振武彰武昭義節度使。晉高祖時西京留守。從鎮天雄。唐晉之間。未嘗特將。卒于周太祖時。未嘗戰沒。史建瑭爲唐將。卒于天祐十八年。其子匡翰。尚晉高祖女。未聞建瑭與敬瑭交鋒也。且行周建瑭皆係宿將。劇形容其少年。更謬。敬瑭遂引兵入。廢帝自焚。敬瑭奉遼主命。立爲晉帝。劇言執殺張后。按后本非張氏。廢帝自焚。劉后亦俱死。蓋皆自焚。非見殺于敬瑭也。

後白兔

一名五龍祚。未知何人所作。演劉智遠事。謂智遠攻賊于鐵籠山。其子承祐。遇白兔引入賊巢。得以除亂。前劇*指白兔記。見本書卷四。因白兔見母。此因白兔成功。

故名後白兔云。事蹟牽率附會。考之正史。多不合。（按五代史。漢隱帝本紀不載軍功。家人傳亦無王氏。皆係揑造。劉智遠事已載白兔記。其曰五龍祚者。因小說有五龍逼死王彥章之說。而又以加附會也。）略云。劉智遠一名暠。徐州沛縣沙陀村人。初充同臺節度岳彥眞牙將。（史無岳節度。）得其歡心。公子存訓雅愛之（與白兔異。）暠與郭彥威、史弘肇、石敬瑭素相友善。（此說見白兔。）敬瑭鎮河東。彥威、弘肇爲部將。彥威訪暠。聞朱温欲劫滄州節度王鐸女如翠。與其子朱景隆爲妻。（石敬瑭鎮河東。在唐潞王時。無朱温矣。王鐸更在前。甚不合。）如翠曾字存訓。鐸以事聞彥眞。彥眞命暠同存訓往救之。彥威亦從行。遇景隆于道。割其兩耳。縱之去。奪如翠歸。（皆係鑿空。）暠負劍臥岳府中。彥眞見火光。同夫人卓氏女秀英倉卒赴救。至暠臥所。火光漸隱。見赤龍盤于暠身。知爲異人。欲以女妻暠。（此段白兔作李太公事。）浼彥威作伐。知暠已娶李氏。生子咬臍。即名曰承祐。彥眞願以女居次。遂命存訓、暠同日完姻。（此因白兔有李岳二妻。而揑合之也。）時朱温篡位稱梁。幷州晉王李克用檄藩鎮兵討之。温將王彥章驍勇無敵。暠與彥威赴克用軍。同李嗣源、石敬瑭、李存勗列五龍出水爭珠陣。殺王彥章。（此即演義五龍逼死王彥章之說也。）遂滅温興唐。潞王從珂妹永寧公主下嫁敬瑭。敬瑭鎮晉陽。公主欲往。爲后張瓊玉讒阻。后故妓女。素與公主不合。勸上幽殺之。內官李應、宮人韓月娥乘間賺公主出宮。送往晉陽。敬瑭遣將迎歸。應與月娥各自剄。（公主欲歸晉陽。因潞王有歸與石郎反之謔。以告于敬瑭。遂舉兵反。其張瓊玉韓月娥等。皆係增飾。）于是敬瑭率兵入潼關。從珂遁走。羣臣勸進。敬瑭乃即位。自稱大晉。授暠爲河東節度。天下兵馬大元帥。郭、史俱爲節度。暠迎妻李、岳二氏及子承祐赴任。會鐵籠山寇蕭飛虎作亂。朝命封暠爲北平王。率彥威、弘肇等擊之。飛虎敗走入山中。山勢險絕。兵不得入。暠無策。適遣使歸鎮。承祐聞信馳至軍。暠以其不奉命而來。欲斬之。郭、史二將求免。承祐獻破賊策。願單身覓路。用火攻其巢穴。俟其內變而外以兵圍之。暠喜。給以火箭。密行上山。鐵籠山之神。陰現白兔。引承祐至賊窟。乃出火箭射其齊雲樓。火發。賊衆驚竄。暠兵四起。一鼓盡殲之。奏凱將歸。（此段皆鑿空。）敬瑭已逝。石重貴爲耶律德光所執。衆將謂石氏已絕。共推暠爲主。黄旗加身。嵩乃受之。册李、岳爲后妃。諸將並加封賞。

仙桃種 一名瓊花記

未知何人所作。*明史磐撰。演宋湘王廷美之女慈雲。幼而好佛。夢食仙桃。有身生子。因以爲名。關目情節。俱空中樓閣。所引揚州瓊花。雜見地志及花木考諸書。其説不一。附見于後。劇云。宋太宗之弟湘王廷美。有女曰慈雲公主。七歲事佛修行。玉帝以其與女子瓊香有夙冤當報。乃命紫微眞人遣木公金母託夢。食以仙桃。俾懷孕生子。身罹患難。然後證果。時朝旨遣湘王詣揚州採瓊花。爲杜太后上壽。此花久不開。土神申奏玉帝。命桐柏眞君遣九花判官至瓊花觀。使花復生。且令三槁三榮以表異。湘王至揚。無花。禱于天。齋宿七日。花忽發。土人謂宜罩以絳紗。貯以清水。令淨身美女捧持。則花色不變。于是民間選得美女桂香。湘王改名曰瓊香。如戒以行。道經湘邸。夫人及慈雲迎看。甫揭紗而花已槁。慈雲謂瓊香不淨之故。瓊香心嗛之。慈雲禱于神。花乃復榮。湘王仍命瓊香持入朝。太宗以瓊香賜湘王爲姬。慈雲隨母赴朝祝太后壽。太后高年好道。聞慈雲勤修戒律。絕憐愛之。慈雲自夢食桃後即告于母。至是腹中即覺有娠。甚疑懼。湘王聞而慰之。値番將撲古登作亂。朝命湘王率兵征討。瓊香初入湘邸擅寵。湘王瀕行。恐爲夫人所不容。命瓊香與夫人頡頏。欲慈雲母事之。慈雲不平。但呼爲姊。瓊香益恨。會太后建太陰寺于亳州。幸寺習靜。慈雲欲隨往。湘王不許。瓊香偵知慈雲腹中事。乘湘王凱旋。遂指腹汚衊。湘王怒。責問慈雲。搒掠不已。又密令瓊香鞫。爲夫人救止。未幾。有星降于宮。慈雲乃生子。瓊香勸湘王殺慈雲。而奪子欲手刃之。關壯繆陰護。刀不得下。遂遣心腹賂貧民周全易其子。以進于王而殺之。縊死慈雲。殯之亳州。于是普門大士命天神啓棺返魂。改其貌。挈之太陰寺。太后見而悅之。詢其姓名。慈雲稱民間女。遂度爲尼。其所生子養于周全家。年漸長。瓊香因王無子。取全子入宮。湘王奇其貌。命名金龍。撫爲世子。王往亳州起居太后。遇小尼。訝其貌類慈雲。感觸悲涕。歸邸。命金龍世子往覲太后。小尼見世子。問年十二。稱瓊香所產。心疑其非。湘王思女得疾。請于太后。欲迎尼諷經。太后遣尼偕世子來湘邸。關壯繆復還慈雲故容。入宮。瓊香見而驚倒。壯繆勒令盡吐其讒害慈雲狀。并言金龍本慈雲出。湘王聞而駭異。見慈雲。知回生易容始末。復爲父女母子如初。金龍正名外孫。湘王夫人痛其女之冤。劾瓊香于朝。太宗親鞫。命縊于市。慈雲爲求解。乃免死。太后自亳州攜瓊花還朝云。昔湘王自揚州採貢上壽以來。此花枯槁久矣。今閱十二年。枯枝復榮。開花尤麗。以爲祥瑞。太宗以慈雲本末告太后。謂皆以瓊花而起。故三槁三榮如是。乃設宴宮中。爲湘王慶。劇中所引宋杜太后。太宗弟廷美。俱見正史。但封號年月皆不符。按宋史。太宗太平興國元年。以弟廷美爲開封尹。封齊王。廷美即光美也。五年。進封齊王廷美爲秦王。論平漢功也。七年。罷秦王廷美爲西京留守。未幾。勒秦王廷美就第。復其子爲皇姪。女落皇女公主之號。五月。貶秦王廷美爲涪陵縣公。安置房州。雍熙元年。涪陵公廷美以憂卒。年三十八。追封涪王。以其子德恭、德隆爲刺史。眞宗即位。追復涪王廷美爲秦王。劇中稱封楚地七郡爲七湘王。係僞撰。又云五十無子。及公主慈雲。皆揑造。且太宗朝無復杜太后矣。廣輿記云。瓊花臺在揚州府城東蕃釐觀內。花自唐人植。天下獨一株。元時朽。以八仙花補之。羣芳譜云。玉蘂花所傳不一。唐李衞公以爲瓊花。宋曾端伯以爲瑒花。黃山谷以爲山礬。皆非也。宋周必大曰。唐人甚重玉蘂花。故唐昌觀有之。集賢院有之。翰林院亦有之。皆非凡境也。予自招隱寺遠致一本。蔓如荼蘼。冬凋春榮。柘葉紫莖。花苞初甚微。經月漸大。暮春方八出。鬚如冰絲。上綴金粟。花心復有筆筒。狀類膽瓶。其中別抽一英。出衆鬚上。散爲十餘蘂。猶刻玉然。花名玉蘂。乃在于此。宋子京、劉原父、宋次道博洽無比。不知何故疑爲瓊花。鄭松窗詩云。維揚后土廟瓊花。安業唐昌宮玉蘂。判然二物本不同。喚作一般良未是。瓊花雪白輕壓枝。大率形模八仙爾。比之玉蘂似實非。金粟冰絲那有此。花鬚中有碧膽瓶。別出瓏璁高半指。清馨靜夜衝九天。招引瑤臺玉仙子。乘風躍馬汗漫遊。偷折繁香分月姊。紫莖柘葉荼蘼條。少到尋常人眼底。翰林內苑集賢閣。雨露承天近尺咫。後人不識天上花。又把山礬輕擬比。按揚州后土祠名蕃釐觀。有瓊花。天下無雙。歐陽修作無雙亭賞之。劉敞詩序云。孫冕過維揚。謂山中甚多。蓋誤八仙花耳。

蟠桃會

不知誰作。大旨取富貴神仙福祿壽考之意。喜筵吉席。隨地相宜。可供演唱。借陳摶生日東方朔偷桃祝壽爲名。所云摶子秉忠爲司諫。孫一鳳爲狀元。夫人鄭氏。秉忠妻歐陽氏。一鳳妻趙氏。皆增出。本傳云。陳摶、字圖南。亳州眞源人。服氣辟穀。居華山雲臺觀。周世宗顯德三年。召爲諫議大夫。固辭不受。放還所止。見第二折摶自白語。本傳云。太平興國中。常再來朝。上令宰相宋琪等問修養之道。對曰。摶山野之人。于時無用。亦不知神仙黃白之事。吐納養生之理。非有方術可傳。假令白日沖天。亦何益于世。今上龍顏秀異。有天人之表。博達古今。深究治亂。眞有道仁聖之主也。正君臣協修同德。興化致治之秋。勤行修煉。無出于此。琪等以其語白上。上益重之。賜號希夷先生。仍賜紫衣一襲。上與屬和詩賦。數月。放還山。見第七第八折。乃摶實蹟。但係太宗時事。而此記以爲太祖。且在雪夜訪趙普之前。未免顛倒。封禪是眞宗時事。今亦以爲太祖。又借嵩呼萬歲事點綴。又借王喬彭祖與摶相映射。邵氏聞見錄。太祖即位之初。數出微行。以偵伺人情。或過功臣家。不可測。普每退朝。不敢脫衣冠。一日大雪。向夜。普謂帝不復出矣。久之聞叩門聲。普亟出。帝立風雪中。普惶懼迎拜。帝曰。已約晉王矣。已而太宗至。共于普堂中設重裀。地坐。熾炭燒肉。普妻行酒。帝以嫂呼之。普從容問曰。夜久寒甚。陛下何以出。帝曰。吾睡不能着。一榻之外。皆他人家也。故來見卿。普曰。陛下小天下耶。南征北伐。

今其時也。願聞成算所向。帝曰。吾欲下太原。普默然久之曰。非臣所知也。帝問其故。普曰。太原當西北二邊。使一舉而下。則二邊之患。我獨當之。何不姑留。以俟削平諸國。則彈丸黑誌之地。將無所逃。帝笑曰。吾意正如此。特試卿耳。遂定下江南之議。帝曰。王全斌平蜀。多殺人。吾今思之猶耿耿。不可用也。普于是薦曹彬爲將。以潘美副之。此即雪夜訪趙普也。宋史普本傳。亦載其事。而不若聞見錄之詳。記中云。命曹彬下江南。石守信取吳越。王全斌收西川。潘文美定兩廣。此悞也。趙普傳。普既薨。家人發篋視之。則論語二十篇也。又普嘗言以半部論語佐太平。今與訪普事俱見十二折。摶用丹藥化金。助餉買山。以致各處成功。其孫一鳳登第。爲趙普之壻。秉忠、一鳳同時乞假。爲摶祝壽。方朔偷桃。羣仙竝會。諸折皆係綴飾。列仙傳。太祖、太宗與趙普遊長安市。希夷先生同入酒肆。普坐太祖、太宗之右。先生曰。汝紫微垣一小星耳。輒處上次可乎。是摶故與普相識。此記因加點綴。謂普薦摶。且嘗頒詔至摶家。又以女嫁其孫也。考普傳。普既卒。二女皆笄。普妻和氏言願爲尼。太宗再三諭之。不能奪。賜長女名志願。號智果大師。次女名志英。號智圓大師。安得有嫁搏孫事。

萬倍利

此據田汝成阿寄傳而作也。浙江通志、嚴州府志亦載其事。汝成。錢塘人。明嘉靖中進士。官廣東副使。傳云。阿寄者。淳安徐氏僕也。徐氏昆弟。別產而居。今古奇觀云。嘉靖年間。淳安縣離城數里。錦沙村莊家。弟兄三人。長徐言。次徐召。次徐哲。哲妻顏氏。子福兒壽兒。女三人。汝成傳中名氏俱未載。不如小說之詳。伯得一馬。仲得一牛。季寡婦得阿寄。阿寄年五十餘矣。寡婦泣曰。馬則乘。牛則耕。蹌踉老僕。乃費我藜羹。阿寄嘆曰。噫。主謂我力不若牛馬耶。乃畫策營生。示可用狀。寡婦悉簪珥之屬。得銀一十二兩畀寄。寄則入山販漆。小說云。入慶雲山。朞年而三其息。謂寡婦曰。主無憂。富可立至矣。又二十年而致產數萬金。小說載其販漆販米。買田積穀。頗爲詳備。大抵皆實事也。惟所云賣田之敗子。曰晏世保。則似脫空撰出。以譏鬻產者耳。作劇者皆據以成編。而中間多所點綴。取有委折波瀾。動人觀聽也。爲寡婦嫁三女。婚兩郎。

齎聘皆千金。又延師教兩郎。既皆輸粟爲太學生。而寡婦則阜然財雄一邑矣。小說兩郎。長名寬。次名宏。頃之。阿寄病且死。謂寡婦曰。老奴馬牛之報盡矣。出枕中二楮。則家計鉅細。悉均分之。曰。以此遺兩郎君。可世守也。言訖而終。徐氏諸孫或疑寄私蓄者。竊啓其篋。無寸絲粒粟之儲。一嫗一兒。僅敝縕掩體而已。阿寄之事。予蓋聞之俞鳴和云。鳴和又曰。阿寄老矣。見徐氏之族。雖幼必拜。騎而遇諸途。必控勒將數百武。以爲常。見主母不睇視。女使雖幼。非傳言不離立也。與小說盡同。劇中又據小說兒孫棄骸骨奴僕奔喪事。點綴前半截。云哲父沒于外。長子次子皆不顧。哲庶出而幼。阿寄抵哲父處。扶其柩歸云云。此奇觀及汝成傳所無。乃紐合而成。並非實事。劇中哲不曾死。因取團圓之意。不得不然。汝成傳中不言哲兄之過。奇觀雖譏言召。亦未嘗言其有大過。作劇者蓋甚言之。以作波瀾耳。朝廷旌阿寄之閭。理所應有。汝成傳未及。是其時尚未舉行。劇稱阿寄授官。亦是必當點染。

芙蓉屏

不知何人所作。演崔英王氏夫婦重合事。其重合之故。以芙蓉屏上題詩。故名。至正辛卯。眞州有崔生名英者。家極富。以父蔭補浙江温州永嘉尉。攜妻王氏赴任。道經蘇州之圌山。泊舟少憩。買紙錢牲酒賽於神。既畢。與妻小飲舟中。舟人見其飲器皆金銀。遽起惡念。是夜沉英水中。併婢僕殺之。謂王氏曰。爾知所以不死者乎。我次子尙未有室。今與人撐船往杭州。一兩月歸來。與汝成親。汝即吾家人。第安心無恐。言訖。席捲其所有。而以新婦呼王氏。氏佯應之。勉爲經理。曲盡慇懃。舟人私喜得婦。漸稔熟。不復防閑。將月餘。値中秋節。舟人盛設酒餚。雄飲痛醉。王氏伺其睡沉。輕身上岸。走二三里。忽迷路。四面皆水鄉。惟蘆葦菰蒲。一望無際。且生自良家。雙弓纖細。不任跋涉之苦。又恐追尋者至。乃盡力而奔。久之東方漸白。遙望林木中有屋宇。急往投之。至則門猶未啓。鐘梵之聲隱然。少頃開關。乃一尼院。王氏徑入。院主問所以來故。王氏未敢以實對。紿之曰。妾眞州人。阿舅宦遊江浙。挈家皆行。抵任而良人沒矣。孀居數年。舅以嫁永嘉崔尉爲次妻。正室悍戾難事。箠辱萬端。近日解官。舟次於此。因中秋賞月。命妾取酒杯。不料失手。墜金杯於江。必欲置之死地。遂逃生至此。尼曰。娘子既不敢歸舟。家鄉又遠。欲別求正偶。卒乏良媒。孤苦一身。將何所託。王惟涕泣而已。尼又曰。老身一言相勸。未審尊意如何。王曰。若吾師有以見處。即死無憾。尼曰。此間僻在荒濱。人跡不到。菱葑之與鄰。鷗鷺之與友。幸得一二同袍。皆五十以上。侍者數人。又皆淳謹。娘子雖年芳貌美。奈運蹇時乖。盍若捨愛離癡。悟身爲幻。披緇削髮。就此出家。禪榻佛燈。晨湌暮粥。聊隨緣以度歲月。豈不勝於爲人寵妾。受今世之苦惱。而結來世之寃仇乎。王拜謝曰。是所志也。遂落髮於佛前。立法名慧圓。王讀書識字。寫染俱通。不朞月間。悉究內典。大爲院主所禮待。凡事之巨細。悉王主張。莫敢輒自行者。每日於白衣大士前禮百餘拜。隆冬盛暑弗替。既罷。即身居奥室。人罕見面。有一人至院隨喜。留齋而去。明日持畫芙蓉一幅來施。老尼張於素屏。王過見之。識爲英筆。因詢所自。院主曰。近日檀越布施。王問檀越姓名。今住甚處。以何爲生。曰。同縣顧阿秀兄弟。以操舟爲生。年來如意。人頗道其刦掠江河間。未知誠然否。王又問亦嘗往來此中乎。曰。少到耳。即默識之。乃援筆題於屏上。其詞爲臨江仙也。尼皆不曉其所謂。一日忽有郭慶春者。以他事至院。見畫與題。悅其精緻。買歸爲清玩。適御史大夫高公納麟退居姑蘇。多慕書畫。慶春以屏獻之。公置於內館。而未暇問其詳。偶外間忽有人賣草書四幅。公取觀之。字格類懷素而清勁不俗。公問誰寫。其人對是某學書。公視其貌非庸碌人。即詢其鄉里姓名。則蹙額對曰。英姓崔。字俊臣。世居眞州。以父蔭補永嘉尉。挈眷赴官。不自愼重。爲舟人所圖。沉英水中。家財妻妾。不復顧矣。幸幼時習水。潛泅波間。度旣遠。遂登岸投民家。而舉體沾溼。了無一錢在身。賴主人善良。易以衣裳。待以酒食。贈以盤纏。遣之曰。旣遭寇劫。理合聞官。不敢奉留。恐相連累。英遂問路出城。陳告於平江路。今聽候一年。杳無消耗。惟賣字以度日。非敢謂善書也。不意惡札上徹鈞覽。公聞其語深憫之。曰。子旣如斯。付之無奈。且留吾西塾。訓諸孫寫字。不亦可乎。英曰。幸甚。公延人內館與飯。英忽見屏間芙蓉。泫然垂淚。公怪問之。曰。此舟中失物之一。英手筆也。何得在此。又誦其詞。復曰。英妻所作。公曰。何以辨之。曰。識其字畫。且其詞意有在。拙婦所作無疑。公曰。若然。當爲子任捕盜之責。子姑秘之。乃館英於門下。明日密召慶春問之。慶春云。買自尼院。公即使宛轉詰尼。得於何人。誰所題咏。數日報云。同縣顧阿秀捨。院尼慧圓題。公遣人說院主曰。夫人喜誦佛經。無人作伴。聞慧圓了悟。今禮爲師。願勿卻也。院主不許。而慧圓聞之。深欲一出。或者可以藉此復仇。尼不能拒。公昪至。俾夫人與之同寢處。暇日問其家世之詳。王欷泣。以實告。且白題芙蓉屏事。曰。盜不遠矣。惟夫人轉以告公。脫得罪人。洗刷前恥。以下報夫君。則公之賜大矣。而未知其夫之故在也。夫人以語公。且云其讀書貞淑。決非小家女。公知爲英妻無疑。屬夫人善視之。略不與英言。公訪得顧居址出沒之跡。然未敢輕動。惟使夫人陰勸王蓄髮。返初服。又半年。溥化爲監察御史按郡。溥化。高公舊日屬吏。知其敏手也。且語溥化掩捕之。勅牒及家財尚在。惟不見王氏下落。窮訊之。則曰。誠欲留以配次男。不復防備。不期當年八月中秋逃去。莫知所往矣。溥化遂置之極典。而以原贓給英。英將辭公赴任。公曰。待與足下作媒。娶而後去。非晚也。英謝曰。糟糠之妻。同貧賤久矣。今不幸留落他方。存亡未卜。且單身到彼。遲以歲月。萬一天地垂憐。若其尚在。或冀伉儷之重諧耳。感公隆德。至死不忘。別娶之言。非所願也。公淒然曰。足下高誼如此。天必有以相祐。吾安敢苦逼。但容奉餞。然後起程。翌日開宴。路官及今日名進士畢集。公舉盃告衆曰。老夫今日爲崔縣尉了今生緣。客莫諭。公使呼慧圓出。則英故妻也。夫婦相持大慟。不意復得相見於此。公備道其始末。且出芙蓉屏以示客。方知公所云了今生緣。乃英妻詞中句。而慧圓則英妻改字也。滿座爲掩泣。歎公之盛德爲不可及。公贈奴婢各一。津遣就道。英任滿驅過吳門而公薨矣。夫婦號哭如喪其親。就墓下建水陸齋三晝夜以報而後去。王氏因此長齋念佛不輟。眞之才士陸仲暘作芙蓉屏歌。以紀其事。

人天樂

不知何人所作。按陳乃乾註。稱此劇清黄周星撰。周星字景明。後改字九煙。上元人。幼育於湘潭周氏。劇中情節。皆其自述。拔宅飛昇。乃其意想云耳。以佛經所載鬱單越爲人樂。以道家所稱中海崑崙爲天樂。善士軒轅載應生鬱單越。又以夙有仙緣。積德累行。得呂祖相引。遊鬱單越。即拔宅上昇崑崙。故謂之人天樂。其情節甚荒誕。按佛經鬱單越即北俱盧洲。所謂四大部洲之一也。阿含經云。其地多山。山側有諸園觀浴池。生衆雜花樹木。清涼華果。豐茂無數。衆鳥相和而鳴。又其山中多衆流水。其水洋順。無有卒暴。衆花覆上。泛泛徐流。地生軟草。盤縈右旋。色如孔翠。香如婆師。軟若天衣。其地軟柔。以足蹈地。地凹四寸。舉足還復。平地如掌。無有高下。又其地無有溝澗坑坎荆棘株杌。亦無蚊虻蚖蛇蜂蝎虎狼惡獸。地純衆寶。無有石砂。陰陽調柔。四氣和順。不寒不熱。無衆惱患。其地潤澤。塵穢不起。百草長生。無冬無夏。其土常有自然粳米。不種自生。無有糠檜。又有自然釜鑊。有摩尼珠名餤光。置鑊下。飯熟光滅。不假樵火。不勞人功。有樹名曲躬。葉葉相次。天雨不漏。彼諸男女。止宿其下。復有衣樹。高七十里。華果繁茂。其果熟時。皮殼自裂。出種種衣。復有莊嚴樹。出種種嚴身之具。鬘樹出種種鬘。器樹出種種器。復有樂器樹出種種樂器。有地名善見。東出善道河。河中有衆寶船。彼方人民。欲入其中洗浴遊戲時。脱衣岸上。乘船中流。遊戲娛樂訖。渡水遇衣便著。不求本衣。又其土人無有衆病。氣力充足。顔色和悦。身體相類。顔貌同等。少壯如閻浮提二十許人。無有衰耗。若其人民起欲心時。則熟視女人而捨之去。彼女隨後往詣園林。若彼女人是彼男子父母骨肉中表。不應行欲者。樹不曲蔭。各自散去。若應行欲者。則樹曲躬迴蔭其身。隨意娛樂。一日二日或至七日。乃散去。彼人懷妊。七日八日便産。隨生男女。置於四衢。有行人經過。出指令哢。指出甘乳。充適兒身。過七日。其兒長成。與彼人等。其土人民。無所繫戀。亦無畜積。壽命常定。死盡生天。何故壽命常定。其人前世脩十善行。身壞命終。生鬱單越。壽命千年。不增不減。若有不殺不盗不淫。不兩舌惡口妄言綺語。不貪取嫉妬邪見。身壞生鬱單越。有人施沙門婆羅門。及施貧窮乞兒瘡病困苦者。給其衣服飲食乘轝華鬘塗香牀榻房舍。又造立塔廟燈燭供養。其人命終生鬱單越。劇中前半演軒轅子不殺不盗不淫等一齣。即間以鬱單越天殿天食天衣等一齣。後半則演濟困解寃好施等善。而雜以天仙事。大指歸於勸人戒十惡修十善。乃得生樂爲天上仙也。又按樓炭經亦有鬱單越品。又立世論太乙經等所言。大略相同。略云。軒轅載、號冠霞。鍾山人也。初撫於汝南異姓。後歸江夏本宗。（據此則姓黃。託稱軒轅也。）中庚辰進士。甫登仕籍。家口散失。惟室人宋氏相隨。流寓四方。性喜濟人。雖貧困。間有所得。輒傾囊施予。常以衣食累人。每羨北俱盧洲之樂。以此脩持十善益力。家不殺生。平日奉關壯繆甚誠。然當祭祀。亦惟潔蔬果供獻。不犯殺戒也。（劇中以不殺爲一齣。下接天殿一齣。謂北俱盧洲有大樹。名菴婆羅。圍七由旬。高百由旬。葉四布五十由旬。爲天然宮殿。又有曲肱樹。爲人民止宿之處。皆見內典。由旬大者八十里。中六十里。小四十里。）常遭穿窬偷盜。空諸所有。掘地取泥。補塞牆隙。遇藏金。妻孥皆欲取。輒以爲非義之物。即命以土掩之。（劇以此爲不盜。作一齣。下接天食。）假巨族郊園習靜。鄰婦石二芸。園主之妾卞小越。皆悅其貌來奔。拒之去。遂即日遷他寓。（劇以此爲不淫。下接天衣。）功德大天女者。天上福神也。所至之處。能使貧者富。賤者貴。夭者壽。孤者多男。種種利益。無不立應。而有妹曰黑暗。所至輒多災禍。與功德相反。然與功德不暫離。一日。功德獨造富翁王和家。和孳孳爲利。知功德神力。供養甚恭。黑暗踵至。和懼卻。幷辭功德。功德聞載積善。往試之。載安命。不屑屑富貴也。功德去。黑暗亦不至。（劇以此爲不貪。下接天娛。）載好行善。而同志落落。所相得者。田般菴、成爰斗、張古山數人而已。其他往往生謗毁。加汚蠛。載處之恬然。常誦金剛經中若善男子爲人輕賤。是人先世罪業。應墮惡道。以今世人輕賤。先世罪業。即爲消滅數語以自解。（劇以此爲不嗔。下接天合。）平生不讀非聖之書。以凡批評書史詭異穿鑿者。雖小有才。不足取也。（劇以此爲不邪。下接天育。）每自省無兩舌惡口妄言之業。惟綺語習未盡。晚以此爲戒。常謂人云。好作綺語。必當墮泥犂地獄。（劇以此爲淨口。下接天壽。以上半本演載事一。即間以北俱盧洲事。謂有一善。即當受一福報也。）彌留大海中阿修羅王。名毗摩質多。（見內典。）神通廣大。以素染嗔慢懷諂曲故。樂與諸天戰鬬。忽慕鬱單越洲安樂。欲興兵吞佔其地。而毗沙門天王（佛藏有毗沙門天王經。）爲此洲護持。遣其子那吒率兵往拒。且求援於摩利支天大士。（即斗姥也。佛藏有摩利支天陀羅尼呪經。）掃除魔障。降伏修羅。鬱單越洲得以無恙。（此爲北俱盧洲雖樂。然亦不免魔擾。未若諸天之勝。勸脩行者更進一層。故下即接載濟困等事。）時載游揚州。四明周生失館將行。乞載助以歸資。楚中李生遭母喪。貧無以殯。載出數金爲賻。鑾江吳孝廉。載同年生也。途窮不能赴公車。閩海劉大年亦與載同榜。遇盜顛沛。卧病舟中。載倒篋分給。兩人各啣感去。揚之節推與載爲故交。言無不聽。無賴皮靑私怨富戶東方望。摭其短飾爲罪款。浼載達節推轉申御史。饋載禮物。且許厚酬。載卻之。望聞。具禮至門叩謝。載亦不受。而使人爲兩姓解和。載過三衢。有宦婦何氏夫死。沒爲婢。毛侍御之女爲兵掠。索銀取贖。載助何氏金。而贖毛女嫁貢生吉某。途有賣子者。父子痛哭不能別。載爲贖還。載嘗與乩仙聯句贈人。又有死友顧帊示夢於孫霽容。求載作傳。載以仙鬼爲文字相知。意甚得。嘗作將就園記。言依將就兩人爲兩園。有羅浮嶺、鬱越堂、經三亭等勝。皆空中樓閣也。乩仙索觀稱善。達之文昌帝君。轉奏玉帝。依此紀造成天園於崑崙頂。以待載至使居之。載又嘗於夢中救鬼託生。陰德感上帝。載本無子。中年連舉二雄。曰旭、曰朔。皆成進士。呂祖下降。欲接引載爲仙。以載曾有詩云。恨不身生鬱越洲。呂祖謂非成仙了道之處。乃引載一至其地。即使入崑崙。未幾拔宅飛昇。全家皆住崑崙頂將就園云。

萬仙錄

不知何人所作。演呂祖洞賓事。洞賓登眞。衆仙俱會。故曰萬仙錄也。中引黃龍禪師一段。本之指月錄。而小說尤詳悉。其他書所襍引洞賓事甚多。與此記無涉者不采。略言呂巖、字洞賓。唐京川人也。八洞神仙共會。因洞賓有仙分。相攜渡海。雲房先生訪而度之。洞賓本儒家子。父母在堂。兄弟二人並習舉子業。一日。洞賓入酒肆。城南柳樹精化爲酒色財氣諸魔遞相擾惑。雲房至肆點化。洞賓未悟。不肯從遊。乃先化柳精而去。洞賓偕弟赴京應試。弟一舉成名而洞賓下第。雲房復與相遇。示現夢中境象以點化之。既而醒。黃粱甫熟。遂從雲房出世。久之道成。然嗔心猶未能斷。嘗過杭州參黃龍禪師。酬對不契。夜半飛劍入禪室中。劍被黃龍收攝。卓地不動。洞賓百計取劍。終不能得。乃拜服。願歸佛法。後遇白尙言之女。復度此女成仙。而其弟則享人間富貴。奉其父母。受朝廷寵誥之榮。靈笑經云。呂巖、字洞賓。唐咸通中舉進士不第。値巢賊亂。攜家隱終南山。絕世辟穀。變易形體。尤精劍術。呂純陽集曰。洞賓隨雲房同憩一肆中。雲房自起執炊。洞賓忽昏睡。夢中以舉子赴京狀元及第。歷官淸要。前後兩娶貴家女。婚嫁早畢。簪笏滿門。如此幾四十年。最後獨相十年。權勢薰炙。忽被重罪。籍沒家貲。分散妻孥。流嶺表。路値風雪。僕馬俱瘁。一身無聊。方興浩歎。恍然夢覺。雲房在旁炊尙未熟。笑曰。黃粱猶未熟。一夢到華胥。洞賓驚曰。君知我夢耶。雲房曰。子適來之夢。升沈萬態。榮悴多端。五十年間一頃耳。得不足喜。喪不足憂。且有大覺。而後知此人間世眞大夢也。洞賓感悟。遂拜雲房。求度世術。按太平廣記云。八仙者。李已、容成、董仲舒、張道陵、嚴君平、李八百、長壽、葛永墳。元人所載則如今所傳。但無曹國舅。而有徐神翁。續仙傳曰。世傳八仙。鍾離、李、呂、張、藍、韓、曹、何也。不知其所由始。鍾離諱權、字雲房。嘗以裨將從周孝侯處。敗於齊萬年。逃終南山。遇東華王眞人得道。至唐始一出。度純陽。自稱天下都散漢。呂諱巖、字洞賓。嘗舉進士不第。遇正陽眞人得道。在五季及宋時化跡最著。而又與正陽度劉海蟾、王重陽。及自度何仙姑、張珍奴之屬。張諱果。隱恆州中條山。見召於唐開元中。與葉靜能輩比。而公最爲長者。自言隋時官侍中。葉公密識之曰。混沌初分白蝙蝠精也。授銀青光祿大夫。放歸。天寶時尸解。曹國舅者。苗善時傳不能舉其名。第言丞相彬子。皇后弟。少而美姿容。上及皇后重之。一旦求出家雲水。上以金牌賜之。抵黃河。爲篙工索渡直急。用金牌相抵。純陽見而警之。遂拜而得道。按皇后乃侍中彬孫女。金牌云云。大約俚巷委談也。審爾所謂曹公者。當作青巾少年。不當作髯而翼善冠也。何仙姑。零陵市人女也。純陽以一桃與之。僅食其半。自是不飢。頗能談休咎。老而尸解。亦苗善時云。又趙道一仙鑑云。純陽所度者。趙姑名何者也。有仙姑何姓者。開元中羽化去。合在純陽前。李公者。諸方外稗官皆不載。獨聞之乩云。諱元中。開元大歷間人也。於終南山學道四十年。陽神出舍。爲虎所殘。得一跛丐乍亡者而居之。不可知也。藍即采和。韓即湘。鐵拐姓李。質本魁梧。早歲聞道。修眞巖穴。一日將赴老君華山之約。囑其徒曰。有魄在此。倘遊魂七日不返。若可化吾魄也。徒以母疾迅歸。六日化之。至七日果歸。失魄無依。乃附一餓莩之尸而起。故形跛惡。非其質矣。指月錄。呂巖眞人、字洞賓。京川人也。唐末三舉不第。偶於長安酒肆遇鍾離權。授以延命術。自爾人莫之究。嘗遊廬山歸宗。書鐘樓壁曰。一日清閒自在身。六神和合報平安。丹田有寶休尋道。對鏡無心莫問禪。未幾道經黃龍山。覩紫雲成蓋。疑有異人。乃入謁。値龍擊鼓昇堂。龍見。意必呂公也。欲誘而進。厲聲曰。座旁有竊法者。呂毅然出問。一粒粟中藏世界。半升鐺內煮山川。且道此意如何。龍指曰。這守屍鬼。呂曰。爭奈囊有長生不死藥。龍曰。饒經八萬劫。終是落空亡。呂薄訝。飛劍脅之。劍不能入。遂再拜求指歸。龍詰曰。半升鐺內煮山川即不問。如何是一粒粟中藏世界。呂於言下頓契。作偈曰。棄卻瓢囊摵碎琹。如今不戀汞中金。自從一見黄龍後。始覺從前錯用心。龍囑令加護。

耳鳴寃

近時人作。演侯野龍爲喬子虛搆陷。欲奪其妻趙秀兒。秀兒割子虛耳以鳴夫寃。縣令吳繼善爲之昭雪。繼善徇難。野龍夫婦脱其孤以報德。略云。吳繼善。蘇州太倉人。以進士授成都令。妻周氏。以川中屢遭流賊。勸使引退。繼善弟述善嗜酒。好山川。欲同赴蜀。其妻王氏亦阻之。兄弟皆不聽。成都府按摩人趙伯蘭。有女秀兒。贅營兵侯野龍爲壻。時張獻忠亂。逼近成都。主兵者令兵妻造旗幟。旗牌官喬子虛見秀兒。戲之。秀兒方罵拒。野龍偕友金容自外至。容毒毆子虛。狼狽而去。容本蜀舟。受獻忠僞職。私歸訪野龍。子虛識之。乃與符良謀。首野龍窩藏大盜。伯蘭在子虛家聞其語。急使容逸。官捕容不得。逮伯蘭、野龍。按致其死罪。子虛使符良說秀兒。秀兒賺子虛入室。以刀割其一耳。欲爲伯蘭、野龍聲寃。謂子虛圖奸不遂。誣陷兩人。以耳爲證。然不識官衙。誤入城隍廟。繼善弟述善醉遊廟中。憐其寃。取狀及耳去見繼善。繼善方欲赴法場監斬。二人聞之。提子虛就法場鞫。子虛被割耳還。聽庸醫語。須生人耳補之。遂誘符良割其耳。而終不得補。到官驗耳。知奸陷是實。辭引符良。並加刑入獄。釋伯蘭、野龍歸。獻賊陷成都。繼善妻周氏投井死。以子名孫慈者付僕吳泰。使出走。繼善上馬殺賊。力屈被擒。賊使降。罵不止。囚僧寺中。述善奔與伯蘭遇。聞其兄在寺。欲往一訣。伯蘭認爲師徒。以櫛髮入寺。哭別而行。獻忠欲僭號。使人强繼善作郊天文。繼善索筆。大書黃巾黑山以罟之。卒不爲屈。野龍夫婦逃亡。與伯蘭相失。而遇金容爲僞將。依之以居。吳泰扶孫慈走。爲邏卒所獲。泰撞死。以孫慈解獻忠。獻忠方飲。暫寄容營。野龍知爲吳公子。與秀兒謀脫之。秀兒以孫慈貌與己相似。願改男裝代死。而使野龍率之逃。明日解秀兒至轅門就戮。獻忠以爲眞繼善子。使勸其父降。繼善不認。而罵賊如故。獻忠殺之。按繼善。崇禎庚午舉人。丁丑進士。授成都知縣。死於張獻忠之難。劇中未免增飾。不能盡的也。將殺秀兒。其父伯蘭從南來。慟哭聲寃。降賊僞官田國臣引入署。欲姦秀兒。金容聞。連夜至田署。遇伯蘭踰牆逃出。容即踰牆殺國臣。救出秀兒。走報獻忠。以爲擅殺。杖之。勒令入滇以功贖罪。子虛、符良乘亂出獄。落草爲寇。野龍率孫慈走。路逢二人。爲所襲。會貴州宣慰司曹友珍率兵勦賊。見野龍、孫慈爲盜所追。問之。知孫慈爲忠臣子。勒兵捕盜。子虛、符良皆爲野龍所殺。述善走山中。亦被盜刦。僵臥於地。遇一道士留入玉皇閣中。友珍率兵過此。述善出見。與野龍及姪孫慈相見。友珍使野龍爲參謀。說金容降。而伯蘭、秀兒亦皆來歸降。野龍僞降獻賊。獻滇南圖。圖中藏匕首。手刃獻賊。盡降其衆。謬妄。恭遇皇朝定鼎。蜀中平靜。述善獲偕姪南歸。初、述善妻王氏聞蜀破。使尼圓光。以爲全家殉難矣。方設位哭其夫。而述善至。按獻忠爲王師所誅。彼時勦賊者。無所謂曹友珍。至謂侯野龍獻圖刺賊。更屬揑造。子虛、符良。俱非眞名。不過言其本虛。言其無良耳。綏寇紀略。四川省城陷。兩令成都吳繼善、華陽沈雲祚皆先後死。吳偉業與繼善同年同宗。最相善。然未言其激烈罵賊也。罵賊者。巡按劉之渤。

芙蓉劍

近時人作。清汪憕撰。憕字雲樵。江蘇江寧人。演杜瑗夢仙賜以芙蓉雙劍。遇王、張二女。以劍作合。故名。關目情事。俱係杜撰。略云。金陵諸生杜瑗、字蘧卿。任俠有才。與友冀嵋師韓相善。赴京應試。途宿樊夫人廟。夫人以瑗前身本掌書仙。

名火珠子。與司香玉女二人擲瓊花爲戲。俱謫人間爲夫婦。乃於夢中贈瑗芙蓉玉劍一雙。且命劍仙授以擊刺之術。謂姻緣富貴。皆由此得。瑗寤。果得劍。遂佩以行。泰山盜張傑。嘯聚數千人。每持矛出。辟易萬夫。有女柳枝。美而善射。傑遇瑗。仗劍格鬭。斷其矛。傑大驚。柳枝識劍術。嘆爲仙授。不可敵。迎入寨。置酒餽金。瑗不受。臨别。勸傑改轍。傑許待瑗得志。乃就招安。瑗至京。僑寓以居。鄰女王珏、字玉娥。本維揚人。父曾官兵部侍郎。早孤。倚族姑入京。姑亡。其子木敷游蕩。悦玉娥才貌。欲得爲妻。玉娥不從。敷啣恨。乃鬻巡城御史尹朝宗爲妾。玉娥夜哭。方欲投繯。瑗於牆角勸止。詢得其故。解贈一劍曰。佩此可除奸保節。玉娥拜藏衣内。朝宗欲近。玉娥出劍刺之。怖而走。不敢復近。幽之别室。歸罪于敷。敷言於鄰杜生處見雙劍。玉娥劍必從生得。宜按杜生。店主以告瑗。趣令急避。瑗遂投大名守。守即嵋父也。嵋省親在署。留瑗讀書。玉娥得劍免辱。感瑗德。製錦衣。密令老嫗遺之。嫗往。瑗已避去。朝宗引木數爲千總。俾捕瑗。不得。未幾朝宗以奏事不實。謫爲桂林照磨。抵泰山。爲張傑所刦。僅以身免。傑留玉娥與女柳枝爲伴。見其所佩劍。詢爲杜生所贈。柳枝亦以遇生事告之。兩相悅愛。結爲姊妹。瑗知朝宗左遷被刦事。遂與嵋入京。兩試聯捷。並官翰林。南蠻羅羅作亂。猖獗難禦。瑗、嵋各奏方略。授瑗兵部侍郎平蠻大元帥。嵋爲參謀。木數陞泰安守備。奉憲緝盜。爲傑所殺。瑗微行傑寨。命其歸誠。授以先鋒之職。傑與羅羅戰。遇伏幾陷。其女射倒一賊。遂大勝。獲賊首。供稱巡按尹朝宗尅暴激變。瑗檻賊送京師。表張傑父女功於朝。朝宗棄職逃歸。途遇瑗等班師。出上方劍斬之以殉。凱還。上親試柳枝射法。知神妙無雙。大喜。遂賜配於瑗。婚夕。攜玉娥所佩之劍。瑗見劍。詢得玉娥守貞從軍始末。柳枝勸瑗告於嵋、傑。合疏以奏。請賜瑗爲妻。得旨王張二女俱封。並賜瑗爲妻。如所請。於是雙劍復合。按吳越春秋曰。越王允常聘歐冶子作名劍五枝。一日純鈞。

二曰湛盧。三曰豪曹。四曰魚腸。五曰巨闕。秦客薛燭善相劍。王取純鈎示之。薛燭矍然望之曰。沈沈如芙蓉始生於湖。觀其文。如列星之行。觀其光。如水之溢塘。觀其色。焕焕如冰將釋。見日之光。後允常以魚腸、湛盧、豪曹獻吴王僚。湛盧之劍忽飛入楚。昭王寐而得之。（劇中號劍爲芙蓉。杜生夢中得劍。本此。）又按李白感遇詩曰。寶劍雙蛟龍。雪花照芙蓉。精光射天地。雷騰不可衝。孫伯融寶劍歌曰。寶劍光耿耿。佩之可以當一龍。只是陰山太古雪。爲誰結此青芙蓉。又杜詩云。青熒芙蓉劍。犀兕豈獨剸。一統志。雲南徼外。苗蠻種類非一。曰爨人。即羅羅。有黑白二種。爲西爨東爨。亦曰烏白蠻。杜氏通典曰。西爨者。南甯之渠帥。梁時通焉。文獻通考曰。自曲州、靖州西南、昆州、曲軛、晉甯、喻獻、安甯、距龍和城。謂之西爨白蠻。自彌鹿、升麻、二川、南至步頭。謂之東爨烏蠻。（劇引南蠻羅羅本此。）裴航傳載樊夫人。已別見。即雲翹夫人。劉綱仙君之妻。登眞爲玉皇女史。又女仙傳云。樊夫人者。劉綱妻也。綱仕爲上虞令。有道術。能檄召鬼神禁制變化之事。常與夫人較試仙術。綱每不能勝。後同升天而去。至唐貞元中。湘潭有一老嫗。常遊於市。人或問之。一笑而已。不云姓氏。屢以丹篆文字救人疾病。度里人女名逍遙者成仙。又航海飛劍斬白鼉。救島上百餘人。忽有道士呼嫗爲樊夫人。問之道士曰。嫗乃劉綱眞君之妻樊夫人也。劇中所引樊夫人本此。又仙傳有玉皇殿上掌書仙語。劇引入。

曲海總目提要卷三十二

桃林賺

近時人作。與俠彈緣（俠彈緣。見本書卷四十三。）彷彿。俱載李祐事。以祐被賺於桃林。故名。關目互有同異。所引王叔文、王伾、李忠言、李愬等。雖出正史。事蹟則全不相合也。裴璣應即裴垍。其敍李愬功成奏凱。陪宴內監曰瞿文忠。按史。憲宗時有俱文珍。無所謂瞿文忠。改俱文珍爲當。劇云。李祐家河南。（俠彈緣言江右。各異。）父濬菴。官拾遺時。嘗劾裴延齡。忤旨落職。遂隱洛陽南里。（按劾延齡者。陸贄陽城等。無所謂李濬菴。）夫婦皆沒。祐因河朔變亂。乃棄文就武。熟練弓馬。更擅連珠神彈。百發百中。幼聘中書舍人裴璣女蘭芳。璣以直言謫夏州。挈家而去。約祐就親。道遠未赴。順宗復璣職。還京師。祐乃入京相訪。天雨。阻華陰道上。

遇中州蔡天口。吳元濟之妹素芳・男裝改名・江南賈元虛同宿逆旅。劇云・祐在華陰道上遇盜・以其地爲桃林・又言此去崤山函谷熊耳臨潼皆响馬之窟・誤也・桃林在今河南府陝州・非華山之陰・作者因歸馬華山之陽・放牛桃林之野・二句相聯・誤認爲一處耳・明日。三人先後行。蔡先而李稍後。中道。蔡請李試彈。祐一發中澗邊樹。蔡復發一彈擊山中大石。幷出火光。蓋銅丸也。回馬襲祐。盡劫行李去。俠彈緣云・店中先閱李彈・此敍在路上・俠彈緣云・吳本不欲取行李・姑以試之・見賈隨來・不及還而去・此記不言賈來・亦各異耳・蔡歸。與其兄元濟遇。而祐不得已。取舊路而回。元虛出三十金與之。祐乃復取道往京師。元虛贈銀・俠彈緣在祐入京後・會裴璣上疏。傷王叔文、李忠言等。被謫桃林令。俠彈緣云・劾皇甫鎛被貶・此云傷王叔文等・互異・王叔文・順宗時翰林學士戶部侍郎・劇云大學士・又呼爲老丞相・誤也・李忠言・順宗時內官・劇又及牛貴妃・乃牛昭容也・託名點染・俱不實・唐時無桃林縣・陝州有桃林・乃古蹟・彼時爲一州大村鎮之名耳・祐至不相値。亦出京往桃林。有僧鐵性成與賈元虛同宿逆旅。其行李爲元虛所誆。性成乃在道邀截響馬以分其資。璣率女赴任。至澠池遇賊。方窘甚。性成突出。揮刀殺賊。祐亦適至。引弓彈賊。璣父女獲免。璣見祐。即令隨至任所。舍於城南佛寺中。初、元虛在道誆性成金。未幾。元濟妹素芳自關中歸。仍改女粧。欲以詭計取魏博。元虛遇諸途。不能識。挾之以行。賣於妓家。素芳即殺妓充其名。令元虛隨己。誑入城中。與元濟應。取魏博城。此段與俠彈緣亦異。又使元虛訪祐消息。璣已贅祐。元虛入見。邀祐令同詣舟中。即放舟行。抵半路。元濟出見。以妹强婚焉。乃知即所遇僞蔡生也。此段兩劇相彷。河南節度使王伾。叔文之黨。受其指偵璣。聞祐爲吳元濟之妹壻。乃誣璣爲叛黨。執送獄中。女蘭芳訴寃。不聽。欲詣闕叩閽。伾知璣與西平侯李愬善。恐其事上聞。密使家將二人邀殺蘭芳於道。鐵僧既救璣。即謝去。及是時復突出殺家將。暫令蘭芳避之趙寡婦店中。而代入陝州偵伾動靜。按王伾未嘗爲節度使。俠彈緣云皇甫鎛之黨。與此亦異。伾取旨將殺璣。元虛僞充李愬差官。誑一乞者爲家丁。入獄見璣。以酒醉乞者。挾璣遁去。獄卒不敢言。即以乞者行刑。鐵僧刦之去。蘭芳見之。覺其非是。鐵僧使乞者隨蘭芳之京。而己爲蘭芳隻身訪璣。此段與劇相似。元虛挾璣而逃。欲投元濟。璣必不從。欲赴盤谷李氏莊避禍。以韓愈有送李愿歸盤谷序。故借此生情也。遂過崤山太公廟。蘭芳亦至廟。父女相見。李愬奉憲宗命出征淮蔡。亦入廟燒香。見璣大喜。告以伾叔文並誅。乃挈璣同往淮蔡。爲滅賊計。（俠彈緣云。元虛誑裴垍至淮蔡。與此全異。伾叔文貶竄。非虛也。其事在憲宗初。而愬討元濟。在十年後。細合不倫也。）署璣與元虛爲參謀。素芳與祐已爲元濟取唐鄧。元濟以其少所掠。詰而詬之。引兵日與愬戰。元濟敗走。愬追蹙之。賴素芳救免。兩軍交戰時。鐵僧突出。素芳乃敗走。而元濟又責素芳不力戰。愬知其有隙。即遣元虛以璣書招祐。元虛又入元濟營爲反間。元濟召祐欲殺。祐與素芳力鬭而出。而愬兵亦至。遂擒元濟。於是愬等奏凱班師。朝命內監俱文珍陪宴。並加封爵。璣召入中書。祐拜節度使。二女並爲祐妻。（此段關目亦各異。）

天樞賦

近時人作。以武后鑄天樞。李俊臣撰賦謗訕。陷房一夔。後得昭雪。故名。資治通鑑。則天延載元年。武三思請鑄銅鐵爲天樞。立於端門之外。銘紀功德。

黜唐頌周。銅鐵不足。賦民間農器以足之。天册萬歲元年夏四月。天樞成。高一百五尺。徑十二尺。武三思爲文。太后自書其榜曰大周萬國頌德天樞。大唐新語。李嶠少負才華。長壽三年。則天徵天下銅五十餘萬斤。鐵一百三十餘萬斤。錢二百七十貫。於定鼎門外鑄八稜銅柱。高九十尺。徑一丈二尺。題曰大周萬國頌德天樞。下置鐵山鐵柱負戴。獅子麒麟圍繞。上有雲蓋。蓋上施盤龍以托火珠。珠高一丈。圍三丈。金彩熒煌。光侔日月。武三思爲文。朝士獻詩者不可勝紀。惟李嶠詩冠絕當時。後憲司發嶠附會韋庶人。左授滁州別駕。後至開元中。詔毀天樞。發卒鑱鑠。彌月不盡。洛陽尉李休烈乃賦詩以詠曰。天門街東倒天樞。火急先須卸火珠。既合一條絲線挽。何勞兩縣索人推。先有謠云。一條絲線挽天樞。言其不久也。故休烈詩引之。劇云。天樞成。朝野遍作詩賦。非無據也。

　劇中房遺愛、李義府、韓瑗、柳奭、許敬宗等。皆出正史。然先後事蹟不符。中間關目。皆係僞撰。劇云。房遺愛之子一夔。母李氏。太宗公主。遺愛死於法。一夔母子相依。曾聘英公李敬業之女元姬而未娶。按史。遺愛妻太宗女。高陽公主也。未聞有子一夔。京城外有玄天上帝廟。爲房氏香火。一夔偕其友柳奭赴廟進香。按史。柳奭當高宗初已作中書令。此言武后之世。尙爲諸生大謬。値帝誕勝會。紛然登樓觀會。右丞相李義府之姪俊臣亦至。劇言義府與狄仁傑並爲左右丞相謬。義府之相在高宗時。龍朔三年。已流巂州。仁傑之相在武后易姓後。相去二十九年。有唱秧歌者。俊臣挑之。爲其父所毆。呼僕縛送官。一夔、奭與俊臣相識。勸之不聽。竟釋唱者使去。俊臣啣之。按唱秧歌者。皆鳳陽人。始於明洪武時。唐宋前未聞也。武后建天樞。廷臣頌德。義府使子弟作賦。按是時義府已死二十九年矣。俊臣往浼一夔改飾。一夔不應。且譏其無恥。奭至助一夔。俊臣益憾。讒於叔。僞撰一賦。中皆訕后語。敘一夔名。達后覽。后怒。命逮問。會敬業遣一夔友韓瑗。按是時。瑗死已三十六年矣。大謬。持金詔一夔成婚。已辭母就道。奭聞俊臣陷一夔。恐陷其母。奔告使佚。元天上帝以房氏累世奉道。陰令神將救之。一夔在道遇一貧嫗。給丹一丸。謂有急服之。可療飢止痛。至揚。敬業使畢姻後。以妻女託攜入都。而傳檄起兵。自稱匡復朝命。許敬宗率兵往禦。按敬宗死于咸亨二年。

李敬業反。在中宗嗣聖元年。相去已十二年。敬宗縱兵抄掠。一夔母遇亂兵。度不免。投道旁井中。元天上帝所遣神。化爲老嫗救出。幻屋留養。義府捕一夔不得。遣緹騎追之。一夔挈外母及妻北行。宿旅店。店中夫婦即唱秧歌者。方敍舊恩而緹騎至。逮一夔去。唱者之夫隨之而行。訪其信。敬宗兵至店。敬業妻母女隨唱秧歌者潛逃。中途相失。敬業妻値一夔母。遂同居李氏。元姬與唱者俱入都探一夔生死。秋官周興以嚴刑鞫。一夔誣服。將就刑。禁空屋中。偷兒穿牆入屋。神引一夔從竇出而封其竇。天未明。周興以偷兒赴法場梟其首。謂一夔也。一夔得脫。與柳奭遇。潛逃。將赴其外父軍。而唱者之夫以一夔爲眞死。奔歸。遇其婦與元姬。元姬聞夫凶問。慟絶而甦。隨唱者夫婦至京。寓元帝廟。將收其夫屍。李俊臣私視一夔首非眞。謂周興與李敬業通。枉殺無辜。縱一夔。使其叔勁興發配。而謂柳奭必知一夔踪跡。俊臣親率緹騎逮奭。亦止元帝廟。遇唱者夫婦及元姬。以婦及元姬禁廟中而傳唱者去。會狄仁傑妻以神警。至廟酬神。率元姬及唱者之婦歸。藏於家。周興配崖州。中途爲寃鬼所纏。時韓瑗爲敬業參謀率前部至此。詢興。知一夔事。斬興於道。按武后垂拱二年。用周興來俊臣。天授二年。流興於嶺南。爲仇家所殺。劇言配崖州。被殺於道。不爲無因。然是時未建天樞也。而以夔事報敬業。瑗與許敬宗戰。擒殺敬宗。會諸鎮兵迎中宗。値俊臣追一夔及唱者。乃縛俊臣解敬業軍。夔與唱者俱至大軍。而奭先脫去。遇敬業妻一夔母相率來會。敬業軍將至京。狄仁傑勸后召中宗。奏義府奸狀。義府、俊臣俱伏法。按所謂俊臣。疑即指來俊臣。謂不啻如義府之子耳。甚謬。不實也。晉敬業爵爲英王。柳奭、韓瑗俱授官。他書有言敬業遁走者。亦未嘗言封爵也。奭瑗至此。已相去四十七年矣。以一夔爲諫議大夫。狄公亦送其妻歸第。酬唱秧歌夫婦以金。一夔母子夫妻。同入廟酬神。按唐史。高宗永徽六年。中書舍人李義府爲長孫無忌所惡。左遷壁州司馬。義府問計於王德儉。德儉曰。上欲立武昭儀。恐宰臣異議。君能建策立。則轉禍爲福矣。義府然之。叩閤表情。上悅留之。超拜中書侍郎。於是衛尉卿、許敬宗等皆潛布腹心於昭儀矣。至上召長孫無忌等入內殿。欲立昭儀爲后。褚遂良固爭以爲不可。敬宗宣言於朝曰。田舍翁多收十斛粟。輒欲易婦。况天子立一后。何與諸人事而妄生異議。昭儀令左右以聞。貶遂良爲潭州都督。其後韓瑗上疏爲遂良訟冤。上不納。劇中據此以義府敬宗皆黨武氏。故牽連及之。然義府之流巂州。在龍朔三年。卒在乾封元年。敬宗之卒在咸亨三年。柳奭韓瑗亦皆先死。中宗武后時。安得復有諸人。至謂后命敬宗率兵。禦李敬業。尤謬。實可笑。 又按房元齡傳。遺愛尚高陽公主。爲右衛將軍。高宗時出爲房州刺史。并收無忌。鞫得主與遺愛反狀。遺愛伏誅。主賜死。武后時。安得復有高陽公主。據傳亦不言遺愛有子。 又按資治通鑑。中書令柳奭。王皇后之舅。永徽六年。武昭儀誣王后厭勝。貶奭爲遂州刺史。行至扶風。復貶榮州刺史。顯慶二年。又貶象州刺史。四年。許敬宗誣奏長孫無忌謀逆。由褚遂良、柳奭、韓瑗構扇而成。奭仍潛通宮掖。謀行鴆毒。於是除奭、瑗名。秋七月。使者殺柳奭於象州。永徽六年。以韓瑗爲侍中。上欲立武昭儀。褚遂良力諫。上大怒。韓瑗涕泣極諫。又上疏爭。不納。顯慶二年。許敬宗誣奏韓瑗潛謀不軌。貶撫州刺史。四年除名。尋有詔。韓瑗所至斬決。瑗已死。發驗而還。按顯慶中。奭瑗並死。劇所記皆謬。 則天光宅元年。英公李敬業以匡復爲辭。移檄州縣。詔以李孝逸將兵三十萬討敬業。敬業至海陵界遇風。其將王那相斬敬業來降。劇言敬業不死。及狄仁傑尚在。俱謬。

三孝記

近時人所作。演謝琦、劉保及琦妻李氏。皆爭認殺人之罪以仰慰母心。故曰一門三孝。其事眞僞未可定。所引府尹趙清憲。似指趙抃。而以謚爲名。又結束獎授官銜。村陋不典。略云。河南鞏縣人謝琦。家世耕讀。繼母張氏。攜子劉保同居。琦娶李氏。保猶未娶。父臨沒時。盡家資爲三分。俾妻與琦、保各分其一。三人各各推讓。仍合產不分。有韓林虎者。仗義好施。嘗至河南府城。憫張嫗孤貧。持金往濟。夜經琦門。見賊穴牆挾物而出。直前殺賊。投其首於十字路井中。埋物牆脚之下。持刀而去。琦、保方至莊家督租。張氏姑媳晨起。見門前有尸。大懼。求比鄰董大爲之埋掩。大索詐百金。不遂。出首於官。謂其姑媳殺人。縣令安太平拘訊。姑媳各認爲己殺。其案未定。琦自莊先歸。亟投縣認罪以出其母。母子各爭認爲己殺。令不能決。而以琦男子自出認罪。不當坐女人。遂釋張李姑媳。迨劉保歸。母爲言其兄受寃。令保代兄之罪。保挺身詣縣。自認殺人。持一帶血之刀。以證成己罪。令遂釋琦。以保解河南府。府尹趙淸憲夢城隍神告以保寃。而韓林虎自府歸。復過琦門。知其家受寃因己而起。乃亟投府。具述殺賊眞情。其首在井。刀贓並有著落。於是治董大誣陷平人之罪。釋保還家。上其事於朝。旌琦、保及琦妻爲一門三孝。

眉山秀

不知何人作。●清李玉撰。所載秦少游、蘇小妹事。多本小說家蘇小妹三難新郎一卷事蹟。閉門推出窗前月。投石沖開水底天。對句警拔。世俗流傳。以爲嘉話。然非事實也。東坡、佛印等。皆點綴生情。眞僞參半。樵書初編。世傳蘇子瞻有小妹。嫁爲秦淮海之妻。而造爲無稽之談以實之。皆妄也。按墨莊漫錄云。延安夫人蘇氏。丞相子容女也。有詞行於世。或以爲東坡女弟適柳子玉者所作。非也。菊坡叢話云。老蘇先生之女。幼而好學。慷慨能文。適其母兄程濬之子之才作詩曰。女母之兄汝伯舅。求以厥子來結姻。鄉人婚嫁重母族。雖云不肯將安云。人言蘇子無妹。卻有此詩。然則子瞻固有二妹。一適柳子玉之子。一適程之才。第非秦淮海耳。東坡一帖云。秦少游當今文人第一流。其子甚奇。有父風。張世南游宦記聞。秦少游子名湛、字處度。樵書云。觀此帖。知坡公與少游非至戚也。劇本眉山實事。及流俗相傳小說等。攢簇成編。以悅耳目。言蘇老泉與黃山谷同作繡毬花詩。老泉詩未成。其女小妹爲續完半首。山谷大加稱賞。因爲秦少游議親。按山谷與東坡年齒相遠。于老泉未見有往還詩文。老泉抵京時。東坡兄弟亦少年。山谷恐尚幼。未能在京也。賓白中敘出坡戲小妹。蓮步未移簾閤內。梅粧已到鏡臺前。小妹答。忽聞毛裏有聲傳之句。雖載坡仙集等書。亦未可信。王介甫聞老泉女之聰慧。亦遣使爲子元澤求親。劇云。介甫語老泉云。眉山秀氣。盡鍾君家矣。標名以此。亦係增飾。老泉索少游秦觀元澤王雱詩文送女自閱。女評兩人皆係才人。而王作才氣太露。恐其不永。老泉窺女意。遂許少游。花燭之時。出題三難。然後成婚。此皆增飾。介甫既憾老泉不許婚。老泉又作辨姦論譏之。此都是實事。而韓稚圭、歐陽永叔等又皆爲介甫所貶。此半實半虛。老泉遂高蹈還家。東坡送親還。往辭介甫。呂惠卿在坐。介甫說如意君事。東坡不能答。又面屬帶中峽水以治肺疾。按如意君中峽水之說。亦本小說。中峽水事。蓋因李德裕屬人取中泠泉。其人誤取其相近者。爲德裕指出。故移于東坡。以作話柄也。及後回京。失誤取下峽之水。爲介甫所嗤。遂因事貶黃州團練使。初、東坡守杭州。曾與僧佛印妓琴操、月素等說偈。坡與琴操參禪語。見金蓮記中。月素出禪喜集。後徙黃州。遊赤壁。與山谷、佛印飲酒賦詩。按赤壁之遊。但言與客泛舟。非此兩人也。忘其遷謫。而少游亦以東坡親黨。謫監柳州酒稅。長沙妓文娟。素慕少游。先有冒名以往者。爲所拒卻。及少游至。文娟見其詞。知眞少游。留居甚久。此事見義倡傳。但無文娟之名。比抵貶所。小妹以道遠多險。改男裝赴楚。即自稱少游。文娟見之。以爲眞少游也。反疑前者少游之僞。及元祐初。東坡召還京。爲翰林學士。少游亦召還館閣。按少游卒于藤州。山谷詩。對客揮毫秦少游。西風吹淚古藤州是也。未嘗復還。接文娟至京。不肯認。東坡令小妹出見。爲語改裝之故。文娟乃喜。按妓殉少游。未嘗得相從也。劇作團圓耳。是時介甫罷歸。僑寓鍾山半山堂。嘗騎驢獨行。見老嫗呼猪曰王安石。不勝慚憤。此本小說拗相公飲恨半山堂一段。而東坡夢中示現爲五戒前身。妓琴操爲淸一。妾朝雲爲紅蓮。以結前生公案。按子由佛印嘗夢五祖戒和尙來訪。及明。而東坡至。此前生五戒之說也。五祖戒和尙者。五祖道場黃梅山之戒和尙也。小說以爲受戒之五戒。於是有明悟禪師趕五戒之說。以爲道人淸一。拾得一女紅蓮。五戒爲之破戒。因而託生蘇氏。明悟。其師兄。因轉身爲謝端卿。因坡偕與同瞻御駕。爲神宗所見。不得已而爲僧。名曰佛印。其後時時點化東坡。故曰趕五戒也。小妹先奉元祐太后之命。召回京師。入宮作賦。大被賞賚。東坡適從內院以金蓮燭送歸第。於是東坡兄妹少游夫婦妻妾一時並聚。爲風流佳話云。義倡傳。義倡者。長沙人也。不知其姓氏。家世倡籍。善謳。尤喜秦少游樂府。得一篇。輒手筆口詠不置。久之。少游坐鈎黨南遷。道長沙。訪潭土風俗伎籍中可與言者。或言倡。遂往焉。少游初以潭去京數千里。其俗山僚夷陋。雖聞倡名。意甚易之。及觀其姿容既美。而所居復瀟洒可人意。以爲非唯自湖外來所未有。

雖京洛間亦不易得。坐語間。顧見几上文一編。就視之。目曰秦學士詞。因取竟閲。皆已平日所作者。環視無他文。少游竊怪之。故問曰。秦學士何人也。若何自得其詞之多。倡不知其少游也。即具道所以。少游曰。能歌乎。曰。素所習也。少游愈益怪。曰。樂府名家。無慮數百。若何獨愛此乎。不惟愛之。而又習之歌之。若素愛秦學士者。彼秦學士亦嘗遇若乎。曰。妾僻陋在此。彼秦學士。京師貴人也。焉得至此。藉令至此。豈顧妾哉。少游乃戲曰。若愛秦學士。徒悅其詞耳。若使親見容貌。未必然也。倡嘆曰。嗟乎。使得見秦學士。雖爲之妾御。死復何恨。少游察其語誠。因謂曰。若欲見秦學士。即我是也。以朝命貶黜。因道而來此爾。倡大驚。色若不懌者。稍稍引退。入謂母媪。有頃媪出。設位坐少游於堂。倡冠帔立階下。北面拜。少游起且避。媪掖之坐以受。拜已且張筵飲。虚左席示不敢抗。母子左右持觴。酒一行。率歌少游詞一闋以侑之。卒飲甚懽。比夜乃罷。止少游宿。衾枕席褥必躬設。夜分寢定。倡乃寢。先平明起。飾冠帔。奉沃匜。立帳外以待。少游感其意。爲留數日。倡不敢以燕惰見。愈加敬禮。將別。囑曰。妾不肖之身。幸侍左右。今學士以王命不可久留。妾又不敢從行。恐重以爲累。唯誓潔身以報。它日北歸。幸一過妾。妾願畢矣。少游許之。一別數年。少游竟死于藤。倡雖處風塵中。爲人婉娩有氣節。既與少游約。因閉門謝客。獨與嫗處。官府有召。辭不獲然後往。誓不以此身負少游也。一日晝寢。寤驚泣曰。吾自與秦學士別。未嘗見夢。今夢來別。非吉兆也。秦其死乎。亟遣僕順途覘之。數日得報。秦果死矣。乃謂嫗曰。吾昔以此身許秦學士。今不可以死故背之。遂衰服以赴。行數百里。遇於旅館。將入。門者禦焉。告之故而後入。臨其喪。拊棺繞之三週。舉聲一慟而絕。左右驚救。已死矣。湖南人至今傳之以爲奇事。京口人鍾鳴將之常州校官。以聞於郡守李次山。結既爲作傳。又系贊曰。倡慕少游之才。而卒踐其言。以身事之。而歸死焉。不以存亡間。可謂義倡矣。

赤龍鬚

不知何人所作。（清朱雲從撰。）演隋李珏以赤龍鬚聘趙婉娘。極流離顛沛之苦。卒爲夫婦。于金鑾殿成親。故名赤龍鬚。其事荒唐無所据。託名于李綱之子。非其實也。

略云。李珏、字仙培。古齊下邳人。父綱。隋文帝時官太子洗馬。母言氏。誥封夫人。俱早亡。幼時曾以祖傳至寶赤龍鬚一枝。聘姑蘇趙拾遺之女婉娘爲室。及長。與老僕李忠相依度日。值煬帝下詔求賢。欲往應試。忠述其父曾諫文帝。有獲罪煬帝語。勸往姑蘇趙氏處避難。并攜赤龍鬚一枝爲信。至則趙拾遺夫婦已棄世。婉娘賣房葬親。隨母舅范私庵往松江矣。珏乃更名陶李枝。至松江。宿胡二媽旅店。遣忠歸取資斧。一日散悶。步秀野橋。瞥見婉娘。不知即其妻也。返店思慕不已。而婉娘聞選綵女拽龍舟之信。急易男粧。偕私庵往徐州。李珏病甚。浼胡二媽以赤龍鬚寄秀野橋女子。二媽甥女乜二姐與婉娘鄰居。二媽誤認玨愛其甥女。爲之介紹。約玨私會。有張鬼熟者。每代二媽看店。聞此語。竊衣巾潛往。冒認陶李枝。姦宿二姐。相挈五鼓私奔。其母乜大媽覷破。急追之。鬼熟情急。踢殺大媽。胡二媽疑李玨所殺。告于華亭縣令。嚴拷定罪。李忠自家中來。知主人受屈。會宰相宇文化及巡察江南。忠撲水訴冤。化及命華亭令再加詳審。而令慮更招釋罪。礙己功名。俟化及行。仍依原招以報。忠乃入監。誘禁卒飲酒大醉。易玨衣坐于監中。使玨遁去。張鬼熟拐二姐至蘇州。復被人拐去。惟得其所攜赤龍鬚。鬼熟仍返松江。知陶李枝已代桃僵。縱遊街市。欲賣赤龍鬚以餬口。胡二媽夢其姐告云。莫把無辜陷。冤明在會鬚。及醒。至街中。見鬼熟持赤龍鬚。識是陶李枝贈其甥女者。因誘至縣前叫冤。新令薛昭審明定案。釋李忠出。二媽辨其非陶。于是李忠自首代主入獄之故。昭責禁卒。憫忠義烈。立釋其罪。以赤龍鬚付之。初、婉娘偕母舅范私庵至徐州。私庵進城訪覓。緹騎奉旨拏李綱子李玨。亦泊船于此。

撞婉娘船。婉娘不知李珏有罪。猶冒認李翰林之子。遂爲緹騎所擒。船戶逃散。私庵訪親不見而返。則人舟俱失。急奔京師。投宿旅店。倉卒遇李珏。語及甥女云云。珏疑欲細問。而不便明認李珏。且改名元相。將入試場。未及詳述。彼此覿面相失。不能明也。婉娘困囹圄一載。願代夫死。不忍訴眞名姓。而元相已中二甲進士。欽命刑部觀政。宇文化及奉旨勘問欽案。命相傍參。及審鞫人犯。則李珏也。元相知此人誤受奇寃。代已認罪。屢爲解救。言非此人。而婉娘堅執是李珏。化及遂覆旨。將于次日處斬。元相見事急。乃具疏于五鼓早朝。負斧陳奏懼罪改名之故。今不忍他人寃死。據實自認。奉旨。更名赴試欺誑之罪難逃。特疏奏明忠義之心可嘉。特爲臨軒親鞫。始知冒稱珏者。即李珏妻趙婉娘也。有原聘赤龍鬚爲證。乃赦兩人之罪。命備花燭。即于殿前成親。以慰男直女烈。元相准復原名李珏。授諫議大夫。趙氏封恭人。義僕李忠輕身代主。授忠義郎。冠帶榮身。賜金蓮歸第。忠與范私庵俱獲相見。忠乃以赤龍鬚繳還其主。一家復得完聚云。　按唐書李綱傳。綱、字文紀。觀州蓚人。事隋爲太子洗馬。擢尙書右丞。唐高祖時。累官尙書。貞觀中。爲太子少師。卒年八十五。蓚縣故城在今東昌府屬。非徐州人也。唐貞觀時尙在。劇云綱沒于隋文帝時。謬也。綱傳但載其孫安仁、安靜。未載其子。大約無官早沒。不足傳也。李玨乃唐文宗開成年間宰相。不過借用其姓名耳。作者或別有所指。並非實事。劇中李玨將處決。以元相之奏。宣入朝中。當面詰問。立釋其罪。按明宣德初。以侍講李時勉曾有疏觸仁宗怒。時勉正在獄中。命錦衣指揮挐至御前面詰。尋又命一人於路斬之。不必挐見。後使方出。而前使已挐時勉入。未及相見。宣宗見時勉大怒。詰責之。令對所奏何事。時勉述數條。宣宗嘆其忠。立命釋之。以爲御史。此段頗相彷彿。蓋命如懸絲。僅而獲免也。作者或聞時勉事影掠爲此。又劇中趙婉娘所唱。有云木蘭代戍情留戀。按木蘭。隋煬帝時代父戍邊。歸拜尙書郎。煬帝後知爲女子。欲徵入宮。木蘭曰。臣不可以儷君。乃自盡。煬帝封爲孝烈將軍。劇引此句。又敍婉娘于大業時。蓋因木蘭有代父事。影借作婉娘代夫耳。

松筠操 一名高士記

不知何人所作。演田、王兩生交好。繪雙像琴操于松筠之下。因以名劇。姓氏事實無考。俱係鑿空。略云。四明田璋、字嗣玉。與同里王瑜、字希亮相友善。讀書山中。以經濟爲己任。有劍仙化爲道者。授兩生寶劍各一。語以能驅邪定亂。兩生益勵志。親如手足。瑜母張氏居村中。思歸省。璋與同行。不忍言別。乃繪二人像于圖。名曰松筠操。各攜其一。别後披圖。如相見也。隱士謝宇。有女蘋青。極美艷。宇遊杭。有妖狐自稱狐媚神。遣妹媚娘詣謝家。聘蘋青爲妻。蘋青驚憂遘疾。宇歸。媚娘又至。宇知爲妖。欲刃之。媚娘作妖法爲祟。宇求禳不得。遇璋、瑜于道。告之以故。璋、瑜許爲除妖。以神力伏劍擒之。妖乞命。璋、瑜命其自新。感泣矢報而去。宇德璋。願以女奉箕箒。璋覆以有妻芳氏。因爲瑜執柯。出圖劍爲聘。瑜歸報母。甚喜。璋欲與瑜入京求官。慮母失養。芳氏勸迎瑜母同居。會四明山賊劉成劫王家村。瑜被獲上山。脅降不從。被禁。璋野外哭奠。宿亂屍中。神感其義。告瑜不死。有東里茂者。囑侯百友委禽謝女。宇以字王瑜絶之。茂、友合謀。詐爲山寇劫女。狐媚神化爲樵夫以告于璋。璋往救。擒茂、友。樵夫又告瑜現羈賊營。璋乃不殺茂、友。命隨樵夫入山救瑜歸。時宇送女至璋處。依其姑以居。璋、瑜遂別母妻。獻策于兩浙巡撫杜若水。授璋爲先鋒。瑜爲參謀。率師平賊。劉成銜璋救瑜。欲掠其家。聞兩生繪形。欲索圖以識其貌。乃僞撰璋書遺芳氏。蘋青謂芳曰。二人繪圖。以代面也。今朝夕聚首。須此何爲。必山賊借此探虛實耳。芳以爲然。出圖并回書附一利刃。詭云新受仙女劍術。埒紅線、隱娘。利刃皆飛符所成。可助夫殲賊。賊見書大駭。又聞璋、瑜兵至。乃駕舟遁入海中。遺書于璋。

具道誠悃。并還圖書。璋、瑜班師奏凱。撫臣聞于朝。璋、瑜並拜將軍。瑜歸。乃婚謝女。

紫珍鼎

不知何人作。演魏錦事。本無證據。以紫珍鼎爲關目。即以爲名。略云。開封諸生魏錦、字琳瓊。妻洪氏賢淑。錦失兩親。貧無以葬。貸鄧客銀二十兩。歲終客索之急。洪願鬻身以償。夫婦不忍離。痛哭聞戶外。鄰居周二橋。皮匠爲業。頗仗義。以平日所積銀代償之。復稍資薪水。使其夫婦完聚。又薦錦爲塾師。時屆元宵。翰林唐介由毗陵守遷侍御。方抵家。結鼇山燈。與妻女慶賀。祖遺寶鼎名曰紫珍。鐫三字于上。爇香其中。輒奏音樂。有賊魯仲珍者。諢名東風。劫得寶鼎以爲銅爐。棄于路旁。錦拾得。意謂往來人所遺。欲留俟其人以還之。介報官緝賊。游徼者見錦持鼎。鎖解于官。拷掠誣服。洪氏探錦。二橋亦往視。錦念己必不能存。惟銜二橋恩無以報。欲令妻嫁之以酬其德。二橋正言拒之。妻悲不能答。奸僧陳有聞其言。黑夜冒二橋名入洪室。洪驚駭詬詈。僧竟殺洪而遁。二橋探錦歸復信于洪。僧出撞仆于地。起視則洪已殺死。踐血汚衣。急走歸家。鄰里察血跡疑二橋。首于縣。亦拷掠誣服。洪氏魂遊入獄。訴二橋寃于錦。値包拯爲開封尹。道經錦門。風折其傘。拯問風起何方。吏云東風。拯令捕東風。隸無如何。大呼東風二字。賊于酒肆應之。遂擒解。拯令供往日所爲。初尚支吾。詰以行劫事。不能抵飾。供盜唐御史物。贓皆現存。乃釋錦獄。復其衣巾。洪魂又詣拯云。殺己者係僧陳有。拯令妓充洪氏。向僧索命。僧盡吐眞情。遂擒僧釋二橋。未幾東風、陳有皆正法。介以錦受寃。欲以女妻之。錦憐妻守節。矢不再娶。拯奏立節婦坊。且以二橋仗義。授巡捕廳之職。錦擢第。拯力勸娶介女。乃勉從之。按唐介爲御史。以疏論文彥博得重名。後官至參知政事。生平以淸節著。劇甚言其富。頗謬。事之有無。更不必論也。

龍鳳圖

作者不知何人。言劉域以龍鳳釧得禍。遂名龍鳳圖。事蹟皆不實。略云。姑蘇劉域、字少仙。與同郡祝循、周全結爲異姓兄弟。全家有祖傳金飾。名曰龍鳳釧者。爲賊所竊。并殺其老僕蔡懋。及覺而追之。域曉行還愿。與賊相遇。撞仆于地。賊之包裹與斧一柄。皆墜域旁。懋子壽遂執域控縣。以爲殺其父之賊。全心知不可。而全妻高氏阻全使勿救。任壽證成其罪。縣宰用嚴刑拷訊。域竟坐重辟。羈獄待決。祝循聞之。時時賙恤域母及域妻姜氏。而面責全以陷友于死。欲拳毆之。全自訴爲妻所鉗。實非本心。乃相挈遍訪竊賊。倏忽數月。偶經無錫縣前。見一人持釧賣于兌換首飾店中范志誠。迫而視之。即龍鳳釧也。遂執二人鳴于縣。檄送本處。原審官提前案研鞫。賊贓既得。遂釋域歸。域深感循而恨全切骨。是時契丹內侵。眞宗起畢士安爲兵部尙書。命以禦敵。劇言士安與丁謂相失。家居不出。眞宗命內監陳林往召。使禦契丹。按澶淵之盟。功由寇準。非士安事。作者不過牽入附會耳。陳林本無其人。掛榜招賢。域特往應募。士安擢爲武狀元。使將兵出戰。爲契丹暗藏地雷。生擒羈禁。祝循本欲從軍助域一臂。及抵黃河界口。聞域被擒。乃手持雙鎚。隻身赴敵。正當兩軍交鋒。喊聲鼎沸。士安兵敗。爲敵所追。循勇往直前。遂生擒契丹。責令送出劉域。士安爲循所救。問其姓名。知爲劉域義弟。回京奏捷。幷敍域、循。皆獲加官進爵。朝旨令士安之女嫁循。域、循同日旋里。周全極悔前事。且其妻已死。乃詣域門求見。域初欲治其罪。循力勸解。乃復歡好如初。按作此者。蓋因朋友中有聽妻唆使以致凶終。故作此示意。仍取其友名曰周全。以見此友尙肯周全。非其本意也。

龍鳳合

不知何人所作。演周平王事。雖本之史傳。而謬妄甚多。俚俗不文。絕無足取。謂之龍鳳合者。指平王娶申伯女而言也。按國語云。宣王之時。有童謠曰。檿弧箕服。實亡周國。於是宣王聞之。有夫婦鬻是器者。王使執而戮之。府之小妾生女而非王子也。懼而棄之。此人也收以奔褒。褒人有獄而以爲入。又云。府之童妾既笄而孕。當宣王而生。不夫而育。故懼而棄之。爲弧服者方戮。在路。夫婦哀其夜號也。而取之以逸。逃于褒。褒人褒姁有獄。而以爲入於王。王遂置之而嬖是女也。使至于爲后而生伯服。史記。童謠作童女謠。又云。夫婦賣是器者。宣王使執而戮之。逃於道。而見鄉者後宮童妾所棄妖子出于路者。聞其夜啼。哀而收之。夫婦遂亡犇于褒。褒人有罪。請入童妾所棄女子者于王以贖罪。棄女子出於褒。是爲褒姒。當幽王三年。王之後宮。見而愛之。生子伯服。劇云。謝宮娥五十餘歲。懷孕二十餘年。產下女嬰。與童妾字義背謬。又云。有都在我者。訛名郁有成。賣弓矢爲業。拾得清水河邊棄子。獻諫議大夫褒响爲妾。响撫以爲義女。取太姒爲女中堯舜之意。名爲褒姒。褒乃國名。姒乃其姓。劇中穿鑿可笑。史記。褒姒不好笑。幽王欲其笑。萬方。故不笑。幽王爲熢燧大鼓。有寇至。則舉烽火。諸侯悉至。至而無寇。褒姒乃大笑。幽王說之。爲數舉烽火。其後不信。諸侯益亦不至。通鑑纂要。幽王十一年。申侯召西夷犬戎伐王。王舉燧火徵兵。兵莫至。犬戎遂殺王于驪山下。擄褒姒。鄭伯死于戰。秦襄公力戰破戎。衛侯和從晉侯仇合諸侯師逐戎。黜伯服。鄭世子掘突收父散兵。從諸侯東迎宜臼。是爲平王。劇載烽火戲諸侯。及秦襄公。晉文侯。鄭武公。衛文侯等事頗合。惟衛文侯作武侯。姜戎擄褒姒亦與鑑合。言秦襄公活捉姜戎。平王燒殺褒姒。則妄也。中間敘郁有成救平王。往投申侯。後又面詰褒姒。更屬謬妄。國語云。虢石父。讒諂巧從之人也。而立以爲卿士。史記云。幽王以虢石父爲卿。用事。國人皆怨。石父爲人佞巧善諛好利。王用之。劇中痛詆虢石父之奸佞本此。國語載幽王三年。西周三川皆震。伯陽父論地震之害。言山奔川竭。亡之徵也。十一年。幽王乃滅。周乃東遷。史記亦載此事。又載幽王以褒姒爲后。周太史伯陽父讀史記曰。周亡矣。又曰。禍成矣。無可奈何。劇中極言伯陽父之忠。本此。但既稱太史。乃云位寄保衡。則誤也。陽父嘗論山川。劇以童謠爲熒惑所化。不爲無本。因以陽父爲論及檿弧一事。則屬傅會。後言陽父碎首金堦。則更史傳所無。通鑑纂要。杜伯爲大夫。王將殺之而非其罪。伯之友左儒爭之。九復之而王不許。曰。汝別君而異友。儒曰。君道友逆。則順君以誅友。友道君逆。則帥友以違君。遂死之。劇言王遣左儒禁民間不許造賣弓箭。并訪女嬰下落。亦屬傅會。又按叔帶乃周襄王後母惠后之子。與戎翟謀伐襄王。襄王欲誅叔帶。叔帶奔齊。久之復歸周。翟人入周。襄王出奔鄭。叔帶立爲王。晉文公納王而誅叔帶。年代既遠在後。又係襄王之弟。又其事悖逆。劇以叔帶爲虢石父之壻。盡忠王室。不顧私親。不根無據。帝王世紀。妹喜好聞裂繒之聲。劇引爲褒姒之事。按唐類函。以妹喜好繒聲。褒姒舉烽火作對句。故此劇並引爲褒姒也。唐羅虬比紅兒詩云。戲水源頭指舊蹤。當時一笑也難逢。紅兒若爲迴桃臉。豈比連催舉五烽。又世事悠悠未足稱。懶將閑事更爭能。自從命向紅兒斷。不欲留心在裂繒。

雙龍墜

未知何人所作。演吳友與武女玉如離合事。離而復合。全以玉墜爲緣。故標作記名。其事當有根據。而不免稍加緣飾也。略云。浙西吳友、字斯仁。父在時爲聘廣東都司武邦憲女玉如。其後家事蕭索。未能成婚。邦憲六旬生日。友作西江月詞一首。書之於扇。佐以所遺雙龍玉墜一枚。琢刻精良。父執胡都督國所贈也。邦憲妻秦氏。子緯。方設家宴。見友禮物太微。心甚不悅。而緯尤輕薄無行。郊遊相遇。友向前趨揖。緯岸然不認。兩人遂至攘臂。歸愬其父。言本籍粵東。不如且遷豫章。與吳漸遠。久之可以妹別字也。玉如知之。遣婢青鬟約友。乘晚于後園相見。對天立誓。必不他適。贈以金釵二股。白金百兩。令至粵東尋覓。陝西王德仁總兵江西。協金聲桓鎮守。而潛與六安山寨侯應龍相結。謀爲不軌。家丁王安自寨回。陰承德仁指。遍訪美姬。趁邦憲歸舟抵鄱陽湖。緯挈妹入廟賽神。爲所窺見。遂誘緯獻妹于德仁。德仁遂委緯權署分守道職。及誑妹入帥府。而玉如誓死不從。德仁使女教師押充女樂。會巡按董成學到任。德仁置酒。并請巡撫章于天、總兵金聲桓。作女樂以讌客。强玉如出。當筵啼哭。成學知係德仁所逼取。面斥德仁。欲上彈章。德仁遂嗾聲桓舉兵同反。殺成學及湖東道成大業。與吳淞吳勝兆、廣東李成棟等互相聲援。江西大擾。初友欲赴粵訪親。其相知任傑者。字士先。江寧人也。慷慨有俠氣。願與偕往。友先行。傑遲半日而發。遭亂不相值。時朝命大將軍南討王、金二叛。國已起原官。分轄部將。傑于道被執。疑其奸細。國問而知爲傑。白于大將軍。留麾下效用。友亦于水路遭兵。使爲縴夫。間關抵南昌。則大兵破城。聲桓、德仁皆就戮。玉如偕婢青鬟走出逃難。被執入營。傑已立功。受偏將之職。分得青鬟。細加詰問。知係友妻之婢。而不知玉如所在。會國相晤。言邦憲夫婦分在國處。其子緯則沒于兵矣。傑與國具言玉如守貞。有雙龍墜可憑。今不知所在。相約物色之。兩路尋訪。玉如爲別將所得。見其美而逼之。玉如不從。遂加磨折。友遍訪不得。一日見汲水女子酷似玉如。試詰其踪。果是。出玉墜於懷中。相與啜泣。别將聞而大怒。執友欲殺。使語玉如云。順己則生。否則同死。玉如抵死不從。將乃益怒。并欲殺玉如。押而行。不令同一處死也。國與傑分路訪玉如。國行前路。見友被縛。急取金贖之。傑行後路。值軍士將殺玉如。搜奪其所攜龍墜。傑心疑之。取銀買墜。且爲玉如請命。願出千金贖之。軍士以告其將。將意傑愛此女。即以贈之。索其好馬二匹而已。傑攜女歸。以示青鬘。果玉如也。傑方告以爲友遍覓之故。而玉如言友已被殺。不願獨生。請覓其屍安葬。傑乃挈玉如、青鬘同往祭奠。而國已薦友于大將軍。委爲康山守備。又調傑守鄱陽。友亦泣訴于國。言妻被殺。請往祭奠。而國命服朝服以往。且令邦憲夫婦隨行。友與玉如各于郊外向空拜奠。祭畢之後。傑令從人詢問。始知國偕一少年同祭。趨往候國。則友儼然在焉。乃告玉如未死。出玉墜以示。於是彼此相見慟哭。玉如復暫歸傑寓。國爲友備禮。迎至友寓成婚。按劇中金聲桓、王德仁俱係實蹟。吳友之事。未審的否。

錦繡圖

一名西川圖。清洪昇撰有錦繡圖。不知是否此本。演劉先主及諸葛亮謀取西川事。昔人以川中山水佳麗。物產富饒。侔於錦繡。故以爲名也。有據正史者。亦有採演義者。又有自作波瀾者。與古城、草廬古城記。見本書卷十八。草廬記。見卷三十四。諸記。皆先主時事。可參觀也。劉先主傳。建安十六年。益州牧劉璋。遙聞曹公將遣鍾繇等向漢中討張魯。內懷恐懼。別駕從事蜀郡張松說璋。遣法正將四千人迎先主。前後賂遺以巨億計。正因陳益州可取之策。先主留諸葛亮、關羽等據荊州。將部卒數萬人入益州。至涪。璋自出迎。相見甚歡。張松令法正白先主。及謀臣龐統進說。便可於會所襲璋。先主曰。此大事也。不可倉卒。璋推先主行大司馬領司隸校尉。先主亦推璋持鎭西大將軍領益州牧。璋增先主兵使擊張魯。又令督白水軍。先主幷軍三萬餘人。車甲器械資貨甚盛。厚樹恩德。以收衆心。明年。曹公征孫權。權呼先主自救。先主從璋求萬兵及資實。欲以東行。璋但許兵四千。餘皆給半。張松書與先主及法正曰。今大事垂可成。如何釋此去乎。松兄廣漢太守肅懼禍及己。白璋發其謀。於是璋收斬松。嫌隙始搆矣。璋勅關戍諸將。文書勿復關通先主。先主大怒。召璋白水軍督楊懷。責以無禮斬之。乃使黃忠、卓膺勒兵向璋。先主徑至關中。質諸將幷士卒妻子。引兵與忠、膺等進到涪。據其城。璋遣劉璝、冷苞、張任、鄧賢等拒先主於涪。皆破敗。退保緜竹。璋復遣李嚴督緜竹諸軍。嚴率衆降先主。先主軍益强。分遣諸將。平下屬縣。諸葛亮、張飛、趙雲等將兵泝流。定白帝江州江陽。惟關羽留鎭荆州。先主進軍圍雒。時璋子循守城被攻且一年。十九年夏。雒城破。進圍成都數十日。璋出降。諸葛亮傳。亮、字孔明。瑯琊陽都人。漢司隸校尉諸葛豐後也。父珪、字君貢。漢末爲泰山郡丞。亮早孤。從父玄與荆州牧劉表有舊。往依之。玄卒。亮躬耕隴畝。好爲梁父吟。身長八尺。每自比管仲、樂毅。時人莫之許也。惟博陵崔州平、潁川徐庶元直。與亮友善。謂爲信然。時先主屯新野。徐庶見先主。先主器之。謂先主曰。諸葛孔明者。臥龍也。將軍豈願見之乎。先主曰。君與俱來。庶曰。此人可就見。不可屈致也。將軍宜枉駕顧之。由是先主遂詣亮。凡三往乃見。因屏人曰。漢室傾頹。姦臣竊命。孤不度德量力。欲信大義於天下。而智術淺短。計將安出。亮答曰。自董卓以來。豪傑幷起。曹操比於袁紹。則名微而衆寡。然操遂能克紹。以弱爲强者。非惟天時。抑亦人謀也。今操已擁百萬之衆。挾天子以令諸侯。此誠不可與爭鋒。孫權據有江東。已歷三世。國險而民附。賢能爲之用。此可與爲援而不可圖也。荆州北據漢沔。利盡南海。東連吳會。西通巴蜀。此用武之國。而其主不能守。此殆天所以資將軍。將軍豈有意乎。益州險塞。沃野千里。天府之土。高祖因之以成帝業。劉璋闇弱。張魯在北。民殷國富而不知存恤。智能之士。思得明君。將軍既帝室之胄。信義著於四海。總攬英雄。思賢如渴。若跨有荆益。保其巖阻。西和諸戎。南撫夷越。結好孫權。內脩政理。天下有變。則命一上將。將荆州之軍以向宛洛。將軍身率益州之衆以出秦川。百姓孰敢不簞食壺漿以迎將軍者乎。誠如是。則霸業可成。漢室可興矣。先主曰善。於是與亮情好日密。關羽、張飛等不悦。先主解之曰。孤之有孔明。猶魚之有水也。願諸君勿復言。羽、飛乃止。劉表卒。琮聞曹公來征。遣使請降。先主在樊聞之。率其衆南行。亮與徐庶并從。爲曹公所追破。獲庶母。庶辭先主而指其心曰。本欲與將軍共圖王霸之業者。以此方寸之地也。今已失老母。方寸亂矣。無益於事。請從此别。遂詣曹公。又建安十六年。益州牧劉璋。遣法正迎先主。使擊張魯。亮與關羽鎮荆州。先主自葭萌還攻璋。亮與張飛、趙雲等率衆泝江。分定郡縣。與先主共圍成都。成都平。以亮爲軍師將軍。署左將軍府事。先主外出。亮常鎮守成都。足食足兵。二十六年。羣下勸先主稱尊號。先主未許。卒聽亮説即帝位。策亮爲丞相。魏略曰。亮在荆州。以建安初。與潁川石廣元、徐元直。汝南孟公威等俱游學。三人務於精熟。而亮獨觀其大略。每晨夜從容。常抱膝長嘯而謂三人曰。卿三人仕進。可至刺史郡守也。三人問其所至。亮但笑而不言。後公威思鄉里欲北歸。亮謂之曰。中國饒。士丈夫遨遊。何必故鄉耶。襄陽記曰。劉備訪世事於司馬德操。德操曰。儒生俗士豈識時務。識時務者在乎俊傑。此間自有伏龍鳳雛。備問爲誰。曰。諸葛孔明、龐士元也。魏略曰。庶先名福。本單家子。少好任俠擊劍。中平末。嘗爲人報讎。白堊突面。被髮而走。爲吏所得。問其姓名。閉口不言。吏乃於車上立柱維磔之。擊鼓以令於市鄽。莫敢識者。而其黨伍共篡解之。得脫。於是感激。棄其刀戟。更疎巾單衣。折節學問。始詣精舍。諸生聞其前作賊。不肯與共止。福乃卑躬早起。常獨掃除。動靜先意。聽習經業。義禮精熟。遂與同郡石韜相親愛。初平中。中州兵起。乃與韜南客荆州。到又與諸葛亮特相善。及荆州內附。孔明與劉備相隨去。福與韜俱來北。至黄初中。韜仕歷郡守。典農校尉。福至右中郎將御史中丞。逮大和中。諸葛亮出隴右。

聞元直、龐元仕財如此。歎曰。魏殊多士耶。何彼二人不見用乎。庶後數年病卒。有碑在彭城。今猶存焉。此記與草廬記相仿佛。因先主三顧草廬。則曰草廬記。因張松獻西川圖。則曰西川圖也。其事皆接在古城以後。本於演義者居多。如張飛夏侯惇事。及三氣周瑜等。皆與正史不合。玆不具載。

報恩亭

未知何人所作。言吳脩救陸企。企後代脩死于驛亭。故曰報恩亭。其事不實。中間情蹟。有審問醫官一事。似爲明萬曆、天啓間梃擊紅丸二案及隆萬間諸獄而發。陸企服暗藥。似指王大臣及張差詰問進何藥劑。又似指王金、崔文昇、李可灼。吳脩似指王之寀、陸夢龍。梁冀似指張居正、馮保。李固、杜喬似指葛守禮、張問達。未可定也。劇云。後漢吳脩、字正倫。明經起家。歷任臺諫。五旬無子。其妻衛氏。欲爲納妾。脩輒不可。梁冀擅權。質帝中毒。倉卒立蠡吾侯。小黃門賀執以報于脩。脩任西臺御史。拘太醫陸企送鎮撫司獄。必欲識得眞情。鎭撫司。明朝始有。梁冀、李固、杜喬同時會審。冀恐事露。使獄卒以喑藥飲企。遂不能言。脩根究奸人主謀。冀即欲斬企以滅口。企口既喑。手復㨿傷不能書。僅作手勢示意。脩、冀相爭不決。冀怒而去。遣人至獄殺企。適脩視獄。見之。擒其役付吏。問獄卒以解喑之法。用水飲企。企因得具述中毒情形。脩語企及獄卒。俾作證見。當即具本奏明。而冀乘夜矯旨縛脩、企。立斬于市。時梁太后召杜喬議軍國大政。出朝回署。見縛脩、企。云奉太后懿旨誅之。喬遂止勿殺。帶二人至朝門。入奏太后。太后驚駭。立命釋脩。以爲淮陽太守。企亦僅削職爲民。脩單騎赴任。而使夫人衞氏從水道南下。有牛姓者。本雁門人。世以打鐵爲業。秉性戇直。號爲鐵牛。飲博無賴。流落淮揚間。困臥土地祠。南潯人王佛老僑淮賣腐。見而憐之。留以爲傭。梁冀子勷分居淮郡。其家人因賭博與鐵牛鬨。見佛老之女瓊兒。姿色嬌麗。譽之于主。乃設計棄箱佛老之家。誣以爲盜。捕送縣監。而遣衆刼女歸。逼以爲妾。其女知父被陷。

詬罵不從。乃鎖置密室。使媼日日說誘。鐵牛逃竄于外。脩將抵任。私行訪緝民間事。遇之客店。備悉梁勷陷良爲盜。并奪其女。脩賞鐵牛之俠。薦于關中節度使簡章。脩乃僞充道士。言有異術。能使人回嗔作喜。化梗爲順。梁氏之媼以聞于勷。遂使入室勸化瓊兒。脩密語瓊已即郡牧。特來救汝。瓊出瑞雲釵一隻。使來人持以取信。恐梁府詭謀相誑也。脩到官。立遣吏圍勷宅。取瓊兒。呼勷對簿。釋佛老出獄。以女還之。而抗疏劾勷。欲抵重辟。冀力庇勷。改調脩于漢中。脩甫離淮任。夫人舟已近淮。佛老慮勷報怨。挈女潛竄。無所依泊。徬徨岸上。夫人望見。召問何等人。具以實告。夫人欲留此女爲妾。恐夫以部民子女爲嫌。又念已改漢中。非復所部。乃買置舟中。禁其婢僕毋與脩言。乘脩入舟。以酒醉之。命瓊侍寢。脩不知而御之。及明見女。問其所自。不勝悔恨。忿而登岸。從陸赴任。脩已爲冀中傷。中道貶崖州司戶。此則唐宋之制。漢時無有。及聞此事。復取旨緝捕。命即所在斬之。陸企有戚事漢陽鎭將爲吏。企往探之。鎮將即鐵牛也。以平蠻功。由簡章薦拔至此。企從吏所見文書。言崖州司戶參軍吳。縱釋大盜。又娶盜女爲妾。部文到處立斬。企疑是脩。而脩適已至驛。企見之驛亭中。與相慰勞。因與妻計。竊其文憑。往投鎮將。鐵牛醉。立遵旨殺之。函首付尉。脩聞而挺身出爭。言已即脩。鐵牛大驚駭。其事既不敢以聞。脩又恩重。遂力勸藏匿。未幾冀敗。脩冤亦白。召入京師。夫婦復聚。瓊已生子。遂聘企女爲媳。以報其代己之義云。按梁冀時無所謂吳脩者。長垣吳祐爲冀長史。冀誣奏太尉李固。祐爭之不聽。扶風馬融在坐爲冀章草。祐謂融曰。李公之罪。成于卿手。李公即誅。卿何面目見天下之人乎。冀怒起入室。祐徑去。因自免歸家。不復仕。又下邳吳樹爲宛令。之官辭冀。冀賓客布在縣界。以情託樹。樹曰。自侍坐以來。未聞稱一長者。而多託非人。誠非敢聞。冀嘿然不悅。樹到縣。誅殺冀客爲人害者數十人。冀深怒之。樹後爲荊州刺史。臨去辭冀。冀爲設酒。因鴆殺之。二人事跡頗有近似者。約略借此。

雪香園

不知何人作。〔清程子偉撰。子偉字正夫，江蘇江都人。〕其事彷彿龍圖公案。演劉思進妻孫氏被埋雪香園中。包拯爲伸冤。還魂完聚。故命雪香園。　按史。曹后甚賢。聽政之時。多援經史決事。未嘗出己意。檢柅曹氏及左右臣僕。毫分不以假借。宮省肅然。必無所親壞法。至此劇與小說。皆僞撰。不足信也。　又按仁宗嘉祐二年。以包拯知開封府。綱目云。拯立朝剛毅。貴戚宦官爲之斂手。聞者皆憚之。以其笑比黄河清。童穉婦女。亦知其名。呼曰包待制。小說蓋因貴戚一語。幻出附會。實無其事。　劇云。待制包拯居官清正。日理國事。夜斷陰獄。奉朝命將往陳州賑濟。夜夢文昌帝君降玉帝旨。使拯按地獄冤枉。枉死者使復生。洛陽書生劉思進貧甚。時逢清明節。至不能辦紙錢麥飯。妻孫氏賢能。夫婦商所以謀生之道。孫氏典衣。買絨線作花。獨往西京鬻之。以博微利。有國戚曹鼎者。曹后之父。官太師。身都富貴。藉勢恣行。年邁益好色。姬妾滿前。皆不稱意。醫生伊思仁、費效泉奔走於其門。探鼎旨。知欲得美妾二人。許爲媒。路遇孫氏。有殊色。以買花爲名。誘致曹氏宅。鼎遂欲强逼爲妾。孫氏痛罵不從。鼎怒。擊之至死。密瘞之雪香園中芭蕉下。陰令思仁、效泉訪其夫。欲幷殺之。以絶後患。孫氏寃魂不散。至地府呼控。冥司閲籍。知其陽壽未終。授以定魂丹一丸。使守尸不化。又使人分其魂爲三。一守尸。一歸報其夫。一往索命。思進訝其妻之久不歸。方思之而見諸夢。具道寃死狀。述姓名蹤跡甚詳。醒而赴西京訪問。與思仁、效泉遇。以賣花婦人詢。而思仁不覺吐露。思進念與夢符。乃具詞欲控於包待制。時包在陳州未返。思仁與效泉謀。通知曹鼎。使鼎僞爲包待制。出行於道。而賺思進聲寃。思進竟爲鼎所收。拷掠瀕死。且私禁之。令絶其食。守者哀其寃。稍寬之。得不死。孫氏之魂夜覓飯。送使食。包待制賑濟事畢。還開封。有鬼呼寃於道。則孫氏也。雖心知其詳。無由發覺。乃置酒召鼎飲。鼎亦置酒邀拯。酒酣。欲觀其雪香園。鼎稱有鬼。鎖閉甚固。强啓而入。掘芭蕉得尸。攜歸。而上其事於朝。仁宗以爲鬼神陰昧。謂拯凌辱國戚。欺侮大臣。將置之法。思仁、效泉陰相慶。且作詩嘲拯。拯將就戮。仁宗忽悔悟。釋之。拯論前事益力。且聞朝有異國所進温凉帽、回生杖二物。可使死者復生。請之以救孫氏。上如其請。命理前事。乃出思進於鼎之私獄。以二物加孫氏尸。復活。鼎伏法。并收伊、費兩醫。棒殺之。朝廷嘉拯能。晉階三級。授思進官。封孫氏爲勇烈夫人。夫婦感拯恩。思進刻沉香爲像。孫氏繡其容。終身頂禮之。據龍圖公案。則云潮州秀才袁文正。應試東京。挈妻張氏同行。投寓黄婆店。曹二國舅馬上見張之美。邀其夫婦入府中。醉袁以酒。用繩絞殺。并絶其三歲之子。棄尸後花園井中。逼張爲妾。張不肯從。監禁密室。包拯賞軍還朝。路遭怪風。旋繞曹宅。拯乃打開鎖門。

使吏勾寃魂問狀。掘井果得。時大國舅移居獅兒巷。二國舅移居鄭州。挈張氏去。拯往晤大國舅。大國舅以書囑弟。令殺張以滅口。院子張老勸令投入井中。因密救張出宅。抵京控告于拯。拯先後拘兩國舅俱問。抵大辟。仁宗駕幸拯第救之。乃誅弟而釋兄。於是大國舅入山修行。遇眞人點化。竟入仙班。即八仙中曹國舅也。其説與此劇各異。而荒誕則同。然八仙中曹國舅。云是宋時人。自仁宗曹后外。更無曹姓后族者。姑存疑以俟考。

曲海總目提要卷三十三

小天台

未知何人所作。演馮珏、陸韜遇霍氏二女事。與雙鴛珮雙鴛珮。見本書卷三十六。相同。而情節曲白。往往互異。園名小天台。故名。略云。馮珏、字比玉。金陵人。吏部侍郎朝卿之子。雙鴛珮云冢宰。與年家子陸韜友善。時奉朝旨。文生考試。必兼騎射。乃同往郊外演習。陝西俠客楊義忠善射。三人結爲兄弟。雙鴛珮有義忠糾衆劫賈似道公田事。此劇無有。太湖賊花譜芳素與義忠結契。招置寨中。義忠屢勸納款。譜芳不從。義忠不得已暫留。雙鴛珮云。花譜芳之孫花再芳。此劇云譜芳。互異。龍圖學士霍匡無子。妻李生二女。長素娥。次靑霞。皆國色也。雙鴛珮云大司馬霍匡。珏、韜及統制杜仲宣之子成。雙鴛珮云杜復美。此云杜成。字思美。皆匡年姪。館其園小天台。雙鴛珮云梅花書屋。無小天台之名。以聞簫爲題。限開字韻。

命三人賦詩。珏詩云。花下湘簾風自開。玉簫低送暗聲來。朱脣淺破櫻桃萼。丹鳳忽從雲際回。韜詩云。東風吹入鳳凰臺。暗渡新聲窗外來。腸斷碧雲思弄玉。無言脉脉對花開。匡俱嘆賞。惟杜成詩無陋不堪。匡笑而置之。雙鴛珮中即賦雙鴛珮詩。以鴛字爲韻脚。且先令杜作。嗣後馮陸二生至。命之續作。此劇則三人同作。且以聞簫爲題。開字爲韻。亦皆互異。匡攜三人遊湖。乳嫗引二女遊小天台。得珏、韜詩。諷誦不已。意各有屬。頃之三人歸。驀然相遇。杜成欲謀委禽。二女私言心曲。恐悮配匪人。乳嫗乃勸二女各出夫人所賜雙鴛珮。密遺兩生。爲終身之訂。素娥屬珏。青霞屬韜。嫗詒韜。爲杜成所覺。乘韜夜臥。盜其珮去。首之於匡。此段大同小異。時花譜芳入寇。賈似道置之不問。方與門客鬬蟋蟀于半閒堂中。雙鴛珮有廖瑩中。此劇另有數門客姓名。雙鴛珮有羣妾。此劇無有。勝者簪花披紅。匡聞賊警。造商兵機。突入見似道。誚而責之。入朝劾其罪過。回家候旨。適成以珮首。匡見而震怒。即向妻索珮。隨呼兩女窮究。會上以似道慫恿。趣匡提兵勦賊。匡乃逐馮、陸兩生。而留成經紀其家。此段大略相同。率兵赴戰。爲譜芳所擒。義忠力救。羈留寨中。譜芳與義忠不合。乃與分營而居。（此段大略相似。）杜成自匡出征後。潛入後園。希圖鑽穴。乳嫗喊獲送于夫人。夫人釋而逐之。（雙鴛珮云。乳嫗及家人叱辱。此云白于夫人。）成啣恨。投似道門下。極稱兩女之美。似道出十二樓中女使觀。云皆不如。（雙鴛佩云。復美投廖瑩中。此劇無有。此劇觀十二樓美人。雙鴛珮無有。）乃矯旨以霍匡降賊。抄沒家屬。欲娶兩女爲妾。時素娥抱病。家僕有與似道家人相合者。密洩成謀。僕歸告夫人。舉家逃避。舟至太湖。夫人及青霞爲賊卒所掠。素娥以病脫。于是舟婦送素娥及乳嫗至吳興女貞觀避跡。義忠聞花卒掠得婦女二人。詢知爲霍氏眷屬。送居西山橘園。命女奴膳養之。而遣聞于匡。（此段大略相同。）珏回金陵。聞匡被擒。復來臨安探望。緹騎卒至。擒送似道。備受榜掠。發大理獄。命獄官斃之。獄官朱恩。嘗受珏父恩。縱使逃去而自經死。（此段亦相同。）時將大比。陸韜赴臨安。過女貞觀遇乳嫗。知素娥避難于此。（此段亦相同。）珏自出獄渡太湖。亦被掠。見義忠。爲言霍氏母女見在。惟長女不知所之。珏大悲感。義忠勸變姓名爲馬雙玉。（雙鴛珮云馬珏遇霍匡。此劇無有。）應試。遇韜于闈中。互言素娥、青霞所在。彼此慰藉。此段略相同。杜成聞女貞觀流寓女甚美。往偵得實。統僕刦素娥歸。適成父在任病篤。遣將召成。成幽素娥別室而去。雙鴛珮無成父召成事。是時文闈撤棘。上親試騎射。擢馬雙玉第一。陸韜第二。賈似道主宴。見雙玉識爲馮玨。陰欲陷之。密奏雙玉有文武才。請命討花賊。旨授雙玉、陸韜並爲監軍。雙玉乃寓書義忠。使爲內應。義忠射殺譜芳。詣軍降。雙玉迎見霍匡。寄置霍氏母女。義忠親往女貞觀取素娥。見乳嫗知娥被刦。此段略相同。令嫗引入成家。成方探父而歸。遇于門。義忠脅成出素娥。送還其父。而沉成于水。此段互異。又爲馮、陸兩生執柯。雙玉等振旅還京。共奏似道諸罪。上親鞫之。命謁者監董宋成傳旨復匡舊職。雙玉復名玨。授翰林。賜配素娥。陸韜晉級。賜配青霞。楊義忠授太尉。賈似道配循州。殿前校尉鄭虎臣監押。霍匡歸。乳嫗愬明二女以雙鴛珮于小天台訂姻事。義忠奉勑送兩生入贅匡家。此段亦大同小異。

雙鳳環

不知何人作。以唐令狐琨姪女霜筠及駱氏女豔。皆以雙鳳環作合。歸白吏爲室。故名。其關目姓氏。皆空中樓閣。所引武后時事。悉與正史錯謬。劇云。吳人白吏、字素懷。故宦侃之子。孤貧無以自存。侃嘗有恩于來俊臣。吏聞俊臣顯。欲往求助。喚船至潤州。負病囊竭。欲以襆被償船家而乞食至京。船戶駱姓。有女名豔。哀其窮。出貲助之。抵京謁俊臣。拒不納。吏憤。將投道旁井。遇其父同年補闕令狐琨救免。留至家。琨性剛果。其弟鏞。天姿柔懦。以都督鎭黔中。鏞之女霜筠。有才貌。兼通武略。琨愛之。隨父赴黔。時琨出家傳雙鳳玉環二。一以付筠。一留爲筠擇配。謂當以此爲驗也。武后臨朝。貶中宗於房州。琨哭諫忤后。下獄論死。以狄仁傑、張柬之等疏救。杖謫廣南。家沒入官。童僕盡散。吏請俱行。至涪。借宿普濟寺。琨高吏義。以姪女許字。

出鳳環贈焉。武三思矯后旨。遣人追殺琨。衷爭之不得。琨竟遇害。衷募貲葬琨于寺旁。三思復遣人追衷。至江濆。遇駱舟。甫入艙而追者踵至。艷藏衷於柁底。追者悦艷。欲私之。被艷賺入後艙。爲衷所殺。衷乃得脱去。令狐鏞之鎮黔也。以符節付其女霜筠。權攝兵事。而養疾于小庵。武后改國號曰周。欲嗣三思。頒詔四方。使者至黔。筠置之館驛。大召官屬。起兵匡復唐室。檄諸鎮尅期進發。召使者毁武后易姓之詔而撈逐之。鏞窘甚。莫知所爲。不得已。率前部兵進。周遣將翟杉蓬統兵討筠。與鏞遇。擒而釋之。使誘致其女。許以復官。鏞果賺縛霜筠解京。時衷歸江東。得故舊資助。欲投中宗。喚渡。復遇駱舟。三思、俊臣等方假后旨。遣使以鴆酒害中宗。駱艷聞其語告衷。衷奔赴房州。説諸生毆斃使者。率衆護中宗。而衷之鳳環遺舟中爲艷所得。周將從水道解霜筠。筠得與艷遇。見環。詢知其詳。艷以環還筠。筠自分且死。出己所藏環贈艷。爲衷聘艷爲妻。艷欲謀脱筠。筠不可。而囑艷改男裝。以已行樂圖持至三思門賣之。艷如言。三思見圖果悅。留艷爲僕。召俊臣商。以俊臣家啞婢易筠斬之。而鬻筠入其第。欲逼爲姬。筠爲大言曰。日者嘗言我命當爲后。請俟異日。三思久懷篡逆。聞其言。志遂決。會太后命三思調藥。三思使俊臣以毒置藥中進入宮。筠陰令艷奔赴狄仁傑首其事。仁傑密啓后。俊臣進藥。后分其半飲俊臣。流血死。后遂大怒。磔三思。命捕其家老幼悉斬之。而以首人爲內廷執戟郎。艷知筠亦在所捕。急投老中官裴姓。冒爲姪。裴喜甚。留飲極酣。裴室有九龍牌者。持以傳旨。可以生殺人。艷改中官裝。竊牌夜赴法場救霜筠。賺出關。將奔中宗。會后遣使迎廬陵。而白吏以救護功爲長史。先行至旅店中。見一人持鳳環而泣。一人繼至。貌如熟識者。訝而詰問。則艷及霜筠也。艷父以失女傭工。先在吏所。于是皆得會一處。各道踪跡。隨至京。詔贈琨官。恩蔭其族一子。賜金改葬。舍筠不問。幷宥其父。筠與艷皆歸吏爲室。雙鳳環乃復合云。按史。武后將革命。王公百官皆上表勸進。右將軍李安靜獨正色拒之。及下制獄。來俊臣詰其反狀。安靜曰。以我唐家老臣。須殺即殺。若問謀反。實無可對。俊臣竟殺之。劇中令狐瑝。疑即指安靜。又彭州長史劉易從。爲徐敬眞所引。就州誅之。易從爲人仁孝忠謹。將刑于市。吏民憐其無辜。遠近奔赴。競解衣投地曰。爲長史求冥福。有司平準。直十餘萬。劇中父老助白衷葬令狐瑝。借此影射。武三思非太后所殺。來俊臣伏誅。人爭噉其肉。無賜毒藥流血事。三思、俊臣亦無兩次行鴆事。種種皆謬。又越王貞舉兵匡復。遣使告壽州刺史趙瓌。瓌妻常樂長公主謂使者曰。李氏危若朝露。諸王先帝之子。不捨生取義。欲何須耶。大丈夫當爲忠義鬼。無爲徒死也。劇中令狐霜筠激諸將起兵匡復。借此語增飾。

雙飛石

未知誰作。演張淸遇瓊英事。全據水滸傳。兩人皆善於陣前飛石。故云雙飛石也。略云。張淸。彰德府磁州人。水滸傳但云彰德。劇添磁州。又云淸字淳之。亦傳所無也。爲東昌守將。飛石打人。百發百中。時稱沒羽箭。副將二員。一曰花項虎龔旺。一曰中箭虎丁得孫。是時。梁山泊宋江等横行州郡。江僞讓盧俊義爲魁。按傳。晁蓋爲曾頭市射殺。遺言爲殺仇者奉爲渠魁。俊義活捉史文恭。故江不得不讓也。俊義不從。而其部下頭領。亦皆不服俊義。江乃令吳用設鬮。拈得東昌、東平二郡。江與俊義分兵攻打。先下者即爲山寨之主。江拈得東平。俊義拈得東昌。俊義兵至。府尹陳秉忠趣清禦賊。固守待援。水滸傳爲戴秉忠。俊義力攻不下。而江已破東平。降董平。與俊義合。交鋒之際。徐寧、楊志、劉唐、林冲、李逵等皆被擊傷。按傳。徐寧楊志劉唐外。尚有燕順韓滔彭玘宣贊呼延灼朱仝雷横關勝索超董平及前打郝思文。故云十五員大將。卻無李逵林冲也。董平入陣說清降江。清罵平。且發石擊之。平初避不受擊。既而近前。馬上相捽。俱墮於地。清遂爲江衆所執。按傳。平與清戰。連擊二石子。後于馬上相攬。林冲等救平。平復被擊一石子。其後宋江棄糧于道。以誘擒清。非清與平互捽時。爲江所執也。旺、得孫亦被執。俱降于江。清在水滸寨中。嘗夢教一女子瓊英使槍飛石之法。與訂盟爲夫婦。清贈瓊英石子二枚。瓊英贈清金鳳釵一隻。醒而釵在手中。遂相思得病。此段本之水滸。然傳無得石及鳳釵之說。河北田虎作亂稱王。連破汾陽、介休等邑。鎮守官蔣韜請救。太尉宿元景建議招安宋江。按傳，宿元景招安宋江等進京，即使征遼，非即征田虎也。以江爲招討使。俊義爲正印先鋒。率兵征勦。給以空頭札付百張。部下諸將。量才擢用。先是介休人仇申。與妻宋氏。女瓊英。探其岳喪。虎將鄔梨稱爲國舅者。殺申而劫其妻女。以宋氏獻于虎。宋氏大罵。傳中非梨所殺，小異。虎令築墳西郊。鐫碑以表其墓。瓊英爲梨取歸。梨妻倪氏。恐梨納以爲妾。收作義女。撫如親生。迨年十六。力舉五百斤石。武藝絕倫。夢中得清傳授飛石之法。試之百中。及宋江等奉命征虎。梨每戰輒敗。虎軍師喬道清又爲公孫勝所敗。遁而歸山。梨乃舉其女瓊英爲將。虎遂授以都督之職。盡將其兵。用石擊江部將。董平、楊志、李逵等莫不傷敗。清以病留寨中。稍愈。則急詣軍前効力。對陣見瓊英。即夢中之女。兩心相許。瓊英教清僞作表兄。詣其軍營。說梨殺虎。梨從其計。入虎帳。瓊英以梨爲叛。并縛梨、虎殺之。籍其士卒軍資以降。江奏于朝。乃擢江、俊義及清職。賜瓊英以夫人之號。又封贈其父母。亦授葉清千總。清與瓊英遂成夫婦。養梨妻倪氏終其身。按水滸傳。田虎者。威勝州沁源縣獵戶。萬山環列。哨聚其間。侵州奪縣。官兵不敢當其鋒。威勝即汾州。汾陽即汾州。昭德即潞州。晉寧即平陽。蓋州即澤州。五州五十六縣。皆爲所據。張官置吏。自稱晉王。宿元景奏令宋江爲平北正先鋒。盧俊義爲副先鋒。盡挈正偏將佐。協同征虎。恢復陵川、高平、蓋州、陽城、沁水、壺關。傳中有宋江置酒宜春圃中雨香亭。李逵醉後。夢登天池嶺。又夢入文德殿。爲值殿將軍。殺蔡京童貫楊戩高俅。又回天池嶺。見秀士告以十字云。要夷田虎族。須諧瓊矢鏃。又夢見其母。且爲虎所撲。揮斧砍之。用力太猛。及醒。掀翻碗。瓊矢鏃。蓋張清遇瓊英之兆也。劇中李逵夢境一折。本此。又用公孫勝攻破虎所用國師喬道清。恢復晉寧、昭德。傳云。道清名冽。陝西涇原人。游崆峒山。得異術。能呼風喚雨。駕霧騰雲。曾往九宮縣二仙山。訪道于羅眞人。眞人以其外道。令道童傳語。俟其遇德魔降。然後相見。後果爲田虎所用。呼爲國師。時殿帥孫安援晉寧。道清援壺關。宋江等屢爲道清所敗。樊瑞與鬬術。亦敗。直待公孫勝至。蹙之五龍山。圍之百谷嶺。孫安已降于江。而道清遁入古廟。安往說之。乃降。拜公孫勝爲弟子。其降處。即昭德羅眞人所云遇德魔降也。劇言道清遁去。小異。虎乃封僞國舅鄔梨爲樞密。其女瓊英爲郡主。梨統大衆。瓊英爲前部先鋒。瓊英者。本非梨所生。其父仇申。居介休綿上。娶平遙宋有烈女。生瓊英。至十歲時。有烈身故。宋氏隨夫往奔父喪。留女在家。令主管葉清看管。中途遇盜。殺申掠宋氏去。清與妻安氏奉瓊英以居。田虎作亂。遣梨徇介休。瓊英及清夫婦皆被掠。梨引瓊英見其妻倪氏。撫以爲女。（劇言梨欲以爲妾。倪氏妬之。故撫爲女。以絕其望。與傳異。）清從梨戰有功。虎授清爲總管。奉梨命往石室山採取木石。部卒云。此處有一美石。白如霜雪。土人欲取之。卻被雷擊不敢近。清率軍士往。則變爲婦人尸。清近前視之。則其主母宋氏。頭面破損。蓋被賊逼不從。墜岡撞死也。其馬圉因言虎得此婦。欲以壓寨。婦詆虎釋縛。攛身岡下。虎使馬圉剝其衣服而去。（劇言虎重其烈。爲之覆葢。與傳小異。）清還。令卒用土掩之。回至威勝。以虎殺申掠宋及宋守節撞死。使妻備告于瓊英。瓊欲報父母之讎。時刻不忘。每夜輒夢神人言。欲報父母讎。待我教汝武藝。自此演習鎗棒以爲常。宣和四年冬。夢一秀士。引綠袍年少將軍教瓊英飛石。且言此位將軍是汝宿世姻緣也。覺而記飛石之法。取鵝卵石試之。應手擊碎鴟尾。倪氏問故。瓊英詭云。夢神與言。汝父有王侯之分。特教汝異術。以助成功。梨聞而試之。則武藝精熟。飛石如神。名聞内外。衆呼曰瓊矢鏃。欲爲擇壻。瓊英告母。必得能打石如己始與爲婚。年長十六未字。梨既保爲先鋒。餘兵五千。與宋江諸將相角。劇言瓊英盡殲梨兵。小異。王英、扈三娘、顧大嫂、林冲、李逵、解珍等皆被擊傷。而葉清夜探宋江營。告以鄔梨中藥箭。求訪醫人。具述瓊英欲報父母讎之意。安道全又向江言。張清曾夢教一女子飛石。云是宿緣。清思憶致病。江乃令道全改名全靈。清改名全羽。入梨營中。靈以醫瘡立愈。遂薦羽武藝。用以爲將。入陣時江令諸將詐敗數次。梨愈信之。益委以兵。納爲壻。劇無先爲壻事。於是裏應外合。鴆梨擒虎。標題中張清緣配瓊英。及張清瓊英雙建功。乃其事蹟也。劇中大同小異。

醉西湖

不知何人所作。所演時可比、吳雲衣事。與雙俠賺。按拾遺中之雙俠賺。即本劇。惟叙述較詳。小天台。

小天台見本卷。俱有相彷彿處。又各不相合。用賈似道醉遊西湖以爲名。可比遊園。突遇雲衣。即湖畔也。略云。臨安諸生時可比、字虎文。與書童文鹿踏青湖上。偶入樞密使史以忠花園。遇其甥女吳雲衣。彼此留意。賈似道日與衆姬遊讌西湖。猶恨無絶色者。廖瑩中譽以忠甥女之美。似道欲得之。遂遣以忠守淮揚以禦元兵。而託名采綉女。以雲衣備選。雲衣臨行。題長相思一闋。令婢淡娟付可比以爲憶念。可比見詞。不勝憤怒。遂攔駕奏劾似道。似道執送瑩中酷拷。罪至大辟。有任俠者。南粵人。爲似道虞候。弟傑。哨聚海中。自稱中山王。遣人駕舟至臨安欲請俠去。俠知雲衣舅忠耿。而可比緣其甥女得罪。乃竊令箭賺出候潮門。使入弟所遣舟。以書囑弟。泛海至傑處。可比方付市曹處決亟。相府幹辦鄭虎臣僞傳似道令。言奉詔停刑。遂救可比。抵平湖。始告以相救之故。贈以資斧。俾遠行以避禍。虎臣遂潛隱山中。任傑接俠書。留雲衣寨中。俠初救雲衣出。欲并救可比。及聞可比已被賺而免。乃詣海探弟。且慰雲衣。時元兵破淮揚。以忠自刎靖節。詔似道與瑩中出守潤州。俠令弟傑分兵護駕。自領兵復淮陽。可比已易姓名曰文虎。投俠獻策。元兵破潤州。瑩中歿于亂軍。似道遠遁。俠用可比謀敗元兵。復淮潤。俠兄弟偕可比並受朝命拜顯爵。以忠賜祭建祠。俠疑文虎似可比。細詰其情。始以實告。遂奏復姓名。接雲衣至臨安。與爲配偶。文鹿避難他竄。遇淡娟于途。結爲夫婦。復挈投舊主人。而似道遁至木棉庵。虎臣爲道人居庵中。譏諷似道。責以當死。以忠已成城隍之神。半夜入庵。率鬼卒索命。似道遂自經。又按劇言廖瑩中死于亂軍。非也。瑩中以似道之敗。懼禍及己。且不忍負其恩。飲藥酒而自盡耳。瑩中有文名。當時不合爲似道之用人。身名俱敗。劇言似道逼人妻女等事。皆瑩中所爲。則失實過當也。

樓外樓

未知何人所作。以姚女曼殊所居妝樓。與準提庵中半雲樓相望。曼殊夢見隔樓人贈詩。後與楊立勳爲夫婦。如夢中所見。故名樓外樓。夢中有駕鵲梁詩句。楊生又題牆曰鵲梁。故又名鵲梁記。按劇中稱金大定十三年癸巳歲至乙未三年間事。考之金史。無楊立勳姓名。其事蹟關目。亦皆空中樓閣。略云。河南臨漳人姚景崇。大金朝侍御史。有女年十五。小字曼殊。春日與婢紡琴。登妝樓曉望。樓前準提庵中。有樓曰半雲。與妝樓相對。曼殊春困。憑几而臥。夢見隔樓中有貴人。貌甚美。遙與相見。贈以詩曰。綠楊隔岸映姚黃。欲渡銀河駕鵲梁。三載飄揚垂竹史。一春富貴伴花王。醒而語紡琴識之。後南園池蓮盛開。與紡琴往觀。遇一生翩然渡橋而來。與夢中所見無異。目成久之。生題二字于牆曰鵲梁而去。曼殊心異。使紡琴問園丁此生爲誰。則云同里楊公子。楊公子者。故縣令子。負文武才。好遊俠。不樂仕進。故亦不立名號。獨與本縣都頭董超以劍術相知。故人但稱爲楊公子。準提庵中東西二房。東房僧曰月印。西房僧曰悟聰。諸生張雲程向月印借半雲樓爲書室。月印以樓與姚宅相望。禁毋得開牕。辭不允。雲程銜之。乘月印他出。私上樓開牕。易戴僧帽。向姚宅樓以褻語挑曼殊。曼殊怒。告其父。遣人逐月印。其樓屬悟聰。聰以假雲程。雲程勾匪類縱飲賭博。悟聰不能堪。夜以白衣冠作無常鬼驚之。雲程得疾歸。其妻陶一娘醫禱不效。乃獨往庵中拈香。悟聰瞷其美。即以雲程所遺衣巾僞爲秀才。誘一娘入。欲奸之。一娘號呼。遇鄰人來取火。得脫歸。慚忿自縊死。雲程告于官。刺配悟聰于汴。申憲表陶氏貞。監押聰者都頭董超也。有他事不得行。又無人可代。商之楊公子。公子慨然代行。至祥符。聰以酒灌公子醉。夜半持刀剃公子髮而逃。公子醒。店主勸使輭。不從。竟以己爲聰。而使店主爲監押赴汴。聰逃至一村。遇邏卒。失足墮井而死。公子至汴。宣撫使蕭良弼與悟聰之父有舊。詢知履歷。且奇其貌。欲薦之征南大將軍璟廣陵軍前效用。公子以實告。良弼益奇之。乃命名曰楊立勳。給書使赴廣陵。時亘寇林豹陷荆襄。僭號。璟方需才。得之大喜。即命爲兩湖招討使。率兵進勦。屢戰得勝。董超亦從軍爲裨將。會重陽節。豹至淨林寺登塔。立勳遣兵四伏。而已則爲僧人隨豹登塔。梟其首級歸。賊遂平。曼殊自與楊遇。與其父母遊園。見鵲營巢梁上。其父以爲瑞。曼殊乃以夢中詩及所遇楊公子以告。其後求婚者數至。皆不應。立勳凱還。封楚國公。歸里至庵行香。庵復爲月印住持。登樓憑眺。遥見曼殊。訪知未字。乃使月印爲媒。景崇許之。合巹之夕。曼殊語前事。屈指三年。始知婚姻仕宦。皆有定數。莫可强也。按金大定二十九年。世宗孫璟立。初、允恭卒。以孫源王麻達葛判大興尹。又以爲右丞相。更名璟。使親見朝廷議論。習知政事之體。至是即位。據此則無續廣陵爲大將軍事。林豹陷荆襄。亦係捏造。又按水滸諸書。解役之名。大率曰董超、薛霸。非事實也。智囊。吳中有石鞋子者。善謔多智。嘗困倦。步至一邸舍。欲少憩。有一小樓頗潔。先爲僧所據矣。石登樓窺之。僧方掩牕晝寢。牕隙中見兩樓相向。一少婦臨牕刺繡。石乃襲僧衣帽。微啓牕。向婦而戲。婦怒以告其夫。夫因與僧鬧。僧茫然莫辨。亟移去。而石安處焉。

鐵冠圖

不知何人所作。影掠明末崇禎事蹟。眞僞錯雜。淆惑視聽。如范景文之忠烈而痛加詆毀。李國楨甚平平而極口贊揚。非村夫妄談。即邪黨謬論。演唱相沿。幾惑正史。亟當駁正者也。劇云。崇禎以流賊逼近。召見諸大臣魏藻德、范景文、朱純臣、李國楨等。措置軍餉。劇言大學士魏藻德奏鳳陽陵震響。旨令鳳督馬士英祭奠。按崇禎十五年。雷震孝陵樹。帝使成國公朱純臣行視山陵。此引朱純臣看過云云。不爲無本。劇又云已遣大學士曹春督勦。景文奏督臣駐眞定府抱病。而撫臣遠避平陽。旨遂令太監杜勳往鎭三關。按范景文初爲南京兵部尚書。以論楊嗣昌罷歸。後起工部尚書。由工部入閣。未嘗爲兵部。彼時兵部尚書乃張縉彥也。劇大誤。大學士曲沃李建泰自請督師。聞曲沃已破。託疾駐保定。後竟降于李賊。曹春之名。乃改換。非實也。范景文二十忠臣之首。劇扮丑脚。最可痛恨。劇又言成國公朱純臣奏借助軍餉事。旨令臣民紳士家捐貲助餉。此事有之。而未必發於朱純臣也。劇又言李國楨奏流賊將近薊州。居庸昌平皆京師門戶，隄備當急。遂命太監杜秩亨同國楨提督九門，按秩亨不與國楨同事。此記未知是否。劇于崇禎自敍云。楊嗣昌喪于荊楚。孫曠敗于陝西。按陝西督師孫傳庭。誤爲孫嚮。李自成攻寧武關。總兵周遇吉力戰。關破自刎。按賊破榆林。由忻代趨寧武。總兵官周遇吉悉力拒守。數日間。殺賊一二萬。及兵敗。遇吉闔室自焚。見執。猶大罵。被賊磔死。遂屠寧武。引兵趨大同。巡撫衛景瑗死節。賊又趨宣府。總兵姜瓖約降。巡撫朱之馮欲戰。無應者。拔刀自刎。諸書所載。大略相仿。今云杜勳督寧武軍。出戰被禽。回入關內。逼遇吉出戰。潛引李巖李牟兵入關。遇吉戰敗。回至關下。巖等令遇吉妻白氏招其夫降。白氏激遇吉死戰。爲賊所殺。遇吉亦自刎。此所記甚顛倒失實。杜勳監視宣府。諸書多言降于宣府。並非寧武也。遇吉妻劉氏忠勇。與夫同殉。乃是實事。劇內李自成說白云。近在南陽。自號永昌。自成僭號永昌。乃在西安。非南陽也。劉宗敏直稱汝侯。不言其名。宋獻策改其名爲宋計較。未知何意。自成遂由居庸關入。直犯各門。崇禎知城已破。遂有煤山之變。劇言杜勳與自成言。李國楨現任戎政。仝杜秩亨督守九門。國楨忠勇出衆。獨守實難攻打。幸秩亨分任其事。脩書結爲內應。自成攻平則門。秩亨張燈爲號。賊兵遂得登城。按諸書有言唐通杜之秩在居庸降自成者。無之秩守城之說也。國楨庸材。賊至不能發一矢。且國楨所守。乃西直門。劇云齊化門。亦誤。守齊化門者。朱純臣也。自成之兵。由彰義門東直門兩路而入。亦非平則門也。鐵冠道人留下畫圖三幅。崇禎得之通濟庫中。彼時稗乘中有此等語。亦是齊東謬妄之談。蓋鐵冠是洪武時人。成祖遷都北京。果見此圖。亦當毀滅。豈有移藏庫中之理。劇據以爲標題曰鐵冠圖。已鄙陋不足論。鐵冠乃張三丰。此捏一名曰張淨。何也。白猿傳語。庫神現形。引崇禎視庫之說。更屬荒誕。所造五言絕句一首。尤妄。劇又屢言兵部尚書范景文。景文時在內閣。本兵張縉彥。縉彥前則張國維馮元飈等。劇硬坐景文。何也。述景文語云。杜勳失陷寧武。唐通失陷居庸。半虛半實。劇又云。十八日周奎宴客。請田皇親及公侯大臣。朱純臣李國楨范景文及四內閣等皆與。國楨見勢危。慷慨罵座而去。景文等嘲笑國楨。酣飲自如。按稗乘中。有言其時國成大臣等無憂國之心。槃樂如故者。亦是懸空揣摩。非實據也。純臣雖亦平庸。彼時不掌兵。後死國難。蓋相較則優于國楨。王景文生平以忠義自許。崇禎十七年二月。由工部尚書入閣。三月中浣八日。召對。

已不食三日矣。今乃云赴周奎之席。與之暢飲。國楨詆爲衣冠禽獸。名教罪人。何其肆無忌憚。誣蔑忠臣。至于如此。其殉難。則竟略不言及也。四內閣者。蓋指陳演魏藻德丘瑜方岳貢。然獨以景文爲尙書。又以周奎作周魁。田弘遇作田景福。皆誤。言以東宮託周奎。此似有因。然謂崇禎至奎家。公侯大臣皆在內燕飮作樂。命王承恩傳諭。管門者拒絕不傳。周奎即非忠良。安有門者敢拒承恩傳諭之理。此三家村陋夫所言也。稗乘有言朱純臣守齊化門。崇禎至其第。閽人辭焉。上太息而去。然則辭者以其主人守城。不在家中。無人迎接也。豈燕飮之謂乎。且稗乘既云太息去。則悵恨純臣不足恃矣。又云回宮以硃書諭內閣。命純臣提督內外諸軍事云云。則又專任純臣也。硃諭是眞。則至其第之言。亦未的也。劇更揑造云。純臣飮周奎家。則愈謬矣。按純臣。朱能之後。封成國公。當崇禎時。履掌營府。爲帝所倚任。城陷。爲賊所殺。劇又言擊鐘。無一人應。惟國楨與杜秩亨見駕。命秩亨于城上懸燈三盞云云。按鳴鐘集百官。無一人至。是實。無國楨獨至之說。劇又言周后先殉。崇禎旋入煤山。王承恩從縊。皆是實事。但周后自經。作自刎誤。王承恩承命提督內外京營。與李國楨共事者。劇移其事於杜秩亨。亦誤。劇又言李巖爲自成搜宮。得韓宮人。詭云公主。巖攜以獻自成。自成即使配巖。韓乘巖醉殺之。因即自盡。此因費氏而誤也。李巖兄弟爲牛金星所殺。於費無與。劇又言自成搭篷殮崇禎。李國楨要以三事云云。稗乘有之而未的也。劇又言國楨請于自成。得杜勳杜秩亨殺之。此無異醉人說夢。可怪可哂。劇又言流賊見國楨激烈殉難。極相欽服。此亦未的。附辨于後。劇又言自成以借餉爲名。拷打百官。至有夾腦袋者。諸書往往相同。蓋是實蹟。所云四閣老者。即陳演魏藻德丘瑜方岳貢也。內有十三科道一句。村陋不識官制。可哂。

其時緣總兵吳三桂出關迎淸。討逐自成。自成大敗。裝載金銀財寶。逃往陝西。此段實事。但未詳載自成之死。末後以鐵冠道人與誠意伯劉基說明畫圖三幅之故。以作收束云。此亦無中生有。憑空揑造。按李濬。和州人。從成祖靖難。封襄城伯。傳子隆孫珍。珍沒于土木。無子。傳弟瑾。成化中平四川都掌蠻。進侯。卒贈芮國公。子黼嗣伯。黼卒無子。以瑾兄璡子瑭嗣。又四傳至守錡。崇禎初。總督京營。坐營卒爲盜。落職憂憤卒。子國楨嗣。國楨性輕佻。好戲媟。然便佞有口才。帝嘗召對。國楨指陳兵勢。灑灑可聽。帝信以爲才。十六年。命總督京營倚任之。國楨益以口舌取寵。於訓練戰守之策懵如也。時尺籍雖虛。然尙可得十餘萬人。國楨雅不以爲意。明年三月。流賊長驅薄城下。始遣兵登陴。再宿而城陷。國楨欲突崇文門。不得出。復奔朝陽門。守將孫如龍已迎賊張能於城上。勒國楨降。國楨解甲聽命。能羈守之。責其賄不足。請還家歛貲。而家已爲他賊據。不得入。被拷折踝。以荆筐曳還。能置酒觴之。戲曰。大將軍狼狽乃爾耶。是夕。國楨以所繫絛自縊死。

按此國楨實蹟也。國楨才本庸下。自十六年受事。若果忠勇。豈無秋毫可効。野乘訛傳。未得其實。云李自成舁崇禎周后梓宮。於東華門外設廠。百官過者莫進視。國楨泥首去幘。踉蹌奔赴。跪而大哭。賊執以見自成。國楨復大哭。以頭觸堦。血流被面。自成以好語誘降。國楨要以三事。自成悉諾之。扶出。賊以天子禮葬崇禎于田貴妃墓。惟國楨一人斬衰。徒步往葬。至陵襄事畢。慟哭作詩數章。遂於帝后寢前自縊。按國楨本世爵。又總京營兵大臣也。自成犯闕。京官四品以下者留用。三品以上皆不用。大率拘禁拷掠。以取其背。二十一日。牛金星檄取百官朝見。是時非降即死。無有兩途。官小者亦無中立之理。國楨握兵大臣。安得優游無恙。十九日丁未至二十四日辛亥。賊舁崇禎梓宮。國楨製衰而往。自成始以好語誘國楨降。其前數日當在何處。未聞自成有此寬政。獨不究一握兵重將也。於時左庶子周鳳翔赴東華門哭崇禎梓宮。歸而自盡。然亦恐已在二十一日之後。未得如馬世奇劉理順等。況國楨大臣。乃能自去自來。待至此而脅降乎。劇之無稽。至謂國楨手殺二杜。不足與辨。而紀事等書。閱者每信爲實。不知當時妄傳甚多。偶信一說而筆之書。久而事實漸明。其誤自見也。然世俗易惑。不容不辨。彼時大臣。惟大學士蔣德璟已予告出城。權住會館。故雖被賊傷。而得完節南奔。大學士陳演雖已乞罷。而戀貲未行。遂爲賊執。拷掠致死。其餘無得免者。國楨爲賊執。取繯自縊。猶勝刑拷而死。然盡掩飾以爲大忠。則謬甚矣。紀事又有云。崇禎十二年。以內官監太監杜秩亨提督九門。然則秩亨提督九門。乃從前事。而杜之秩又自一人。不當扭合爲一也。

又按宮人費氏年甫十六。投於眢井。賊鈎出之。見其姿容。爭相奪。費氏紿曰。我長公主也。若不得無禮。必告汝主。羣賊擁見自成。自成令內官察之非是。以賞部校羅賊。羅攜出。費氏復紿曰。我實天潢。義難苟合。將軍擇吉成禮。生死惟命。賊喜。置酒極歡。費氏懷利刃。俟賊醉。斷其喉。因自刎。自成大驚。令收葬之。劇誤爲韓氏。又言其殺李岩。按李岩。杞縣舉人。尚書李精白之子也。爲自成制將軍。創爲迎闖王不納糧之說。自成所過輒下。岩力居多。在京居嘉定伯周奎第中。於士大夫獨無所拷掠。河南全境皆不服自成。岩請將兵收之。牛金星譖于自成。金星邀飲。殺之座。自成軍士解體。于費氏無涉。又按范景文。崇禎十七年入內閣。其殉節在龍泉巷古井中。清賜謚文忠。王承恩。司禮監秉筆太監。殉難亭下。清賜謚忠節。清世祖御製碑文刻石以旌其忠。按范景文。直隸吳橋人。字夢章。別號質公。萬曆癸丑進士。由東昌府推官。遷吏部主事。進郎中。崇禎二年巡撫河南。七年陞南京右都御史。明年轉參贊兵部尚書。十一年偕戶部尚書錢春及南九卿。合疏參楊嗣昌。而救黃道周戍勇劉同升趙士春等。明年與春並罷。十六年起刑部尚書。尋改工部。十七年二月晉東閣大學士。賊兵已入。趨朝房自縊。左右解之。乃至五顯廟中。繕遺疏。復作札與宗族親戚。賦絕命辭二章。乃投雙塔寺旁古井。其從容就義如此。而劇反加醜詆。可怪也。又按王承恩。順天大興人。崇禎十七年。總督天下各鎮援兵。提督內外京城。督察京營戎政勇衛軍門。兼掌御馬監司設監巾帽局保和等店大庖廚印務。司禮監秉筆太監。隨崇禎入中宮。視周后殉節。復隨崇禎。痛哭叩頭。縊於側。劇所記不爲謬。而未詳敍其官銜。謂承恩侍崇禎至嘉定伯周奎家。周奎議欲不納。則必無之理也。至李國楨偕承恩總督京營。十八日始列營登陴。束手無策。十九日早至朝陽門。遇守將孫如龍。正迎賊帥僞後營果毅將軍張能于城上。能脅國楨降。遂羈守之。及後數日。奔赴蓬廠。泥首大哭。殆猶存本心耳。又數日後。自成令張能督輸數萬金。國楨已無金。遂受拷掠。不堪困辱。乃用綠絲繩自縊。說者謂提督京營王承恩從死。協理京營王家彥城上死。而國楨遲至月盡方死。共詆諆之。福王時未察眞蹟。贈侯予謚。作劇者絕無考據。乃謗辱范景文。而極贊國楨。若以爲彼時第一等人物者。搖惑觀聽。不可不辨正也。

又按周遇吉事。忠節錄載之甚詳。今略述其概。遇吉、字萃庵。錦州人。世襲錦衣衛指揮。歷官鎮守山西等處。兼提督代州寧武等關總兵官。十七年二月初七日。李自成攻陷太原。巡撫蔡懋德死節。懋德。崑山人。巡撫山西副都御史。時以書遺遇吉。勸其死守寧武。而己死守太原。以牽制流賊。及自成兵至。城陷殉節。劇中說白。力詆山西巡撫。言其遁往平陽。亦誤。遇吉方守代州。自成來攻。遇吉奮擊。殺賊萬人。食盡兵少。退守寧武。自成統衆薄關。遇吉且守且戰。殺賊甚衆。至三月初八日。矢石已窮。猶率兵巷戰。躍馬大呼。殺賊百十人。流矢攢甲如蝟毛。力竭傷重。乃被執。自成陳兵脅降。奮髯大罵不絕口。乃縛教場杆上亂箭射殺。臠分其肉。妻劉夫人。蒙古人。率婦女數十人。及男子之僅存者。登屋射賊。賊多應弦落馬。置火藥環其室而焚之。劉復從屋下。跨馬彎弓率家丁巷戰竟日。殺賊近千人。矢盡赴火。闔家自焚。其家丁健婦。無一降者。

劇稱遇吉妻爲白氏。誤。其言賊誑入城。令遇吉妻上城招降。妻抗言被殺。遇吉戰死城外。節節皆誤。

英雄槩

此劇以李存孝爲眉目。而李克用、黃巢、朱温事蹟皆附及焉。其所據以殘唐傳爲主。參之正史。有合不合。互存旁證。庶幾得之。作者未久。不知誰筆也。

*清葉雉斐撰。雉斐字美章。江蘇吳縣人。

按劇中大旨。黃巢之亂。李克用奉命討賊。克用中途得存孝。養以爲子。與共破巢。存孝與存信不睦。存孝有妻鄧瑞雲未婚。存信百計圖之。故搆存孝於克用。怒縛存孝將殺之。已而斥于外。俾立功自贖。及破巢功高。乃進爵受上賞。與瑞雲成婚。唐書黄巢傳。巢曹州冤句人。世鬻鹽。富于貲。善擊劍騎射。稍通書記。乾符二年。王仙芝亂。巢募衆應仙芝。及仙芝被獲。賊黨推巢爲王。僖宗方朝。傳言賊至。田令孜以神策軍奉帝趨咸陽。巢陷京師。自號大齊。建元爲金統。乘輿次興元。詔促諸道兵收京師。遂至成都。中和三年。王鐸使雁門節度使李克用。破賊于渭南。承制拜都督行營都統。克用引軍。自嵐石出夏陽。屯沙苑。營乾阬。二月。合河中易定忠武等兵擊巢。巢衆十萬與王師大戰。賊敗。克用數勝。入自光泰門。身決戰。呼聲動天。巢夜奔。克用窮追巢。巢敗死。通鑑綱目。僖宗乾符三年六月。王仙芝陷濮。曹州冤句人黄巢聚衆應之。巢善騎射。喜任俠。麤涉書傳。屢舉進士不第。遂與仙芝共販私鹽。至是應仙芝。數月間衆至數萬。廣明元年十二月。黄巢入長安。上走興元。詔諸道出兵收復京師。據殘唐傳。田令孜因天下擾攘。請開文武科以收人才。黃巢武舉第一。因其貌醜革去。巢乃題反詩于酒館。僖宗見其詩。令孜請畫形購之。巢逃匿。決意必反。此事不的。蓋因屢舉進士不第而附會之也。又云。巢母田氏。懷胎二十五月而生巢。形容怪異。身長一丈。眉横一字。牙排二齒。鼻生三竅。面如金紙。背有八卦。胸有七星。蓋以爲如此惡人。必有怪狀。然未載史傳。不足憑也。又云。其字曰巨天。亦不載于史。又云。長安城外藏梅寺。法明長老。見二鬼偷琉璃燈之油。掩而問之。云。三曹陰司。造生死輪回册。遣于各寺觀取油。册內言黃巢于藏梅寺開刀。先殺法明。未幾。巢逃避至寺。長老拜迎。與言其故。巢誓不殺寺僧。庚子年五月十五。巢將試劍起手。長老匿道旁大樹中。巢以先有誓。乃用大樹開刀。其中有人被殺。即法明也。按此事不載正史。而他雜說中頗詳紀之。蓋非妄也。至巢所題反詩。殆屬杜撰。相傳巢後逃去爲僧。嘗作詩云。二十年前馬上飛。鐵衣着盡着僧衣。天津橋上無人問。閒凭闌干看落暉。是則反詩之作。容或有之。然天津橋上之詩。又見元稹集中。或巢偶書此作。未可知耳。

五代史梁本紀。黃巢陷京師。以温爲東南面行營先鋒使。天子在蜀。諸鎮會兵討賊。温數敗。請益兵於巢。巢中尉孟楷抑而不通。温客謝瞳說温曰。黃家起於草莽。幸唐衰亂。直投其隙而取之耳。非有功德興王之業也。豈足與共成事哉。温乃自歸於河中。拜温河中行營招討副使。賜名全忠。中和三年。拜汴州刺史。殘唐傳。巢使朱温孟絕海等搶潼關。又云黃巢駕前部孟絕海。正史無孟絕海。應即孟楷之訛也。又謝瞳說温之語。殘唐傳訛爲僖宗妹玉鑾英。且云鑾英爲温所得。劇據之。遂指温爲駙馬。此乃大謬。唐公主並無其人。考之通鑑。朱温屯東渭橋。殺駙馬于琮。廣德公主曰。我唐室之女。誓與于僕射俱死。賊并殺之。安有失節事。梁家人傳有昭容李氏。非唐家女。

此不可不辨。綱目。乾符五年。大同軍亂。殺防禦使段文楚。推李克用爲留後。廣明元年。克用走達靼。中和元年。赦李克用。遣李友金召之。二年十一月。克用將沙陀趣河中。十二月。以爲雁門節度使。三年五月。克用破黃巢。收復長安。四年。進克用爵爲隴西郡王。昭宗乾寧二年。進爵晉王。資治通鑑云。克用與達靼豪帥遊獵。置馬鞭木葉。或懸針。射之無不中。豪帥心服。又云。李克用將兵四萬至河中。皆衣黑。賊憚之曰。鴉軍至矣。當避其鋒。年二十八。破黃巢。復長安。功第一。一目微眇。時人謂之獨眼龍。殘唐傳云。克用官兵馬使。因打殺國舅段文楚。貶于直北沙陀駐馬。招集番兵四十餘萬云云。此即段文楚之訛也。又云。左眼大。右眼小。人皆稱獨眼龍。軍穿皂衣。號爲鴉兵。與史相合。又云。封克用爲忻代石嵐破巢兵馬大元帥。雁門關都招討。亦與黃巢傳合。又云。克用有十二太保。得存孝爲十三太保。太保之名。通俗不典。然考五代史義兒傳序。唐自號沙陀。起代北。其所與俱。皆一時雄傑虣武之士。往往養以爲兒。號義兒軍。太祖養子多矣。其可紀者九人。綱目亦云。克用擇軍中驍勇者。皆養爲子。冒姓李氏。則其說非無據也。五代史。李存孝。代州飛狐人。本姓安。名敬思。太祖掠地代北得之。給事帳中。賜姓名以爲子。常從爲騎將。殘唐傳云。晉王與周德威。行至飛虎山靈求峪。突出猛虎。晉王射中夾膀。跳而越澗。搏羊食之。石上有睡人。晉王令軍人喚醒。其人拳打虎死。擲投過澗。晉王愛之。收以爲于。號十三太保。按此事不載于史。存孝打虎之名甚著。而五代史于瑣事多略。未可謂其必誣也。殘唐傳又云。存孝母崔氏。與衆女在靈求峪。衆女戲指石人以爲崔夫。崔夜夢石人與媾。遂生存孝。七歲至墳邊。打落石人頭。母令捧頭安上。遂取名安景思。劇云。姑嫂二人採桑。戲指翁仲。按此似屬荒唐。然他書頗有其說。謂存孝乃翁仲所生也。又云。西涼州進一好馬。用兩索繫脊。人不敢近。景思跳上。漫坡越嶺而馳。此亦意揣當然。無實據也。晉已得澤潞。歲出山東。與孟方立爭邢洺磁。存孝未嘗不在兵間。方立死。晉取三州。存孝功爲多。梁驍將鄧季筠引軍出戰。存孝舞槊擒之。唐以孫揆爲潞州節度使。存孝伺揆軍過。橫擊斷之。擒揆以歸。殘唐傳云。巢將孟絕海。英勇無敵。引兵至。朱温問克用何人可當之。克用令存孝往。温見存孝身不滿七尺。骨瘦如柴。與相賭賽。若擒絕海。當以御賜玉帶與之。若不能擒。則存孝願割頭與温。未幾。果生擒絕海。克用索温玉帶。温不肯與。克用令存孝奪之。温怒而去。因此訂仇。考史無所謂孟絕海者。疑指孟楷。孟楷本黃巢驍將。然其後爲陳州刺史趙犨所擒。非存孝也。蓋因敗孟方立。及生擒鄧季筠孫揆事。點綴湊合耳。存孝猿臂善射。三箭中紅心本此。身被重鎧。櫜弓坐矟。手舞鐵撾。出入陣中。以兩騎自從。戰酣易騎。上下如飛。通鑑。存孝驍勇。軍中莫及。常將騎兵爲先鋒。身被重鎧。腰弓髀槊。獨舞鐵撾。陷陣。萬人辟易。五代史。李存信。本姓張氏。善騎射。通六蕃書。從起代北入關破黃巢。存信與存孝俱爲養子。材勇不及存孝。而存信不爲之下。由是交惡。存孝所爲。存信每沮抑之。存孝卒得罪死。殘唐傳云。存孝爲鄧萬戶家牧羊。睡臥時。頂門上現出一虎。鄧有女瑞雲。萬戶遂許存孝。克用養存孝爲子。卽娶鄧歸。與存孝爲夫婦。傳奇則云。存信見瑞雲欲強奪之。其母已肯。其父不從。云已許存孝。存信遷怒存孝。必欲害之。譖于克用。縛存孝將殺之。克用釋存孝。仍令爲先鋒。破巢功大。乃與瑞雲成婚。此事無所據。皆屬點綴。然存孝與存信相傾。則詳載正史。非鑿空也。

雙瑞記

一名中庸解。不知何人作。清范希哲撰。事演周處中年聽母訓改行成名。又時吉有二女守貞愆期。並嫁處。吉亦生子爲神童。兩姓同居。朝廷表閭曰雙瑞。故名雙瑞記。按史。周魴之子處。膂力絕人。好田獵。不修細行。鄉里患之。處嘗問父老曰。今時和歲豐而人不樂。何耶。父老嘆曰。三害不除。何樂之有。處曰。何謂也。曰。南山白額虎。長橋蛟。并子爲三矣。處曰。若所患止此。吾能除之。處遂入山射虎。投水斬蛟。乃造見二陸。具以情告。云欲勵志改行。而年已蹉跎。士龍勉之力學。比及期年。州府交辟。一統志云。長橋。在常州府宜興縣治南。後漢袁府君造。晉周處斬蛟處。元改名萬安橋。南山。疑即荆南山。綱目云。吳大司馬荆州牧陸抗卒。吳主使其子晏、景、元、機、雲分將其兵。機、雲皆善屬文。名重於世。又機、雲本傳云。機、字士衡。身長八尺。聲如洪鐘。少以文章冠世。葛洪稱云。元圃積玉。無非夜光。張華謂機曰。人患才少。而子更患其多。又曰。平吳之役。利獲二儁。領父兵。拜大都督。爲孟玖輩所譖。被害。雲、字士龍。機弟。弱冠與兄齊名。尙書閔鴻奇之曰。此兒若非龍駒。當是鳳雛。入洛時。嘗投宿逆旅。見一少年。款之坐。共譚老莊。辭致深博。及旦別去。問所宿。乃王弼冢也。雲有笑癖。亦見本傳。又松江府志。黄耳冢。注云。在府城南。機有快犬曰黄耳。性黠慧。能解人語。隨機入洛。久無家問。機作書。以竹筒繫犬項。令馳歸。復得報還洛。後葬此。劇中數事。皆與傳志合。時吉及其二女與狗徒等。則係僞撰。無可考。　劇云。周處、字子隱。義興陽羨人。鄱陽太守周魴之子。幼孤。母守節撫之。處藍面赤眉而捲鬚。不修邊幅。好馳馬試劍。酒酣賈勇。橫行鄉曲。鄰里遭其害。遷徙無遺。其母數訓誡之不聽。一日哭勸使改行。求益友以相淬厲。有狗徒者。以打狗爲業。不知所自來。自言愛樊噲爲人。故名樊武陽。與處遇。頗相得。處攜以歸。母初以其匪類拒之。及與語。頗當理。強留與處爲兄弟。陽羨之西郊人時吉者。字時謙。號益道人。腐儒也。無子。有二女貌美。通詩書。吉名之曰大嫫、小嫫。既以醜婦命名。吉又向人作謙辭。言其女極陋。而閉之一室中。終年不得見一人。人皆以其女爲眞醜。故大嫫年四十。小嫫年踰三十。無一人過而問者。吉妻雖時與其夫鬨。無如何也。時陽羨有三害。長橋之下有巨蛟。興波浪。作禍福。土人懼之。爲立廟酬賽。歲許送美女二人。入蛟宮爲婦。不當意則鼓浪爲災。南山有虎。負嵎食人。被害甚衆。而處不改行。爲橫滋甚。是爲三害。又其時官不䘏民。催科嚴酷。民不聊生。怨聲載道。時吉之女小嫫病。吉以其妻言。强啓戶。使一登樓禮佛。樓近市。吉雖蔽塞窗牖。而市人嗟歎聲。方求嫁蛟精之女而不可得。二女並聞之。始服其父謙謹。使二女有貌醜名。不然。皆不免爲蛟宮婦矣。吳郡陸氏兄弟機、雲二人。負重名。機涉趙王倫事。羈寓京師。憶其弟無可寄書者。機有駿犬曰黃耳。隨入洛。解人意。機作書入竹筒中。繫犬頸使馳歸。犬果歸吳。雲得書亦以書附犬報其兄。犬數往返。爲狗徒所獲。告之周母。母發筒。則機辨亡論也。母素聞機兄弟名。亦知其家有義犬。因指犬誡處及狗徒曰。人不知義。犬之不若也。處始愧。思改行。出遇時吉及其鄉人禱於廟。祈除三害。處問所謂三害。吉以實告。處乃感奮。入水斬蛟。復登山射虎而斃之。歸見母慟哭。追悔其已往。而令狗徒奉其母。請出從雲學。時年已五十矣。吉親見之。喜其善悔。使狗徒爲媒。以二女許字焉。處既從善。而其貌亦變爲美丈夫。三年學成而歸娶。吉妻但知其凶惡。日夜詈夫。吉不能辯。處母亦聞吉女之醜。

特以其能守貞。故强應之。及成婚之夕。二女皆絕艷。又女紅書畫。無所不工。殊出意外。吉妻嫁女。方憂其女之錯配。翌日壻往見。始易憂而喜。初、吉妻雖憎其夫之迂。而深念其無子。使收一婢。至是生子已十二歲。爲神童。名時中。與處皆得官。朝廷聞之。賜第使兩姓同居。御書扁額對聯以旌之。扁曰雙瑞。對聯曰。孝子忠臣。瑞鍾於聖母。吉人貞女。瑞集於神童。其第遂曰雙瑞府。兩姓俱赴官。狗徒改名周武。爲守冢墓云。

長生樂

指劉晨、阮肇事也。作者不知何人。＊清張勻撰。大旨取富貴神仙之意。劉、阮作狀元及痲姑爲二仙女之母。皆空中撰出。二仙女名亦撰出。劉晨、阮肇。漢永平中。二人入天台山採藥。遠不得返。饑甚。見溪水中一杯流下。有胡痲飯。乃相謂曰。此近人家矣。遂渡山。出一大溪。遇二女。容貌殊絕。如舊相識。

迎歸。食以胡麻飯。山羊脯。日暮行夫婦之禮。居半年。天氣和適。常如二三月。百鳥哀鳴。求歸甚切。女遂送劉、阮出洞口還鄉。鄉邑零落。子孫已七世矣。一云晋惠帝時。麻姑。王方平妹。桓帝時。修道於牟州東南姑余山。方平過蔡經家。遣人與麻姑相聞。有頃而至。經舉家見之。指似鳥爪。頂中有髻。衣有文章而非錦繡。麻姑曰。接侍以來。東海三爲桑田。蓬萊水又淺矣。方平笑曰。聖人皆言海中行復揚塵。經母妻見麻姑以米擲地。皆成眞珠。宴畢昇天而去。二事皆出仙傳。劇言劉晨、阮肇皆成皋人。並赴科舉。肇度兩人同試。必有居第二者。遂毁卷不納。晨擢大魁。朝廷以肇名不與。特賜狀元。時晨娶妻甫匝月。而肇尙未婚。遂俱給假回家。會重陽令節。同往成皋山上登高。麻姑幻化。引入天台石橋。令與仙女瑞鶴仙、嘉慶子爲配、僅隔一壁。彼此俱不相聞。彈琴弈碁。賦詩飲酒。備享逍遙之樂。留住六日。送還其家。初、晨肇久未還朝。朝廷遣內侍即家訪之。不得踪跡。帝元正慶誕。麻姑特降殿簷。飛示一詩云。眉壽曾從德上培。欣逢此日奉春罍。君王自有長生樂。姑待劉晨阮肇回。於是帝知晨、肇必當遇仙而回也。及麻姑送晨、肇回。授以長生不老之金丹。令獻于帝。晨、肇住天台甫六日。而已閱六十年之久。晨妻白首鬖髿。晨子餘蔭。已中狀元。官宰相。見晨少年回家。俱不相識。細述麻姑仙女情蹟。乃共驚喜。晨偕肇獻丹于帝。帝取服之。鬢髮盡黑。精神愈加强健。始信麻姑長生樂之詩果驗于此。乃封晨、肇爲天台公。餘蔭因父出未娶。帝爲賜宰相壽時朋女爲婚。富貴神仙。一門並萃。阮肇則不受勳爵。入山訪仙以去。按劉餘蔭、餘祜兄弟。涿州人。皆爲顯官。子孫貴盛。作者借晨、肇事以娛之。恐或然也。

齊天樂

此劇以漢武帝、東方朔爲通本之綱。言其君臣皆根器非凡。用能得道成仙。長生不老。其漢時舊事。隨機點綴。有眞有假。虛實參半。亦有憑空結撰者。分別觀之可也。是近時人作。＊清薛旦撰＊未知出誰手。大略言。東方朔者。無姓。蓋自號曰東方朔。與妻聞人氏細君。友人諸葛逸叟。其至契也。武帝時。鈎弋夫人生子。湯餅慶賀。出招賢榜。以網羅天下文人才士。而是時北有匈奴。東有高麗。邊事方倥傯。田蚡、張湯、桑弘羊、朱買臣。各以獻策爲進身之階。以理財裕餉爲急。獨汲黯謂宜得賢以安民。而武帝亦自夢至茂陵。訪求賢士。於是始爲微行。會方朔與司馬相如。皆以應詔入都抵茂陵。而衛青亦欲立功邊境。其甥霍去病則訪其兄霍光。先後皆至茂陵。獲于無意中遇武帝。帝見此數人者皆英俊。問其姓氏。因以邊務詢之。娓娓各有所對。帝心默識之。李延年從駕。私問衛青。知即衛夫人之弟。勸以戚里攀援而進。而青慷慨自命。殊不屑也。武帝暮歸。不能入都城。投白谷村借宿。店主人白老虎。竊帝服珠衫。起惡意。鐍之房中。其妻覺之。俾其傭花狗兒導自枯井以出。三更抵城。扣元武門。守者李陵以昏夜虞有詐僞。拒而不納。轉扣長安門。守者蘇建。啓扉納之。帝乃賞陵盡職。擢爲將。而削建官。召狗兒以爲元武門守者。時李廣征高麗。王恢征匈奴。廣服高麗。而恢以無功被罪。諸賢士赴闕下者。各獻籌邊之策。乃以衛靑爲大將軍。霍去病爲副。北征匈奴。而用司馬相如爲郎將。東方朔爲京兆尹。武帝復御駕親征。大敗匈奴。匈奴叩關請降。武帝築受降城以待之。班師息兵。海內寧謐。仙人章玉子者。憩于林中。紅光徹霄。漢武帝望見知有異。以問方朔。方朔云。此中有仙。遂見玉子問神仙之事。玉子云。欲求長生。必須築臺以降天人。帝乃築柏梁臺以俟之。有獻長生酒者。方朔請嘗其眞僞。遂一飮而盡。武帝怒。欲誅方朔。朔曰。令酒果能長生。臣已服之。不可殺也。帝乃笑而釋方朔。朔旣貴。欲薦逸叟。叟不肯出。乃迎妻細君入京。伏日賜肉。朔先割肉歸以遺細君。帝責之。朔反自譽。帝亦不罪也。柏梁臺旣成。西王母下降。餉帝蟠桃四枚。方朔進二枚于帝。偷食其一。而以其一遺細君。王母曰。是兒天上歲星。已三次偷吾桃矣。吾先度朔乃度帝。於是授帝長生之藥。服之鬚髮盡黑。方朔與細君。特以名爲夫婦耳。一日問曰。汝從我久。未嘗有枕席之愛。能無怨乎。妻曰。無怨也。方朔曰。汝果無怨。當相挈爲仙。乃引妻入瓊樓玉宇中。共游天界。而武帝壽登耆頤。延年卻老。金童玉女。左右列侍。長享神仙富貴之樂。以其壽與天齊。故名曰齊天樂也。

曲海總目提要卷三十四

玉麟符

未知何人所作。清薛旦撰。以楚懷王孫心佩玉麟符。爲婚姻關鍵。而所演皆項梁項羽事蹟。半實半虛。史記項羽紀。項籍者。下相人也。字羽。初起時年二十四。其季父項梁。梁父即楚將項燕。爲秦將王翦所戮者也。地里志。臨淮有下相縣。一統志。宿遷。漢下相縣。劇云。項羽爲黑龍所生。幼食虎乳。年五六歲。與虎母戲山谷間。項梁見而奇之。以兵逐虎。虎去。羽怒。以拳毆梁。梁仆于地。益大奇之。視其項圈有項羽二字。乃撫而養之。其說甚誕。然史記高帝紀云。見交龍于其上。漢書直以爲蛟龍。則似以高帝爲龍所生矣。又左傳載令尹子文爲鬭穀於菟。蓋其母䢵女。棄之澤中。食虎乳以生者。則劇中之說。不爲無本。項籍少時學書。不成。去學劍。又不成。項梁乃教籍兵法。梁與籍避仇吳中。籍長八尺餘。力能扛鼎。才氣過人。吳中子弟皆憚籍。按史記但言羽喑嗚叱咤。千人皆廢。劇則云羽變黑臉。世人所指諸劇中有八黑。亦謂羽其一也。又楚漢演義扛鼎之說。求其說以實之云。桓楚與江東子弟欲試羽力。會稽禹廟有二石鼎。請羽試之。羽連倒二鼎。又平身托起。遶廟三次。老人虞一公因以配女爲壻。劇則云虞姬擅文武材。其父有鼎。曰能舉者以女嫁之。項羽扛鼎若揭。遂以姬配羽。史記本未載羽妻。馬遷云美人名虞。班固云美人姓虞。作者以虞殉節。故直指爲羽妻也。

秦二世元年。陳涉等起大澤中。籍斬會稽守殷通。梁佩其印綬。以八千人渡江而西。召平矯陳王命。拜梁爲楚王上柱國。并秦嘉軍。引兵入薛。召諸別將會薛計事。居鄛人范增說項梁曰。秦滅六國。楚最無罪。自懷王入秦不反。楚人憐之至今。故楚南公曰。楚雖三戶。亡秦必楚也。今陳勝首事。不立楚而自立。其勢不長。今君起江東。楚蠭起之將皆爭附君者。以君世世楚將。爲能復立楚之後也。于是項梁然其言。乃求楚王孫心。民間爲人牧羊。立以爲楚懷王。從民所望也。懷王都盱眙。項梁自號爲武信君。章邯渡河擊趙。大破之。趙王歇及陳餘、張耳皆走入鉅鹿。章邯軍其南。築甬道而輸之粟。楚懷王以宋義爲上將軍。項羽爲次將。范增爲末將救趙。宋義號卿子冠軍。項羽殺宋義。引兵渡河。沈船破釜。九戰。絕秦甬道。楚兵呼聲動天。諸侯軍無不人人惴恐。羽始爲諸侯上將軍。章邯降羽。羽入關。至新豐鴻門。留沛公飲。燒秦宮室。

收其貨寶婦女而東。乃尊懷王爲義帝。自立爲西楚霸王。劇云。楚懷王有玉麟符。祖傳寶物也。一與其孫心。一與其大夫孫貽。約聘貽女爲孫媳婦。以符爲驗。後遭亂散失。及梁羽奉心爲楚懷王。訪得孫貽之女。有玉麟符爲佩。遂迎以爲妃。按漢時有銅虎符。竹使符。唐時有銀魚符。銀兎符。亦有麟符。及靑龍白虎朱雀元武等符。此蓋借用其字面。無所取義也。孫貽大夫。亦係憑空添出。又史記。羽有駿馬名騅。常騎之。項王自爲詩曰。力拔山兮氣蓋世。時不利兮騅不逝。劇據楚漢演義云。會稽山下有黑龍自水中出。變爲黑馬。害人田禾。衆不能伏。項羽執鞭與敵。馬立地撲羽數次。爲羽所降。取名烏騅。蓋借渥洼龍駒以悅目耳。明成化時。內侍王某自雲南回。得一黑驢。日可行千里。憲宗令入虎圈。與雌虎角。一蹄而斃。與雄虎角。三蹄而斃。時有西域所進獅子。憲宗又令與角。獅奮勇力搏。折其脊梁。其事見虎苑中。黑騅之蠻掣。理或然也。

漁樵記

按朱買臣之妻。本無姓可考。其居貧求去。去而他從。詳載漢書。後買臣爲會稽太守時。與其後夫并載歸舍。居一月。其妻自經。不聞有後收歸一節。今雜劇中謂棄夫非其本意。用此激勵以成功名。似乎有意翻案。所謂王安道、楊孝先者。雖不必實有其人。要亦謳歌樵採時天然伴侶。至買臣用嚴助薦。始得召見。前後本末。具見本傳。又考元人別本。朱買臣本作王鼎臣。或是後人見其情節。悉與買臣相類。故改從之。今搬演者取其易曉。遂復相仍爾。玉天仙者。第甚言其美。未必是眞名。東村劉二公。亦係鑿空撰出。玉天仙與夫喧嚷。竟至離婚。曲盡貧家反目光景。玉天仙未曾別嫁王安道。楊孝先力勸復合。亦是善爲說辭。按今嘉興有羞墓。蘇州有死亭灣。皆云是買臣妻故跡。

玉帶鈎

作者不知何人。所演亦李燮事。與酒家傭（酒家傭，見本書卷九。）大同小異。燮變姓名爲酒家傭。酒家以女妻燮。俱係實事。而贈帶鈎情蹟。乃係憑空結撰。又酒家本姓滕。今以爲朱。亦不合。夏門亭長略見李固傳。然未嘗縱李燮及收酒家女。又劇中單超尤詳。但超預誅梁冀而於李燮無涉。甄邵諂附梁冀。亦他事扭合。李燮傳云。潁川甄邵。諂附梁冀爲鄴令。同歲生得罪于冀。亡奔邵。邵僞納而陰以告冀。冀即捕殺之。邵當遷爲郡守。會母亡。邵且埋屍於馬屋。先受封然後發喪。邵還至洛陽。燮途遇之。使卒投車於溝中。笞捶亂下。大署帛於其背曰。諂貴賣友。貪官埋母。乃具表其狀。邵遂廢痼終身。

飛龍鳳

作者未知何人。*清朱佐朝撰。言王猷、王勉父子救太子及太子之妃。太子爲龍。妃爲鳳。故曰飛龍鳳也。事皆史傳所無。從空結撰。其官名都御史及代巡等。並明朝制度。定武關則當是寧武關之訛耳。大略言王猷父子世受國恩。猷與崔鶴來同被晉成帝顧命。鶴來女即太子妃。俱甫在襁褓。成帝弟靖淮王圖篡。而奸臣聶參元、黃補石輩爲之羽翼。於是皇后以太子付猷。命其保孤。而鶴來亦以女託猷覆護。時勉方按楚。猷遂令妻蕭氏、勉妻相氏懷抱太子及妃。往奔勉處。會倉卒間靖淮王篡位。鶴來盡節死。猷被執送獄。且遣人逮勉。而以黃補石代勉巡楚。蕭氏姑媳不知也。至楚爲補石所執。解送京師。道經定武關。守關將陸漪。忠而俠者也。密留太子及妃。而以已孿生之一子一女代之。靖淮王皆暗戕殺。皇后驗尸知其非是。手書血詔。命陸漪入京報讎。漪入爲羽林大將軍。掌禁兵。有所待。未發也。會靖淮王令參元殺猷勉父子姑媳四人於市。而四人得神護。所斫之首皆化葫蘆。乃廣延道術士以禳壓。有道人鍾離化者。嘗爲朝官。謬應參元請爲之鎮妖。而密授陸漪計畫。乘靖淮王參元出獵。拒而誅之。并誅補石。於是天地轉旋。王陸兩門並膺重賞。且厚加鶴來贈恤云。

羣星輔

不知何人所作。演漢光武起兵事。雲臺二十八將皆上應列宿。故曰羣星輔也。關目悉本小說演義及所謂金和春秋者。與正史大半相謬。而荒幻不根之說甚多。劇云。漢光武生南陽白水村。父長沙王欽。爲王莽所殺。伯父鉉撫以爲子。

改其姓名曰金和。按後漢書。世祖光武。諱秀。字文叔。南陽蔡陽人。高祖九世孫也。出自景帝。生長沙定王發。發生舂陵侯買。買生鬱林太守外。外生鉅鹿都尉回。回生南頓令欽。欽生光武。劇言父爲長沙王。謬。改姓金和。及伯父撫養之說。更謬。東觀漢記。世祖光武出自長沙定王。定王生舂陵節侯。舂陵本在零陵郡。節侯孫孝侯。以土地下濕。元帝時求封南陽蔡陽白水鄉。因故國名曰舂陵。劇言生南陽白水村。不謬。後漢書亦有白水眞人之說。與鄧禹共事嚴光。嘗偕禹訪光于釣臺。光決文叔爲眞主。當有二十八宿相輔。按嚴光傳。光字子陵。餘姚人。少與光武同遊學。及光武即位。光乃變姓名。隱身不見。未嘗爲光武師也。光武亦無偕鄧禹訪光事。鄧禹傳。禹字仲華。南陽人。年十三。受業長安。時光武亦遊京師。禹見光武。知其非常人。遂相親附。劇言禹與光武同學。有本。東觀漢記。王莽時。上與鄧晨蔡少公坐語。出公道讖言劉秀當爲天子。或曰是國師劉子駿也。上戲曰。何由知非僕也。決光武爲眞主。非嚴光事。又彊華奉赤伏符詣鄗曰。劉秀發兵捕不道。四夷雲集龍鬭野。四七之際火爲主。四七謂二十八將也。永平中。顯宗追感前世功臣。乃圖畫二十八將于南宮雲臺。范蔚宗論曰。中興二十八將。前世以爲上應二十八宿。劇所引有本。劇又言嚴子陵云。文叔貴造。生于建平元年。按光武以地皇三年起兵。時二十八歲。考其年數。實生哀帝建平元年。王莽天鳳元年。令其黨蘇獻掛榜招賢。史無蘇獻。出自小說。劇又引吳漢與蘇獻同爲莽大臣。更謬。漢。南陽人。更始立爲安樂令。非莽官也。岑彭武舉第一。拔爲狀元。授棘陽郡守。馬武技勇亦第一。以其貌醜。置之第二。武遂大怒。題反詩於五鳳樓。欲落草爲寇。此皆小說謬于正史。岑彭。棘陽人。王莽時守本縣長。無武舉第一之說。馬武。湖陽人。王莽末入綠林兵中。遂與漢軍合。亦無應舉之說。光武遊學京師。至教場中。箭射王莽。莽欲殺之。竇融力救乃免。此皆小說。言光武被擒。欲殺。自白云。見大王頂上有蛇纏繞。恐傷聖體。故箭射之。竇融因言此人見金龍繞項。以爲花蛇。王莽遂令釋縛。不根荒誕之甚。光武自教場出。與鄧禹同遇馬武。遂偕飲酒樓結盟。欽天監王封奏妖人劉秀上應天心。蘇獻令蘇虎擒捉。武下樓力戰退賊。光武獨身避於劉唐園內。爲唐所覺。與敍叔姪。匿于家中。爲僕崔榮出首。莽急捕光武。光武遁去。唐妻及子皆自刎。唐被擒。置油鑊中。不屈而死。此皆出小說。又言唐因王莽篡位。改姓名曰陳唐。其子名嗣。皆出小說。王封蘇虎劉唐劉嗣等。皆正史所無。竇融遇光武。引至家。重陽之日。攜妻出城。令光武雜從人中以出。按竇融。扶風人。廣國七世孫。王莽末。融爲波水將軍。莽敗。融降更始。劇言融爲莽將。不謬。然無救光武事。王莽畫影圖形。必欲捕光武。老君化爲道士。指示姚期。令救眞主。光武方避禹王廟。期迎至家。出市酒食。莽將追及。入期宅縛光武去。馬武突至。殺退莽將。期亦來救。與武交鋒。光武爲言兩人皆救己者。語未畢而莽將復至。有紅牛入圍觸賊。光武遂乘牛以脫重圍。抵草庵中。乃遇鄧禹。按姚期姚字誤。漢書乃銚期也。期。潁川人。長八尺二寸。光武略地潁川。聞期忠義。召署賊曹掾。從徇薊。期非南陽同起之人。劇言期父猛爲棘陽郡守。亦出小說。又按本紀。光武初騎牛。殺新野尉。乃得馬。劇遂神奇其說。云是老子紅牛。光武騎以出圍。老子復騎牛而去也。馬武、姚期亦至。遂偕往白水村起義。有衆三千。王霸、馮異、王常等畢會。按史。更始以馬武爲振威將軍。與尚書令謝躬。共攻王郎。及世祖拔邯鄲。與武登叢臺。從容謂武曰。吾得漁陽上谷突騎。欲令將軍將之。武曰。駑怯無方略。世祖曰。將軍久將習兵。豈與我掾史同哉。武由是歸心。及謝躬誅。武馳至。射犬降。世祖見之甚悅。引置左右。非南陽同起之人。又王常。舞陽人。起兵雲杜綠林中。光武造常壁。伯升說以合從之利。常即與漢軍合。蓋初起時最先附漢者。馮異。潁川人。漢兵起。異以郡掾監五縣。光武略地潁川。異間出行屬縣。爲漢兵所執。異從兄孝。從光武。因薦異。得召署爲主簿。非同起事者。王霸。潁陽人。光武過潁陽。霸率賓客上謁。願充行伍。遂從擊破王尋王邑于昆陽。亦非同起事者。禹付霸一錦囊。使臨戰開閱。乃以計賺岑彭之母。使諭彭降。彭方與馬武大戰。母出諭之。彭遂獻棘陽城。按棘陽。乃南陽屬縣名。非郡也。岑彭爲縣長。與前隊貳嚴說共守宛。漢兵攻之數月。城中糧盡。人相食。彭乃與說舉城降。並無其母諭降之說。王尋鎮守南陽。鄧禹激馬武。不使爲先鋒。武怒而去。乃使岑彭爲先鋒。武慮彭占首功。僞降于尋。尋令掌管糧運。彭兵至。武作內應。遂取南陽。按莽大司徒王尋。大司空王邑。將兵百萬。與嚴尤陳茂合。諸將馳入昆陽。惶怖欲散去。光武出城收兵。將步騎千餘。去莽兵四五里而陳。與敵死者二千人。從城西水上衝其中堅。尋邑陣亂。乘銳奔之。遂殺王尋。所謂昆陽之戰也。乃光武自將。非馬武岑彭之力。亦非南陽。乘勝入京。討誅王莽。河北王郎子領兵報仇。其將桓欽令王郎愛姬扮女仙。飛身入光武營說降。爲馬武射中。墜於鶴背。光武斬之。遂平王郎。築壇即位。以陰麗華爲后。而大封功臣。鄧禹等皆侯爵。（按王郎自稱成帝子輿之子。劇以爲王莽之子。因王郎二字扭合諸謔也。漢書王莽傳。莽博募奇術。或言能飛。一日千里。莽輒試之。數百步墮。劇因創愛姬飛身入宮之說。）

雙忠孝

不知何人所撰。（明劉藍生撰。字里待考。所作有雙忠孝、半塘會二種。）以蜀漢壽亭侯子關興、西鄉侯子張苞從先主討吳。爲父復讎。故謂之雙忠孝。事本演義。與正史離合參半。按綱目。獻帝建安十六年冬。劉璋遣使迎劉備。備留兵守荊州而西。目云。法正至荊州說備取益州。備以爲然。乃留諸葛亮關羽等守荊州。自將步卒數萬而西。（劇中關羽鎮守荊州數載本此。）二十年夏。劉備孫權分荊州。備使關羽守江陵。權使魯肅屯陸口。（劇中單刀赴臨江亭宴本此。其詳載四郡記。）二十四年八月。漢中將關羽取襄陽。目云。羽使糜芳守江陵。傅士仁守公安。自率衆攻曹仁于樊。仁使于禁、龐德等屯樊北。八月大霖雨。漢水溢平地數丈。禁與諸將登高避水。羽乘大船攻之。禁等窮迫遂降。

龐德力戰矢盡。戰益怒。氣益壯。而水浸盛。吏士盡降。德乘小船欲還仁營。船覆爲羽所得。立而不跪。羽謂曰。何不早降。德罵。羽殺之。劇中以水灌七軍擒于禁龐德等本此。水淹七軍。則三國演義之說。冬十月。孫權使呂蒙襲取江陵。魏王操帥師救樊。關羽走還。權邀斬之。十二月。蒙卒。目云。自許以南。往往遙應關羽。羽威震華夏。曹操議徙許都以避其銳。初、魯肅嘗勸孫權以曹操尚存。宜且撫輯關羽。與之同仇。及呂蒙代肅。以爲羽素驍勇。有兼幷之心。且居國上游。其勢難久。密言於權。欲取羽。權善之。權嘗爲其子求婚于羽。羽罵其使。不許。至是蒙上疏曰。羽討樊而多留備兵。必恐蒙圖其後故也。蒙嘗有病。乞分士衆還建業。以治疾爲名。羽聞之。必撤備兵。盡赴襄陽。大軍浮江。晝夜馳上。襲其空虛。則南郡可下。而羽可擒也。遂稱病篤。權乃露檄召蒙還。陰與圖計。下至蕪湖。陸遜謂曰。關羽接境。如何遠下。蒙曰。誠如來言。然吾病篤。遜曰。羽務北進。未嫌于我。今聞君病。必益無備。若出其不意。羽可擒也。蒙曰。羽素勇猛。未易圖也。蒙至都。權問誰可代者。蒙以遜對。權乃召遜代蒙。遜至陸口。爲書與羽。稱其功美。深自謙抑。羽意大安。稍撤兵以赴樊。權乃以蒙爲大都督。發兵襲羽。曹操使徐晃屯宛以助曹仁。晃攻羽破之。羽撤圍退。然舟船猶據沔水。呂蒙至潯陽。盡伏其精兵艫艤中。使白衣搖櫓。作商賈服。晝夜兼行。羽所置江邊屯候。盡收縛之。糜芳、傅士仁素皆嫌羽輕己。羽之出軍。供給軍資。不悉相及。羽言還當治之。芳、仁咸懼。于是即降蒙。入江陵。釋于禁。得關羽及將士家屬。皆撫慰之。關羽走還。兵皆解散。纔十餘騎。權先使潘璋斷其徑路。十二月。獲羽。斬之。遂定荆州。呂蒙未及受封。發病而卒。昭烈帝章武元年。帝自將伐孫權。目云。帝恥關羽之沒。將擊孫權。羣臣諫者甚衆。皆不聽。乃留諸葛亮輔太子守成都。而自率諸軍東下。車騎將軍張飛。爲其下所殺。飛雄猛亞於關羽。羽善待卒伍而驕于士大夫。飛愛禮君子而不恤軍人。帝常戒之。飛不悛。至是。當率萬人會江州。臨發。爲帳下所殺。以其首奔孫權。史不詳帳下姓名。劇中稱范姜張達。亦本演義。孫權請和。不許。帝遣吳班、馮習攻破權將李異等於巫。進軍秭歸。劇稱關興張苞爲先鋒。攻破潘璋。追斬之。孫權請降。獻姜達。亦本演義。略云。關興。漢壽亭侯關羽之子也。少年英武。羽鎮荆州。赴魯肅臨江之會。興與母平夫人妹玉貞。恐羽爲肅所算。欲率兵往援。會西鄉侯張飛之子苞自閬中來。遂與俱行。至江上迎羽歸。魯肅死。孫權益懼羽。知羽有女未字。遣諸葛瑾爲媒。約爲婚姻。羽怒罵。且欲殺瑾。瑾歸愬于權。權召呂蒙謀降魏。并力取荆州。先主命羽率兵取樊城。進圖許都。時羽威震華夏。所向無敵。受命後。留興居守。進兵破襄陽。圍樊。曹操命于禁、龐德等統七路軍馬救樊。兵合。掘川灌曹兵。七軍皆覆。縛于禁。斬龐德。軍聲益震。乃檄興赴川中奏捷。使糜芳、傅士仁守荆。權乘羽圍樊。以呂蒙爲都督。命襲荆州。蒙使兵衣白。僞爲商賈。賺沿江守卒縛之。僞爲樊歸卒呼城。城啓。蒙引軍入。芳、仁皆降。蒙厚撫平夫人。而欲爲吳世子娶玉貞。玉貞大罵。自刎而死。羽與曹將徐晃戰不利。退守麥城。使廖化求援于劉封。封羈化。不發兵。羽聞荆州破。欲馳至川請兵。蒙使潘璋伏兵于道。羽至被害。璋回兵至麥城。參謀王甫及周倉皆死之。興自川回。在道遇廖化。聞變。與化俱奔蜀。上聞。先主震怒。即發兵八十萬討孫權。移檄閬中。張飛憤甚。勒期使范姜、張達造素甲起兵。命子苞引水師先發。姜、達違限。飛怒。各鞭數百。姜、達憾。乘飛醉臥。入帳行刺。取首級奔吳。苞奔赴大軍。先主命興、苞爲左右先鋒。權既得荆州。設宴召呂蒙、潘璋等大會。蒙忽昏暈。自稱壽亭侯。罵紫髯鼠輩。以詭計殺人。權等皆跪拜。蒙歸。七竅流血而死。權聞先主伐吳。使潘璋爲先鋒拒敵。興、苞大破之。璋走。興追之入山。日暮至一莊家借宿。登堂見燈火熒煌。中供壽亭侯像。莊主姓劉。感侯德政。一方皆設像奉祀也。方款留。聞叩門聲。復有人借宿。則璋也。興斬之。持其首歸營。權聞前軍敗。懼。縛姜、達二人。送關夫人及飛首還漢。獻版圖請降。先主乃設祭。斬姜、達。以其首及璋首祭關、張。

羽精靈不散。遇普淨禪師點化。引入如來座。授記證果。上帝嘉羽等忠義。封羽爲護法伽藍伏魔大帝天尊。飛閬中王。同會西方。而玉貞亦已證佛法爲密多尊者。後主嗣立。晉關、張王爵。興、苞襲封爲侯。興賜趙雲女。苞賜馬超女爲婚。按劇中以關羽爲壽亭侯。此歷來相傳之誤。漢壽乃地名也。程敏政曰。關將軍羽仕漢。封漢壽亭侯。考之史。漢壽本縣名。在犍爲。史稱費禕見害於漢壽。唐人詩亦曰。漢壽城邊野草春。是已。漢壽者封邑。亭侯者爵也。東漢之制。有縣侯、鄉侯、亭侯。皆以寓食入之多寡。今去漢而以壽亭爲封邑。誤矣。昭烈勸進表。其首列銜曰前將軍漢壽亭侯關羽。若以漢爲國名。則不當錯置于職名之下。陳繼儒亦云。漢壽本蜀郡縣名。後人不讀書。遂謂漢之壽亭侯。不知壽義何據。可唉殊甚。然考羽本傳。曹操表封羽爲漢壽亭侯。在刺顏良之後。此建安五年。與袁紹相拒于官渡時也。蜀之漢壽縣。本廣漢郡之葭萌縣。劉先主始爲漢壽縣。先主稱帝在建安二十五年後。敏政執此縣名以證漢壽。

亦誤也。漢壽凡有三處。其一即葭萌縣。其一湖廣武陵縣。實漢義郡之索縣。後漢之臨沅縣。順帝改爲漢壽。後漢地理志與晉地理志皆名漢壽。晉潘京傳云。武陵漢壽人。三國吳潘濬傳。亦云武陵漢壽人。其一名勝志云。荆州有漢壽城。又云。古荆州刺史治有漢壽亭。即曹操表封關羽處。蓋羽所封。非蜀之漢壽也。又按羽本亭侯。如先主封宜城亭侯。張飛封新亭侯之類。是取亭名。不必邑名也。名勝志爲的。又考宋許觀東齋記事。紹興中洞庭漁人獲一印。方二寸。制甚古。紐有連環。四面相貫。上總一大鐶。所以佩也。漁者謂金印而白于官。辯其文。乃壽亭侯印四字。疑必關侯所佩也。遂留長沙官庫。守庫吏見印上有光焰而白于官。乃遣人送荆門關公祠。光怪遂絕。據此乃壽亭侯印。而非漢壽亭侯印也。洪邁謂壽亭侯印。乃後人鑄于廟中。所見非止一處。想當然耳。王世貞觀劇詩云。心心託漢壽。語語厭温侯。亦漢壽相聯之證。又按伏魔大帝。乃明萬歷時封。劇云即彼時。亦誤。

簷頭水

不知何人所作。明鄭玉卿撰。即本書卷十四之青鋼嘯。大意以曹操于漢末害伏后、董妃等事。不可無報。遂將後來齊王之廢以爲報應。故作幻想。言司馬師是董承之子。高貴鄉公髦是獻帝之子。以爲如是而報操始快也。關目情節。荒幻殊甚。曰簷頭水者。意謂簷頭之水。異日所滴。與前日所滴。點點相似。譬之前因後果。亦無異也。

劇云車騎將軍董承。貴妃之兄。按史。承乃妃父。有子名圓。娶媳伏氏。即漢帝伏后之妹。小字飛瓊。史無其人。丞相曹操令華歆上疏。請帝獵于許田。穿宮內使高文長奉貴妃命。使承保駕。帝以御箭予操射鹿。羣臣以爲帝射。皆呼萬歲。操竟遮帝。以身當之。許田射鹿。本出演義。非實事。另有射鹿記。詳載此事。獻帝憤甚。用貴妃說。宣承入宮。賜以錦衣玉帶。暗縫血詔于帶襯。使承募兵勤王。伏后父完及醫生吉平、侍郎王子服、吳子蘭、長水校尉和輯、按种輯。誤和。議郎吳碩等七人。用白絹立義狀。

歃血神前。書名畫押。欲共誅操。（此皆演義之說。）平又獻策。俟操頭風病發。以鴆毒之。操黨張緝密以宮中隱微事。一一報操預知。伏后、董妃與帝哭泣。操已疑忌。而承家奴慶童與婢雲英私通。爲承所拷責。遂越牆投操。出首七人謀害操事。（此亦出演義。）操乃置酒請完與承等。面拷吉平。令證完、承。平至死憤詬。（演義本無伏完。置酒時。子服等至。惟承不至。劇言惟承完至。）操遂令孫曹芳率兵抄子服等家。又令慶童、雲英出證。遂殺完與承于座。（殺承完。相去十四年。并在一次。）使張緝搜承家。得所藏血詔。（按此皆本演義而增飾之。益與正史相謬戾。）承子圓賴文長通信。其父與司馬懿最善。懿閒居守陵。（劇言懿守陵在嶺南桂林。可笑。又言承以祭陵相見。）曾託其子圓。遂逃往投懿。抵潼關。曹操率重兵追及。賴馬超救以免。操敗于超。至割鬚棄袍而還。懿撫圓以爲子。改其姓名曰司馬師。圓妻伏氏偕圓共竄。抵宛陽山。疲不能前。投一村家。乃高文長之姑也。高姑問知承媳且係伏后之妹。遂留止于家。操是時大肆凶惡。使曹芳入宮。逼伏后、董妃至死。（兩次事。相去十四年。并作一次。）遂假朝命。加九錫。封魏王。貴妃有一子。甫朞歲。高文長抱藏出宮。投宛陽山。以付圓妻。撫育爲子。及長取名高貴鄉。迨年十八。圓妻與說明踪跡。令訪圓于懿所。曹操病中。時時見完、承、吉平等。遂淹然自斃。傳丕至芳。廢獻帝爲山陽公。董圓改名司馬師。父懿身故。代掌兵權。高貴鄉往投之。師細加詰問。知爲獻帝之子。乃奉以爲主。屯兵城外。張緝女嫁曹芳。時立爲后。芳亦與謀。寫密詔付緝。欲除司馬師。師執緝搜詔。既殺緝。遂并執芳及緝女。奉高貴鄉命以殺之。而封師爲晉王。按通鑑。漢帝建安四年。車騎將軍董承稱受帝衣帶中密詔。與劉備謀誅曹操。五年春正月。董承謀洩。壬子。曹操殺承及王服、种輯。皆夷三族。考史。董承。靈帝母董太后之姪。獻帝爲陳留王時。董卓以爲賢。且爲董太后所養。遂廢弘農而立陳留。是爲獻帝。蜀志曰。承。獻帝舅也。裴松之曰。承。靈帝母董太后之姪。於獻帝爲丈人。蓋古無丈人之名。故謂之舅也。綱目發明。亦言董承以元舅之尊親。承密詔。作演義者。不知此義。謂董承以妹爲貴妃。故稱國舅。謬矣。又按通鑑。興平二年夏四月。立貴人伏氏爲皇后。以后父侍中完爲執金吾。建安十九年十一月。魏公操弒皇后伏后。初、董承女爲貴人。操誅承。求貴人殺之。帝以貴人有姙爲請。

不得。伏后懼。與父完書。令密圖之。至是事泄。操使郗慮持節策收皇后璽綬。以尚書令華歆爲之副。勒兵入宮收后。后閉戶藏壁中。歆壞戶發壁就牽后出。遂將后下暴室。以幽死。按董承事在建安五年。伏完事在十九年。相去十四年。本屬兩次。劇幷爲一。且云合謀。又云同死。謬也。又按史。齊王芳。明帝養子。景初二年即位。時甫八歲。明帝使司馬懿輔政。時與操相隔四十餘年。劇當獻帝時。操爲相國。輒云使芳率兵行諸凶惡事。謬甚。且係操曾孫。非孫也。又按甲子會紀。魏廢帝嘉平六年。司馬師殺中書令李豐及光祿張緝。遂廢其后張后。既而廢其主曹芳。遷之河內。迎高貴鄉公曹髦立之。綱目質實云。高貴鄉。古地名。漢屬亢城縣。劇以高貴鄉爲姓名。且云司馬師爲董承之子。高貴鄉爲獻帝之子。蓋作此扭合。以爲獻帝洩憤。而太涉謬妄矣。張緝本廢帝張后之父。與曹操甚遠。言緝謀害伏、董亦謬。高文長則史無其人。餘不必深辨。按有青鋼嘯記。專爲馬超而發。此劇亦名青缸嘯。亦拉入馬超事。而關目全在董承父子。又承有劍名青缸嘯承付其子圓。圓付其妻伏氏。伏氏使高貴鄉覓圓。又付以此劍。故名甚覺支離。其開宗結尾皆以簷頭水爲照應。於通本較吃緊。

赤松記

作者不知何人。按張良雖學辟穀導引輕身。未嘗有仙去之事。作者艷慕神仙。故因張良欲從赤松子遊一語。遂作此記。又以黃石公事頗涉奇誕。幷附會入之。商山四皓載本傳中。不過隱逸之士。義不爲漢臣。而張良引爲太子客。今亦扭合爲仙。又撮取蕭何下吏。韓信被戮二事。益以見良之高也。良妻李氏、許氏。俱無可考。託鄰寄衣及妄報死信。係撰出關目。劇中梗概。與千金記（千金記。見本書卷十三。）相彷彿。惟項伯告張良事。千金所無。此較細密。演韓信顛末。前多相同。但千金載其封齊王而止。此幷敘其見誅事。其餘事實。大半剏合。史記留侯世家云。留侯張良者。其先韓人也。良年少未宦。事韓。韓破。良家僮三百人。弟死不葬。悉以家財。求客刺秦王。爲韓報仇。良嘗學禮淮陽。東見倉海君。得力士。爲鐵椎重百二十斤。秦皇帝東巡。良與客狙擊秦皇帝博浪沙中。誤中副車。秦皇帝大怒。大索天下。求賊甚急。爲張良故也。良乃更名姓。亡匿下邳。良嘗間從容步遊下邳圯上。有一老父衣褐。至良所。直墮其履圯下。顧謂良曰。孺子下取履。良愕然。欲毆之。爲其老。彊忍下取履。父曰。履我。良業爲取履。因長跪履之。父以足受。笑而去。良殊大驚。遂目之。父去里所。復還曰。孺子可教矣。後五日平明。與我會此。良因怪之。跪曰諾。五日平明良往。父已先在。怒曰。與老人期後。何也。去曰、後五日早會。五日鷄鳴。良往。父又先在。復怒曰。後何也。去曰。後五日復早來。五日。良夜未半往。有頃。父亦來。喜曰。當如是。出一編書曰。讀此則爲王者師矣。後十年興。十三年孺子見我濟北穀城山下。黄石即我矣。遂去無他言。不復見。旦日視其書。乃太公兵法也。良因異之。常習誦讀之。居下邳。

爲任俠。項伯常殺人。從良匿。後十年。陳涉等起兵。良亦聚少年百餘人。景駒自立爲楚假王。在留。良欲往從之。道遇沛公。遂屬焉。沛公拜良爲廄將。良數以太公兵法說沛公。沛公善之。常用其策。良爲他人言。皆不省。良曰。沛公殆天授。故遂從之。沛公引兵擊秦兵。大破之。遂北至藍田再戰。秦兵竟敗。遂至咸陽。秦王子嬰降沛公。項羽至鴻門下。欲擊沛公。項伯乃夜馳入沛公軍。私見張良。欲與俱去。良曰。臣爲韓王送沛公。今事有急。亡去不義。乃具以語沛公。沛公大驚曰。今爲奈何。良乃固要項伯。項伯見沛公。沛公與飲。爲壽。結賓婚。令項伯具言沛公不敢倍項羽。所以距關者。備他盜也。及見項羽。後解。六年正月。封功臣。良未嘗有戰鬭功。高帝曰。運籌策帷帳中。決勝千里外。子房功也。自擇齊三萬戶。良曰。始臣起下邳。與上會留。此天以臣授陛下。陛下用臣計。幸而時中。臣願封留足矣。不敢當三萬戶。乃封張良爲留侯。留侯曰。家世相韓。及韓滅。不愛萬金之資。爲韓報讎彊秦。天下振動。今以三寸舌爲帝者師。封萬戶。位列侯。此布衣之極。於良足矣。願棄人間事。欲從赤松子遊耳。乃學辟穀道引輕身。後八年卒。謚爲文成侯。子房始所見下邳圯上老父。與太公書。後十三年。從高帝過濟北。果見穀城山下黃石。取而葆祠之。留侯死。幷葬黃石冢。每上冢伏臘。祠黃石。高帝紀云。高祖以亭長。爲縣送徒驪山。夜皆解縱所送徒曰。公等皆去。吾亦逝矣。徒中壯士願從者十餘人。高祖被酒。夜經澤中。令一人行前。行前者還報曰。前有大蛇當徑。願還。高祖醉曰。壯士行。何畏。乃前拔劍斬蛇。蛇分爲兩。徑開。行數里。醉因臥。後人來至蛇所。有一老嫗夜哭。人問嫗何哭。嫗曰。人殺吾子。人曰。嫗子何爲見殺。嫗曰。吾子白帝子也。化爲蛇當道。今爲赤帝子斬之。故哭。嫗忽不見。淮陰侯傳云。漢八年。人有告楚王信反。高帝以陳平計。發使告諸侯會陳。吾將遊雲夢。實欲襲信。信勿知。謁高祖於陳。上令武士縛信。載後車。信曰。果若人言。狡兔死。走狗烹。高鳥盡。

良弓藏。敵國破。謀臣亡。天下已定。我固當烹。上曰。人告公反。遂械繫信至雒陽。赦信罪。以爲淮陰侯。十一年。陳豨反。上自將而往。信使人至豨所曰。第舉兵。吾從此助公。其舍人得罪於信。信囚欲殺之。舍人弟上變告信欲反狀于呂后。后使武士縛信。斬之長樂鐘室。蕭相國世家云。沛公爲漢王。以何爲丞相。五年封酇侯。十一年拜爲相國。十二年相國爲民請曰。長安地狹。上林中多空地。願令民得入田。毋收藁爲禽獸食。上大怒曰。相國多受賈人財物。乃爲請吾苑。乃下相國廷尉。械繫之。王衛尉曰。夫職事苟有便於民而請之。眞宰相事。且陛下距楚數歲。陳豨、黥布反。陛下自將而往。當是時相國守關中。相國不以此時爲利。今乃利賈人之金乎。高帝不懌。是日。使使持節赦出相國。

草廬記

劇中事實。以三顧草廬爲主。原本演義者居多。如先主燒屯僞遁。夏侯惇爲所敗。未嘗有曹仁復敗於新野之事。徐庶實從先主南行。當陽敗後。乃詣曹操。安得先在操軍。而爲操説先主乎。又諸葛亮隨先主走夏口。今以爲先主懼劉琦不發兵。而令亮先詣琦。又甘夫人得趙雲救獲免。今以爲投井而死。又江表傳載蔣幹往説周瑜。而未嘗因此殺蔡瑁、張允。又龐統曾爲周瑜功曹。其後爲先主治中從事。未嘗因蔣幹往曹軍獻策。又孫權遣周瑜、魯肅等隨亮詣先主。并力拒曹公。瑜無欲殺亮之意。造箭祭風。俱齊東野語。又江表傳。黄蓋先書報曹公。欺以欲降。曹公特見行人密問之。則齎書者不過偏裨。闞澤爲吳名臣。必無是理。又黄蓋爲流矢所中。呼韓當得生。今以爲墮水死。又操旣敗。從華容道步歸。遇泥濘。使兵負草塡之得過。先主尋使人放火。無所及。今以爲關羽縱之。又周瑜固嘗有計欲留先主而孫權不從。今以爲求救於喬國老。凡此皆出於演義無稽之談。不足爲據。作者亦未深考正史。而筆亦塵雜。大抵詞家略通文墨者。熟得數十種曲本。便拈筆爲之。觀其第一齣所云。換羽移商實不差。戲文編撰極精嘉者。可見也。蜀志云。諸葛亮、字孔明。瑯琊陽都人也。躬耕隴畝。好爲梁父吟。每自比於管仲、樂毅。時先主屯新野。徐庶見先主。謂先主曰。諸葛孔明者。臥龍也。將軍豈願見之乎。先主曰。君與俱來。庶曰。此人可就見。不可屈致也。將軍宜枉駕顧之。由是先主遂詣亮。凡三往乃見。於是與亮情好日密。關羽、張飛等不悅。先主解之曰。孤之有孔明。猶魚之有水也。羽飛乃止。劉表卒。少子琮聞曹公來征。遣使請降。先主在樊聞之。率其衆南行。亮與徐庶並從。爲曹公所追破。獲庶母。庶辭先主而指其心曰。本欲與將軍共圖王霸之業者。以此方寸之地也。今已失老母。方寸亂矣。請從此別。遂詣曹公。先主至於夏口。亮曰。事急矣。請命求救於孫將軍。時權軍在柴桑觀望成敗。亮乃說權。權即遣周瑜、程普、魯肅等水軍三萬。隨亮詣先主。并力拒曹公。曹公敗於赤壁。引軍還鄴。先主遂收江南。以亮爲軍師。又云。曹公破袁紹以擊先主。先主遣麋竺、孫乾與劉表相聞。表自郊迎。以上賓禮待之。益其兵。使屯於新野。荆州豪傑。歸先主者日益多。表疑其心。陰禦之。使拒夏侯惇、于禁等於博望。先主設伏兵。一旦自燒屯僞遁。惇等追之。爲伏兵所破。十二年。曹公北征烏丸。先主說表襲許。表不能用。曹公南征表。會表卒。子琮立。遣使請降。先主屯樊。不知曹公卒至。至宛乃聞之。遂將其衆去。過襄陽。諸葛亮說先主攻琮。荆州可有。先主曰。吾不忍也。乃駐馬呼琮。琮懼不能赴。琮左右及荆州人多歸先主。比到當陽。衆十餘萬。輜重數千輛。日行十餘里。别遣關羽乘船數百艘。使會江陵。或謂先主曰。宜速行保江陵。今雖擁大衆。被甲者少。若曹公兵至。何以拒之。先主曰。夫濟大事。必以人爲本。今人歸吾。吾何忍棄去。曹公以江陵有軍實。恐先主據之。乃釋輜重。輕軍到襄陽。聞先主已過。曹公將精兵五千急追之。一日一夜行三百餘里。及于當陽之長坂。先主棄妻子。與諸葛亮、張飛、趙雲等數十騎走。曹公大獲其人衆輜重。先主斜趣漢津。適與羽船會。得濟沔。遇表長子江夏太守琦。衆萬餘人。與俱到夏口。先主遣諸葛亮自結於孫權。權遣周瑜、程普等水軍數萬。與先主并力。與曹公戰於赤壁。大破之。焚其舟船。先主與吳軍水陸並進。追到南郡。時又疾疫。北軍多死。曹公引歸。先主表劉琦爲荆州刺史。琦病卒。羣下推先主爲荆州牧。權稍畏之。進妹固好。益州牧劉璋遣法正將四千人迎先主。先主入益州。璋增先主兵。使擊張魯。先主北到葭萌關。未即討魯。曹公征孫權。權呼先主自救。乃從璋求萬兵。欲以東行。會張松敗。璋勑關諸將文書。勿復關通先主。先主大怒。勒兵向璋。圍成都。璋出降。時曹公定漢中。張魯遁走巴西。先主遣黄權將兵迎張魯。魯已降曹公。先主進兵斬夏侯淵、張郃等。遂有漢中。羣下上先主爲漢中王。漢帝見害。乃上尊號。即皇帝位于成都。又云。先主甘皇后。沛人也。先主臨豫州。住小沛。納以爲妾。先主數喪嫡室。常攝內事。隨先主于荆州。產後主。值曹公軍至。

追及先主于當陽長阪。於時困偪。棄后及後主。賴趙雲救護。得免於難。后卒。葬於南郡。又云。麋竺迎先主於小沛。呂布乘先主之出。拒袁術。襲下邳。先主轉軍廣陵西。竺於是進妹於先主爲夫人。奴客二千。金銀貨幣。以助軍資。又云。張飛、字益德。涿郡人也。少與關羽俱事先主。羽年長數歲。飛兄事之。先主從曹公破呂布。曹公拜飛爲中郎將。先主背曹公。依袁紹、劉表。表卒。曹公入荊州。先主奔江南。曹公追之。一日一夜及於當陽之長阪。先主聞曹公卒至。棄妻子走。使飛將二十騎拒後。飛據水斷橋。瞋目横矛曰。身是張益德也。可來共決死。敵皆無敢近者。故遂得免。又云。趙雲、字子龍。常山眞定人也。初屬公孫瓚。瓚遣先主爲田楷拒袁紹。雲遂隨從。爲先主主騎。及先主爲曹公所追于當陽長阪。棄妻子南走。雲身抱弱子。即後主也。保護甘夫人。即後主母也。皆得免難。又雲別傳云。初先主之敗。有人言雲已北去者。先主以手戟擿之曰。子龍不棄我去也。頃之雲至。吳志周瑜傳云。曹公入荆州。劉琮舉衆降。曹公得其水軍船步兵數十萬。將士聞之皆恐懼。權延見羣下。問以計策。瑜曰。瑜請得精兵三萬人。進住夏口。保爲將軍破之。時劉備爲曹公所破。欲南渡江。與魯肅遇於當陽。遂共圖計。因進住夏口。遣諸葛亮詣權。權遂遣瑜及程普等。與備并力逆曹公。遇於赤壁。時曹公軍衆已有疾病。初一交戰。公軍敗退。引次江北。瑜等在南岸。瑜部將黄蓋曰。今寇衆我寡。難以持久。然觀操軍方聯船艦。首尾相接。可燒而走也。乃取蒙衝鬬艦數十艘。實以薪草。膏油灌其中。裹以帷幙。上建牙旗。先書報曹公。欺以欲降。又豫備走舸。各繫大船後。因引次居前。曹公軍吏士皆延頸觀望。指言蓋降。蓋放諸船。同時發火。時風盛猛。悉延燒岸上營落。頃之煙炎張天。人馬燒溺。死者甚衆。軍遂敗退。還保南郡。備與瑜等復共追。曹公留曹仁等守江陵城。徑自北歸。瑜與程普又進南郡。與仁相對。各隔大江。兵未交鋒。備詣京見權。瑜上疏曰。劉備以梟雄之姿。而有關羽、張飛熊虎之將。必非久屈爲人用者。愚謂大計。宜徙備置吳。盛爲築宮室。多其美女玩好。以娛其耳目。分此二人各置一方。使如瑜者得挾與攻戰。大事可定也。權以曹公在北方。當廣擥英雄。又恐備難卒制。故不納。江表傳云。初曹公聞瑜年少有美才。謂可游說動也。乃密下揚州。遣九江蔣幹往見瑜。幹有儀容。以才辯見稱。獨步江淮之間。莫與爲對。乃布衣葛巾。自託私行詣瑜。瑜出迎之。立謂幹曰。子翼良苦。遠涉江湖。爲曹氏作說客耶。幹曰。吾與足下同州里。中間別隔。遙聞芳烈。故來聚闊。并觀雅規。而云說客。毋乃逆詐乎。瑜曰。吾雖不及夔曠。聞弦賞音。足知雅曲也。因延幹入。爲設酒食畢。遣之曰。適吾有密事。且出就館。事了別自相請。後三日。瑜請幹。與周觀營中。行視倉庫軍資器仗訖。還宴飲。示之侍者服飾珍玩之物。因謂幹曰。丈夫處世。遇知己之主。外託君臣之義。內結骨肉之恩。言行計從。禍福共之。假使蘇、張更生。酈叟復出。猶撫其背而折其辭。豈足下幼生所能移乎。幹但笑。終無所言。幹還。稱瑜雅量高致。非言辭所間。中州之士。亦以此多之。山陽公載紀云。公船艦爲備所燒。引軍從華容道步歸。遇泥濘。道不通。天又大風。悉使羸兵負草塡之。騎乃得過。羸兵爲人馬所踏。藉陷泥中。死者甚衆。軍旣得出。公大喜。諸將問之。公曰。劉備吾儔也。但得計少晚。向使早放火。吾徒無類矣。備尋亦放火而無所及。

七勝記

不知何人所作。（刻本題秦淮墨客校。秦淮墨客爲紀振倫之別署。）按三國志載亮南征事甚略。孟獲七縱七擒見漢晉春秋。而擒之縱之之實亦不盡載。按亮出師表云。五月渡瀘。深入不毛。即指擒孟獲事。劇中多半原本演義。作者但取其情節可觀。亦不暇訂其眞僞也。五路進兵之說。後主傳及亮傳俱無之。不知何所據。亮妻黃氏。載襄陽記。龐氏亦無可考。諸葛亮傳云。建興元年。封亮武鄉侯。開府治事。頃之又領益州牧。政事無巨細。咸決于亮。南中諸郡。並皆叛亂。亮以新遭大喪。故未便加兵。且遣使聘吳。因結和親。遂爲與國。三年春。亮率衆南征。其秋悉平。軍資所出。國以富饒。漢晉春秋云。亮在南中。所在戰捷。聞孟獲者。爲夷漢所並服。募生致之。旣得。使觀營陣之間。問曰。此軍何如。獲對曰。向者不知虛實。故敗。今蒙賜觀看營陣。若祇如此。卽定易勝耳。亮笑。縱使更戰。七縱七擒。而亮猶遣獲。獲止不去曰。公天威也。南人不復反矣。遂此滇池南中平。皆卽其渠率而用之。鄧芝傳云。吳王孫權請和。先主累遣宋瑋、費禕等與相報答。丞相諸葛亮深慮權聞先主殂隕。恐有異計。未知所如。芝見亮曰。今主上幼弱。初在位。宜遣大使重申吳好。亮答之曰。吾思之久矣。未得其人耳。今日始得之。芝問其人爲誰。亮曰。卽使君也。乃遣芝修好於權。權果狐疑。不時見芝。芝乃自表請見權曰。臣今來亦欲爲吳。非但爲蜀也。權乃見之。語芝曰。孤誠願與蜀和親。然恐蜀主幼弱。國小勢逼。

爲魏所乘。不自保全。以此猶豫耳。芝對曰。吳蜀二國四州之地。大王命世之英。諸葛亮亦一時之傑也。蜀有重險之固。吳有三江之阻。合此二長。共爲脣齒。進可并兼天下。退可鼎足而立。此理之自然也。大王今若委質於魏。魏必上望大王之入朝。下求太子之内侍。若不從命。則奉辭伐叛。蜀必順流見可而進。如此江南之地。非復大王之有也。權默然良久曰。君言是也。遂自絶魏。與蜀連和。遣張温報聘於蜀。蜀復令芝重往。權謂芝曰。若天下太平。二主分治。不亦樂乎。芝對曰。夫天無二日。土無二王。如并魏之後。大王未深識天命者也。君各茂其德。臣各盡其忠。將提枹鼓。則戰争方始耳。權大笑曰。君之誠款。乃當爾耶。秦宓傳云。吳遣使張温來聘。百官皆往餞焉。衆人皆集而宓未往。諸葛亮累遣使促之。温曰。彼何人也。亮曰。益州學士也。及至。温問曰。君學乎。宓曰。五尺之童皆學。何必小人。温復問曰。天有頭乎。宓曰。有之。温曰。在何方也。宓曰。在西方。詩曰。乃眷西顧。以此推之。頭在西方。温曰。天有耳乎。宓曰。天處高而聽卑。詩云。鶴鳴九皋。聲聞于天。若其無耳。何以聽之。温曰。天有足乎。宓曰。有。詩云。天步艱難。之子不猶。若其無足。何以步之。温曰。天有姓乎。宓曰。有。温曰。何姓。宓曰。姓劉。温曰。何以知之。答曰。天子姓劉。故以此知之。答問如響。應聲而出。于是温大敬服。襄陽記曰。黄承彦者。高爽開列。而爲沔南名士。謂諸葛孔明曰。聞君擇婦。身有醜女。黄頭黑色。而才堪相配。孔明許諾。即載送之。時人以爲笑樂。鄉里爲之諺曰。莫作孔明擇婦。止得阿承醜女。

通仙枕

一名雙恩義。不知何人作所。演劉弘敬事。弘敬義嫁蘭蓀。載太平廣記。（廣記方蘭蓀。小說作裴蘭蓀。）其撫李遜之子。見于小說。幷合裴女事。標曰李克讓竟達空函。劉元普雙生貴子。樂府家因作尺素書劇。此則又幻出通仙枕一節。以作標題。其曰雙恩義者。則以裴、李兩家俱感其恩義而言也。略云。李春芳、字彥青。本籍西粤人。按李春芳。句容人。興化籍。明嘉靖丁未科狀元。世宗末年入內閣。穆宗時爲首輔。養親南歸。後謚文定。劇借用其姓名耳。劉弘敬乃唐時人。而作者以爲宋眞宗時。悞也。父名克讓。擕妻張氏。及子春芳。女瓊芳。流寓京師十載。中三甲進士。授錢塘縣尹。按三甲進士即授知縣。乃明朝制度。非唐宋故實也。在任一年。忽遭奇症。自度不起。妻子無親戚可依。素聞洛陽劉弘敬、字元普。疎財好義。但無一面。因使妻自往煎茶。乘間作書一函。緘付妻子。封面云。辱弟李遜書、呈洛陽恩兄劉元普親拆。未幾遂沒。弘敬。洛陽人。嘗官青州刺史。廣記。劉弘敬。彭城人。未嘗爲官。字元溥。小說作元普。饒有家貲。年七旬餘。繼妻王氏。無子。風鑑者言其斂怨招愆。壽在旦夕。此本廣記。弘敬叱辱總管內姪王文用。傳示鄉城。一切債券盡還。誕辰開燕。有道人送畫一軸。張掛時。中有音樂。及開展。則跳出快活仙。遺下通仙枕。枕字兩行云。此枕通仙。暫與君眠。奇緣妖禍。一夢九天。仙復跳入畫中而去。及春芳母子持遜書至。弘敬茫然不省。默揣必慕我虛名。欲託妻子。乃認八拜之交。使居西園。取遜柩于錢塘浮丘寺中。爲之營葬。李彥青母子事。全据小說。通仙枕一段。空中結撰。裴蘭蓀者。襄陽刺史裴習、字安卿之女也。廣記乃方蘭蓀。其父淮西卑官。此劇據小說而作。習居官甚清。且極仁慈。在京時曾疏劾丁謂。及守襄陽。因天暑寬縱獄囚。大盜李二虎號賽李逵。乘懈越牢。殺劉通判、王把總而去。事下三法司。謂委刑部侍郎與都御史兼大理卿趙抃、錦衣指揮使林特會審。謂欲置重辟。抃堅執不可。習得不受非刑。從輕謫配。出獄。候旨于清眞觀中。感病而沒。蘭蓀惟一母舅鄭公佐。爲西川節度。道遠不能通。乃插標賣身以葬父。按此段藍本廣記。而多所增改。小說中亦無越獄者姓名。元溥本唐人。蘭蓀父以吳元濟受累。此劇據小說作宋眞宗時。遂增出丁謂趙抃林特等。不自知其悞也。弘敬妻王氏。以夫慮乏嗣。使姪繼宗、字天祐及己姪文用挾資買妾。遂憑媒薛媼用銀百金買歸。弘敬見其慘容。詢得事實。語王氏云。我寧滅絕子孫。敢汚裴使君之女。乃令認己爲父。而迎其父柩與李同葬。按小說。天祐即王夫人子。乃因此事積善而得。此作長年之姪。與小說各異。王文用欲得李瓊芳爲妻。浼姑言之。弘敬不可。乘間調戲瓊芳、蘭蓀。俱爲所叱。弘敬亦頗知之。且于枕中得夢。瓊芳合配劉天祐。蘭蓀合配李春芳。遂擇吉日。各令相配。文用大恨。會賽李逵以妖術作亂。文用遂首弘敬黨妖。竊其通仙枕爲據。謂裴習縱盜。本是妖黨。劉弘敬窩藏其女。幷牽及春芳兄妹。弘敬方遣春芳、繼宗入都應試。鄭公佐自西川召入。拜樞密使。總裁春闈。已拔二人卷進呈。而丁謂遷大司寇。必欲文致其獄。瓊芳紿文用。使之寬己。從輕發保。文用挺身保出。逼以爲妻。瓊芳紿使成婚。刺殺文用。元普之僕劉恩。見其義烈。當官認爲己罪。丁謂方鍛鍊未已。公佐疏劾謂奸。辨弘敬無罪。而春芳已擢狀元。繼宗已擢探花。朝廷因公佐言。釋弘敬于獄。抵謂羅織之罪。命春芳繼宗討賊。頃刻成功。加官晉爵。王氏生子彌月。衆人俱夢裴習、李遜告以請于上帝。爲弘敬益算延齡。兼生貴子。弘敬乃述李遜空函事。聞者益歎羨其厚德云。廣記不言蘭蓀所配何人。小說言配彥青。小說無春芳妹瓊芳事。此劇云配劉天祐。蓋小說乃張氏遺腹女鳳鳴。配弘敬新生之子天祐也。此其各異處。小說雖有王夫人欲以蘭蓀配文用之說。元普亦但以文用經紀人。故以嫁于彥青。

劇中敘出文用種種作惡。至殺身乃已。亦與小說大異。劉李並未獲罪。劇亦生造。夢中奏天庭之說。則本之小說。而廣記亦載。非無因也。

太平廣記陰德傳云。唐彭城劉弘敬、字元溥。世居淮淝間。資財豐盛。長慶初。有善相人于壽春相逢。決其更二三年必死。元溥信之。乃爲身後之計。有女將適。抵維揚求女奴。資行用錢八十萬。得四人焉。內一人方蘭蓀者。有殊色。而風骨姿態。殊不類賤流。元溥詰其情。久乃對曰。賤妾家本河洛。先父卑官淮西。不幸遭吳寇跋扈。緣姓與寇同。疑爲近屬。身委鋒刃。家仍沒官。以此湮沈無訴。賤妾一身。再易其主。今及此焉。元溥太息久之。因問其親戚。知其外氏劉也。遂焚其券。收爲甥。以家財五十萬。先其女而嫁之。蘭蓀既歸。元溥夢見一人。被青衣秉簡望塵而拜曰。余蘭蓀之父也。君壽限將盡。余感君之恩。當爲君請于上帝。後三日。元溥復夢蘭蓀之父立於庭。紫衣象簡。侍衞甚嚴。前謝元溥曰。余幸得請君于帝。許延君壽二十五載。當及三代。其殘害吾家者。悉獲案理。帝又憫余之寃。署以重職。獲主山川于淮海之間。嗚咽再拜而去。後三年。相者復至。迎而賀元溥曰。君壽延矣。自眉至髮而視之。有陰德上動于天者。元溥始以蘭蓀之父爲告。相者曰。昔韓子陰存趙氏。太史公以韓氏十世而位至王侯者。有陰德故也。

曲海總目提要卷三十五

百歲圓

不知何人所作。演司馬光事。謂光父子榮顯。母登百歲。故云百歲圓。種種謬誕。俱齊東野人語。蓋鄙妄人所編也。劇云。司馬光妻鮑氏。子四人。長康。已中進士。母年九十六。光任龍圖閣直學士。元豐七年。與諸臣崇政殿講論。司農卿鄧綰請行農田水利靑苗免役等新法。光議不合。乞假養親。詔留輔政。命子歸省。福淸人鄭俠舉進士。官光州司法參軍。綰薦入京。授安上門監察。見流民爲新法所苦。欲繪圖上達。革除朝弊。綰毁其圖。畫工李榮。年甫十二。幼失怙恃。撫于鄰家畫師。遂擅絶技。俠復命榮繪圖。見其兩掌各有痣。心頗奇之。留署中讀書。以其圖送銀臺司上達。詔盡革新法。會哲宗冲齡嗣位。光居政府。遐邇嚴憚。以母年九十九。辭朝歸祝母壽。綰嘗薦道士王老志。封爲通微洞元眞人。光力排之。値光歸。綰及蔡京與老志立議單。使通于金。云光謝事。可率兵擁幼主北往。幼主二掌心各有痣。不能僞也。老志如言詣金。遂統兵逼汴京。要哲宗詣營。鄧綰、蔡京故作難色。而鄭俠爲御史中丞。度必有通謀者。於是密奏太后。飛騎召光。而以李榮代往。光聞其事。未及朝。遂單騎入金營索哲宗。及見李榮大駭。叱其非是。而金亦疑光。使老志驗光眞僞。光度老志當有奸謀。請得挈歸。及還朝。綰、京以哲宗已在金營。請立岐王。且治鄭俠之罪。俠以李榮事告光。光請哲宗御崇政殿。嚴鞫老志。出議單質于帝前。乃以綰、京正法。光晉爵上柱國。俠加吏部尚書。李榮有代主功。封列侯。賜婚俠女。光子四人。皆登科甲。母壽百歲。詔賜金幣。命光父子榮歸拜祝後。入朝輔政。按司馬光。陝西夏縣人。（劇中相合。）進士甲科。神宗時擢翰林學士。與王安石、呂惠卿于上前極論新法之弊。（劇言似有因。但光爲龍圖直學士。乃在英宗時。非神宗時也。劇言光與司農卿鄧綰太常典禮蔡京崇政殿說書程頤並議。綰欲行新法。光頤力駁之。則謬。綰附安石。超擢至御史中丞。然新法非其所創也。蔡京於新法無涉。程頤哲宗時始爲崇政殿說書。神宗時未嘗爲朝官也。拜樞密副使。力辭不受。乃以爲端明殿學士。出知永興軍。判西京御史臺。提舉崇福宮。進資治通鑑。加資政殿學士。居洛陽十五年。哲宗初。太皇太后臨政。起爲門下侍郎。劇云纂修通鑑。拜參知政事。誤。劇中未言母姓。按光母聶氏。封溫國太夫人。然未嘗有百歲之說。劇緣飾爲美談也。光妻張氏。禮部尚書張存女。封清河郡君。先卒。追封溫國夫人。劇云鮑氏誤。王安石爲相。始行青苗助役農田水利。謂之新法。光首言其害。以身爭之。士大夫言新法不便者。皆倚以爲重。劇述光言。所立新法。如農田水利均輸保甲青苗免役市易保馬方田諸役。俱無益于民。與正史合。但新法一歸罪於鄧綰。則以避不指王安石也。劇云。光四子。康二甲第一。按光三子。童唐早亡。康以明經上第。爲祕書省校書郎。遷著作佐郎。兼侍講。劇又云。立哲宗時。以光言爲定。按光自哲宗初召入。安得預立哲宗之事。謬甚。元祐元年。拜尚書左僕射。是年卒。年六十八。劇所述光哲宗時事。俱大謬不根。敍光家門亦不的。又按鄭俠、字介夫。福清人。進士高第。調光州司法參軍。爲王安石所知。欲用爲京官。俠以青苗免役保甲市易等事爲非。辭不肯受。乃除監安上門。熙寧六年不雨。至七年三月。俠知安石不可諫。悉繪所見爲圖。奏疏詣閤門不納。乃假稱密揭。發馬遞上之銀臺司。哲宗反覆觀圖。長吁數四。命開封體放免行錢。三司察市易。司農發常平倉。青苗免役權息追呼。方田保甲並罷。凡十有八事。民間讙叫相賀。越三日大雨。遠近沾洽。輔臣入賀。帝示以俠所進圖狀且責之。皆再拜謝。安石求去。羣姦切齒。遂以俠付御史。治其擅發馬遞罪。呂惠卿、鄧綰環泣帝前。於是新法如故。安石去。惠卿執政。俠上疏論之。幷言禁中事。惠卿奏爲謗訕。編管汀州。惠卿又嗾御史劾之。追還對獄。議致之死。帝曰。俠所言。非爲身也。忠誠可嘉。豈宜深罪。但徙英州。哲宗立。起泉州教授。元符七年。再竄英州。劇敘俠繪流民圖。頗實。其言鄧綰薦俠。則又以綰代安石也。李榮繪圖是緣飾。其後一派荒唐。又按哲宗。朱德妃所生。以延安郡王立爲皇太子。乃王珪所請。神宗所許。未嘗有蔡京欲立岐王事。又按鄧綰。成都人。通判寧州。王安石專政。薦于神宗。除集賢校理。鄉人皆笑且罵。綰曰。笑罵從汝笑罵。好官自我爲之。尋同知諫院擢御史中丞。安石去位。綰附呂惠卿。安石復相。綰攻惠卿附安石。有旨。綰操心頗僻。賦性姦回。斥知鄧州卒。劇中言綰持新法。頗合。但綰卒于神宗時。劇所言後來事。皆謬。又按蔡京。仙游人。司馬光秉政。京知開封府。光復差役法。爲限五日。同列病其太迫。京獨如約。光大喜。按光在時。蔡京未嘗與光異。其後京爲相。乃作元祐黨人碑。列光爲首。劇中所載亦不實。又按王老志。濮州人。用太僕卿王亶薦。召至京師。館于蔡京第。封爲洞微先生。按老志入京。在徽宗時。劇以哲宗時事附會。又力詆之。亦謬。

羣星會

不知何人作。演萬氏一門以積善致福。百歲壽母。四代相見。雙生二子。文武狀元。與桂氏二女聯姻。劇中人物。皆天星降生。故謂之羣星會。事太誇誕。而吉祥可取。按天文書曰。星之爲言。精也。陽精爲日。日分爲星。故其字從日下生。庶物蠢蠢。咸得繫命。其或化而爲人見於記載者。則傳說騎箕尾。張良爲弧星。臯陶、蕭何昴星。樊噲狼星。東方朔歲星。李白長庚。蘇軾奎宿。以至高辛二子。堯時老人。李淳風知西市飲酒僧。太史奏五百里內賢人聚。紛紛不一。劇中姓名雖不實。而其說非無本。劇云。直隸順天府狀元宰相萬康。累世積善。身爲元老。母夫人單氏。壽百歲。妻盛氏。子萬吉。世其家學。殿試第一。累官吏部尚書。媳施氏。三世皆命婦。單夫人誕日。舉朝上壽。上遣中使賜御書匾額以旌其門。其他賜予甚厚。海上諸仙。以珍奇託跡而至者。接踵於戶。康父子爲善益力。閭中皆贊成之。上感天帝。命錫佳兒。施氏雙生二子。同籍桂聯芳、引芳。兄弟進士。聯芳總憲。引芳冢宰。亦皆好行善。奉旨賑濟。捐銀萬兩。天帝命各錫以一女。爲萬氏子配。吉招聯芳兄弟爲湯餠會。知其二女與二子同日時生。遂約婚姻。山賊龍吟、鮑虎等嘯聚山谷。侵犯州縣。吉二子年長。皆有神童之目。長名曰邦孚。次曰國寧。嘗夜讀稍倦。隱几而臥。邦孚夢見文昌授以天書。國寧乃夢關壯繆教以兵法。自是所學益進。應試成進士。吉以其年幼。請停殿試放回讀書。不允。邦孚殿試。又擢狀元。國寧探花。又以國寧所對策。深通武略。命兼武狀元。兄弟同奉命討賊。得仙人陰助。賊平凱還。賜御前金蓮炬歸第。迎桂氏女玉鸞、針鳳爲婚。

上命于其門建四狀元坊。工費甚大。仙人魯班至。頃刻告成。邦孚、國寧合卺之夕。守門者告狀元坊上有祥光數道。得星圖一幅。上繪列宿。旁註人名。單母爲壽星。康爲祿星。吉爲福星。盛氏爲景星。施氏爲德星。邦孚爲文曲。國寧爲武曲。桂聯芳、引芳爲天富天貴。玉鸞爲紅鸞星。針鳳爲織女星。是所謂羣星會也。按本朝大學士錢塘黃機。壽母百歲。奉恩旨旌門。其子亦官翰林。其曰順天人。則本朝大學士高陽李霨。其父國槽。本明啓禎時内閣。父子宰相。又大學士宛平王熙。其父崇簡。禮部尙書。父子皆極品。疑劇所指爲此數家而發。或爲黃母上壽而作。亦未可定。極陳富貴壽考吉祥可喜之事。爲頌禱辭。最宜演唱。

兩香丸

不知何人作。演顏潔與白蓉仙。白眉與王翠翹。皆以香丸拯難作合。故名兩香丸。翠翹本名妓。爲徐海所得。劇故翻案言其貞烈。蓉仙則鑿空撰出也。略云。明世宗時。嘉興諸生顏潔、字璧人。與温州白眉相善。眉、字良士。父璧。山西司李。在任時聘太原富人王臣女翠翹爲媳。久之。臣挈女僑居吳江。贅眉于寓。眉與潔約。擕妻省親必過武林。潔造西湖相晤。比潔至。杳不得眉信。有狂僧者。自稱法劍和尚。餘杭徑山第一代祖師也。示寂千年。其侍者二人墮紅塵中。其一翠翹。其一白蓉仙。即眉之妹。蓉仙與潔有緣。法劍託名善相。云潔異日大貴。當擅文武威風。且目前即遇美女。取一香丸與佩。并授囊封偈語四句。留爲後驗。白眉出贅未歸。家厄于火。璧驚而殞。蓉仙被無賴子乘火掠去。賣與錢塘謝媪。逼勒爲娼。蓉仙不肯從。賣字以給朝夕。有匡子一者。山陰徐渭之甥。挾千金欲買蓉仙。以計拉往遊湖。潔一見目成。造蓉仙家。與訂盟約。贈之香丸。紿媪云。自幼割襟爲聘。媪欲擕女予匡。會以倭亂。潔既失散。而媪偕女奔竄。遇潔僕捷兒號爲鐵炮杖者。迎而舍之於毛家埠。眉擕妻行。舟抵湖口。湖賊徐海掠得。棄眉於岸。欲以翠翹爲壓寨夫人。翹怒詬自投于湖。幸不死。水月庵尼僧靜慧拯入庵中。舟子張姓。得狂僧所予香丸。捨于佛前。翹取以爲佩。眉見妻投湖。欲赴山西白其事于岳。會潔姨丈范少司馬韓（嘉靖時無此人。）招潔入京。潔亦以倭亂。其家盡遭賊。欲往投范。遇眉於宿遷逆旅。遂挈偕往京師。翠翹居庵中。匡子一以徐渭薦。總督胡宗憲令招撫倭寇。過尼庵。窺翠翹之美。將奪之去。捷兒適至其所。告翹以故。挈至毛家埠。與蓉仙認姑嫂同居。子一入倭營。則徐海已爲海賊。與倭合勢。子一說降。反爲所懾。訪蓉仙之信。欲掠以送于海。捷兒知之。奉蓉、翹竄山中。九天元女使力士幻作兩虎。駝兩女入徑山。授以兵機劍法。子一不得蓉。遂降于海。爲賊將。潔、眉抵京。並成進士。潔以學士督師征倭。眉爲贊畫。倭將用長刀砍陣。兩人大困。走入蘇城。遂被重圍。蓉、翹奉元女命。飛劍入陣。大敗倭兵。徐海投海自盡。潔擒子一殺之以洩其憤。遂與蓉仙爲夫婦。眉亦知妻尙在。迎歸署中。相面狂僧復現身說法。指明二女爲當年侍者。而潔、眉又具奏。建九天元女廟于徑山。王翹兒者。故臨淄民家女也。自少鬻於倡家。冒其姓爲馬。假母呼之曰翹兒。攜之來江南。敎之吳歈。即善吳歈。敎之彈胡琵琶。即善彈胡琵琶。翹兒貌不逾中色。而音吐激越。度曲婉轉。往往傾其座人。一時平康里中諸老妓。皆從翹兒習新聲。竟不能過之也。然翹兒有至性。雅不喜媚容。大腹賈齎多金賂翹兒。意稍不屬。輒惛惛不開眼。或竟夕虛寢而罷。明日大腹賈恚而收金去。以是假母日窘。而數笞罵翹兒。翹兒愈益厭苦之。會有少年私金與翹兒者。遂以計脫假母。而自徙居海上。更稱王翠翹云。海上多文儒貴遊。尤好以音律相貴重。令翹兒一啓齒。以爲絕世無雙。爭豔惜之。以是翹兒之名滿江南。歲所得纏頭無算。乃翹兒更以施諸所善貧客。橐中一錢不留也。久之倭人寇江南。掠海上。焚其邑。翹兒竄走桐鄉。已而轉掠桐鄉。城陷。翹兒被掠。諸酋執以見其寨主徐海。徐海者。故越人。號明山和尙者是也。海初怪其姿態不類民間婦女。訊之知爲翹兒。試之吳歈及彈胡琵琶以侍酒。絕愛幸之。尊爲夫人。斥帳中諸姬羅拜。咸呼之爲王夫人。翹兒旣已用事。凡海一切計畫。惟翹兒意指使。乃翹兒亦陽暱之。陰實幸其敗事。冀一歸國以老也。會督府遣華老人檄召海。肯來降。與之官。督府即胡宗憲。海怒而縛華老人。將斬之。翹兒諫曰。今日之勢在君。降不降何與來使也。親解華老人縛。而厚與之金勞苦之。華老人者。海上人也。翹兒故識之。而華老人亦私覷所謂王夫人者。心知爲翹兒。不敢泄也。歸告督府曰。賊不可圖也。第所愛幸王夫人者。臣視之有外心。當藉以磔賊耳。督府曰善。乃更遣羅中書詣海說降。而益市金珠寶玉以陰賄翹兒。翹兒日夜在帳中從容言大事必不可成。不如降也。江南苦兵久矣。降且得官。終身當共富貴。海遂許羅中書約降於督府。督府選日。大整兵。佯稱逆降。比迫海寨。海信翹兒言。不爲提備。督府急麾兵鼓譟而進。斬海首而生致翹兒。盡諸倭人殲焉。捷至。督府供帳轅門以饗諸參佐。

令翹兒歌而遍行酒。諸參佐皆起爲督府壽。督府酒酣心動。亦握槊降階而與翹兒戲。夜深。席大亂。明日。督府頗悔夜來醉中事。而以翹兒功高。不忍殺之。乃以賜所調永順酋長。翹兒既從永順酋長。去之錢塘舟中。輒悒悒不自得。嘆曰。明山遇我厚。我以國事誘殺之。殺一酋而更屬一酋。何面目生乎。夜半投江死。事出明嘉靖間王翹兒傳。載艷異編。

泮宮緣

一名鴛鴦鬧。不知何人作。巫高謁泮宮歸。鄰女山衣雲見而悅之。以詩贈答。得就婚姻。故名。姓名事蹟。俱係僞撰。略云。巫高、字臺卿。吳中云水人。按吳中縣名。無所謂云水。縣令全士誠試童子拔第一。鄰家山嫗。有女衣雲。婢曰芸枝。俱有美色。高入泮歸。衣雲及婢登樓見之目成。高積思成疾。其童書城。于後園伺隙。賺芸枝入齋中看並頭蓮。高浼轉達芸枝。囑賦並頭蓮詩。乘間進說勸和之。以爲終身之訂。乃裹詩于所繡鴛鴦内以遺高。衣雲之叔豈仁者。嗜賭無賴。謀奪嫂奩。與刁仲謀設計。以釵股聘衣雲爲媳。豈仁逼嫂受聘。不從。高得和詩。擬託同庠生金友蘭作伐。適仲謀至求閲試卷。高倉卒墜詩。爲仲謀所拾。以示豈仁。因草檄討高。首詩于縣。士誠愛高甚。密傳芸枝。詢得兩惡詐陷之故。枷責豈仁、仲謀。而以繡鴛鴦及詩付芸枝攜歸。金友蘭見檄。勸高急赴省試。留書城探訟事。山嫗以事平。欲招高畢姻而高已行矣。乃出詩付書城寄高。豈仁、仲謀乘全令入簾。高往應試。仍以聘禮强委山氏。欲刦衣雲。母女惶懼。不知所出。會高及友蘭並捷。皆出士誠之門。書城以主人捷音至。嫗乃以舟送女及婢。赴金陵完婚。兩惡追至江中。殺舟子。縛衣雲。沉芸枝于江。書城赴水。投蘆葦間。上流官船至。救入船中。乃全令也。以實愬之。遣役捕賊。縛兩惡正法。載衣雲還其母。命書城趣兩生會試。告以江中之變。試畢。高擢探花。感士誠恩。伏闕薦舉。士誠已陞杭守。俟任滿内擢。高授浙江巡按。乃託友蘭歸報山嫗。俟復命歸娶。先是高在金陵。與友蘭遇異僧斷厓。爲言終身休咎。且云捷後赴外任。有憂中得喜之事。尙能相會救解。至是代巡浙江。微行作星士。爲土豪萬言所覺。延入密室。欲醉而殺之。書城如厠。忽遇芸枝。乃知其未死。爲人救至杭。萬言誘其人醉。埋井中。强佔爲妾。因引書城逾垣。首于官。斷厓僧亦知高有厄。躍入萬言家。與高對坐。萬言未得害。而土誠率衆排闥入。救高出。置言于法。送芸枝歸山氏。是時倭王木利蘭以妖術擾浙境。高禦之。戰敗。被圍甚急。斷厓忽至。以神通力一戰殲之。奏凱還朝。進高平章軍國事。土誠內擢。授友蘭爲翰林。斷厓爲通天眞人。衣雲爲賢節夫人。芸枝爲全義夫人。高娶衣雲爲妻。納芸枝爲妾。按日本即古倭奴國。地在浙江東海中。世以王爲姓。有五畿七道及屬國百餘。元世祖招之不至。明洪武二年。出沒海島。遣萊州同知趙秩持詔諭其國王良懷。十七年。倭頻寇浙東。命信國公湯和巡視海上。築城以備之。旣而屢寇浙東。

命都督楊文、劉德、商嵩巡視兩浙。復命魏國公徐輝祖、安陸侯吳傑往浙。訓練海上軍士。同楊文等防寇。永樂初。日本王源道義遣使入貢。賜冠服文綺金印。十七年。遼東總兵都督劉江大破倭寇于望海堝。生擒數百。斬首千餘。無一人逸者。將士請曰。將軍臨陣。作眞武披髮狀何也。曰。賊始魚貫而來爲蛇陣。故披髮作此狀以鎭服之。所以愚士卒之耳目。作士卒之銳氣。此固兵法。諸君未察耳。劇中僧斷厓以神通破倭幻術。借此影射。嘉靖二十五年。倭寇寧台。巡按浙江御史陳九德請置大臣。開軍門。治兵捕討。乃以朱紈爲右副都御史。巡撫浙江。尋罷。三十一年。廷議復設巡視重臣。以都御史王忬提督軍務。巡視浙江海道。改巡視爲巡撫。三十四年。倭犯乍浦、海寧。陷崇德。掠塘西、新市、横塘、雙林、烏鎭、菱湖諸鎭。巡撫李天寵束手無策。總督張經駐嘉興。破倭于王江涇。趙文華視師。以縱寇劾經。逮經及天寵。以巡按御史胡宗憲代天寵。又以周珫代經。未幾罷。珫以楊宜爲總督。三十五年。倭衆數千自乍浦入。欲犯杭州。遊擊將軍宗禮帥兵戰于皂角林。大捷。賊稱爲神兵。嗣後倭不敢犯浙。
按明代倭犯浙江。及巡按御史禦倭。本末如此。其王無所謂木利蘭者。蓋妄揑也。

目連

敷演目連事。不知誰作。*明鄭之珍撰。之珍別號高石山人。安徽新安人。救母緣起。具見盂蘭盆經。按唐人張祜語白居易云。公詩上窮碧落下黃泉。兩處茫茫俱不見。非目連變耶。則唐時已有演目連救母事者矣。　盂蘭盆經。聞如是一時佛在舍衞國祇樹給孤獨園。大目犍連始得六通。欲度父母報乳哺之恩。即以道眼觀視世間。見其亡母生餓鬼中。不見飲食。皮骨連立。目連悲哀。即以鉢盛飯往餉其母。母得鉢飯。便以左手障鉢。右手摶食。食未入口。化成火炭。遂不得食。目連大叫。悲號涕泣。馳還白佛。具陳如此。佛言汝母罪根深結。非汝一人力所奈何。汝雖孝順。聲動天地。天地神祇邪魔外道道士四天王神亦不能奈何。當須十方衆僧威神之力。乃得解脱。吾今當說救濟之法。令一切難皆離憂苦。佛告目連。十方衆僧。七月十五日僧自恣日。當爲七世父母及現在父母厄難中者。具飯百味五菓。汲灌盆器。香油錠燭。牀敷臥具。盡世甘美。以著盆中。供養十方大德衆僧。當此之日。一切聖衆。或在山間禪定。或得四道果。或在樹下經行。或六通自在教化聲聞緣覺。或十地菩薩大人權現比丘在大衆中。皆同一心受鉢和羅飯具淸淨戒。聖衆之道。其德汪洋。其有供此等自恣僧者。現世父母六親眷屬得出三塗之苦。應得解脱衣食自然。若父母現在者。福樂百年。若七世父母。生天自在化生入天華光時。佛勑十方衆僧。皆先爲施主家咒願。願七世父母行禪定意。然後受食。初受食時。先安在佛前塔寺中。佛前衆僧咒願竟。便自受食。時目連比丘及大菩薩衆皆大歡喜。目連悲啼泣聲。釋然除滅。爾時目連母即於是日得脱一切餓鬼之苦。目連復白佛言。弟子所生母。得蒙三寶功德之力。衆僧威神之力。故若未來世一切佛。弟子亦應奉盂蘭盆。救度現在父母。乃至七世父母。爲可爾否。佛言大善快問。我正欲說。汝今復問。善男子。若有比丘、比丘尼、國王、太子、大臣、宰相、三公、百官、萬民、庶人行慈孝者。皆應先爲所生現在父母。過去七世父母。于七月十五日佛歡喜日僧自恣日。以百味飲食安盂蘭盆中。施十方自恣僧。願使現在父母壽命百年。無病無一切苦惱之患。乃至七世父母離餓鬼苦。生人天中。福樂無極。是佛弟子修孝順者。應念念中常憶父母。乃至七世父母。年年七月十五日。當以孝慈憶所生父母。爲作盂蘭盆。施佛及僧。以報父母長養慈愛之恩。若一切佛弟子。應當奉持是法。時目連比丘四輩弟子歡喜奉行。血盆經。爾時目連尊者。昔日往到羽州追陽縣。見一血盆池地獄。闊八萬四千由旬。池中有一百二十件事。鐵梁鐵架鐵柱鐵鎖。見南閻浮提許多女人。披頭散髮。長枷杻械。在地獄中受罪。獄卒鬼王。一日三度。將血勒教罪人吃。此時罪人不敢弗吃。遂被獄主將鐵棒打作叫聲。目連悲哀。問獄主。不見南閻浮提丈夫之人受此苦報。只見許多女人受其苦痛。獄主答言。不干丈夫之事。只是女人產下血露。汚觸地神。并穢衣裳將去溪河洗浣。水流汚犯。有諸善男信女取水煎茶。供養諸聖。致令不淨天大將軍箚下名字。附在善惡簿中。待百年命終之後。受此苦報。目連悲哀。遂問獄主。將何報答產生阿娘之恩。出離血盆池地獄。獄主答師言。惟有小心孝順。男女敬重三寶。更爲阿娘持血盆齋三年零六十日。仍結血盆勝會。請僧轉誦此經一藏。滿日懺散。便有般若船載過奈何彼岸。看見血盆池中有五朶蓮花出現。罪人歡喜。心生慚愧。便得超生佛地。諸大菩薩及目連尊者啓告。奉勸南閻浮提善男信女早覺修取。大辦前程。莫教失手。萬劫難逢。佛說女人血盆經。若有信心書寫受持。令得三世母親盡得生天。受諸快樂。衣食自然。長命富貴。爾時天龍八部人非人等。皆大歡喜。信受奉行。作禮而去。

釋氏稽古略。唐舊史云。大曆元年七月壬午。帝作盂蘭盆會於禁中。設七聖像。建巨幡。各以帝號標其上。自太廟迎入內道場。是日立仗百僚於光順門外。迎拜導從。自是歲以爲常。經云。佛大弟子目犍連尊者。神通第一。適母氏墮餓鬼中。目連往見之。白佛救度。佛命以七月十五僧自恣日。備設齋供供佛僧。念讀諸經。母乃脫離餓鬼。

杞梁妻

不知誰作。演杞梁妻哭倒長城事。考左傳。杞梁即杞殖。未嘗有長城事。其源起於樂府。眞贗未可知。而世傳孟姜女事。婦孺皆習熟以爲故實。作者本之。金罍子云。何燕泉謂杞殖字梁。春秋齊人。距趙及秦築長城時。不啻數百年。而列士傳及樂府注所謂城頹。乃杞都城。非長城也。秦趙所築。去杞不啻千數里。唐僧貫休賦杞梁妻云。秦之無道兮四海枯。築長城兮遮北胡。築人築土一萬里。杞梁貞婦啼烏烏。二事打合成調。不知何據。予按貫休賦杞梁妻。事正無據。而誤亦有因。秦築長城以拒胡。齊亦嘗築長城以備楚。括地志云。齊長城。西北起濟州平陰縣。緣河。歷太山北岡。上經濟州淄州。即西南兗州博城縣北。東至密州瑯琊臺入海。而齊記以爲齊宣王築。竹書紀年曰齊閔王。不知的自何時。但既曰備楚。則楚之抗衡中國。宜莫甚於春秋。蓋春秋齊既有之。其杞梁妻哭而頹者。即齊之長城。澒洞相傳。世遂以爲秦之長城。而詩家不考所出。併未審梁何時何人。死於何事。便以爲死於秦築長城之役。今遼東前屯衞中所芝蔴灣有石人立海滋。若世所謂望夫石者。而世又相傳以爲杞梁妻孟姜者。哭夫死。因葬於此。則影響附會。而形音遹失其眞者也。

長城記

杞梁妻事。本之樂府。有弋陽腔。專演杞梁妻哭倒長城者。其事蹟已詳杞梁妻劇中。此記又多增飾。按孟子華周杞梁之妻。善哭其夫。即左傳所載杞殖之妻也。杞殖蓋齊大夫。其長城必在齊地。今山東長淸縣。尙有長城故蹟。所謂杞婦摧城。當是指此。殖妻乃齊女。故相傳以爲姜氏也。樂府杞梁妻。則指後世築長城事。今遼東有孟姜女廟。疑本於此。此劇以爲築長城臨洮。則更與遼東相去懸絶矣。劇中又云。與趙惠王墓相近。則又應在直隷山西邊地。不宜指爲臨洮。蓋作者不明地理。但知長城萬里起臨洮。屬之遼東。皆可通稱。而不知地界睽隔。不宜妄牽引也。孟子云杞梁。左傳云杞殖。今云范殖、字杞梁。杞州人氏。其妻姓許。字孟姜。蓋本之稗史雜記。不免傳譌。然皆有因。非同烏有。蒙恬築長城。出於正史。盧生入海得玉函。函中有詩。蓋影射祖龍滈池君及二世亡秦之說。秦皇令趙嬰訪和氏連城之璧。杞梁入趙惠王墓。得之以獻。此類隋開河記中入宋襄公墓事。趙嬰無其人。秦有子嬰。秦趙同姓。蓋因此附會也。蒙恬以杞梁禱神。掘三丈坎埋之。又因孟姜女摧城。懸之百尺長竿。令人射殺。皆空中樓閣。故作極危險事。以表其夫婦團聚之難。孟姜萬里尋夫。俗傳甚著。衝雪遇虎。備極形容。杞梁弟善送嫂還母家。至中途。嫂自去。後嫂家不見女回。而中途有殺死婦人。嫂家因訟叔姦嫂不遂。將嫂殺死。叔坐重辟。後遇廉明官審出。其嫂葢被人誆去。而殺他婦人以淆耳目者。此事本龍圖公案。杞梁兄弟當輪一人役。其母曹氏決令長者。云少者妾所生。長者己所生。甯役己子。此事本元人雜劇。趙嬰欲得和璧。許獻璧者以女珠兒妻之。杞梁獻璧。嬰欲妻以女。杞梁以己有妻。遂令弟善爲嬰壻。亦是點綴好看。不必有着落也。

訪友記

不知何人作。記梁山伯訪祝英臺事。相傳最久。故詞名有祝英臺近。而南中人指蝴蝶雙飛者爲梁山伯祝英臺。亦因此也。英臺或云上虞人。或云宜興人。寧波府志云。義婦塚在寧波府西十六里。晉梁處仁及祝氏英臺合葬處也。處仁、字山伯。家會稽。少游學。道逢祝氏子。同往肄業者三年。祝先返。後二年。山伯方歸。訪之上虞。始知祝乃女子也。名曰英臺。踵門引見。詩酒而別。山伯退慕其淸白。告父母求姻。時祝已許鄮城馬氏。弗遂。山伯後爲鄮令。嬰疾不起。遺命葬於鄮城西淸道原。明年。祝適馬氏。舟經墓所。風濤不能前。英臺聞有山伯墓。臨塚哀慟。地裂而埋璧焉。從者驚引其裾。片片飛去。馬氏遂言於官。欲發塚。有巨蛇守護不果。事聞於朝。丞相謝安奏封義婦塚。安帝時。孫恩寇鄮。太尉劉裕夢山伯效力卻賊。奏封義忠王。立廟祀之。地圖綜要云。國山善卷洞。有祝英臺故宅。常州府志云。祝陵在宜興善權山。其崖有巨石。刻云祝英臺讀書處。號碧鮮庵。俗傳英臺本女子。幼與梁山伯共學。後化爲蝶。

臥冰記

不知何人所作。按王祥臥冰等事。俱載晉書。第十三齣祥母命祥往海州鬻絹。

爲盜所擄。而覽挺身求代。此係撮撰。又祥應呂虔之辟。其母已卒。劇中所演亦不合。王祥傳云。祥、字休徵。瑯琊臨沂人。祥性至孝。早喪親。繼母朱氏不慈。數譖之。由是失愛於父。每使掃除牛下。祥愈恭謹。父母有疾。衣不解帶。湯藥必親嘗。母常欲生魚。時天寒冰凍。祥解衣將剖冰求之。冰忽自解。雙鯉躍出。持之而歸。又思黃雀炙。有黃雀數十飛入其幙。復以供母。鄉里驚嘆。以爲孝感所致焉。有丹柰結實。母命守之。每風雨。祥輒抱樹而泣。其篤孝純至如此。漢末遭亂。扶母攜弟覽避地廬江。隱居三十年。不應州郡之命。母終。居喪毀瘁。杖而後起。徐州刺史呂虔檄爲別駕。祥年垂耳順。固辭不受。覽勸之。爲具車牛。祥乃應召。王覽傳云。覽母朱。遇祥無道。覽年數歲。見祥被楚撻。輒涕泣抱持。至於成童。每諫其母。其母少止凶虐。朱屢以非理使祥。覽輒與祥俱。又虐使祥妻。覽妻亦趨而共之。朱患之乃止。祥喪父之後。漸有時譽。朱深疾之。密使酖祥。覽知之。徑起取酒。祥疑其有毒。爭而不與。朱遂奪反之。自後朱賜祥饌。覽輒先嘗。朱懼覽致斃。遂止。

萬里圓

近時人所著。清李玉撰。演黃向堅萬里尋親事也。蘇州府志云。黃孔昭、字含美。吳縣人。崇禎癸酉舉人。壬午選雲南大姚令。曾斷一疑獄。稱神明。令七年。民咸德之。桂王擢御史。謝去。隱居白鹽井教授。子向堅。冒險入滇以迎。孔昭不欲歸。諸門人醵金爲贐曰。先生不歸。孝子萬里之名爲無名矣。孔昭乃歸。經年抵吳。隱西郊者三十年。又黃向堅傳云。向堅、字端木。孔昭宦姚江。道梗不歸。向堅晝夜涕泣。徒步往滇中。始順治辛卯十二月。訖癸巳六月。自吳入滇。懸崖絕壑。豺虎傜僮之區。無所不歷。繭足黧面。蒲伏至白鹽井。得遇二親。與其從弟向嚴。肩負藍輿而行。歸抵里門。孺慕承歡。凡二十六年而母歿。父登九十。無疾終。向堅負土營葬。不再朞。得關膈疾。以身殉。稱完孝云。中間有所謂道前黃者。係巡撫傳宣。本與此無與。出金賄作劇者塡入其中云。又所指秦鹿云。以影馬士英也。道前黃者。名敬瞻。順治年間武進士。向堅族也。向堅有子孫。現居閶門外。無登仕籍者。其所刻有旌孝編。即載向堅尋親事蹟。士大夫所作詩詞。諸體咸備。裒然成帙。

節孝記

所記黃孝子事。一名黃孝子尋親記。明無名氏撰。今存。見於一統志、正德郡志、及南城縣志諸書。然志所載甚略。而此記頗詳。或其同鄉之人。細核事蹟而爲之。未可知也。南城人黃普、字文博。宋末爲統制。妻陳氏。子覺經。覺經方五歲。普與同里曾友之聯姻。元兵至江西。普偕胡楚材倡集義兵。保護城池。爲元將萬戶木華黎所殺。華黎又掠得陳氏。欲納爲妾。陳氏守節抗罵。華黎將殺之。其母太宜人救免。令給事左右。常保持不使受汙。覺經失父母。其僕陳容夫婦撫養成人。

及長。辭別老僕。遍遊四方。尋親所歷之地豫、冀、關隴、巴蜀、滇池、大理、金齒、龍番、九寨、五羊、七閩、八桂、兩浙、長淮清、通、大都輦下。復過臨濠、集慶、冀州。又至湖、廣。備閱艱苦。至鸚鵡洲。遇老客姜半仙。以夢中所記西江月詞。乞爲詳解。得汝州春店四字。覺經依其言。尋至汝州。果遇其母。適有朝旨。俘獲人口悉放還鄉。令親人認取。覺經遂奉母歸。其所聘曾女慶貞。父逼改嫁不從。守節數十年。竟爲夫婦。據此則普夫婦及曾氏。皆當大書特書。今郡邑志止及覺經。忠義傳中有楚材無普。列女傳中亦無陳氏、曾氏。疑多粉飾成關目也。胡楚材。志作吳楚材。應從志。南城縣志。吳楚材名炎。以字行。贈朝奉郎。德祐元年。建昌降。明年春。楚材還其鄉嶺。糾集民兵。既失利。且乏援。元兵誘降。其衆多解去。楚材走光澤。爲人所執。及其子應登以獻。郡遣錄事婁南良訊之曰。汝何錯舉。楚材抗聲曰。不錯不錯。如府錄所爲。乃大錯耳。府錄受宋官爵。今乃爲敵用事。還思身上綠袍。自何而得。吾一鄙儒。特爲忠義所激。爲國出力。事雖不成。正不錯也。南良愧而語塞。及吳浚爲江西制置招討使。斬楚材父子。傳首諸邑。益王立於福州。聞而哀之。贈官朝奉郎。即邵武境上立廟。賜名忠勇。宋史本傳及正德郡志皆同。

蓮花筏

一統志。黄覺經、字一眞。五歲因亂失母。稍長。誓天誦佛書。願求母所在。乃渡江涉淮。行乞而往。衝風冒雨。備歷艱苦。凡三十八年。至汝州梁縣得之。至治中、旌表門閭。按此劇與萬里圓俱謂之黄孝子。世俗相傳。遂以此爲江西黄孝子。萬里圓爲蘇州黄孝子。以示分别云。按詳夢一折。最爲動人。然志中初不載。恐未的確。明天順成化間。有文安縣孝子王原。尋親至登州。得一夢。寺僧爲詳解。後如其言。遇父於河南之蘇門山。恐作者傳聞。合兩事爲一事也。

不知誰作。（清朱佐朝撰。）其事皆鑿空造出。略言揚州姚秉仁。世爲船戶。其弟秉義。從軍十餘年。不相聞。有子曰良。有女曰關關。皆性喜讀書。山東巡撫齊國用。亦揚州人也。挈夫人周氏及女玉符往任所。雇秉仁之船。玉符一見關關。喜甚。晨夕不相離。每聞其兄誦書吟詩。且見其風貌。心頗悅之。嘗令作藥名詩一首。日夕諷誦。舟至濟南。國用赴京會議。不便入宅。遂令夫人及女暫留舟中。玉符益與關關莫逆。且注意于良。而秉仁微聞作詩事。懼兒女年少不謹。乃以良兄妹寄其妻母白糧船上。先後入京。是時安南兵方熾。都御史商瞿檄各省巡撫。會議戰與和孰利。廣東巡撫李諫名窺宰相意主和。國用面折之。且有叱辱語。諫名大怒。讒于時相方鼎。又與畫策。令人守國用。不能回山左。而假作國用書。言以梗議入獄。令女玉符和番以贖己罪。玉符聞信。即隨官校行。迨晚。官校以逆旅嘈雜。覓舟暫寄玉符。而其舟即秉仁妻母之糧艘也。關關與相見。具悉和番情事。乃令兄良挈玉符以竄。而代玉符和番。方玉符隨官校行。夫人即入京探國用。比相見。知國用止罷官。未嘗入獄。而和番乃僞書也。國用揣諫名爲之。恨入骨。欲赴廣手刃諫名。夫人見國用恨而去。亦孑身入廣訪國用。而秉仁之妻母。以失二甥告。秉仁徬徨莫爲計。適遇齊夫人。因隨之入廣。良與玉符偕行。覓得其故舟。玉符乃令良往邊關訪妹。而處舟中以待之。總河張憲扶者。忠義士也。疏請勤王。朝庭即擢爲元帥。聞和番之計。怒甚。使部將姚秉義等。棄金帛輜重於關以誘敵。敵至。四面夾攻。且令秉義殺和番女子。諸將用其計。果大困敵。而秉義詢和番女子。則巡撫國用之女爲父贖罪者。念其父忠女孝。以告憲扶。舍不殺而養于家。及細詢之。乃其姪女也。安南兵已大困。則行金方鼎。用令箭。俾憲扶開前營縱敵兵出。憲扶遂掛冠去。而薦秉義于兩廣總督。用爲游擊將軍。國用之欲刺諫名也。寓廣州香露寺中。寺僧慧照入定。見國用持刀往。則惡神隨之。忽棄刀還。則吉神隨之。詰其故。國用言初欲殺諫名。既而念其母老。因棄刀池中。慧照即勸國用毋動。國用遂道裝。從慧照書疏。自隱其姓名。姚良至邊關。聞關關被殺。大慟而去。姑入京應試。遂登第。選廣東南海令。挈玉符赴廣。中元之日。設醮于香露寺。追薦亡妹。關關、齊夫人至廣。不知國用在何所。而聞和番女子被殺。亦以是日附齋薦女。命秉仁隨行。醮壇廣設。士女喧闐。秉義率兵校入寺彈壓。于是國用夫婦及女。秉仁兄弟及子。皆不期而遇。乃知關關亦生還無恙也。并接至寺中。相見團聚焉。全本結局在香露寺。故名曰蓮花筏云。

千祥記

不知誰作。●明無心子撰。名里待考。所作有千祥記。金雀記兩種。大略云。洛陽賈鳳鳴者。曾爲梁州太守。辭官隱居。中郎將袁盎薦爲長沙知府。年近八十。娶妾施玉娥。歡會于千祥軒內。生子名誼。長沙士大夫因設酒於千祥軒致賀。有太僕卿柳國忠者戲語云。笑殺長沙百萬家。鳳鳴因續成一詩云。八十年來養一娃。笑殺長沙百萬家。若是老夫親骨血。後來依舊管長沙。其後誼爲梁王太傅兼理長沙府事。迎養父母于郡署。鳳鳴年已百歲。復邀長沙士大夫讌賞。柳國忠仍在坐中。鳳鳴語舊事。共相歡笑。疑此記乃爲耆年生子者解嘲。而嫁名于賈誼之父也。明武宗時。福建同安人林瀚爲南京兵部尚書參贊軍務。年逾七十生子。取名庭機。至萬曆初。庭機亦官南京兵部尚書。與命名之意適相符合。事頗有類於此。按賈誼傳。未嘗載其父名。亦無爲二千石之說。且誼爲梁王太傅。又嘗爲長沙王太傅。長沙在今湖廣。梁在今河南。相去一二千里。不容紐合。記云以梁太傅兼理長沙府事。又敍梁王自白云。長沙梁王。是以梁爲國名。而其封乃在長沙。非特與漢史背馳。于地理亦太疏謬矣。梁王左妃失寵。求誼作賦以獻。復得寵幸。是借用司馬相如爲陳皇后作長門賦事。至于施玉娥展靈旗等。皆係空中樓閣。唯言河南太守吳公拜爲廷尉。特薦誼才。與本傳相合。

紫金魚

未知誰作。中引定興王木清泰。唐時本無其人。乃屠隆曇花記（*曇花記。見本書卷七。）中造出名字。屠隆萬曆間人。作此者當更在其後也。李、郭爲婚。蓋意揣當然而非事實。元宵看燈。郭女失去。魚朝恩抱入宮中。張良娣育爲公主。則借用宋時王寀事也。略言李光弼與郭子儀指腹爲婚。李以上賜紫金魚。郭以上賜玉帶。贈爲聘答之物。李生子名天馨。郭生女。元宵看燈失去。天馨年長登第。朝廷選爲駙馬。獅蠻作亂。征剿立功。造承恩坊。郭子儀魚朝恩陪宴。子儀席間感嘆失女。朝恩言抱女入宮本末。始知公主即郭女云。岳珂桯史。宋神宗朝。王襄敏公韶在京師。會元夕張燈。家人皆步出。將帷觀焉。幼子寀。行第十三。方能言。珠帽襐服。憑肩以從。至宣德門。上方御樓。簫鼓雷動。士女仰觀。喧擁闐咽。轉盼已失所在。騶御皆恇擾不知所爲。家人不復至帷所。狼狽歸。未敢白請捕。襄敏訝其反之亟。問知其爲失南陔。南陔。寀自號也。公曰。他人當遂訪。若吾十三子。必能自歸。家人咸叵測。居旬日。内出犢車至襄敏第。有中大人下宣旨。抱南陔出車中。家人驚喜迎拜。天語既定。問南陔以所之。乃知是日姦人利其服裝。自第中已竊跡其後。既負而趨。南陔覺負己者之異。亟納珠帽於懷。適内家車數乘將入東華。南陔過之。攀幰呼焉。中大人悅其娟秀。抱置之膝。翌早擁之上閤。以爲宜男之祥。上問以誰氏子。竦然對曰。兒乃王韶之幼子也。具道所以。上以其占對不凡。令暫留欽聖鞠視。密詔開封捕賊。盡戮之。乃命載以歸。且以具獄示襄敏。賜壓驚金犀錢果。直鉅萬。

雙璧記

未知撰人。記宋朝焦狀元事。粗得影響。而附會成之。略云。有焦文玉者。

嘗捐館金以脫人之死。且其妻爲娶妾。而文玉未嘗與同衾。迨妻孿生二子。文玉始與妾生一子。妻之長子韜。中文狀元。次子略。中武狀元。妾之子熄。中武探花。以見文玉長厚。雙生連璧。乃談因果勸善之意也。情節俱係生造。惟焦狀元是實事。但焦名蹈。非韜。誤其音耳。文獻通考。神宗元豐八年。進士四百八十五人。省元焦蹈。狀元同。事文類聚。元豐八年。尙書戶部侍郎權知貢舉開寶寺寓禮部貢院。夜四鼓火。翟曼、陳之方、馬希孟皆焚死。其後別試。焦蹈爲魁。諺云。不因南省火。安得狀元焦。陳絳金罍子云。宋元豐間開寶寺寓禮部貢院火。其後別試。乃更得焦蹈爲魁。故時有不緣南省火。焉得狀元焦之句。天順癸未。禮闈亦災。時御史焦顯爲監試官。好事者亦爲之詩云。先兆或從焦御史。未然奎燄可爲災。兩事偶相似也。記中火焚貢院。復開科試。正其事也。明萬曆十七年己丑科狀元焦竑。字弱侯。江寧老名士。素有文名。作者或是此時人。因焦狀元而記及焦蹈。考核不眞。遂曰焦韜也。

百壽圖

一名柏壽圖。不知何人所作。所演趙璋女月香。本之今古奇觀兩縣令競義婚孤女事。而改前令石璧爲趙璋。又改後令鍾離義爲寇準。然據厚德錄。則鍾離君本失其名。義字乃小說添出。其前令及前令之女。亦失書其姓。石璧與月香。亦小說所添出也。劇以百壽圖標名。謂貴戚曹大本家之畫圖。被盜失去。而賈昌有祖傳柏壽圖。幾至李代桃僵。趙璋辯其誣而出之。因獲罪于權貴。以得重禍。此非傳奇中要緊關目。似不如取競婚之意爲名也。宋李元綱厚德錄。江南有國日。有縣令鍾離君與鄰縣令許君結婚。小說云。南唐李氏時。江州德化縣。其令名鍾離義。視錄較詳。然未知的否。又言鄰縣德安高尹。與錄所稱許君互異。錄失之簡。小說好鑿鑿言之。又未必皆實也。鍾離女將出。適買一婢以從嫁。一日。其婢執箕帚治地。至堂前。熟視地之窊處。惻然淚下。鍾離君適見。怪問之。婢泣曰。幼時我父於此穴地爲毬窩。道我戲劇。歲久矣。而窩處未改。添出以水浮毬。乃借用文彥博事。劇又據以傳奇耳。鍾離君驚曰。而父何人。婢曰。我父乃兩政前縣令也。身死家破。我遂落民間。更賣爲婢。小說添出石月香姓字。又添敍身死家破之故。言石璧本撫州臨川人。入籍建康。喪妻無子。月香八歲時蹴毬入穴。其父問何法可出。月香使婢提水。傾入穴中。毬即浮出。後璧因燒損官糧千石。削職賠償。抑鬱而死。女使牙婆官賣。縣民賈昌曾以命案繫獄。石令雪冤出之。深感令恩。即用價買月香。并其婢。屬其妻盡力供養。奉之如主。其後賈昌經商于外。每得佳美紬絹。先奉月香。其妻心憤。遂令日作女工。并諸雜役。又恐昌回詬怒。竟屬張媒賣于鍾令爲婢。又賣其婢爲民妻。昌後歸家。與妻大鬨。訪知嫁與高令之子，乃贖婢夫婦以贈之。其情節甚詳。未審的否。鍾離君遽呼牙儈問之。復咨於老吏。具得其實。是時許令子納采有日。鍾離君遽以書抵許氏而止其子。且曰。吾買得前令之女。吾特憐而悲之。義不可久辱。當掇吾女之奩篚。先求婿以嫁前令之女也。更俟一年。別爲吾女營辦嫁資。以歸君子。可乎。許答書曰。蘧伯玉恥獨爲君子。君何自專仁義。願以前令之女配吾子。然後君別求良配。以嫁君女。於是前令之女。卒歸許氏。此等事前輩之所常行。今則不可得而見矣。小說云。鍾令以書致高令。求寬嫁娶之期。高令答書。願娶石氏。鍾以婚不可換。復致書請先嫁石氏。後嫁己女。高令有二子。長曰登。即鍾壻。次曰升。未聘。高令即請于鍾。娶石氏爲婦。二子同日成婚。鍾以一副奩資。剖爲兩分云。按此似補厚德錄之未及。然恐天下未必有此恰好事也。　又按宋史陳規傳。規嘗爲女求從婢。得一婦甚閑雅。怪而詢之。乃雲夢張貢士女也。亂離夫死無所託。鬻身求活。規即輟女奩嫁之。聞者感泣。事亦相類。　又按搜神記。*按今傳本搜神記中無此條。疑是據淵鑑類函卷二一七五轉引。趙明甫令蒲。爲女覓一女僕。忽掃庭而流涕。問其何故。女僕曰。某父嘗爲此邑令。遭亂離被人掠賣。以至於斯。令乃輟女奩具。先嫁之。此事更絕似。乃趙令嫁前令女。今劇則記趙令爲前令也。

據劇云。江左趙璋、字瑤京。由貢士爲江州德化縣尹。妻曾氏已故。遺女月香。蹴踘滾入穴中。用水浮之而出。按文彥博幼時。與羣兒嬉。毬入穴中。彥博用水浮出。與司馬光擊甕破水。以救小兒。皆稱幼慧。且具宰相經濟也。劇事相合。　國戚曹大本。按劇所指。蓋掇拾龍圖公案等事。形容曹國舅之豪惡也。宋仁宗曹后。其家極醇謹。無害民事。且既係仁宗時。則不應復言寇準爲令矣。　失去百壽圖一軸。令所在張檄緝捕。又遍放私債。令州縣官催討。商民賈昌有祖傳柏壽圖。王維所畫。妻弟谷六癡。按南中以鵓鴿爲谷六癡。劇惡其人。爲標此名也。怒昌不恤。遂首昌盜畫。璋呼詰不符。縱昌不問。此關目與小說異。又醫人華直等以徵債事。具呈于縣。璋遍召負曹債者。取曹券當堂燬之。又捶曹所遣役。役乃搆禍。罷璋官。且追璋抵償債銀五千兩。璋忿。欲服藥自盡。華直以藥與之。服立死。後負而遠遁。用藥解之復生。乃相與僑居太原。賈昌見璋亡。監司押賣其女。乃出三百金買歸。屬妻谷氏好待。劇云。月香願認爲女。賈昌不可。使妻以客禮相待。此與小說相合。劇云谷六癡嫉其姊磨折月香。後又設計鬻之。此則小說之所無也。昌後賈販于外。谷氏聽弟謀。鬻月香于令。其令乃寇準也。說白云。準爲崖州司戶。轉江州判官。暫知德化縣事。按準爲崖州司戶。乃由宰相貶官。劇但見司戶之小。謂從此遷令。可笑。劇又云準妻楊氏。有女惢芳。許上高令狄誼之子清。此乃由小說兩令爲親家套出。並非實事。其女字上高令狄誼子。將嫁而買婢。及得月香。詢知前令之女。作書與誼。以璋女嫁其姪原。賈昌商歸。其妻誑以月香已死。昌詰而得其情。忿怒遠出。改名甄義。抵太原。與璋及華直遇。三人共居。六癡誑姊覓夫。挈至太原。時直勸義納繼室。六癡不知即昌。乃與媒計以姊嫁之。誘姊云。已覓得昌所在。輿入其寓。已即挾貲以竄。谷氏入。則見昌方娶婦。昌又以爲婦轉嫁也。反目大鬨。直等爲和解之。狄原赴舉擢第。以璋故。力攻大本。言其私交趙元昊。黜退。原復爲璋辦雪。復其官。父女翁壻乃獲相聚。

按此劇本有實事，粧點多虛，轉不可信，似不如即本事略加增飾爲妙。

瓊林宴

不知誰作。其事蹟似龍圖公案。而公案無此事。蓋皆附會成編也。言延安范仲虞、字舜臣。妻陸玉貞。子錦。汴京開科。仲虞賣驢作費。全家赴汴。訪婦弟陸榮。榮母吳氏。其夫故將軍也。榮習武而貧。幼與太尉葛登雲聯姻。登雲知陸貧。甚悔。會生日。榮到門欲入爲壽。登雲大怒。誣爲盜黨。寘之獄。初、仲虞行至中途。忽遇虎。銜錦去。榮方樵。見虎銜人。打虎救錦還。始知爲甥也。留家中侍母。未幾爲登雲誣陷。而錦仍侍吳氏。登雲出獵。遇虎銜錦去。仲虞適他往。唯玉貞在。登雲見玉貞美。强歸家欲逼爲妾。玉貞不從。乃羈葛府中。仲虞求妻不遇。入汴應試。試畢。聞妻在葛府。乃造登雲往索。登雲抵言無有。以好待之。而夜遣人打殺仲虞。用大箱盛之。投諸曠野。途遇報錄者。叫喚狀元范仲虞。乃棄之而去。仲虞幸不死。從箱中出。風狂不省人事。獨念妻冤抑。數鬧開封府。屢斥不去。登雲之殺仲虞也。其婢知之。以告玉貞。玉貞慟哭。登雲妻及女豔珠聞而憫其冤。啓後門縱之去。爲登雲所覺。遣人追及。勒殺于路旁。土地知其冤。化爲老人。訴于開封府。吳氏嘗遣僕可福擔本覓利。有穆倫者。取其財而殺之。穆倫買仲虞之驢。其子騎入開封。驢見登雲殺玉貞。瘞路旁。竟三突開封府。榮母吳氏知榮之爲登雲誣陷也。亦率范錦訴寃于開封。開封尹即包龍圖拯也。念驢叩府必當有奇寃。遣吏跟尋。至土地祠旁。向地數嗅。掘得婦人屍。又縱驢行。直至穆倫家。禽倫赴鞫。倫供殺陸僕可福。拯詢吳氏語相符。遂殺倫償可福命。而婦人死案未白也。拯受老人訴。遣吏隨老人至土地祠。不復見。拯念老人即土地也。命擡土地赴審。土地言婦人枉死狀。拯用還魂枕令婦人復生。玉貞乃詳述登雲逼殺始末。拯令吳氏及錦與玉貞相見。而仲虞狂疾亦瘳。拯令背所試文皆記憶。乃具奏。仍以仲虞爲狀元。錦亦賜甲第。登雲被戮。豔珠仍歸陸榮。時因狀元失去。瓊林宴未舉。久之得仲虞。乃舉宴。故標名曰瓊林宴云。